La diáspora (2984)

Orlando Andrade

La diáspora (2984)

[novela de aventuras en el bosque]

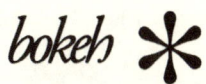

ISBN: 978-94-91515-16-3

a Oilda Leandro,
por el café de todas las noches

Hermano no tengas temor
si detrás viene Faraón…

del *Himno de Victoria*

La ciudad

FARAÓN

Rascacielos perdidos en medio del otoño y de un miércoles a pleno crepúsculo en las avenidas del puerto: mitad sombra y luz, todo el día muriendo ahora a través de una parábola celeste sobre los frontispicios del norte de la ciudad cuando octubre, tiempo de las caídas estrepitosas. Octubre, andrógino, más que una persona de pie entre el escenario y las lunetas. Octubre y los rascacielos, ambos insoportables con sus latones de basura como puntos suspensivos, en caso de ser un novelista enorme el que hubiera descrito toda la basura de la ciudad colocando desmedidamente unos y otros al descuido incesante; pero los rascacielos en primer lugar, la antigua y gran obra, después todo elemento que quisiera adherirse a la perfección del horizonte: los carteles, las luces de neón, las olas en porfía contra la muralla del puerto. Porfía en sí la de los rascacielos durante esa temporada, ansia de retirarse la camisa de andamios de las restauraciones, no el salitre, no volver a la pintura para rematar los pisos, ¡no!; porfía esa de perseguir el desplome. Malditos los rascacielos y, a propósito, también los derrumbes, la epidemia de los ladrillos en picada, la lluvia del vértigo apuntalado y la cristalería, los ventanales traídos poco a poco al bostezo eterno y a la representación, en su disciplina vertical, de las suertes de la época. Y por si fuera poco la accidentalidad de los coches, aunque ridículos, desplazándose sin tocar el suelo, aunque el asfalto, dibujado bajo las sombras móviles, cumplía la función simultánea del placebo y el alquitrán. Y la escolta allá abajo en nervios silentes, de un lado a otro, sumergida en la sempiterna tarea dentro de sus trajes oscuros: rondas, perfiles, cuchicheos, rifles compuestos, descompuestos y vueltos a componer, precauciones que bien podían costar cada una de sus vidas de peones con botas del censo castrense. Y los semáforos en rojo. Y una brigada a lo lejos organizando filas, marchando, desanimando, desentonando a veces el «firmmm-es» y el «en su lugarrr, descannn-sen». Y el zigzagueo, mejor decir solitario, de algún funcionario que maniobra a duras penas, tránsito entristecido de todas formas. Y el vendedor de los establecimientos en cierre con el moribundo sol por delante, contra el muro. Y otra vez el muro, más alto que nunca, más equilibrado y vertical, más recio que nunca en la creación de sombras en plena adultez, fe ciega en la adultez de cada negrura que funda el muro del límite sin más de diez transeúntes a su custodia. Y el estandarte encaramado encima, glorioso entre la avenida del puerto y el mar, circunstancia relativa esta última, motivo de tentación para los habitantes. Y al otro lado *Eso* y *Ese*, el mar y aquella criatura que flotaba sobre las aguas de la bahía en un bote con farolito. Y por si fuera poco octubre, moviéndose en los ojos como un muchacho, pero los rascacielos.

Faraón dejó caer la tela y Guardia Personal acercó una poltrona a sus espaldas. Los miles de puntos del horizonte que podía percibir escaparon de sus ojos tras el vaivén de la cortina en el último piso del rascacielos.

«Justo esa frase», acabó alarmando.

¿Por qué ese hombre allí? ¿Por qué ese bote? ¿Quién lo habría enviado con tanta prisa y personalidad como para que él, Faraón, se equipase hasta los dientes a fin de comprenderlo? Desde la llegada del bote durante la pleamar, entre bamboleos y olas, dejando sobre las aguas el mismo rastro de un caracol sobre la piedra, bordeando arrecifes en la boca de la bahía de acuerdo con los informes oficiales de hace once meses, había sentido un sabor a tierra salada —de cualquier manera a tierra—, un olor a mar y una cefalea tenue, como la que anunciaba el origen de las grandes confrontaciones. Y sobre todo lo que decía ese hombre, aquella frase que mencionaba sedición, liberación o muerte, según se la escuchara y según la entendiera

Faraón. Por eso el muro, primera medida, y también los carteles, los noticieros, los desfiles, las prohibiciones de acercarse al terrible grito que no sabía aún a ciencia cierta hacia dónde apuntaba, como una lluvia de flechas al cielo.

Guardia Personal, por su parte, se movió nerviosamente a espaldas suyas sin comprender los términos, sin saber si inclinarse por pregunta o por respuesta, o si en todo caso la frase había sido dirigida a ellos y no a sí mismo. ¿Qué había dicho? No sabían si eran las siglas de una clave secreta, la petición de una píldora forzosa o la solicitud de control sobre los mecanismos del tejado. Cada uno de ellos lo había sufrido con esmero en el largo proceso de resistir la defensa de un ser a toda costa, en lucha perenne contra los enormes afanes que desde fuera, no desde dentro, casi no, se proyectaban hacia él con un poder sísmico. En cambio, en esta oportunidad finisecular, cualquier preocupación era insuficiente. Había en las habitaciones, las calles, los discursos, los autos y hasta en los mismísimos rascacielos por donde perseguían las ansias de Faraón, un ambiente de finales, un hedor a desplome que solo las narices de la mejor guardia personal del mundo podía detectar, premonición de alguno y de todos, inasible de cualquier manera. Pero lo olían. Ellos lo olían. Sus olfatos estaban entrenados para olerlo y ahora veían aparecer además el mal augurio en el perfil más importante de cuantos conocían, el perfil del hombre a cuya sombra habían nacido y de cuyas manos habían bebido leche de vaca, el Faraón de toda esta ciudad y de otras, luz de aquellas tierras y de otras. Los de arriba y los de abajo, soldados de lujo en medio de la guerra pacífica de esperar puñales a deshora, habían sido testigos del surgimiento de preocupaciones verdaderas, por progresivas, en la voz de Faraón, la Estrella de la Mañana y la Noche.

¿Enfrentarse, acaso, al insecto de la bahía?

Guardia Personal quedó inmóvil en la sala del último piso. La inmovilidad consistía a tales alturas en percibir la silueta de Faraón metido en poltrona, irradiando ideas e imaginando mar, bote y criatura a través de la tela de los cortinales.

«El bicho de la bahía», ahora sí lo escucharon, lo vieron incluso indicar a la nada y se levantaron por turnos con la frase. Esta vez el despliegue de Guardia Personal se produjo en dirección a un vaso y unas píldoras, coincidiendo con las campanadas de un invisible reloj de pared. La cortina se descorrió nuevamente y la imagen, no ya la idea, del sol cayendo por detrás del muro, metiendo sus rayos casi a través y por encima, como una corona de luces para significar crepúsculo, apabulló al mismo tiempo a los diez individuos de la escolta. Faraón los sorprendió entonces con la disciplina de estirar una mano, tomar la tableta y rumiarla para sí dejando los ojos perennes. Sin quitar la vista del agua de la bahía, ponchó después el mecanismo que hizo elevar su cuerpo. El techo se abrió en dos mitades y un telescopio se vino a suspender en sus narices. A medida que acertaba a enfocar, fue definiendo lentamente el bote en la intemperie lejana. «Oigan», farfulló.

Y ellos, sin embargo, miraron.

«Miren», dijo.

Y ellos, sin embargo, oyeron.

Al otro lado del lente resonaba la voz del hombrecillo. Faraón apretó el teclado de la derecha y la voz recogida por micrófonos estridentes le destrozó la sien como una tortura. Pidió a los hombres la inclinación de cada tarde y aquella mirada de relevos que solía acabar en calificativos penosos. «Es una rata», dijo Faraón y la voz de la criatura, amplificada para la escena y los presentes, resonó hasta interrumpirlo. «Ya sé que es un roedor, pero». Se intercambiaron órdenes silenciosas y luego los rostros de la inseguridad se movieron en busca de la exactitud. Por último y por fin, los calificativos. «Culebra», dijo Capitán de la Guardia para romper el hielo. «Especie». «Mosca». «Hormiga». «Gusano». «Babosa». «Murciélago». «Sin rostro». «Sin nada». «Misántropo». Faraón los hizo callar antes que comenzara una nueva ronda de insultos y se asomó a la boca del telescopio para mirar personalmente. Los movimientos del indócil y la voz que llegaba un segundo después a la sala lo hicieron admirarse en lo sucesivo cuando unía ambas cosas en su cabeza y ante el tubo.

«Nada de eso y todo», susurró. La brisa de mar que se colaba por las tapas abiertas del techo levantó la tos en acordes crecientes y algunas gotas de saliva real fueron a dormir en los cabellos de su escolta. Prestándose atención a sí mismo, dejó caer la mano hacia otros botones, el techo se elevó para irse juntando, su poltrona descendió y el telescopio se hizo una cuarta de metal. La brisa se descompuso; la tos, entre otras cosas que tuvieron el mismo comportamiento, amainó hasta desaparecer. Cuando el último piso del rascacielos rojo hubo alcanzado la impermeabilidad, las paredes comenzaron a brillar hasta encenderse en pantallas de cine que reflejaban el rostro del indócil, quien se movía en ellas a tamaño natural sobre un bote de farolito en proa.

«Véanlo allí», dijo Faraón mientras intentaba arrancar magnánimamente ciertos vegetales comestibles a la porcelana. «Aquello… ese… eso…». Sería mejor evitar las dudas. Aclaró su voz. «El tal Moiséy que aquí se nos revela», sostuvo.

Griétsiya

Griétsiya, mujer dúctil, cruzó por delante del recipiente oscuro que contenía jeringas ocres y se encajó todo el dinero en los zapatos siguiendo una secuencia de movimientos escrupulosos. Metida en su uniforme de cofia lechosa, con solapa cubierta por prendedores que aludían a Faraón, estilográfica de adorno, pantimedias cabales y entallado cruel, se disponía a superar los obstáculos que pudieran presentarse camino a la avenida del puerto, casi al límite del muro, ejercitar allí la carrera de costumbre y meterse con cierta distinción en su agujero unas cuatro cuadras más al sur. Saludó a tres pacientes antes de salir, pero no se detuvo en ninguno con demasiado interés, al fin y al cabo eran pacientes, y ella, al fin y al cabo, era lo contrario. Se parecía por entonces a las actrices antiguas que se habían movido por el circuito metropolitano con el pelo ondulante, con el innegable encanto que alimentó por décadas la mitología urbana. Y en esas condiciones descendió también los peldaños, impaciente, siempre contoneándose contra las paredes que encerraban su largo descenso.

Afuera, como un suplicio, era el crepúsculo. La lluvia había sido en septiembre tan pertinaz como ahora y los rascacielos volvían a funcionar en medio del todo de una ciudad habitada en parte. Caminó de prisa con las manos en los bolsillos del uniforme, el cuello elevado, la confianza puesta en sus apetitos y algunas palabras goteándole a ratos de las comisuras como baba de loco. Hablándose a sí misma, costumbre por exclusión, descendió la rampa mareada todavía a causa de las horas de trabajo. «Esta no es la muerte, pero tampoco la vida», iba diciendo, «no sé qué será, ¿cómo saber?, ¿quién sabe?, no sé… no llegaré nunca a tener conciencia de quién sabe. Creo que robé las jeringas para sentir algo que no he sentido o para cubrir un hueco que no he descubierto todavía. Un momento, estaba cansada de la neutralidad, ¡cansada!, mientras metía la mano en el recipiente oscuro tuve la impresión de necesitar dinero, creo que era para comprar zapatos, un paso más y quiebro el tacón, las suelas se separan poco a poco de mi pie, mi economía está a ras de tierra, ¿será posible vender las jeringas? Pero, ¿a quién? ¡Cansada! Primero cometo un delito y después pienso para qué y todavía no llego a saber cómo, etcétera. ¡Muy cansada!».

El clima la hizo apresurarse más aún. El sol ya no era. El crepúsculo menos. La urgencia sí, además, padecía un horrible estrés que involucraba una horrible sucesión de dolores de estómago. «Pueden decirme que la vida es esto o aquello, pero debo vender o canjear las jeringas sin que nadie lo note, esto parte de un pulso espiritual pobremente inspirado y siempre abatido por una constante necesidad de objetos, al extremo de convertirse en un ciclo contra mí misma», se reprochó, «¿qué diré si descubren que transporto materiales bajo la ropa interior? Nada. No diré nada. La honestidad puede estar ahí, en un tacho de basura, pero yo viro la cara, no la recojo más, nunca más, es definitivo. ¿Qué digo? Sí, etcétera. Hablo solo de la honestidad».

Un traspié la detuvo, no solo su cuerpo sino también su mente se detuvo, fue un traspié total. Poco después continuó.

«Debo canjear las jeringas en una ciudad del interior, donde soy totalmente ignorada. Es importante aclarar algo con toda esta lluvia. ¡¿Cómo?! No puede ser. No me lo creo. ¡¿Otra vez llueve?!». Comprendió que la acera no reflejaba las luces de neón por simple solidaridad con su ordinario caso, que la vida estaba ocurriendo en ese instante con una tremenda carga de nostalgia, y que en esa nostalgia y en todo apéndice de la nostalgia el almuerzo del hospital obtenía ya la mayoría absoluta. Tras un breve reconocimiento de la nueva circunstancia la golpeó abruptamente toda su niñez y algo más, su vida se abrió ante sus pasos como un abismo o un expediente, se vio a sí misma durante los nerviosos allanamientos de la mano de su madre, ella saltando, quizás ella en plan de un juego con muñecas o con barcos de papel o con escondidos imaginarios, no su madre. Mujer neurótica y perturbadora, la madre solía tomar el control de sus travesuras con las mentiras de siempre, contadas al oído en tono de jadeo existencial que oscilaba entre lo necio y lo talentoso. Podía sentir aún sus palabras. En realidad eran muy ricos, ¡excesivamente!, esto los hacía mudarse una y otra vez, encontrar por lo común casas cerradas y desiertas –buena o mala suerte de los tiempos– con camas no tan empolvadas, no tan sucias, no tan ilegales y ya, nada más, el juicio continuaba *in absentia*, su madre detenía los susurros, aparecían varios archivos desocupados en su memoria, espacios sombríos como los espacios de un cine que proyecta la misma película, hasta que por fin su cuerpo respondía y los senos pujaban por elevarse, el único vello del pubis se rodeaba de madejas pestilentes y se podía decir a sí misma «menstruación, nena» mientras veía por primera vez la sangre en el blúmer, sin pendejadas, por cierto.

De vuelta a las avenidas después de la época de menos andar en la que hizo lo inverosímil para recibirse como enfermera, Griétsiya aportó veinticinco abriles a la soledad de la calle y descubrió, en lugar de la ciudad de su niñez, otra ciudad con una espantosa tragedia que se profundizaba. «Mierda», dijo. Una pequeña torre de plasta humana en la acera la trajo de regreso. Se limpió como fue posible. «Por culpa de la mierda», sostuvo y enseguida experimentó en el frío la manera más aterradora de doblar una calle. El expediente de su vida se cerró entonces a sus pies y a su derecha quedó la misma rubia que dibujaba los mismos óvalos de aliento en el cristal de un cine en desuso. En un cartel atado burdamente a dos columnas de afinidades lejanas era posible adivinar el motivo de una función sin nadie. «*El ataque*», decía el trapo ilustrado. «¡Qué forma de vivir es esa!», pensó, aún ensimismada, mientras la primera tapa de aluminio venía rodando sutilmente hasta sus pies. «¿Para qué estará allí esa mujer si de todas maneras no vendrá nadie?». Como si hubiera escuchado este pensamiento, la del cristal cerró la taquilla y reapareció en la puerta del cine, al otro lado de la calle (era alta, rubia y parecía ligada al ambiente), en tanto un auto blanco hacía su recorrido por el sitio que aún podía reconocerse como la 19, entre la 51 y la 53, gastando para ello una fría marcha de funeral que acaparó la atención de ambas, como todos los autos que ambas, Griétsiya y la rubia, habían visto en la vida. Ambas, además, eran de aspecto esquelético. También ambas observaban las luces intermitentes de la cola del auto hasta que por fin desaparecieron en las brumas confusas de una estatua ecuestre. Ambas dieron continuidad a una mirada y ambas, por último, profundizaron manos en los bolsillos, desconfiaron una de la otra y se lanzaron a caminar a buen paso en direcciones opuestas.

«Es bella esa mujer del cine», pensó Griétsiya, «bella aunque me espere para informar sobre mí y solo entonces termine su día de trabajo (¿qué podría robar en un cine?); bella, aunque el hombre del auto blanco, a su vez, la vigile para comprobar que ejerce su función de vigilarme, de ahí que se interponga cada noche entre nosotras, como un ciclo de vigilar a quien vigila en honor de la vigilancia y hasta la próxima función. Necesito un descanso para comprender. ¿Cómo una mujer tan bella se adaptará a un juego tan tenebroso? Debo pensar al detalle, con cierta organización, claro. Mi cabeza no dispone lo que pienso, estoy pensando muy rápido en la rubia y en cualquier cosa y en mí misma y en otros factores que también inciden… ¿Cuánto cobrará por el trabajo? ¿Habrá logrado formar una familia? ¿Quién la espera al cerrar el casillero? ¿Irá directamente a casa de su jefe, a brindar su informe? ¿O ella, tan rubia y tan alta, será mi conciencia? ¿Me estará persiguiendo mi conciencia? ¿Existirá semejante mujer? ¿Quién tiene la respuesta? ¿O quién tiene la pregunta? ¿O quién...? Me estoy volviendo loca. Este país me está volviendo loca. Camino con rapidez, dado el temor que siento en una calle desierta, pero pienso más rápido todavía. Últimamente todo es confuso, si por lo menos mis preguntas y mis respuestas llegaran a quererse. O si hubiera algo amistoso por ahí».

Se detuvo. Creyó sentir la tapa de un tacho de basura rodando en busca de sus tobillos. Ahora estaba más consciente y habría pensado en una posibilidad real primero y después en un perro, pero hacía mucho que no los había. La gente engordó con ellos durante los peores años de la era faraónica. Ya era imposible ver alguno, casi un suceso que jugueteara en su dirección desde la inmensa valla y más sorprendente aún que viniera rodando, era casi metafísico que un perro pudiera circular asumiendo los tonos de gris de la avenida y a velocidad semejante, encima con tanta precisión y tan pésima conducta. La tapa de metal, por último, pintó dubitaciones a sus pies y se detuvo antes de que ella fuera consciente de su existencia. Una ráfaga de viento frío la penetró por el pecho, como si cortara. Las hojas que cubrían a esa altura la mayor parte de la avenida se revolvieron contra los árboles. Contrario a su táctica desde la salida del hospital, no sintió la necesidad de proseguir. Pensaba en la tapa del latón, movía la cabeza, volvía a pensar hasta abandonarse al aspecto de una sombra inane cuando el primer y segundo espasmos la recorrieron a contracorriente.

«¿Qué puede significar todo esto? Una tapa, un tacho, el asfalto, mis tobillos», pensó, pero, a decir verdad, no estaba preparada para asumir esa clase de alusiones después de la jornada del miércoles y mucho menos detenida, sola. La lluvia, en cambio, se hizo oblicua, y ella continuó parada un rato más a pesar de todo. El terror la enloquecía. Su lucidez no avanzó a escalones superiores, por supuesto, hasta que la lluvia volvió a su estado natural de intermitencias, como si su mente estuviese influida todo el tiempo por un hermano mayor, duro y asmático. Practicó un giro y desentrañó lentamente la figura inmóvil en el cono de sombras de la próxima esquina. Un hombre casi terrible y casi desnudo la espiaba con el cuerpo rígido, un tanto echado atrás, como si se preparase para el despegue. La lluvia se hizo intensa, cierto, y entonces sí, Griétsiya echó a correr a cualquier sitio de la ciudad como una liebre provocada.

Las esquinas fluctuaron ante sus ojos una y otra vez, pero ella prefirió la intemperie oscilante que agazaparse en una de las casonas en ruina. Comprendía que el espacio cerrado iba a funcionar como una ratonera durante la persecución. No es que hubiese protagonizado historias similares, básicamente tenía pocas historias que contar, pero sus dos amigas enfermeras le habían hecho definir alternativas con relatos espeluznantes sobre el acoso. Las casas no, eso por último, mejor era esperar la suerte, la buena o mala suerte que había llevado a un cazador a unir coordenadas con ella. ¿Esperar acaso la asistencia casi nunca posible de un policía? Recordaba un policía en las proximidades del edificio público que ya había olvidado, solo aparecía un hombre en su recuerdo, un tanto huraño y nervioso en el vacío como si esperara un golpe mortal por la espalda. Gendarme triste y lleno del recelo consuetudinario, que subía o bajaba la cabeza o destacaba en el curso de cualquier otro gesto veloz. Ya después nunca más. El recuerdo del hombre vestido de azul se le comenzaba a disolver delante, solo que ahora necesitaba su permanencia casi física, no precisamente su disolución, deseaba una entidad de sostén para atravesar juntos los patios de un reparto residencial y desierto, paradoja, en verdad, de tales épocas.

La niebla que se llevó de su mente al policía opaco se llevó también otros recuerdos y la hizo derivar en algunos brincos inconscientes de aceptable destreza, pero no impidió sin embargo un traspié contra una de las vallas. Los soportes soltaron óxido apenas encontraron su cuerpo de enfermera en el aire y el conjunto se vino al piso con estrépito. El desplome la aturdió durante algunos segundos. Mezclada con la herrumbre, atravesado su uniforme por dibujos de diagonales terrosas, comprendió que no debía permitirse la paz quejumbrosa de los hierbazales. A sus espaldas, el ruido de otras vallas en caída anunciaba la proximidad agresiva del cazador. Se levantó, si fuera posible, a instancias del pánico. La pared de enfrente le cobró no haberla visto y volvió a caer sobre el colchón de hierbas e insectos. La lluvia amainó. Los insectos desquiciaron. Justo entonces se produjo el salto del cazador sobre ella.

La cabeza desnuda le dio en pleno estómago y le extrajo tanto aire que se sintió inutilizada para escapar. En la oscuridad ambos se debatieron en una ciencia de enrosques consecutivos hasta que se presentó en las manos de Griétsiya, mujer dúctil, el tubo a medio partir de la armazón de la valla, tras lo cual sintió un golpe, la temperatura tibia de un derramamiento y otros asuntos que tuvieron que ver con la cabeza rapada del cazador. La sangre, en especial la sangre, brotó en dos direcciones para teñir el uniforme de Griétsiya y la pared, agolpar así manchas tan visibles en la oscuridad que la muchacha de veinticinco abriles se convenció de lo innecesario de otro golpe por el momento, más bien se deshizo del cuerpo sobre ella y lo destinó al patio y a la noche. Mejor todavía, se incorporó de una vez en medio de una sonata de mosquitos y se propuso firmemente llegar hasta su propio agujero. Sin embargo, echó a correr hacia cualquier parte justo cuando el hombre comenzaba a revivir movimientos en la pequeña atmósfera de sangre, sudor y pestes.

Al abandonar el patio se detuvo en otro mayor que conservaba todavía una casita de mascotas. «Perro», leyó en la entrada como respuesta mental al rayo de luna que se filtró entre los árboles. Luego aparecieron dos casonas de tejas hermanadas por una arquitectura imitativa, tres pisos visibles gracias a derrumbes que abrían una arista en rayo de Zeus desde la buhardilla hasta el sótano. La luna, imposible de comprender en medio del discurso descabellado de la noche, extendió su brillo largamente a la lejanía de tenebrosas gasolineras y embajadas yermas. Las sombras giraron con brusquedad como inclinadas por una palanca y los contenes que estimulaban en Griétsiya un distante pensamiento civil se aplastaron al pavimento. En el próximo patio no sufrió para reconocer una mecedora de niños en plan de dormir una brisa suave. A su derecha, los ruidos de la propiedad principal de esa calle hacían suponer elementos en picada: pilares, doveles, cornisas, el balcón entero, el ritmo tal vez de la época repetido en medio de la estampida. Luego, una mansión diferente no perdía un solo motivo de luna en los cristales partidos de la segunda planta; detrás, una casa de madera, otra de estilo liliputiense y otra abusada por los tragaluces. Creía cambiar de opinión al bordearlas todas, dudaba si era adecuado meterse en una al saltar las cercas de piedra que las dividían, pero volvieron a sobrevenirle los recuerdos rotundos de la conversación con sus tres amigas enfermeras.

«¿Será ya de madrugada?», se preguntó antes de que sus pies se introdujeran por accidente entre los hierros de un depósito y antes de que su cuerpo se fuera de bruces contra el chasis de un auto antiquísimo. Cayó directamente en el asiento trasero y, al volver en sí, descubrió que le miraba los ojos a una rata. Ambas, la rata y Griétsiya, sin dejar de mirarse, soltaron un chillido equivalente. Ambas también se retiraron a puntos distantes y ambas, en fin, se lanzaron a temblar. «Horrible», alcanzó a suponer Griétsiya cuando pudo revivir su razón. Ya el uniforme –no podía decirse blanco– reunía sangre, tierra, baba y cientos de insectos incrustados como un yacimiento de fósiles. Había perdido el diseño y lo que antes la ciñera ahora le colgaba. «Horrible tremendamente», se dijo a sí misma y más tarde aprendió a decir «horribilísimo» con una mueca sostenida y desconfiada, irreconocible, nada más palparse sin prendedores, estilográficas o cofias.

Un silbido varios patios atrás la hizo incorporarse y comenzar otra vez una carrera sin orden que la introdujo con premura en el interior de un inmueble. Las ratas tumbaban polvo del techo en su cabalgata ensordecedora sobre las vigas. Supuso con cierta lentitud que se estaba alejando de los lugares «más seguros». Miró hacia atrás y no encontró en la penumbra la puerta por la que había entrado fortuitamente. Tropezó varias veces con estantes podridos y sillas que casi se desvanecieron al roce. Era una sola planta de puntal alto, con ventanas batientes que le hubieran dado un agradable aspecto en otra época, rejas de seguridad actualmente inseguras y dos peldaños interiores que solucionaban el desnivel del sitio. Se hallaba en una especie de comedor con acceso a las habitaciones y la cocina, todo eso espacioso y espectral. «Lo óptimo», calculó, «sería orientarse hacia la sala; de ahí, la puerta; de ahí, la calle; de ahí, la culminación de la pesadilla». Supuso el camino entre los objetos y casi al llegar al picaporte una rata le cayó encima desde los andamios. Chilló un poco más esta vez. Los manotazos para desprenderla consumieron fuerzas y nervios y aun así la rata no se separó, parecía aferrarse a su pelo como si hubiese descubierto el único objeto flotante del naufragio. Y así estuvo Griétsiya, como si fuera lo único flotante del naufragio, dando vueltas con los brazos en cruz hasta que se le ocurrió meterle la cabeza a las paredes, pero no alcanzó a tanto, antes le llegaría el hedor a cadáver de su yo profundo, muerto a esas alturas de la noche o la madrugada, no sabría decir, y esto la descompuso más en movimientos de histeria que después de lanzar la rata contra la pared no se detuvieron.

Solo el cansancio pudo paralizarla, traerla en sí, ofenderla con la quietud inquieta de estar echada siendo perseguida. Estuvo inmóvil durante tanto tiempo como no pudo definir, con la mirada disipada y sin pretensiones, la mandíbula floja, el aliento dosificado por la frialdad y la dispersión. Ni siquiera se detuvo en los bichos que continuaban deambulando por sus alrededores; no miró de soslayo el holocausto del polvo sobre las cucarachas ni las cadenas de hormigas que marcaban rutas invisibles de feromonas. Solo una luz al otro lado fue competente para devolverla al lugar donde el terror y ella, donde la casa y ella, donde la seguridad nunca había elevado su cetro. Una luz que, de ventana en ventana, se afanaba en el rastreo. Una luz que devolvía el propósito a las piezas o les cambiaba las dimensiones, porque lo que antes fuera a sus ojos una pequeña mesa de familia ahora adquiría el tamaño real de una mesa de banquete y los bichos se escurrían de su superficie como si regresaran en el tiempo y además se mostraba por sectores la imagen brillante de todos los volúmenes desde la foto en la pared hasta un sitio unos centímetros antes de su cuerpo, donde la luz, oh, se detenía. Griétsiya entonces, asida aún más a la idea del terror que se había hecho por culpa de las historias de las enfermeras y presa del terror que había experimentado personalmente, no pudo evitar un vistazo sobre sí misma mientras el haz seguía barriendo la habitación con una inconstancia embaucadora.

Su cuerpo se había doblado por la cintura y sus nalgas se aplastaban contra el piso, brazos y piernas habían sido abandonados en derredor, se distribuían largamente sin intención de agitarse. Pensó en los efectos de la cacería, se dijo que ese era aún su cuerpo uniformado y que podía alzar la vista y reconocer el sitio antes de mover un solo músculo para defenderse de nuevo. A unos pasos de su pie estático se alzaba una mesa cubierta con un viejo mantel carcomido por ratones. Las mordeduras escalaban la tela nerviosamente y se perdían en un paisaje de soperos cuarteados, cubertería irónica en ligera rotación provocada por los bichos, porcelanas vulgares servidas con algunas cucarachas exangües. En la pared colgaba además una foto de familia. En ella dos ancianos de muy baja estatura se mantenían en pie, sus brazos no terminaban nunca de rodear los hombros de una mujer y dos niños se paralizaban agachados al centro. En la pared de fondo un cartel atraía invitados a la celebración, sus palabras eran tradicionales y legítimas, las recordaba muy tenuemente en su propio pasado, pero también las veía asomarse a su presente en un ping-pong de imágenes.

¿Qué fuerza había arrancado a la familia justo en el instante de la celebración? No había signos de violencia, los únicos signos que se identificaban en el interior eran los del tiempo, pero esto no descartaba detenciones o asaltos, ni sugería siquiera el abandono pacífico del comedor. Cualquier cosa que hubiese sucedido, hubo de producirse entre las cinco de la tarde y las nueve de la noche, antiguo horario de ceremonias familiares. ¿Epidemia? No recordaba ninguna en la ciudad. Las mayores posibilidades seguían apuntando hacia la noche y el colmo de lo imprevisto. Sí, quizás una noticia, una decisión. El desespero de la luz desde fuera no la dejó continuar. Seguía en el mismo mundo y desde la misma intemperie se le buscaba con toda la impaciencia posible, sus gritos histéricos, sobre todo, habían atraído la atención sobre ella.

¿Qué hubieran hecho sus amigas ahora? Recordó la idea original de que cualquier casa funcionaría como una gran ratonera bajo tales condiciones. Supuso que no debía temer ya a las ratas porque se estaba convirtiendo en una, su condición se había vuelto otra por tan solo un hombre con una luz al siguiente lado. En trance de analizar que la sorpresa ayudaría, continuó agazapada mientras la luminaria se iba desesperando aún más en el exterior. Estuvo quieta durante algunos minutos, con las rodillas pegadas una a la otra, sin parpadear, sola contra su yo profundo resucitado, como si convenciera con sigilo a su cuerpo de seguir esperando el instante que seguramente llegaría. Solo que, pasado un tiempo, la espera comenzó a empobrecerla. La llegó a trocar en una criatura tan miserable que no le dejó nada más para compartir que otra vez la espera, la quietud del tiempo pendular que era definido por la luz de una ventana a otra.

Y allí, las ratas.

Y allí, además, el polvo, los deseos de estornudar en la casa de una familia que nunca llegó a concluir la celebración más corriente.

Y allí también, la sorpresa.

La luz y su portador se alejaron hacia la entrada de atrás. Griét-siya se emocionó, su cuerpo temblaba al estirarse y al abrir despacio la puerta. La hoja giró adormecida, pero los goznes dieron la voz de alarma. En una milésima de segundo volvió a comprender que sus piernas debían preservar su condición a toda velocidad. Al instante, se repuso. Evolucionó al movimiento. El terror en ella incrementaba su concepto vertiginosamente.

Si antes pensó que sería tarde, ahora pensaba que sería más bien temprano. El olor de la madrugada colocaba otro perfume en la hierba y el horizonte de techos se fue haciendo cuadra a cuadra menos suntuoso. Las casas se iban estrechando y uniendo entre sí hasta no dejar espacio para la huida. En algunos lugares tuvo que bordear manzanas enormes o atravesar a duras penas pasillos tortuosos con el temor de perderse. Estas circunstancias no la abandonaron durante un par de horas. Después la perspectiva comenzó a cambiar: la esperanza de no ser ya una perseguida, sino una extraviada, le dio inexplicablemente una vuelta de felicidad en la cabeza como un turbante y se le amarró allí sin dolor.

Vino a salir de sí misma en la medida en que su cuerpo salía indemne por entre escombros y recovecos, puertas manchadas, caños que daban a una plaza central donde persistían algunas mesas de hierro a formato típico y juegos de ajedrez. Griétsiya se preguntó las circunstancias que propiciaron el abandono repentino de aquellas mesas, pero otra vez quedó sin respuestas en un lugar quizás más peligroso.

La soledad volvió a aterrarla, lo cual le pareció hasta cierto punto estúpido, pues había nacido por accidente en una habitación de dueños ignorados, a solas con su madre; se había criado con las marionetas que encontraba en las casas no habitadas y tan solo había tenido sexo en una ocasión. ¿Cómo sostener entonces su temor a la soledad? ¿Se estaba volviendo estúpida o era nuevamente la histeria? Quizás no. Quizás fuera el temor de estar pisando tierra triste, o el desconsuelo de haber imaginado las vidas que se habían vivido allí, entre ritmos, palabrotas y jodienda. ¿Qué los habría hecho escapar tan desaforadamente, aplazando incluso el final de los juegos? Sintió tantas ganas de compadecerse a nombre de los que ya no estaban, que se compadeció de sí misma por defecto. Reconociendo con dificultad el lugar, la luna reapareció para mostrarle sábanas agujereadas tendidas en cordeles que iban de un balcón a otro. «Allí hubo un niño», se dijo, y, mirando en torno con mayor detenimiento, encontró que la misma escena se repetía en todos los pisos hasta el último. «¿Por qué tantas sábanas?», se detuvo, «¿a razón de qué tantos niños?».

Al otro lado de los edificios descubrió que la ciudad envejecía sin que desaparecieran los espacios claustrofóbicos. Bajo sus pies comenzó el empedrado menos acorde con su condición de perseguida, aunque tal vez esta condición ya no tuviera vigencia. No le quedaba posibilidad alguna diferente a caminar hasta el amanecer, momento propicio para definir su rumbo hacia los rascacielos —cuyas cumbres se habían borrado de un plumazo—, o hacia el muro de la bahía.

Casi convencida de sus posibilidades de salvación, se animó a husmear dentro de los edificios y escogió el menos tenebroso. Los peldaños le hicieron compañía hasta lo último y tres pasillos surgieron en distintas direcciones. Hubo un periodo de increíble tanteo, como si fuese ciega o nadara en un útero gigante, y luego aparecieron marcos sin puertas, colchones sin camas, vasijas sin estantes, fotos sin cuadros. La rareza persistió en torno a ella y explotó cuando tuvo el descuido de abrir una ventana para que la luna aclarase los detalles. Superada hermosamente la oscuridad más obtusa de interiores, comprobó la falta de objetos de madera en derredor. Ni mesas ni estantes ni andamios de madera. Platos y colchones dormían en el piso. Por si fuera poco, encontró una silla de metal en un tugurio vacío. Sobre la silla esperaba un lazo de ahorcado. «¿Suicidio? ¿Linchamiento?», preguntó a la soga con una voz estúpida. Sintió la humedad en su respiración y pensó brevemente en el musgo. «¿Acaso habrás linchado, soga?», recompuso con miradas alternativas a la soga, la habitación y el pasillo. «No, de ningún modo. Si hubieras linchado a alguien, si hubieras tenido la osadía de linchar a una criatura, sus huesos estarían ahora dispersos en el piso, a mis pies, en el presente de este momento. Algo ocurrió, por demás, con la madera. Nada aquí me habla de la furia. Todo tiene el perfecto orden que produce otro monstruo, el abandono. Solo persisten la silla, las paredes, la soga, etcétera. Esta escena pertenece a un suicida. Ningún otro puede llegar a una habitación con una silla a rastras, sin apartar la vista del techo. Aquí, soga, ha estado un suicida, ¿verdad? Estoy parada, obviamente, en el sitio del arrepentimiento. Casi lo veo venir con su silla a cuestas. Casi. Lo veo atarte al tejado, soga, y dejarte allí durante un tiempo, sin quitarte la vista de encima, como si fueras en verdad su destino. Estoy próxima a imaginar la última tregua, el instante de maldecir la vida antes de proceder al cuello roto. Justo en ese momento debió de producirse el milagro. ¿Alguien entra y lo mete en razón? No, soga, así tampoco. Me inclino a pensar que una noticia lo hace descender del podio. Se arrancan las puertas, se arrastran las mesas y las sillas de madera en honor a cierto propósito sin descubrir, y quedan presentes, huérfanas, ustedes dos, silla y soga, mis primeras y únicas testigos... Pero hay una pregunta más sugestiva, algo que tal vez no me responderá nadie, ni siquiera los peldaños, las sombras o la humedad. ¿Qué noticia puede hacer que un suicida descienda?».

Su cerebro volvía a funcionar acelerada, alocadamente. A su modo de ver, el país le estaba dejando secuelas día tras día. Era una explicación sencilla luego de analizar con juicio crítico su propia cháchara frente a la horca. Había dicho lo que salía de su corazón victorioso después de convencerse a sí misma de sobrevivir a la persecución. No había escatimado la luna a través de dos ventanas ni el uso de cierta lógica en la seria diatriba ambivalente, pero aun así el monólogo se detuvo. Su cabeza cayó entre los hombros y se fue a las escaleras como si levitara hasta que se vio a mala hora en la misma calle.

La intemperie le pareció tan nauseabunda como antes. A lo lejos algo maulló. La neblina constituía a tales horas el único presagio del amanecer. Quiso atravesar la masa vaporosa sin rumbo fijo cuando notó que le faltaba el tacón derecho. A la deriva, golpeando con sus zapatos de enfermera en la piedra de la calle, comprendió que el sonido no era de ningún modo musical. Como una bailarina coja que cae en la cuenta a media función, se aferró a su estilo para proseguir hasta la próxima esquina, donde un banco también cojo se inclinaba. Allí decidiría quedarse descalza o no. Pronto se vio con los zapatos al cuello, la mente obtusa, el uniforme hecho tiras ya, y además tiras sucias, en una extraña forma de autoexamen.

Sintió, casi al límite de las lágrimas, en una secuencia de instintos que se pusieron en práctica de repente, el repiqueteo de unos pasos en el adoquín. Pensándolo mejor, los había escuchado superponerse a los suyos desde antes, quizás desde su salida del edificio, pero había estado terriblemente pensativa y luego terriblemente desconectada. Solo a la hora de estar descalza se pudo definir mejor el tono de los pasos a lo lejos, un golpeteo rítmico que, en caso de prestarle atención como debía, se acercaba en intensidad al grito, en poco tiempo, al barullo cadencioso. Fue más rápido aún, pronto la ensordeció. Sería mejor esperar escondida, aunque, ¿la cuestión de la bruma era realmente piadosa? ¿El asunto de los recovecos podría salvarla? ¿Y los pasillos? ¿Los callejones? ¿Los laberintos que tales barrios tejían en la medida en que uno se adentraba en ellos? Si lo pensaba bien, su talento para esconderse en la oscuridad no había sido aprovechado al máximo. Quizás había sido sorprendida en la persecución, quizás era un cuerpo-encrucijada de la noche, del cansancio, la soledad o la lluvia. Era necesario decidir pronto una estrategia porque parecía ya un tropel lo que antes unos pasos. La cercanía fue adaptando sus miembros a las posibilidades de la fuga recomenzada, sobre todo por la luz que iba llegando en unión a las escandalosas señales. «Esa luz que he visto», pensó Griétsiya, pero ni así los rayos iridiscentes dejaron de mutilar el cuerpo de la neblina en decenas de velos suspendidos como alfombras mágicas. Tal y como lo veía, la luz, semejante a las pisadas, fue engordando en su mente al apoderarse en la penumbra de cualidades mayores y de inmediato dejó de parecer un simple tono en la oscuridad para convertirse en un fuego, un sol en inclinación caótica sobre los frontispicios de las fachadas antiguas, iluminando a ratos el empedrado y a ratos los muros y a ratos los derrumbes, el filo de los capiteles y la verticalidad de todas las columnas que Griétsiya divisaba por primera vez en su vida. Y detrás de todo eso un hombre que, por la manera de acercarse y desgarrar, no podía ser otro que un cazador.

El suyo.

IÓSIF

Iósif, engreído hasta los límites de la tolerancia, entró el miércoles por la mañana con un traje azul oscuro en las oficinas de un rascacielos idéntico. En el lobby el ambiente era cálido y con gusto se hubiese quedado de siesta en los sillones, sino fuera por la amargura de subir a las ocho hasta el último piso donde su oficina no valía el esfuerzo. Antes, se acercó al tarjetero y marcó con tinta azul oscura su nombre y la hora en que había puesto el pie –derecho– en la alfombra fósil de la puerta principal; después, enseñó la tarjeta de incidencias a una de las cámaras de arriba; después, la cámara de arriba se quedó impasible. Cuando le pareció que alguien al otro lado había consumido el tiempo suficiente para darse cuenta de su puntualidad, hizo descender la tarjeta hasta colocarla de nuevo en su sitio. Tuvo ganas de que una secretaria le trajera café, pero no recordaba el tiempo exacto en que había dejado de verlas –¿alguna vez las había visto? El joven Lev, oficial del décimo, aseguraba que tres rascacielos más allá trabajaba una taquígrafa; aseguraba también que era horrible y de todas formas mujer. «Solo por instinto y no porque lo haya aprendido de nadie», decía Lev, «lleva café cada mañana por los pisos, usa faldas cortas y es capaz de trasnochar en compañía de alguno de los cinco directores de ese ministerio, ¡vaya suerte!». Por otra parte, Fiódor, el calumniador, sesentón y avinagrado, acostumbraba a narrarle historias fáciles de las secretarias antiguas. Decía haber visto dos por departamento, así de hermosas y ajetreadas, con sus agendas bajo el brazo y sus perfumes y sus nombres pegaditos al vestido en una lámina de metal. Claro, eso fue antes, porque a decir verdad Iósif no le creía a Lev ni a Fiódor. Pensaba en la realidad como en el tiempo presente, ambas cosas unidas en el todo, bajo el filtro y en el interior de la taza de café que, a propósito, se estaba empujando ya por costumbre.

En el décimo piso, Lev practicó un saludo pesimista o una mueca genial al verlo asomado. En realidad, no importaba mucho. Cualquier gesto genial o pesimista era comprensible si venía esa mañana de aquel joven. Para confirmar el cumplimiento de la agenda de trabajo, estaba siendo víctima de una inspección profunda que lo llevaba de carrera entre estantes y documentos. Esto mismo era frecuente en el edificio, pero ninguno de los trabajadores se llegaba a acostumbrar a las preguntas y excentricidades de los supervisores con traje azul oscuro, cualquiera que fuese. Las academias de formación de funcionarios mostraban varias promociones de sujetos con rostros similares –narices perfiladas, ojos chinescos, barbillas hercúleas–, individuos de un metro ochenta que vestían con elegancia y se habían preparado finamente.

Y aunque fuese de otro modo, tampoco era posible reconocer con exactitud cuál inspector sería el asignado ese miércoles al piso de

Lev, pues el joven se movía con la celeridad de un ave doméstica a la sombra de su dueño y se arruinaba tratando de secundar el ritmo de ida y vuelta a la caza de actos sumisos. Iósif sentía las puertas cerrarse a consecuencia del carácter rudo del inspector, pero husmeaba más y más de puntillas, a veces inclinado o en simulación de algún inconveniente repentino que lo detuviera allí. Estuvo haciéndose el zonzo durante un cuarto de hora y entonces alguien, uno de ellos que no se dejó ver y que debió acercarse taimadamente, pegó un portazo en sus narices. De momento era difícil saber si por orden del inspector o por iniciativa de Lev se le había obstaculizado la visión. De todas formas, Iósif llevaba sus propias preocupaciones a cuestas y casi llegó a olvidar la auditoría mientras remontaba la otra parte del rascacielos. Solo en el decimosexto rellano se preguntó si Lev había dormido en la oficina para recibir con puntualidad la visita del inspector, pero no encontró respuesta alguna ni siquiera en el vigésimo tercero, donde mostró nuevamente a la cámara una tarjeta con su nombre y su firma junto a la hora actual, todo eso en azul muy oscuro.

A las nueve, por fin, logró sentarse frente al buró del piso donde trabajaba, completamente solo y cansado. Antes de tomar la siesta de iniciación, indujo en Praskovia, su cámara de techo (¡le decía Praskovia!), una foto donde la oficina destacaba por su impecable orden, y donde él, en actitud pensativa ante varios documentos regados sobre el escritorio, permanecía con las manos a la cabeza en remedo ajedrecístico de un Gran Maestro, hiperconcentrado y tieso como estaba concebido y era menester. La siesta, obvio, no debía extenderse más de sesenta minutos, lo máximo que un hombre puede soportar con las manos en la cabeza, según entendía, pero apenas pudo conciliar el sueño, mucho que se hallase listo y exhausto. Los temores a causa de la supervisión despertaron demasiados Iósif dentro y todos ellos le manifestaban opiniones diferentes: el joven Lev, a pesar de su juventud, tenía los archivos bien dispuestos y actualizados, eso invitaba a dormir una siesta reparadora, reclinado como de costumbre con dos rueditas de pepino sobre los párpados; en cambio, si la mano en alto que le mostrara el joven no había sido un saludo pesimista ni una mueca genial, sino una contorsión espantosa, entonces iba a vivir seguramente la secuencia del inspector subiendo a su piso, el inspector tocándole la puerta, metiendo sus narices en los canales de entrada y salida de la información, revisándole el plan de grabaciones o preguntando por el número de casos abiertos, cerrados y vueltos a abrir. De acuerdo con su nivel jerárquico, él, Iósif, era quien debía dar tales explicaciones, supervisar todos los pisos, aplicar las medidas y despedir en el último de los casos, porque la idea siempre había sido la de intercambiar responsabilidades, medida disciplinaria por excelencia, jamás despedir. Un funcionario no podía perderse tan fácilmente.

Estas elucubraciones que no dejaban alcanzar el sueño fueron superadas con rapidez por otras. Imaginó que el inspector le pedía un informe pormenorizado de cuanto expediente entraba y salía de los archivos, del número de adolescentes suicidas, del porcentaje de divorcios, de la cifra de alcohólicos, de la nueva tasa de mortalidad infantil... Se imaginó en boca de todos los empleados de todos los rascacielos de todas las avenidas. Se figuró que el inspector se figuraba la falsificación de los datos, que sumaba o restaba y las cantidades no eran idénticas o que le invalidaban el primer lugar del semestre. Se vio a sí mismo en el acto de despedida del piso superior, aquello que significaba, no solo literalmente, haber descendido después de tocar el cielo. Concibió a Fiódor sentado en su sillón, en la mismísima cúspide del azul oscuro, desde donde dictaría los planes quincenales y las medidas necesarias para lograr el perfeccionamiento y la eficiencia. Lo concebía con terror porque nadie como él había tratado de desvirtuar su carrera de constantes ascensos. Iósif recordaba que la toma de posesión del cargo, meses atrás, le había costado el saludo de al menos tres de los cinco trabajadores del edificio, entre los que figuraba aquel insoportable calumniador llamado Fiódor. Por eso era preferible no aletargarse demasiado, retirar la imagen digital que logró inducir en la cámara de vigilancia y luego mantenerse a la expectativa. Ser otra vez un paquete de carne y hueso para los que observaban.

Abrió un ojo por si merecía la pena abrir el otro y su media mirada se clavó en la inscripción del expediente separado la tarde anterior.

«Nombre de guerra: GRIÉTSIYA», decía la carátula como si se tratase de la vida de un soldado. Recordó que aquel nombre había sido, precisamente, el motivo inicial de su curiosidad. «¿Qué clase de padres ha tenido esta mujer?», se abstrajo por un instante en busca del camino correcto a través de un azaroso entramado de hipótesis y casi de inmediato se concentró en la secuencia de fotos que dormían en el expediente, como si fuera posible de esta manera calmar las angustias, todas las angustias. Bajo las luces de neón, trigueña y alta a través de los barrotes que enmarcaban el primer plano, sobresalía en Griétsiya una delgadez acumulada, la iluminación lo decía, el ángulo lo decía, el momento, el equilibrio, la textura de las sombras alrededor, el fondo, el contrapicado y las ausencias. Era una información que podía inferirse sin esfuerzo. Mientras caminaba –había sido sorprendida en actitud convincente, parecía definir músculos extensos y desvelados, tenía piernas especiales, una por delante de la otra–, el pelo era un estallido de belleza. En el caderamen ladeado se veía cómo el uniforme, por sí solo, le entregaba toda la línea a los finos detalles de un sastre. En una esquina de las fotos y por detrás de la joven, se veía surgir un auto blanco. La secuencia era clara: focos, carrocería, parabrisas. Una mujer había dejado sus manos en el encuadre con absoluta desfachatez, se le veía apretar, además, un dispositivo que denunciaba su dedo en el obturador y la consumación de la instantánea.

Iósif acercó una gran lupa.

La mano izquierda apretaba rectángulos de papel con el rótulo «Cine Independencia: fila 2 - puesto 13» y otras precisiones. Infirió que las líneas verticales del primer plano no eran los barrotes de una cárcel, sino las defensas de la taquilla de un cine. Acercó la lupa a los senos de la tal Griétsiya y esto lo fue incorporando como si le hubieran enganchado los párpados con un par de anzuelos. En sus ubres algo gritaba –a modo de desafío– la velocidad posible de semejante criatura por las aceras en descenso. Conocía el lugar, sabía que la mujer del cine tomaba las fotos cada noche, y por eso mismo, supuso que era más fácil imaginarlas a las dos frente a frente. Creía ver en toda la calle, en la vigilancia, por ejemplo, una sensualidad ordinaria y urbana que le resultaba tan vivificante como un tónico. Quienquiera que pasase en ese momento hubiera sido capaz de sentirlo, apenas vinculara una con la otra: la forma de vigilar de la del cine y la extraordinaria forma de ser vigilada de la muchacha de la acera. Y luego, por si fuese poco, él, recibiendo los detalles en la oficina de mayor importancia del edificio. Él, Iósif, devenido jefe de burócratas anónimos por recomendación de un amigo de su padre que tenía hace cinco años un puesto «más arriba». Él, responsable de cuanto se moviera en Seguimientos y Estadísticas Nacionales, por cuyas manos pasaba cada expediente azul oscuro de los «asegurados» y quien, a no dudar, estaba considerando ahora mismo —tras haber engañado con una fotografía suya a las cámaras de vigilancia— todo suceso en relación con la rubia y la tal Griétsiya como asunto de extrema sensualidad, algo que escapaba al autocontrol de cualquier existencia masculina de acuerdo con las siluetas femeninas involucradas, la vastedad epidérmica de las hembras y el jugoso espacio para ellas diseñado, como si pudiera desnudarlas allí mismo, en la instantánea, o como si pudiera transformar en cinta de celuloide las imágenes voluptuosas. No importa, él las suponía y las suponía, se inventaba desnudo en aquellas circunstancias, sin especulaciones, sin llegar tampoco a convertirse, a su juicio, en una obsesión, pero acechante desde un ciclo donde los tres llevarían erotismo intempestivo al plano de las escenas y no solo al encuadre de las fotografías.

Pensando en ellas y pensando así, se aproximó al lente de Praskovia —la cámara— para dejar de inducir una escena falsa con su imagen de laboratorio. Volvió a estar parado al centro para aquellos desconocidos que lo vigilaban cada día. «Suerte que he tenido algunos aciertos», pensó ya sentado ante el caso Griétsiya. *Ruta común*, decía el primer sobre del expediente y pasaba a contener paisajes urbanos a los que no otorgó significación alguna, definitivamente no aparecía su cuerpo, menos aún el de la rubia, solo lugares amplios y vacíos, esquinas, hospitales, paseos muertos, en tres de ellas el muro de ladrillos que bordeaba el litoral. El siguiente sobre decía *Otras rutas de su recorrido*, pero ni siquiera lo abrió, tampoco el otro ni el otro ni el otro. Buscó los dos últimos y cuando dio con ellos hizo un esfuerzo para ocultar a la cámara su evidente interés. Los sobres especificaban *Grabación Implicatoria* e *Intimidad* con una letra diminuta, casi humilde.

MAGNICIDA

El magnicida aún no lo era, aunque ya casi. Su plan posible continuó completándose en las rugosidades del techo hasta el punto en que el asediado, obviamente, moría. Cuando vio la sangre salir a través del traje, aún con la víctima en pie, apartó la ballesta y su cerebro retrocedió. Quiso reproducir los hechos por tercera vez y desde el principio, pero había encontrado ciertos detalles discutibles: demasiada gente roncando ese miércoles de octubre, demasiadas pestes deambulando a deshora en el Rascacielos Penitenciario del sur de la ciudad.

«Vamos a ver», pensó echado de espaldas con la vista fija en el techo, «mi sitio es A, aún no me cachean, ni siquiera hay suficiente animación aunque la ruta ya esté asegurada. Ahora bien, ¿cómo y cuándo he de dirigir el arma hacia el punto B donde estaremos en línea el objetivo y yo? He pensado en los drenajes, pero la época exige otros caminos, el mundo subterráneo de la ciudad puede ser más fácil de cubrir que el mundo de arriba. Los drenajes podrían estar tomados completamente. Es necesario acariciar —¡bah, acariciar!— otras posibilidades. Los árboles de la plaza hasta el punto B son raquíticos y una presencia en ellos sería reconocida de inmediato. ¿Cómo burlar los detectores en los puntos C, D y más atrás, en los peligrosos rincones de E? Si los puntos A y B fueran equidistantes a la tarja, podría ahuecar allí y meter a una diminuta portamisiles, sería suficiente para destruir cualquier vestigio de vida en un radio de cincuenta metros; pero otra vez los detectores. Y, en cambio, el arma de da Vinci. Y, se subraya, la ballesta de Guillermo. La primera puede ser mortal desde el punto medio entre B y X, está claro, desde el segmento BX partido en dos. Si lograra desplazarme hasta BX partido en tres conseguiría derribar al objetivo limpiamente y a cualquiera de sus ayudantes más cercanos. Pero la segunda, la ballesta de Tell, subrayo, es extremadamente silenciosa y puede burlar los detectores. Si lograra un alcance de quinientos metros podría esconder sus fragmentos por todas partes con la esperanza de reunirlos y efectuar un disparo desde cualquier punto de la celebración, necesito la certeza de alcanzarlo en el hueso frontal y hundirle la piel sobre los ojos de una sola vez. También debiera especificar con exactitud los árboles donde se podrían esconder el mango de madera, el arco, el gatillo y las flechas de cuatro aristas. Toda precaución es poca si se tiene presente que A, B, C, D y E van a estar preparados para una respuesta sobreestimada. No pensaré mucho en F, H y J, puntos del anillo que pudiera llamarse "constrictor", como lo es, en efecto, la boa, dado su ritual afinadísimo. El siguiente anillo, que llamaré "exoesqueleto", estará conformado por los puntos G, I y K y debe encontrarse un poco más retirado. Todas las medidas que se tomen para evitar estos puntos son escasas e infelices, si no desarrollan su poder ante mis ojos, entonces funcionarán de maravillas cuando el cuerpo de seguridad vea caer al objetivo. Nada implica que los enlaces entre los anillos pasen por mi lado y me rocen sin conocerme, antes o después, me rocen con la intención de tocar mis vestiduras para comprobarme solapadamente. Digo que L, M y N circularán entre B y X de manera feroz, como si quisieran rajar tu cara con sus pestañas, todos ellos vestidos de civil, apartando lentamente la muchedumbre. Me pregunto si has visto a un hombre de dos metros caminando por la playa con el agua a la cintura. Y me respondo que sí, lo he visto, movía las manos a un lado y otro para abrirse paso. Pues bien, me digo nuevamente, será lo mismo. Todos ellos vestidos de civil harán como si apartasen las aguas para dirigirse de una punta a otra, desde B hasta X, el anillo que llamaré "núcleo" porque conserva al objetivo en sus entrañas. Por lo pronto, reconoces que podrías inmolarte, magnicida, ¿cierto? Sí, lo reconoces, son los que me envían quienes no saben a lo que me someto. O tal vez sí, pero igual me mandan», se dijo, muy descriptiva y minuciosamente, repartiéndose también preguntas y respuestas que le aseguraban tener el control de sí mismo.

La cabeza no se le movía mientras pensaba, así que el figurín pegado a él como una estampilla le preguntó si vivía aún. Dio por toda respuesta un respingo, «¡calla o te mato, papamoscas!», y se hizo de inmediato un silencio de sepulcro.

«Vamos a ver», se dijo nuevamente, para retomar el plan, «los enlaces entre A y B, anillo que seguiré llamando "frondoso" porque contiene los únicos árboles de la plaza, serán señalados para siempre con las letras O, P y Q. Estos enlaces se han de mover en la amalgama pútrida de los asistentes al acto para desestabilizar al probable ejecutor —mucho gusto, gente—, alternarán entre sí y se precipitarán en una sucesión interminable de hazañas de solo oír una pieza que chasquea. Me caerán encima con un salto lunar, como si fueran hombres de resorte. Me harán lo que pueden, lo que saben, lo que quieren y lo que sueñan, no tendré escapatoria si cometo una indiscreción tan solo a diez metros de distancia. Pero, ¡ánimo!, por eso mismo repasas y repasas, magnicida, tienes las pelotas, te envuelve el deseo, no tienes más que repasar y repasar justamente al detalle... ¿Por dónde iba? Próximo peldaño. Ah, sí, ya recuerdo. Los enlaces conocidos por R, S y T se moverán entre el punto A y F a través del "constrictor" y cubrirán el sector noroeste del abanico abierto; lo mismo harán U, V y W por el "exoesqueleto", en el sector suroeste, entre los puntos A y K. Con estos queda casi completa la cobertura del patio, solo faltaría considerar a los capitanes que supervisan las escuadras con una nomenclatura de Capitán Y y Capitán Z. Sus movimientos por anillos y sectores garantizan la exactitud de la custodia, como si no fueran pocas las medidas de seguridad ni lo bien organizada que se extiende la red», pensó.

El otro, el de al lado, se puso a bostezar. Debían ser como las tres o las cuatro de la madrugada y ninguno de ellos tenía sueño por causas diferentes. El que había llamado «papamoscas» le dio la espalda y comenzó a emitir sollozos de gran intensidad. Toda la columna vertebral se removía con temblores que comunicaba a su compañero y que lo importunaban y lo sacaban de los profundos y seriecísimos cálculos que salían de su cabeza. El otro estuvo así un tiempo hasta quedar listo, totalmente descargado, casi pulcro y seco. De pronto, cuando parecía descansar más, pegó un salto y abrió los ojos. «Bah, si vuelves a hacerlo, te mato, papamoscas», le dijo el magnicida tras un momento en que trocó el abecedario en su cabeza y todos los anillos de seguridad fueron enlaces y todos los enlaces fueron detectores. No debía permitirse estupideces así en sus aspiraciones, debía unir las partes dispersas de su arma y encestar en la frente del objetivo el disparo formidable.

«Vamos a ver», pensó, más concentrado, «lo que penetre por el punto oficial XXX debe atravesar los siguientes anillos antes de obtener sangre o solazarse en uno de ellos: 1) exoesqueleto, 2) constrictor, 3) frondoso y 4) núcleo. Pero también debe buscar en su rincón para juntar las piezas necesarias. Los dos primeros anillos estarán conformados por tres puntos principales y los dos anillos del centro por un gran punto de observación y rastreo, lo cual obedece a la forma de abanico en que se ubican las multitudes en los actos similares. Es increíble. Lo tienes todo estudiado, ¿verdad?», se preguntó. «Sí, todo», se respondió inmediatamente. «Más te vale», se dijo. «Muy bien, sigamos», sostuvo, «cada anillo se une al otro a través de tres enlaces que no descansan y gracias a dos "jefes orales", así los llamaré, de acuerdo con la posibilidad que tienen de succionarlo todo a su paso. Los puntos estarán formados por cinco a veinte fortachones de civil, milicias muy bien curtidas en el entrenamiento feroz y pequeñas escuadras de respuesta vertiginosa que prestarán ayuda en la detección de sospechosos, en el registro solapado de camisas y pantalones para encontrar un arma en cualquiera; prestarán oídos y ojos a todo lo creíble y lo increíble, aceptarán que eres un asesino hasta que demuestres lo contrario, te caerán en masa y te quebrarán. Y no es que te paren y te digan "¡oiga, su turno para ser cacheado!", no, no se trata de eso. Recuerda, magnicida, algunos son puntos móviles y otros puntos son fijos, los móviles son peores, no lo olvides, pero todos ellos tratarán de chocarte para ver si dentro de ti suena algo metálico, te pasarán imanes por la ropa sin que lo notes y entablarán comadreos para valorar tus ideas. Así es como se explican el arte de la protección. Si les resultas un sospechoso de primera, te prenden ahí mismo. Si le pareces un sospechoso de segunda, mandan tras de ti a un enlace. La función fundamental de los enlaces es mantenerse al lado de los sospechosos de segunda para impedirles mover una pestaña. Si no existiera esta posibilidad, entonces se entretienen en la búsqueda de individuos raros, con aparente anomalía, que puedan hallarse en el espesor de cada anillo. También existen enlaces entre un punto de detectores y otro, entre A y E, entre E y D, entre D y A. Aunque no haya analizado las subvariantes de cada categoría, todo esto crea cierto ritmo en el interior de la masa. Unos irán hacia delante y otros hacia atrás. No sabrás quién es quién. Todos son tus enemigos. De cinco hombres o mujeres a tu alrededor, cuatro pertenecerán a la escuadra de defensa. No debes conversar con nadie. No debes reír o llorar demasiado con las palabras de los otros. Cualquiera puede trabajar para ellos, solo tiene que ser activo y responder. Todos los edificios en derredor estarán tomados. Todos los huecos de las alcantarillas. De los doscientos asistentes, ciento cincuenta buscarán a un ser como yo, una bestia, soñarán conmigo dos meses antes del acto y concluirán para sí que soy efectivamente una criatura abominable, un capaz-de-todo, un sinfín-de-salvajismos. Es casi imposible», detuvo su arrebato, «¡recapacita!».

«No, no recapacites», modificó enseguida, «más bien esfuérzate, seguirás siendo el mismo después de consumado el hecho. Bah, no importa, ya es hora de dormir», se propuso. «No, no puedo», contradijo otra vez. «No puedo dormir. Guardia Personal es el equipo de rastreo más eficiente que se haya conocido. Según informes, acostumbran a oler los atentados y son, más que nada, devotos, gente invulnerable si vamos a llevarnos por las fichas que he recogido la víspera de entrar en prisión y que te has traído, magnicida, dentro de un tabaco. Eso atestiguan los hermosos andarines que me han puesto en la costa para realizar la operación más difícil del mundo. Además, ¿todavía no me he preguntado cómo armaré una pieza de caza en medio de la multitud a presión? No me lo he preguntado porque estoy seguro que no me responderé nada. Guardia Personal. Guardia Personal. ¿Por qué me preocupa tanto? ¿Adónde iré a continuación? ¿Quién expondrá su propio cuerpo para salvar al objetivo?».

GRIÉTSIYA

En relación con el poder lumínico, más parecía un hombre en compañía de su perro. Por lo menos así se comportaba la luz desde él hacia la noche, así la veía morder curvas, escarbar rendijas y orinar piedra a piedra el espacio de la calle.

Creyó que el cazador esta vez se había perdido y solo la encontraba a causa de la suerte. Y de la luz, claro. Era preferible resbalar por el banco hasta quedar en cuclillas y dejar de compartir a tientas la niebla del cazador. Se fue esfumando como una serpiente, ausentándose de esa oscuridad para inmiscuirse en otra de más segura condición. No dejó de jadear en el frío de la calle y el funesto la enfocó en los ojos a corta distancia, metido como nunca en su oficio. Los jadeos de ambas partes se apagaron en un silencio conjunto. Ella no miraba la luz, miraba por encima, donde estarían quizás los ojos, atenta al mínimo movimiento para escapar, convencida de que aún la distancia que los separaba era suficiente. Él, tan sorprendido o más, manejaba el privilegio de escoger el ángulo de contemplación. Recorrerla agazapada no era mucho, no podía, por ejemplo, disfrutar de sus caderas ni de su pelo ondulante ni de sus muslos. «Griétsiya», dijo sin control y dejó que la luz lamiera el falso del uniforme en busca de aquella sensualidad confirmada. «Griétsiya», repitió sin orden, completamente desquiciado, como si hubiera descubierto una civilización en el lenguaje. «Griétsiya», escupió, y la joven se mantuvo lista para la arrancada, ni por un minuto segura de conseguir tregua o paridad. «Si acaso fuese broma…», alcanzó a indicar y se detuvo para acordarse de las voces, aunque no, no se parecía a ninguna voz que hubiera escuchado. «¿Cómo podrá conocerme esta criatura?», se preguntó. «¿Cómo puedes saber mi nombre?», dijo. «Lo sé todo», obtuvo por respuesta. «¿Quién puede saberlo todo?», indicó. «Yo», le confesaron.

Confundida por enésima vez, agachada, con las palmas de las manos sobre el terreno, cayó en la cuenta de cómo la veía el cazador, con qué ojos la estaría recorriendo en ese mismo instante, apenas detenido en su pánico o ligeramente interesado en esa parte medular del acoso. No comprendió por qué no desistía decepcionado al verla desgreñada y sucia, oliendo a hierbazales, un poco a sangre y cada vez más dispuesta a no dejarse prender. Mientras esperaba la embestida para decidirse a escapar, comenzó por definir ventajas en medio de un optimismo fútil. El cazador debía sentirse tan cansado como ella, y además estaba herido, la herida le habría hecho perder mucha sangre, parte de la cual se adivinaba en la tela de su propio uniforme. Además, si le había hecho extraviar el rastro una vez, podía hacerlo otra y otra, en cuanto se precipitara por fin. Tenía ganas de que decidiera el paso adelante, un simple movimiento hubiera bastado para cambiar el ritmo más bien lento de la actualidad y perderlo de vista; pero el cazador no hizo maniobra alguna, se limitó a permanecer en silencio, estado que, viniendo de su condición, significaba una alarma estentórea.

Después de esa actitud eterna sin que ninguno de los dos bajara la guardia o dejara de esforzarse en definir la estrategia del otro –el cazador por la agazapada y la agazapada por la suerte–, la luz fue apartándose de su cuerpo para dibujar un círculo entre ambos. «Te llaman Griétsiya», escuchó el lento zumbido de una voz dura, fría, que martillaba aún medio minuto después la acústica a sus espaldas. «Y Griétsiya pareces, pero no digamos nada de tus veinticinco», sostuvo la voz y de inmediato su edad comenzó a rebotar también contra todas las fachadas de la calle, pero tan despacio, que pudieron escuchar perfectamente cómo se le iban añadiendo cinco años de casa en casa hasta hacerla centenaria al final de la calle.

«Tu padre tuvo un puesto en el gobierno y después fue expulsado por ladrón», continuó diciendo aquella misma voz díscola que producía escalofríos. «Tu madre se hizo el parto a sí misma y murió con los años. ¡Quédate en silencio! ¿De dónde sacas algo diferente? Prosigo. Te hiciste enfermera a los veintidós. Tus relaciones no son sexuales, sino inmemoriales. No vas a convencerme del placer de tus masturbaciones nocturnas o de haber estado de nuevo sobre una mesa con aquella especie de científico». «¿Científico? ¿El doctor Petrov?», interrumpió ella. «No estorbes», contestó la voz. «Si hago una pregunta, obvio, no significa que debes contestar. Suelo hacérmelas mientras recuerdo… No soy un erudito, suelo cazar, no hago discursos, etcétera, creo que ya no te importa lo que sigue…». Pero la joven volvió a interferir: «¿De dónde has sacado tales cosas?».

El frío apretó los brazos al cuerpo y ambos se impresionaron a causa de la conversación y el clima. La luz se inclinó entre ellos, de un círculo pasó a un óvalo y las palabras continuaron resonando libremente en la madrugada. «¿Acaso me quieres contradecir?», dijo la voz antes de reanudar su perorata. «A mis oídos llegó que has estado muy sola, más de lo común, lo cual es bastante. Tu vida hace mucho tiempo que no traspone los límites de los pacientes o las enfermeras con quienes compartes algunos recuerdos mientras entregas el turno. En el hospital, según se informa, eres sorprendente, confían en ti, se insiste en tu amabilidad y en tu buen juicio. Todo eso te hubiera hecho una persona ordinaria, pero has debido equivocarte en un diálogo una pequeña vez y ¡pam! ¡pam! ¡pam!, se te ha abierto un expediente. Claro, con el transcurso de los años tu expediente ha cambiado de categoría. En principio puede que hayas estado en la cima de los expedientes rojos», el cazador parecía recordar, «después has pasado a la montaña verde y luego a la sección de amarillo, en la medida en que tu buen comportamiento lo hizo posible».

«¿Eres medio policía, medio dios o medio qué?», lo interrumpió Griétsiya y trató de sonreír, pero solo obtuvo una mueca aterradora. «¿Te han mandado para arrestarme? ¿Qué cosas dije? ¿A quién? ¿Por qué no me dejas en paz? Pero, fundamental, ¿quién eres?».

El cazador seguía sin mover un solo músculo ante ella, probablemente porque la sentía perdida, casi acorralada a sus pies y en el interior de una noche donde nadie parecía encontrar defensas humanas. No había por qué apresurarse en la conquista. Quizás por eso se extendió otra vez en el silencio, con su luz siempre a cuestas como un perro llamativo. «Sin embargo», acabó por hablar con la voz dura y fría y, por eso mismo, sumamente encantadora y extraña, «no me hagas más preguntas. Soy Nadie, o solo El Cazador. Si cooperas, puedo ofrecerte algunas ventajas. Puedo protegerte cada noche camino a tu agujero. Nadie, si no yo, que soy Nadie, deberá pasear a tu lado. Piensa, no puedo estar loco, conozco demasiados detalles de tu vida. No soy un dios de esos, he corrido detrás de ti y he recibido a cuenta tuya un golpe en el pómulo. Tampoco soy policía, no has hecho nada por lo que haya necesidad de perseguirte con vehemencia. Entiende rápido, es esto: soy tu Cazador», concluyó con hostilidad y todo se detuvo, como si estuviese exhausto de masticar tantas palabras o tal vez el eco le molestase los oídos. Quizás el clima lo hiciera desfallecer. Quizás un fuerte deseo hacia ella le comenzara a dividir el aliento. Lo cierto es que ya Griétsiya lo observaba llevarse una mano a la braguera como primera agitación. Ella no había traicionado su lugar en cuclillas a lo largo de la monserga, no había sentido siquiera calambres mientras se preparaba para aquello que sobrevendría. Dudó para sí –«¿será mi cazador?»–, con la idea de estar dándole de tal modo término al diálogo, y con ello, a tan malograda e inestable tregua. «Soy tu cazador…», repitió el cazador retirándose la mano de la cara e inclinando la poderosa luz –en una noche negrísima– contra sus ojos para encandilarla. Griétsiya entonces, mujer dúctil, ciega quizás, pero advertida, saltó a un costado y se lanzó al trote impetuoso hacia otras zonas de ambientes casi líquidos e igual de solitarios.

Las calles comenzaron ahora a enfatizar su tortuosa estupidez con esquinas mal definidas y contenes redondos. Algunos postes aparecieron por sus costados adheridos a los techos y reunidos sucesivamente con cadenas flojas que describían una concavidad laxa. Cierto gato maulló por delante desde las infinitas azoteas en derrumbe. Como instrumentos que se incorporan tardíamente a la sinfonía, el maullido de otros gatos se fue sumando con insistencia desde ventanas a medio abrir y portales lúgubres, casi siempre fantasmales. Recordó que la carencia de perros había roto el equilibrio y que los gatos acababan por devorarse entre sí en algunos circuitos de la metrópoli. Recordó leyes naturales, antropología, fundamentos de oscurantismo trasmitidos a grosso modo de generación en generación, refranes impopulares en boga, matemáticas, alfabetos, constelaciones, pero nada, nada podía ayudar contra los gatos que la veían surgir intempestivamente, ni contra el cazador, a quien no escuchaba, como era común, en medio de la desesperada carrera. Sabía que en algún sitio debía detenerse, pero hasta ahora no amanecía de una buena vez, no aparecía un barrio con una o dos casas habitadas, no sucedía nada más significativo que su incontinencia irreflexiva.

Esa situación se mantuvo por dos cuadras más, hasta que una pelea de gatos hizo un nudo por delante y ella los tuvo que saltar con gran esfuerzo, no sin salir del rollo con uñada y desgarradura atribuibles a un ejemplar especialmente sórdido a quien pudo definir enormes colmillos y lomo espeso, un bravucón que hubiera con gusto concluido el trabajo de no ser por los otros, más pequeños pero con acciones conjuntas, en pugna también por su carne. De todas formas espantada, los miembros comenzaron a movérsele con más exquisito estilo y comprobó que, de esta manera, podía correr varios kilómetros más sin recordar la fatiga. Se le ocurrió algo. Si nunca se hubiera encontrado con su cazador, no hubiera estado en sitios semejantes, abandonados por décadas, de los cuales solo había escuchado de pasada en los cambios de turno; no hubiera comprendido la solución a su asunto, ni siquiera habría vislumbrado su asunto. Pero toda idealización del proceso resultaba de repente muy estúpida. En cualquier esquina de esas iba a encontrar garantías irrebatibles para luego, acostada toda la mañana en su cuchitril o arropada hasta los ojos al borde de la hoguera de su patio, pensaría en los alucinantes eventos que se empecinaban ahora en contenerla. Existía, en alguna parte, la posibilidad de salvación definitiva, solo que era inútil analizar algo parecido si se encontraba en plena carrera y era perseguida a corta distancia. Mejor adherirse a la práctica absorbente antes que otra riña de gatos la abatiera y sus enemigos de la selva urbana terminasen por ser superiores. Si no se quería engañar, las circunstancias iban comenzando a instruirla en la persecución y en el pánico sostenido.

Y tal vez llegó la esquina soñada, pero quizás de un modo diferente a como había concebido. Iba casi desnuda, el uniforme abigarrado y corto se le subía constantemente y sus pies —los zapatos al cuello— se apoyaban descalzos sobre el empedrado, cuando un gato enorme, híspido en lo particular, se interpuso entre una solitaria luz de neón y ella. Hizo una acción para esquivarlo, pero el gato dio un giro en el aire y se le prendió de la pantorrilla tras un maullido que se transmitió rápidamente a lo largo del silencio tumultuoso. Sintió la sangre correr por su pierna; atormentada, quiso desprenderse mientras padecía dientes en el interior de los músculos, carne que echaría de menos al final. El hambre de la bestia y sus chillidos y también el dolor en la pantorrilla, consiguieron reunirse de prisa en un todo giratorio. Varias vueltas y comenzaron a pegarse en la carne del animal desaforado otras dos fauces que hicieron probar también las mordidas a profundidad. Varias vueltas más y otros dos, bajo la luz de neón, vinieron a engancharse en los últimos, a engrosar el carrusel de espantos hasta que la boca inicial se abrió por el peso y por el dolor y la turba se deshizo sobre las piedras del suelo, envuelta en una riña donde sobresalían muchos lomos crispados. Pero Griétsiya, a esas alturas de la noche, ya había aprendido de sobra cómo aprovechar el momento justo y ese, más que cualquiera, era el instante de emprender otra vez la fuga y olvidar a los gatos en el núcleo de una pelota de pelos, tumor que rodaba en la oscuridad de las vigas y los portales.

Sin escoger, se metió por el callejón frente a la bombilla. Las casas se le fueron uniendo en los ojos para afinarle el rumbo y Griétsiya, pesadamente coja, aportó entonces un rastro de sangre al monótono color de las penumbras. No solo el dolor y el cansancio la pudieron detener, sino también el final del callejón, demasiado angosto para un cuerpo. Miró hacia atrás. Vio perfectamente la boca de la calleja, sintió un aullido a lo lejos y otro muy próximo, así como otro casi en la calle donde la pelea había culminado. Quizás el macho dominante reclamaba el banquete final. Quizás se hubiera organizado una estrategia para buscarla —presa superior—, teniendo en cuenta que el rastro de sangre los llevaría directamente.

«Y pensar», pensó, «que estoy desamparada». Se tocó la mordedura en la pantorrilla y le sorprendió no haber metido en ella el dedo con tanta soltura. Había visto cosas peores, las había tratado y curado, pero nunca una mordida tan profunda de animal salvaje. Escuchó en la boca del callejón otros maullidos y se le borró la noche sin haberse desmayado. Entró a ese estado de dualidad entre la vigilia y la inconsciencia que había visto en otros cuerpos hartos. Sin definir nada más, al susurro de cosas de las cuales no llegó a tener idea nunca, se fue inclinando contra unas tablas mientras notaba cómo la luz de la bombilla en la calle iba perdiendo pedazos a causa de unas criaturas que se movían con maullidos y se arrastraban en pos suyo, callejón adentro.

Su cuerpo, separándose a gran distancia de sus meditaciones, se fue hacia atrás y abrió una puerta. El ruido de la caída hizo mover seres dentro. Vio luces y también sombras armadas que se iban incorporando. «¿Quién?», dijo una voz, y otros en el interior del cuartucho se abalanzaron con cuchillos luminosos, pero se detuvieron nada más verla. «Que se cierre esa puerta», anunció alguien. «Que se acerque una luz», dijo la misma voz. «Que se guarden las armas.» Sintió el calor humano, olía a gente, a páginas, a sociedad, a vida. «Que se haga silencio», ordenó otra vez quien se pegaba a sus ojos por entonces.

Iósif

Iósif extrajo primero el archivo de audio del sobre que decía *Grabación Implicatoria*. El archivo tenía la longitud de su uña y al adaptarlo a un dispositivo del tamaño del índice comenzaron a escucharse claramente las voces de dos muchachas. Cuando la primera voz dijo «hoy el trabajo se me hará agotador, ¡ay!, agotador», Iósif reconoció que no había ninguna falta en ello, y, por medio de la tecla deslizable, aclaró el sonido. La otra voz –la segunda de acuerdo con el orden de aparición visible en la pantalla–, se apresuró entonces a saltar desde el fondo, un poco más ronca y lentamente. «Acaso es así de pesado», dijo, «¿cuántos kilos pesa, más o menos?». En ese instante se escuchó abrirse una puerta y la estridencia de un carrito corroído coincidió con una tercera voz, penetrante como ninguna de las anteriores. La recién llegada dijo que había dejado todo en su lugar y resumió el número de jeringas y ámpulas rotas —Iósif imaginó a la mujer al centro de una habitación sin color, mostrando ámpulas partidas—, de tabletas y sábanas, de camas vacías y llenas, de muertes e ingresos… Cuando Iósif se comenzaba a fatigar, la misma voz se descompuso en carcajadas. «Vamos a ver, señorita», dijo, «cuente a las solteronas del hospital cómo fue su primera noche de novios. Le tocó el turno de encima, ¿no es cierto?». La segunda mujer también había reído y ahora se acercaba al micrófono —sin saber nada de la colocación del micrófono— para añadir «la verdad, señorita jefa de enfermeras, la verdad que lo suyo no tiene precedentes», y así todas completaron la broma riendo al unísono. «Pero, díganos», volvió a la carga la tercera voz, «¿en verdad su novio está hecho todo un carnicero?». «Díganos», dijo la segunda, «¿por qué no puede casi decirnos?», y las risas estallaron otra vez. Iósif escuchó que la primera mujer reía mucho más que antes, aunque, en sentido general, las risas le resultaban tan atormentadoras que a través de la sugerencia «suprimir risas» en la pantalla del ordenador logró eliminarlas por completo.

Sin risas entre un parlamento y otro, las voces parecían distanciadas por un tiempo enorme e inútil, en cambio esto no le era contraproducente, lo hacía concentrarse solo en las palabras, hasta el momento «limpias». Comenzó a escuchar el tintineo de las agujas sobre una superficie metálica. «¿Cierto que hubo canciones de cuna anoche, señorita?», dijo la tercera mujer elevándose por encima del tintineo. «¿Acaso se hizo la dormida, señorita?», intervino la segunda y, después de un «¡oooh!» general, siguió un largo silencio que de seguro habría estado lleno de risas en la grabación en caso de que Iósif no las hubiera censurado. Hubo todavía algunos silencios parecidos antes de reanudar el diálogo donde se dejó decir a la primera mujer «pues bien, contaré» aunque las otras dos muchachas la abuchearan nuevamente. «Salimos del hospital justo a las ocho, a una hora de entregar el turno.

Mientras caminaba por la acera me sentí ridícula, ¿no sé?, tan alto y fuerte después de tanta soledad, de pronto un verdadero hombre la deja a una asustada…». Pausa.

Por detrás de la voz, añadidos al tintineo, comenzaban a distorsionar los gritos de un paciente. Iósif puso la pausa y escribió la palabra «hombre» y a su lado la palabra «gritos». Cuando la grabación echó a andar de nuevo, ya solo se escuchó la consigna del paciente traída al primer plano y fundamentada con la insistencia de un apodo y una dirección, una y otra vez. No solo eso, de inmediato dos pacientes más comenzaron a pedirle a dúo que hablara. «¡Cante! ¡Cante!», decían. Se añadió al concierto un alarido que rápidamente alcanzó la preeminencia y comenzó a repetirse al igual que los demás como un sainete. La reiteración de la frase «problemas personales», «problemas personales», «problemas personales», se le hizo tan fastidiosa como las risas anteriores, sobre todo si se escuchaba de conjunto con el tintineo, el apodo, la dirección y el «¡Cante! ¡Cante!» del dúo; así que suprimió cada grito de los viejos locos con un golpe de botón y regresó a las voces primarias del cuartico de enfermeras.

«…Un verdadero hombre la deja a una asustada…», volvió a escuchar en boca de la primera mujer y después se hizo silencio, un hoyo profundo sin nada, o seguramente con risas y sainete a lo lejos, pero ahora sin nada. A continuación se reanudó el diálogo: «En estas condiciones, señoritas, fui añadida oficialmente a su sombra hasta llegar al… ¡auto!». Un gritico general y otro silencio, más vacío que el anterior, se declaró al final de la palabra auto. «Pero, ¿un auto de verdad?», preguntó la segunda, «¿un verdadero auto con cristales oscuros, sin ruedas, sin chofer, sin retrovisores? ¿Estás hablando de un…?». «Tal y como lo hemos visto, señoritas. Pero no desfallezcan. No me propongo enternecer la historia con la descripción del auto, porque allí, amigas, en el auto, la historia no hace más que comenzar. Imaginen. Tomen mi lugar: son ustedes quienes se dirigen a una noche de sexo salvaje. Imaginen ir del brazo de este hombre por la acera; lo acaban de conocer, cierto, hace dos días que lo conocen, pero ninguno de los dos para de hablar. Él cuenta de su trabajo.

Ustedes cuentan del suyo. Dos mundos totalmente diferentes acaban de hacer colisión, dos dimensiones distintas. Este hombre te mira a los ojos, te lleva a su auto, abre la puerta trasera y te invita a entrar. ¿Dentro? ¡Dentro hay un espacio enorme! Te hundes en los cojines, marcas una ruta en la pantalla y descubres camas que se pliegan y se despliegan a un golpe de tu voz. Ves pasar la intemperie. Ves circular lugares seguros y cálidos, todos ellos vacíos. El caballero muestra sus bebidas para que te hagas una vaga idea de lo que será el trayecto, sabes que no te bajarás sin haberte desahogado dentro de un vehículo que, por demás, flota. Él te habla de alguna de las leyes que han hecho posible la disminución del número de accidentes, de cómo programar la ruta, de por qué fue necesario abolir a los conductores humanos y, cuando reaccionas, ya estás en cuclillas con una música en los oídos y tremendas ganas de añadir más puntos, más, más, otras calles, a la ruta previa. El caballero te hace retirar el uniforme (ya ha comenzado el trabajo, pero aún no te has desvestido), te comenta con mucha seriedad que el auto forma parte indisoluble de su oficio: su tarea se relaciona, como si no lo supieras, con la supervisión de los hospitales. "¡Ah, sí!", respondes para hacerte la tontísima, "¿y cómo no te había visto antes?" "Es una suerte", dice él (sus brazos te rodean, te mantienen segura o te acomodan y el auto flota sin transmisión de la actividad física), "ahora somos gente nueva el uno para el otro y así, acabado de mencionar, en este preciso instante, ya estás recibiendo algo mío, esto y esto, y si no fuera suficiente tanto, también podrías recibir más, ¿podrías aguantar esto, aquello y esto otro?"».

La grabación se interrumpió. La pantalla del ordenador preguntaba si debía recomenzar desde el punto cero, pero Iósif estaba seguro de haber escuchado con atención. Consideró lo demás. Se le hacían amablemente otras preguntas sobre el archivo de audio que acababa de revisar, si le gustaría añadir al análisis cada ruido a veinte, por ejemplo, a treinta, a cincuenta kilómetros a la redonda; si necesitaría una transcripción completa del diálogo; si resultaría de valor el análisis de los comentarios que habían tenido lugar en todo el edificio;

si quería usar el instrumento desencriptador ahora o dentro de diez, veinte, treinta minutos, o quizás recibir tan solo la estructura de los diálogos, aquellos cambios de temperatura que señalaban falsedad o veracidad en las interlocuciones, la clasificación de los susurros, los silabeos, los gritos, las interjecciones… Iósif pensó que el programa permitiría el análisis de una obra de teatro si se decidiera a escribirla. Lo sintió todo tan próximo a la representación que no pudo identificar a qué lado de las palabras se encontraban los actores. Encerró su vista en la pantalla, donde las voces habían definido curvas que subían o bajaban de acuerdo con las inflexiones de cada una. Un número ilimitado de posibilidades para el estudio de los matices, los falsetes, los balidos, los primeros, segundos, terceros planos, y, sin embargo, el resultado de la primera audición contrastaba con lo que había imaginado. Creyó que la tal Griétsiya podía ser más fácil de agarrar y quería comprobarlo, honestamente, por sí mismo.

Dispuso lo necesario para escuchar las tres voces principales una por una y comenzó por ella. La escuchó repetir: «Vamos a ver, señorita, cuente a las solteronas del edificio cómo fue su primera noche de novios. Le tocó el turno de encima, ¿no es cierto?». Y luego: «Díganos, ¿en verdad su novio está hecho todo un carnicero?». Y más tarde: «¿Cierto que hubo canciones de cuna anoche, señorita?». Pero nada semejante podría implicarla. Dio vueltas al expediente y revisó quién había tomado el caso. *Compañero Lev*, decía la página del resumen. «Sabía que no estaba preparado para el empleo», se dijo, «es demasiado joven, el más joven de todos, incluso más que yo o que aquellos a los que conozco en edificios cercanos», y se puso de pie, en silencio, sin mostrar preocupación alguna ante Praskovia, la cámara. Al otro lado del piso, contra las cortinas azul oscuras que daban hacia la fachada, reconoció la enorme letra A de los casos «latentes», representaba asuntos sin confirmación basados en «sospechas de buena voluntad». ¿Debía colocar el expediente «Griétsiya» en aquel escritorio antes que apareciera el inspector? ¿Debía aprovechar la coyuntura para un castigo ejemplarizante al joven Lev, lo cual evitaría su ascenso en los próximos cinco años y así él, Iósif, se ocuparía de poner un poco de orden? ¿Debía echar tierra sobre el asunto? Mientras se paseaba por el piso y se preguntaba sin dejar de compadecerse, sintió en la nuca los ojos de la cámara de pared, la escuchó incluso girar en el sentido de su ronda. Sin decidirse, pero sabiendo que debía hacerlo, comenzó a dar pasos hacia el sitio que solía ocupar, se sentó automáticamente como devuelto por unas cuerdas elásticas que ya había estirado lo suficiente, giró hacia los trazos que habían conseguido dibujar las voces y, movido por la idea de escuchar la conversación sin artificios, aun con las risas que antes suprimiera, se encorvó en el asiento –el brazo de la cámara se ajustó sobre él– para pulsar la opción *Diálogo Pleno* que latía ante sus ojos. La conversación comenzó a girar sobre su cabeza por segunda vez y sin tardanza.

Concluida la audición, dio por hecho que no existía ninguno de los argumentos incriminatorios que aseguraba el dictamen. Ni siquiera uno había oído, a pesar de que Iósif contaba con los más prestigiosos tímpanos del gremio. ¿Debía despedir al joven por implicar a un inocente? ¿Debía ocultar por el momento el caso «Griétsiya»? ¿Quién lo obligaba a firmar informes sin revisarlos antes? ¿Quién podía negar que se había inmiscuido mediante su propia rúbrica en aquella cascada de acontecimientos? ¿Quién iba a sufragar los gastos de un proceso tan engorroso? Preguntas que quizás le iba a escupir en la cara el inspector en unos minutos. ¿Qué podía hacer? Si el joven Lev enviaba los informes a su superior en estas condiciones, ya se imaginaba la situación de los expedientes que no salían nunca del décimo piso. ¡Mierda! Si algún día se llegaban a desvanecer las pruebas en contra de ambos, juraba y perjuraba mantener al joven en un puño de hierro o pedir su traslado alegando «oídos alevosos», «incompetencia severa», «desenfoque progresivo», cualquier cosa. La solución era robar el material incriminatorio del edificio sin disponer de los tachos de basura, pues cada uno de ellos era supervisado después del cierre. Podría, como segunda opción, tratar de meterse los sobres bajo el atuendo azul oscuro, pero este método era especialmente riesgoso si tenía en cuenta la cámara, Praskovia, cuya mirada volvía a sentir en la nuca por muy lejos que se deslizase. ¿Qué podía hacer? Por el momento no debía estirar un solo músculo. No añadiría una sola gota de sudor a su actual circunstancia. Presentía que los observadores se habían levantado de sus butacas de atención y estaban a la espera. No debía pensar nada más, solo acercarse, inducir otra fotografía sin un pestañazo de más o de menos —o mejor no, aquellos que lo veían moverse estarían ahora esperando un argumento más, una chispa en las pantallas para venírseles encima—, o sentarse a repensar el asunto. Ya casi conseguía lo último cuando desde el techo lo increpó una voz anónima, pero célebre. «¿Algo le preocupa, Supervisor?», dijo la voz. «Tengo un caso difícil», contestó Iósif mirando el ojo de Praskovia sin permitir que los temores escaparan de su mente a través de silabeos inoportunos. Sin embargo, la cámara siguió más fija que nunca sobre su cabeza. Tan fija como una migraña.

Apenas unos segundos después, mientras contemplaba abstraído las curvas verdes en la pantalla de su ordenador, escuchó cómo la puerta era sacudida por un par de toques que recordaban los nudillos del inspector de blanco. «Entre», respondió Iósif y la figura alta, de incontenida penumbra, confirmó sus sospechas. «Buenos días, Inspector», dijo al verlo, aunque los días no fuesen en realidad tan buenos, aunque de inmediato Iósif reconociera el candor de una frase así. Lo hubiera mejorado todo con un «Etcétera, Inspector» para agilizar los trámites, pero de todas formas repitió «Buenos días» como un autómata. El recién llegado no se molestó siquiera en corresponder con una respuesta de costumbre, más bien se dilató en bromas de mal gusto que lo pretendían acercar a subordinados como Iósif, un hombre de aspecto sobrio y ademanes educados que no podría, a causa de estos detalles suyos, por supuesto, igualársele en «sencillez», en «notoriedad». Luego, como si hubiera concluido la práctica de un programa de socialización, el inspector se volvió hermético y sostuvo tajantemente las razones de su visita. «La actual», se iluminó, «corre a cuenta del joven Lev, a quien he encontrado más abajo, como usted sabe, metido en un escritorio lleno de papeles hasta no conseguir verlo a simple vista». «Le ruego lo disculpe, Inspector», se justificó Iósif por si acaso. «Y yo le ruego no interrumpir», dijo el otro y se puso a caminar con grandes zancadas como si lo hubiesen activado precisamente esas palabras en ese momento, «no veo motivo alguno para ofrecer disculpas. El muchacho, según temo, conseguirá adecuarse a las necesidades más acuciantes del entorno, logrará, en un futuro, ¡aquí o en cualquier otro sitio!, adquirir una voluntad infalible y fresca. Dará, como un árbol, sus mejores frutos en la madurez de la vida, y después, en consecuencia, se aferrará más profundamente a su escritorio».

Iósif se frotó las manos, tenía por delante al inspector, lo veía disertar sobre el joven Lev, de quien él mismo tenía sobre la mesa un oscuro informe a la vista, un informe que era quizás como un pájaro muerto y que más tarde o más temprano le echaría sus pestes encima. Pensó. Con un dedo ladino y harto ligero, quiso de meter en el sobre el archivo de música, pero el funcionario lo volvió a interferir. «Le digo estas cosas seriamente tranquilo por el estado del joven, a quien sigo considerando de una manera privilegiada, tanto por su labor como por su vida íntima, de la cual estamos, como se ha de suponer, al corriente. Déjeme pensar un segundo. Muy bien, podemos dejarnos de rodeos, a usted puedo decirlo, se encuentra dentro de su campo de acción el conocimiento de estos temas: Lev es un solitario, pero un solitario intachable. Su vida privada adolece de eventos asombrosos. Exceptuamos de esta rutina el destacable episodio que comenzara hace algunos meses con una enfermera de piel rancia, de mirada ampulosa, de coqueteo superficial, a quien recoge algunas noches y con quien gusta de pasar irregularmente sus días. Fuera de este mero recurso de distracción, su vida personal redunda en la cordialidad, el buen gusto y la solicitud. Quienquiera que necesite un buen ejemplo debe llegar a conocerlo a fondo, la posición con que tuerce las piernas en su sofá para disfrutar algún libro es, sencillamente, genial —sus lecturas son, además, apropiadas—; la manera de conducirse aun estando a solas nos recuerda el proyecto de hombre que deseamos para lograr el tan ansiado equilibrio global. Seguramente en lo más recóndito de su intelecto guardará aún bondades innombrables, sutilezas propias de todo joven, recuerdos pertinentes contra…».

«Por favor», dijo Iósif. El inspector caminaba con energía de un extremo a otro del piso, sin chocar con ninguno de los escritorios ni con las pequeñas montañas de expedientes que se encontraban en el suelo, cada una de ellas clasificadas con letras mayúsculas de un tamaño impresionante o con cintas de colores.

«Por favor», repitió Iósif con un vaso en las manos. El inspector pareció agradecerlo y se detuvo en el punto medio de su amplio recorrido con el propósito de retirar el vaso. Iósif aprovechó que tomaba agua para dirigirse a él respetuosamente en un intento de calmar su animosidad y obtener, por una vía admisible, el perdón desesperado del joven Lev. Proyectarse en busca de misericordia hacia el muchacho y encontrarla allí mismo era también a esas alturas obtener el perdón para su propia carrera, una pena, a la verdad, ahora que comenzaba a cogerle el gusto a la burocracia.

«Es joven, con certeza es joven, Inspector Jefe», dijo Iósif. «Una imberbe criatura en un puesto en el que recién comienza. Precisamente ha sido admitido allí por la recomendación de un colega nuestro del edificio de Economías a quien ha sabido ayudar con honestidad, sin escatimar esfuerzos ni opiniones constructivas y ante el cual fue capaz de cumplir tareas con denuedo». Iósif sonrió mientras intercambiaba miradas con el inspector y el lente, ambos de una fijeza semejante. «No depende de mí que sea quien es, un joven a toda prueba con una responsabilidad de gran peso sobre sus hombros, ¿comprende?», el inspector devolvió el vaso a Iósif y retomó las zancadas, la amplia gesticulación de antes lo hacía parecer ahora un dinosaurio encerrado en el piso. «No siempre la juventud está perdida, ya ve este caso, queridísimo Iósif», continuó como si no hubiese escuchado nada, «puede verlo tanto como yo, usted, precisamente usted que tan buenos frutos ha sacado del azul oscuro. Piense: un joven así no lo va a encontrar nadie en ninguna parte del mundo, lo que es igual, su pensamiento se haya a la altura de lo esperado, su esperanza en el porvenir deviene en elemento creador y lo convierte en paradigma dentro de la juventud necesaria, no recuerdo, en fin, haber dicho otra cosa al respecto».

«En verdad, Inspector Jefe», alcanzó a exponer Iósif, «ya lo dijo aquel amigo suyo del rascacielos de Economías que antes lo recomendara para el puesto: su talante y diligencia sobrepasan los parámetros comunes en conjunción profunda con los fundamentos de la integridad más absoluta. La razón, decía aquel amigo de cargo tan importante en el rascacielos de Economías, será la insignia de este joven dondequiera que esté». «Y no, y no digo nada para contradecirlo, como se puede apreciar. El carácter del joven denota honestidad y seguridad a toda prueba. Especialmente, si observamos el desempeño de sus funciones por acá, donde mantiene los expedientes limpios, bien clasificados, y da curso inmediato a cada uno de ellos de acuerdo con las vías estimadas. Nada podrá contradecirnos un ápice, aunque ya nos habremos extendido lo suficiente sobre uno de los trabajadores de mayor ejemplaridad y confianza, creo», dijo el inspector y su cabeza fue a descansar entre los hombros como si concluyese una asamblea demasiado laboriosa. Estuvo así un tiempo hasta que algo repentino pasó por sus ojos, en su cerebro un par de neuronas hicieron sinapsis y su cuerpo se proyectó a la cámara con un dedo en alto. «Solicito se me entregue uno de los expedientes despachados por el joven Lev para que quede constancia de cuanto hasta ahora he, felizmente, dicho», adujo con voz autoritaria y estiró su mano para reclamar una urgente conformidad. Iósif hizo todo lo posible porque su dedo ladino y harto ligero acabara antes el trabajo de introducir el archivo de música en el sobre «GRIÉTSIYA», mejor aún, se propuso desviar la atención del insistente inspector hacia una montaña de casos al otro extremo, pero la mano seguía extendida en sus narices y el inspector seguía allí, con ganas evidentes de arrebatarle en persona el caso que reposaba en la superficie del buró, en lo fundamental, aquellos archivos que dejaban leer los rótulos *Grabación Implicatoria* e *Intimidad* con una letra diminuta, casi humilde.

Tal y como lo veía a la luz de su decadente certeza de entonces, tenía ojos pequeños y estaba inclinado con tanto ángulo que la habría besado si ella hubiese querido girar. Sobre la cabeza tenía varias velas cuya irradiación, venida también desde los flancos, formaba una especie de sobretodo de luces, un traje etéreo como la piel de los aparecidos. Vergonzoso entonces. Era vergonzoso permanecer allí mundana, triste al cabo, con heridas y dolores en medio de una asamblea de dioses apócrifos –otra vez divinidades falsas a la deriva–, transfigurada con suerte en criatura sin dominio de su realidad, pues se le iban distanciando los sucesos –no era para morirse– y se le iban encogiendo o aumentando las personas –¡las personas!– en ese vaivén exótico de las presencias. ¿A razón de qué la cara de ojos pequeños y luego la cabeza calva y después el cuerpo diminuto se convertían de pronto en ojos enormes, cabellera lacia y cuerpo inmenso? ¿Acaso estaba mirando alternativamente a dos seres diferentes, uno de ellos cercano y el otro al fondo, con un puñal brillantísimo en ristre? Se preguntaba por cuáles razones se oponía durante tanto tiempo al cansancio, mejor dejar de confundirse en la demoledora contención del parpadeo y ausentarse, permitir que su destino continuara sin ella en la vigilia, sino acostada, bruta. Se retorció para besar –en la inconsciencia ligera– el diminuto cuerpo que la veía como a un ave recién tumbada y a continuación se hizo un ovillo duro en el polvo, sosteniendo con una mano la hemorragia de la pantorrilla…

Por encima, las figuras comenzaron a recordarla y se elevaron con cada vela en su palmatoria, se miraron entre sí los tres, guardaron los cuchillos. Uno de ellos, de capa oscura y larga, de sombrero en desuso, se aplicó a la madera de la puerta y advirtió una sola vez: «Felinos». El diminuto detuvo la respiración antes de empinar el codo para beber de un tarro. Nada parecía sorprenderlo. Se conducía con resolución de líder en su traje de mendigo y retomaba de tiempo en tiempo el recipiente y el tabaco del borde de la mesa de billar excesivamente alta y al centro. «Que nadie se esfuerce en toser», decía después de soltar tanto humo como para invadir a propósito la habitación, por demás baja. A su lado, inmóvil, se oía chistar a otro, uno que era, para aumentar su inquietud, de inmensas proporciones –se hallaba doblado para poder dirigirse a los demás con la certeza de ser oído– y que también iba vestido de pordiosero. «Que se refuerce la entrada», dijo el diminuto. «Que todos hagan el favor de pensar seriamente en un ataque», sostuvo el diminuto señalando al antiguo. «Que se haga un informe de la suerte de extramuros», añadió. Pero no por esto el antiguo se aplicó más a la madera, sino que continuó como hasta entonces con los oídos acomodados allí y la mirada perdida de quien busca sin comprender otro horror.

El ambiente se fue cubriendo del humo del tabaco en porfía por encontrar caminos en el aire. Cuando estuvo en verdad impregnado todo sin que se registraran toses ni una sola vez, el antiguo comenzó su narración de los hechos del mundo. «Se acercan», dijo, «se acercan varias catervas con dos líderes, quizás dos machos, quizás un macho y una hembra en periodo estral. Ya saben dónde está la comida, pero siguen a su modo, con lentitud, encogidos en la suavidad del plan sorpresa. De nada serviría apagar las luces ahora, saben perfectamente cuándo será el ataque y cuál es el blanco, esperan hacerlo lo mejor posible a través de estas paredes, que resultan, por cierto, la única muralla que necesitan derribar. Son pesados, pienso en quince o veinte kilos. Se puede sentir claramente cómo trabajan para acercarse al umbral (donde se interrumpe el rastro de sangre, por cierto), y cómo huelen justo aquí mientras me escuchan. Uno de ellos se me iguala al otro lado, rastrea con los sentidos que posee, como yo, para advertir a los suyos por medio de extraños mecanismos. Ya todos tienen en su olfato nuestro vaho, pero está clarísimo que no vienen por nuestra carne, la buscan a ella, señores, nosotros no interesamos en lo absoluto. No tenemos un solo filete que valga la pena. No querrán hacernos daño si». «Que se coloque la mesa detrás del portón, como parachoques», interrumpió el diminuto y el tercero chistó un par de veces consecutivas. «Que los cuchillos esperen». El antiguo se enrolló en la capa, se acercó en compañía del inmenso y ambos arrastraron la mesa sin muchas dificultades hasta la entrada, como fuera ordenado. Entre los dos, luego, sin necesidad de decirse algo, subieron a la chica encima de un solo golpe. El inmenso, todavía sin confiar, se acodó a la mesa a modo de contención más notoria. Los cuchillos volvieron a salir de las espaldas y se almacenaron junto al cuerpo de Griétsiya. El diminuto se acercó y la hizo acostarse sobre la barriga, después rajó una manga de sus harapos e hizo un torniquete en el muslo. Entre una ligadura y otra no dejó de echar bocanadas al cielo de la habitación. Cuando hubo acabado con la pierna, se hizo caer sin esfuerzo para recoger con la manga intacta la sangre de la joven. El antiguo se hallaba de hinojos sobre la mesa-camilla, los oídos estaban aplicados a la auscultación, la mirada nuevamente concentrada en la penumbra de encima, todo él en posición fetal, risible, incluso a la hora de proseguir con advertencias brumosas. «Ya vienen», dijo justo antes de que el golpe en el maderaje lo aturdiera por el otro lado. «Da inicio la ofensiva del reino animal», añadió con las manos en opresión de las sienes, casi entontecido. «Que se trasladen las palmatorias al suelo», dijo el diminuto mientras comenzaba a tirar del tabaco emocionadísimo. El inmenso cumplió la orden apresuradamente, las velas fueron acomodadas contra las paredes y el humo se deslizó pronto por los agujeros de la madera hasta alcanzar en el exterior concentraciones tales que, después de un par de golpes más contra la puerta y no así contra la cabeza del antiguo, los gatos parecieron renunciar a la embestida.

«Resulta, es evidente que tanto humo resulta», aseguró el antiguo, «comienzan a retirarse. Por lo menos lo han hecho durante diez, doce, quince metros, hasta la boca del callejón. Nunca los había sentido así. Maúllan por todos lados con un desafuero tal que mejor es sentir pavor ahora, cuando todavía hay tiempo de sentir algo. ¿Cuándo amanecerá? Quiero decir, ¿amanecerá? No creo que el humo los vuelva a detener, sobre todo, porque este sosiego... esta facilidad para alejarlos me confunde. Quiero decir, el humo mismo los vuelve más, más, mucho más, bien, otro peligro».

Griétsiya comenzó a interrumpir con accesos de tos. A cada nueva sacudida añadía gotas de sangre en el torniquete.

«Además, comenzamos a no soportar el humo», dijo el antiguo y señaló a la joven, «lo he dicho antes, lo repito ahora: van tras ella, no quieren saber nada de nosotros, pensemos en».

Griétsiya experimentó un nuevo acceso y varias sacudidas más.

«Que no se insinúe siquiera entregarla», corrigió rápido el diminuto.

«Lo dije hace mucho tiempo y no voy a retirar lo dicho, vienen por ella, no por nosotros, no quieren vernos, no quieren probarnos, no tenemos nada que ver», aseguró el antiguo.

«Que nadie diga esto o aquello», exigió otra vez el hombre de pequeñísima estatura, cuyo esfuerzo alternaba entre apretar el torniquete y despejar el humo de la habitación, acciones cuyas consecuencias se hicieron sentir de inmediato: la chica redujo sus accesos y los maullidos se aproximaron. Tres golpes desprendieron tablas en tres sitios diferentes, tres golpes más y otras tantas tablas, del techo llovieron gotas de metal y las traviesas crujieron como si fueran a quebrarse. «Han arreciado a causa de la tos. ¡Van tras ella! ¡Repito! ¡Van tras ella!», prorrumpió el antiguo al retirarse el sombrero y ocultarlo en el interior de la capa oscura, como si se preparara para sumergirse en un líquido insondable. «Que se agarren los cuchillos de una vez», ordenó el diminuto, cuya fuerza para abatir la humareda del interior era asombrosa. El tercero, por su parte, retomó de inmediato el arma y la hizo brillar en el rostro de Griétsiya, quien despertó de pronto y preguntó con estupidez «¿estoy aquí?». «¡Cállate!», respondió el antiguo sin apartarse de la auscultación mientras un gato intentaba meterse a través de la fachada. «¡Cállate!», secundó el inmenso, enseñando también su cuchillo. «Que se concentren todos en la defensa», prorrumpió el diminuto colocando su voz por encima de las protestas y de los golpes de varios gatos que arremetieron con furia por un tiempo. Griétsiya echó todavía un par de ojeadas al sitio donde yacía antes de caer en el estado del que los golpes de tos la habían sustraído. Parecía una habitación única, sin ventanas, incluida en una larga secuencia de habitaciones similares. Las penumbras no se deshacían si levantaba un poco la cabeza, pero ella hacía lo posible por inclinarla de algún

modo y mirar en cualquier sentido. Miró una vez más a su alrededor. En la pierna sangrante trabajaba el más pequeño y a su cabeza
se encontraba agazapado otro; a su lado alguien colosal, encorvado a
causa de la poca altura del techo, le enseñaba continuamente la hoja
de un cuchillo. No veía a nadie más, escuchaba golpes en las paredes,
ruido de uñas que se partían en la madera, maullidos unánimes mucho
más certeros que las órdenes de la defensa. Esto le hacía pensar que si
volvía a perder la razón, probablemente ya no despertaría. Desconfió,
por tanto, de las capacidades de aquellos desconocidos para defenderla
y defenderse, pero igual se metió de lleno en otro sueño y los dejó
hacer, por poco que pudieran.

Había tres patas de gatos metidas a través de los agujeros de la
fachada cuando comenzaron a empujar también por los laterales.
El antiguo anunció que la inteligencia de los felinos se iba haciendo
sumamente exquisita por aquellos territorios. «Nadie ha visto en ninguna parte cosa parecida. No contentos con un ataque frontal, han
comprendido que la habitación tiene paredes comunes con otras habitaciones y se han adentrado en estas para acometer por los flancos. Hay
un par de ellos sobre nosotros, en el tejado, aunque, según escucho
y entreveo en sus movimientos de continuidad, no saben cómo han
de ser útiles desde allí. ¿Encontrarán una solución?», el antiguo se
detuvo y saltó de la mesa al suelo como un sapo. Esta vez el diminuto
abandonó la pierna de la joven y se les unió con armas. Por las paredes
laterales asomaban hocicos sopladores y dientes extremadamente largos que mordían la madera. «Que se corten patas y hocicos», decretó
el diminuto y se lanzó a defender un flanco. El inmenso fue al frente
y el antiguo hacia la otra banda. Los cortes hicieron retroceder a los
inoportunos tras una cortina de sangre, pero luego volvieron a embestir con ansias mayores. «Han descubierto», sostuvo el antiguo con las
manos ensangrentadas, «que meter su cuerpo les traerá otras heridas;
ahora se esfuerzan en empujar para hacer caer la habitación. Prefieren
buscarla a ella bajo los escombros, comportamiento que recuerda con
cierta extravagancia a las aves de rapiña». «Que se proteja la mesa»,
dictaminó el diminuto pensando en la defensa de la muchacha en caso

de que las paredes cedieran en alguno de sus frágiles puntos. «Basta», contestaron los otros dos a coro, «nos hemos cansado de proteger a la desconocida». «Que nadie, sino yo, pueda decir basta», proscribió el diminuto y movió los brazos para señalar los puestos de combate. A regañadientes uno, chistando el otro, se acomodaron en los bordes de la mesa, alrededor del cuerpo de la joven. Así, cuando veían que algún atacante abría demasiado las defensas, se acercaban desde su sitio hasta la pared, metían el cuchillo por el agujero y regresaban. Los agujeros se hacían mayores y se iba viendo más claramente el cuerpo de los gatos. Con los de arriba era imposible hacer nada, por ahora no definían cómo atacar, solo maullaban y la casa se tambaleaba con ese son como un borracho que se resiste a caer. Pero la techumbre, apenas intacta, se abrió de pronto como piernas de madre y fue a parir un felino encima de Griétsiya, quien por unos segundos se despertó a las lamentaciones y súplicas antes de meterse en un desmayo tras otro.

El animal, sin embargo, en los instantes en que estuvo con vida, no llegó siquiera a enseñarle los dientes. El diminuto se había subido de un salto a la mesa con el cuchillo de trinchar, por detrás del felino, cuando todavía este se encontraba viviendo las tonterías del desplome. Sin definirse vinculaciones peores con los grises de la casucha, el gato se reanimó colocándose frente al diminuto de una sola voltereta, allí crispó el lomo y emitió un chillido brutal que se hizo suceder por otros chillidos fuera y por un recrudecimiento de las embestidas. Era un joven barcino de bigotes enroscados, de patas fuertes como las de un león, y en su mirada el hombre podía atinar reminiscencias, sensaciones de que la bestia no estaba viviendo por primera vez el ataque a una criatura bípeda. Peor, la luz de las velas aclaraba algunas cosas de su pasado en las cicatrices del rostro: la borrosa irregularidad de una quemadura por encima del hocico, la forma semicircular de una oreja mordida, el discreto brote de alopecia, la línea áspera bajo el cuello… Y aun así el diminuto seguía plantado ante la incómoda presencia que también lo exploraba con desdén, como si mordida y muerte pudieran ser en su cuello, de un solo arranque, lo mismo. El barcino veía a un ejemplar alfeñique, pálido e inquieto en la consideración de su antagonista, que daba brincos menudos y laterales como un valiente sin opciones. El barcino veía las líneas cortas de sus contornos, truncas casi en el metro y medio, y sentía deseos, en cuatro patas no podía igualársele ni con la boca abierta sería un peligro. Era mejor echar el último vistazo a la criaturita indefensa y humana —una cosa parecía asociarse con la otra—, de todas maneras ninguna uña lo escarbaría ni un diente siquiera lo destrozaría, de consideración era solo aquello resplandeciente que le alternaba al bípedo entre una mano y otra, pero muy a pesar del objeto no por entero ignorado, permaneció en el barcino el asco de vincularse, la fuerza dilatada del momento, los semblantes aterradores en el reparto de luces y sombras —más las segundas—, hasta que se abalanzó e hizo rodar por el polvo, como era previsible, al diminuto; polvo que, por principio, extendido en todas direcciones, apagó la luz de dos velas dejando al menos una con la llama cada vez más torcida hasta fenecer. Y en medio de las tinieblas menos necesarias y más absurdas, la bola de pelo de los líderes rodó hasta las cercanías del inmenso, quien estaba ocupado con el ataque frontal. En el conjunto invadido por gritos de guerra, el gato era quien había caído encima y trataba de morder. El inmenso tanteó su lomo en la oscuridad y lo elevó por el cuello a una altura suficiente para encestar el cuchillo en la garganta en busca del grito doloroso que, salido del animal, contuviera por momentos a la turba. Pero no pudo conseguir nada semejante, a lo sumo, una pena ahogada, el gorgoteo de vías respiratorias rebosadas de sangre y la respuesta del otro gato de la techumbre, una hembra sin dudas, otra bestia que comenzó a sacudirse sobre sus patas en reacción a la muerte del macho y que hizo caer un nuevo temporal de óxido hacia dentro.

«Lluvia ácida», dijo el antiguo mientras usaba el arma para defenderse. «Lluvia ácida», reprodujo el inmenso metido otra vez en un lío de descomunales tajos, política de grupo que hasta la fecha solo servía para marcar territorio si se exceptuaba el caso del líder muerto. «Atiendan la techumbre», recomendó el antiguo contra una insondable pared. «¿Y será capaz de llover otro?», preguntó el inmenso con el brazo a través de una oquedad. Como si le escuchara decir, el techo respondió a su demanda con la caída estremecedora del segundo ejemplar en el mismo punto del anterior, sobre Griétsiya. La hembra afligida, igual de horrible y salvaje, se presentó por si sola ante los defensores con todo el malestar de su pérdida. Las patas del mueble se quebraron con el golpe y la muchacha, ignorante de la resistencia a su alrededor, resbaló hacia el polvo que también se agitaba lo suyo. Ni siquiera presenció cómo el diminuto, no encontrando las armas suficientes, practicó un salto suicida contra la bestia, ni siquiera le supo bien o mal el resultado. Los dos coincidieron en el salto, a medio camino, y el choque condujo al cierre violento de las dentaduras. La gata, de cuerpo claro, patas, hocico y cola negras como una siamesa monstruosa, cayó entontecida sobre el cadáver de su macho y esto mismo le despertó más tarde la fuerza y la prontitud de su casta. El diminuto fue a hacerse un rollo contra la última esquina sin dejar de consentir, en la cumbre de su viaje, que un par de dientes se le aflojaran y encajaran como cetros en el polvo. Por esta causa no pretendió la ayuda del inmenso, quien se hallaba aún torcido bajo la techumbre con un hombro visiblemente mordisqueado, mientras el cuerpo se le movía como si en el exterior estuviera unido aún a las mismas fauces. También el antiguo se ocupaba de dos inconcebibles tras lograr sustituir cuchillo por viga y rezongar una estrofa de esperanza contra la pared.

De la gata y el diminuto, el primero en iniciar una reacción fue la hembra, al erguirse sobre sus patas posteriores y abrir los párpados como si hubiera recordado algo de pronto. Sus ojos resplandecieron en la oscuridad. Que sus patas cayeran sobre el rollo de hombrecillo era asunto de tiempo, tiempo relativamente corto si se considera su furia y su dolor de hembra, pero echó antes un vistazo hacia los lados —consumiendo así un recorrido mínimo de su cabeza— y pareció comprender que todos los impedimentos humanos se encontraban a punto de sucumbir. Esto le hizo volverse a la muchacha tendida en el polvo, así que, segura de alcanzar el cuello tierno de otra hembra, se acercó contoneándose con una mirada de reproche como si tuviera que argumentar de alguna manera el ataque. Fue escalando su cuerpo, subió por sus piernas, tuvo segundos para lamer sangre en la pantorrilla y después colocó sus patas en el abdomen de la infeliz. Parecía reprocharle lo sucedido, las muertes y el ataque y la terrible noche que había dado al grupo. Parecía ajustar cuentas antes de abrirle el cuello, dejar las cosas claras en virtud de cierto principio entre las chicas. ¿Reprocharía su carne? Si se hubiese dejado morder con calma nada de lo anterior hubiera sucedido, de plano, no hubiera sucedido nada. De manera que al cerrar sus clarísimos ojos antes de echársele encima, descuidó para el futuro, al abrirlos también, la suerte del humano que bailaba a sus espaldas. El brinco final fue interrumpido bruscamente, unos harapos la sostuvieron por el cuello y la apretaron. El diminuto la contuvo hasta verla convulsionar suspendida en el aire con decenas de cosas pendientes. La muerte sobrevino poco después, la siamesa vació un líquido sobre el diminuto y estiró el cuello en un intento casi póstumo por alcanzar al subestimado, pero esta actitud aceleró su sentencia y el diminuto pudo sentir en sus manos cómo el corazón se detenía, las patas se estiraban, la cola deponía los fuetazos. Ambos cayeron al mismo polvo donde Griétsiya era ya veterana, con la distinción de que el diminuto permanecía consciente como si cumpliera un decreto, incapaz de mover sus manos o de inclinarse para alcanzar el cuchillo; y la enorme gata no, la gata había muerto. Y Griétsiya también, pero no tanto.

Hacia el comienzo del final de la madrugada, el diminuto aún no podía moverse, se contemplaba a sí mismo tieso en un rincón, como metido en una invisible camisa de fuerzas; conservaba los ojos, pero la oscuridad era total. «Que se haga la luz», ensayó y obtuvo tanto silencio como antes. Pensó en una derrota o en la muerte de quienes había dirigido hasta cierto punto de las operaciones; pensó en la tontería de pensar en la muerte, en las luciérnagas que faltaban a través de los agujeros del techo, en especial, a través de aquel que permitía observar casi todo el infinito. «Que se haga de una vez la luz», dijo con voz profunda, como si le fuera grato el poder de crear un mundo. No escuchaban las voces de los otros y los maullidos, en intervención decreciente, se habían ido alejando hasta desaparecer. De alguna parte le vinieron ganas de acercarse a la chica y casi simultáneamente pudo recobrar el movimiento de los brazos. Se arrastró sobre el cadáver apenas tibio de la siamesa, haciendo conjeturas sobre la salvación del hombre en tales circunstancias; se condujo con éxito por encima de la panza inflada sin dejar de martillearse con la idea de una reina muerta en estado de preñez. Encontró el cuchillo sin quererlo. Más allá sus dedos se metieron en un saco diminuto, de contornos filosos, que lo apresó de inmediato. «Que se haga de una maldita vez la luz», prorrumpió el diminuto intensamente. «Shhh», le contestaron desde la oscuridad. «Que se pronuncie alguien por la inminencia», exigió. El antiguo vino hasta él y propuso en susurro que aguardara, lo mejor sería mantener un poco de flema porque el ataque, lejos de concluir, se había interrumpido. «Una vez que ocurra el regreso de la camada no habrá forma de mantenernos con vida. La solución no está siquiera en la carne de la joven, como había dicho antes, cuando se podía decir algo, sino en la resurrección de los líderes, ambos ultimados, de una forma u otra, por usted. En los momentos que corren será mejor no desear el desembarco de otra turba, pues contamos con dos heridos —dentro de quienes me incluyo—, y con su cuerpo, señor, que aún no rompe la fuerza gravitacional. La tregua, por tanto, viene a convertirse en una condición prioritaria para ganar tiempo. Necesitamos la evacuación a cuartuchos adyacentes, cualesquiera que estos sean, hasta lograr la fuga», dijo el antiguo y se alejó a custodiar agujeros en la pared.

Griétsiya, para colmo, comenzó con sueños delirantes que vacilaron en hacerse inteligibles, pero que después de establecerse en su condición paroxística, se volvieron gritos de una estulticia temblorosa. «Ya viene el cazador, ¡ya viene!», decía como si entonara un himno. «Se acerca a mí, ¡se acerca!». Demasiado tardíamente, el inmenso fue a taparle la boca porque los maullidos anunciaban ya la reorganización de fuerzas enemigas gracias al alboroto —otra vez, otra vez— de Griétsiya. Y allí mismo el inmenso tuvo que cambiar sus planes para enseñarle el cuchillo, esta vez ensangrentado, esta vez cogido por cordones de botas al extremo de una viga, y solo con moverlo frente a ella le hizo volver verdaderamente en sí, cobrarle algo que le debía de siempre, desde que entrara por casualidad abriendo la puerta con la espalda y comenzara a toser a causa del humo previsto para ahuyentar. Como si pudiera meter también el arma en los terrenos destinados a su alucinación, la agitó un par de veces más con un automatismo horrible y solo ante la nueva señal de guerra, el sombrío clarín de los felinos atigrados, se volvió chistando a defender los agujeros.

Compelidos, los del interior se movieron cautelosos. Los de afuera desconocían a tales horas, presionados por la progresión de la madrugada, otra estrategia que adentrarse de una vez al destrozo. «Que se haga la luz, ahora sí», dijo el diminuto en cuanto se dio cuenta de que las circunstancias lo permitían. Y la luz se hizo. El antiguo prendió dos velas, la habitación tomó el tinte claroscuro necesario para reconocer las condiciones del tutelaje. El diminuto se encargó de supervisarlo todo desde el suelo, con una mueca en la cara. Al primero que distinguió mientras se dirigía a la pared fue al antiguo. Llevaba atado a la muñeca derecha un vendaje de compresión, no usaba sombrero y mostraba el pelo escaso y parado en puntas. La capa, mordida por la retaguardia, había desaparecido hasta quedar de ella solo un fragmento ridículo que no sobrepasaba los omóplatos. Cojeaba, además, y movía la cabeza como si le dolieran los oídos: llevaba encima los signos dispersos del encono del combate.

El inmenso también, inclinado al borde de una aspillera construida a mordiscos, llevaba algunas marcas sangrantes, sobre todo, fluía el hombro izquierdo, donde su camisa había sido colocada con rapidez para detener la hemorragia. Una de sus manos había adquirido dimensiones de edema y con la otra sostenía una viga terminada en cuchillo de trincar. Seguía encorvado, eso sí, pero ahora no se esforzaba, parecía conseguir un estado natural de sacrificio o conocer una corrupción mejor de la palabra «certidumbre». En algún instante habló algo relativo al suicidio, solo un movimiento suyo y el cuarto entero se vendría abajo para lograr «el buen morir»; cubrirse de escombros al abrigo de los gatos podría llegar a ser la única solución.

«Que no se piense en nada, ni en esto ni en aquello, solo en la resistencia a toda costa», balbuceó el diminuto aún echado, a unos centímetros de la joven, mientras daba la impresión de deberle la vida a esa mujer que escuchaban reproducir disparates, conversaciones íntimas, métodos para pinchar las venas de moribundos internados. Griétsiya seguía con el cuerpo en posición fetal, ciertamente, las piernas contra el abdomen y la manga de sus harapos allí, todavía en función de ligar la pantorrilla. ¿Volvería alguna vez a la realidad? Hablaba en susurros, cantaba sin ritmo, declamaba con el vaivén del dislate a plenitud. Decía haber hecho el amor y haberlo deseado sin conseguirlo, barbaridades que se fueron poniendo porno hasta asustar al diminuto e incomodarlo con una tensión cavernosa de la entrepierna, circunstancia absurda teniendo presente que los gatos se acercaban, que dos de ellos parecían pasear por la techumbre, acaso los nuevos líderes, seguramente los más jóvenes y por eso mismo los más intrépidos. Y en medio de aquel despilfarro de mujer inconsciente que vomita frases, su erección, un hecho ocasional que no recordaba. Sería espléndido que la familia, el grupo, la horda —cualquier tipo de sociedad que fuese—, no se pronunciara por romper la tregua. Sería magnífico si la mujer no lo insultaba de nuevo con aquel delirio porno, le gustaría dejar de sentirse un aberrado en época tan atroz, exactamente como si le comenzaran a succionar, para el alivio, las partes. Aunque sí, lo succionaban. Tenía carne adherida al dedo índice y casi era mordido y sorbido al mismo tiempo. Deslizó su otro brazo para sostenerse a pesar del terrible dolor de espaldas y elevó a la claridad aquello felpudo y animado que apresaba su uña. Surgió entonces, por encima de los cadáveres del barcino y la siamesa, un descendiente que detuvo el avance de la horda. Con los ojos cerrados como la mujer, pero en silencio, solo buscando con su instinto la teta prometida, se mareaba la cría de bestia en un cobertor de polvo y aguas amnióticas que no tardó en mojar también los pantalones del diminuto. La cría seguramente había sido expulsado durante los trajines de la siamesa por deshacer aquel nudo de harapos en su garganta, aunque esto resultaba lo de menos, lo que en verdad sustrajo la atención de los del interior y la rabia de los de afuera, fue la actitud paternal del diminuto, quien había desencadenado con el ahorcamiento la llegada al mundo de un nuevo integrante de la camada, un nuevo agresor enteramente blanco, achinado, de lengua simpática, y ahora atraía esta descendencia a su seno como si pidiera perdón por los cadáveres reunidos al tiempo que practicaba el corte de la trencilla umbilical.

La lucha prosiguió.

Dos gatos semejantes a pumas se acercaron a la aspillera del inmenso y fueron repelidos con dos buenas salidas de la lanza. Algunos más se acercaron a la pared del antiguo y fueron del mismo modo rechazados. Todo cuanto pudo hacerse por la defensa, se hizo, de rodillas ya. El diminuto, arrastrándose hacia la pared de fondo, con el gatico en el pecho y tratando de halar también a Griétsiya, gritó: «Que nadie piense en rendirse, ni así se arrastre», con lo cual puso en evidencia que creía cercano el fin y se ponía antes como ejemplo. Una vez instalado contra la última pared junto a todos sus protegidos, comenzó a organizar la defensa por planos y los mandó a replegarse hacia él en lo posible. El inmenso se retiró sin dar la espalda a los gatos que comenzaban a asomarse otra vez por los agujeros, pero el antiguo se dirigió directamente hacia el diminuto. Cuando la barrera humana estuvo completa alrededor del líder, se escuchó de nuevo el retumbar de las bestias en la techumbre. El antiguo dijo: «Esas de encima son las pisadas de tres, pero hay uno tan pesado como no recuerdo, ni siquiera la siamesa con su panza tenía ese embalaje». «Que no importe, que no importe», añadió contra su nuca el diminuto, con las piernas todavía paralizadas. Y el inmenso chistó.

Los gatos hicieron un cerco en torno a la defensa, mientras los humanos, el inmenso y el antiguo primero, protectores del cuerpo a medio paralizar del diminuto, quien a su vez protegía hasta la sofocación a Griétsiya y al cachorro, siguieron observándolos sin miedo, atentos a la proximidad resuelta de la turba. El antiguo no había dejado de lamentarse por su sombrero y su capa y tampoco dejaba de repetir la idea de un hombre en el tejado. «Uno muy alto», decía. «Un montaraz», aumentaba. Sus susurros eran rápidos y firmes, quería decir lo que tenía que decir antes del final, como también el inmenso chistaba hasta hartarse y el diminuto orientaba algo igualmente inútil, lleno de paradojas. La primera línea de defensa iba a caer, luego el líder, el cachorro y la mujer causante. Vio una vez más cómo los gatos se acercaban con una marcha colectiva, finamente escalonada en remedo de un escuadrón humano. La vanguardia se acercó con reservas, describiendo una curva comprensible que iba cerrando el cerco. Las demás filas se permitían entrar con cierta parsimonia hasta añadir un sinnúmero de caras atroces que se movían en conjunto a la luz de las velas. Las fauces solo indicaban una muerte rápida, situación alentadora aun cuando se estuviera de rodillas. El antiguo sintió desde atrás el cuchicheo del diminuto: «Que se espere el instante exacto para asestar las cuchilladas», y ya no entendió bien, pero iba a ejecutar lo que fuera contra el enemigo. Antes lo había dicho claramente, ellos venían por la joven. Ahora nada de lo que se hiciese iba a funcionar, a no ser morir con rapidez, aunque tampoco, ese del techo no podía ser un gato, había noventa y nueve posibilidades de que no lo fuera.

El inmenso también lo sintió pisar, aunque imaginó que sería otra cosa. Hizo lo suyo para advertir de reojo a Griétsiya, al cachorro, al antiguo y al diminuto, tratando siempre de no mover la cabeza en vaivenes tontos. Ya no chistaba. Se había apagado sin temor, como si guardara minutos de silencio por sí mismo, apresuradamente. Respiró en el aire la inminencia por la que había preguntado hacía una hora el diminuto, siempre tan perspicaz, pues la inminencia ya estaba allí, en la boca con dientes de los gatos, formados en fila como un ejército oscuro empecinado en maullar, comer, cebarse, en efecto, expandirse. ¿Por cuánto tiempo podría no chistar? Ojalá terminara ese período pronto, como fuese. Se había batido en retirada y había tenido el placer de hacerlo junto al diminuto más valiente que conocía y al lado del antiguo más atento del mundo. Allí estaba ya el maullido general de la primera fila de atacantes. Luego, el de la segunda. La tercera. La cuarta. La habitación llena de maullidos progresivos, llena de ojos. Verdes y grandes. «Que se espere con paciencia el movimiento de la turba hacia atrás, luego vendrá el gran salto. Que se espere el gran salto», escuchó al diminuto. «Esperemos, pues», llegaron también las palabras del antiguo. Y efectivamente, esperaron. Se produjo el retroceso de las líneas oscuras para buscar la perfecta ejecución de la máxima –mortal– cabriola. Apretó la lanza contra su pecho y se dijo paciencia, «paciencia», paciencia. Las velas hicieron restallar sobre los lomos un duendecillo de sombras, y un silbido leve, que había escuchado antes, por cierto, se estructuró con mayor potencia como un toque de infantería de rescate. «Que alguien me diga de dónde sale ese silbido», soltó el diminuto tras su hombro, con la voz sofocada de tanto apretar a la joven y a la cría. «De muy cerca», aportó a un costado el antiguo, «de tan cerca que podría estar surgiendo de la techumbre. Podría ser incluso el visitante de arriba, ese del que tanto les he hablado y que he creído ver hace unos instantes, pero esta no es mi noche y nada de lo que haya dicho o diga parece tomarse en serio». El inmenso asintió sin dejar de mirar las fauces de los gatos. Se dejó escuchar otra vez el pitido y ya nadie dudó de la presencia de un hombre arriba. Los gatos comenzaron a retroceder como si fueran obligados, se rascaban los oídos con las patas delanteras y se perdían en el callejón. La vanguardia felina, sin embargo, se comportó diferente. Lo resistieron todo de una manera peligrosa, pero se comenzaron a revolver perdiendo la formación estricta que habían empleado en el ataque. El despliegue todavía les duraba y no fue hasta el quinto silbido en que comenzaron a desperezarse y a maullar como si hubiera algo insoportable en el ambiente. Las escuadras se descompusieron, e impotentes, o arrepentidas, comenzaron a trepar los escasos parches de pared ilesa para luego dejarse caer de costado y perderse pronto, una por una, en lo profundo de la barriada. Así, hasta que los tres hombres y sus anexos quedaron tirados a solas, con los ripios de las vestiduras y sangrantes, sudados, oscuros, contra la pared de fondo. El inmenso se logró levantar de una vez. Ni el antiguo ni el diminuto pudieron. Las velas, con el soplo de aire que aspiró la turba al salir, quedaron apagadas de nuevo.

Pero las volvieron a encender. Griétsiya estaba acurrucada y despertó por un momento. Lo primero que le tocó observar fue un cachorro en brazos del liliputiense y se movilizó con un grito de horror; horror, porque la cría le enseñó los dientes dispuesto a succionar, pero ella lo entendió como el gesto ávido de un gran carnívoro; horror, porque cada vez que ella abría los ojos el hombre diminuto se presentaba de una manera diferente, sea con la boca muy cerca a la suya, sea con el pecho desnudo —el cachorro desistió de buscar en el aire y tomó el pezón desprotegido del hombre—, en planes de amamantar a una bestiecita, o sea, por último, con el aspecto de un viejo banco de madera, podrido y sin poder sostenerse. Apenas soltó el primer grito se contuvo del segundo. El inmenso vino y se asomó a su rostro con celeridad, y aun otro acudió de rodillas y también con celeridad, locos ambos por asegurarles que la podrían matar al menor de sus aspavientos. «Si yo no he hecho nada en absoluto», les dijo, «no he hecho nada a nadie en toda la larga noche. Díganme, si lo supieran, ¿pueden decirme cuál es mi culpa?», pero ambos continuaron enseñándole sus dientes y sus cuchillos sin cansarse, como si le reprocharan estar viva. «Que nadie se preocupe», tuvo que decir el diminuto para calmarlos, «no te harán daño. Confía en ellos. Te dejarán en un lugar seguro. Dime, ¿cómo te llamas?». Griétsiya lo miró como si se sintiera obligada a brindarle referencias en exceso: «Mi nombre es Griétsiya. Trabajo en un hospital. Alguien me ha perseguido hasta ahora. Por cierto, ¿tendrán ustedes algo que ver?». «Espera», el antiguo apartó el arma con la que amenazaba, y, todavía de rodillas, dijo: «¿Te ha perseguido un hombre que posee un silbato para dominar felinos, y que, además, tiene un formidable aspecto?». «No», repuso Griétsiya, «me ha perseguido un hombre con una luz». La mujer notó que a pesar de haber dado la respuesta exacta, todos se miraban entre sí. «¿Por qué me preguntan eso?», dijo por decir. «¿Qué cosa, en todo caso, son ustedes?», añadió, áspera. El diminuto se arregló el cabello como si hubiera que estar presentable para envolverse en la respuesta y volvió a mirarla como a un ave desconocida, recién tumbada ante sus ojos.

«Los poetas», sostuvo finalmente.

Iósif

«Espero, queridísimo, que tenga usted razón. Tiene en su poder un expediente que debe regresar a mis manos dado que superviso en calidad de Inspector Jefe. Asistamos, con el fin de refrescarle los avatares de su selecta conducta, a una reconstrucción pormenorizada de los hechos. Entro por esa puerta y usted está aquí parado, me recibe, me saluda, a continuación paso a explicarle los motivos de mi visita, pido confirmación más que suficiente sobre el trabajo de uno de sus subordinados y veo, por casualidad, un expediente con la firma del susodicho accesible sobre el escritorio, usted lo reclama para sí, y yo, en mi calidad de Inspector Jefe, se lo retiro de las manos. En cambio, usted vuelve a arrebatar aquello que ya estaba en mi poder. Podría explicar su conducta, digna en extremo, lo sé, me consta, pero, por favor, ¿podría enriquecer el incidente con algunas acotaciones formales? De hecho, será conveniente que lo haga en este preciso momento», concluyó el hombre del traje blanco sin moverse, detenido ante Iósif y a la expectativa.

«Cierto», comenzó a decir Iósif con el expediente entre las manos, «ciertamente he de decirle que ha interpretado a la perfección la cadena de actos que me han llevado a poseer, en este preciso momento, el recurso de dicho expediente. Esta sutil contrariedad no debiera, Inspector Jefe, por favor, ser interpretada más que como un intento de aferrarme a la perfección de mi trabajo. Usted, sin ningún deseo de supervisar los errores del joven Lev en la redacción de los procesos a él encomendados, ha hecho formal petitoria de dicho expediente, pero yo he solicitado, mediante un repentino acto de recuperación, hacerle entrega de otros procesos con la firma de dicho joven, así podría comprobar mucho mejor, con la perseverancia de siempre, las cualidades profesionales del sujeto». Iósif advirtió que el Inspector tenía los brazos en jarra y se movía de un lado a otro visiblemente enfurecido, más aún al escuchar sus últimas desviaciones.

«La magnanimidad de su objeción», reinició el visitante, «me ha dejado de una pieza. Todavía sus palabras, créame, resuenan en mis oídos como recuerdo de su agilidad para irlas atando. ¿Quién, me cuestiono, puede haberse conducido de la misma manera que usted lo ha hecho? ¿Quién, continúo cuestionándome, fíjese, podría asumir su puesto en la vanguardia del azul oscuro en caso de que, por motivos disímiles, tenga usted que ausentarse o cambiar de labor? Y la respuesta a todas mis preguntas es precisamente una. Nadie. Nadie como usted logrará asegurarnos un futuro promisorio para el rascacielos que dirige, queridísimo Iósif. Indudablemente, así de profunda ha sido la admiración que han despertado sus palabras en mí. ¿Puede, ¡ejem!, creerlo?». El Inspector frunció el ceño y se detuvo en la observación intensa del expediente. Después de escuchar sus palabras —la ironía en ellas recogida–, Iósif no dudó que debía entregar lo solicitado. Extrajo un pañuelo del bolsillo y se secó el sudor de la frente. Al mirar de nuevo al Inspector, este continuaba bajo el imperio de la ansiedad, así que deslizó su mano con el grueso de los sobres y los colocó suavemente bajo la axila del tenebroso visitante.

Había sido estúpido ponerse a merodear en las conversaciones archivadas justo durante la visita del hombre de blanco. No había estado a la altura de su responsabilidad ni se había conducido con la cordura suficiente al extraer el proceso de la tal Griétsiya la tardenoche anterior. Se había traicionado a sí mismo y el resultado era observar el ir y venir del Inspector de un lado y otro, pasándose los dedos por la lengua antes de hojear. Lo veía interrumpirse y volver al recorrido lo mismo que al proceso, a lo largo y ancho de la pieza. «¿Cómo enfocar la situación a partir de aquí?», se preguntó mientras el inobjetable le concedía miradas inquisidoras y luego regresaba a las líneas —a las entrelíneas también— con toda la paciencia del mundo. «Lo seguiré una vez más», se dijo.

Las veces en que Iósif quiso acompañarlo en su recorrido el otro no solo se lo permitió, sino que lo animó a seguirlo de cerca. Ambos, sumergidos en el análisis del expediente, se movían por los rincones sin llegar a chocar nunca. El Inspector iba un poco más adelante con la cabeza inclinada sobre el pliego. Iósif marchaba medio paso atrás, pero se adelantaba con salticos para evitarle al superior los bultos de expedientes. Finalmente, cuando llegaron al ángulo más distante del más distante recoveco, el Inspector le pidió con marcada familiaridad que lo condujera a su escritorio para escuchar personalmente la grabación. «Nuestro trabajo es un arte vivo», expuso previo a situarse en el confortable asiento e Iósif hizo el gesto de la sonrisa estúpida —esperado— que de seguro despertó carcajadas en los hombres tras el lente.

Para colmo de males, el inspector se dio cuenta de que la grabación estaba limpia. Allí no había nada de nada. Iósif estudió su lógica, sus habilidades, su técnica, el modo en que el inspector condujo el programa hasta obtener todo cuanto quería. Y a pesar de ello no pudo encontrar nada. Sondeó incluso la alternativa —el índice oscilando en el aire— de presionar el comando que juraba ser capaz de «introducir palabras oscuras»; desencriptó más de una vez, trajo al primer plano —como había hecho Iósif— las voces de los pacientes locos que se escuchaban en algún momento de la grabación e hizo dividir en sílabas las palabras, como si quisiera disecar su estructura y asomarse dentro. Y aun así no encontró nada. Iósif lo vio estudiar el resumen, los nombres debajo, las firmas —la suya y la de Lev—, las acusaciones. «Mierda», se dijo sin aparentar inquietud alguna cuando el Inspector clavó con donaire y extrema intolerancia los ojos en él, como si fuera la mejor forma de lanzarlo del rascacielos.

«Si le manifiesto que su quehacer es excepcional, no llego a decir lo suficiente», expuso el Inspector adentrándose ya en las conclusiones. «En este proceso ha hecho coincidir pericia y oficio de una forma abrupta, reconfortante, pero sana y ejemplar. Su trabajo no requiere, ni siquiera en escasa medida, supervisión alguna. Suele hablar con demasiada brillantez, con suficiente convicción se suele referir a los hechos, con la objetividad profesional que solo resulta del conocimiento profundo de su oficio. Nadie se equivocaría al señalar que es usted, hoy por hoy, un baluarte indiscutible del sentido común. Hombre, vamos, no tiene de qué cosas preocuparse —Iósif, a partir de esta frase, comenzó a preocuparse de veras—. Es más, para reafirmar lo dicho he de suscribir el expediente en cuestión y he de hacerlo meter de cabeza en los sitios donde previamente ha estado archivado, clasificado y consignado por meses. He de devolverlo al mismo lugar donde usted, tras firmarlo brillantemente como atestigua aquí debajo, lo arrebatara de las manos del joven Lev, muchacho que ha venido a caer entre nosotros gracias al azar, ¿ha dicho usted "como recomendación de alguien del rascacielos de Economías"? El trabajo de ambos en el proceso merece un reconocimiento mayor. No basta con afirmarle una y otra vez y a solas, cara a cara, las ardientes razones que me han llevado a elogiar la faena de los dos en mi calidad de Inspector Jefe. No basta con decírselo aquí sin pelos en la lengua. Se me ocurre, perdone por hacer uso de mi escasa inventiva, la creación de un comité cuyo objetivo primordial será la difusión, frente a todos y cada uno de los trabajadores de este edificio y de otros, de los logros alcanzados por su persona, Iósif, tras el examen riguroso de este expediente, reconocimiento encomendado por un servidor y orientado por él en persona. Busco así influir en la labor de los demás, brindarles la posibilidad de observar dignos ejemplos llevados a la palestra pública. Cada vez que un hombre reprime su sueño un imbécil hace realidad su pesadilla. ¿Quién, sino usted, es merecedor de semejante trato? ¿Quién, sino usted, ha de ser recomendado para tan altos honores, sobre todo si la sugerencia se hace acompañar de mi firma, para constancia mayor? La situación, mi queridísimo amigo, ha llegado demasiado lejos. Rebasando los límites de la felicidad que en mi espíritu me produce comprobar la eficiencia alcanzada en los servicios, ¡y principalmente en los servicios del joven Lev!, soy el primero en sumarme al reconocimiento que yo mismo he formulado con harto placer y distinguida connotación».

El Inspector Jefe más bien bufaba. Iósif no tenía la certidumbre de que la medida impuesta le hubiese convenido en los actuales momentos, pero de cualquier modo iba a salir mejor que el joven, a quien no aseguraba continuar en el rascacielos azul oscuro.

«Por el contrario», continuó el inspector, «ese joven ejemplo, ese dechado de virtudes, ese increíble subordinado suyo y recomendado de otro, ha debido lucir en este caso sus dotes de genio. He de asegurarle, amigo, que nunca me equivoqué con respecto a él. Siempre supe que sería grande, en su mayor parte grande, como si hablásemos de su talento en cuestión. No soy capaz de plantear otra cosa. Me siento indefenso ante las circunstancias aquí atinadas. Lo mejor sería, a partir de la comprobación de su genio en bruto, del espíritu superior con el que usted y yo nos hemos encontrado, consignar el precedente en un acápite memorable para el azul oscuro y promover con ello, sin más, al estimado joven Lev a un cargo que se encuentre a la altura de sus capacidades intelectuales. Algo hemos de hallar pronto, algo como cualquier cede, institución, sociedad u organismo fuera de la vida experta del rascacielos, relacionado o no con su perfil laboral, de cualquier modo es cosa sabida que su temple y talento innatos tropezarán con el reconocimiento de cuantos tengan el privilegio de permanecer por tiempo indefinido bajo su mando, en subordinación directa o no. Es suficiente. Despídame de los demás. Buenos… muy buenos… días». El Inspector Jefe giró sobre sus talones y los ojos encontraron el objetivo —la lucecita roja se hallaba inmóvil—, que brotó de pronto para enfocarlo. El Inspector le echó una mirada escrutadora a Praskovia. «Hasta pronto», dijo señalando el lente de la cámara, como si allí habitase algún conocido suyo, perenne y fisgón. Y desapareció de un portazo.

Según sintió Iósif tras el miserable ruido de la puerta, la cámara hizo un gesto contundente y se activó hacia él, completamente convencida del desastre. Todo había sido grabado y anotado y la constancia gráfica, el film, pasaría a manos de gente superior a él, a un rascacielos superior a ese no lejos de allí, a un rascacielos de un azul oscuro más intenso donde se practicaría la célebre autopsia de los revisores. Las medidas serían avaladas desde una oficina superior, consignadas en un registro superior y dadas a conocer al término de un largo proceso en que los dos, el joven Lev y él, Iósif, iban a verse implicados. Con toda seguridad, se acercaban los tiempos de encontrarse frecuentemente al inspector que acababa de aplicar en su rostro una brisa suave con la hoja de la puerta. Lo tendría metido allí a todas horas, fijo en el primer plano —al fondo de la escena el lente seguiría atento—, irreverente en su casa, en las esquinas y de pie a sus espaldas, junto a la tarjeta de puntualidad laboral. «Mierda», pensó, lo volvió a pensar, verlo reflejado en la sopa sería un lugar común. Se preguntó: «¿Existirá un país en el que te echen con una sola palabra? ¿Por qué tendremos que usar tantos vocablos?».

Ahora la cascada de acontecimientos que se había desatado tenía un culpable: Lev. El joven, al parecer, según se obtenía de las palabras del Inspector al aplicar sobre ellas una fuerza y exprimirlas, al estirarlas y contraerlas hasta apoderarse del verdadero pensamiento, iba a ser sancionado con un cambio de sector. ¡Absoluto desastre! ¿Se le permitiría escoger un nuevo cargo? No, solo recibiría la encomienda cuando fuera posible en una carta azul oscura, firmada por él, por Iósif en persona, como si fuera en realidad el responsable de semejante medida, y todo eso con la mayor prudencia del mundo para no escandalizar, para que no saliera nadie ofendido porque los hombres gubernamentales escaseaban. Es, pensó, como para morirse de la risa, aunque, sin sonreír, se puso a redactar en la pantalla del ordenador una larga solicitud de renuncia edulcorada con las virtudes de rigor, los reconocimientos y medallas de última hora y las disímiles propuestas de interés, sin brindar esperanza alguna. Era posible que se extendiera un poco más de lo que pensaba y hacia las tres de la tarde cerraría el caso, archivaría una copia en aquellos bultos con destino a otros rascacielos y después, agotado por el trabajo en la oficina, pasaría el original de la carta (veinte hojas aproximadamente) por debajo de la puerta de Lev. Sería de este modo demasiado misericordioso, el joven solo tendría que observarla la carta a la mañana siguiente, valorar de lejos su volumen, estimar la posición en que la misiva había dormido toda la noche y asociarla con la presencia del inspector la víspera para así preconcebir el contenido del legajo y evitarse su lectura. ¿Para qué lo leería? Era mejor ir directamente al piso principal, el último de todos, y ponerse a las órdenes de Faraón, lo mejor para el país, ¡clemencia!, lo mejor para el rascacielos azul oscuro. Era, en efecto, como para morirse de la risa. Mucha risa, de la mañana a la noche se volvía un hombre de sardónica risa exterior

—al menos la cámara no podía leerle estos pensamientos—, mientras una infeliz carcajada le brotaba desde dentro. Era para morirse de la risa, tal y como hicieron las confusas enfermeras de la grabación cuando comentaron la historia del ejecutivo y del auto y se rieron a más no poder y pidieron detalles y volvieron a reír. «Risas», pensó con los dedos en las sienes, ese gesto suyo y de tantos otros. «Risas», mantuvo las manos en las sienes. «Risas», las mantuvo un poco más, pensativo.

Para el director supremo y supervisor del rascacielos azul oscuro, ¿era posible recapitular?

No.

No estaba bien que algo así sucediera, lo hacía perder prestigio y de igual modo lo ponía en una encrucijada peor. ¿Será posible revocar?

¡No!

Una vez concluida su exhortación a la renuncia, hizo un mohín ante letras y comandos. Los repasó todos y encontró, por fin, el comando perdido al final de una larga secuencia de pestañas, dentro de un insignificante cuadrito rojo que ni siquiera parpadeaba. Lo pulsó con la yema del índice. En el interior del cuadrito se leía la palabra «Risas» en azul oscuro. En la práctica, su pulsación lo llevaría a concentrarse solo en las «risas», ejercicio que tanto el Inspector Jefe como él habían ahogado previamente, según era usual en el análisis de las conversaciones que les llegaban.

La pantalla del ordenador volvió a trazar el perfil de las voces en alternantes picos y profundidades. La risotada de las mujeres se escuchó de nuevo, unas veces escalonadas, otras al unísono, pero de cualquier manera estúpidas sin el contexto necesario, como si estuviese escuchando una reunión de locas, solo reír por reír, carcajadas a la deriva en el silencio provocado por las frases pospuestas. Era una necedad que estuviera buscando allí, casi en los dientes de las mujeres.

Las risas, por definición, según las teorías de los institutos, representaban solo estados de ánimo, un elemento accidental en cualquier cotejo, completamente infructuoso para apoyar el análisis científico de los diálogos grabados. Y a pesar de tales normas del oficio aprendidas en escuelas y manuales, se metió a fondo en las risas hasta sabérselas de memoria. Praskovia, la cámara, quería apaciguarlo otra vez con su ojo, pero aun así él repitió las risas en voz alta, tratando de definir entre todas, una, la sospechosa; y en cambio, nada. La voz del techo preguntó si se había vuelto loco o qué, él dijo «no» y luego lo de antes, que era «un caso difícil», «excepcional», y siguió riendo. Y ese estado se prolongó. Y de pronto se detuvo. El volumen no estaba lo suficientemente alto como para escuchar una de las risas más misteriosa. En cuanto lo elevó al ciento cincuenta por ciento, descubrió que la risa decía algo ininteligible. Sin moverse de ese punto de la irrisión, pulsó el comando «limpiar» y obtuvo por fin un comentario nítido, toda una obra de arte. «¡Estoy harta!», decía entre dientes y entre risas la tal Griétsiya. Y «¡harta!» repetía una y otra vez. «¡Harta!» decía, «¡harta!», «¡harta!» y «¡harta!» porfiaba riendo, con la intención de burlar cualquier audacia de convertir esta frase en una evidencia.

«¿Acaso saben que las escuchamos?», se preguntó, «¿a razón de qué tanto juego de risas? ¿A qué viene tanto disimulo de palabras? ¿Por qué las frívolas enfermeras habrán optado por esconderse en una frase dentro de las risas? Y a la tal Griétsiya, ¿cómo agradecerle? Es evidente que supo encontrar claves en las risotadas desde el principio. ¿Tenía que importunar el día con sus artificios, tenía que venir a este escritorio con un puzle para hacerse la lista? Lista estará cuando la toque». Se detuvo en el reloj, sus dedos habían hecho varios surcos en las sienes y le sudaba la espalda. «El joven Lev tenía razón», pensó, «¿será un estúpido? ¿O un genio? No se sabe, pero es cierto que su magia se ha de agotar. Escribí la misiva usando los términos del oficio, y es tarde para él, para mí, muy tarde para todos, ¡qué pena! El Inspector no va a creer este último descubrimiento. ¿Es posible recapitular? No. ¿Es posible revocar? ¡No! Creerá que es un truco de mi parte y lloverán otros decretos en mi contra».

El reloj proclamaba el fin de las labores. Iósif cayó espontáneamente en la cuenta y se puso de pie, se ajustó el traje azul oscuro y salió a paso estreñido hacia la oficina del joven Lev. Su propósito era que la invitación a la renuncia fuera a depositarse, página tras página, al otro lado de la puerta.

Ya en el vestíbulo, sobre la alfombra azul oscura, a Iósif casi se le olvidó de un brochazo toda la fastidiosa jornada. Solo estaba convencido de que el nombre de Griétsiya, hasta el momento imprescindible, serie de puntos luminosos en porfía por rotar a su alrededor, permanecería en su horizonte entre una pisada y la siguiente. ¿Era posible revocar ahora? La respuesta era obvia.

¡No!

Griétsiya

Despertó sobre unos asientos rotos, en la joroba de un autobús articulado que flotaba por calles igualmente absurdas. La opresión de la ciudad no parecía tener fin y ante la rudeza del paisaje y el surgimiento de nuevos corredores vacíos comprendió su dejadez anterior, los escasos deseos que había tenido siempre de entender la metrópoli. Quedó un rato en la misma postura en que la abandonaran sus salvadores, o quizás se había inclinado un poco más de lo debido y había dejado a las piernas moverse durante el sueño para ajustar su reposo a las medidas del autobús que flotaba sin chofer en la madrugada interminable. ¿Cómo saberlo?

Se estiró para liberarse de una flexión incómoda, puso su espalda en el apoyo, el calambre cedía, era un asunto de postura y paciencia. Trató de reunir recuerdos donde se viese sentada en un sitio así, pero solo consiguió una cara arrugada al intentarlo inútilmente. No recordaba ninguna ruta de autobús. ¿Debía? Las otras enfermeras, ¿estarían al tanto? Fuera de las principales arterias, no sabía que hubiese otras avenidas desbloqueadas. Imposible ser tan diestra con la imaginación si el frío no la dejaba apaciguarse. Todas las ventanillas se eternizaban abiertas, de modo que el viento de las horas prenatales del jueves se metía silbando una canción triste, un tralalí-tralalá nostálgico y helado. Como única pasajera, con más de un episodio terrible sobre sus hombros, creyó que justificaba con su presencia la avidez por preguntas de oscura contestación. Unas cuantas buenas preguntas, por ejemplo, ponían la piel de gallina.

¿El autobús flotaba hacia el mismo punto que aparecía en el tablero, al frente?

¿Estaba descifrando las coordenadas de un destino hipotético?

¿A alguien le interesarían sus ganas de bajarse?

¿Serviría comunicarlo?

Las respuestas posibles eran incómodas. Aquella parecía una ruta fracasada que navegaba por lo absurdo, en pos de nadie, con una tendencia creciente a profundizar ese estado.

¿Debía mantener los ojos abiertos?

El techo estaba hundido en mitad del primer vagón, como si lo hubiera pisado un dinosaurio. El fuelle de enlace tenía una rajadura descomunal y se había desprendido tanto que el autobús daba la impresión de deshacerse de la unidad trasera en cualquier giro, algo así como una lagartija que está a punto de desprender su cola. Si quería irse por la puerta delantera debía agacharse en el pasillo o saltar sobre los asientos y atravesar la inestabilidad del fuelle. La debieron subir por atrás, por un hueco del segundo vagón cerca del piso alto del fondo. En brazos de un hombre inmenso esta alternativa siempre era posible. Como las ideas le cambiaban y mantenían muy poco su interés, precisamente porque todo era importante de repente y todo pugnaba por salir a flote al mismo tiempo, especuló aburrida sobre cuál sería su suerte en caso de contar con un conductor en el autobús. Echó una segunda ojeada para estar todavía más segura de las dimensiones de la soledad de partida y de las dimensiones de la soledad de llegada. El pasillo era sombrío en los quince a dieciocho metros restantes, una luz se bamboleaba al frente, pero se perdía de vista con el vaivén, como si la escondieran y la mostraran, la escondieran y la mostraran. Las paredes dejaban leer fechas y seudónimos de enamorados vulgares, abuelos entre corazones si se calculaba el tiempo en que habían sido inscritos a punta de clavo. Las ventanillas se suponían gracias a los marcos derretidos, sin corredera ni forma.

Al parecer, todos los cristales habían estallado en conjunto, o el sol, demasiado fuerte, los había picoteado sin tregua durante un mediodía eterno. A su través, la ciudad se separaba en dos hojas con imágenes de teatros esquivos y roñosos, con ojos de agua cegados por la aridez inoperante. Todo aludía a un orden solitario que no hablaba de zonas menos oscuras ni más preservadas.

El autobús, casi un detalle natural, hizo un giro a la derecha y se introdujo con ahogo y traqueteo en la panza de un desvío, justo frente a una lámina de metal azul con el dibujo de un carrito sin ruedas... Pero nadie subió a bordo, todo fue parte de una maniobra inútil, pues no había pasajeros esperando. Tras unos segundos detenido con las luces apagadas, el autobús experimentó una nueva sacudida y se aplicó con seriedad a las innecesarias marcas en el asfalto, a la misma frescura impasible de todos los sitios anteriores o posteriores, igualados por la soledad.

Una voz grabada se hizo escuchar abruptamente con un sonsonete de rancias exigencias que la hicieron saltar del asiento («¡Debe pagar!»-«¡Debe pagar!»-«¡Debe pagar!»). Pronto se agregaron varias solicitudes de un espacio más para un viajero más y algunas valoraciones morales. «Debe continuar su camino», decía la voz, «debe ocupar el espacio de quien no está presente, sea razonable». Griétsiya sintió tanto desaliento que se acostó sin importarle que alguien o algo llamara su atención. «¡Oiga!, debe caminar tanto como pueda»- «Acate, comprenda, venere, sométase, confórmese, humanícese»- «Siga siempre hacia atrás, con la cabeza entre los hombros y la boca cerrada»-«¡Hay personas que quieren subir!». La voz se hizo insoportable. Griétsiya tenía la boca reseca y la pierna anestesiada y sintió un asco irreprimible. Aquellas palabras a ningún pasajero se le presentaron sosas, oscuras, sin el menor cuidado. Su reiteración hipnotizaba en la medida en que el locutor se iba haciendo grosero y redundante. Había pasado del *usted* al *tú* y después al insolente imperativo, como si confundiera la explicación de un propósito con las órdenes de un comandante. La voz le hacía dar vueltas aunque no se moviera, dibujar giros en torno a un centro aéreo, fluctuante en la sustancia del autobús e inmóvil entre las palabras, cosa rara, pero, indiscutible.

«Atrás», decía el locutor incorpóreo, el ectoplasma. «Ve atrás»-«Camina»-«¿Qué haces ahí?»-«Arrea, estúpido o estúpida!»-«Da igual, ¡vamos!»-«¡Muéveteeeee!». El mundo comenzó a dar vueltas. Vio tres retazos de sueño negro y enseguida se cerró el perímetro. Obviamente, asistía un poco el trajín de la noche, pero con eso no bastaba para que Griétsiya se fuese metiendo contra su voluntad en un cosmos de pantallas radiantes. Las vio aparecer apenas puso un pie en el hipnotismo que habían desatado las órdenes periódicas. Las pantallas estaban sostenidas por un tubo luminoso y eso les daba el aspecto de pancartas inmensas. En todos los casos Faraón, viejo, rosa, lipídico, inmóvil y absurdo, en número de cincuenta, sostenía el tubo luminoso como si se preparara para comenzar un desfile y a su vez, en la imagen de todas las pantallas, se le veía interesado en transmitir un mensaje de suma importancia, aunque Griétsiya no lo entendiera del todo. Lo que gritaba no podía ser más que órdenes, lo supo porque se molestaba mucho ante el desacato, se revolcaba en el suelo y salía después a la superficie ya no tan rosa. Con cada perreta por cada orden sin cumplir la cara se le iba amarilleando en contraste con aquel Faraón que sostenía inmóvil los tubos luminosos y que se mantenía completamente rosa, como en el origen. De pronto, le llegaron las palabras limpias, sin interferencia. «Exijo que me demuestres quién eres en realidad», dijo el Faraón de la imagen cuando fue casi totalmente amarillo y solo algunos lunares de su antiguo color afloraban al rostro. Griétsiya lo miró y no, pero al final sí, con una mirada de consuelo, respondió: «Diga de una vez, ectoplasma». Faraón tejió varias oraciones duras y recalcó lo que era «su asunto». «¿Sufre dependencia?», curioseó. «Nada», mantuvo Griétsiya con tal de no decir «ninguna». Le pareció en ese momento que *nada* iba a ser más amplio en su negación, más vasto, con demasiados tonos del *jamás* imprescindible. Faraón, rollizo, aclaró: «No me puedes engañar. Todos ustedes están metidos hasta el cuello. Tú, dignamente, no sabes comportarte, ni siquiera eres cortés al subir. No dejas espacio a los demás. Te sientas dondequiera. Rayas las paredes. Dibujas tu nombre junto al nombre de un científico dentro de unos corazones flechados, sangrantes, ¿cierto?». «Cierto», Griétsiya se sentía cansada. «¡No!, no es cierto, ¿qué digo?», rectificó enseguida. «Dime, responde con toda tu alma y con cualquier otro pedazo», el viejo adiposo de la hipnosis, Faraón, sudaba a chorros y recuperaba con lentitud su antiguo tinte, «¿por qué rechazas comportarte fraternalmente?». Luego, intentó aplicar sobre la joven un poco de dulzura y siguió dándole órdenes cada vez más tiernas, más sensitivas, pero también más exigentes; siguió dibujándole un mundo marcado por las decisiones trascendentales y las revelaciones de un solo lado. Una cárcel donde ella, opípara, debía sentirse a gusto. «Te debes acostumbrar, amor», decía. «¿Te acostumbras ya, mi cielo?»-«Hazte a un lado, querida»-«Vamos, hijita»-«No vayas a resistirte»-«Mejor, ¡abandona tu cuerpo!»-«Abandónate, etcétera, hermana». Griétsiya, sin notarlo, se puso de pie y se dirigió mecánicamente al fondo del rutero, con pasos que le hacían doler la pantorrilla, desposeída de sí a instancias del Faraón viejo, rosa, lipídico, inmóvil y absurdo. Dentro de su cabeza, las pantallas se apagaron. Fuera de su cabeza, pero directamente relacionada con el interior, la voz de la grabación se detuvo por fin con una urgencia tan trepidante que una orden a medias se mantuvo flotando por unos segundos. Sobresalió después un silencio valioso, podría decirse que extremadamente apreciable.

Griétsiya despertó sudada. Le pesaban más los párpados que la pantorrilla y aun así se sentía lista y ecuánime, eso era ya más difícil que un final feliz y suficiente en caso de que su quietud resultase efímera. La voz se elevó de nuevo y pareció señalarla con un tiránico decibel-saeta. «Has llegado al final de la ruta», dijo el locutor de la grabación, «tienes licencia para bajarte»-«Por si no lo recuerdas, debes disponer el pie derecho en dirección al peldaño, luego el izquierdo, y, por último, lanzarte a la calle»-«Bájate»-«Estamos atrasados»-«¡Abajo!». Otra vez Griétsiya notó que las recomendaciones grabadas se desprendían del techo alucinantemente y se iban haciendo groseras. El locutor se desgañitaba en injurias, como si el autobús amenazara con convertirse de pronto en un coche bomba. ¿O los asientos sacarían un pie y la patearían fuera? No tenía otra opción. Se levantó con el pelo en desorden y cojeando. Las puertas se abrieron como si quisieran animarla a descender. En cambio, ella se quedó un rato así, educándose. El locutor arreció los insultos con mayores gritos y peores patadas verbales. Después no, después hubo un cambio de voces, tomó el mando un viejo que se presentó a sí mismo por medio de un seudónimo, dijo ser el locutor que resolvía dilemas y adquirió la voz profunda de antiguos narradores de novelas de radio. Primero, la convidó a descender con dulzura en un sitio tétrico y dramático –no lo dijo así, fue más listo–, completamente oscuro. Después, añadió con elegancia que sería el último viaje previsto, lo dijo como si hablara ante muchas personas. Ya Griétsiya se hacía un lío, ya comenzaba a ser hipnotizada de nuevo, a bajar primero la vista y luego a dirigirla hacia el fondo, ya casi vislumbraba al Faraón rosa con sus pantallas en la mano cuando una luz se le metió por los ojos desde la calle y la hizo despertar. ¿Acaso sería el diminuto? Se pegó a la parte trasera tapándose los oídos para ahuyentar los gritos del locutor, fuente de exhortaciones escalofriantes ahora. Un hombre se acercaba con una luz en la punta del brazo. Era evidente que seguía al autobús con calma, como si conociera toda la ruta. «No puede ser otro», se dijo y dio media vuelta, saltó para sobrepasar el defectuoso fuelle y se hizo un punto para atravesar el pasillo en mitad del primer vagón. Las puertas delanteras la dejaron bajar en su momento y se cerraron tan rápido que casi queda atrapada por su pie cojo. El locutor anunció tenuemente «gracias», el autobús loco apagó sus luces de inmediato y quedó varado allí mismo. Ella entendió por el pésimo «gracias» un mejor «grecia», echó a correr hacia alguna parte y supuso que el cazador también.

Las callejuelas torcieron, pero las casas se inclinaron y temblaron como en un espejismo. No era solo la niebla, que había vuelto a aparecer, algo en la arquitectura se consagraba a las diagonales con una suerte de responsabilidad forzosa. Griétsiya irrumpía con la lengua afuera mientras el suburbio se comportaba a medio grado del desplome, en constante incitación a echársele encima con manos de locura. En sus ojos aparecían tiestos partidos cuyas grietas iban de un ángulo a su opuesto, carteles de pocas consonantes (casi todas efes), lóbregas columnas con fracturas en espiral relacionadas íntimamente con la amenaza de caer. El espacio estremecía tanto como era posible. A velocidad, el suelo ajedrezado la igualaba con un alfil de casillas oscuras. Los temblores actuales, ¿partían de ella o del entorno? ¿De quién? Transcurrieron instantes en que pudo sentir en la piel la facultad rasposa de los detalles férreos. Hubo tiempos dentro de la huida en que no importunaron el suplicio de las piernas, la respiración entrecortada o los ladrillos que sostenían su paso. Por momentos daba la vuelta en redondo al mismo corredor, su ritmo se rompía, se desanimaba. Por momentos sufría espejismos y se crispaba ante sombras que nunca se echaron sobre ella. Adquirió la costumbre de correr por el centro de la calle, reducía de ese modo la inquietud de repetir un barrio tres veces o de ser capturada de pronto al pie de los frontones de tan triste reverencia. Y así, hasta que el paisaje se fue disolviendo en las cercanías, la niebla se densificó en los declives y ella no supo si estaba, corazón al cuello, en un camino de tierra o en una carretera de alquitrán desmenuzado.

Había perdido de vista al cazador, pero antes había tenido la misma seguridad mil veces, de modo que siguió con recelo por el atajo que ascendía a un barriecito de tablas cuya ilógica distribución de puertas y matorrales parecieron ejercer dominio sobre sus pies, la hicieron tropezar con frecuencia, la destinaron a encararse de golpe contra ventanucos de cartón. En la cúspide, se estiró para otear el trayecto que la había llevado hasta allí. La luna de la madrugada salió y le hizo menos trabajosa la pesquisa. Nadie venía tras ella a no ser la luna, intermitente desde el principio, como también la lluvia. La niebla, con sus terquedades blandas, iba ocupando todo a sus pies. Advirtió las circunstancias inoportunas que se ubicaban dentro y fuera de su cuerpo. Aún persistía en su corazón agitado el mismo terror, la historia de la noche que procuraría sepultar bajo cualquier cama de cualquier tugurio, no más apareciera.

Abrió una puerta y se perdió dentro.

Apenas se cerraron todos los caminos por detrás –la luz de la luna, la lluvia, la niebla y la puerta–, tropezó con un escabel metálico que se interponía. Nerviosa por tan imprudente entrada, echó pestes en un hilo de voz. Los murciélagos, por descontento, se amotinaron en un torbellino oscuro que la lanzó de bruces. Se sorprendió de no haber gritado –¿estaría a punto de llegar a la experiencia?– y desatendió la espiral de quirópteros que se esfumaba por los agujeros en recordación del humo negro de un caucho al quemarse. Acostada, se dio vuelta contra algo, no quería averiguar contra qué, sino abrazar en busca del calor de las cosas para volverse de repente una criatura radiante, en lo posible. No era madera ni metal, estaba cubierto por varios géneros de algodón o hilo y se extendía más allá de su estatura, mucho más, como cualquier alfombra blanda y crujiente, como un cuadro o un bulto de ropas de casi dos metros. Quiso creer que sería un tapiz extremadamente costoso. Se sintió dichosa y abrazó con fuerza a la masa inerte para trasmitir su calor y recibir también un calor distinto, mucho más esencial que el suyo, aunque el tapiz, por toda devolución exquisita, tan solo retribuyera con un crujir de… ¿cruces?

«Ha de estar», dijo, «ocupado por ánforas. El paquete rechina como el oro», sostuvo, «rechina…», repitió un par de veces, «como el oro…», y se durmió a sobresaltos…

Su mente fue directo a un sueño con el cazador.

Iba a la cabeza de una flota de barcos gigantescos y nítidos que avanzaban bajo su imperio. El viento batía con fuerza, a cargo de toda la labor, y a lo lejos se divisaba una ciudad, quizás un objetivo. Las cubiertas estaban desoladas, la flota parecía moverse en la soledad del mar y de su mando. No, no disfrutaba la soledad del mando. Lo veía capitalmente aburrido, mas no tenía ganas de salir de la realidad del sueño para meterse otra vez en su realidad real. Partida en estas dos realidades, se convenció de ser quien era para persistir en su estado por un tiempo. Ocurriría seguramente algo encantador. Hasta el momento la flota, de acuerdo con su estrategia de persona que corre, progresaba. Y el litoral seguía siendo el objetivo, aunque también el horizonte tiránico. Ya su pie hacía los honores de aplicarse a la playa, ya dejaba allí la primera huella amiga o enemiga cuando un viejo cofre se hizo notar. Levantó una mano para transmitir calma a los que estuvieran pendientes del descubrimiento. Se fue inclinando para abrirlo. No quería inquietarse. Su contenido se le fue revelando poco a poco. Un esqueleto. En su interior yacía un esqueleto. Su contemplación la idiotizó poco a poco. Los huesos apuntaban hacia el mar, a la flota tal vez o a un lejano confín; los brazos se extendían solícitos como una gran saeta que busca perpetuamente el punto centro de la diana. «Eso», concluyó, «es la evidencia». No llevaba vestiduras ni anillos por los cuales detallar el género, era un esqueleto convertido en el esqueleto de toda la Humanidad, desligado de genitales y de color de piel como de requerimientos burocráticos, humano en su última arquitectura. «La muerte, a juzgar por su actitud desde la vida, traspasando una serie de significados, fue provocada por un núcleo de anhelos que estalló», dijo Griétsiya al ver las falanges dirigidas hacia las aguas y el cuerpo estirado en la búsqueda del borde. Tal actitud recordaba el último estirón de un velocista hacia la meta. «Entonces», pensó, «¿el anhelo, exterior a este sueño, podría convertirse profundamente en un aviso?».

Hubiera despertado con lágrimas en los ojos y abandonado de una vez la realidad de su sueño para concentrarse mejor en la realidad real, a no ser por una pequeña intromisión. Por encima de las murallas de ese nuevo mundo asomó la cabeza del cazador para afincar una advertencia sombría. «No escaparás», escuchó. Griétsiya mantenía la tapa del cofre sostenida por una mano mientras miraba al cazador. El aullido nunca tenue, sin embargo, estuvo completo enseguida: «Te seguiré a todas partes. Si vas al sueño, iré al sueño. Si sales, saldré». De inmediato, la osamenta, liberada de su nicho y su anaerobia, se descompuso al contacto con la brisa y escapó hacia el mar apresuradamente, como tenía previsto.

Entonces sí, obvio, despertó, sin la jactancia de las olas en su oído, otra vez adolorida, consciente de haber profundizado durante la jornada todos los pozos irreales de la realidad, no tenía más que recordar la histeria, el estupor, el desmayo, el hipnotismo, y, últimamente, el sueño. ¿Cuánto había dormido?

Por el hueco de la techumbre volvieron a escaparse los quirópteros. Minutos después comenzaron a salir del fondo de su pecho las voces de «Bichooos» y «Autobúuus» y «Flooota» con alguna ligereza, e incluso, privación. Luego las voces se detuvieron abruptamente. Cerró los ojos aunque no obtuviera la continuidad del sueño. Todo cuanto pudo percibir se encontraba entre sus brazos, volvía a ser consciente del mismo crujido de... ¿cruces? «¿Qué clase de bulto es este?», se preguntó con intenciones de sacarle las tripas y matar las dudas. Por mucho que le pesase la pierna, se estiró para desenfundar la cosa a cuyo costado había resistido un sueño sorprendente. Con solo rotar la madeja obtuvo un crujido desafinado de volúmenes que rodaban y se deshacían, no siempre, bajo los géneros. El resplandor de la luna acudió otra vez por todas partes. No estaba segura si era un resplandor alucinado o una alucinación resplandeciente, pero se detuvo en la idea de la luz que se introduce por la bóveda, las paredes y la puerta. Intensa luz en desafuero para crear un escenario donde el polvo tejía una cortina en el aire y después convivían a ras de la superficie encajonada. A ras de la cosa bajo la tela. Aunque «la cosa», que cedía, en verdad, se le iba dando en las manos. Griétsiya provocaba en el conjunto crujidos de autenticidad ósea y un raspar de esquirlas bajo la tela deshilachada. Estuvo cerca de comprenderlo previamente, pero no lo hizo hasta que un esqueleto emergió en su condición más saludable, con largas tibias al garete, cúbitos apostrofados por metacarpianos de pianista e insondables órbitas cuya mirada vacía acariciaba el encuentro con semejante mujer, despeinada quizás, perseguida, despabilada, pero viva de una manera tan específica que daba pánico. Surgió todo el bastidor de huesos sobre la superficie polvorosa, bajo la cúpula agujereada que bien podría corresponder con el más notable elemento de una iglesia de barrio. Igual que en su sueño, concebido ahora aquel resplandor de luna llena como un derrame y, al equilibrar todo el cansancio que sobrellevaba con el marfilado del esqueleto, resolvió que la persona había intentado tomar por asalto la intemperie y había quedado lista para yacer mucho antes de lograrlo, o no mucho, tal vez algunos metros antes, dos, tres, cinco, ¿había razón para contarlos? Igual que en su sueño –la diferencia era que se había trocado el cofre por los géneros de algodón o hilo–, las falanges apuntaban a la inmensidad, como si a esta criatura la hubieran llevado a la costa, simbólicamente, dentro de un cofre dorado. Obvio, esta vez no saldría el cazador con sus orejitas de plata por encima de los muros. «Un desastre», pensó, «sigue siendo de pésimo gusto soñar con lo que una tiene al costado y a lo que una se ase no solo en actitud metafórica». Y entonces Griétsiya, que lo había hecho chirriar como si resbalara por un espejo perdiendo las uñas, que le había aplicado su dolor y trasmitido sus ansias en el abrazo, decidió deslizar un poco más la mortaja de algodón o hilo con la punta de los dedos. Tuvo la delicadeza de no sacudir los huesos a la hora de indagar profundamente. Y hubiera seguido separando de ese modo la cosa y sus revestimientos si no es por los quirópteros, que se volvieron a movilizar en respuesta a unos pasos en la cúpula y la devolvieron al estado de perseguida o no contribuyeron a que percibiera con claridad, para que se cumpliesen todos los designios, la cabeza arrogante, las orejas de plata, la sangre brotando gota a gota de la herida de su cazador.

«Vaya», dijo él, mostrándose simplemente. «Vaya», recomenzó tras unos minutos de tregua. «Entonces», pudo decir la mujer con todas las libras de cansancio que cargaba, metida, contenida en el polvo del suelo. Cierta idea la hizo llevar una conversación que conduciría en lo posible a un pacto, o a una guerra dialogada, o al menos robaría el tiempo justo para llegar al dichoso amanecer. «¿Tú?», la sustrajo de sus planes el cazador, como si no acabara de reconocerla. «Yo», convino Griétsiya en tanto la gota de sangre del hombre acostado sobre la cúpula, con la cabeza inclinada hacia dentro, le pintaba constantemente una circunferencia roja en el escote. «Aunque», sopló él. «Claro», susurró ella con angustia. «Vaya», hizo un mohín el cazador, entretenido. De pronto parecían no entenderse, justo en el último campo de batalla, pertrechados de cualquier razón para una tregua, veían escapar el diálogo por culpa de las incoherencias y los bisílabos, con gotas de sangre además, y con un silbato que, tras caer, profundizó una fosa nasal del esqueleto. Griétsiya hizo suyo el instrumento entre índice y pulgar, lo acomodó en su boca e intuyó cómo había salido con vida de la colonia de los gatos.

«Vaya», dijo el hombre sobre su cabeza. «¿Por qué te acuestas con el viejo Savoyárov?». Ella quedó dispuesta a escuchar, por mucho que le pesase no entretenerlo, por mucho que hubiera querido decir ahora un sermón, quizás haber dicho «mucho gusto, Savoyárov. Apenas unas horas que nos conocemos y ya hemos dormido juntos», etcétera. El cazador hizo un mohín y se aventuró a insultarla con furia, luego se detuvo, se limpió la sangre del pómulo —las gotas redujeron su frecuencia en el abismo—, y pidió disculpas. «En mi trabajo no es igual, no puedo ofender de esta manera, quisiera ver el país que despide a sus empleados con una sola palabra, sin alabanzas de compromiso», añadió. «A propósito de Savoyárov, fue un hombre fabuloso. Lo sé por los archivos de la oficina. Mi antecesor firmó su baja de todos los protocolos de seguimiento muchos años antes de que yo apareciera. Se supone que tuvo un ataque al corazón o la explosión cerebral de alguna arteria lo dejó sin hemisferios. Nadie nos ha dicho nada sobre el asunto, ocurrió y basta, no tenemos por qué saber cuándo ni cómo. En fin, para qué contar sobre su apuro por abrir la puerta aquel día (no preguntes cuál día). Era lo que se llama un buen Pastor, ¿sabes? Abajo, en el barriecito, pastaba su recua. Eran otros tiempos. Pobre tipo este Savoyárov. Fíjate ahora, ¡fíjate ahora mismo!, si no lo agarras se te escapará para siempre».

Los huesos, con el viento que rugía y la puerta ahora de par en par, habían comenzado a desmenuzarse, a espantarse como en el sueño, pero natural, verosímil, en todas direcciones, según soplasen unas tenues corrientes de aire alimenticio. Le pareció sentir caballos de calcio al trote por el interior de la estancia, caballos cabalgando en su respiración tranquilamente, escalando la espiral de polvo que las tenues corrientes habían desatado para colarlos contra su voluntad nariz adentro, entre relinchos plausibles. Tuvo cierta conciencia de estarse respirando al pastor Savoyárov y comenzó a tapar su nariz mientras el de encima festejaba alegremente: «Espera, ya casi se va, se nos evade». Su voz rugía agrietada, superior no solo por ubicarse en la cúpula. «Febril», pensó Griétsiya. «Adiós, buen Savoyárov, ojalá pueda irse todo lo suyo con el viento», sonó otra vez el hombre con la cabeza a través del boquete. «Savoyárov te ha dejado esa mortaja para ti, nena. Me ha recomendado que la uses cuando desees. Oye, buena corredora, ese es tu premio, es tuyo, ¡tómalo! ¿No harás nada? ¿No hablarás? Pues bien, tengo algunas cosas que reconocer y a todo eso le puedes añadir algunas peticiones. Lo primero: reconozco tu ardor en la carrera, tu furia y tu suerte. Lo segundo: sonríe, pero no así, como si tuvieras enfrente a un lunático, sino de esa manera en que puedes reírte y transmitir mensajes al mismo tiempo. Tu conducta representa una inteligencia voluble, dialéctica, escandalosa. ¿Quién podría colocarte en punición? No te quedes así, charla conmigo, di algo, estoy ansioso por probarte».

El cazador se retiró un segundo para dejar salir a los pocos murciélagos que la resonancia había despertado. Al reaparecer, hizo un ademán fálico con el brazo, la linterna parecida a su meñique cayó al vacío y fue a rebotar en la panza de Griétsiya. «Vamos, alúmbrame, tesoro», dijo, como si la caída de sus instrumentos, uno por uno, hubiese estado planificada. Ella asintió en la oscuridad y movió los dedos hasta enganchar el botón de encendido. La luz se hizo contra la cúpula y dos quirópteros volvieron a planear. El cuerpo del cazador estaba acoplado allí como un ahogado a una rueda de agua. Por un orificio, le sobresalía la cabeza, ya estaba enterada, mas por otros orificios descubrió las manos, las piernas, el pene, esta última porción similar a una figurita al rojo vivo.

Griétsiya, al encontrarlo en jactancia del bálano, retiró el dedo del botón y la luz se fue, no el oponente. Pronto unas gotas de algo empaparon su cara. «Cerdo», gritó Griétsiya. «¡Cerdooooo!», estalló Griétsiya. «Aquello que cuelga no asusta, muchacha. Este es el señor Bombillo, ¡a sus órdenes!», dijo el cazador con cortas pausas intermedias para ruidos guturales. «¿Qué es? ¿Tanto asusto? ¿No dirás nada, mujer? ¿No vas a reírte otra vez? ¿No vas a destruir mi vida cuando te dé por ponerte "¡harta!", "¡harta!", "¡harta!"?», volvió a preguntar insistentemente. «Por favor, señor, no sé de qué me habla», chilló ella. Un último par de murciélagos escapó de la iglesia tras los gritos.

Hubo una pausa. Tuvo la sensación de esperar y no solo fue una sensación. Imaginó en el techo la cara del cazador, pero la visión no se concretaba y quedó a la espera, sin unir aún los labios secos. Esperó hasta comprender que a esas horas descendería la bestia para darle captura. Se agazapó, una vez más, para salir de la ratonera. Se devolvió al vacío de la noche, ya no tan noche, para escapar, ya no tan fácil, ciertamente, con toda la suerte posible hacia un amanecer irrenunciable. Cubrió con un ladeo la distancia hasta la puerta, se asomó y no sintió nada. Debía servir la oportunidad de que el cazador –herido– estuviera aún en descenso para invadir el atrio. Abrió la puerta a hurtadillas, mas no pudo evitar que los goznes le hicieran la denuncia. La luna y la lluvia regresaron casi en pareja, ambas con una frialdad devastadora, ambas sombrías, ¿idóneas para atarle una mano con el círculo de una esposa y apresarla al hierro de las verjas? Sí, idóneas. El atrio garantizaba terror con el máximo de los elementos de la noche, porque también la niebla se extendía. Estudió rápidamente la vecindad y distinguió la portezuela del jardín por la que había entrado. Quiso usarla. Una mano le sostuvo el talle. «El payaso sorpresa», dijo una voz en su oído. Estaba aturdida aún, así que la habían pescado… Un cuerpo le cayó encima y luego tiró golpes contra su espalda hasta hacerla un guiñapo. Después le acercó una mano a la reja y la esposó allí, en la altura. Para completar, bastó detener la otra mano y exhortar la lengua a una voluntad silente. Sintió cómo ella misma se precipitaba hacia alguna parte. Los líquidos que corrían por sus muslos se juntaron en una amalgama.

Y solo cuando el cazador terminó de saciarse con su vulva, reventó el amanecer en su tardía exactitud. «¡Cerca estuve de escapar!», se dijo Griétsiya con los senos empapados. «¡Pero nadie escapa!», rectificó enseguida, y ya no se imaginó en el acto de rogar «justicia, por favor», como tenía pensado cuando llegara el momento. Su aspecto era lastimoso. Mejor sería ignorarse.

Se fueron acercando con ganas, no a la deriva, sino con ganas, en embarcaciones sólidas que hacían suponer sus sólidos principios. Llevaban los motores apagados, iban furtivos y conocían el mar por esos rumbos, conocimiento necesario para la sorpresa que era lo mismo que la diversión.

«Ea, bicho, ¿estás ahí?», preguntó el de la proa, recién plantado.

Bastaba mirar para darse cuenta de la antigüedad del farol, una luz mortecina que arrojaba hacia afuera la opacidad de los cristales. Moiséy se hallaba tirado al fondo del bote, oprimido contra las tablas, los miembros hacían el recorrido de ceros concéntricos y también la columna y la barba describían la casa espiral de un crustáceo. No era igual así lo viera en pantalla grande, o a través del telescopio, o así escuchara la voz segundos después en el observatorio que había preparado para comprender al de las aguas –al de la queja–, para descubrirlo a la intemperie en una sucesión de hechos anclados en la frontera de lo heroico, como si no estuvieran cayendo ya suficientes cuestiones desde los rascacielos para que encima aquel incómodo estribillo se dejase oír desde un bote.

Bastaba, por tanto, llegar a ras de la marea para mirar profundo en su atrevimiento, sin necesidad de imaginarlo una y otra vez durante las horas de trabajo: había que trabajar pensando en las cinco de la tarde, juntar papeles a su espera, dormir en un cuerpo que no hacía otra cosa que anhelar las cinco de la tarde para estar allí, en la cumbre, y darse el gusto de localizar sobre las aguas la luz del farol, la voz repitiendo aquel requisito inadmisible. Así había sido el proceso hasta hoy, en la distancia, con micrófonos instalados bajo los pies por buzos similares a tiburones, si es que acaso era posible estimar en algo la ferocidad, el lento ir y venir, el sentido taimado de la paciencia. *Había*, porque ahora no, era casi la aurora y la escuadra le entraba al parduzco objetivo en descripción de una elipsis, buscaba despertarlo sorpresivamente como punto medio de un cerco muy bien tejido. *Había*, porque ahora no, la suya era una obligada presencia para de algún modo comprender por qué admiraba entre una multitud de enemigos a ese, al más excéntrico de todos los que podía recordar, el más dispuesto a las inclemencias, el más incalculable, la mayor de las rarezas si se opinaba *rareza* cuando se veía a un hombre enjuto con un cayado torcido encima de un bote de mimbre. No iba a su encuentro en favor de nadie, sino de sí. Puede que fuera una situación de masoquismo político, como lo llamaba a veces, o simplemente obscenidades de un viejo jerarca, lo más parecido que conocía a la *anormalidad* de los años después de tanto ir y venir por las atribuciones.

«Ea, bicho, ¿qué posición es esa?».

Las palabras de Faraón retumbaron contra las paredes del bote, pero Moiséy siguió sin decir nada, sin dar signos de vida o muerte, parecía existir compartido con otros mundos, solo la mitad escondida en este de la noche, de los guardias furtivos y de Faraón. Con la ayuda de las luces de los yates se le podían medir las arrugas de la parte alta del cuello, la lana gris de la barba o el aspecto desdentado de los clásicos herejes, pero ni aún en estas condiciones de anarquía total —anarquía hasta con su propio cuerpo—, y de resplandor insoportable, quiso responder al gesto del soberano con movimiento alguno.

«Ea, bicho, ¡levántate y anda!».

Faraón bromeó con la misma estridencia de antes y su carcajada casi desgarra el mar al medio como un peinado de hombre. Pero Moiséy no parecía prestar oídos, ni siquiera dejar de hacerlo, el bote renacía continuamente de las olas, amarrado como bicho por las tantas cuerdas que habían lanzado sigilosamente las embarcaciones de Guardia Personal y que formaban ya una cartilaginosa y estricta tela de arañas. Faraón hubiera querido sorprenderlo, mirarle a los ojos, ver todo cuanto allí habitaba para poder medirlo a su gusto como si fuera un sastre; hubiera querido sentir su olor, inhalarlo para sí y soplárselo de regreso, pero Moiséy no parecía prestarse a sus inspecciones.

«¡Ea, bicho, a que sí, a que ya te moriste!», dijo Asistente mientras hojeaba unos folletos. Tenía el rostro recortado por los mismos reflectores que apuntaban al objetivo.

La marea se descompuso un rato antes de escuchar otras bromas, aunque volvió a pacificarse a su regreso de un horizonte púrpura. Las luces, precipitadas en bandos de rayos frontales y oblicuos, existían muy a pesar de todo y dibujaban para la escena una estrella lumínica sobre el mar que, en la distancia, si hubiera sido posible también la distancia, luciría supernova. Y el trepidar de las mareas y los espasmos celestes metían, además, ciertas sombras en juego, payasos de espuma se adivinaban trepando una danza por los remos de Moiséy. Y en tanto la paz se extendía, la infinita prudencia de no parecer a la escucha o de no escuchar en verdad, de seguir probablemente las intenciones, párpados de por medio, de los juegos irónicos de la tropa ennegrecida; la paz de no padecer en lo visto o en lo escuchado el sentido de las diez embarcaciones flotantes de la vecindad, que bloqueaban toda la brisa de una vez.

«¿No te despiertas aún? ¿No ves que llega hasta ti tu Faraón en persona? ¡Levantad la cabeza! ¡Movedla!». Los hombres al límite del círculo flotante parecían sarcásticos, demasiado hirientes. «Hemos traído pan y leche de cabras para despertarte. ¿Quieres pan? ¿Quieres leche?», sonó otra voz más densa desde el mismo círculo y Moiséy, a causa de los pesados tumbos de la marea, permaneció visible solo en parte para cada uno de los hombres. Asistente, a bordo del yate de Faraón, estimó colocar una mano sobre el hombro real en cuestiones de ruego o de consejería a punto. «¿Qué es?», resopló Faraón por lo bajo, aunque con fuerza, y el otro, devuelto a su lugar, renunció a expresarse. «¿No deberías traer un cayado?», un guardaespaldas rellenó aquel silencio y añadió entre risas «¿cómo nos han enviado a un mudo?», tras lo cual sobrevino un movimiento excepcional de las olas y los reflectores que le apuntaban perdieron su convergencia sobre el bote de río, sin que se pudiera ver por unos instantes al enclenque enrollado en su fondo.

«¿Qué seguirá a todo esto, señores?», hizo resaltar alguien. «¿Una plaga?».

«Plaga de mujeres», prorrumpió otro y las risas estallaron, se extendieron en redondo, cabeza tras cabeza, hasta que cada quien fue abarcado de modo incontenible.

Antes de que la última carcajada se extinguiera, Asistente, apartando su vista de los folletos que traía en la mano, se volvió a meter en el cono lumínico del yate donde iba Faraón y dio vueltas a su índice para apuntarse una nueva ronda de sus plagas favoritas, pese a la mirada reprobatoria de Capitán de la Guardia Personal de Faraón.

«Plaga de curtidos», sonó alguien con voz estridente.

«A la mier… mier… las plagas», dijo uno de los hombres, haciéndose el tartamudo.

«Para mí es mejor una plaga de jamones», aconsejó otro con empuje de barítono.

«Ron, si es posible», eligió un cuarto.

«Mostaza, por favor», entonó el de apariencia más joven y quinto integrante de la guardia.

«Necesito quien limpie mi cocina», continuaron ejercitándose los otros.

«¿Acaso te han mandado por correo?», preguntó Asistente. «Déjanos firmar el acuse de recibo».

«Será mejor devolver el paquete. Que el paquete se vaya a otra parte».

«Es que han dejado el bulto en la casa equivocada. ¿No te enteras todavía, bestia? ¡Ea, bicho, nosotros somos los buenos!».

«Reiremos más si se desp… desp… despierta», volvió a decir el falso tartamudo.

«En verdad, señores, ¿alguien dijo algo de un bote y de un Moiséy?».

«De todos modos que nos enseñe sus milagros, a lo mejor nos gustan».

La tropa atemperó risotadas mucho más armónicas que antes, pero Faraón las sacudió de pronto con un gesto sencillo. «Discúlpalos, Moiséy», propuso, «no saben lo que dicen». Y esto mismo no hizo otra cosa que levantar nuevas carcajadas alrededor del bote y de aquel que yacía en silencio. En cambio, ahora Faraón consideraba la burla un equívoco suyo y solo con que cada cual le mirara el rostro ya veía en él suficientes motivos para callar. «Moiséy», dijo de nuevo, con más calma, «espero que entiendas por qué he venido hasta aquí a estas horas, cuando toda la inmensa ciudad duerme. Espero que seas hospitalario. Si esta es tu vida y esta es tu casa, recíbeme como si no fueras mi enemigo».

El horizonte púrpura se convirtió en un monstruo donde abría brazos el amanecer. Las figuras invisibles detrás de los reflectores comenzaron a dejar de serlo lentamente, aun cuando distaba mucho la luz franca y cabal. Sin embargo, la incandescencia vertida sobre Moiséy levantaba un día al centro, un día redondo, de cinco o seis brazadas, con espesa penumbra colindante. «Creo que ya está listo», dijo Asistente por detrás e hizo un gesto con el puño donde el pulgar pendía cabeza abajo. El médico de la corte se acercó desde las tinieblas y tocó el hombro de Faraón. «Aguarda», susurró este cuidándose de Moiséy, «que nadie se atreva a pisar el bote. Lo he visto acostarse allí con mis propios ojos, hace tan solo unos minutos. No puede haber estirado la pata». Y de vuelta su rostro hacia el tendido, elevó la voz por encima de las olas: «Si lo prefieres, puedo cursarte una invitación para visitar la ciudad. Te podría entregar sus llaves. Te podría hacer huésped ilustre. Tendríamos toda la holgura del mundo para un diálogo amistoso, sin tener que vernos aquí, con este malcriado mar que hace cuánto le da la gana contigo. Solo vengo a entrometerme un poco, ando insomne, sin nada que hacer. ¿No te levantas? ¿No se anima nuestro prójimo? ¿Acaso no se reconforta?».

Faraón inclinó la cabeza como si estuviera seguro de muchas circunstancias, especialmente, de que podía devolver a la vida cualquier cosa, incluso las cantidades inanimadas del mar. Iba de blanco. La camisa anudada hasta bien arriba, hasta el cuello, le protegía toda la laringe del frío de la aurora. Un sombrero igualmente blanco le ayudaba a aguzar el oído con solo hacerlo descender por detrás de la oreja para que entonces las palabras mejoraran considerablemente su golpeteo contra el tímpano. No traía zapatos. Sobre el yate siempre iba sin ellos.

«Ya es cadáver», mantuvo en su oído quien lo asistía, pero Faraón continuó hablando tan seriamente como le fue posible, en voz demasiado alta: «Las noches que están haciendo. Hace un octubre insufrible. Imagino que no será fácil permanecer por aquí todo el día en un bote, con un farolito al atardecer, con un farolito al amanecer, y así, dando tumbos, venga y venga, un poco de agua, un poco de comida, vaya, ¡qué horror! ¿Hasta cuándo piensas vivir de ese modo? Y también están los baladros a toda hora, por si no fuera suficiente esfuerzo, cualquiera de esos gritos que nadie escucha. Estoy preocupado. Si por casualidad necesita asistencia médica, sepa que he traído a un médico conmigo. Mírelo. Úselo. La intemperie es obscena, quizás peor. No espere que se lo aclaremos dos veces». Faraón le inventaba grandes gestos a sus frases para hacerse comprender de todos modos. «Dime, ¿quién está detrás de ti? ¿Te pagan? ¿Acaso te obligan?». No había respuesta. El cuerpo seguía tendido. Asistente desesperó y sostuvo «¡marchemos!» en varias ocasiones, pero Faraón no quería que otro lo guiara. «Al margen», exigió secamente y unos minutos después dijo, por si quedaban dudas: «Retírate. Solo yo soy capaz de levantar campamento. Vean, cambié de opinión, pueden recoger las amarras. ¡Lárguense todos!». «Recojan las amarras», coreó con inútil firmeza Asistente, a pesar de recibir en pleno rostro la mirada retorcida de Capitán. Las olas volvieron a padecer un movimiento exagerado y los reflectores dejaron de converger perdiendo de vista al hereje por un segundo. La tela de arañas se aflojó antes de apretar más el bote. El escenario se deshizo, pero, al rehacerse, un larguirucho se mostraba de pie junto al farol, con la ropa recién estirada y la varita en la diestra, temblando a causa de ellos allí, de unos hombres hoscos e insistentes que lo empujaban a pararse, a enumerar, a pretender en el rostro mismo de quien debía decir siempre la última palabra.

«Te equivocas, Faraón, no soy tu enemigo».

Moiséy tenía suficiente fuerza para derrotar a los demás con palabras remotas y un ágil desenrosque que no había dejado solo el testimonio de partículas flotando en la luz –«BURRO», pensó Faraón enseguida, «como si no fueran ellos a estar preparados para cualquier cosa»–. Obvio, se llegaron a contener, ninguno de los hombres hizo un disparo en falso gracias a sus buenos instintos en las operaciones de desenfunde –tan enraizadas en sus mentes–, en el manejo de brillantes armas con cilindros de plomo a medio meter en la claridad de los reflectores. Obvio, llegaron a frenar sus impulsos porque abundaban en ellos las horas de ejercicios para mejor puntualidad balística. Y Moiséy, nervioso todavía, aunque no mucho, se veía ganando confianza al manifestarse ante Faraón, no a su nivel por la diferencia de botes, pero mirando hacia arriba y viendo de primera mano la cara del líder, el pendiente en la nariz, el traje blanco impecable, la luz – reconoció– que brotaba como en su propio caso de la incandescencia más severa de los focos del yate. Y Faraón, tieso, también se había clavado en el cono lumínico como el sastre que busca coserle algún día la prenda ideal a su cliente más rígido. El rostro febril de Moiséy, así, en el propio hábitat del bicho, se distinguía un poco peor, más próximo a la ruina, menos iluminado, más pictórico, menos audaz, más hialino, menos ardoroso, más salobre, menos verosímil, casi idéntico en su pantomima terca. Guardia Personal notó el parecido –no era alarmante desde el observatorio–, los mismos mohines que hizo sentir a un Moiséy entero como si fuese un Faraón a la mitad. «Y viceversa», pensaron los hombres, pero callaron mientras guardaban las armas y se disponían a entender.

«¿Quién te envía, bicho?», preguntó el de más arriba con el rostro de no haberse sorprendido nunca.

«Debiera escucharme, Faraón. Hace once meses que permanezco aquí, esperando una respuesta suya, que será acaso un consentimiento».

«Tu petitoria, tonto, no podrá ser saciada».

«Usted no sabe».

«¿El ignorante soy yo?».

«No es ignorante, sino que persiste. Podrían venir…».

«¿Qué ha de venir? ¿Quieres amenazarme con las plagas? ¿A eso te dedicas? ¿Hay más ejemplares como tú? ¿Quién demonios te manda, bicho?».

«Este es mi cayado», Moiséy enseñó una vara nudosa.

«Y este es mi país», tronó Faraón sobre el enclenque, mientras levantaba un índice para señalar la muralla, a lo lejos, la ciudad.

«Lo entiendo, pero no se puede oponer…».

«Entonces no es una súplica», Faraón pegó una patada a la barandilla. La poltrona a sus espaldas lo acompañó rítmicamente hacia atrás y hacia adelante, sin caer. Alguien, que también se movía hacia atrás y hacia adelante, esperaba el momento feliz en que sus emociones lo llevaran a descansar por sorpresa. Para despejar el ambiente a su alrededor, Faraón practicó un movimiento que indicaba dos cosas: 1) el personaje a sus espaldas debía quedarse definitivamente quieto y alejado, con poltrona y todo; 2) los hombres de Guardia Personal soltarían a la mosca y la dejarían bambolear a merced del oleaje.

Los ganchos de agarrar malandrines se desenroscaron del bote obedeciendo extraños modos, como lenguas múltiples, como raíces en retroceso.

«Escuche, Faraón, Estrella de los Siglos, de la Mañana y de la Noche, escuche usted puesto que ha venido acá para saber quién soy», dijo Moiséy, nervioso, sin cambiar de posición sobre la barca, las piernas bien abiertas, como es costumbre en los lobos de mar. «Escuche…, yo soy… Moiséy».

«¿Moiséy?», repitió Faraón arqueando las cejas, asimilando aquel nombre como si nunca lo hubiese escuchado y, al mismo tiempo, como si la palabra hubiera perdido de repente todo su atractivo. «Moiséy, el Loco», improvisó a la manera de un otorgamiento. «MOISÉY, EL SESUDO».

«Este es mi cayado, Faraón».

«Ahora es cuando haces un milagro o algo de eso y después tralalí y también tralalá. ¿No se dan cuenta? Está loco de remate. Si quieren me preguntan qué hago aquí, lo merezco». Faraón hizo burlas al hombre que se movía detrás con una poltrona preparada. «¡Médico! Yo le pregunto, ¿acaso es posible estar tan chiflado? ¿No tendrá alucinaciones? Solo come pan y agua y lleva muchos meses así». Faraón blandió su índice contra Capitán. «¿Qué familia, Capitán, puede haber lanzado a este loco al agua con un mensaje grabado en la punta de la lengua? ¿De dónde salió? ¿Alguien tiene un plan? ¿Cuál? ¿Asistente? ¿Soldados?». Faraón buscó a cada uno de los hombres a su alrededor, aunque los tenía muy cerca y a la mano. «¡Asistente!», volvió a vociferar sin sosiego, pero ni el médico ni Capitán ni Asistente tuvieron muchas oportunidades de responder. El enclenque, que tanto se parecía a Faraón, movió el cayado con cierta alarma y se enderezó antes de hablar, los hombres alargaron sus cuellos y se estiraron por encima de las bordas para no perderse lo que diría: «No soy eso que dice, aunque sé por cuáles razones lo dice, estoy acostumbrado a esta bahía y a la noche amenazante. Conozco su interés por mí. ¿O debo decir "curiosidad"? Usted puede aplastarme con solo soplar desde allá arriba, donde ha dispuesto un observatorio con el capricho de entender al hereje, pero quiere buscar antes una respuesta en la actitud del enemigo. Me cree loco, sin embargo, admira la resistencia que tengo para permanecer aquí, cantando mi única solicitud. Usted, con todo respeto, admira la audacia de vociferar esa petición y se pregunta a sí mismo qué pasaría si yo, al final, no estuviera tan loco, si fuera la prueba que le ha faltado toda la vida y si voy a tener la posibilidad de ofrecerle las evidencias necesarias. ¿Falta algo? No, Faraón, no falta nada. Esa es toda la verdad».

Faraón lo escuchó mientras veía amanecer con tenues formas en el horizonte cárdeno. Pensó que cuando terminara la aurora de aquel jueves la flotilla estaría partiendo hacia la ciudad en caravana, como por carretera, sin ningún obstáculo razonable para llenar su día hasta las cinco. A las nueve, sobrevendría la conferencia de prensa, no era demasiado temprano para saberlo. Los periodistas extranjeros estarían desde ahora ensayando las preguntas a puertas cerradas. En todo caso, no se ofrecerían elementos sobre nada que flotase en el mar, se despediría a quién fuera con un par de objeciones, y, a la una de la tarde, se metería de cabeza en su almuerzo con algún invitado protocolar en honor a esa quietud tan recomendada para las digestiones saludables. En la tarde, quizás, obviaría la visita a los rascacielos para seguir personalmente el curso de las operaciones de restauración, pero a las cinco se aseguraría de haber vuelto al gran observatorio. Otra vez el lente enfocaría un bote de río en el mar, y un hombrecito de esponja agitándose dentro… «Veamos si eres loco o milagroso. Mejor será, lo advierto, que seas lo segundo», reprodujo cortando cualquier otra idea.

Asistente preguntó al oído y Faraón lo hizo a un lado. ¿Podía suceder que no claudicara dulcemente cuando los tiburones se aproximaran al casco de madera?

Capitán recibió una orden y se dirigió a proa, como el resto de los guardaespaldas en cada uno de sus yates. De regreso con un balde mosqueado, acentuó un codazo que en condiciones normales, dirigido al frágil costillar de Asistente, hubiera sido de por sí más discreto. «Vengan esos tiburones», gritó, en tanto los hombres lanzaban tarros de sangre al mar.

Faraón fue desviando la mirada hacia la aurora ya casi a punto.

La luz de los reflectores se apagó de repente y el cielo y el mar, ambos con el contenido rojo al mismo nivel, se igualaron como la cara de los dos que se admitían principales y opuestos. Los grandes peces comenzaron a nadar a través del flujo sanguíneo, un ejercicio parsimonioso que practicaron una y otra vez con las aletas visibles por encima del agua. Las voces continuaron estirándose hasta fenecer, solo para no obstaculizar el destino de las operaciones ni la exigencia de la demostración, de ninguna manera para auxiliar los registros de video que hacía Asistente, cámara en mano, rezongando por la borda. Faraón fijó sus ojos en los ojos de su otro, en ellos vio que podía derribarlo con la mirada y no los apartó vertiginosamente porque hubiera sido, pensaba, un error político.

Los tiburones comenzaron a dar golpes en el botecito de mimbre. El tambaleo se hizo máximo en breve, sin que nada hiciera ver que su único ocupante desperdiciaba oportunidades para conservar el equilibrio. Moiséy no hizo, en cambio, ningún gesto de irse de plano contra las olas, quizás abrió más las piernas, eso sí, se puso aún más nervioso, un temblor fino lo recorrió, un sudor álgido también, y ya no pudo resistir la mirada de Faraón, la mandíbula comenzó a temblar y se la contuvo con las dos manos que necesitaba para sostenerse. Se le hizo inevitable entonces tomar asiento, asegurarse desde el fondo como una vez para adquirir fuerzas, cuando estuvo enroscado y se hacía el sordo. Ellos lo miraban. Sobre todo Faraón, quien perseguía otro gesto suyo para remolcarlo hasta la costa, donde sería mal visto si él quería, o donde sería loco, absurdo o quijote si así él lo deseaba. Los hombres observaron por única defensa del enclenque una cinta en el cayado; cinta que, antes de descender, describiendo ondas hacia el interior de las aguas, fuese desasida con un temblor de manos; cinta que tocó definitivamente la superficie del mar para irse hundiendo sin prisa entre los amagos de las hileras de dientes.

Moiséy esperó la parsimoniosa retirada del grupo de tiburones, las aletas se fueron devolviendo a las profundidades y el rojo fue solo propiedad del amanecer aparatoso.

«De manera que ahora eres mi enemigo», gritó Faraón sin reprimir un impulso violento contra el barandal del yate.

«¡Despiertas mi furia!», volvió a gruñir sin quitarle la vista de encima, como si intentase algún tipo de violación con ella.

«Te pido que concedas a mi pueblo…», comenzó Moiséy desde la delgadez y desde el bote, pero la otra voz magnánima se sobrepuso a la suya y la desterró.

«¿Con qué potestad te acercas a mi pueblo? No permitiré que hagan daño tus demandas. ¡Aléjate!», gritó Faraón con más de la mitad del cuerpo por encima del barandal.

Poco después la fila de yates –justo amanecía– se compuso para abandonar las aguas de Moiséy. Las olas alzaron un triste espectáculo, los reflectores se encendieron y volvieron a apagarse mientras el farolito persistía en la proa, entre vaivenes.

El rascacielos penitenciario

MAGNICIDA

Estudió con recelo la oportunidad de dirigirse al vidente, si es que acaso lo era, si es que acaso fuera a dirigirse a él con las ínfulas infladas que tenía de estar preparando algo grande, tanto así como un magnicidio, bah.

La prisión le encajó antes su realidad de mediodía: las paredes se amotinaron con su transparencia –los presos sospechaban las paredes, las marcaban con esputos para no chocar–, los barrotes se adivinaron porque no se notaban, el color blanco de las baldosas sí, una sala antes de tomar el sol bajo la cúpula de cristal blindado de la azotea, pero, sobre todo, la población penal, la gente de presidio, tanta que no se podía ir holgado, que se le iba endureciendo el aguante por su causa y ni un minuto más.

Ya casi estaba en el patio a miles de metros de altura, sin paisaje, y ellos, reclusos de contemplaciones retorcidas e incómodos pensamientos, unos en busca de salir mañana, otros de no salir nunca, compuesta la masa por pelos azules, verdes, negros o bermejos, no podían hacer otra cosa que chocarse mientras iban en busca del sol, encontrarse hombro con hombro únicamente para pronunciar de esta manera el código de los enclaustrados, el *no jodas*, y establecer con esa sucesión de trueques, con ese incesante codeo, tales palabrotas, ciertas miradas, semejante vaho y consabida forma de pararse a esperar, las líneas de un territorio invisible que no debería ser traspasado por el enemigo, si es que acaso el enemigo conservaba amor por la vida.

Por aquellos territorios destacó, magnicida él, hacia el patio somero, el de la cúpula de cristal blindado, aceptando codazos profundos en hígado y riñones en busca de la escalerilla de embocadura. Ya frente a los peldaños, metió las manos en los bolsillos, había que dejar tributo a un boxeador callejero y a la hueste que esforzaba piñazos al aire como si quisieran trabajar en la imaginación de los otros para marcar primero allí los límites, como si fuesen mejores dueños allí de los terrenos de un marquesado; guardianes que entrenaban el jab en medio de una anarquía con ciertos límites; señores a base de patillas que cruzaban la cara y terminaban en formas; camajanes en pleno ejercicio del poder abandonado a la gesticulación, al arrastrar de las palabras y al despliegue de los tatuajes y las cicatrices que quizás serían también parte del espacio en dominio. Y así llegó a los peldaños, entregó cigarros al boxeador de grandes entradas y continuó yendo como todos, como si recién ingresara a una feria, acostumbrado plenamente a las circunstancias caóticas.

Así se iba y se venía por la cárcel, entre blasfemias. La realidad nadaba en tatuajes, se hablaba mucho de tatuajes y se dibujaban mucho cada día. Era este, por ejemplo, cualquier instante diurno con la necesidad de ganar el patio tórrido, donando o cediendo absolutismo, pero dejando al pasar una constancia grave de la marcha, de los nombres tatuados a profundidad en las pieles, de los corazones atravesados por rehiletes, de los rostros que también formaban parte de los cuerpos y eran su arsenal.

Entre los rostros tatuados nunca fue infrecuente descubrir el de Faraón en poltrona, verde y roja la escena, donde además entraba a jugar su papel un botecito y un hombre encima, estos últimos de colores muy tenues, excepto por el farolito en la proa, bah, de incandescencia oscura, con un resplandor de líneas negras dirigidas a los rascacielos. Predominaba la fuerza del crepúsculo en las pieles de los reclusos, quienes contaban con la popularidad de la escena para lucir el tatuaje mejor pagado, como si hubiera algo más allá de una declaración entre el artista y el beneficiario —mercadeo de por medio— acerca del precio físico y espiritual del patriarca de la poltrona, dibujado en todos sus detalles, sin que nunca en la vida llegaran a arrepentirse ni artista ni beneficiario porque un tatuaje, por definición, era eso: ¡no arrepentirse jamás!

Por otras circunstancias y también por estas, los personajes populares eran dibujados en los torsos, cierto que unas veces habitaban deltoides, pantorrillas, pectorales, pero casi siempre eran los torsos. Cabía predominantemente la posibilidad de que Faraón estuviese sentado en la espalda de un recluso y fuera llevado a cuestas en los lugares más traseros por los sitios más extravagantes, incluso, por los pocos espacios al aire libre. Otras veces, cabía pensar que el bote flotaba a la altura de pechos lampiños, coincidiendo el farolito con uno de los pezones, como si por allí se igualaran luz y leche en algún tiempo por venir. De cualquier forma, un torso era un fresco que nadie osaría golpear por respeto al uno y al otro, una poltrona y un bote bajo el sol resultaban defensas en el oficio de estar preso. «¡¿Quién habría de inmiscuirse con un escupitajo en el tatuaje de Faraón en poltrona!?», pensó el magnicida. «Pura maña», volvió a pensar. Eran cosas que valía la pena distinguir: el del botecito siempre llevaba la peor parte, siempre estaba desdibujado, con indescriptibles formas de la tinta coaguladas con apuro, como para que representara una porción maligna de la escena, precisamente él, el de botecito, el Moiséy, y esto, en sí mismo, lo llevaba por muchos derroteros a pensar, cuando ya iba metiéndose bajo la cúpula blindada del último piso del rascacielos penitenciario, en los múltiples caminos que habían tomado los de su pueblo para escindir.

Este loco de los tatuajes y la realidad, el Moiséy de allá fuera, escindía mediante un farolito y un bote y una sola frase repetida como un viejo himno. Otros, sin embargo, trataban de ampararse aceptándolo todo, convencidos de que la mejor manera era dejar las cosas al tiempo y a la autodestrucción. Él, quien se disponía a arreciar de la peor manera posible, había escogido la forma inescrupulosa, violencia pésima en grado superlativo por ser magnánima, bah. Bien lo dijeron quienes lo mandaban a detonar, herir, compungir, maltratar, que no podía presuponer demasiado, solo hacer, para eso estarían las armas bien pagadas y dispuestas sobre la mesa de negociaciones, lo dijo el viejo y los otros, solo debía meterle un tiro entre ceja y ceja a la gran figura que hasta los presos respetaban en sus tatuajes, no más. A Faraón, la Estrella de la Mañana y la Noche. Para eso había entrado en chirona. «Deberás buscar a KB, juntos han de matar la paloma. Llevarás las instrucciones hasta él, pero una vez allí, él seguirá tus órdenes. Ambos iniciarán una pelea a gran escala que los llevará de un nivel al próximo, nada diferente a una cárcel dentro de otra o a un viaje al centro de la tierra. Así continuarán los niveles más profundos y dolorosos desde la azotea hasta los túneles del sistema penitenciario; sufrirán la intensidad de las reprimendas en ascenso, de las vociferaciones y las manos marcadas. Después de la liberación (si siguen vivos), ambos se han de ayudar en la noche de la ciudad sin cometer el pecado de confiar jamás en nadie. A partir de aquí no será posible siquiera recordarse de ustedes. No quedará nada de ustedes. Ni la sombra ni la luz de ustedes. Nada es nada», decía el papel que continuó soltando durante muchas mañanas por su extensión y por haber tenido que digerirlo entre un jugo de zanahorias y uno de rábano. «La paloma debe ser abatida», rezaban las instrucciones y era eso precisamente lo que estaba tratando de hacer, pero antes necesitaba algunos encuentros, en especial, encontrar al vidente.

Y no estaba tan seguro de lo anterior, bajo la cúpula, con el sol encima, no lo estaba. Llegado una vez al perímetro donde el astro cumplía los dorados, más cerca que nadie de una relación con la estrella —quienes se codeaban sobrevivían con la angustia de darse o quitarse, la masa se movía de un lado a otro torpemente, tórridamente, y cada cual era chocante según sus pretextos—, no se detuvo tampoco por esta vez en ningún tipo sin importancia. Todos los de la muchedumbre estaban allí para adorar al sol definitivamente, si es que, según pensaba el magnicida, poseían los presos una proclamación tan eterna. Lo que más abundaba en ellos era la piel, solo a retazos virgen. Lo que más decía de ellos eran sus dibujos, algunos satíricos, entusiastas, proclamados en función de las confraternidades y revelados a veces durante riñas que, con una respetable frecuencia, encontraban como único límite las paredes en su transparente actitud y las aguas que dejaban caer desde arriba para enfriar los ánimos y destinar resbalones a los pandilleros.

Cierto que la muchedumbre apenas lo había dejado y ya lo volvía a rodear para empantanarlo y rozarlo y codearlo. Y él, tan magnicida como nunca, no podía demostrarles quién era, debía continuar en su personaje trillado de vagabundo de callejones. Así se dejó empujar por un montón que se vengaba de un hecho de sangre. Y así se sucedieron ofensas por parte de los cabecillas. Hizo, no obstante, silencio. Estaban demasiado furiosos como para colocarles una contención. Eso hubiera significado asumir la culpa y no era el momento ideal para ello. «Bah», pensó el magnicida y se resignó a ser vapuleado, comprimido, minimizado de este modo y también maximizado a una secuencia vertiginosa. Una vez que la turba sobrepasó los altos niveles de su cuerpo, los agresores consiguieron llegar al final de la azotea con cúpula, chocaron en su cólera contra las paredes invisibles del fondo –aun marcadas con esputos– y se dispusieron a soltar bravuconadas de regreso más rabiosos todavía. El magnicida volvió entonces a recibir empujones, pero ni así miró a los ojos de ninguno, sino que asimiló los gritos al oído y la saliva contra el rostro y la halitosis exagerada de tres que hicieron coro de monstruos a su alrededor.

«¿Te pasa, flaco?», dijeron. «¿Te pasa, carajos, flaco?», repitieron ante el silencio del magnicida echado en el suelo para fingir mejor su triste papel. Uno de los parados encima amagó una patada que no se produjo. Después, sin amagos, le tamborileó el costillar con la pierna e hizo señas a los demás para que se acercasen. «Hemos encontrado al ejecutor», circuló la noticia. «Al cabrón». «Al degenerado». El boxeador de la escalera pronto se acercó a ellos. «¿Cómo saben?», dijo. «Lo es», dijeron. «Quiero que me digan cómo saben», recalcó el boxeador. El que había propinado patadas continuaba a esas alturas propinándolas y, sin dejar de hacerlo, soltó al jefe del guante rojo de boxeo unas palabras que el magnicida retuvo a intervalos, «...chivo expiatorio... escarmiento... castigo...». Y le siguieron dando patadas, ahora todos a la vez hasta que se cansaron. «Entonces hay que hacerlo bien. Busquen cuchillas», ordenó el boxeador y su ordenanza, el primero en patear, le acompañó con una aceptación al oído. Alrededor del magnicida la multitud respiró aliviada porque cualquiera menos uno sería castigado ya, gracias a aquel que antes estuviera a merced de las patadas, y en la actualidad de los nudillos, y seguidamente de las cuchillas.

A consecuencia del sol que se metía a través de la cúpula de cristal blindado, pudo verles la cara en negativo desde el suelo. Trajeron, no más pestañeó, no más se dio vueltas bocarriba, un látigo coronado por cuchillas. «La tortura del chivo expiatorio», rio el ordenanza en los oídos de otro a quien restregó el trasero, y el magni, engreído tal vez por alguna heroicidad antigua, rio también con la cúpula encima, delimitada por una línea de puntos suspensivos a base de cabezas pintadas. Sabía que al sobrevenir el látigo sobre su pellejo se vería obligado por primera vez a defenderse con un ataque, por decirlo con sencillez extrema, a terminar drásticamente con todos aquellos del círculo a su alrededor, también con los demás que se habían dado cita para apostar en su contra, también con los que habían recibido favores de los que apostaban en su contra, etcétera. Se preparó para el momento justo. Sus instintos hacían que la vista se le desviara hacia las posibles vías de escape y hacia las armas del enemigo que podía alcanzar y convertir en suyas. Se le comenzaron a remover dentro las mil y una posibilidades que supo aceptar o descartar con calma. Notó que en su mente echaba a andar un intenso propósito de defensa, que las cosas y las personas comenzaban a volar en sus alternativas de un lado a otro hasta irse colocando allí donde resultaban inofensivas, tal vez quietas para siempre, rotas. Percibió que en su cuerpo las porciones se convertían en pequeñas armas distribuidas para producir un daño fundamental. Se fue acostumbrando en milésimas de segundo a tener diez dagas al final de las manos. Los hombros se le antojaron bolas de hierro y las piernas planearon saltar fuera del círculo. Su hueso frontal se imaginó cabeceando. La conversión terminó. En un breve momento se había transformado en un carnívoro, en una bestia callada.

Se movieron de inmediato sobre él pequeños tubos de bronce con refulgencia entrecortada por el óxido; punzones discretos manejados por algunos con ambas manos en maniobras que siempre se mantuvieron invisibles a los movimientos de las cámaras de seguridad; cables con estrellas de cuatro puntas atadas a sus extremos; jeringas cargadas con espesa sangre; peinetas que salían de largos cabellos de hombres, delicados ellos, dispuestos ellos a la defensa de sus machos con la actitud de mujeres acosadas; tridentes en miniatura, trozos de espejos, cuchillos de osamenta, uñas postizas... El látigo, perdido en la realidad de los alrededores, volvió a ella suspendido sobre él. Las cuchillas giraron en el aire como si buscasen un acomodo mejor en la piel de los reos.

En la distancia, desde un altavoz, se escucharon las órdenes del guardián a cargo en porfía por disolver el círculo a punto de las cuchilladas. Sobre el cuerpo caído del magni el cielo se comenzó a apretar en un puño. La cúpula de hierro que se superponía a la de cristal blindado se cerró con lentitud y un aguacero de granizo sobrevino en la oscuridad. Simultáneamente, el magni retiró su hechura de la plataforma y se fue lejos antes que los otros descendieran para cubrirse. «Por eso se oxidan las cuchillas», se molestó alguien ante la interrupción del espectáculo que recién comenzaba. La lluvia levantó un leve vapor en el aire, frío ahora, que poco a poco se fue extendiendo hasta cubrirlos. Los presos dejaron de importarse los unos a los otros. Cualquier cosa que hubiese sucedido, estaba olvidada durante las horas de lluvia artificial que esperaban. Y había sangre ya. De pronto, con la cara a ras del suelo, se podía probar la sangre del tipo de al lado cuando unas gotas hacían saltar las otras. Por las rejillas se escapaban además miles de hilillos rojos que se suicidaban al drenaje. El ruido o su ausencia estuvo también reforzando las circunstancias alternativamente y el magni, en fuga por el espacio subcorporal que dejaban las rodillas de los cuerpos agazapados y la plataforma, se encontraba muy lejos ya de sus pretensores, al otro extremo más bien, casi acostado sobre la panza, casi con la cara sobre las manos y unas gotas de sangre en el costillar, no sangre de patadas, sino sangre de granizos, bah.

Fuera del brete, la cárcel volvía a ser la otra finalidad. Si creía estar en lo cierto, detenido por no poder continuar a través de las rodillas más apretadas de los presos, el ruido de la lluvia y la disposición de las formas en las tinieblas hacían soportable por un tiempo mínimo el actual estado de cosas. Sonó entonces lejos, junto a él, la voz de Vidente, si es que acaso lo era, y eso mismo fue otro aguacero de granizos. «No lograrás matarlo». El magni tembló. «¿No lograré qué?», respondió con preguntas. «¿Eres acaso quién creo que eres?». «Lo soy», aclaró la voz del vidente bajo el imperio de una oscuridad total, «y tú serás mi perdición». Para colmo, la temperatura pareció descender bruscamente y su piel se horrorizó. «La situación seguirá empeorando todavía durante un par de horas», dijo Vidente, «pero eso a ti te interesa poco. Fríos peores has pasado». Hubo una contagiosa necesidad de apretarse. El magni subió a la superficie por el efecto de los empujones y se apretó por sí solo con los demás, cabeza contra cabeza, la cabeza de alguien desconocido que pronto comenzó a decir «sí, pero el agua, como en otras culturas, también resulta un elemento de purificación». La masa se movió en conjunto con un ritmo lento a derecha y a izquierda antes que Vidente pudiera continuar su charla en el oído del recién llegado. «Eres carne fresquita», continuó más tarde y dijo «bebé» como si no hubiera que hacerle caso. «Por si no lo sabías, en este momento nos construyen un castigo magno, una gran celda común, un hoyo. ¿Sabes lo que es un hoyo? Estúpido que soy, ¿cómo no vas a saberlo si tienes más cárceles en tu historia que años en tu vida? Pero ninguna, sin embargo, ha sido como esta, ¿verdad, carne-fresquita? ¿Verdad, bebé?».

La lluvia de granizos comenzó a disminuir y el mar de hombres acuclillados pasó a la horizontalidad agitándose un poco para formar un empedrado mejor entre todos. Cayó el agua con mayor poder y cada quien buscó el acomodo perfecto para capear el temporal. «¡El agua, tan purificadora todavía!», gritó Vidente, más alejado a causa de los movimientos telúricos de la masa. El magni, al notarlo, se arrastró apartando miembros que se obstinaron en mantener la estática aunque variaron al final hacia otras posiciones. Cabeceos, codazos y caderazos le sirvieron para componerse una ruta hasta el que todo lo veía, y la distancia fue reducida a límites de obscenidad entre ambos: el magni aún no sabía que, consagrado no solo a las mentes, el adivino se había amasado a repetición con el cuerpo de otros hombres, ni siquiera que su proximidad desajustó un poco los augurios, aunque ajustó en cambio los carraspeos, los gagueos, los instintos bajo la lluvia. «En mi jerga, Vidente», dijo el magni, «el hoyo es aquella celda pequeña en la que encierran a un hombre hasta que enloquece». «Eso mismo y más», aclaró el adivino relamiéndose, casi sin ser escuchado a causa de las precipitaciones. «Eso mismo y más. Más, por ejemplo, sería la gota de agua. ¿Ha olvidado la gota, señor, sobre la cabeza? ¿Lo ha olvidado precisamente usted, que quiere matarle? No, no diga nada. No olvide que yo soy un vidente».

Hacía cuatro horas que el agua, en torrente desgarrador, no les permitía descubrir el rostro. El líquido filtrado por las rejillas del suelo se había comenzado a reciclar y caer. Fue así que probaron la urea propia y la ajena, la sangre de los vecinos, el sudor, las pestes congeladas. Cuatro horas que el vidente hablaba en el oído del cuerpo más próximo, como si allí estuviese acostado su gato predilecto. Bah, nadie los miraba. El mundo había vuelto las espaldas a cada uno de ellos al menos durante ese tiempo en que estuvieron fielmente sepultados por la columna, no ya de pura agua, sino también de miserias que comenzaban a salirse de los presos a una velocidad repugnante. Cuatro horas, y menos de la mitad para que Vidente se enamorara del magnicida. Su delgadez lo atrajo, la forma en que lo había visto reptar en sus predicciones hasta el punto donde lo esperaría. También había descubierto lo siguiente: «Ha de venir un hombre definitivo», palabras que hacía circular un espíritu de adivinación en la misma pantalla en que siempre sucedían los revelamientos, y ahora, por otra parte, circulaba un «tócalo» en letras mayúsculas, entre signos de interrogación. «¡TÓCALO!», pasó por su mente y el adivino depositó una mano en la cadera del otro sin dejar de hablar. Al advertirlo, el objeto de culto sintió cómo la lluvia comenzaba a amainar, pero, extraño, nadie se movió entonces. ¿Se habrían vuelto cadáveres?

«No, amado», respondió Vidente y el magni se conformó con la espera por mucho que rabiaran los brazos de tanto protegerse la cara, por mucho que hubiese cedido un poco de sangre de algunos rincones de su cuerpo. La espera y la escucha. «¿Cómo es que sabrá cosas?», se preguntó. «¿Acaso será él una farsa?». «No, amado», le respondió Vidente. «¿Acaso será el demonio mismo?», pensó el magnicida. «No, amado, no. Mi familia tuvo siempre virtuosos así, pero se han ido todos. Está muy mal que lo diga, pero, aprovechando la lluvia que cae y tu oído en mis labios, lo diré. ¡Emigraron! Hablarte de esta manera puede parecer repugnante. Sin embargo, si estoy aquí, tan próximo a tu cuerpo, es porque sé con precisión quién no eres. No eres precisamente un cordero. Además –lo que no saben–, has venido a verme. Quieres saber de ti, como todos, especialmente, quieres conocer si podrás, lo cual lleva como respuesta una palabra que me reservo. Presta atención, hay ciertas personas que aunque escuchen en boca de un vidente que han de morir, aun así lo intentan. Y tal situación, ¿te convertiría en héroe? No, amado, pero de todas maneras lo intentarás».

La lluvia les metía en los huesos una carga de plomo. Se sentían pesados. Ni siquiera el conjunto de cuerpos tendidos gastó otra minucia de tiempo en moverse, y ellos, dos simples mosaicos de hombres bajo la cúpula de cristal blindado bajo la cúpula de hierro, tampoco intentaron mayores injurias que los gritos. Helados también, nadie los vio hablarse en el interior de la gigantesca pecera. Pudieron haber oído algo cuando la ducha colectiva desajustó por instantes sus bríos, pero la mayor parte del tiempo fue el agua en picada quien se robó la escena por amplio margen. Antes del escampón definitivo, Vidente había vuelto a colocar una mano en las caderas del otro, y en la espalda, en la parte posterior de la nuca, mientras ensayaba voces y diálogos para él cuando ya tenía el futuro avisado.

«¿Por qué me llamas amado?», preguntó el flamante magnicida. «Solo sé que ellos se han ido», respondió Vidente y continuó: «Tuvo que ser en agosto, porque en junio los visité y supieron esconder de mi mente, digamos, los detalles. Me enteré por octubre y más tarde, cuando tomé la decisión de quedarme, ya sabía lo que mi familia había visto en mi futuro». La lluvia se hizo pertinaz y los presos iniciaron a ritmo pausado el levantamiento, el conteo, la indagación de uno en el otro en busca de los daños de la granizada. «No es por esto que me llamas amado», insistió el magnicida. «Cierto», contestó Vidente, «pero es por esto que estoy tan solo».

Se miraron por un tiempo marcadamente sicalíptico y vivieron apiñados las inclemencias del clima apócrifo. Desde lo alto, usando el mismo punto de origen que la lluvia, les sobrevino una gota de agua para la cabeza de cada cual. Los presos estallaron en un grito de terror, como si una lengua de fuego, y no una gota de agua, comenzara a recorrer la azotea. El guardián volvió a decir algo por los altavoces, pero esta vez se escuchó mucho menos. «¿Qué pasará?», se preguntó el magnicida. «Ahora, corazón», susurró Vidente mientras acariciaba con la palma de la mano una de sus mejillas, «se completará el tormento colectivo. Una pequeña gota para cada uno de nosotros, sin caer en aquello de cómo el mecanismo de arriba encuentra las cabezas de abajo, porque tan solo eso no sabría decirte, aunque puedo asegurarte, amado», se interrumpió para secar la frente del otro, «que aun cuando logres cambiar de posición la gota encontrará tu cabeza. ¿Sabes lo que significa este asunto? ¿Has sentido tú la constancia de ese golpe durante horas? ¿Conoces cuánto dolor causa la persistencia? Al principio la gota es insuficiente e inofensiva, como cualquier gota de agua. Luego se vuelve difícil de tolerar, pareciera un corte, una estalactita que pierde fijación, que cae y trepana. Corta, perfora, punza. Mas no te preocupes, estoy aquí. Compartiré contigo cualquier tragedia, primor». Vidente pasó a secarle el cuello con una lentitud declaratoria. «Busco que te calmes, cariño, elimino poco a poco las tensiones».

Aun cuando a veces las extremidades se movían a causa del calambre, las gotas tenían un extraño modo de buscar el cráneo y acertar en la negrura. Los presos comenzaron a sentarse con la cabeza entre las piernas. Así, en medio de una soledad concurrida, cada uno tuvo tiempo de arrepentirse de lo suyo. Viendo circular por obligación todas sus vidas a modo de remedio contra la invalidez obligatoria, se mantuvieron sin comer, sin ver la luz ni protestar durante dos jornadas. No pensaron en el hambre. Vacíos del cuerpo a esas alturas, fueron depurados de lo nauseabundo como otras veces, perdonaron a esposas y pendencieros, a chivatos y enemigos, a jueces y prostitutas, mientras la gota caía. Pensaron sin mucho ánimo en la gente que los rodeaba hasta que las neuronas abandonaron toda faena.

La sociedad se había reducido dramáticamente a la azotea ensopada bajo la inmensa cúpula de cristal blindado que yacía a su vez bajo una muy superior y más poderosa de ajustable hierro, accionadas ambas al antojo de manos desconocidas, distantes. En los alrededores se aludía a la naturaleza, pero era una naturaleza suministrada. Una vez cerrada la cúpula, un sol artificial conseguía treparse por las pantallas hacia el este. Para ellos el contacto con el astro era furtivo y lo consideraban un premio a las labores colectivas de acatamiento absoluto. La mayor parte del día, en lugar del sol asomaba una luna artificial y de noche aparecía un inmenso y desconocido astro de artimaña. También los vientos eran apócrifos, salían por las rejillas del piso para ventilarles los pies, un hedor rancio ascendía entonces y quedaba pendiente en la microatmósfera de la prisión, llevándose por encima a todas las pestilencias, sobrepasando la importancia de los cabos sueltos, las frases entredichas, las porfías y los tirones de manga de la población penal. Transformada ahora en la pantalla cóncava de un cine en perspectiva, los árboles aparecían solo raras veces en las imágenes que proyectaba la cúpula de cristal e inmediatamente se trocaban —no solo en los días festivos del guardián de turno— al claroscuro de un atardecer o al tostado del chocolate en caída, o más raramente al azul del mar, un mar falso y por lo menos antiguo, porque no se veía por ninguna parte la luz o la sombra del botecito y su farol y su Moiséy encima.

Moiséy. Estaban conscientes de ese misterio que habitaba y flotaba al otro lado de las cúpulas, aunque, a los dos días de ayuno, en cuclillas, con una gota descomunal cayendo sobre la cabeza, los hechos conscientes o inconscientes eran todos insoportablemente innecesarios. Lo que hacía la cosa más difícil era la gota que continuaba cayendo con una precisión terrible. Las piernas se entumecían cada vez con mayor frecuencia. Nadie se animaba a las voces: guardaban silencio incluso los más fuertes, sumergidos en el interior de la oscuridad personal más robusta. Se habían perdido todos a sí, fenómeno de desposesión que se iba extendiendo en la miseria de no poseer siquiera juicio. O al menos la idea de lo que es el juicio y lo que representa un humano con juicio en las proximidades. Justos y pecadores comenzaron a adolecer de sangre caliente, como si trasmutaran de especie en cuarenta y ocho horas, como si les cambiaran la piel y la mente quedase deshabitada. Prevalecían solo los instintos de salir, comer, cagar, los mecanismos primarios de cualquier bicho, aunque, imposibilitados de todo ello, no prevalecía nada ahora a excepción de aguijones en los nervios, calambres cefálicos o caudales, temblor en los labios, cuerpazos reducidos al punto, al sabor metálico de días sin algo y sin nada, y a la relajación, por agotamiento, de los esfínteres corporales. El desespero condujo a que algunos comenzaran a sacar la cabeza y emprendieran alaridos como en una ópera risible. Llegados allí, los presos desposeían la mañana. O la tarde. O la noche. Más allá del *antemeridiano* o del *pasado meridiano*, habían sido inducidos a una situación inferior donde prevalecía la conducta autista, repetitiva, más dolorosa a causa de la gota que seguía martillando cráneos con una frecuencia perfecta, sin aceleración ni tardanza. Vidente tenía razón, les habían construido una mazmorra individual en medio de la muchedumbre penitenciaria de la azotea, donde el agua había sido utilizada primero en la purificación y después en el martirio. Tal y como pensó, un ratero quería entrar en su mente. «¿Ya se habrán metido en mi cuerpo?», alcanzó a hilvanar el magni en un arranque increíble de ideas.

Vidente había perdido todas las nociones desde el día anterior. Sus últimas palabras con algún sentido fueron «hasta pronto, amado», y a continuación se desconectó como todos, con las mismas piernas encogidas y la misma cabeza entre ellas y las mismas manos en la nuca. También el magnicida hizo lo suyo. Comenzó a recitarle trozos del mensaje que le habían enviado los patrocinadores de la misión. Suerte también que fueran fragmentos ininteligibles, delirio infeliz a los efectos del plan de ataque. Magnicida hizo sus pregunticas oscuras a Vidente, quería saber —en posición fetal— cuáles serían los resultados de una agresión, si encontraba en sus visiones una cabeza rodando y si esa cabeza era la suya, si el plan que había ensayado unas mil veces iba a valer la pena y si veía a una figura impetuosa, o algo por el estilo, caer hacia adelante a través de un vuelo magnánimo en picada. Pero no obtuvo respuestas.

Algunos comenzaron a gritar más alto sobre temas menos trascendentes, sacados a la luz gracias al tormento que significaba una gota ahí, ahí, ahí, cayendo empecinadamente sobre la testa de los hombres que yacían. Se hubiese dicho algo sobre la fragilidad con aquella conducta inmóvil, pero se escuchó enseguida al guardián de turno enlazar preguntas sobre temas específicos. Se le escuchó decir con el vigor de mil altavoces: «¿Quiénes fueron los implicados en ese robo, Iván Maximov? ¿O piensa que la cárcel se hizo solo para usted? Hay otros que quisieran rehabilitarse… Hay cientos… Hay miles en nuestras instituciones… Todos ellos prestos a…». Y no se escuchó respuesta alguna, solo el grito de agonía de los culpables de homicidio que procuraban ser interrogados en lugar de aquel Iván Maximov. Para todos ellos el guardián fue indiferente por un tiempo, aunque más tarde, ante la insoportable insistencia, las consabidas intromisiones y la irregularidad del diálogo, el guardián se viera en la obligación de explicar con mucha cortesía que sus expedientes se habían cerrados. Al hacerlo se dirigió a cada uno en particular, llamándolos por su nombre y exhortándolos al silencio bajo pena de prolongación del suplicio.

Al término de las extensas explicaciones, el guardián volvió a decir: «Queridísimo Iván Maximov, tiene en su poder un testimonio que nos podría ayudar. Diga, ¿quiénes iban a su derecha y quiénes a su izquierda el día del robo?». Se escuchó el sonido seco de las gotas de agua en los cráneos. «Muy bien», se respondieron a sí mismos los mil altavoces, «tiene derecho a continuar con la boca cerrada. Comprenda, por otra parte, que tenemos muchos casos como el suyo y en cada uno discutimos de antemano lo que requerimos en cuestión. Tal vez sea posible considerar algo así. Sería bueno que supiese lo preocupados que estamos por usted. Sepa, estimado Iván Maximov, que no lo dejaremos solo a pesar de su negativa, lo seguiremos a todas partes, a través de medios que no podrá ignorar. Cumpliremos esta tarea angustiados en extremo. Cada ciudadano de estas decorosísimas instituciones disciplinarias representa una parte importante de la sociedad. Tenga presente y considere la garantía de la redención humana, la fuerza de los valores de antaño y el optimismo en la repoblación del país. Comprenda que no nos hemos dado por vencidos, Iván Maximov, especialmente en su asunto. Insistiremos hasta lograr, no ya otra hoja en su enciclopédico expediente, sino la proclamación de su nueva existencia. Tenemos toda la tecnología a nuestro alcance para lograrlo, no lo dude. Sobre todo, tenemos paciencia. Mucha, muchísima y verde y grácil paciencia».

La azotea penitenciaria permaneció a oscuras, con el ocasional gemido de los presos y el sonido escalofriante de las gotas golpeando las superficies calvas –toc, toc, toc. Pasaron unos minutos. Se hacía inminente una nueva fase en el interrogatorio, sin embargo, comenzaron a encenderse tantas luces como presos había, luces que no calentaban en lo absoluto, que más bien se metían en cualquier hueco donde hubiese una cabeza, recorrían el rostro y penetraban la pupila sin preguntar, muy profundo en el interior del cerebro. Así comenzó el guardián a mantener los cuerpos interesados, valiéndose de aquellos reflectores que se enfocaban con desfachatez sobre cada uno, como las gotas que se veían caer ahora y que a veces, por ironía quizás, formaban sus propios y diminutos arcoíris.

«Bueno, estimadísimo Iván Maximov», instaron los altavoces, «diga si responderá en este momento o esperará el final de la larga lista de casos que desean cooperar con el país y que han de quedar, por tanto, libres». «Libres, libres, libres, libres, libres, libres, libres, libres, libres...», reiteraron los altavoces a propósito. «Recuerde, Iván Maximov, tenemos mucha gente esperando por usted para salir a la calle, a muchos militares su indecisión les va a costar un mal rato. Esperamos que no se sienta ofendido por nada de esto ni nos guarde resentimiento alguno cuando esté libre de su carga. Cuanto hacemos, conste, es por el bien de su persona. Y a ese derecho, mi querido Maximov, no pensamos renunciar».

Los mil altavoces callaron súbitamente y esto mismo fue de mal presagio. Comenzó a mugir desde las rejillas del suelo un vientecillo que les golpeó en pleno rostro, dado que persistían las cabezas entre las rodillas, dado que persistían las luces y las gotas per cápita. El vientecillo se hizo pronto de una estabilidad antinatural y enfrió la masa, multiplicando en la superficie de los cuerpos las bajas temperaturas después de días de hoyo colectivo. «Solo tiene que hablar para sí, Iván Maximov, por acá escucharemos de todas formas», sostuvo la voz. «No tiene ninguna necesidad de encontrarse entre presos comunes ni de pagar una culpa que no es la suya», añadió la voz, «en primer lugar, paga condena por otros, cuando su sentencia, bien vista, debió cumplirse en el tercio del tiempo que lleva aquí. Vamos, Iván Maximov, desprecia una oportunidad única. Reconozca que ellos metieron la mano tanto como usted y ya usted lleva quince años en prisión. Estimado, sea razonable, recuerde, en segundo lugar, que está metido hasta las narices, de cuclillas con la cabeza en los huevos por culpa de unos boxeadores que iniciaron una riña. Carísimo Maximov, no es por insistir, pero piense: ¿no podría estar ahora en su casa, al cuidado de su mujer? Su mujer se llama, por aquí está… ¡ah!, se llama precisamente de esa manera tan elegante. Vaya un juego de nombres, ¿eh? Reconocemos a un marido afortunado. ¿Es buena su mujer? ¿Lo es? ¿Solía? ¿Ya no más? ¿Ha comenzado a ponerse vestidos cortos? Usted no sabe nada del asunto, ¿cierto, Maximov? Desconoce los últimos acontecimientos y está totalmente sorprendido. No obstante, podemos ponerlo al corriente de todo, sería fácil contarle por qué su esposa no lo visita hace diez años. No es nada personal, tómelo mejor como un intercambio, pero su mujer, esa preciosa bestia… ¿Debería sentirse orgulloso de una bestia, Maximov?».

El vientecillo aumentó la eficacia de enfriarles los huesos, como si alguien estuviese girando un botón del uno al diez. Algunos convictos, especialmente los más acostumbrados a serlo, iniciaron amenazas contra el tal Iván Maximov. El grupo que intimidaba se fue haciendo mayor y las abominaciones se hicieron muy populares con el despertar de otros reclusos. Surgieron nuevas formas de coacción, mucho más imaginativas y terribles, cada una de ellas superior a las ya dichas. Las voces comenzaron a tener efectos de sonido y de pronto parecieron huecas, las últimas sílabas quedaron suspendidas durante varios minutos y todo el ambiente creado volvía cada vez más aterradora la palabra, sea quien fuera el que la estuviese pronunciado.

«Lo ves, Iván Maximov, ya has molestado con esa actitud a tus compañeros de celda. Eres tú quien los hace sufrir. No existe otro culpable, gente. Considera, hombre, pero considera rápido. Esos a tu alrededor no se andan con la paciencia de este guardián. Escucha, ni siquiera tienes que decirlo en voz alta. Ahueca los carrillos y susurra, lo captaremos al segundo. Vamos, ¡hazlo!», ordenaron los mil altavoces y añadieron, con más autoridad: «Una palabra tuya es suficiente».

La perorata y la frase despertaron un murmullo colectivo. Algunos comenzaron a decir que Iván Maximov no quería boquear, que se encontraba inconsciente, que espiraba; pero la mayoría de los que pegaron un grito lo concebían ya en tan malas condiciones físicas que casi siempre lograban quejas cortas y desanimadas en una farfulla inentendible. Esto también atrajo la atención del guardián, quien volvió a embestir con su característica perseverancia: «Sabemos que no estás desmayado ni muerto, Iván Maximov. Lo sabemos de muy buena tinta. Y, por si fuera poco, tenemos toda la paciencia del mundo».

Las luces se apagaron y solo quedó encendida la del tal Maximov, como si le hubiesen hecho un escenario donde sería la estrella, sobre todo para aquellos que se desperezaban con una voluntad creciente. «Sabemos que no estás desmayado ni muerto», dijo el guardián, «y te hemos montado, gratuitamente, un gran escenario. Los grandes escenarios son para poner en curso grandes espectáculos, estimadísimo. Conocer que nuestra paciencia es infinita le vendría bien a un hombre como tú. Prueba de ello es que esta mañana… ¿O esta tarde? ¿Qué momento del día es este, Maximov? ¿No lo sabes? Tampoco querrás saberlo, tal y como lucen las circunstancias. Algún día tendrás una idea otra vez, si así lo quieres. Pero esta mañana, decía, antes de venir a cubrir mi turno de guardia, mi esposa me sirvió una taza de chocolate caliente que ha recorrido cada uno de los rincones de mi cuerpo y me ha calentado como nunca antes lo hiciera una taza así. ¿Recuerdas el chocolate, Maximov? ¿Quieres hablar sobre una taza de chocolate? ¿O sobre tu esposa? Si deseas calentarte también deseas hablar. Si deseas hablar también deseas informar. Dime, ¿quiénes estuvieron contigo en el robo de las propiedades de Faraón? Anímate un poco, pajarito. ¡Canta!».

En la medida en que estas palabras llenaron el espacio de la azotea, los presos se fueron volviendo más impulsivos y sus gritos despertaron a otros que intentaban levantarse inútilmente para hacer cuentas con aquella cabeza iluminada de allá, casi al centro. El vientecillo se tornó ilimitadamente sutil y tal situación hizo caer a todos en un letargo, excepción hecha con el susodicho Iván Maximov, desde cuyos pies soplaba –a través de las rejillas– un vientecillo invernal. La luz y la gota continuamente sobre él hicieron juntas un dúo de aguijones. Los presos más próximos comenzaron a dispararle pellizcos. Él no tenía la cabeza en la misma posición de sus compañeros de hoyo, más bien estaba ladeada y se le podía definir un iris verde oceánico.

«Tu última oportunidad. Después podemos abandonarte a la suerte durante otros tres años, lapso en el cual no podrás responder a nuestras preguntas ni así lo desees. Vamos, logra mover esa lengua de una buena vez. Susurra un par de nombres y ninguna gota tocará tu cabeza. Es el momento, ¿cantas o no cantas?», demandaron los mil altavoces, a lo cual siguió un susurro y una risotada de victoria desde todos los recovecos de la azotea con cúpula. «Por fin. Por fin. Has comprendido perfectamente», dijo el guardián. «Después de quince largos años. ¡Quién lo hubiera dicho! Por si no lo sabías (y claro está que no lo sabes, estimado Maximov), tus amigos te delataron desde el primer día tras las rejas. Disculpa, pero, en lo adelante, deberás ser más cooperativo, tanto como ellos lo fueron. Te exhorto a decidirte mucho más rápido. Hiciste una labor encomiable y de seguro te sientes aliviado, aunque no del todo. Dime, Iván Maximov, aclárame una última cuestión que omito, ¿dónde escondiste los billetes?». La voz del guardián de turno había recuperado el tono amable del principio. «Estamos conmovidos», añadió, «con el progreso que experimenta tu conducta. Si esa dirección que susurraste llega a ser comprobada, serás puesto en libertad de inmediato. No has hecho más que una demostración pública de tu categoría. Puede que esta misma madrugada estés tomando chocolate en una de esas casas de barrio. Enhorabuena, hombre. ¡Enhorabuena, estimadísimo Iván Maximov!».

Al instante, se apagó la luz sobre el interpelado. Ninguna gota, por reconocimiento a su comprensiva conducta, se suspendió más sobre él. El silencio a su alrededor se hizo sobresaliente. Todo el silencio de que fue capaz el guardián de turno para llenar una tregua entre un interrogatorio y otro. Y otro Y otro....

Griétsiya

Lo temió todavía un poco más. Sintió con un dolor de vientre su presencia ante las vallas de los mensajes políticos, al doblar de todas las esquinas desde el hospital hasta su casa, sobre los árboles que levantaban las aceras o en las tapas de tacho de basura que se acercaban dando giros sobre sí mismas o describiendo una parábola en el aire como un platillo volador. Constantemente aterrada, lo temió mientras su día iba ocurriendo, dondequiera que estuviese, porque aún llevaba en su cabeza las secuencias rápidas de aquella noche en que fue perseguida hasta la consumación. Reproducía a ratos los tirones de la bestia, las fiebres del quebrantamiento contra el enrejado del atrio donde la neblina, la lluvia y el frío se alternaron para permitir la sonoridad dolorosa del cazador mientras empujaba algo hacia dentro. Eso mismo. Un fragmento de viga. Un trozo de silbato. El émbolo de una jeringa después. Corto y erecto, por último, la carne concentrada, la sangre a presión en cuerpos cavernosos y esponjosos: el pene formando paradoja con su gran carrera, su gran remate, su gran talento para perseguir y violar chicas dada la escasez.

Añadida a la verja gracias al penoso ejercicio de dos pares de esposas y de otros instrumentos, más bien recordaba un crimen, no una violación. ¿Pagaría así sus faltas, con ese recuerdo? ¿Era una parte de la muerte o de la vida, o de algún escalón intermedio? ¿Era la soledad extrema o el intento por renacer?

No pudo, de este modo y bajo tales circunstancias, soltarse al deleite, solo admitir que el pequeño pene del cazador resultaba grueso bien sentido en dimensiones radiales, bien hinchado rodaja sobre rodaja, capaz de despertar sensaciones plenas en un tercio de su vagina de haberla seducido como un hombre seduce a una mujer, que no era el caso, no de carrera, no perseguida por humanos y cuadrúpedos, no en íntima relación con tres sujetos, dos de los cuales gruñían y levantaban puñales y la mandaban a callar cuando sus ojos se abrían a la realidad infernal.

Por semejantes caminos quiso reconstruir los poderes del pene impuesto. Separó odio, impotencia y vejación de lo que escasamente había sentido en la entrepierna, viaducto adentro. Recordó una vez y otra cómo fue punzada, la estructura del engranaje, la ternura de la bestialidad, los argumentos que traían a cuento el corto y suave tizón. Increíble que su mente se aprovechara de ella para depurar la angustia. Quizás algún día surgiera con nostalgia la secuencia donde el pene del hombre surgiría del techo de su casa o de algún punto de la pared al que su imaginación iba a parar durante horas. En fin, el pene.

Cuarenta y ocho horas después del suceso de su vida, al despertar, sintió que debía pedir vacaciones. Adolorida como estaba, con la psiquis zurcida, días de ausencia al trabajo, uniforme y vacunas por resolver aún, no se imaginaba formando parte del tedio del hospital donde hacía maravillas sacando sangre a venas desinfladas y transfundiendo glóbulos rojos bastante pálidos, si es que resolvía A+ por medio de señores a los que canjeaba, por ejemplo, antipsicóticos.

Estaba asqueada de esos trueques.

Necesitaba descansar, cambiarse el peinado, permitirse el tiempo justo para fingir adecuadamente que nada había sucedido. La solicitud de vacaciones comenzaría por ser una ayuda, por lo menos su semana anual, todo cuanto podían darle de descanso desde que se había previsto el periodo de *deshabitación*. Lo comprendía entre sollozos. ¿Quién si no ella o Niétoschka, la enfermera oncológica, enfrentaría las salas del hospital? La tercera señorita había pescado a un tipo con un gran auto azul oscuro y daba lo mismo que viniese a las guardias o que no, de todas formas nada ocurriría, o sí, probablemente sería propuesta para Supervisora o para un puesto superior. ¿Cómo solicitar una semana de vacaciones para que Niétoschka se viera en la necesidad de cubrir todos los turnos? ¡¿Cómo?! Semejantes pensamientos la hicieron salir de la cama, pero la salida, en sí, fue un estrepitoso signo. La pierna mordida le falló nada más hacer la primera maniobra y se vino abajo tan fría como estaba. Ya octubre se había impuesto a toda velocidad y ella, al cubrir el recorrido de su desplome, lo comprendía de un modo alarmante, tanto, que al llegar al piso se comenzó a palpar desarropada, con coágulos y mechones de muchas especies de criaturas repartidos en parches a lo largo de su cuerpo.

Pensando en octubre mientras lo sentía pasar por encima, se quedó tirada hasta el instante en que el sol debió haber calentado la pared de fondo y se arrastró hacia ella sin intentar otra vez la situación vertical. Acomodó por turnos la espalda, los senos, la barriga. Rodó hasta la gaveta oculta bajo la cama y extrajo un rollo de tejido estéril, unas tijeras, un pomo de agua yodada. Se conformó con la desinfección tardía de la herida sin poder evitar que el recuerdo efímero del diminuto pasara por delante de sus ojos durante el cambio del trapo del vendaje.

Quiso erguirse nuevamente, pero la caída fue aún más estrepitosa. El silencio sobrevino junto al dolor, la fiebre, las descripciones de la nada en unos instantes en que nada fue posible, y el sueño, lo mismo que si no hubiera dormido durante cuarenta y ocho horas a partir de la mañana en que encontró su casa después de la persecución. Con los ojos cerrados, sintió cómo el frío la tensaba y solo por instinto abrió las piernas y acomodó la vulva contra la pared hasta que el calor –soñó claramente– se hizo un gran pene y la atornilló desde allí en busca de calentarle la voz a un sonido cíclico y grotesco, como si hablara para sí misma, pero peor. Roncaba.

Sesenta horas después de ser poseída, la vulva había vuelto a enfriarse. La pared donde la mantenía abierta fue abandonada por el sol. Griétsiya se movió. Rodó un poco y se puso de rodillas. Sin resentirse, la pierna le aprobaba el esfuerzo justo para moverse. En la venda persistían unas gotas de sangre. Al retirarla encontró en su pantorrilla la huella dental del felino y un complemento: la cubierta mucosa y ocre de una infección que progresaba desde el fondo sucio del cráter. No sentía los dolores de hace unas horas, sin embargo, un nuevo corazón le latía allí con un ritmo torpe y mordaz. Debía volver a la posición bípeda, colocarse seriamente en pie con toda la purulencia incrustada en el músculo, con la agonía de todo lo anterior, el infierno de su oscura casa en derrumbe, y, por suerte, la evocación de una madre metida hace décadas en sus asuntos.

Las enumeraciones seguían siendo inevitables. Necesitaba, por ejemplo, baño, luz, comida. Gracias a su costumbre de acaparar alimentos, en el anaquel resistía un pan cuya edad superaba al menos las sesenta horas. Encendió la luz interior. Una casa pequeña, mal alumbrada por dos bombillas y apuntalada con troncos cortados a machete, se convirtió al instante en su escenario, pero Griétsiya duró poco tiempo en este cuadrado incómodo. Hizo mutis tras una cortina de saco y flores. El agua corrió, se convirtió en un arroyo oscuro que se fue escurriendo por debajo de la cortina hacia la sala-habitación, que superaba el pequeño estante de libros y violaba el umbral de la puerta hacia la calle, donde el primer tragante, por suerte, se enteraba de algo.

El rascacielos en el que se consentían las vacaciones de Griétsiya era tan rojo que servía de orientación a las rutas aéreas en la noche. Construido con el propósito de dar inicio, de allí en adelante surgía el espléndido campo de rascacielos encajonados en dos filas sobre el gran trozo de pastel podrido que simulaba esa parte de la ciudad. Con el sol de frente, Griétsiya no escatimó manos para detener el resplandor, pero solo cuando recordó que traía en el bolsillo de su falda una gorra verde de milicia y solo cuando hizo uso de ella, pudo observar mejor la avenida central, los dos autos que flotaban sobre el pavimento como alfombras en acción, dos empleados que entraban ya en la distancia, dos papeles volando ante sus ojos y la ropa tendida —dos trajes blancos— en algún piso. El espectáculo, inolvidable a esa hora y en esos tiempos, impedía renunciar a él con una vuelta de rostro, los rascacielos tenían el poder de centrar la atención y de despertar asociaciones de imágenes distintas en cada transeúnte.

Alguien sobrepasó rápidamente el paso de la muchacha saltando desde atrás. «Un ser de la nada», pensó ella, «con nada en el alma y nada a cuestas». El hombre iba susurrando el parecido de los edificios con las escuadras de un pelotón de fusilamiento en ecuánime espera del condenado. Griétsiya, por su parte, disintió. Ella veía en la arquitectura un remedo de interminables pilas de platos de porcelana que formaban entre sol y sombra la vajilla impresionista mejor reunida por una fregona profesional. El periódico lo había reflejado muchas veces con mayor cientificidad como un «fenómeno de óptica trascendencia a partir de superficies cóncavas que se potencian entre sí y se enaltecen hacia el horizonte luego de completar el ciclo de recibir y enviar la luz de una solitaria y diminuta bombilla eléctrica, colocada al principio de la avenida, desde donde los juegos de dioptrías van creciendo y se proyectan a una distancia de veinte kilómetros en el mar».

Cada uno tenía su opinión, sin embargo. Por ahí había oído que ahora los rascacielos apuntaban durante el crepúsculo hacia el hombre del botecillo —por orden de Faraón, claro—, quien flotaba próximo a las costas. También había escuchado que estas maravillas eran posibles más allá de las aguas, en otro país, pero no tenía ninguna certeza de ello, es más, lo descreía y a veces evitaba, con pánico, escuchar tales revelaciones. Prefería hacerse una idea propia de la luz entrando sí, entrando no, entre un rascacielos y otro. Sin árboles ni flores por ninguna parte, alguno de ellos con una camisa de andamios como respuesta a la pornografía de los derrumbes, sin nada natural que pareciera concebir otros juegos de esplendor y otras dimensiones y otras imágenes, prefería mantenerse en la observación y posterior recordación de semejante panorama. Imaginar cómo a lo lejos, sin tinieblas nunca, los últimos edificios abrían espacios a la avenida, a la muralla del puerto y a nada más, pues, al otro lado de todo cuanto conocía, volvía a estar lo mismo, la misma realidad inobjetable.

A los dos seres se los había acabado de tragar la distancia. El sonambuloide que la sobrepasó como si no tuviera ojos para un contexto distinto, se metió por la puerta de entrada del rascacielos azul oscuro; los papeles acabaron de caer, y ella se detuvo a definir otros signos en la intemperie. ¿Cómo interpretar, para vaticinio de sus gestiones, que en el cartel de bienvenida una mujer extremadamente rubia y notoria mostrase casi todo el busto por encima del uniforme y le hiciera un guiño tenebroso? Era la misma que la observaba pasar camino a casa y que luego, nada más cumplir su misión, cerraba la taquilla del cine y hacía, con disimulado afán, el mismo guiño del cartel al auto blanco que trazaba entre ambas una línea divisoria. Ciertamente, los signos encontrados y analizados al detalle la deprimieron un poco más por la misma causa, la rubia. Ante cada una de las puertas de entrada a los rascacielos había enormes pantallas donde la rubia hacía uso de su verborrea y decidía sobre el beneficio social de los servicios prestados en el rojo para el bienestar de la población; en el azul oscuro, para incrementar el nivel de seguridad del pueblo; en el amarillo, para elevar el grado de escolaridad de los ciudadanos; en el sepia, para extender la cultura de las masas… Griétsiya la oía exponer, advertir, puntualizar en todas las pantallas de todos los rascacielos hasta donde podía ver. Y aún hubiera caminado más allá en solitario, pues creía haber percibido aquella voz en algún instante de los últimos días, pero decidió súbitamente descender la plataforma hacia el vestíbulo del rascacielos rojo. Las puertas se abrieron nada más aproximarse.

Griétsiya reconoció el ambiente a sótano de la primera planta, el hedor a aguas estancadas que venía de los caños visibles por una abertura del falso techo, el contraste que remarcaban las paredes de interiores con el maravilloso exterior del edificio. A retazos aparecían pequeños islotes de pintura pegados al ladrillo desnudo. Dos sillas a la derecha, un buró al centro y un sofá de damasco mohoso con muelles sorpresa, se resumieron ante sus ojos como los únicos intentos de mobiliario. Griétsiya lo aceptó todo sin enterarse de que lo hacía. No era la primera vez que entraba a un rascacielos. En una época tuvo la obligación de firmar algunos papeles, salir del malva y entrar al verde, salir del verde e ir a parar al crema, de allí una firma en el rosa, otra en el naranja, otra en el púrpura. Sabía que todos respondían al deterioro de interiores con la misma precisión con la que asombraban por fuera. Habituada desde antes a los juegos de luces, a los mensajes en las pantallas, a las sillas, el sofá de damasco y el buró, el contacto con su perseguidor la otra noche le había puesto el mundo al revés. Las circunstancias de siempre en el escenario de toda la vida comenzaban a definirse distintas, como si el cazador le hubiese inyectado algo incomparable al esperma, otra sustancia que trastocara más. Resurgir podría ser la palabra, pero se negaba a creer que pudiera producirse un resurgimiento mediante la entrada gratis al campo de su vagina. De cualquier modo, ya estaba lo suficientemente cerca de alguien en el interior del rascacielos donde sus vacaciones dormían y ella, por lo visto, continuaba caminando en dirección a ese alguien detenido o detenida frente a las escaleras.

«No, no era resurgir», pensó. «O por lo menos…, pero no, yo no he resurgido en nada», dispuso para sí y la figura femenina se hizo evidente con las manos cruzadas a la altura del pubis, la barbilla angulosa y la sonrisa retorcida, casi diagonal. «Esa rubia», dijo Griétsiya mientras avanzaba y la soñaba otra, pero ni así: los rasgos se fueron haciendo familiares.

A un paso de distancia, la rubia de la taquilla del cine la recibió pretextando «buenos días» y Griétsiya, prácticamente al unísono y por su parte, le preguntó «¿tú?» con toda la sinceridad posible. La rubia le hizo el mismo guiño del cartel de bienvenida y contestó que «sí, ¿quién otra?», precisamente cuando Griétsiya daba también los buenos días. Llegadas ambas a ese punto, la del uniforme produjo un ruido de desaprobación, miró a la recién llegada y la asió del codo para tomar juntas un asiento.

«¡Uf!», dijo la rubia cuando estuvo sentada con las piernas unidas, la falda estirada, el cuello rígido. «¡Uf!», soltó como si ante la imagen en deterioro de Griétsiya fuera haciendo lecturas cansonas de la mente. «¡Uf!», produjo por tercera vez antes de comenzar otro diálogo discordante en el que una decía en un sentido y la opuesta en sentido contrario. Ya después la rubia no fabricó más *¡uf!*, sino que interpuso entre ambas la palma de su mano e hizo gala de un *espera* que parecía más bien un *puedo aclarar algunas cosas* o al menos un *te explicaré* tan decidido, que consiguió absorber toda la atención de Griétsiya, acostumbrada esta última a ver el rostro de su interlocutora con los barrotes de la taquilla del cine por delante. Ahora, en cambio, esos barrotes habían sido trocados por dedos y por una línea de carnes y tendones llamada mano, donde determinó que la línea de la suerte era tan profunda como la del corazón y que la de la vida cursaba con interrupciones bruscas y reinicios torpes, como si predestinara períodos de coma profundo. Siguió, no obstante, observándole la mano mientras la rubia dejaba de hablarle y en el *te explicaré* del principio se podía oler el *allá vamos* de la gente con cosas por decir.

A Griétsiya le parecía que era la mano quien hablaba desde sus líneas mayores y menores. Cualquiera hubiera creído lo mismo, sobre todo si la rubia continuaba escondiéndose detrás de la mano izquierda en aquellos puntos de la conversación donde más desnuda se sentía, lo cual no era exclusivo. A veces también a Griétsiya le tocaba atenuarse, se iba escondiendo lo mismo detrás del tabique huesudo para lograr la ruptura precisa y definir por fin la voz ya escuchada, ya asimilada por algún divertículo de la memoria en el día de su noche de resurgimiento. «La voz, no esa mano, sino esa voz», pensó Griétsiya cuando ya la otra iba a mitad de discurso.

«Escuche, mujer, sorprendida ante su evidente estado de estupor, la recepcionista del rascacielos de Vacaciones se complace en anunciarle que reiterará cuanto ha dicho hasta el momento con el fin de aclarar algunos puntos claves de la geografía íntima de quien tiene el gusto», dijo la rubia exagerando y arriesgando diplomacia, y Griétsiya, tal vez, la volvió a escuchar de acuerdo con la necesidad que tenía de una semana de descanso y de ubicar dónde había escuchado aquella voz.

«Le repito», continuó la rubia, «soy aquella que usted observa desempeñar, noche tras noche, un puesto en la taquilla del cine. Me llamo Yelena —esto último lo dijo en susurro—, sí, Yelena, sin espacio de por medio. No debiera decirlo y si sorprenden a alguien en este trance, muy mal se verá, así que sepa valorarlo y escuche. No me llamo verdaderamente Yelena, por supuesto, pero por las razones antes expuestas llamaré a quien le habla Yelena, la referiré como un individuo distante, como si hablase de otra y no de mí. Pues bien, si así lo permite, ensayemos: Yelena tiene varios empleos. Costumbre de supervivencia, dirá usted. Pudiera ser, pero valore que si la cosa es comenzar, ella siempre inicia sus labores a las cinco de la mañana. Se dirige a una pequeña estación de radio. Se ha ganado toda la confianza del mundo para estar en los medios de difusión y le han dado la llave del recinto. El primer programa corre a su cuenta. También el segundo, el tercero y el cuarto. La revista musical goza del horario matutino, con antiguas canciones que suben a un popurrí hasta el mediodía y bajan a una competencia de barítonos después. Obvio, Yelena no permanece allí todo el tiempo. Debe aprovechar la cobertura técnica y se dirige, mientras los temas van relevándose en la consola, a su segundo empleo del día, que brinda, por cierto, el derecho a dos jornadas de vacaciones al año. En una escuela para adultos imparte clases de matemática elemental a un mecánico, cuestiones que oscilan entre el álgebra y la geometría solo en un primer momento, pues al recibir tal volumen de contenido el mecánico exige un descanso de veinte minutos, instante aprovechado concienzudamente por Yelena para regresar a su programa de radio alrededor de las doce. Allí lee un parlamento para introducir la cartelera vespertina de la emisora, esta labor suele demorarla solo diez minutos, lo demás se rellena con pequeños mensajes grabados que entran al éter de forma automática. Luego debe alejarse, buscar su reencuentro con el alumno, quien estará sentado frente a un ordenador en espera de Yelena, conferenciante de Historia. Mientras suena una canción alegre a dos cuadras, ella explica por qué ha sido forzoso asumir la actualidad a partir de nuestras raíces y así alejarse, hasta el próximo día, de los logaritmos. La clase de historia puede extenderse, pero si al mecánico no le surgen dudas sobre nuestras grandiosas batallas de un pasado remoto —y esto no ocurre casi nunca—, termina Yelena sus dos turnos y regresa a la estación de radio para apagar la consola. Su día laboral está lejos de fenecer. A las dieciséis horas se dirige a los estudios de televisión ubicados en el rascacielos magenta, a diez kilómetros de distancia de su programa de radio. Toda esa caminata le da el fogueo suficiente para enfrentar cualquier cosa. Ya verá cómo la pasamos. Ni se imagine que permanecerá así como ahora, inclinada hacia delante y jorobada, con los brazos péndulos y las rodillas que se le van acercando a las tijeras. Imagine mejor las condiciones en que Yelena encuentra en el buró un sobre lacrado con las noticias del próximo día. Se sienta en el estudio del noticiario, primer piso a la derecha, enciende una cámara y se filma a sí misma mientras lee los acontecimientos mundiales que justifican nuestros actos como país independiente. Por último, se despide sin alardes de la teleaudiencia que tendrá. La despedida, por cierto, no deberá resultar altisonante, sino natural y campechana. No se espere que nadie le exija otra cosa a menos que encuentre al director del espacio de noticias, pero casi nunca sucede un hecho semejante. Yelena no lo conoce. Lo verdaderamente conocido, donde resulta incuestionable Yelena, es en la aplicación de los más modernos métodos de lectura. Se debe pronunciar tan alto y enérgico como se pueda. Se debe ejercitar un tono afable y seguro, mejor decir optimista. En fin, Yelena apaga el set, deja su rostro con las noticias allí donde ha de recogerlo el director en la noche, quien además las aprueba con el propósito de sacar el programa al aire. No obstante, las labores de Yelena en el rascacielos magenta aún no terminan. Se ha de dirigir al set de filmación del espacio aventuras. Allí interpreta un papel secundario en una serie sobre la vida de Faraón. No necesita ser filmada con otros actores. Ya tiene dispuesto el parlamento correspondiente y el vestuario, pasa solo a colocarse ante la cámara y a emitir oraciones, versos, señales, vocablos, dichos. Y entonces sí. Recoge cuanto ha dejado suyo por aquellos parajes y comienza la parte nocturna de su jornada laboral. ¿Cómo definir entonces…?».

«Un momento», la detuvo Griétsiya, «¿por qué andas detrás de mí?». La rubia se deshizo de la sonrisa diagonal por unos instantes, fue sorprendida y aquello que tenía pensado decir no se dijo. «¿Quién sugiere que Yelena la persigue?», se compuso la rubia, «¿Quién levanta tamaña calumnia? Está ahora en el deber de contarlo. No se ofusque, pero diga quién, quién…». «No me jodas», la volvió a frenar Griétsiya, «no me vayas a seguir jodiendo. Eres tú quien debes responder. Dime, ¿por qué esperas que pase para cerrar la taquilla del cine? ¿Quién va en el auto blanco que pasa entre nosotras? ¿Qué mensaje de mí le brindas? ¿Cuál parte de mi vida le entregas?». «No se altere, por favor, no vuelva a levantar su voz porque puede *complicarse*». «Hace unos días me asaltó un cazador. Durante la fuga fui mordida por gatos salvajes, amenazada con cuchillos, abandonada en un ¡autobús! y violada. Ya no sé si me importa mucho *complicarme*. Dígame por qué me andan chequeando. ¿Crees que lo merezco? ¿El cazador tiene algo que ver o es pura casualidad? Una tiene todavía un poco de honradez en esta vida de mierda y en esta cara de estúpida. Hable».

La rubia comenzó a dar muestras de su gran oficio. Sin saber las causas, observándole casi siempre la palma de la mano, a Griétsiya le pareció que tenía ese tipo de conversaciones con muchas personas cada semana. «Todo cuanto he visto suceder en su rostro es falso», especuló antes de presenciar la metamorfosis. El arco rubio de las cejas se vino abajo, la sonrisa y la mirada cambiaron su enfoque, una brutalidad marrullera se apoderó de las manías. Sin perder la calma, sin bajar aún la diestra, el escepticismo obtuvo una gran parte del tono directo y la inversión facial contuvo su rapidez para hacerse posible más lentamente, mientras hablaba.

«No existe ninguna relación entre lo que te ha sucedido y lo que ocurre tras la taquilla del cine», aclaró la rubia. «Eso lo podríamos discutir incluso con las *autoridades competentes*. Hacer la denuncia, por ejemplo. Pero, ¿de qué serviría? Todo cuanto te ha pasado debe tener un sentido mayor. Todo lo que conoces existe solo parcialmente, debes aprenderlo cuanto antes. Sigue mirándome, estúpida. Tal vez yo no sea yo y quizás el cazador tampoco. No puedo decirte más. En cada uno de los rascacielos hay alguien como Yelena, que es mi *nombre de guerra*. Tú me puedes decir "Yele". Dime Yele, a secas, anda. Y también me puedes decir "gracias", Griétsiya, y me sentiré mejor. Has alterado muy bruscamente nuestra concordia. Mira, mi ficha de identificación». Yelena hizo descender su mano por primera vez y buscó en un bolsillo oculto el rectángulo con rúbricas que Griétsiya reconoció enseguida.

«Por esta vía sabes mi nombre, ¿no es así?», dijo Griétsiya señalando el carné que se mantenía en la mano de la rubia. «Ya entenderás. Solo dame las gracias, Griétsiya, por favor». «Gracias». «Muy bien. Lo justo para cada una. Somos personas extremadamente amables, como puedes ver».

La muchacha no respondió, se confundía mientras buscaba en su mente los posibles rumbos. Recordó que ella solo había venido por unas vacaciones. ¿Por qué todo resultaba siempre tan extremadamente complejo, hasta las cosas más simples se volvían asuntos enmarañados e interminables? Yele tenía razón. Todo lo conocido existía solo en parte. Yele era una parte. El cazador otra. Ella otra, por muy dúctil que fuese. ¡Oh!, había dicho Yele. Se sorprendió de llamarla así, con esa familiaridad nueva en su yo profundo.

«Inicié este razonamiento a tu llegada», la rubia interrumpió, «apenas entraste por esa puerta supe que vendrías por vacaciones y entendí que al final te las concederíamos si aceptabas hablar con nosotros. Nuestras primeras palabras, si recuerdas bien, fueron sobre el cúmulo de labores que he logrado conseguir. Queríamos con ello hacer que te cuestionaras. Tú solo eres enfermera, solo eres algo una sola vez. Es aburrido. Pues bien, llegados a este histórico punto, hemos de confesarte con urbanidad que este es mi empleo de los sábados, desde el alba hasta el crepúsculo. Sobre todo, estamos interesados en revelarte que Yelena tiene un empleo capaz de abarcar económica y conmovedoramente sus trabajos en la radio y la televisión, en la escuela-de-un-solo-alumno y en la taquilla del cine-de-ningún-público, aquel que nos brinda la posibilidad de todos los otros empleos y permite desarrollarlo en todos los puestos. De este modo nos sentimos, muchacha, plenamente realizados en cualquier parte». «Supongo que, a continuación», la interrumpió Griétsiya, «me dirás a cuál oficio te refieres». «Supones bien, todo cuanto hemos dicho desde que has puesto los pies aquí es para eso. Pero antes, dime, responde esta pregunta: ¿Te gustaría cubrir todos los gastos de tu casa y contar con más de un empleo? ¿Te gustaría más de una semana de vacaciones?».

Griétsiya se puso en pie de un salto. Por primera vez notó que la soledad del primer piso del rascacielos de Vacaciones podía ser peligrosa. «Supongo que la respuesta tendrá algo que ver con tu actitud de hablar en plural, como si hubiesen otros aquí», dijo. «Tranquila», repuso la rubia y le hizo la misma señal del cartel para que volviera a sentarse. «Mi finalidad en este rascacielos es recibir a los visitantes, llevarlos de la mano hacia las oficinas que a cada uno corresponden y brindarles consejos con la mayor destreza posible. Cada una de esas misiones se adapta a la *situación de fachada*. Todo lo visto, dicho o escuchado es cierto solo en la superficie. Mi trabajo en este rascacielos soluciona la *captación* de nuevas *fuentes*». «¿Qué clase de labor...?», preguntó Griétsiya. «No me está permitido decir, solo esbozar. Deberás imaginarte de qué se trata y escoger pronto, el tiempo se agota».

La muchacha quedó perpleja, la conversación se adentraba en un terreno peliagudo y la rubia, sin embargo, seguía con las piernas cruzadas. Eran un par de zancos formidables en el interior de unas medias que seguían ascendiendo por dentro de la falda hasta no se sabía dónde. Recordó sus propias piernas laceradas, mordidas; las comparó, y, al hacerlo, se deshizo en sorpresas. Era mucho más joven que la otra, en cambio, la rubia no tenía pliegues en la comisura de los ojos. Sus dientes se iban dejando ver alineados a la perfección, los pómulos subían sutiles hasta unos ojos rasgados y expresivos en los que nada parecía preocupar, ni siquiera un tema como ese con alguien como ella. A ver, ¿respondería la pregunta? Era una tortura estar sentada allí mismo en ese instante y aún no identificaba dónde había escuchado esa voz.

«No me presione», alcanzó a hilvanar Griétsiya. «No lo haré», presionó la rubia, «pero debe decidir. Su *momento significativo* ha llegado». «Es que no necesito muchos empleos. Con el mío es suficiente. Las cosas que pasan en ese hospital, si supiera cuántas barbaridades...». «Sabemos», cortó la supuesta Yelena, «ahora calle y díganos». «Bueno». «Es malo que diga bueno. Mejor acabe. Ya le dije, el tiempo se agota.

No tenemos un reloj de arena, pero imagínelo. La arena está cayendo y no voy a voltearlo, lo dejaré extinguirse. Si entra alguien más por esa puerta su oportunidad habrá terminado». «Bueno», dijo Griétsiya, aunque pensó: «Resulta que ahora soy yo la presionada. Los últimos días han sido terribles. Y todo cuanto necesito es una semana de vacaciones. ¿Qué mal he hecho? Si mis necesidades son estas, aquí era donde debía venir. En cambio, la rubia».

Griétsiya se tomó un minuto para pensar en alguna salida y otro para comprender que no la había. El ambiente estaba cargado de perfume y una brisa enternecedora soplaba desde alguna parte. Había más penumbra que al principio y sentía que cada uno de esos elementos del entorno iba quitando patas en su derecho a decidir.

Griétsiya la miró de soslayo, un poco temerosa, y le dijo como si sintiera lástima por sí misma: «¿Me da mis vacaciones?». «Le daré lo que guste, pero». La rubia le demostró una sensualidad extraña para la ocasión. Griétsiya supuso que había también algo en la historia que satisfacía a Yelena y le garantizaba imperceptibles orgasmos. «¿Acepta el empleo que abarca a los otros?», le escuchó decir y la vio levantarse para hacerle entender el final del intercambio. «Usted me propone trabajar en… Seguimientos», supuso Griétsiya. «No he dicho tal cosa, aunque», dijo la rubia. «Ah, sí, la voz del autobús», jugó Griétsiya con las palabras mientras entendía y localizaba al menos el origen de algo. El sonido de una alarma se hizo escuchar por unos segundos y la rubia se apresuró a colocarse en la misma posición en que la muchacha la había encontrado. «Ya llega otra persona. Es tu última oportunidad. ¿Accedes?… ¿No accedes?… ¿Accedes?… Deshoja una margarita, ¡vamos!».

Griétsiya pensó en el cazador al acecho en todas las noches de entrar o salir de los turnos de guardia. Pensó en los moretones, la pierna tumescente, el diminuto trauma que engordaría contra su voluntad en su interior, alimentado por aquellas escenas reiterativas y violentas. «¿Dónde consigo el papel de mis vacaciones?», preguntó a la rubia en el instante en que esta se guardaba el carné. «Segunda planta, tercer pasillo, a la derecha. Entre rápido y tome del sobre uno de los documentos con cuño», respondió la rubia y la alarma volvió a sonar, ya con un tono diferente. «Olvídalo, mujer, ya nosotros nos encargaremos. Tengo un nuevo rollo. Vete», decidió la rubia. «Entendido», acató Griétsiya y se impuso la salida del rascacielos rojo.

En la puerta se dio cruce con un hombre de mostacho selvático. El hombre reía al adentrarse, pero Griétsiya lo saludó con cierta piedad.

FARAÓN

Emergían las preferidas poltronas por si necesitaba ayuda, un lugar de este mundo donde caer afelpado y tibio si así aconteciera. Se encendían a su paso lámparas de urgente salida cuyo origen estaba en los muros del pasillo. Fotografías de compañeros comenzaron a aparecer para entregar la consecuencia eterna de sonreír al pajarito o para custodiar el tambaleo del artista, anciano ya, entre el despacho y el observatorio. Relojes invisibles tocaron las cinco de la tarde en do mayor.

Desde las profundidades de su salida hasta su destino y su oscuridad, comenzaron a moverse cuerpos como si danzaran, sus pasos se adaptaban a los del primero, seguían al pie de la letra el recorrido de siempre, tantas veces ensayado por el pelotón. Despacio, aquellos bailarines asediaban la figura que iba marcando el paso con las lágrimas de una taza de té negro. Prestos, confirmaban su saga. Taimados eran y consabida su desconfianza en el mundo, la apatía hacia todo cuanto estuviese fuera e independientemente de la criatura andante que les enseñaba la espalda. Entrenados para no dosificar la reacción, administraban ahora una silenciosa paz detrás del líder.

Uno, otro, otro y otro, todavía formados como una partida de aves que emigran, o acaso tales pensamientos fueran blasfemia si los hubiera tenido cualquiera del séquito según iba cavilando alguien al final, aquel con cara de rata. Y entre fotos y cavilaciones, la comitiva enternecía a su manera mientras las poltronas entraban y salían por ambos lados a un ritmo lento. Y el pendiente, en cada una de las orejas de Guardia Personal, se extendía hasta los hombros y también se unía al movimiento como un pequeño y mudo loro brillante. Y la tarde, totalmente cotidiana, continuaba en el juego de volver a lo mismo, cada día a idéntica hora. Alguien de la comitiva encontraba allí similitudes con un ritual, al que llamaba «culto de Moiséy» aun cuando resultase herético enfocarlo de ese modo. Estas palabras y otros significados debían invertirse para ni siquiera pensar tales cosas cuando se tuviera frente a frente al cabeza de grupo, alguien capaz de saberlo todo, de leer el interior de todas las mentes y buscar en todos los rostros hasta sacarle a ellos, a cualquiera de ellos, los horrores. Con este pensamiento por delante, el cara de rata quiso poner fin a las ideas que lo asechaban y que iban algún día a delatarlo contra su voluntad, las fragmentó en el aire ventilado con olor a jazmines de la última planta del rascacielos como si estuviera espantando los fantasmas del más caro enemigo. «Vaya día este donde las ideas lo traicionan a uno navegando a barlovento», pensó. Y por ahí iba otro enfoque que debía deshacer. ¿Por qué las formas del verbo *navegar* acudían a su boca?

El pasillo abandonaba ya el aspecto de túnel de lujo y ensanchaba sus costados en gargantas de peaje, con poltronas corrientes, no de aquellas que lo presentían llegar y abrían sus piernas, no. Dejaron de aparecer los retratos de héroes (grandiosas fotos de compañeros) y en su lugar los espejos comenzaron a dar cuenta de las imágenes, al inicio todos de busto y después todos a tamaño natural, menos Capitán, que solo podía ser incluido hasta el cuello, como si fuese decapitado a las cinco de la tarde de cada día en el mundo interior del azogue, como un cadáver sin cabeza que deambula despacio con dos pendientes sin sostén, según apartaba de sus cavilaciones aquel que iba junto al cara de rata al dividirse la única fila en dos.

Y no solo ellos serían cofrades en Guardia Personal, también alcanzarían otra condición, sino a qué tanta marcha de un lugar a otro, por qué no quedarse a custodiar la puerta del piso o la intemperie de allá abajo, como hacían las demás escuadras de otros pelotones por órdenes directas de Capitán y Faraón. Y el penúltimo dúo pensando a derecha en esta circunstancia de sumo interés, pero pensando a izquierda que aún restaban muchas horas hasta ver al objetivo consagrase a la almohada.

Y la antepenúltima pareja pensando, cada cual por su parte, que debieran sacrificar más de sí en la custodia, pues eran ellos la línea de enlace entre el resguardo de los primeros y el auxilio de los últimos, que no debían confundir nuevamente ante Faraón el término *libertad* con el vocablo *caridad*, en todo caso se debían confundir calles o mujeres antiguas.

Y a medio camino una criatura, la que iba a la diestra de Capitán, tras analizarse por unos segundos de pies a cabeza en los espejos, se lanzó a recordar el rostro de aquel del botecito y a sonreír para sí, aunque no osara por el momento ir más allá de aquella sonrisa. Tenía miedo a la degradación, sospechaba que cualquier detalle le haría descender los escalones de la cadena de rango. Ahora que había conseguido marchar a la diestra de Capitán, debía contener su propio temblor –inexplicable, inexplicable– cuando le tocara observar al bicho sobre el bote a través de las pantallas de cine, cuando debiera oír por añadidura aquella frase que lo hacía estremecer. Mejor no restarle crédito a las palabras del cabeza de grupo. Algún día la historia hablaría de ellos. Por muy lejano que estuviese, ese día iba a venir.

Pero las pantallas de espejos no se acababan de una vez para que Capitán dejara de preocuparse por sus soldados, por la altura a la que elevaban las botas durante la marcha y por cómo se veían a sí mismos en las paredes donde no solo el máximo líder sospechaba ciertas revelaciones.

«Sorprendente», pensó Faraón cuando ya entraban al observatorio. El que andaba a la diestra de Capitán se apartó del séquito de defensa y aplaudió en solitario como si solo él pudiera alabar el fin de la aparente danza. En respuesta a tan grandes vítores, las luces se encendieron. Aparecieron las mismas paredes tapizadas por las mismas pantallas de cine, una alfombra a pedazos –más bien espacios serpenteantes sobre una alfombra completa– esperaba con montones de libros apiñados, abiertos o inmerecidamente lacrados, la mayoría antiguos, con hojas arrancadas en algunos valiosísimos ejemplos – Faraón casi siempre las incineraba después de aprenderlas de memoria–, o dobladas, mordidas, subrayadas con escrúpulo. Se veía que las ilustraciones mostraban por igual a un viejo de barba blanca con un callado, unos diez mandamientos escritos sobre la piedra viva y unas ovejas a rastro. Los pies de página decían «Moiséy», pero en ocasiones no decían nada. Las hojas estaban cubiertas a veces por mapas de países desaparecidos en los cuales se podían definir rutas trazadas en rojo, apuntes personales y muchas equis que enterraban sitios para un olvido memorable.

Pero la aparente danza no se había acabado. Asistente, ofreciendo su cara de rata a los espectadores marciales y lanzando manotazos sobre su cabeza para espantar lo turbio que traía en mente, se dispuso a hacer todo cuanto quiso porque se encontraba fuera del alcance de Capitán.

Los otros, en cambio, rompieron la inercia de una manera tan brusca que los meniscos chasquearon en toda la amplitud de la inmensa sala de observaciones: el último de la escolta fue hacia la puerta mientras hacía juegos mentales donde siempre Capitán se representaba sin alguna parte del cuerpo.

El penúltimo dúo se dirigió por separado, dando grandes rodeos por las estrechas rutas alfombradas, hacia una mesa próxima a la gran poltrona del centro donde persistían varios pomos con píldoras de colores y un tarro con agua. El primero en llegar pensó que era verdad, Faraón debía tenerlos en gran estima, al menos no los dejaba ni un minuto destinarse únicamente a las labores de defensa, sino que les venía con preguntas y les miraba los ojos como si buscase seguridad para meterlos un día a ministros. El segundo en llegar pensó en cuánto dolía la espalda durante las largas deliberaciones a que Faraón los sometía –el dolor se extendía hasta la madrugada, a veces un poco más. Amaba a aquel viejo quejoso y también pensaba que era normal sentir algo así cuando el nervio comprimido afincaba tenazas entre una vértebra y otra y el espasmo tiraba en busca de las piernas. Como cualquier persona conocida, también se reservaba subrepticiamente el derecho a pensar como X y actuar como Y. Ante Faraón y Capitán sobre todo. Someterse a exámenes podría ser la causa de una baja precoz, justo ahora que tan bien posicionado estaba a pesar de la intensidad del «firmmm-es» y la frecuencia del «en su lugarrr, descannn-sen». Para hacérselo fácil, no tenía más que mirar para un extremo y compadecerse de los antepenúltimos de la formación, que consideraban estar brindando siempre demasiado poco, que se insistían a sí mismos en un esfuerzo más a cada instante.

Los antepenúltimos llevaban ya veinte horas de pie por orden de Capitán y Faraón después de la blasfemia cometida, ese juego de palabras usado en la mismísima cara del primero y a la derecha del segundo. Por eso y por otras circunstancias, Capitán, altísimo y febril, pensó antes y también ahora, como si hubiese aprendido cada uno de sus pensamientos para usarlos a diario a la misma altura de la tarde, que desde aquel día en que apareció el tal Moiséy las percepciones, las impresiones y los juicios habían cambiado en el interior de todos. Errores similares no serían capaces de acontecer en sus hombres antes de la llegada del bicho a la bahía. *Errores de concepto*, los calificaba Faraón, quien ya había echado mano a las cortinas y se encontraba penetrando la realidad al otro lado del único pequeño sector de pared no ocupado por pantallas. Meditaba sobre el bicho.

«Es impotable», lo escucharon decir camino a su poltrona.

Guardia Personal facilitó el asunto, acercó el asiento de modo que fuera segura la precipitación de las nalgas hasta el fondo. Cuando el hombre encajó, los de atrás volvieron a estar bien ubicados. «Justo esa frase», le oyeron decir y se miraron entre ellos para creerlo mejor. Nuevamente estaban en aquel lugar, tiesos como estacas, reducidos al silencio de la escolta y al otro esfuerzo y al otro silencio que era responder deprisa a las preguntas. De repente les caía encima una frase solo entendible cuando ya estaban a medio camino, cada cual a su manera y riesgo. De repente la misma frase y la misma reacción, Capitán desmembrándose en señas para recordar al cortejo que debía acercarse, que cada cual debía beneficiarlo como pudiera, con un poco de agua, con unas píldoras contra la tos o por la diabetes, con el oxígeno, con la tráquea o los pulmones si fuera posible. Y de pronto también el techo, con Faraón atrincherado ya, Capitán por un lado y Asistente por el otro, el último oficial estático en la entrada, los penúltimos detrás y los antepenúltimos a siniestra, rígidos todos como plantas ornamentales en tanto el techo, sin una señal previa, se les dividía ante los ojos en dos mitades justas.

Por esta vez, el telescopio hizo un giro en el aire y se detuvo en las narices soberanas. Faraón se acercó magnánimamente a la boquilla: un muñeco se desgañitaba a lo lejos. Faraón estiró un brazo sin apartar la mirada del hueco y la consigna disonante del sectario se hizo efectiva en el último piso. Se acercaron a mirar uno por uno mientras eran aguijoneados por Faraón como si fuesen bueyes, así pensó aquel cara de rata que asistía, y de inmediato espantó también la idea a manotazos. Se escuchó el zumbido de las órdenes de Capitán, las manos agitándose a espaldas del de poltrona para mover los hilos de los suyos en pos del telescopio. El séquito fue acercándose a tientas. «Culebra, Eminencia», dijo Capitán de la Guardia para romper el hielo. «Especie». «Mosca». «Hormiga». «Gusano». «Babosa». «Murciélago». «Sin rostro». «Sin nada». «Misántropo». «¡Callen!», exigió Faraón apartando de la boquilla la cabeza de Asistente con un golpe despiadado.

«Nada de eso y todo», dijo.

El techo se cerró con lentitud en la medida en que descendía el líder en poltrona y el telescopio llegaba a ser por mengua una flauta metálica. Solo entonces las pantallas cobraron luz, definieron en una vista breve y panorámica el símbolo del poder –los rascacielos– y ofrecieron una imagen deprimente de las aguas. Toda la escolta fue otra vez a su lugar mientras la cámara se aproximaba al objetivo. Faraón en persona se ocupó del asunto, los botones del teclado que tenía enfrente se hundieron, el porte de Moiséy apareció ennegrecido entre el tinte del mar y los efectos visuales con los que salía Faraón en su más demencial juego pinchadiscos.

Pronto, sin embargo, surgió la imagen a secas del hombre de las aguas. Adelgazado por la intemperie, aquello que se veía mostraba cada vez mayores parecidos con lo otro, en especial, ante la mirada del séquito y después de la visita a la bahía.

«¿Encuentra similitudes, Capitán?», preguntó el de la poltrona sin apartar la vista de las pantallas ni dejar de oír la marea, el traqueteo del bote y la frase de Moiséy. «Las encuentro, sí», respondió este, aunque acto seguido mintió: «Pero ya se están yendo». «¿Cómo se ha de ir algo mío, Capitán?». «No es suyo. Usted ya estaba. Es algo de él». «Pase, entonces», dijo Faraón antes de girar en la poltrona y detener el ajetreo de Asistente, justo cuando el cara de rata parecía irse a la deriva con manotazos al vacío.

«¿Encuentras similitudes, Asistente?», preguntó a rajatabla. «De ninguna forma. ¿A quién se le ha ocurrido semejante posibilidad?», dijo el cara de rata y su diente de oro relumbró. «Lleve cuidado, Su Excelencia, de aquellos hombres que indiquen ese hecho. ¿Cómo ha de parecérsele un forajido a Faraón? Manejarlo de esta manera puede hacer que el pueblo identifique a uno con el otro y al otro con el primero. Es ultrajante unir su figura en el aspecto físico, político o espiritual a la de cualquiera. Revisemos mejor las razones por las cuales alguien mentalmente aceptable puede hacernos una comparación, al menos remota, entre el invencible perfil de nuestro líder y el perfil rotoso del fulano de la bahía», se detuvo para echarle un vistazo a Capitán. «Aun así», reinició con un giro de dedo y una delgada sonrisa semejante al trazo del litoral en un mapa, «debemos encausar los esfuerzos en busca de la estrategia definitiva. Si la razón está de nuestra parte, ¿quién en contra? Pensemos un minuto hacia dónde vamos, contra quién y cómo lo haremos. Lo primero nos conduce a estimar las consecuencias de un aparecido sobre un bote, con un sucio farol en la proa, identificado completamente con el pueblo de este lado de las murallas, encima, gritando con insistencia esa petición en nuestras narices. Creo con humildad, Alteza, Estrella de la Mañana y la Noche, que hemos tenido suficiente tiempo para tratar de comprender. Todo cuanto ha sucedido, me refiero al observatorio, las grabaciones, los desfiles en contra del personaje, las negociaciones en ultramar, el bloqueo de suministros y el enfoque de la luz desde los rascacielos hacia la bahía, no son más que magníficos intentos de aclararle quiénes somos. Es hora de mover las cartas más rápido. Tracemos planes tácticos de urgencia, señor. El consejo de algunos cercanos a usted, en ciertas ocasiones, puede ser inconveniente. Con estas artes, le pido que me escuche más de lo que hasta ahora ha hecho».

«Faraón ha comprendido profundamente tus palabras, muchacho», contestó Capitán sin dirigirle una sola mirada al Asistente, sino al de poltrona, «lo que resulta inentendible es tu odio hacia mí. No comprendes todavía, ¿verdad? De esta manera tus razones se vuelven nada». «Mejor te sientas», aconsejó Faraón con cara de haber escuchado el discurso de un loco, «usa ese montón de libros de la esquina. Son una especie de obras de referencia de las obras de referencia sobre aquel antiguo Moiséy. Harías bien en coronarlas». Asistente quedó absorto, descompuesto más bien y con órdenes de acentuar la materia, de hacerse cima de la literatura.

Sin embargo, al último de la escolta, en su puesto de la entrada, con la voz de firmmm-es metida en el cuerpo para causar una intensidad opresora, le venía a la cabeza la imagen de Capitán tras un hombre por las calles. Sin perder de vista a aquel a quien daba caza a plena luz, edificado el ambiente con un fondo de rascacielos y con Faraón gritando en la distancia canciones inspiradas en las cacerías, al uso de voces de tenor heroico, por primera vez Capitán no aparecía cortado por alguna de parte del cuerpo en la imaginación del último, no literalmente, sino que le veía un brazo doblar la calle, una rodilla colgar de un árbol, un ojo a través de una ventana. El último entendió que sería bueno preguntarse sobre la causa de aquellas alucinaciones con Capitán en tanto Asistente se ubicaba en la cima de la literatura. ¿Acaso se le venían encima para anunciarle nuevos sucesos? ¿Serviría de algo decirlo a otras personas mejor capacitadas para comprender? Rectificó su posición de firmes. Las ideas X fueron desapareciendo y ante su aparente conducta Y y la suerte vergonzosa por extralimitación que corría Asistente en la sala, nadie notó sus gestos, todo cuanto había de autoflagelación en aquel simple choque de talones.

Asistente también apartó «malas ideas» de su entorno, pero de otra manera. No quería pensar en la mariposa monarca que había visto antes de sentarse en el folio que servía ahora de cojín. Golondrinas del Ártico, murciélagos, cebras y elefantes saltaron hacia él desde otros libros a su alrededor. De pronto no quería pensar en el punto común de todas esas especies. Faraón no se había equivocado al clasificar aquellos bultos como «obras de referencia de las obras de referencia sobre el antiguo Moiséy», pues aparecía la imagen de un viejo erguido al centro de cada página visible o el cuerpo diagonal de un hombre de barbas del que salían saetas hacia otros dibujos. Se detuvo finalmente en el salmón congelado en medio de un salto trunco y en dos águilas pescadoras inmóviles sobre una rama fija. ¿Por qué aquellas obras hablaban de migraciones justo cuando también acechaba desde sus «malas ideas» el verbo navegar, grumete con nombre de mares semánticos, polizón de polisemias inauditas? ¿Será posible estarse confundiendo? Su imaginación lo iba traicionando tanto que corría el riesgo de la *exteriorización*. ¿Y acaso no era traicionado por aquella fiebre de «malas ideas»? ¿En verdad estarían por allí, bajo sus nalgas y dispersos por los alrededores, los consabidos vertebrados migratorios que a su vez se unían mediante saetas al cuerpo de Moiséy? Así pensaba cuando cerró y abrió los ojos. Los mamíferos, de pronto, se habían ido. Solo el hombre de la gran barba persistía en los anversos, a un borde del artículo principal o capitaneando una ilustración concurrida, siempre plasmado sobre un volumen de celulosa ocre. «Hace meses que me estoy volviendo loco», pensó cuando ya Faraón se dirigía a los antepenúltimos.

Los antepenúltimos recibieron órdenes directas de «en su lugarrr, descannn-sen». Los pobres trataron de contradecir amablemente y solicitaron con sumo respeto que se les permitiera por unas horas más corregir sus errores, pero otra vez Faraón fue implacable y los ubicó, para ir más aún en su contra, en la cúspide de los libros que yacían en la cercana vecindad de Asistente. «A sus órdenes», dijeron al unísono y se orientaron hacia el lugar en una especie de autofagia consciente, debido a las pocas raciones de ellos que consideraban haber entregado al líder. Era aberrante no haber ofrendado aún sus vidas por él, pensaban. «Toda entrega viene a ser menos», concibió el que iba delante. «Toda suerte de abnegación viene a ser insuficiente», dijo el que iba detrás.

Al verlos ir hacia los volúmenes, Asistente imaginó sin querer una barca tirada por bueyes. «Estoy imaginando mi ruina en línea recta», pensó. Al instante tuvo a los antepenúltimos sentados en expiación a diestra y siniestra, recios, como si todavía recordaran el «firmmm-es» y no pudieran ni quisieran ceder terreno en el rigor y la marcialidad. «Vaya unos benditos, por las caras se parecen a una escolta ambulante, pongamos por ejemplo, que emigra...», se dijo Asistente, aunque, antes de que el símil se siguiera ramificando, ya comenzaba de nuevo con manotazos al aire para ahuyentar aquellas ideas que caían en su cerebro sin pedir permiso y lo torturaban alevosamente y lo perjudicaban también.

De esta manera acabaron de verlo los penúltimos, escondidos casi tras Faraón, con píldoras y vasos que agarraban y abandonaban continuamente ante cada frase incomprensible del de poltrona, mientras sucedían tales hechos con Asistente y los antepenúltimos. La opinión de uno de ellos era que así Faraón los disciplinaba para mejores fines. Una vez adoctrinados, formarían simultáneamente un cuerpo de protección y un cuerpo de ministros. ¡Enhorabuena! Aquellos tontos compañeros suyos no lo entendían. Vaya forma de desperdiciar las capacidades de observación que todos poseían de acuerdo con el test psicométrico de cada lunes. Sí, debía haber otros planes para ellos, pues no representaban una escolta común, más bien eran aprendices de biógrafos, testigos andantes o sucesores. Al otro de los penúltimos, sin embargo, le continuaba doliendo la espalda de una manera atroz. Las algias no tiraban únicamente hacia abajo o a los lados, sino también hacia dentro, a las esquinas sobre todo. Un minuto más de pie y se derrumbaría. La revelación de su dolencia acabaría con su futuro. Ese dolor de mierda lo haría trizas. Y pensar que a Faraón le faltaban muchas horas para dormir. Envidiaba realmente la situación de los antepenúltimos, con las nalgas sobre ¿los diccionarios?, ejem,

¿los tratados?, ejem, ejem, ¿los refraneros? Una mierda. Estar sentado era la vida...

Y por fin las palabras, los movimientos del hereje en el bote, hicieron que cada uno se concentrara en una pantalla distinta. Ya iba oscureciendo sobre la superficie del mar y no provocaba menos reacción digerir la imagen trigueña a contraluz. Moiséy lucía muy elegante con sus harapos, el cuerpo conseguía alcanzar una estatura imponente sin tener en cuenta la múltiple exageración de la cifosis. Para sostenerse en pie a esas horas le era imprescindible separar los brazos hasta irse olvidando del oleaje. El farolito ya estaba encendido y en la transparencia de sus ropas se adivinaba un libro amarrado al pecho como un escudo. No un cuaderno, sino un libro. El volumen hacía en ocasiones aproximar la memoria a un gancho de carnicero, pero cuando la brisa y el oleaje se desamaban, el farolito se agitaba en sus pendulares oscilaciones, la vida se iba haciendo menos simple entre los remos, las sábanas del banco de popa ondulaban para salirse, la espalda ocupaba un plano menos vertical, se envidiaba estar allí, al arrastre de la tristeza de su oración, más desequilibrante esta que la marea misma. Y más allá casi nada. Solo unos micrófonos de muy buena categoría adheridos por debajo a la madera del bote, subrepticios, camuflados, minúsculos como bacterias. También las cámaras, a todas luces en activo, recibiendo desde lo alto de las murallas del puerto la cualidad endeble de la figura, la marcha torpe, las manos fibrosas y sobrecogidas, el cayado con los números 5:1 grabados en su extremo superior y hasta migajas de galletas en los pelos de la barba. La lana de la cabeza caía sobre los hombros sin corte alguno. Un piercing le atravesaba con cierta distinción la ceja derecha. Los ojos eran claros, y el piercing, verde, tras lo cual ser un espía en su contra parecía irrazonable, según iba pensando de pasada el segundo de la escolta. «Intenso», pensó además cuando Faraón hizo que todos abandonaran el close-up tras sucesivos hundimientos en las teclas.

«Aguarden», resucitó Asistente desde su puesto de castigo, «¿quién le ha suministrado galletas al personaje?».

«Usted no se meta en eso», dijo Capitán.

«A su lugar, infeliz», le ordenó Faraón.

La poltrona hizo un giro y quedó frente a los penúltimos.

«Vamos a ver, ¿será acaso un loco, un cismático o un cínico?». Faraón apuntó a la cara de los jóvenes gigantescos. Uno de ellos, el que le dolía la espalda, acabó por soltar un corto testimonio de alivio y se transpuso del firmmm-es al descann-sen para responder. «Acontece, Faraón, Estrella de la Mañana y la Noche», dijo, «que el sujeto indiscutiblemente raro se encuentra en total aislamiento. Carece de alguna persona del pueblo a su alrededor. La decisión de un muro en el arco de la bahía con el pretexto de las penetraciones del mar ha sido un paso decisivo en este empeño. Ningún ser humano parece darle vueltas con frecuencia. Su idea y su petición, esa milonga que repite, solo ocupa hasta el momento un espacio en las tardes. No resulta si no un peligro potencial, nada que ver con el tiempo presente. Este hecho nos indica que las cosas se encuentran, insisto, bajo control».

El escolta se tomó un tiempo para respirar, había estado preparando durante toda la tarde varias respuestas para las posibles preguntas. Ahora era su oportunidad para prolongarse en la palabra en consideración a su dolor, aquel tormento en las esquinas de su pelvis y en las piernas y en la encrucijada de la espalda. «Un minuto más en el firmes», pensó, «y toda mi vida en la escolta real se hubiera ido a la grandísima basura». Las punzadas se iban extendiendo como si repartiera su agonía por los objetos próximos. Ojalá dejasen que su discurso pudiera continuar durante horas. Era preferible la voz de *¡A callar!* que la de *¡Expulsado!*, pero la interrupción comenzaba a extenderse y Faraón, con visible interés, le hacía señas para que tomase un poco de agua antes de proseguir. «No estoy sediento», pensó el escolta y, sin perder la cabeza todavía, dijo a los demás: «Debiéramos concentrar nuestros esfuerzos en retener durante algunos segundos el sentido exacto del fenómeno. En discrepancia con la teoría bélica de Asistente, parece que lo más importante ha de ser el trasfondo del personajillo, toda vez que vislumbrar de dónde sale, qué busca y por qué, es el único modo de impedir otros casos de herejía en el futuro».

«¡Eso!», interrumpió el de poltrona con los largos índices enfilados hacia Capitán. «Ha valido la pena traer a los muchachos, ¿no cree?».

Al oír esto, el otro de los penúltimos pensó que siempre había estado en lo cierto. «Nos traen aquí cada tarde», supuso, «con la finalidad de prepararnos para ministros». Lo pensó otra vez y más hasta quedar conforme. «Nos quieren para algo gordo», se dijo sin imaginar que su compañero no encontraba nada feliz el retorno a la posición de firmes, había acertado con la monserga, pero no era sino un desastre, empezando por la espalda y por aquellos dolores que, aunque no se le notaban, no tenían límite en su cuerpo. En verdad se había enfocado en el gusto de Faraón y había conseguido decir cuanto el de poltrona quería mediante el juego de reiterar las ideas escuchadas en cada una de aquellas tardes. No hacerlo sería en todo caso un error garrafal de acuerdo con su experiencia como escolta.

«¿Y tú?», preguntó Faraón al otro de los penúltimos, aquel que pensaba en silencio. «No me vengas con labia. Dinos cómo encaminar las próximas operaciones y ya».

«Por una parte», comenzó el interpelado abruptamente, «resulta difícil conocer con exactitud al bicho. Quiero decir, en su dimensión humana. Hasta ahora solo le hemos escuchado gritar aquello y le hemos visto comer esto, dormir y volver a empezar al otro día. ¿Qué tal si lo sacamos un poco del guión? ¿Será violento? ¿Será feliz? ¿Será alcohólico? La prueba de los tiburones fue excelente para comenzar a estimarlo, pero, ¿gustará de las mujeres? ¿Aguantará el ritmo de unas teticas moviéndose en alta mar? ¿Soportará la incandescencia mientras duerme? ¿Será posible traerlo a tierra y dejar por él a un mudo parecido?».

«He aquí un hombre sagaz y emprendedor», dijo el de poltrona. «Toma nota, Asistente», añadió en tono de burla y se dispuso a duplicar el zoom de las cámaras. En las pantallas se hizo posible un falo de monstruosas dimensiones. Asistente dejó de espantar sus bien escondidas ideas, la escolta se ruborizó y Capitán se mantuvo firme, vigilante. La imagen se fue empequeñeciendo con lentitud. Los ojos de los espectadores del último piso comenzaron a desunirse. El miembro viril se mudó entonces a otra forma mientras el lente abría los márgenes. Al verlos engañados por el efecto visual que producía la imagen a gran escala de los micrófonos en el casco del bote de Moiséy, estallaron las carcajadas de Faraón y más tarde, no tanto por el chiste, las del resto.

Luego los deslumbró un florido monte de Venus.

Los antepenúltimos pensaron en el gran sentido del humor del hombre al que protegían. De los penúltimos, el de la derecha pensó que solo se podía bromear de ese modo con personas muy estimadas, y el de la izquierda se atormentó en cómo manejar una bien disimulada risa con aquel patético dolor. Asistente creyó ver ante sus ojos una isla desierta a donde dirigirse. El último, desde la entrada, se animó con la idea de contemplar una imagen del cuerpo en trocitos de Capitán. Y Capitán, con un estremecimiento fulminante, no a causa del monte de Venus, sino de la escolta —toda la guardia permanecía con la boca abierta–, los notó totalmente sorprendidos sin que se les hubiera ordenado en ningún momento la detención de sus funciones en la defensa.

Al cabo de unos segundos más todos intuyeron, sin embargo, la nueva broma. Casi tenían dispuesta la risa para escarnecer, luego de Faraón, claro, cuando el monte de Venus comenzó a girar y a empequeñecerse hasta convertirse en un sobaco velloso. Aparecieron unos pectorales de poca monta y un deltoides que sostenía a un miembro que sostenía a su vez la vara del susodicho. Y hubo mucha carcajada entonces. Se incorporaron para reírse de Moiséy los que estropeaban con las nalgas las columnas de libros. Cedieron los penúltimos que pensaban por un lado en la gran estima de Faraón hacia ellos y por el otro en el infinito dolor de espalda. Alborotó el último tan dado a imaginar el cuerpo de Capitán picado en pedacitos y el segundo al mando mantuvo mientras reía la admiración por Moiséy y por su sobaco cautivante. Se mantuvieron así por unos minutos, como si estuvieran todos borrachos en una gran fiesta, con momentos de risotadas a coro y con momentos de alborotar como verdaderas locas. Pero toda la celebración se detuvo abruptamente a su debido tiempo. Se produjo un hecho inexplicable, lamentable, según pensaría luego el cara de rata cuando decidiera reírse a solas de la cara de sorpresa que pusieron los presentes. Los penúltimos soltaron vasos, agua y píldoras. Capitán abrió los ojos. Los antepenúltimos se insultaron y volvieron automáticamente al castigo. El segundo al mando detuvo los juegos mentales con Capitán cuando sorprendió la actitud en la pantalla: Moiséy hizo un giro sobre sus talones y miró directo a los ojos del segundo.

Faraón dejó de reír, el primero, y los demás se cortaron como si les hubieran suprimido la fuente de energía. La mirada parecía venir de un hombre que sabía a qué cámara mirar para producir la duda. Todos hicieron silencio. Todos menos uno, Asistente, cuya disimulada euforia lo hacía cerrarse a la comprensión inmediata y no parecía cuerdo del todo. El de la poltrona tuvo que erguirse, tomar uno de sus folios preferidos y lanzarlo sin miramientos contra su cabeza. Los papeles del escriba oficial, el cara de rata, fueron a parar del regazo al piso con la confusión del golpe. Los penúltimos, en sucesión, despacharon vasos con agua hacia el de la poltrona con la finalidad de que se calmara un poco. Los antepenúltimos hicieron el firmmm-es con un brutal choque de talones, gesto que les favorecía para demostrar una disposición a toda prueba. El último de la escolta, desde su sitio de guardia, miró de soslayo y gozó para sí la sorpresa retratada en el rostro de Capitán, algo que no ocurriría otra vez esa tarde. Asistente fingía protegerse de nuevos folios, pero en el fondo trataba de disolver en el aire, con disimulo, las «malas ideas» que lo venían acosando. Al segundo de la escolta, aún en la puerta y con los ojos del hereje encima, se le llenó la estatura de un prurito inoportuno como si por sectores fuera de azúcar y por sectores de carne. No le fue posible acceder a rascarse por motivos obvios de su profesión y de su cargo, pero se dijo «mantente firme, cuerpo», y sí, el cuerpo se mantuvo firme, aunque en su interior era lo mismo que regresar a la infancia a través de tiernos temblores que se abrían camino hacia un amor olvidado. «Cruel», proclamó.

No fue hasta las diez con doce minutos de la noche en que los aparentes bailarines, cansados, abandonaron la escena, aunque jamás el complicado repertorio de pensamientos angustiantes. Las preferidas poltronas volvieron a emerger, reanudaron sus funciones de abrir y cerrar piernas frente a un faraón cada vez más pensativo.

Por detrás Capitán, llamado Enero, marchaba a sabiendas de que la armonía se había roto desde la aparición de Moiséy. No se refería, por ejemplo, a un asunto de importancia internacional o al camino optimista que llevaba el país hacia una victoria inexorable. Se refería a las personas. «¿Qué estará sucediendo en sus mentes?», se preguntaba. «¿Cómo han podido perder la concentración por breves instantes? ¿Qué puede ocurrir en la espalda de uno de ellos? ¿Por qué Asistente manotea al vacío? ¿Por qué alguien me mira con tanta fijeza, en especial cuando paso frente a los espejos? En el torpe transcurrir de la tarde varias veces se ha violado el firmmm-es. ¿Qué pasará si todo continúa así? ¿Qué va a suceder cuando necesiten bloquear un atentado? ¿Acaso se acercan tiempos de renovación para la escolta?».

El segundo, llamado Febrero, recordaba a Moiséy como recordaría a un grillete en el tobillo. Los antepenúltimos, Marzo y Abril, de pieles negras y miradas claras, iban en su sitio de acuerdo con el pasodoble de salida y pasaban felices de no haber cometido por esta vez imprudencia alguna, pues ahora, más que antes, la causa de Faraón necesitaba especialmente de ellos, estribos de la Guardia Personal, línea de enlace entre el resguardo de los primeros y el auxilio de los últimos, lo mismo que un soporte entre suelo y caballo.

Los penúltimos, nombrados por derecha Mayo y por izquierda Abril, pensaban por derecha en los prometedores planes de Faraón con respecto a la comitiva y por izquierda —otra vez— en las muchas horas que restaban para escuchar los ronquidos del máximo líder. Y el último combatiente, Julio, vigilaba el instante en que Capitán llenara los espejos con imágenes alucinantes de un puzle corporal, un hombro, un brazo reflejado, un dedo. Y Asistente, Augustal, también apodado Cara de Rata, a la espera de la decisión de irse a babor o a estribor, siendo esto mismo una conversión de la realidad a la imaginería, pues tales términos —«babor», «estribor»— lo llevaban nuevamente a pensar en el mar y en las variaciones de un viaje de salida sin saber a ciencia cierta cuántas cosas ni por instancias de qué fenómeno asociaba estas

palabras con la palabra éxodo, vaya ideas discrepantes y vaya manotazos que no lograban su objetivo.

Y Faraón a la vanguardia, ponderándolos como Capitán, es cierto,
pero más.

MAGNICIDA

Segundo nivel del rascacielos penitenciario. Por debajo del piso
de la azotea, la gente sigue en fila, a la derecha una, a la izquierda
otra. Más allá y más acá lo mismo, la suerte de espacio que les tocaba
cuando los inclementes que venían con ideas de vengar hechos menudos, bien de frente, pero más a traición, por las filas y en su orden,
llevaban uñas para hacerlo, alambres agudísimos, hebillas cortantes,
la propia cosecha de enseres para asestar. Como diana preparaban en
el pensamiento las porciones ocultas bajo las caderas, allí las cámaras
del circuito interior no penetraban y los alaridos eran discretos hasta ir
bien pasado, muy por delante o muy por detrás, pero lejos, a veces sin
haber prescindido de un saludo entre agresores y víctimas, bah. Y lo
mismo, pelos azules, verdes, negros o bermejos. Y lo otro, los tatuajes
con el perfil de Faraón, con un bote inservible y un farolito en la proa.
Escenas de rutina en la jungla actual cuyos detalles paladeaban en
diferente tono los ciudadanos de dentro y fuera.

Todo se mantenía así, en estado de latencia máxima, cuando por
el norte de los vertiginosos ríos apareció el magnicida envuelto en un
rollo de nociones, vestido de preso hasta los dientes, vacilante todavía,
siniestro y nauseoso, con las ojeras largas del que recién abandona
la azotea después de un aguacero de granizos y de una sesión de
interrogatorios del invisible guardián en turno. Llevaba el uniforme
manchado de sangre en la espalda a causa de los trozos de hielo caídos
a picotazo desde arriba. Tenía la vista puesta en todos los ríos de gente,
búsqueda de quien debe encontrar para salir o de las conductas tenaces
que van en pos de Faraón. Viene en silencio, como las águilas más
discretas. Busca a un moreno según testimonio y viene de un vidente

que lo amasó hasta desearlo por sobre tantas otras cosas deseadas en las cárceles de un rascacielos. El que ve lo futuro quedó atrás, y por eso mismo comienza a ser recordado ahora. Mejor seguramente el encuentro con KB, moreno de bella estirpe y líder mundial en planes de embestidura, solo que antes se le atraviesa, acercándose desde un punto lejano de la geografía del nivel, la figura del ordenanza que dejó una huella en el costillar de quien no debía. Iba saludando a diestra y siniestra −separado ya de su padrino, el boxeador del guante rojo−, metiendo sus manos en la ruta de los reclusos que se acercaban por las filas. El ordenanza era amable ahora, daba los buenos días y recordaba las deudas de antiguos conocidos, ejercitaba la facundia en jerga de la cárcel, alardeaba en demasía sobre los sucesos que lo trajeran de castigo a un nivel inferior, más cercano a la primera planta, y, por tanto, menos ardoroso, lejos por un peldaño de la irrealidad del sol que brilla y de la luna que alumbra, bah, era como pan caliente si no imaginaba el ingreso en escena, por similares causas, del magni, quien abandona irresponsablemente los nervios de su misión y se pone parco, atroz y demente al verlo sonreír y revivir en comentarios de colegas los dolores de su propio costillar.

«¿Cómo?», produjo el magnicida con la cabeza baja, amistado a un alambre en el dedo índice de la zurda mortal. «¿Cómo? ¿Qué?», dijo el ordenanza del boxeador, sin comprender ni reconocer. «¿Dónde está tu jefecito?», reventó el magni, retirando su mano. «Ay». «Vamos, no seas miedoso, ni lo sentiste». La aguja hecha de alambre le había entrado por atrás, a ciegas, en busca de la arteria renal por un camino que iba a través de la carne, de abajo para arriba, de afuera para adentro. Tranca. Tranca fina por el lomo. Y ni siquiera el omnipotente guardián en turno podía ver la paliza.

El magni no fue a las duchas, sino que pasó de una fila a la otra como si le dibujara un cerco al sorprendido para lograr vertiginosamente una nueva posición a sus espaldas, el pequeño ingenio de alambre y dientes de sierra en la zurda mortal, el dorso del personaje a merced suya por el otro lado y el escenario listo para no advertir a las autoridades. Sobrio, admiró lo fácil de punzar que estaba el territorio de penetración a la aorta. Subrepticios, los acontecimientos fueron tornando hacia el rojo. Una gota de sangre se estrechó para salir por el pellejo como una cucaracha encarnada.

Era el segundo nivel del rascacielos penitenciario, el piso bajo la azotea, el sitio donde pastaban los *hombres reciclables* según instruía Faraón que pastasen hasta su *rehabilitación total*. La estancia se había convertido ahora, del pecho para abajo, en una cacería de célebres arterias, muerte lenta que solo los extraordinarios sabían ofrecer.

«¿Te recuerdas pateando?», susurró el magni contra la nuca del otro. «¿Pateando?», se viró el ordenanza y ya no vio a nadie ni sintió daño mayor que el de una punzada contra las vértebras. La debilidad le hizo ochos negros que se iban acercando paulatinamente a un patrón de lemniscatas. Desconocía en absoluto el infinito, es más, no interpretó siquiera los ochos mientras fueron simples ochos negros y mucho menos advirtió que el hombre por delante, en la misma fila, llevaba un alambrito en relieve bajo las ropas. «Estoy escuchando voces», se dijo, pero el sujeto que le antecedía dio media vuelta, susurró «Hola» y prestó desde abajo su arma, perfectamente dirigida al muslo, en busca de la arteria femoral y de un desgarro mayor. La sangre se hizo un pozo a los pies, los ochos aparecieron ya completamente horizontales y separados en la visión. Cuando el ordenanza quiso asir, más para estrangular que para sostenerse, ya el sujeto no se encontraba, en la fila solo había un espacio que rápidamente llenó alguien para evitar tales noticias al guardián en turno. La arteria de la otra bragadura también fue hecha añicos desde un sitio no esperado. El cuerpo se desplomó y los ochos sufrieron metamorfosis al cero y luego al dominio de la nada, al campo oscuro, también al infinito de quien debía morir enseguida.

A su alrededor, los *rehabilitados* en hilera lo intuyeron, aunque no habían podido distinguir mucho a causa de la rapidez del episodio, ni siquiera habían apreciado la identidad del desconocido. Solo podían asegurar que era un carne fresca que se movía de una fila a otra como si los demás hombres en movimiento fueran ardillas estáticas, alguien que los usaba para satisfacer sórdidos intereses, eso de herir y matar, eso de batir y golpear, cuestiones en desacuerdo con el propósito de la mayoría de cuantos iban o venían por el segundo nivel, los probables *rehabilitados*, los de mayores perspectivas de salvación del sistema.

El magni creía en la muerte por hemorragia. Andaba lejos ya, metido en filas que rozaban las paredes del sitio hexagonal, entre gente totalmente ajena a sus asuntos. También allá creía en las posibilidades del guardián enfermero para contener la sangre, pero las heridas externas de distracción, tan anfractuosas como era posible con los dientes dorsales del alambre, servirían para ocupar tiempo mientras las arterias internas se gastaban con sus paredes interrumpidas por orificios de desagüe. Y en el momento exacto el punto final, el colofón, como decían aquellos que lo habían entrenado tan salvajemente, el corte del despiste, bah. Cuando la noticia del moribundo llegara a sus oídos, iniciaría una temporada de golpes bajos. Cuando llegara, porque en verdad él corrió más rápido que la noticia para ir a buen refugio en una posición distante, limpios su vida y su hábito a rayas, y su honra además.

«Parece que uno se ha desplomado», dijeron junto a él. «Parece», dijo un segundo preso, «porque ha dejado un vacío incurable en su fila», y este mismo recibió un swing de zurda tan brutal que salió en parábola sobre cincuenta hombres para finalmente derribar a once de ellos en la caída. Los presos comenzaron a precipitarse bajo el efecto dominó. Las filas se perdieron y la repleta sala se vino abajo, tendida lentamente de pieles y carnes que comenzaban a impedir la evacuación del herido y que hacían al guardián en turno irse a voces por los altavoces.

Los caídos se levantaron y cada cual asestó un golpe en la barriga del que lo había derrumbado. La lluvia de leñazos aconteció con matices de pelea a gran escala, todos contra todos, guerra esta de gente que había prosperado a la mitad en la confianza de los guardias de Faraón y que de pronto sentía la miseria de una recaída gloriosa tomando como pretexto los derribos, llevando las circunstancias a sus últimas consecuencias, abusando al máximo posible de la danza de los puños, las uñas, las mordidas, los alambrones de épocas pasadas.

«Primitivos otra vez como en el origen, ahora y tal vez por siempre, amén», pensó el causante magnicida antes de escuchar el «cómo» que lanzaron desde atrás. «¿Cómo?», preguntaron de nuevo. «¿KB?», tanteó el magni. «¿Cómo alguien así ha perdido el dominio?», cruzó cejas un moreno agachado bajo los golpes que iban y venían por lo alto. «He dejado esa asignatura pendiente», dijo el magni en cuclillas y pasaron con rapidez al santo y seña. «¿Qué le dice un plomo a otro?» «Que salga la paloma», repuso el magnicida y se santiguó.

Griétsiya

Lo temió todavía más. Echaba a correr por gusto, tras los pasos de un transeúnte sentía el hostigamiento infundado, una cadena de instintos de fuerza mayor que disparaban sus nervios a la actitud del velocista paranoide. En su carrera perdía valor la altura de los viejos y destartalados pretiles, carcomidos por el tiempo en que se movían las cosas. La enfermiza magnitud de las paredes y las cercas tetánicas de alambres púas se prestigiaban bajo sus saltos. Cambiar constantemente de sitio la protegía a una convocatoria consigo misma, un punto a salvo en el trazado de las calles y en el arraigo de los postigos. La enumeración de las casonas en derrumbe le acompañaba por los vericuetos de una ciudad cada vez más húmeda y selvática.

En el fondo, los deseos de hembra tenían tanto peso necesario como para mantenerlos al margen. Era lógico que tratara de escapar si la pretendían, no ir en pos del pene por mucho que lo desease dentro, pegado al capuchón del clítoris, hipertrofiado a dedo este último, mal acostumbrado a la furia inerte de los almohadones y los trocitos de cosas. No quería aceptar tampoco que las rejas se acercaran demasiado a la definición de materia erótica. Desde el gran suceso de su vida –ella ante la iglesia abandonada, con esposas en las manos y pendiente–, cuando se hallaba sola y encontraba la gruta perineal, metía el dedo y se alegraba a sí misma pensando en un hombre, sin caer en la cuenta de que codiciaba el corto pene del cazador desde el demasiado vaginismo de sus días. Formas estas de congelar pensamientos y hacerlos sobrevenir en los instantes de necesidad urgente. En el hospital, su amiga Niétoschka, enfermera oncológica, le había aconsejado encontrarse un hombre capaz de provocar en ella el efecto de un destupidor, pero se había acostumbrado mal a las fiebres de la época, imposible acostarse con alguien a quién no conociera, pensaba una y otra vez mientras corría y la ciudad se le iba yendo por debajo con las lajas levantadas y los tiestos invertidos.

«Pero si no son tiempos, digamos, en los que el verbo entender es capaz de exhibir su definición completa», le había dicho su amiga. Con mucha suerte encontraría a un hombre, a un solo hombre, fuese este como fuese, y tendría, además, que aceptar su terca vigilancia, su mecánica actitud de *venderla* en cuanto se lo exigiesen. No era difícil imaginarlo, todas las *pequeñas infidelidades* pasaban por las palabras *homo sapiens* y seguían directo hacia *homo faber*. No mantenerse a la moda podía interferir en su supervivencia. Desde la última pareja que sostuvo matrimonio, el concepto de asociación entre mujeres y hombres parecía haberse enriquecido con la falta de honradez. Si todos eran traidores, ¿para qué mantener por más tiempo el recuerdo de la fidelidad? Contar –si los apretaban mínimamente– no era incurrir en traición alguna, sino un atributo de la adultez. «La vida te va a sugerir atrocidades; la vida, la ciudad, el país», según recordaba en frases de Niétoschka, la enfermera, «pero ten confianza, o sea, no escatimes el presente. Eres muy joven para comprender un misterio tan viejo. La juventud de ahora, más adaptable a las nuevas exigencias de la civilización, guarda distancia de casos excepcionales como el tuyo, Griétsiya».

Las frases de la amiga la taladraban mientras iba de una negrura a otra para inmiscuirse en la sombra trunca de los frontones desprendidos, en los fragmentos más irreales de la ciudad que superaba por cuadras enteras después de sentir los pasos de un transeúnte en la distancia. Niétoschka había puesto todavía un ejemplo peor. «Soy tu amiga», había dicho hará cuestión de una semana, «aun así, el día que tenga que *ayudarte* no dudaré en hacerlo. Así funciona, mi amor.

Tú también me *ayudarías* si ellos, tan persuasivos como siempre, te lo piden con sus mañas». Pero, ayudarla, ¿de qué manera? Ah, sí, por supuesto, al estilo de los años, respondiendo preguntas para que la dejasen tranquila, declarando sobre sus trueques o sobre el hurto de efectos médicos o sobre algún cambio de dirección sin la debida licencia. ¿Sería capaz?

La ciudad la sorprendió con árboles en medio de las avenidas, como si de pronto la materia vegetal fuera a subvertir el estado de la civilización. Era una desgracia estar frente a la espesura cuando debiera haber una estupenda explanada. Tres árboles desconocidos y enormes, en los que nunca había reparado, custodiaban en los metros siguientes su nueva ruta alternativa. El asfalto estaba partido por efecto de las raíces y la elevación de la acera se extendía por unos metros. No pegó un chillido ronco, pero se desplomó tras un salto larguísimo.

A media cuadra del punto de resguardo, una tapa de tacho de basura vino hasta sus pies a una velocidad que se adaptó fácilmente a la suya. Lástima que lo vislumbrara tan tarde. Se trabó el largo mecanismo de sus piernas y cayó de bruces contra las raíces. Desde el suelo y en cuatro patas, levantó la vista hacia el punto donde se había originado el movimiento frustrante. Desde allí la miraba el cazador, completamente desnudo y colgado de una rama, como un mono. Parecía un largo listón furtivo. Un ahorcado que sonríe. Un reptil. ¿Cómo saberlo?

No retuvo por demasiado tiempo estas visiones, apenas lo vio, dijo algo de la noche aquella y trató de adivinar en el amasijo de ramajes el pequeño pene que había idealizado en la soledad de su casa y de su dedo. Hizo un análisis en pocos segundos de la situación. ¿Quedarse y dejarlo hacer? ¿Salir a la desbandada? La sospecha de su salvación, centro de una conducta de mayores automatismos que razones, la hizo preferir la guarida al encuentro frontal o a la trillada carrera alrededor del mundo que había proporcionado la última vez, si mal no recordaba, el agujero de una mordida, el agotamiento físico, varias amenazas de muerte, el abrazo a la osamenta y un atrio de templo abandonado donde fue dilapidada.

«¡La casa!», se dijo. «¡La casa!», repitió, como si la frase en sí fuese un paso más. El vientre se le contrajo y se hizo a la carrera con el desenfreno de su pantorrilla cicatrizada, de la pelambre, de los ojos encendidos por la confianza en unas paredes de resguardo para su cuerpo. En ese estado de aparente locura, alcanzó, sin contratiempos ni cansancio —¿se endurecía?—, la hoja de la puerta que bien podrían haber alcanzado varias generaciones de mujeres precedentes en otras ocasiones. Su madre, por ejemplo, su abuela, su bisabuela, por ese camino todas aquellas cuyo talante las definía con la misma forma flexible y terrosa, dúctiles ante las características que marcaron o desgarraron sus correspondientes periodos. La más reciente versión de todas, sin embargo, sintió cómo, al hacer girar la hoja sobre los goznes, se sostenía por su puño la estirpe precedente que le diera origen a ese instante y que, de algún modo, tendría la obligación de cuidarla mientras siguiera viviendo de sus instintos. Contra eso solo se oponía el jadeo en el rostro y la voz del cazador también con sus generaciones a cuestas, quien luchaba de igual a igual por sostener el borde en tanto el tira-y-jala se iba acalorando progresivamente y la puerta abría su boca.

«Griétsiya y el cazador. Segunda parte», dijo el hombre y abandonó la inútil lucha tras encontrar un asidero excelente en el cuerpo de Griétsiya. La muchacha se vio interrumpida de pronto y fue halada por las tiras del cabello que también había heredado de sus antecesoras, para luego ser impelida por un envite feroz que la hizo tropezar con un escabel e irse de bruces sobre la cama, entre las ropas del cazador, inertes allí a su paciente espera.

Él lo tenía todo previsto, por supuesto. A su cuenta había anotado el cloroformo del botiquín de ella y un trapo embebido que había hecho desaparecer entre sus ropas para anestesiar de primera intención, nada más con lanzarla hacia adentro por la cabeza, en dirección a la cama. Mientras permaneció allí, aguardando desnudo el regreso de una mujer con nombre de civilización que había seguido y violado noches atrás después de un violento safari por la urbe, su cuerpo había dado salticos de inquietud sobre los árboles hasta acumular la suficiente energía. Así que, cuando la vio aparecer a su izquierda, sintió un escalofrío indigno de cazadores de su estirpe. No le cabían dudas de que la muchacha correría a enjaularse en su propia casa, por eso era mejor esperar el momento exacto para que la gallina no se espantase inútilmente hacia las inhóspitas regiones del entorno. Mucho menos dudaba que aquel nombre –Griétsiya, ¡vaya ignominia!–, no era si no un *nombre de guerra*. A tales alturas el cazador no culpaba a los padres de la muchacha, pero tampoco tenía que recordar el uso común de falsas identidades en tiempos faraónicos. «¿Cómo se llamará realmente?», se preguntó mientras sentía venir a la presa por el rumbo de los árboles gigantescos.

Griétsiya también se hizo preguntas nada más volver en sí después de un periodo inconsciente entre las ropas del hombre. «No lo conoceré mejor», se dijo, pues ya tenía muchos elementos para declarar sobre la perspicacia dañina del cazador en aquella época de lujuria casi forzosa.

De soslayo, en tanto soportaba todavía el dulce sabor del cloroformo, identificó los detalles de su cazador reiterativo. El sueño parecía un desliz en un profesional de la persecución. ¿Cómo iba a dormirse sobre la víctima? Se entretuvo con el diseño de un plan donde se levantaba desnuda y empuñaba un cuchillo doméstico para cortarle la yugular en su mejor tentativa de vindicarse, pero nunca se convertiría en lo que odiaba usando a un hombre dormido. Surgió, de pronto, la fantasía de aquel anestésico para someter al infame y a su pene de corta presencia, pegajosos ambos a causa de una segunda violación. En su mente, hizo un dibujo de la trayectoria que seguiría en medio de la penumbra e intentó recordar la posición de los objetos esparcidos. La puerta permanecía abierta y la luz de la luna se filtraba desmedidamente. Eso ayudaría. Sin embargo, lo más importante era retirarse con cuidado el pie de encima y abandonar la cama sin poner en aviso al cazador. Primero, movió una mano por delante del rostro para comprobar las dimensiones de su sueño. «Me parece conocido», pensó y se dispuso a cumplir el plan que había trazado, mas fue tan rápida la respuesta, apareció tan rotundamente el escollo, que nada más hizo un gesto para escurrirse y el hombre se le vino encima con una erección rotunda, la volvió a invadir con razones más gruesas que largas, otra vez la mano se aferró a la laringe en forma de garfio y le introdujo todo un remolcador vagina adentro, no un buque, no. «Ay», sufrió Griétsiya solo a la entrada, como siempre. Y lo temió todavía durante un tiempo más.

La próxima vez el sol se filtraba por el follaje. Era domingo, solo por serlo corrió con alguna esperanza apenas sentir algo en aquel árbol que abría la claraboya de una taberna en ruinas. Fue una conmoción, exactamente como si un nuevo mono diera brincos en el horizonte. Esta realidad le trajo dos nuevas inferencias. Su oído se iba aguzando, comenzaba a discriminar los sonidos del cazador de los demás sonidos banales, y ahora, claramente, se encontraba corriendo de nuevo. A cuestas traía la impotencia de su táctica. Los barrios se abrían ante su figura con un mecanismo idéntico al de las cremalleras.

Era su ciudad natal, pero había sitios que nunca atravesaba. Sentía la necesidad de rutinas de protección, rutina en el camino de ir y en el de venir, en el levantar y el acostar, en el entrar y el salir. Le habían enseñado que lo seguro sería seguro siempre, hasta que alguien demostrara con su pellejo lo contrario. Y tampoco la urbe favorecía, le cambiaba cada vez más el rostro de los espacios conocidos, hacía nacer un árbol en medio de las avenidas solitarias, las aceras se rajaban desmedidamente, la hierba amenazaba con tragarlo todo, la hierba hirsuta y el todo verde, como si los bosques se extendieran para una regeneración temeraria de los imperios del Neandertal. La naturaleza llenaba con unos seres los espacios que despreciaban otros, teoría de la sustitución incesante formulada por una Griétsiya sin opciones al doblar una de las más despejadas avenidas, donde lo primero que le ofreció refugio fue la puerta opípara de una catedral barroca.

Dentro, vestido impecablemente, con el clásico rostro sanguíneo de risita bonachona, se encontraba un hombre de atuendo violeta que contrastaba ampliamente con el interior apolillado. «Buenos días, mujer. ¿Cuál es tu nombre?», dijo el obispo nada más verla cerrar con miedo el portón de entrada. «No importa», añadió, «no hables si estás despavorida. Pisas un templo que no distingue hombre de mujer, viejo de joven, por algo continúa aquí después de varios siglos. Creo necesario apuntar que no necesitamos saber quién eres para recibirte con los brazos abiertos».

El obispo, que parecía haber esperado por ella toda la vida, la estrechó contra su pecho varias veces sin abandonar el clásico rostro sanguíneo de risita bonachona. Sus modos le recordaron por extrañas vías a la rubia Yelena.

«No hay nada que temer, ya no», dijo el obispo. «Cuidaremos de ti hasta el último cabello y no precisamente con las armas. La violencia en ningún caso conduce a nada. ¿Me crees?».

Griétsiya lo veía decir con aquellos finos ademanes que transmitían seguridad y le entraron deseos de preguntar con cuáles recursos estimaba su amparo, si conocía acaso la brutal conducta que definía a un cazador ante su presa, sobre todo si se encarnaba y la perseguía constantemente a todas partes, tan solo un par de días sin violaciones y ya, allí estaba puntual en algún sitio de su trayectoria, cada vez con mayor descaro, ahora a plena luz del sol, por ejemplo. ¿Cuánto podía saber un obispo que come, habla y duerme bajo techo santo sobre las furias de la vida exterior?

«¿Sabes cuántas veces me enfrento a ese mismo testimonio?», dijo el obispo como si hubiese leído sus pensamientos. «Mi trabajo, hija mía, es el más importante de todos. Comienzo el día muy temprano. Limpio y organizo los bancos, el confesionario, las palmatorias, afino los instrumentos musicales, enciendo las velas y dispongo mis vestiduras desde las sandalias hasta la mitra. En ese sentido no soy diferente a otras personas que hacen humildemente su trabajo. Luego vengo aquí y estoy de pie doce horas a la espera de personas como tú, aun cuando no venga nadie. Faraón ha prometido que vendrán miles, pero hace mucho que la misa no sobrepasa la pareja», apuntó el prelado con cierta melancolía e hizo un aparte sin dejar de transmitir confianza. «¿Quién toca de ese modo?», indagó.

Griétsiya regresó a la idea del cazador golpeando con los puños el portón de entrada. Había sentido que sus preocupaciones encontraban por fin consuelo gracias a la voz del obispo, como si pudiera meterse en ella y organizar el desorden, solo que de inmediato esa misma voz la había traído a la cuenta de los toques desesperados.

«No te preocupes», dijo el clérigo, «si el motivo de tu terror es eso que amenaza con derrumbar nuestra puerta, no te inquietes. Al entrar precipitadamente y encontrarte conmigo, tu impresión ha sido tal que no has pasado la cerradura. Si aquello que llama quisiera entrar, ya lo habría hecho. ¿Por qué has de temer si estás pisando tierra santa?».

Griétsiya seguía recordando a Yelena, había algo de la rubia metido allí entre ellos, en la inmensísima catedral en penumbras. «¿Cómo piensa protegerme?», escapó de su boca. «Eso que está allá afuera no es un demonio. No lo puede rociar con agua bendita», añadió. «Tengo, sin embargo», sostuvo el obispo, «una línea directa con la Guardia Personal de Faraón. ¿Qué le parece? Fantástico, ¿verdad? Su señoría se encuentra muy interesado en la tranquilidad espiritual de las iglesias».

La muchacha se detuvo en los ojos del eclesiástico, los vio serenos y afables, como si la invitasen a proseguir. Los porrazos en la puerta se detuvieron. «Es una confirmación», convino en anotar el obispo. «Es un asentimiento», redundó enseguida, «sentémonos, le haría bien conversar». Griétsiya lo persiguió sollozando por el largo corredor, ausente al lenguaje que tejían las enormes figuras de yeso y el ornamento recargado. A mitad de camino notó que únicamente su queja alimentaba el eco de bóvedas y columnas. Desde la entrada hasta los primeros bancos se anunciaban los domos a media luz, la boca de los pasillos de escape, las puertas recias y categóricas, algunas de ellas hacia las torres o hacia recámaras de un calor más sofocante acaso, según creyó al sentarse. El obispo, que no se perdía uno solo de los acontecimientos de su rostro, la miraba con ternura desde un sitio tras la mesa del altar, donde reposaban sus manos extendidas.

«¿Por qué lloro, pues?», se preguntó a sí misma, pero no obtuvo ninguna respuesta convincente. Sentía un extraño estremecimiento de aproximación-evitación con respecto al que la cazaba. Lo deseaba sentir distante, evitar nuevamente un acto de lujuria en el que participase su cuerpo sin el permiso prenegociado de su corazón. Por otra parte, no le disgustaba del todo la idea de un hombre, cazador o no, metido a diario en su vida. «Demasiado tiempo sola», pensó para justificar la descabellada apetencia de un enlace decoroso con el bárbaro.

No pudo distinguir en ese instante, sino después, cuando iba en retirada, que las imágenes en las paredes de la catedral describían secuencias de la vida de Faraón. Tampoco logró definir con exactitud, sino a la salida, un gran cartel que había estado sobre su cabeza mientras estuvo conversando con el obispo junto al pórtico. «Solo Faraón salva», leería más tarde, no ahora. Ahora estaba sentada y en acto de recibir la homilía con la atención puesta solo en buena parte de las frases tranquilizadoras del que hacía los oficios.

«El sacrificio de Faraón durante toda su vida», dijo el prelado, «no ha sido si no una enseñanza fiel a su pueblo. Aquello que los mortales llaman *momentos históricos*, no son más que segundos ordinarios de la existencia faraónica. Nadie como él ha interpretado los caminos que deben seguir las relaciones entre la Iglesia y el ciudadano, las fases en que deberá ir cayendo inevitablemente el pensamiento de aquellos que acuden a nuestra puerta en busca de una salida. Preocupado por el más mínimo de los detalles concernientes a las mujeres y los hombres de su país, Faraón se ha convertido con el devenir de los años en el centro geográfico de nuestros sueños y canciones. Es bien conocido que aquello que ve dar vuelta a ocho cosas a su alrededor y ve redundar trayectos elípticos en torno suyo, se convierte por analogía en un sol. Demos gracias por la posibilidad que nos brinda de ser sus contemporáneos». El obispo alzó los brazos al cielo y también Griétsiya, automáticamente.

«Pensemos en las constantes inquietudes de Faraón acerca de la seguridad personal de los ciudadanos. Nadie, ¿no sé si me escucha?», preguntó el obispo sin apartar la vista de ella, «nadie ha hecho más que Faraón para conseguir la paz y la armonía en su pueblo. Se puede decir que siempre hay excepciones, ciertamente, del seno de toda empresa humana nacen seres que son hijos del amor e hijos del odio, gente transparente y gente oscura. La diferencia estriba en que nosotros contamos con un Faraón preocupado a diario por la salud y la defensa de sus hijos. Demos gracias por esta circunstancia de justicia e igualdad. ¡Demos gracias a Faraón!».

Volvieron a elevarse los brazos en la petitoria. El obispo hizo silencio mientras se dirigía del púlpito al altar y Griétsiya distinguió unos pasos que golpeaban sordamente a sus espaldas. A tientas, escogió un libro en el respaldar del primer banco. «Tome asiento», dijo el eclesiástico al responsable de las pisadas. Griétsiya sintió el roce de las vestiduras de un hombre que se detenía a su lado.

Por unos minutos, los tres se mantuvieron metidos en un silencio extremo, bajo los altos arcos de la estructura, hasta que el obispo anunció que podían darse, por fin, el saludo de la paz. Griétsiya abrió los ojos y leyó el título del libro en sus manos: «Faraón. Una historia de amor al hombre». La imagen de la cubierta exhibía al estadista protegiendo entre sus brazos a unos niños y a unas mujeres con un fondo de cielo sin nubes. Griétsiya lo contemplaba todavía cuando el de su derecha le dispuso un abrazo y le soltó al oído cierta frase. La joven reconoció primero el olor a hormonas de mono de quien la había perseguido hasta allí y luego se detuvo en otros detalles. Necesitaba escrutarlo mejor sin que sobrevinieran milagrosamente los ataques de pánico ni las furias de corredor de fondo. Tal vez la cháchara del obispo había causado tanto efecto como un té instantáneo. Lo cierto era que se encontraba formando parte de un abrazo de otros dos en medio de la liturgia y de la frase que el nuncio esgrimía con reiteración mientras apretaba a ambos contra su pecho y entre sí. «La paz esté con ustedes», clamaba. «Y con su espíritu», añadía.

«La paz esté con ustedes», una vez más. «Y con su espíritu», nuevamente.

La misa concluyó pronto. Griétsiya quedó a la espera de que el cazador se apartara para poder salir, pero el obispo, sin pausa, se sentó ante los dos. «Exactamente como les decía», dijo, «nunca sobrepaso la multitud de una pareja», y elevó los pies buscando descansar sobre el primer banco como una ele corta. «Ahhh», sobresalió su voz de alivio. Los tres hicieron un silencio tan natural que por un tiempo nada contribuyó a encender los ánimos, por el contrario, el cazador dijo «permítanme presentarme» y extrajo un pequeño carné de un bolsillo oculto en los bajos del pantalón. La muchacha reconoció el carné por sus matices. «Ah», sobresalió otra vez el obispo, «forma usted parte del lenguaje de Faraón». «Plenamente», contestó con frescura el que habituaba a cazar. «Le felicito», recompuso el clérigo. «Agradezco, sí», aclaró el otro, «pero ya que han concluido los oficios, quiero solicitar de parte suya el favor de un sacramento». «Ofrecer, ofrecer, ofrecer, siempre es una suerte estar aquí», dijo el obispo. Solo una parte de su rostro se hallaba iluminado por el resplandor de las velas. «Es mejor ofrecer en este momento, debido a que usted es un *integrado* más», sostuvo.

Griétsiya devolvió el libro a la funda en el respaldar del banco y quedó dispuesta a escuchar, siempre que no se le ocurriera nada más lúcido para desaparecer de la reunión donde las presentaciones parecían ridículas.

«Conocer a una persona en los tiempos que corren podría parecer difícil», recomenzó el cazador, «pero he conocido a alguien diferente. A veces, motivado por la falta de costumbre en estas cuestiones, no se llega a entender del todo las mejores maneras de acercarse, más en mi labor de funcionario público y empresario, como atestigua el carné que acabo de enseñarle. Es posible, en semejante apuro, que mis formas no se hayan acercado ni remotamente a las usuales y convenientes, pido disculpas por ello y estaría conforme si se efectúa matrimonio en este mismo instante, de acuerdo con la conveniencia de las partes implicadas, díganse Griétsiya, mujer, e Iósif, hombre».

Griétsiya se puso en pie de un salto, el rostro lívido tensó gotas de una sudoración vana, lo cual pudo pasar por llovizna, aunque fue también asombro y cabello en desorden a causa de dedos que entraban y salían con desesperación. El obispo la miró con la misma sonrisa-sedante y el cazador clavó sus ojos azules en la discreta inmensidad de los suyos, las velas latieron en el espacio de la catedral y lo demás se eternizó tranquilamente. También ella volvió a sentarse con lentitud, apenada, como si hubiera desentonado en un exiguo coro de tres donde era tan fácil llamar la atención.

«Diríase que la noticia ha sorprendido un poco a la novia», comentó el obispo, en tanto lanzaba miradas a Iósif con la intención de sacarle alguna respuesta. El aludido respondió proyectando su voz contra los hábitos del otro: «Usted sabe cómo son las cosas de esta época, Padre». El clérigo asintió, con un ademán certero obtuvo la barbilla del hombre y levantó su cabeza hasta mantener la mirada fija en sus ojos. «No tienes nada que temer. La señorita aceptará compartir su vida con un *integrado* como tú. ¿Quién mejor para garantizar una progenie que no desee irse? Pensemos en las circunstancias en que la señorita y usted tomarán matrimonio. Afuera, seguramente, una espléndida tarde seguirá su curso, y los que estaban solos y amargados, hoy se insertarán en ella con la soledad vencida al menos por esta vez. Faraón, al enterarse, se sentirá complacido. No abundan los casos como el de ustedes, aquí se acuerda alianza para toda la vida. Por los padrinos no se preocupen, el procedimiento, adaptado a las condiciones actuales del país, ha debido cambiar. Lo más preocupante es que logren comprender la belleza del matrimonio, misterio de gracia grande, institución mediante la cual el hombre y la mujer se deberán poseer únicamente. Toda posesión fuera de este marco será considerada ilegal y pesará en sus destinos y conductas. Recuerden siempre que las propiedades del sacramento son la unidad y la indisolubilidad, ustedes serán el uno para el otro, una y otra vez y para siempre, porque, como preveo, llegan ambos sin ser coaccionados, por su libre y voluntaria conveniencia, ¿me creen?».

Su respiración se detuvo: aunque desconocía los procedimientos, Griétsiya tuvo la certidumbre de que comenzaban a casarla. «Sí», contestó Iósif. El obispo, sin dejar de sonreír, aún con los pies sobre el banco en que también hacía descansar sus nalgas, torció con lentitud los ojos hacia la joven, quien, por todo asentimiento, por único signo de afirmación, con cara de incredulidad creciente, pestañeó.

«Superado este punto», dijo el obispo, «seguramente están dispuestos a amarse y respetarse mutuamente, a recibir hijos y a educarlos de acuerdo con la ley faraónica». «Así es», ratificó Iósif y Griétsiya volvió a pestañear. «En fin, hombre y mujer», dijo el clérigo, «si quieren contraer matrimonio, unan sus manos». El cazador fue el primero en colocar sus manos en el aire, como si hubiese descubierto allí una bola de cristal hasta el momento inadvertida. Griétsiya pensó y repensó sus opciones durante unos parpadeos. Igual sería cazada noche tras noche, igual recorrería la ciudad en busca de auxilio, igual no lo encontraría. Por ahora, al menos, había cierto deseo de ir en contra de la soledad, ansias de dormir con un hombre a diario y recuerdos reiterativos del pene del cazador a empujones contra su vientre. Por primera vez las circunstancias dependían de su propia persona. Observó las manos en levitación ante ella y puso las suyas encima. Había una alternativa de superar la vida-muerte o la muerte-vida. «Después de todo puede que deba adaptarme a la época», pensó y se detuvo en otra racha de parpadeos. El ambiente se deshizo en un diálogo turbio entre las partes, la claridad cobró ante sus ojos un aspecto de velas que fenecen. El cazador sostuvo un par de anillos que salieron a la luz por una hendidura ciega del pantalón. El obispo se puso en pie y dijo, entusiasmado: «¡Enhorabuena!». El cazador aceptó sonriente las congratulaciones y Griétsiya se vio en un mismo día cazada y casada, por esta vez más lo segundo que lo primero, pero igual salió de la mano de aquel, en tanto el obispo les cantaba un salmo por detrás.

«El Salmo 15», instruyó en la puerta, al despedirlos.

Iósif

Lo habían estado esperando durante casi doscientos minutos hasta que afuera se puso de moda la lluvia y el polvo acumulado vino a dar batalla en interiores, donde cinco criaturas muy recias esperaban a uno muy blanco.

Los concurrentes se movían con indecisión de un lugar a otro, sin mirarse, no atontados, porque en cuanto los goterones dieron pésimamente contra la cristalería en tac tac toc de baterista inexperto, todos volvieron la mirada a la intemperie como si la lluvia y el ser que aguardaban fueran lo mismo. A partir de allí ya no volvieron a esperar, bufaron, resoplaron, se encogieron de hombros, pero esperar no, más bien se sintieron descontentos por las horas que transcurrían y por el sol que iba en descripción de un derrumbe marcial como un fusilado.

Esperar no, en todo caso, quisieron creer que la lluvia densa los retenía en el sitio en que antes esperaban. Atrapados, llevados los cinco de una condición a otra en el instante de un pestañeo, escucharon al calumniador Fiódor cuando enmendó las cuentas y dijo a nadie, solo a sí mismo y en voz muy alta: «¿qué estoy esperando?». Reconocía con ello la nula atención a los demás, a quienes no hablaba si no de asuntos estrictamente profesionales. El joven Lev, en cambio, trataba de mostrarse solícito con todos, pero su lenguaje no alcanzaba, los atrapados que lo veían aproximarse se iban a los rincones con ganas de bastarse a solas. Iósif, entretenido, pensó que el encanto de la ocasión era precisamente ese, ver a los de adentro ansiosos cada uno a su manera, con los uniformes por fuera y estrujados de tanta mano en los bolsillos y de tantas contorciones y de tantas y excesivas idas y venidas.

Nadie conocía con seguridad los motivos del mitin, una llamada telefónica era suficiente para convocarlos a cierta hora de la pena gástrica. Los dedos cruzados fueron practicándose en un lento recorrido del disimulo por todos. Mareo. Las cosas dando vueltas a un lado, a otro, sensación clavada de que eran enemigos entre sí, a derecha y a izquierda, una ambidiestra circunstancia en pugna en tanto se iba estableciendo la incertidumbre, por supuesto, y también la posibilidad latente de perder el auto que les habían asignado, la mansión, el empleo y otras acumulaciones. «¿Qué estoy esperando?», frase que bien aplicada resultaría un *¿qué estamos esperando?* detonante.

De no ser por la lluvia y también por un auto que primero vomitó una sombrilla y luego un inspector de blanco, para mayor redundancia del clima fastidioso, hubiese continuado el exceso de incertidumbre y nadie hubiera visto cómo aparecía la figura por la boca del rascacielos azul oscuro. Las puertas se apartaron con el automatismo de siempre y la visita arrastró moderadas cantidades de polvo del umbral. Su sola presencia aumentó distancias entre los empleados, que otra vez se volvían de una condición a otra, del *atrapados allí* al *reunidos allí* con una facilidad terrible.

«Si tengo que cantar, canto», salió de alguien. «También yo, ¿qué otra cosa podría esperarse?», dijo otro que tomaba asiento en la fila de sillas antepuestas a la presidencia. «Habrá muchos cambios en la administración», añadió Fiódor como siempre, como si hablase consigo mismo. La criatura de blanco, entonces, haciendo caso omiso del murmullo, ocupó un lugar en medio de la directiva –a su derecha, Iósif; a su izquierda, Lev–, lanzó algunas bromas contra los trabajadores para llegar lo antes posible a ese punto que él llamaba *empatía* y les hizo un gesto unánime para que se levantaran de sus puestos.

«Damos inicio al mitin decimoquinto del rascacielos azul oscuro», dijo el inspector. La asamblea era un tres contra tres en la planta baja. «Comencemos por exaltar los hechos y ensalzar a sus protagonistas», sostuvo, «si bien las condiciones no son óptimas para establecer un encuentro más prolongado. El asunto reclama la oficialización de un secreto a voces, aquel que declara definitivamente el homenaje a los excelentes servicios de dos de nuestros mejores trabajadores, los muy mencionados y grandes amigos Iósif y Lev, quienes llevarán la experiencia alcanzada en nuestro ministerio a otros, donde su misión será, por esencia, la misma, defender las ideas de la lucha».

El inspector hizo una pausa y paseó la mirada sobre los tres de enfrente, sin alcanzar una lectura de los labios grasientos de Fiódor, el calumniador, cuando este dejara escapar una frase contra sí mismo: «¡Se jodieron! Lo sabía. Se jodieron de una buena vez y para siempre».

«No, no cabe entonces ningún desatinado comentario», continuó el inspector sin mover un músculo, las gafas negras todavía sobre el puente nasal, «solo se hace obligatorio referir con justicia el profesionalismo de los homenajeados, porque todo en ellos no hace más que dirigirnos a la imagen de la perfección moral donde la sólida identidad y la intachable conciencia los ha llevado a ejercer sus respectivos puestos en hermandad con los trabajadores que han corrido la suerte de estar bajo su mando. Recuerdo aquella tarde gris en que discutimos en el Pleno de Inspectores el ascenso de

Iósif al puesto de Supervisor del azul oscuro. Recuerdo que cuantos lo conocíamos personalmente –o por medio de los informes de archivo–, tuvimos la certeza de estar haciendo la selección ideal. Emocionado en este mitin, me vienen a la mente dichas escenas con una incuestionable carga de nostalgia, máxime si se analiza todo su desempeño posterior como ejecutivo en la búsqueda incesante de deslices por cada una de las oficinas, los documentos, las grabaciones y los controles semanales. ¡Iósif, te aseguramos que continuaremos tu ejemplo en cada uno de nuestros actos! ¡Iósif, cuánto lamentamos tu despedida!», el inspector tragó en seco antes de seguir. «Solo nos reconforta la certeza de que volverás a estar en el sitio en que eres más necesario, dominado por la gratificación constante del deber cumplido», concluyó el de traje claro al tiempo que dibujaba una palomita en sus papeles, como si el asunto estuviera, ahora sí, verdaderamente acabado. Luego se puso de pie y los otros lo imitaron con vítores y aplausos ensordecedores. El inspector los redujo con un ademán de director de orquesta antes de que fueran a extenderse en alabanzas. Sabía que en tales ocasiones debía ser juzgado por los asistentes al mitin y por aquellos que grababan desde lo alto como un ejemplo de modestia y sencillez, dos cualidades indispensables para desempeñar a cabalidad el puesto de inspector.

«En el joven Lev», añadió rápidamente, «convergen la fuerza y el tesón de la juventud, principales atributos de quien ha sabido poner muy en alto el digno nombre de nuestro rascacielos. Lo hemos visto debatirse cada semana, cada día, cada minuto de la jornada laboral, ensimismado como nadie en la tarea de seguimiento, embebido hasta los ojos en archivos y voces grabadas. En toda la carrera que recién comienza a culminar, muy pocos deslices afloran, me atrevería a decir que un par de ellos, nada comparables con la inmensa cantidad de asuntos a que dio curso hasta la completa *asimilación* de los implicados. ¡Lev, te aseguramos que seguiremos tu ejemplo en cada uno de nuestros actos! ¡Lev, cuanto lamentamos hoy tu despedida!...».

El mitin se estremeció ante la efervescencia que parecía embargar al personaje de blanco y los asistentes solo volvieron a calmarse cuando el inspector trazó por segunda vez una palomita azul en sus anotaciones. «Hecho», escapó de sus labios. «A continuación, damos paso finalmente al discurso de los involucrados. Por favor, Iósif, háganos el honor. Aplaudan, pues, a... Iósif», dijo sin evadir la cámara que seguía paso a paso las incidencias.

La lluvia de ponderaciones no tardó en emular con la tempestad de afuera, tal vez se extendió más, al menos hasta que Iósif se puso de pie con la lentitud característica de su estilo en eventos similares. «Conservaré siempre», comenzó a decir, «un recuerdo grato de cada uno, en especial, de aquella persona, entrañable amigo, que hoy me ha conmovido hasta las lágrimas en la presidencia de este mitin y que me permite brindar un grano de mis esfuerzos en otras esferas de la vida del país, completamente...». El inspector lo interrumpió al ponerse de pie con violencia para sonar una palma de la mano contra la otra en estridente rimbombancia. Los demás, sin deseos de escuchar a Iósif en su discurso de dimisión del cargo, fueron a unirse al inspector en una turba de ovaciones intempestivas que superó todo esfuerzo en otra dirección.

Parecían alegres. El hombre de blanco, todavía con gafas en la discretísima luminosidad de interiores, se aprovechó de esa apariencia para repetir el signo en el papel: otra palomita azul trazada a lápiz fue suficiente para invitar a Lev a que dijese sus impresiones. «Honrosa ha de ser la situación actual para cualquier *integrado*», comenzó a recitar el aludido. «Siendo una persona privilegiada, por tanto, asumo la alegría de cumplir con mi deber en cualquier sitio que se escoja para mi desempeño, sentimiento que comparto con los aquí presentes, porque...». La voz se le cortó de pronto. Un lloriqueo profundo vino a aflorar en su rostro con intenciones de transformarlo e impedirle concluir de alguna manera elegante. La enorme faz de Lev, sin embargo, continuó expulsando palabras cuando a nadie se le ocurría que lo hiciese. «Porque he descubierto», dijo bañado en lágrimas, «que la pureza del hombre está en cumplir con su deber hasta las últimas consecuencias, ese es un placer en grado sumo, honor que agradecemos solo a determinados e ilustres compañeros de lucha». La enorme figura del muchacho comenzó a temblar y a retorcerse. El inspector lo miraba en los límites del asco, a Iósif le daba lástima y a Fiódor una mueca de fastidio le recorrió todo el perfil. «Mírenme», dijo el joven mientras todo su cuerpo caía en una rutina de trembleques, «digan si no estoy preparado para cumplir con un buen puesto a mil kilómetros de aquí si es preciso, necesito ganarme la confianza de mis superiores, quienes con tanta madurez y responsabilidad determinan mi futuro...».

El hombre de blanco trazó una extensa palomita, se puso de pie y sugirió panegíricos con un gesto, ahora su mano derecha tiraba desde el hombro del joven Lev hacia abajo, hacia el asiento. Los vítores continuaron durante algunos minutos más, hasta que los detuvo la voz del inspector: «A continuación, señores, designaremos quien sustituirá al Supervisor en su cargo. Seamos concretos, pues ya pasa de las once. La propuesta de *arriba* es el muy ponderado y experto Fiódor. ¿Alguna otra candidatura?».

Uno de los tres que constituían el auditorio pidió permiso, se paró y se propuso.

«Muy bien», aceptó el inspector con la mirada puesta en la cámara del techo, «llevémoslo a votación. Los que estén de acuerdo con Pável que lo expresen levantando la mano».

De los tres con derecho al voto, ni siquiera el Pável elevó la mano por encima de la cabeza para apoyarse a sí mismo.

«Ningún voto cuantificado, como se ha podido verificar clara, sobria, transparentemente», prosiguió el inspector. «Pasemos a votar por la propuesta de *arriba*. ¿Los que estén a favor del Fiódor?». Dos manos en las alturas coincidieron con el reinicio de los sollozos de Lev. «¿En contra?», preguntó el inspector. «¿Abstenciones?», volvió a inquirir y luego hizo todo lo posible por dibujar una palomita en el papel, sin que por esto olvidase la cámara que perseguía sus posturas desde el techo.

«Aprobado por unanimidad. Felicidades, Fiódor», dijo el inspector.

El calumniador saltó con euforia y puso sus ojos muy sutilmente sobre los de Iósif en un soslayo punitivo. Después, extrajo de la diplomática un litro de ron, probó, brindó y quiso volver a las miraditas. A una señal del inspector, las cosas se devolvieron a su sitio en el mitin y Fiódor tuvo también su discurso. «Honor de honores», dijo, «quince años esperando por que se deposite en mi persona la confianza y la responsabilidad del azul oscuro. Quince años con esta botella en la diplomática durante cada mitin. Honor de honores. Resulta ponderación...». «Un momento», lo interrumpió el inspector en tanto dibujaba con parsimonia la última palomita azul en su agenda de trabajo, al borde ya de la medianoche. Su figura de blanco se elevó dejando caer la silla a sus espaldas y dispuso una mirada a la cámara. Seguramente imaginó que todo había sido captado en detalles, por lo que dio las buenas noches aludiendo otros compromisos, recogió papeles de la mesa presidencial e hizo mutis en dirección al auto.

Tras él, Iósif, engreído hasta los límites de la tolerancia, presto a su luna de miel, y el joven Lev, con el vestigio imperceptible de sus temblores a cuestas, salieron devolviendo a la intemperie el mismo polvo acumulado. «Esperen, esperen, vamos a festejar», los persiguió Fiódor, pero ninguno de ellos hizo el mínimo esfuerzo por voltearse.

ALEKSEJ

De no estar borracho hubiera visto un solo periódico con un titular en letras rojas: «Liberado de sus funciones por meritoria labor». Sin embargo, vio dos hojas, las palabras se le volvieron una sopa de letras, a la botella acostada tan cómodamente a su lado le salió una aureola, y para colmo, delante le sonreían dos cines, dos taquillas y dos rubias.

Prefirió las rubias porque era imposible que los cines y las taquillas tuvieran esa carcajada que él estaba viendo. ¿Sería culpa de los tragos a solas, de esa maldita botella que hablaba y que tenía un alma dentro?

«Hola, yo-mismo», habló al frasco.

El reflejo de su rostro hizo un mohín y le dijo «hola, estúpido».

«Más estúpido eres tú», ripostó él con la botella cogida por el cuello, «a ver, dime, ¿eres feliz?».

El vidrio hizo una mueca de repudio.

«Nieto de prostituta», volvió a insultar Aleksej, «tú eres el nieto de prostituta más lindo del mundo».

Su propio rostro, devuelto por la transparencia verdosa, no repuso insultos, solo hizo señales para que él mirase lo que tenía detrás. Las dos rubias se contonearon en dirección al cine. Aleksej volvió a la botella. «Esos sí son dos buenos culos», dijo, y el alma del frasco sonrió con malicia.

«No mereces nada. Estás borracho y eres un puerco, miserable zángano, no te atrevas a buscarte lío por esta poca cosa».

«No me jodas, yo-mismo, acuérdate de aquella ingeniera».

«No era una ingeniera. Era una estatua».

«Sí, un poco rígida, a la verdad».

«¿Un poco? Mármol puro».

«¿Qué dices? ¿Olvidas que soy escultor? ¿Cómo voy a confundir el mármol?».

«Estas dos son reales».

«Solo una es real, la otra es culpa tuya».

«Maldito borracho».

Las rubias se perdieron en el interior del cine y reaparecieron en la taquilla.

«Me quieren, no me quieren…», mencionó Aleksej en tanto las señalaba continuamente con un índice sucio. Le resultaba difícil dejar de mirarlas, ¿por qué no podían hacerse amigos? Quiso ponerse de pie y casi lo consigue a la primera, los pantalones estaban cubiertos por un vómito brillante.

«Lo que uno hace por un culo», gritó a las rubias y estas lanzaron una mirada furiosa.

Aleksej no hizo caso, más bien luchó por acercarse entre tambaleos a la taquilla y dijo como si reclamara un tique: «Un culo, por favor».

Las rubias volvieron a sostener la mirada del borracho y se mantuvieron ecuánimes en tanto apretaban un botón y el flash de una cámara denunciaba fotografías desde dentro.

«¿Cuánto dinero valen vuestros culos?», continuó Aleksej, decidido a todo. «No sé si me alcanzará para dos», propuso sin importarle los flashazos.

En el rostro de las mujeres, ahora sí, fue apareciendo el asco por aquello que tenían delante. Ambas, incluso, trataron de hojear documentos recién extraídos de un portafolio en busca de otro punto de concentración.

«Arriba, vendan un culo, ya las he soportado bastante», repitió Aleksej, horrorizado por la demora. «Ustedes no me conocen, cuando digo un culo, es un culo».

Las rubias intentaron leer al unísono el periódico. Trataron, sobre todo, de centrar la atención en la noticia encabezada con la frase «Liberado de sus funciones por meritoria labor», mientras Aleksej se iba en exigencias amenazadoras.

«Después quieren propina», decía el borracho con tremendo escándalo. «¡Venga! ¡A vender culos! ¿Dónde se ha visto?».

Al otro lado de la reja de la taquilla la impertinencia obstaculizaba la lectura cada cierto número de palabras. Las mujeres, llenas de repugnancia, por ejemplo, acababan de leer «El ejecutivo se había desempeñado hasta la fecha como honorable Supervisor en Jefe del rascacielos azul oscuro» cuando Aleksej soltó una de sus frases más rotundas: «Tanta demora por un culo gordo». Las mujeres lo trataron de obviar nuevamente e incorporaron a sus procedimientos de concentración una lectura en voz alta del artículo: «Por méritos personales se convierte en el principal candidato para más de diez jefaturas diferentes, sin contar la oficina de Atención al Público y la de Quejas y Explicaciones». El periódico también pormenorizaba las virtudes del ejecutivo y su vínculo con otro trabajador igualmente destronado, pero Aleksej se volvía insoportable y chillaba con insistencia.

«Una estafa, una estafa, ¡a mí me dijeron que aquí se vendían culos!», decía Aleksej.

De no estar borracho ni siquiera se hubiera acercado a la taquilla, pero lo estaba a más no poder. Para colmo, le dio por meterse a través de los barrotes para arrebatar el periódico a las dos rubias. Solo así pudo ver cómo las mujeres perdían el aguante al mismo tiempo, se levantaban a dúo y salían. Las observó ajustarse en la acera con los puños crispados y el cabello suelto. Las dos lucían una inquieta posición de asalto para arremeter en su contra. Dos patadas le hicieron dar unas cuantas vueltas en el aire. Cuatro manos lo sostuvieron por la pechera y lo elevaron, un par de ellas golpearon juntas el mentón. Las patadas siguientes fueron en el piso y luego las piernas lo empujaron a la calle, barriendo de algún modo el asfalto con su indumentaria. Tarde, en el último rebote, comprendió que todas las rubias golpean tan rabiosamente como pueden. «No vuelvas a interrumpir», lo reprendieron ambas después de los leñazos, mientras él luchaba por espantar las mosquitas de luz que daban vueltas a su alrededor.

Los golpes lo habían acercado nuevamente a la botella y ahora la tenía aprisionada entre sus manos, a unos metros del contén. El vidrio estaba frío y verdoso como siempre. Algo en la superficie del frasco se aclaró de pronto. Cuando alzó la vista pasaba lo imposible: las rubias se reunían en un solo cuerpo.

«Ahora será una sola», dijo finalmente a la botella, «pero te juro que a mí me cayeron en pandilla».

MAGNICIDA

El elevador de máxima seguridad descendía por la garganta del rascacielos, no más que un buche amargo camino a la panza de la prisión más bella del mundo. Si es que cabía el término, la puerta iba a abrirse de una vez y el espacio se daría al azar. El glamour del presidiario que resuella en el rostro, el sulfuroso brío de interiores, los días en su monótona secuencia, procurarían perpetuarse otra vez en la atmósfera de cualquier recinto que se diera en derredor. Fatídica aún en su memoria la imagen del ordenanza hipovolémico, pálido, transportado en andas a ruego del guardián en turno, quien había apelado a todo su poder de sugestión para que algunos líderes de la multitud pudieran hacer un cortejo fúnebre hacia el enfermero al otro lado del cristal, después de la guerra a golpes. Y a Vidente se le seguía extrañando, un par de meses que no se le veía el pelo mientras la reducción de velocidad del elevador hablaba un poco sobre haber llegado.

La puerta se abrió tan rápidamente como si nunca hubiese existido. Unos tipos velaban los límites de la contrapuerta, camajanes de ronda al siguiente lado del cristal con una, dos, tres armas ocultas. Las debilidades entraron naturalmente en su campo visual: la herida del viejo, la rodilla del cojo, la prepotencia del flaco, la giba del distribuidor de utensilios súbitos y punzantes... Los pies zambos del más frondoso indicaban que al menos alguien no podría correr sin chocar consigo mismo. Grupo adecuadamente inofensivo o la idea de la superable condición del porvenir cuando ya otro clan se acercaba con tatuaje y piercing en el rostro y las orejas llenas de semillas esparcidas y enquistadas. Y además, nudillos de bronce escondidos bajo el pantalón. Y mulato con sevillana, rémora con uñas nocivas, grupos con alambres entre las ropas, todos mirando y gritando a través del cristal. Parecían decir «carne fresca, mamita, ven», de acuerdo con la manera en que se articulaba allí, calzado el lenguaje con los ofensivos gestos de agarrarse el pene por sobre los overoles y ostentarlo, al tiempo que por la izquierda se acercaban al vidrio otras comunidades de adefesios. Las voces eran imposibles de escuchar, pero el conjunto hacía las veces de compañía de teatro en lontananza, las veces de plato de lombrices, la misma sensación de distinguir a los cocodrilos pasar uno sobre otro. La letra X en el óxido de la contrapuerta de acceso indicaba un nivel de máxima violencia. Al menos dentro se fumaba. El humo llenaba en ocasiones la cavidad. Se extrañaba a Vidente porque era cómodo saber lo que vendría. La idea de la superable condición del porvenir era un tormento.

Magnicida dejó a un lado sus meditaciones cuando KB le tocó el codo y señaló para él una rejilla del techo. «Sabía de ese detector de metales», indicó el magni, «vamos a poner las armas sobre la mesa, antes de entrar». «Que es algo así como suicidarnos», dijo KB, «hay algunos tipos horribles ahí dentro». La voz del guardián dio la bienvenida al dúo y propuso a los demás retirarse unos metros para poder abrir la contrapuerta de entrada. Los presos obedecieron, más deseosos de conocer a los nuevos que de caer en jueguitos con la autoridad. La puerta se abrió y el guardián, desde alguna parte y a través de una invisible bocina, les propuso abrirse paso.

«Usted primero», dijo el magni. «De ninguna manera», prefirió KB. «Insisto», convino el magni, mientras el guardián advertía que tomasen las precauciones posibles para sobrevivir hasta un eventual traslado. A espaldas de la pareja la contrapuerta se cerró dejándolos atrapados en el atolladero. Pensaron cada paso hacia el interior de la multitud silente hasta que uno de los jefes de clan se aventuró a advertirles con cierta ironía que estaban pisando tierra santa.

«¿Quién lo ha dicho?», gritó el magni hacia los rostros. «Lo he dicho yo», dijo una inmensa figura en las sombras. El silencio que sobrevino produjo nuevas formas de advertir. La masa de la cual estaban separados por unos metros se metió tan de lleno en la más absoluta prueba de atención, que se escuchó cómo las moscas tejían maniobras en picada y los mosquitos y jejenes acabaron por reducir su vuelo en enjambres sobre las cabezas de los aparecidos.

«La situación es tensa», adujo KB por lo bajo. «Si nos disculpan», pronunció el magni con arrogancia, «podrían hacerse a izquierda o a derecha para que podamos entrar al descanso y hacer exactamente lo que allí se hace». «¿Y por qué voy a permitirlo?», dijo la figura entre las sombras, «¿acaso no aceptan los honores del comité de recepción?».

El magni vio el movimiento de las armas por sobre el hombro del moreno KB. La multitud, como un ejército excelente, se había retirado a la penumbra detrás de la línea de reflectores, sin que por ello dieran la espalda a los recién llegados. El calor se hizo dueño del espacio entre los grupos y levantó gotas adherentes en todas las nucas, los pechos, los rostros. Las similitudes del presente nivel con una selva fueron olvidadas ante la tirantez de los acontecimientos, pero fueron sufridas en forma de picaduras en la piel bochornosa gracias al clima artificial introducido allí por el guardián en turno. Cuando los presos comenzaron a cantar nanas ridículas y en tono de obligación, como si el júbilo distara de las canciones o como si no quisieran perder el inicio de la tanda de porrazos, el magni se acercó a las líneas enemigas y trató de amistarse levemente.

«¿Con quién tengo el gusto?», preguntó. La figura en la sombra marcaba con su ritmo los destinos musicales del coro, pero se detuvo por un momento e hizo señas para que el resto continuara. «Soy aquel a quien has robado el corazón de un vidente», dijo el emperador de harenes —según rezaban los tatuajes del pícaro–, y el orfeón de aficionados por más que lo intentó con una voz u otra sostenida, perdió consistencia ante asuntos de mayor nivel y se deshizo en trío, dúo, solista, finalmente, silencio.

Notoriedad ganaron el magni y el otro, al promover un nuevo debate entre ellos. «Podemos acariciar la derrota», sostuvo KB. «Ni pensarlo», dijo el magnicida, «pero aclara una cosa, será mejor que sueltes rápido dónde y cómo podremos darle muerte al objetivo número 1». «En el acto anual en conmemoración de...», KB dudaba, «bueno, te sugiero que uses una ballesta y que la escondas entre los árboles al norte de la plaza». «¿La ballesta de...?». «Sí, hombre, la ballesta de Guillermo Tell». «Lo sabía. Siempre lo supe». «Al menos eso me han dicho los que nos usan. Has de moverte fuera de la cárcel para cumplir la misión. Debes idear una manera de salir por tus propios medios, no importa cuánto cueste, o gánate la libertad. No demores. No llegues tarde a la cita. Ellos me han dicho otra vez: KB, dile que apunte bien entre ceja y ceja, por la paradoja para adentro hasta que la víctima se descoque». «Justo, mas defiende tu vida», dijo el magni y le aclaró, solo entonces, algunos detalles sobre la actual situación: «Te atacarán por la izquierda. Puedes mirar por sobre mi hombro, aquellos de allá, los que se alistan con mancuernas. Tienes que resistir hasta que pueda terminar con el emperador». «¿Crees que nos la hayan preparado?». «No lo sé, pero calla. Los guardianes tienen micrófonos por doquier. Ya casi nos agreden. Vamos a esperarlos detrás, ven, tendremos más espacio si no nos estorba la rabia», concluyó el magni.

A sus espaldas, el emperador hizo un movimiento raro: «¿Por qué vienes de aquel nivel en que murió el ordenanza?», preguntó nomás y se le vino encima bajo el silencio roto por la multitud. Los gritos comenzaron a amenizar la pelea. «¿Cuántos mariditos tienes?», inquirió el magnicida mientras lo veía venir en el aire, soltando espuma por la boca, con los ojos torcidos en la convergencia sobre él y con una bayoneta por estrenar. Obviamente, el de abajo esperó tan bien apostado el descenso de quien sobrevenía, que la gente conoció desde antes el resultado de la disputa entre el cabecilla y el carne fresca. Aun así, los de la horda del emperador hicieron mal, no esperaron y arremetieron en su auxilio antes de verle concluir el salto. Si hubiesen exhibido un poco más de inteligencia, no habrían desprendido inútilmente los pies de las rejillas del suelo, pues el magnicida solo tuvo que describir un discreto corcovo y doblarle la mano armada al emperador, meterle su propia bayoneta hasta los carpianos en el vientre y conseguir con ello un pretexto de homicidio en defensa propia. El asunto, en principio, comenzaba a solucionarse. Los colegas de la pandilla tendrían un nuevo jefe con esta simple demostración. Podían alejarse a un lugar seguro si es que no querían que les sucediera igual a ellos. Untada, sangrante aún, podría utilizarse con mayor poder la bayoneta ocupada como trofeo. En fin, los gregarios le ahorraron tiempo con aquella incertidumbre o con aquel terror a seguir desafiando.

De todas formas, la pelea de KB ofrecía a los apostadores casi un empate: uno yacía en el piso y la sangre del otro se iba directo a las rejillas. El magni hizo parecer un tropezón frente a las cámaras de la cárcel lo que en verdad era el desgarramiento de la yugular del último bandido. La vena quedó hecha tiras y luego sus manos fueron gentiles y recogieron al moreno KB de la superficie pegajosa y metálica del nivel que a plenitud, a golpes, volvían a ganar.

Griétsiya e Iósif

Desandaban los sitios que jamás habían recorrido juntos. De poderosas imaginaciones ambos, se escurrían como verticales figuras por los conductos no transitados de la ciudad en ruinas.

Más de una vez él, acostado junto a ella en el mismo piso de cemento, con la misma horizontalidad por principio, dibujó en el aire una noche de gente, no de luceros, sino de multitudes sensibles, de púberes tropezando y cayendo de la risa, de mujeres a punto de dar a luz, de niños a la desbandada y de piernas sueltas que se distinguían por acuclillarse tras las divisiones de un baño público. La ciudad que suponían no llevaba árboles en las aceras, sino perros, y el musgo no había comenzado su perenne ataque contra los empedrados y las tapias y los portales más recónditos.

Así en el sueño como en la vigilia hicieron el amor parejo, acomodados uno sobre el otro como personas decentes, tocando cuerpo aquí y cuerpo allá en todas las definiciones que pudieran conocer sobre el orden de las cosas en el universo. La imagen de dos serpientes envueltas en una dependencia trenzada los hacía recordar la imagen que tenían de ellos mismos en noches anteriores y la imagen que veían ahora tanto en la realidad como en el sueño, y también viceversa.

Ápodos, resbaladizos y húmedos, rodaban a un lado y otro en la vida real y en sus aproximaciones a la vida real, hasta quedar rendidos a la espera de una variante distinta, de un sueño con otras faldas. Para similares emociones nocturnas, aunque también para recién casados y quizás por una mejor definición de la suerte, las ideas se iban metiendo en un ciclo de ciudades que se repiten, de escenarios vestidos una y todas las veces necesarias con el mismo telón de fondo. Para los cuerpos tumbados que se desarropan sucesivamente en la frialdad tibia de la superficie, con el día a su disposición y una corta historia de horizontalidades juntos, no se reconocían mejores actitudes para sucumbir en el tiempo que la antiquísima habilidad de hacer el amor a treguas cortas, de giro en giro, raspados como lajas, indiferentes, la imaginación no solo dispuesta para el tremebundo instante del reposo.

«Dime, ¿cómo tengo eso?», preguntó Iósif una vez que fueron otra vez mansos. «Es corto», respondió Griétsiya. «¿Demasiado?», produjo su antiguo cazador. «Pero grueso. Eso sí es demasiado», lo contuvo la muchacha con los dedos en recorrido por las verijas del hombre, como si quisiera argumentar con una erección del yacente miembro entre las piernas las palabras que acababa de emitir. «Grueso, nunca había visto nada así», continuó haciendo y diciendo, los labios en letra O, los párpados caídos, «¿ves?, casi no entra en mi boca».

Sin embargo entró, y el desborde la condujo por enésima vez a sitios impensados para la realidad, todos ellos con gente de distintas maneras, cúmulo de contactos, roces de codos, hombros, piernas que se dirigían a un mismo destino y ya casi llegaban, aunque retrasaban el advenimiento y volvían a casi llegar, hasta que por último lograban una entrada heroica y simultánea con los pinchazos y los escalofríos, coincidente el clímax de su mundo de ficción con los orgasmos de las dos criaturas que imaginaban por convenio cosas parecidas, fenómeno de extensión de las losas y ampliación por antonomasia de la casa de Griétsiya a los atrios con multitudes en el país que las carecía. Perfecta sucesión de imágenes hasta caer uno al lado del otro tras los efectos del espasmo que los llegó a recorrer, a causa de los sexos opuestos, en la misma dirección pero en sentidos diferentes.

«¡Conque pequeño!», retomó Iósif con la mano sobre la frente. «Cómo es que puedo sentir tantos deseos hacia mi violador», torció en cambio Griétsiya con la vista en el techo y la pierna sobre el vientre del hombre. «Si solo has visto uno antes, ¿cómo sabes que este es diminuto?», la mano abandonó la frente y se cruzó con la otra a la altura del ombligo. «Una mujer normal sentiría pánico ante el contacto con la piel de su cazador. ¿No es esto lo esperado?». «No será que aquel era demasiado grande». «Recuerdo haber sentido algo por ti desde la ocasión contra las verjas. Debo estar loca». «Mira otra vez, seguramente no será ni tan corto ni tan grueso. Eres tú, que miras como quieres». «¿Cómo he sido capaz de seguirte? ¿Solo te excitas estando incómodo?».

Griétsiya retiró el anillo de una de sus manos y lo observó. «¿Quieres que te enseñe mi pequeño secreto?», dijo. Se pusieron de pie. Avanzaron desnudos en la semipenumbra de la casa de Griétsiya, donde ella había decidido pasar la luna de miel gracias a un permiso de ausencias laborales que resolviera con Yelena. Tropezaron varias veces con los palos del apuntalamiento, necios como estaban, y se estacionaron en una esquina de la habitación ante un felpudo descolorido. Griétsiya se agachó desnuda, las piernas abiertas para poder retirar la alfombra. Bajo el trapo lleno de hilachas se dejaba ver un hueco cubierto por tablones cortos. «¿Estás preparado?», preguntó ella. «Solo puedo pensar en que tengo el pene corto y rollizo», dijo él, en susurros, como si alguien pudiera escucharlo. «¿No sabes qué cosa es esto?», la muchacha se entretuvo retirando los tablones. «¿Un muñeco en un pomo de agua o algo así?». «Mi bisabuela lo testó a mi abuela, mi abuela a mi madre, y mi madre, de paradero desconocido, a mí». «Así que tienen un muñeco familiar que pasa de mano en mano. Vaya, increíble». «Muñeco, sí, pero, ¿cuánto más?». «No sabría decir». «¿No has oído hablar de estos muñecos, cazador?». «No, qué pena, acaba de una vez. Quiero acostarme a pensar en mi pene». «Pues hazte a un lado que se van a iniciar las presentaciones. Te presento un feto de veinticinco semanas en un pomo de formol. Inclínate, es el único tío que me queda. ¿Quieres preguntarle algo?».

Iósif, medio atontado por la sorpresa de la revelación, sin tener un solo gesto comprensible para ella, se lanzó contra el borde de la cama poseído por un terror genético.

«Tengo urgencia de salir», dijo, y, en efecto, salió.

Griétsiya e Iósif

La caza se detenía en lo exiguo, cada día abundaba menos a razón de tanto despoblado. No importaba que se estuviera de cuclillas y desnudo en las áreas más habitadas de la ciudad, a la salida de los centros comerciales o en las avenidas que descendían en busca del mar. Cada vez menos gente por todas partes sin que por ello dejaran de exigirle cuando iba a sus superiores para rendir cuentas. Era un abuso desconocer los problemas que tenía un cazador con la materia prima; era un abuso no prestar el debido crédito a las noticias de la *línea subterránea*, aquellas que jamás salían en el periódico nacional por considerarse secreto de estado, sino que se distribuían exclusivamente entre los responsables de cargos públicos. La verdad era que las casas, las ciudades, el país se estaba vaciando a una velocidad aterradora a pesar de lo que hicieran tipos como él por *integrar* cada día un mayor número de gente a las supremas cuestiones. Las noticias de la *línea subterránea* informaban sobre la traición de directivos con grandes responsabilidades, incluso, por primera vez, sobre la apostasía de algunos cazadores. Al menos él, en cada ocasión en que el rascacielos y las noches de asechanza le habían dejado un espacio para pensar en sí mismo, se reprochaba haber rozado al menos la idea de la esfumación. Las cosas no salían bien desde su despido del azul oscuro. Sin que sus superiores hubieran podido hacer algo en su ayuda, la incertidumbre lo había comenzado a envolver como una plaga, igual que la maleza a la ciudad. El ritmo de los acontecimientos le había enseñado que no se podía equivocar ni siquiera una vez, pero nunca prestó mucha atención a la caída de los otros. Ahora presenciaba su propio desplome tan desprovisto de salvedades como nunca había tenido noticia por medio de los informes de la *línea subterránea*. Aunque también, por algunos detalles escandalosos, era posible la falsedad de titulares y referencias a todos los niveles. Sospechaba que los artificios contenidos en la información eran reelaborados para cada directivo de acuerdo con el nivel en que se encontrara. El periódico nacional, por ejemplo, dirigido a la gente común, era el más burdo de todos a través de sugerencias, orientaciones, amonestaciones que pretendían el efecto (aditivo) deseado. La segunda línea, exclusiva para personas con medianas responsabilidades, incluía un grupo de datos básicos para asimilar las responsabilidades políticas e imaginarse superior al hombre común, pero igual era *noticia redondeada* en busca del mismo *efecto adherente*. Así se iban sucediendo los niveles de manejo y asimilación hasta llegar al último (o acaso, al primero), desde donde Faraón contemplaba hacia abajo.

Mejor no pensar.

Hasta ahora había dado lecciones de silencio, pero nada como sentir pasos a varias cuadras de distancia para comprender que no debía pensar. Se desvistió sobre el árbol con tanta cautela que solo algunas flores le vinieron a caer sobre el dorso desnudo o en los muslos tensos y preparados para el salto. No iba a esperar complicaciones como en el caso Griétsiya, mujer dúctil de rígido caderamen, también resistente, agreste, tiránica, vaya una hembra que había merecido el gesto de no enfrentarla desnudo la primera vez, cuando quiso cobrar las risitas de la grabación y el deshonroso despido de su persona, Iósif, el más célebre de cuantos jóvenes supervisores se hubieran visto.

«Mira que joderme», cometió el error de soltar en los inicios de la cacería. Hasta ese punto del disparate lo había llevado la tal Griét-siya, quien, por cierto, oficialmente era su esposa, la única que había tenido el gran cazador en mucho tiempo, desde que se vio obligado a ganarse la vida de muchas maneras, y subir, siempre subir costara lo que costara. «Ah, Griétsiya», volvió a horrorizarse con un suspiro y luego con la misma frase en voz alta. El pene se le vino a entiesar a costa de la referida. Para impedirlo se entretuvo olfateando a favor del viento. La caza se aproximaba velozmente, su perfume la anunciaba, no había partícula del aire que no sufriera una contaminación con ese aroma barato que aceitaba un par de piernas largas y reconocibles, y que también se vinculaba de alguna manera a un caderamen, el de Griétsiya, surgido de pronto bajo una falda a cuadros vulgares, en apariencia sobrios, pero definitivamente vulgares, cuyos flecos sueltos en el dobladillo se dejaban ver desde que doblara la esquina.

Iósif, ensimismado, debilidad suya en verdad, se preguntó por qué la mujer trigueña de su cama estaba allí y ahora, con el sudor que correspondía al entre senos de una larga exploración, con la baba que correspondía a una boca abierta, con la mirada que correspondía a unos ojos puestos en una oquedad u otra. ¿Por qué su esposa estaba acercándose al tronco del gran árbol del pequeño bosque enigmático? ¿Celos? ¿Lo perseguía por celos? ¿Por qué olfateaba los alrededores y buscaba gajos rotos, huellas, marcas?

Se hizo un ovillo en la copa del árbol, posición gravitatoria de aquellos que se enroscan para pasar por fruta. Esas cumbres impen-sables lo ocultarían a menos que su mujer llegara al tronco y mirara derecho hacia arriba para descubrirlo allí, hecho un rollo innoble de carne blanca, frente y rodillas juntas, nalgas a varios pisos de la tierra. ¿Por qué esa timidez ahora con su más querida víctima? ¿Acaso por haber contraído matrimonio? Su mente era débil si un cambio del estatus legal lograba influir en ella. También era deleznable si continuaba sintiéndose cazado, o tan solo perseguido, precisamente él. Sin embargo, Griétsiya.

Y no era para tanto. Llegó al tronco, sí, persecución magistral, pero no alzó la vista para descubrirlo en la cúpula de su puesto de caza ni buscó otros signos quebrados de la naturaleza. No lo descubrió desnudo, hecho una bola en cueros por encima, sino que se largó, dio tres vueltas en redondo al árbol y se fue cabizbaja, repitiendo cada paso al pie de la letra. «Adiós, esposa mía», pensó Iósif y le sobrevino una tempestad de hormonas que agitó una muestra suya en todas direcciones. El aliento se le hizo un jadeo corto, de terco asmático. Una sorpresiva voz nasal lo sacudió, dos lágrimas recorrieron sus mejillas y se precipitaron al vacío: rojo estuvo siempre, rojísima la piel de tanta ira, rojísimo además el pequeñuelo por debajo de la cintura —entre las piernas— como si sus dos cabezas se irritaran al unísono. Era una vergüenza que su propia esposa pudiera seguir su rastro. Era una vergüenza dejar un rastro.

Descendió de una pirueta irascible y se fue a pelear desnudo contra sí mismo, persecución de sí por las aceras levantadas de la ciudad selvática —la ropa bajo el brazo— donde el reflejo de los estantes en desuso tal vez lo trajera de vuelta, si no apacible, por lo menos taimado, si no cordero, por lo menos hámster. En tales condiciones de búsqueda, en tanto intentaba liberar a un ser rabioso del interior de su cuerpo, se encontró mil veces y no se quiso, las vitrinas de los antiguos bancos no lo imitaban a cabalidad, ese no era él, no parecía tener dominio del contexto, ni siquiera reconocía sucedáneos tras una reiteración de expresiones muy suyas.

Exhibido, continuaba a la deriva por cuanto ángulo pudiera aportarle una huella en la búsqueda de su yo profundo. ¿Por qué lo había cambiado tanto una criatura detrás de él, usando las mismas pisadas para llegar? ¿Por qué no regresaba a su persona inmutable? «Es difícil ser flemático con Griétsiya», pensó al introducirse en un bulevar desierto, donde la hojarasca ya era pulposa y cubría los tobillos. «Me tiene atrapado», susurró para aliviarse. «¿Qué haré?», gritó. «¿Cómo voy a olvidar mis obligaciones por su culpa?».

En un ataque de cólera sostuvo un bloque cubierto de hormigas y larvas, aunque también otros bichos se desprendieron de las rugosidades nada más proyectarlo con furia contra la cristalería de una tienda. El estallido reformó la gama de silencios. Un Iósif cazador, traído de vuelta a golpe de su propia grosería como si hubiese sido invocado por un Iósif furioso, hizo un escondite bajo las hojas. Otra vez la caza estaba allí, pero no era Griétsiya, si lo fuera temería ser visto. Una muchacha oscura miraba con pánico a todos lados, había sentido el estallido del cristal y observaba para definir, bulevar arriba y bulevar abajo, las cábalas de la fuga.

A través de un pequeño orificio entre las hojas que lo cubrían, Iósif, cazador ya, pero colérico aún, sin poder apartar de su cabeza ciertos asuntos, vio cómo la muchacha sufría una crisis de histeria. La pobre andaba en el arrebato de creerse importante y de salvarse por sus propios esfuerzos. Buscaba un ser oculto en las enredaderas de los tejados, las escaleras caídas y los autos pasados de moda (antiguas ruedas ponchadas, focos maltrechos que criaban a la par mosquitos y serpientes benignas). La muchacha negra vestida de negro escrutaba, solo visible entonces por la luz de un sol decadente; inquiría en los matorrales bajos que iban consiguiendo predominio dentro de la flora del bulevar. Desde el agujero del escondite improvisado era vista como un punto en línea recta que solo tornaba a la vida para eso, para buscar, escrutar, inquirir.

«Vaya morena», se dijo el cazador, «la pierdo si se mete en la penumbra», y enseguida la caza hizo cuanto pudo por ganar la otra senda. Iósif, con los reflejos del tigre, salió disparado de donde se escondía, las hojas podridas se elevaron en el aire y le hicieron corona, cabello y capa. Así lució un poco mejor en la carrera de velocidad hasta una presa que poseía la melanina de los antílopes. De tantas maneras fue efectivo en la captura, vestido de materia tan vegetal en descomposición, adecuado por tanto al paraje y a los tiempos y de tantas maneras a él, que hilvanó una carrera precisa y veloz, cubrió una cuadra en lo que la víctima un cruce de contén a contén y se le fue encima de un salto.

El antílope cayó a la larga, con las patas abiertas, sin conocimiento. Por detrás se extendió un charco rojo a causa del objeto contundente que había desgarrado planos epidérmicos y seccionado vasos sanguíneos en la caída. Mucho mejor si dejaba de sangrar, pero en esencia era lo mismo, aquel trámite, manos a la cabeza, ropas desgarradas a zarpazos con el tigre encima al goce de la carne en el sacro episodio de la comida inmediata, lo visto y lo cazado, el río y la sed, los antílopes y el hambre…

Los modos comenzaron a encabritarse en la medida en que el cazador metía diente en la caza, pronto se hicieron vertiginosos con algunas mordidas en los pezones oscuros y un escapulario que saltó desde las profundidades del entre senos sin afectar signos de ternura. El cuerpo fue volteado para el uso. Fue hecho además una madeja, atacado por detrás de acuerdo con prácticas contranaturales, destaque para los perniles, cubiertos de cremas y lociones, y para el costillar cuando el depredador se agarraba a él y hendía. Solo después de muchos brincos contra la carne desgarrada tantas veces, se hicieron los derramamientos necesarios. La sangre de la víctima brotaba un poco menos, pero el semen del cazador ni hablar, un poco más, más: a ojos vistos, un estimable charco de material viscoso y adherente, la pulpa de la conquista.

Antes de abandonar a la suerte el cuerpo mordido de su antílope, Iósif retiró del suelo el ladrillo que había golpeado la cabeza en la caída. Limpió la sangre con los pedazos de la blusa desgarrada y armó una venda como pudo. Un corto reconocimiento bastó para convencerse de que la víctima saldría de aquel letargo en que la sumergiera el susto, el salto y el golpe. «¿Por qué me he ensañado con ella?», se preguntó Iósif. «¿Por qué aún me dura esta cólera?». Se hizo a un lado y tomó un camino a través de la enredadera más cercana. Dos paredes le limitaron el rumbo hacia la otra boca del callejón. Sin bajar la vista, saltó sobre cada uno de los charcos de agua verdosa que se le interpusieron. «¿Por qué últimamente descargo contra la presa una cólera indomable?», se preguntó a punto de abandonar el callejón.

«¿Estaré envejeciendo?».

Al otro lado, en plena callejuela de ladrillos, la noche se hizo un núcleo por encima como si hubiesen apagado de pronto un gran interruptor. Griétsiya volvió a su mente. ¿Regresaría a ella? Posible. Casi seguro. Antes debía renunciar a aquellas zonas donde la ciudad se encontraba más solitaria que nunca. Sería larga y triste la ruta hasta la cama de su esposa y no debía presentarse oliendo a hojas podridas como un borracho que se quedó dormido. En su mente apareció un mapa perfecto del trazado de las calles, un punto rojo señalaba la casa-Griétsiya y un punto azul la casa-Iósif. Decidió dirigirse deprisa al punto azul para darse un baño, no sin antes reconocer que parecía un loco y que todavía una chispa de cólera lo calentaba por dentro.

La calle desembocó en otra de balcones a medio caer. El derrumbe que no tocaba el suelo mostraba las cabillas al desnudo y los capiteles despedazados. Una superficie de puertas cubría la calle de un lado a otro, no había más remedio que pisarlas para llegar a los callejones que le harían ahorrar su tiempo. El eco de las primeras pisadas se transmitió pronto gracias a los frontones arrasados que igualaban el resto de la calle a un teatro en merma. El cazador no hubiera querido, se seguía incluso comportando como tal, por eso le sorprendió que aquella madera proclamara ese fragor al más mínimo toque y que las fachadas vinieran a resultar tardíamente una caja de resonancia.

Un grupo de aves nocturnas se desprendió de los desplomes y un poco más allá por la misma calle un sonido doméstico lo puso en aviso. Los pájaros no podían haber hecho un ruido así. Comenzó a notar la rareza del paisaje urbano mientras esquivaba con bruscos cambios de dirección los enjambres de bichos. «Esta calle ha cambiado un poco», pensó, «nadie ha reportado que tal situación se diera».

Llegó a un punto donde los bichos edificaban una pared con cuerpos alados y trayectorias caóticas. Tuvo que desviarse reconociendo que algo rarísimo acontecía. Un breve rodeo por los edificios plenamente vacantes y por los bares entregados al desuso lo hizo salirse media cuadra de lo preconcebido. Unos cuantos pájaros cruzaron la tira de cielo sobre él. Bajo sus pies la calle tenía un piso de puertas. El cazador entendió, el sector estaba diseñado como un sistema de alarma para intrusos. «¿Cómo no comprendí antes?», se dijo. «A estas horas habrá escapado aquel que necesita una señal», supuso. «Soy un fósil», y una nueva ola de furia lo sacudió. Tenía varias formas de sufrir la transformación cronológica de sus reflejos. Algunas contorciones y pocas lágrimas lo asaltaron. Un dolor de estómago, por último, le anunció que comenzaban a afectar profundamente cosas como esas, saberse joven, pero veterano, en el oficio en el que uno se hace viejo demasiado pronto.

«¡Griétsiya!», proclamó con la mano adherida a la piel afeitada del abdomen, musculoso al extremo, y luego dijo otro nombre de mujer demasiado fuerte para ser repetido en algún lugar del país o en cualquier otro momento de la jornada. La furia lo hizo vomitar un líquido verdoso y tres pedazos del pan de Griétsiya. Vacío. Se sintió vacío, pero consiguió ponerse de pie contrariado con su cuerpo. Se comenzaba a odiar, tanta carne entrenada para qué, tanto mapa de ciudad en la cabeza, tantos nombres, direcciones y estadísticas embutidas por gusto. ¿Cuánto tiempo faltaría para que *los de arriba* se enterasen y lo mandaran a descontinuar?

Llegado a este punto del sufrimiento, no pudo abstenerse de una patada sobre las puertas tendidas en la calle. Un nuevo grupo de pájaros nocturnos se desprendió de los frontispicios y de casi toda la arquitectura restante. Exploró, con los ojos inyectados, las magnitudes a medio caer, el rostro necio de la imagen local. La mandíbula le temblaba nuevamente de tanta furia, tenía ganas de ir contra alguien para demostrar el perfecto estado de su lógica y las buenas condiciones de sus sentidos. Su día, al parecer, estaba hecho de furia y lo completaba ahora la percepción tardía de una pieza de paredes indemnes, en lo alto, por ese mismo sector de calle entablada.

«Allí está el escondite», se dijo antes de usar todas sus capacidades para recorrer la línea de puertas sin ser escuchado. Encontró una escalerilla en el ramaje, que no trató de limpiar ni por asomo.

Mejor era subir por la pared. Desplegó toda la rabia de descubrirse viejo en su profesión contra la idea de entrarle de frente y violar lo que estuviese allí oculto, fuese lo que fuese, desnudo estaba para ello, desnudo y bien provisto, aunque Griétsiya pensara otra cosa. Lo que Griétsiya dijera, al final, no importaba. Eran unas cuantas palabras de mujer sometida. La certeza de haber cazado a tantas que decían exactamente lo contrario, hizo que se dispusiera a dar otra vuelta en mejores condiciones alrededor del cuadrado de ladrillos.

A la segunda vuelta tampoco encontró una vía de acceso. ¿A la tercera? No, tampoco. El cazador describió un cuarto recorrido alrededor de la guarida incólume y volvió a alcanzar la máxima ferocidad cuando solo lo salvaba el equilibrio. Se aprestó a hurgar en los muros con parsimonia, ejecutando el roce más ilustre sobre las asperezas. En la cuarta pared se detuvo en un relieve que emergía media uña por fuera de la vertical. Soltó ambas manos y exploró mejor la superficie deslizando los dedos en busca del marco de una ventana oculta. Allí estaba, en fin, el acceso, los bordes irregulares, el disimulo de las formas, la resistencia increíble de al menos tres pestillos al otro lado. «¿Cómo entraré?», se preguntó mientras entendía que el escondite se encontraba mejor dotado que el cazador. «Toda esta calle está destinada a emitir una señal», dijo. Propinó varios toques a la pared para comprobarlo todo. Reconoció entre risas aquel chiste de usar puertas de madera como sistema de alarma y puertas de ladrillos para bloquear el acceso a la guarida. Su grito volvió a preñar de violencia la noche, se escuchó en varias cuadras a la redonda y aterrorizó a muchos que habían cimentado fortalezas semejantes para alejarse de los cazadores. No le fastidiaba otra circunstancia que ponerse viejo para el asunto, por eso su grito fue más allá de lo planificado y desgarró también varios sectores de la bruma como el fuego de una tea.

«Me estoy poniendo terriblemente viejo», dijo, y desapareció frustrado, dictando insultos por la bocacalle más cercana.

Asomó su nariz por la puerta.

«Hoy viene por los veinte», dijo y aprovechó para meter enseguida todo su cuerpo. «No sé si será el veintiuno o el veintiocho, pero hoy viene por los veinte».

El aliento etílico contaminó los olores de una sopa muy bien plantada.

«¡Ay, qué susto!», dijo Griétsiya antes de hacerle un espacio. «¿Y yo dejé la puerta sin seguridad?», preguntó.

«Si juegas poco lo ganas todo», supuso el borracho, «¡hasta la última migaja!».

La joven, en el interior de un antiguo traje de dormir, se volvió a levantar y fue a revolver la sopa.

«Me casé», confesó.

El viejo no quiso prestarle atención, más bien se impuso: «Estoy rifando un par de jabones de baño y te doy una pista: hoy viene por los veinte».

Ella, con todo, no hizo caso: «Pues parece buena persona».

Él, encanecido a esas alturas de la borrachera que había sido su vida, pequeño y agreste, buscó un frasco con algún líquido dentro. ¿Importaba su naturaleza? Ya se las arreglaría. «En esta estación se hace difícil vender un número», dijo.

«No importa, ya lo conocerás», aseguró ella entretenida en servirse un poco.

El borracho llevaba los harapos de siempre y un bolso amarrado a la cintura, del cual extraía a veces un papel o una botella, según se encaprichara. En cierto momento tuvo intenciones de echarse en la cama, pero Griétsiya lo contuvo —«¡no tan rápido!» «¡no tan rápido!»— con un plato lleno hasta el borde. El borracho lo rechazó pasándose la diestra por el pómulo magullado.

«Cuando bebo no como, cuando recojo números menos, y hoy ando en los dos trances», dijo.

«Pues, ya te decía, MI ESPOSO está al llegar».

«Si no te apuras, pierdes. Ya tengo el veintiuno lleno, no puedo ponerle nada más al veintidós, tampoco al veintiocho, pero me quedan los que te gustan».

«Hoy no estoy inspirada, de lo contrario jugaría matrimonio».

«¿Te lo apunto?».

«Deja, estoy corta de dinero».

«¿Te fío?».

«Deja, otro día».

«¿Te cargo el agua?».

«Deja, primero la sopa, no la desprecies».

Aleksej volvió a hacer caso omiso del plato, fue hasta un balde y se arriesgó a moverse con varias salidas y entradas, como un dominguillo que echa a andar. Suerte que el piso tenía ese gran desnivel para permitir que todo derrame se deslice inmediatamente hacia la intemperie. De todas formas Griétsiya secó el cemento y puso en sus manos un billete.

«Eso es para que dejes el vicio», dijo.

«Lo juro», aseguró el borracho con una apestosa reverencia, «hoy mismo lo voy a dejar».

«Mejor báñate», dijo ella y lo inclinó con un golpe de escoba.

«Son demasiadas promesas para un día».

«Pues sí, deberías bañarte, untarte alguna crema, pelarte, afeitarte, vas a acabar cogiendo pulgas».

Griétsiya le separó los pies con la escoba, lo cacheó un poco para sacarle terrones del pantalón; virutas, esquirlas, alimañas, hilos y otras minucias se desprendieron por gravedad de sus vestiduras.

«Deja la escoba, muchacha», ordenó Aleksej, «vayamos a los negocios. No quieres jugarte un número, sea. Pero dime dónde pones el alcohol para inyectar».

La escoba buscó por los aires las telarañas y acabó con todas sin responder a la provocación.

«Se te enfría la sopa».

«Te cambio una onza de alcohol por un recuerdo de tu madre», añadió el borracho y la joven, frenética, comenzó a gritar.

«Chantaje. Chantaje. Sabes muy bien que la lotería no existe y que mi madre nunca existió».

El palo de la escoba fue y vino por el lomo del borracho. Ambos corrieron y rieron un poco más por toda la casa, sin poder extenderse lo que quisieran a causa del mobiliario y el apuntalamiento. Y en un buen instante terminaron, pero Iósif nunca apareció.

«Yo lo he visto ya en la primera plana del periódico», dijo finalmente Aleksej, haciéndose el más horrorizado.

MAGNICIDA

El elevador volvió a resbalar con la panza llena de él. Dentro, la fina transparencia de los cristales le iba haciendo la costumbre de volver la vista abajo. Allá, por el infinito rumbo de las aceras y entre otros rascacielos, distinguía a menudo, si la buena suerte y el descenso lo aceptaban, el corto viaje de las caminantes a tiro de sus sombras, escasos siempre, tal vez uno, quizás otro más en cada ir y venir del ascensor por los laterales del edificio.

Pensó en los tiempos en que veía descender a los presos desde la acera, hecho que se invertía terriblemente ahora, consabida intención de sacar cuanto antes una respuesta a los paralelismos entre la vida actual y la pasada, o entre ambas y la futura, váyase a saber. Bah, el cambio de perspectiva era por fin risible, el mismo ascensor estaba allí para confirmarlo. Su descenso en un ataúd de cristal transparente hacía las veces de augurio y de porquería fascinante. Todo pesimismo era un suicidio en manos de un magnicida. Así que el descenso fue feliz y los peatones, si los había, fueron felices, y tampoco tenían por cierto nada que arrastrar. Delicioso resultaba descender niveles incesantemente, premio, no correctivo, por superar el test que un exótico hostigador suyo parecía idear a su paso.

De no ser magnicida, le habría gustado el triste papel de guardián en turno, pero ya se abría el ataúd peregrino que lo transportaba y una luz roja sobre su cabeza anunciaba su ingreso. Una grabación con la palabra salir se repetía enérgicamente. «Salir», pensó, «¿adónde?». Su fama había recorrido antes que él el rascacielos penitenciario, había ingresado primero cuando, para ser admitido, tuvo que golpear al personaje público cuyo nombre le garabatearon unas manos desconocidas en el tronco del árbol *alfa* de la avenida *beta*. Recordó cómo su objetivo había abandonado el rascacielos de Seguimientos y Estadísticas Nacionales mientras él contemplaba la cárcel vertical –punto de origen en la trayectoria parabólica del magnicidio–, donde comía y dormía el famoso enlace KB y vivía además el famoso Vidente, la criatura capaz de explicarle si podían ser mejorados el dónde y el cómo.

«¿Iósif?», preguntó el magni mientras se acercaba al sujeto.

«¿Tengo el gusto?», dijo el interpelado.

«Lo tendrá», sobrepuso el magni y se encontró con la defensa de su oponente tras el soplo de una brisa de coscorrón. La zurda quedó suspendida en el aire y el funcionario se rajó automáticamente como única esquiva posible. El magni tuvo que ingeniárselas, su situación se agravaba después de haber perdido el factor sorpresa. Levantó un pie y también fue rechazado. Iósif comenzó a sostenerse con un bloqueo y otro. Ambos de pie, advertidos en demasía por la rudeza de la lucha, consiguieron moverse en conjunto por la avenida de los rascacielos. «¿Por qué?», preguntaba el agredido a su agresor cuando el ritmo de la pelea los hacía acercarse a un punto intermedio que no concernía a ninguno, donde funcionaba eso de averiguar los motivos a pesar del intercambio de golpes y la subsiguiente trifulca, a semejanza de una batalla campal con destellos de entrevista de negocios. El magni giraba sobre la cabeza del objetivo en una cabriola de horribles pretensiones, en tanto escuchaba una pregunta en cada vuelta de esquiva de su oponente, bah, o sentía la reticencia cuando la zurda mortal pasaba cerca de la equis en el mapa del rostro contrario.

En instantes, sobrepasaron los niveles del reconocimiento mutuo para entrar en los terrenos del respeto recíproco, pero ni así el cazador, que había escuchado tantas veces la misma frase, convertido en lo que cazaba, dejó de armar un «¿por qué?» en la pregunta de tonos impetuosos luego de una decena de repeticiones, eso sí, un *¿por qué?*

que había sido bien pronunciado en cada choque de pechos, en cada instante en que las tibias se cruzaban en lo alto como en una bandera pirata.

Y después de que uno se fuera por encima y el otro se arrastrara para contraponerse, entraron en la etapa del distanciamiento y el estudio, sin dejar de embestir en ocasiones, en tanto anochecía y las luces en derredor se iban encendiendo desde alguna parte con intención de brindarles dos cosas, ruedo y foco. Las circunstancias, no el cansancio, iban pareciéndose a las de un cartel de boxeo, pero sin reglas. Les hubiera gustado echar ceniza en los ojos, usar sillas, vidrio, armas; el primero, porque deseaba atraer la atención de una maldita vez, recibir su condena temporal y sumergirse en la cárcel que era pieza de esquina en su puzle; el segundo, porque quería sacar en claro los motivos de semejante agresión.

En esa suerte de estudiarse, el magnicida comprendió que aquellos que conocía a través de terceros, cuartos o quintos, o aquellos que no conocía, le habían enviado y pagado por cumplir una encomienda arriesgadísima, incluso, los patrocinadores llevaban bien el tema de probar a sus magnicidas, porque si no era esta batalla una prueba, entonces no sabía qué fuese. Lo habían enviado ex profeso para ponderar su linaje con un inciso difícil. El tipo aquel peleaba como la bestia de la pata herida y su estilo superaba a cuantos había conocido. Engañaban la relación de su cuerpo con el traje azul oscuro y la diplomática. No era para nada un burócrata sedentario o una polilla de rascacielos, bastaba con admirar cómo volaba el maletín de trabajo en descripción de amplias diagonales y a cuáles alturas se elevaban las pantorrillas sobre su cabeza. Casi insuperable si no fuese él un gran magnicida con algunas cruces en el expediente, cierto que siempre trabajó en equipo, aunque no esta vez por las características del país y de los hombres que custodiaban a Faraón, la Estrella de la Mañana y la Noche.

«¿Por qué?», decía el tal Iósif y la frase bailaba ante sus ojos.

«¿Por qué?», ese tipo era insistente.

«¿Por qué?», la curiosidad lo desbordaba.

«Porque te aborrezco», soltó el magnicida arrastrando las erres, en su intentona de detener las preguntas, al cabo más molestas que sus golpes.

El efecto de la frase se tradujo en interrupción del agredido, quien quedó por este medio inmóvil, con la pierna en alto y la diplomática al pecho como si se le congelaran las artes marciales. «Estoy quemado», dijo aquel Iósif inerte y un puñetazo en la mejilla le dejó un cero con nudillos que lo acercaban más al panda que al polar, pero transformándolo de cualquier forma en un oso vapuleado, tendido sobre el pavimento, bah.

La rubia apareció de la nada. Venía, según recuerda, contoneándose en el interior de un capote oscuro. Era de suponer que estaba preparado para asumir en detalle los acontecimientos de un campo visual muy amplio, pero solo recuerda que al percatarse tardíamente se dijo: «Es tan solo una mujer que viene de la nada». Las luces de la avenida parecían traerla desde alguna parte fosca. El viento la despeinaba y los ojos asumían juegos extraordinarios con los colores circundantes, idóneos para el viejo truco de distraer al vencedor. «Necesito que te quedes quieto. No te muevas ni un milímetro. No digas nada», le ordenó en cuanto estuvo a una distancia razonable. «Vamos, Iósif Iosifivich», dijo al hombre tendido, «ponte de pie».

Iósif, sin tocar su ojo apenas, inmóvil todavía, respondió: «Me asombra, conoce quién soy y todo lo que hago».

«Se aclarará», esgrimió la rubia y extendió una mano hacia el caído sin dejar de observar al magnicida, quien supuso: «Y, por supuesto, debo quedarme quieto porque traes un arma ahí debajo».

«Tienes razón», dijo la rubia y mostró el cañón de la pistola a través del único bolsillo roto.

«Con que tienes amigos de influencia», aceptó irónicamente el magnicida.

Costaba trabajo tragarse la transfiguración de la mujer sonrosada en agente, pero si andaba con aquello en las manos, bajo el capote, y venía como tripulación de rescate del hombre que yacía pensativo en el asfalto, entonces era tremendamente cierto. «De espaldas. ¡Vamos!

Las manos detrás», ordenó la rubia. El magni sintió casi en los riñones la frialdad de las esposas. Un auto los recogió a toda velocidad y se perdieron por la avenida, rumbo a una habitación con un par de preguntones.

Los altoparlantes hablaron. ¿Qué habían dicho? No pudo escuchar, pero sí notó que interrumpieron contundentemente sus recuerdos, lo trajeron de vuelta al elevador y lo comenzaban a ubicar en el infierno preciso. Volvía a escucharse una voz. Eran órdenes. «¡Aproxímese!»…, gritaban los altoparlantes. «¡Otro paso! ¡Y otro! ¡Deténgase! ¡Acá! ¡Justo ahí!» Debía dejar las armas rústicas –guardaba algunas, sí, para ejercer su defensa–, pero el recuerdo de la rubia y la impronta de su detención lo distrajeron un rato más, al menos hasta que cruzó la puerta metálica para entrar a su nuevo sitio y hasta que se sentó en el suelo, sin nadie cerca, con las luces apagadas. Los altavoces comenzaron a vomitar notas de un tenor desafinado. Por suerte, se quedó dormido.

Abrió los ojos rodeado de gente que no hacía ruido. Podría llegar a sobresaltarse, pero estudió la situación tirado sobre la espalda de uno, tal y como se había despertado. Los hombres formaban círculos a su alrededor, eso ofrecía la oportunidad perfecta de escucharlos detenidamente en sus entonaciones y parrafadas. «Solo son», se dijo, «unos cuantos presos en una tertulia». Esta idea lo tranquilizó primero y después le puso los pelos de punta. «¿Unos cuantos presos en una tertulia?», se preguntó con horror. Las voces arremetían contra la ciudad, la llamaban *hija de Friné* con esmero en los sustantivos, la dicción y la metáfora; la adjetivaban *ambigua, avasalladora, hermética*; le ponían cascabeles y aguijones en largos comentarios sobre fábricas derruidas. El tono semisuave y semierótico del debate lo hicieron comprender, con diez minutos más a la escucha, que debía adaptarse a un tipo de fuerza pacífica y concentrada. Imaginó con una claridad espantosa el caracol que, según decían allí, daba vueltas por un cuadrado de aguas. Fue precisamente esta la idea que lo hizo volverse hacia las voces, provocando la pérdida de equilibrio de quien le había brindado su espalda como apoyo durante el sueño.

«No se preocupe», se recuperó el caído, «ya sabemos que viene de otro nivel. Aquí, a diferencia de allá, no somos violentos. No necesita estar en guardia. No vamos a romperle la crisma». El magni quedó desenfocado por unos segundos. «¿Cómo es eso?», dijo, finalmente. «Tal y como dice nuestro amigo», señaló otro, «en este nivel no necesita pensar en la coacción. Nadie intentará nada en contra suya, ya le hemos ofrecido nuestra mejor espalda y nuestro más sublime susurro para que pueda dormir. También hemos pensado en brindarle un poco de información para que nos gane confianza. Como habrá podido escuchar, pues no escapa que ha despertado hace un cuarto de hora, somos poetas y participamos en una actividad conocida como tertulia, para lo cual tiene preparada una invitación permanente». «Nuestra buena conducta dentro», retomó la palabra el recién caído, «nos garantiza la permanencia en este nivel del rascacielos hasta la excarcelación, de esta manera tomamos a nuestro honor algunas comodidades. El guardián en turno nos permite entrar ciertos bienes. El té que beberás es uno de ellos. La planta con la que lo hacemos, cuyos gajos transitan por estos corredores dos veces al día, se conoce con el nombre de tilo y produce sedación de cualquier sistema nervioso. En ocasiones también llegan presos de otros niveles. Así nos enteramos de la realidad del mundo exterior. Ya sabes lo que se dice del periódico nacional, no tengo que repetirlo». «También el guardián en turno tiene orden de surtir papel, pluma y tinta, como sugestión a las antiguas formas», volvió a explicar el otro, «y esta deferencia, en sí misma, no encerraría una gran tolerancia si no estuviésemos seguros de que nuestros manuscritos son quemados en su totalidad».

«¿Y para qué continúan escribiendo?», preguntó el magni en un impulso no atajado a tiempo, «¿para ceniza?».

«Hay cierta clase de gente terca», contestó el recién caído, y añadió: «¿Quieres un poco de té?». «Me encantaría». «Tienes una herida en el brazo derecho, o mejor dicho, tenías, ahora consta una cicatriz que sanará en tres jornadas si permaneces con nosotros. Agradece al cirujano, excelente profesional antes de, bueno, ya sabes, antes de ser poeta».

El que había sido tumbado por la precipitación del magnicida señaló a un minúsculo cuyas muletas eran apenas visibles. Fue como si la señal revotase en el pequeño cuerpo, el minúsculo se incorporó semejante a un resorte y señaló a los dos que se habían dirigido al magnicida hasta el momento.

«Que se nos presente», dijo con amabilidad.

«Quien acaba de hablar es Melchor, poeta de renombrado prestigio y valentía. Ha conseguido con su arte muchos premios, pero ya los ha perdido todos de un plumazo», susurró el que había caído de espaldas y se contuvo de proseguir. Magnicida pensó en la paradoja que acababa de escuchar y el resto del círculo lo siguió observando. «Este de tu izquierda es Baltasar, y yo, que he tenido el inmenso orgullo de caerme tras tu sorpresa, soy Gaspar». «Sus nombres de guerra, ¿no?», supuso el magni con una sonrisa burlona. «En este país, amigo mío, todos estamos obligados a usar un *nombre de guerra*», rectificó con elegancia Gaspar, y Baltasar, el inmensísimo a su lado, se fue en carraspeos. «Bien», volvió a corregir Gaspar, «es tu turno de sernos útil. Comenta, si puedes, cuáles son las verdaderas noticias del mundo exterior. Espera, no hables aún, tengo que aclararte algo. Si estás obligado a decir mentiras te entenderemos igual, por nosotros no hay problemas: podemos entender en dos direcciones». «Incluso», dijo Baltasar, «en tres».

«¿Desde cuándo están presos, poetas?», preguntó el magni. «Aliteración», dijo Gaspar, pero Baltasar produjo una serie casi sobrenatural de carraspeos, así que el magni prosiguió. «Por las maneras en que llevan sus relaciones con el guardián en turno», dijo, «y sus comodidades y costumbres carcelarias, se podría decir que ustedes cuentan ya con varios meses de infeliz encierro. Sin embargo, si fuésemos al detalle, si se analizan las rayas nuevas de sus ropas y el color soleado de sus pieles, me inclino a pensar que se dedican al juego de entrar y salir, hecho que hace desaconsejable cualquier conversación con vuestras mercedes». «Arcaísmo», dijo Gaspar, emocionado.

Melchor, el líder de las muletas, dio nuevas órdenes enseguida: «Que se le brinden otros pormenores».

«Eres receloso, tampoco yo me fío de ti, si eso te sirve de consuelo», dijo Baltasar bruscamente, pero estas palabras recibieron la mirada reprobatoria de Melchor. Baltasar entonces hizo lo que pudo para corregir su cólera: «Nuestra piel es bronceada porque cada día nos sacan del rascacielos para realizar trabajos al sol. ¿Acaso no has encontrado el nivel vacío cuando llegaste? ¿No ha acontecido que, tras tu despertar, lo has visto lleno de nosotros?».

«Mientes dos veces», reciprocó en tonalidad afable el magnicida, «los zapatos no están desgastados, lo cual indica que recorren cortas distancias. La yema de sus dedos no muestra desgaste por escritura manual y las formas de su encorvado son las maneras de largas horas frente a los ordenadores. Digan al menos que realizan trabajos de oficina durante doce horas como mínimo. Digan que mienten a cada instante y acabemos de pronunciar, pues, la tercera invención».

El círculo fabricó un silencio audible. Las decenas de hombres en derredor suyo, encerrados hasta el momento en conversaciones tenues, abandonaron la sonoridad lírica de sus vacilaciones sobre la ciudad y siguieron con exactitud la conducta expectante del círculo que lo contenía. Las tazas de té detuvieron su curso. El calor se hizo otra vez pesado, temperatura infernal in crescendo que ponía los rostros rubicundos y amelcochaba la epidermis.

«¿Qué has dicho?», preguntó Baltasar con una suavidad amenazante. «Que se le permita tener descanso», ordenó Melchor, «¿no ven que solo ha entendido la verdad a medias?». «Quieren decir que temen a los micrófonos, ¿cierto?», dijo el magnicida, para irse despejando. «Si temen, díganlo, de lo contrario por qué razón debo hablarles sobre el mundo exterior. ¿Quién me asegura que no son piezas de un ajuste para provocarme más daño?». «Te queremos decir que bebas, no que hables», volvió Gaspar a dirigirle la palabra. «Te queremos decir», dijo Baltasar, «que mires sobre ti, casi junto a las paredes, en lo alto».

El magnicida escrutó el techo durante unos minutos. Hacia su cabeza apuntaba un objeto mínimo, tan bien mezclado con los colores que se volvía casi imperceptible. Comprendió que estaba en presencia de una de aquellas obras preparadas para provocar duda en la gente.

«Como podrás advertir, contamos con la asistencia de incontables amigos», dijo Gaspar mientras señalaba con ironía los círculos de gente. El carne fresca dejó de disimular miradas arriba. «Todos ellos son de fabulosos oídos y claras visiones», se sobrepuso al cabo.

Magnicida comenzó a comprender el modo en que los poetas enfocaban las ideas para pasar desapercibidos y trató de distinguir el conjunto de todas las reuniones a su alrededor, devueltas por unos instantes al té y a la palabra. Sobre ellas también había un pequeño artefacto similar al que le apuntaba desde las alturas. «Ha de ser gente muy peligrosa cuando han duplicado el número habitual de micrófonos», pensó. La situación mantuvo su tono expectante por unos minutos. «Diré todo para beneficio de ustedes», dijo, finalmente. «Alejandrino», saltó Gaspar y los demás se volvieron con interés.

«La economía», sostuvo el magni en tanto concentraba otros esfuerzos en no perder de vista los giros del objeto de arriba, «bueno, la economía se encuentra en una etapa de florecimiento. Los convenios con ciertos países nos comienzan a sacar del hoyo. Pronto seremos lo suficientemente fuertes como para gozar de respeto en el mercado mundial. Se han repoblado las ciudades. Somos optimistas, los nacidos aquí prefieren su patria. El pueblo es heroico, pero debe seguir trabajando. Los enemigos proliferan. Sabemos exactamente lo que no queremos. Es muchísimo más seguro avanzar despacio». «¡Alejandrinos!», interrumpió Gaspar. «El poeta Bazov recibe de nuevo la misma condecoración de manos de Asistente. La vida política va de la mano de la vida cotidiana. La cultura lo explica todo y más, y también menos, según se vea».

«Que se aclare algo sobre los novísimos rumbos de la poesía», indagó Melchor.

«La obra del poeta Bazov es superior a todas las que se han leído», dijo el magni. «El inmenso número de premios con que se le distingue así lo avalan. Algunos poetas son olvidados progresivamente hasta desaparecer, y en verdad, es justo que acontezca como cuento, pues están llenos de poemas raros, fuera de las necesidades estéticas. Gente así no hace poesía, y si no hace poesía, ¿cómo quieren ser publicados?».

Los del círculo principal quedaron mudos. Ahora el resto de las tertulias se había roto y los poetas se ubicaban de pie tras el magni para atender sus noticias con atención. A veces aplaudían, a veces quedaban sumergidos en un atontamiento silencioso. El de reciente ingreso no cambió la retórica. Buscaba resguardar su proyecto, de manera que habló mucho, repitió algunos detalles solicitados por aclamación popular y quedó dormido sin haber aclarado todavía lo concerniente al precio actual de la novela.

«¿Es cierto que la gente acusa de doble moral al poeta Bazov?», vio escrito al otro día en una hoja de papel que alguien dejó a su lado. No se sintió distinto en medio de tanta soledad y pensó que sí, la conducta del poeta Bazov comenzaba a ser ambigua, cuando menos oscura. Sus versos parecían una embestida mordaz contra Faraón, envueltos en las concepciones de cierta ética con respaldo popular que separaba a la literatura de la política. Por otra parte, aquellos propósitos críticos perdían sustancia en los actos faraónicos, donde el poeta Bazov era designado como orador para aparentar cercanía y apoyo de los intelectuales. En sus palabras se dirigía a Faraón llamándole *padre infinito*, le elogiaba el piercing y los tatuajes y luego, meses después, aceptaba uno de sus premios. Estas cuestiones las tendría que explicar con palabras totalmente opuestas en la tertulia de la noche, ante el círculo de todos los bardos, si es que acaso su estancia allí se fuese a extender hasta lo previsto, porque ya se abría la puerta, ya se iba acercando con contoneos irrestrictos la imagen a contraluz de su desayuno con una mano en la bandeja y un taconeo seco en las baldosas, que no rejillas metálicas, del presente nivel del rascacielos.

Toda la sombra se detuvo a mitad de camino e hizo señales con el dedo índice para que el magnicida se acercara, aunque en realidad no existía tal intención. Enseguida vio al espectro depositar la bandeja en el piso y volverse a erguir. «De antemano sabía que no me ibas a reconocer, querido», dijo la sombra, al centro. El corazón magnicida azotó descargas de artillería, los pelos del pecho y la barba y los brazos dieron un vuelco total a sus percepciones. Esta vez Vidente, visiblemente nervioso, con imágenes de otro mundo atravesadas en los ojos de derecha a izquierda y también en dirección contraria, jadeante a causa de verse a solas con la bestia magnífica, mencionó el verbo extrañar en su pretérito más retórico y con una primera persona tan elocuente por delante, que bien valía la pena ponerse de pie por indemnización como mínimo, instalarse en otra forma verbal que estuviese a la altura, aunque no necesariamente respondiera a sus intereses.

El *te extrañé* de Vidente hubiera sido muy bien superado por un *te necesité* que el magni tenía en la punta de la lengua y que no fue capaz –él, que era capaz de todo– de decir. Se levantó en cambio y se lanzó con apresurada marcha hacia Vidente, imaginando que allá donde estaba el espectro se presentarían mejores opciones para hablar, para discutir ese pequeño y nada moderado punto del *no podrás* que había dejado caer en su memoria Vidente, tan dueño del espectáculo de predecir y sacando a costa suya un gran partido a todo. Cuando se encontraron los dos de prisa, las cámaras sobre sus cabezas enfocaron un único punto, aquel donde los dos figuraban, por iniciativa del que veía el futuro, enroscados en un abrazo a mansalva que vapuleaba el entendimiento del que no veía futuro alguno sino que llegaba desde lejos y clandestinamente para averiguar un mejor cómo y un impecable dónde.

«Te he buscado, querido», dijo Vidente. «¿Desde cuándo crees que yo no?», respondió el magni mientras tomaba al otro por la solapa: «Dame mejores datos sobre el cómo y sobre el dónde, por favor». «Este no es el lugar exacto, carne fresquita. No lo es». «Entonces no te separes de mí ni por un segundo. Soy capaz de matarte». «Sé que lo harías, pero no temas. Ya estoy aquí». «¿Quién te manda?». «Nadie». «¿Seguro?». «Me han cambiado de nivel con esa tonta bandeja en las manos». «No llames así a mi desayuno». «No importa. Ya sé que no vas a comerlo». Y casi al decirlo se cumplió. La conversación se detuvo. El estómago del magnicida se fue en un derrame de té y bilis sobre las baldosas, lo cual hizo un dibujo en el piso que buscó de inmediato su analogía con un mapa de musgo negro. La bandeja quedó salpicada y la visión del té esparcido le trajo al magni el recuerdo de la tertulia de la noche anterior. «Espera y verás qué tertulia daremos hoy», dijo de rodillas, no obstante, con la cabeza baja. «No», aclaró Vidente, «no cuentes con eso», sus frases seguían siendo certeras, «te digo que antes del anochecer ya no estaremos aquí».

Griétsiya y Yelena

El lugar de la cita se envolvió en un tono sostenido de misterio. Era de día y la estación de radio se dejaba ver tras los árboles, una puerta con un letrero y un edificio ruinoso que no liberaba aún demasiadas porciones al juego de la gravedad. Lúgubre, como despatarrado en la acera, ahora con matojos haciéndole cosquilla en los cimientos, el edificio se iba tornando impresionante en la medida en que ella se acercaba e inclinaba la cabeza para poder abarcar las alturas: una, por el temor a los ladrillos en caída libre; otra, para definir si la veían llegar desde lo alto. «Vieja», dijo con piedad cuando distinguió algunos círculos de pintura rosa que perduraban en el tercer piso, como si sobre arrugas de anciana hubieran rociado colorete. «Sombra», alertó para sí cuando un soplo de gente se hizo posible por una ventana de arriba, más tendencia y nervios que certidumbre, pero algo que ella en su condición de persona citada no podía eludir con facilidad. Se agachó antes de mirar por sobre el hombro y esperó unos minutos, como le habían recomendado. «Otra vez», dijo en referencia a la sombra que se movió, no detrás, sino al frente, en el segundo piso. Apenas alguien jugando a moverse de un extremo a otro para dejar tras de sí un flujo destinado a sondear su cordura. Ella firme, en tanto. Firme y también atenta. Ninguna hoja de árbol pisada, ninguna rama crujiente en la dirección que había acabado de tomar con tantas precauciones, así que tuvo a bien levantarse y embestir contra la puerta a pesar del cartel a tiza que rezaba los privilegios del acceso.

Pero no, el cerrojo en activo impedía ciertas penetraciones abismales. Su espalda, ahora, estaba contra la pared, lo otro era agacharse y comenzar a discernir en uso de la plena audición. Se asombró de la lucidez de sus sentidos. En la distancia, escuchó con claridad el canto de las aves, el desprendimiento de gajos broncos y los pasos de un transeúnte demasiado torpe e inocente como para tener idea exacta de su posición. Cerrando el cerco de todos los susurros de la naturaleza en un rango de varias cuadras a la redonda, se interesó por «un depositarse» dentro, un ruido de telas que se acomodaban en un rincón y que acudió a sus oídos desde la parte de atrás precisamente para hacerla reaccionar e incorporarse, correr, saltar una pared, decidir posibles vías de entrada por ese lado, por el otro.

Hizo su faena en el picaporte y se metió, o mejor dicho, se introdujo. La midriática escala de grises y el polvo y la nula ventilación la abofetearon enseguida en un pequeño pasillo con filtraciones por todas partes. Había una mujer esperándola de pie, al final, con los brazos cruzados. Era la obsesión retratada, tenía solo media intensidad en la penumbra y media no.

«Por fin llegas», dijo la mujer sin conmoverse. «Tienes idea de lo que vale el tiempo de Yelena», añadió y se hizo a un lado. Llevaba un juego de falda y chaqueta al estilo empresarial que hizo algo en el interés de Griétsiya. El cabello iba suelto y las oscilaciones que provocó en él mostraron varias veces un pendiente sospechoso. «¿Por qué grabas nuestra conversación?», preguntó señalándole la oreja. «Son los únicos aretes que tengo», dijo la rubia, «así que todo queda grabado por carencia. No hay de qué preocuparse. Hasta ahora solo has tenido el presentimiento de ser grabada y la posibilidad no molesta. ¿La evidencia sí?».

La rubia abandonó el pasillo y tomó uno a sus espaldas. «Habla sobre las precauciones que has tomado», añadió. «Habla pronto, porque no tengo tiempo. No sé si se nota». Griétsiya la vio desaparecer e imaginó que debía seguirla. La rubia subió las escaleras hasta el piso superior, donde un cartel lumínico parpadeaba AL AIRE y una consola –la puerta se abría lentamente– la esperaba para reproducir canciones del segundo programa musical del día. «¿Y el mecánico?», preguntó Griétsiya, por detrás. «Me espera. ¿Tienes algo que decir?». Se escuchó la voz dura de un cantante. «Alguien me sigue. Su paso es torpe y anda tras pistas que pronto lo desorientarán», dijo Griétsiya.

«Ah, sí», prorrumpió Yelena, «es uno de nosotros. Lo hemos puesto en las calles para asegurarnos de que llegaras sin problemas». «Con que así están las cosas, ¿eh?». «Yelena no puede perder tiempo. Dime, ¿has hecho lo que te encomendamos?». Griétsiya la observó moverse hasta un closet y regresar de otra manera, el cabello recogido, unos galenos en el puente de la nariz, tejanos, blusa. «Habla», compuso, «suelta de una vez. En el oficio de los oficios, debes decir y largarte».

La trigueña escuchó cómo la voz del intérprete de la consola se iba extinguiendo y comenzaba a ser sustituida por una melodiosa mujer que pretendía, según la letra de la canción, ser pura, ser perfecta. Al otro lado del cristal, en la cabina, ningún locutor. «Me he casado con el objetivo, con el hombre», dijo, por fin. «Lo sabemos. Haz un balance urgente, ¿por qué lo hiciste?», apuró Yelena en tanto acomodaba su portafolio. «Ese es el problema. No sé por qué lo he hecho». «Sientes algo por Iósif Iosifivich, para nosotros está claro». «Repito, no lo sé. En atención a lo otro, no he notado nada hasta la fecha. Estimo improbable sostener cargos de corrupción en su contra. Estoy segura de su integridad. No parece ser como esos hombres de doble moral».

Griétsiya se cruzó de brazos sin detenerse en los criterios de la rubia, pero tratando de encontrarle los ojos, en tanto la canción se cortaba y la voz de la otra leía un mensaje sobre el trabajo, única actitud que impulsaría al país a un escalón superior. Yelena se quedó quieta y volvió atrás la cinta para escuchar su propia voz hasta el final, luego continuó como si nada. «¿Decías?», dijo. «Por el momento no tengo nada en lo absoluto», respondió Griétsiya. «Solo tenías que acercarte a él, intimar y salir. No pensamos que fueras a involucrarte tanto. De todas maneras, ¿qué importa? Así son los tiempos». Yelena le dio unas palmadas en la mejilla y se dispuso a salir por la puerta de enfrente. «No te vayas», la detuvo Griétsiya agarrándose del portafolio, «¿recuerdas la proposición?». La rubia se le quedó mirando fijamente con aquel gesto de los anuncios. «Mi tiempo, ay, mi precioso tiempo», lamentó, mientras se metía las uñas extremadamente largas en la inmensidad del cabello y lo volvía a soltar. «Lo he pensado todos los días de todas las noches desde aquella conversación nuestra en el rascacielos. He decidido que sí, deseo convertirme en una cazadora. Tiene razón. Todo cuanto me ha pasado tal vez sea para convertirme en eso, una agente especializada en seguimiento. Iósif Iosifivich, mi esposo, es uno de ellos. Él me ha cazado y para ello ha violado algunas reglas. Deje, pues, que sea él quien me entrene. Así lo podré seguir día y noche a cualquier parte. Los mantendré informados de su conducta. Si en verdad fuera un corrupto, lo sabrían por mi propia lengua».

Yelena miraba con otra expresión, se hallaba paralizada, asimilando el ofrecimiento. Contrario a lo que la trigueña pensó, la rubia solo hizo una pregunta para sentirse satisfecha: «¿Qué sabes tú del cuerpo de cazadores?». «Los cazadores», respondió la muchacha sin pensar demasiado, «se dedican a escoger gente, trazar sus rutas, conocer sus vidas; merodean su mundo hasta que un buen día les dan caza. Buscan crear en sus víctimas un estado espiritual cercano al caos. Luego no hay opción, el elegido se acerca a alguno de los puntos del sistema donde es absorbido por personas de un nivel más alto que el de los cazadores, como usted en su trabajo del rascacielos».

«Y pensar que no estabas en los planes», dijo Yelena, con sobriedad.

«¿Y por qué fui cazada entonces?», preguntó Griétsiya rápidamente.

La rubia hizo silencio en dirección a la salida. «¿Cazaré?», la detuvo la muchacha, de nuevo con el portafolio retenido entre sus manos. Pero la rubia hizo el mismo gesto de los anuncios y ni siquiera la miró, todo cuanto dijo fue «yo hago los arreglos» e hizo mutis a un ritmo prudente.

MAGNICIDA

Con las botas contra las paredes movían cigarrillos de cabeza a cabeza en trillado modo de asumir los humos, de avivar la luz prendida y elevarla a una señal de aplazamiento, ninguna imprecación hasta que todos dejaran a un lado las colillas y se volvieran otra vez a la cólera; descortesía y sudores, cada cosa dormida hasta nuevo aviso por obra de las bondades en uso de una hoja de papel que envolvía nicotina a lo largo de diez centímetros, bah, consumo fascinante, marcas de suelas en la pared y reflujo de babas con goma de mascar.

Los hombres siempre, a esas horas del día, se agolpaban de espaldas en su deseo ininterrumpido de tapizar cuerpo a cuerpo las paredes. Los pensamientos en esa posición se hacían más profundos y la tregua, casi desconocida en cualquier nivel del presidio, acontecía por medios naturales y sin banderitas blancas, o quizás con, pero las banderitas blancas se usaban como cubierta de la picadura que iba recorriendo el rectángulo de la sala en espera de la orden de interrupción, fina lluvia que se desprendería de pronto y apagaría las mechas.

Otra forma de acabar era que el número de cigarrillos fuese decreciendo hasta anularse y no quedara ni siquiera un cabo a los pies del último hombre. Al final del círculo vicioso, el último siempre urgía al fumador número uno, el de su izquierda, a meter tal exceso de brevas en circulación que le asegurara verlas venir un poco menos consumidas, porque en verdad que la mala salud de los últimos guardaba una sospechosa relación con la suerte de fumarse siempre los cabos.

A consecuencia de esos mecanismos rudimentarios se lograba mantener en feliz equilibrio las concentraciones de nicotina en sangre, de modo que todos se estuvieran quietos en los momentos del chupado y las ideas se insinuaran primero y luego se fijaran hasta lograr planes completos, violaciones, hemorragias, venganzas o abusos estructurados alrededor de un tubito esponjoso que solo con candela se deshacía del alma, que únicamente se consumía con los labios juntos y aspirando, y cuanto más se consumiera más se avivaba la luz roja de su extremo. Mientras más fuera chupado más alma eyaculaba, bah. Como si no bastasen todas sus preocupaciones para también sacarse de encima el humo y verlo partir hacia el centro de la estancia, donde se acumulaba y podía dar refugio, si fuese necesidad, a un hostigado. Como si no bastase el hecho de no haberle sacado nada al vidente que tejía una cortina de emanaciones en su proximidad, ni haber traspasado las puertas del nivel solo para oír conversaciones estúpidas cuando no era la hora de empinar la breva. Y después de todo, aquello, entre índice y pulgar, cruel y delicioso, retardaba sin embargo los instantes de la plática con quien —era extremadamente necesario controlarse— podía estar leyendo sus ideas sin ningún esfuerzo.

Vaya sueño y orden y negocio el suyo. Fumar, dejar la mente en blanco hasta nuevo aviso, pasar la página, corregir las ideas de aquellos que lo mandaban sobre cómo y dónde se debía enfrentar de una buena vez a Faraón para salir airoso. Quizás así sacaría partido a que le estuviesen leyendo el seso constantemente. Quizás le hicieran el grandísimo favor de mejorar en lo posible las dos sugerencias, el cómo primero y el dónde después, pues no confiaba completamente en la capacidad de los de afuera, demasiado distantes para definir con exactitud. Confiaba más en un vidente para cambiar el destino.

«Descuida, no he percibido todos tus pensamientos», dijo a su lado el susodicho, y añadió: «Me preocupa más aquel boxeador de guante rojo que nos tiene a la vista. Es necesario que sepas que vendrá hacia mí. ¿Serías capaz de defenderme, cariño?». «Dame una razón», respondió el magnicida. «Luego te la doy, lo prometo. Ahora necesito que me defiendas. Ha concebido venir acá en cuanto se termine la fumarola. Trae dos uñas de bronce a la espalda y atravesará la columna de humo antes que se disipe del todo. Repasa una y otra vez el mismo proyecto, querido. Existe la posibilidad de que quiera pensar al revés para confundirme. A veces me hacen ese juego», detalló aquel que más veía. «Recuerda decir el cómo y el dónde», dijo el magni. «Si no paso de hoy no podrás enterarte de la única manera que existe», mantuvo Vidente. «Y pasarás», aseguró el flaco, altísimo y ojeroso, mientras recibía de sus manos un pitillo con filtro: «Quien es diestro en leer el futuro y puede descifrar los pensamientos, sabe de antemano que mataré al boxeador del guante rojo».

El último cigarro se les perdió de vista, lo vieron alejarse hacia el extremo y entrar al circuito de los hombres que estaban contra la pared, más allá de la columna blanca. Cuando describiera un giro y regresara a modo de un bumerán blanco, uno de ellos sería atacado sin misericordia por uñas antihéroes y sus vísceras serían ofrecidas a los zarpazos nada prometedores del hediondo que daba desde ahora, por interceptación del pitillo de vuelta, la chupada final antes del ataque.

El magnicida pensó a última hora en la similitud del círculo de fumadores con la esfera de un reloj. El cigarro se le iba pareciendo al minutero, que restaba en la medida en que volvía a su situación actual. Dejó de ver el punto de candela que se avivaba tras cada sorbida. Comenzó a precisar el perfil de los rostros con cigarrillo, el decrecer de la breva, los modos que tenía de irse quemando con glamour hasta que estuvo en las manos de Vidente, y en la boca de Vidente, y el gesto de arreciar desde atrás para sacarle humo le pareció en los labios de su amante un acto de tanta confianza en el futuro, que estiró el brazo con serenidad y aconsejó: «A ver si vas preparando esa lengua para otras cosas, porque, sea lo que sea que hayas visto, no te dejaré morir». El magnicida echó una brisa de mentol al aire y dispuso una colilla bien conservada para el último fumador. Se rompieron filas y el del guante rojo se perdió en la multitud.

La cortina de humo se hizo girones cuando los presos la penetraron en todos los sentidos, pero los trozos separados cayeron todavía sobre las espaldas como túnicas mágicas para arropar sus cuerpos y hacerlos desaparecer. A la deriva deambularon un poco más mientras chocaban entre sí, tosían, maldecían y regresaban a la circulación general llenos de resentimiento. Quizás Vidente fuera la excepción, detenido con una escafandra de humo unos pasos por delante del sitio donde estuviera fumando. Ya había visto en su cabeza las sílabas que le indicaban, con recorrido lento y dextrógiro, todo cuanto sucedería en torno a él antes de la disipación. Sonrió incluso con la mirada perdida en la humareda del nivel penitenciario, desde donde se acercó entre zigzagueos una criatura incluida en una cápsula de humo. «No tengo tiempo para ti, putilla. ¿Dónde está tu novio?», dijo el boxeador en tanto se dejaba ver con guante atado al cuello y dos garras macizas manchadas de sangre seca. «¿Dónde ha gastado los pocos minutos que le quedaban?», se excitó aún más el que inquiría: «¿Por qué me diste la espalda?» «Porque dar la espalda es mi único plan», dijo Vidente, tan visible y arriesgado como un señuelo. «Así que…», resonó la amenaza a medias del boxeador en el rostro contrario.

Por unos instantes el humo se deshizo y las facciones del psíquico quedaron al descubierto con su rasurado impecable, las cejas finas y largas, cuatro aretes a cada lado y una vieja mordida en el pómulo derecho que el polvo facial casi disimulaba totalmente. «Huy, que me estropeas», niñeó Vidente y desde atrás sobrevino de pronto una nube de humo que recordaba la rapidez del magnicida. La nube sacó dos brazos sin regalar un instante a ningún espectador del crimen y las garras de bronce se movieron por culpa de las manos sobre las manos del boxeador. La lucha estuvo centrada en si iba a ocurrir un espectáculo de títeres o no, sin que ninguno de los implicados, titiritero y polichinela, lograran verse el rostro cuando el primero intentaba dirigir una trayectoria hacia la garganta o el segundo luchaba por desatarse los hilos. Acontecieron por secuencia ciertos movimientos robóticos que arrastraron humo. «Venía por mí», echó en cara el magnicida al vidente en medio de la función de títeres. «Termina», dijo por su parte el controvertido. «Termina», azuzó otra vez y el magni consiguió acercar al costado una rodilla armada de un alambrón afiladísimo. Se produjo tal gesto de dolor en el atacante atacado, que aflojó los vigores y dejó el camino libre a las garras. Una de ellas precisamente se le introdujo en un ojo, y el cuerpo, sin morir, fue perdiendo de forma definitiva las imágenes, pero la columna de humo no se deshizo hasta que la otra garra, sin gobierno después de la enucleación, completó en la laringe el asedio al monigote. Vidente quedó lelo mientras lo contemplaba perder efluvios. «Pronto», previno el magni, «el humo dejará visible al muerto», y encajó un golpe en la mandíbula de alguien que pasaba cerca. El desconocido se vino abajo con todo su peso, su agresor le ajustó el alambrón en la rodilla, hizo sietes en la ropa con las garras del occiso para inculparlo y escapó con Vidente al extremo más distante de la sala, seguro de que el retablo estaría listo cuando se levantara, por fin, la humareda.

«Nunca has tenido una borrachera como esta», se burló su reflejo desde el frasco verdoso.

«¿Estoy ebrio?», preguntó Aleksej mientras un hilillo de baba iba y venía de su boca como un yoyo.

«No, imbécil, estás feliz», dijo la botella con el dejo de los que se burlan.

Estaba sentado contra la pared de un bar y miraba el frasco, la calle, luego la calle, el frasco. Se sentía cercano a aquel sitio que resistiera hasta el último momento el diluvio de clausuras. Las hojas en las proximidades, para reforzar su embriaguez plena y su nostalgia vacía, inclinaban remolinos de metro y medio empanizados con el polvo de varios meses sin lluvia. Demasiado churre volando, nada excesiva la suerte de los alrededores a varios miles de kilómetros a la redonda, exorbitante muestra de desamparo en cuerpo y alma para que encima aquel reflejo se estuviera burlando con desdenes, vituperios, calumnias. Ahora mismo estrellaría la botella contra la pared del bar, pero no. Cuando trataba de subir el brazo la realidad se descorría, se apartaba y conseguía para él un punto de éxtasis parecido a la amnesia. Clarísimo, se había pasado. Muestra de ello era que los dolores, ardores, temblores y pruritos personales se habían ido por un tiempo. Estaba fulminado por la desposesión. No le pertenecía el estómago si ardía, las manos si llegaban a temblar, nada de lo que en su cuerpo hiciera algún reproche. Esta vez era un guiñapo a simple vista, una especie de espectro tullido gracias a romper los límites invisibles de la cantidad.

Únicamente la mirada podía ir, en el momento en curso, a derecha y a izquierda, asomándose a una ya muy delgada semiluna no cubierta por párpados. A derecha, por ejemplo, la lista no vendida, solo un número que le comprara Griétsiya con el propósito de hacerlo feliz. A izquierda, media hoja vomitada del periódico nacional. Recordaba el comentario acerca de una empresa de nuevo tipo que pretendía ser la locomotora de la economía del país, frente a la cual estaría, exonerado, el propio Iósif Iosifivich, esposo de Griétsiya. De modo que Griétsiya a derechas y Griétsiya a izquierdas. Y también algo de Griétsiya por delante, en aquellos remolinos de metro y medio y en el caballo que veía pasar (¡ja ja ja, un caballo!), vaya ocurrencia de su hígado para mantener el control. ¿Vigilia? ¿Cuál vigilia? *Delirium tremens*, no vigilia. Pobremente juicioso, muy a su pesar, recordó los cuadrúpedos que salieron en otras borracheras. Recordó casi un zoo, pero nunca eso que caía ahora a sus pies como una bolsa verde.

«Debo estar grave», se dijo.

La primera rana explotó con la fragmentación de una bomba. Supuso que era real y pensó que se la habían lanzado directamente desde la azotea del edificio más próximo. Luego se dijo que solo parecía real, con aquellas tripas esparcidas y casi reales, las patas estiradas, los ojos colgando fuera de la cabeza cuadrada. A escasos metros, la baba sanguinolenta le trasmitía una repugnancia insoportable. «Es real, lo sé», supuso ahora, «aunque también lo contrario».

La segunda ya no explotó. Como si hubiese sido lanzada con más escrúpulo, puso las patas delanteras, el vientre, las traseras y se le quedó mirando con sorna. ¿Eso significaba una profundización de su estado? «¡Qué lástima me das, Aleksej!», prorrumpió su reflejo en el vidrio antes de que sapos marrones colisionaran entre sí y cubrieran con su número los árboles circundantes.

El borracho se acurrucó extenuado. «Seguramente moriré mañana», se dijo, y quedó inmóvil en la contemplación de una lluvia de ranas que se iba haciendo tormentosa. Las ancas cruzaban el aire en diagonales atroces y las grandes panzas chocaban unas con otras para romperse y derramarse. Parecía pulpa aquello que corría por las paredes, pulpa que escribía una palabra con suficiente elegancia como para ser entendida desde lejos, a pesar de la borrachera y la gravedad. Ya saltaban los ejércitos de anfibios cuando sobre estos ejércitos se precipitaba una nueva población anura, y aún otra. De inmediato hubo montones por todas partes, núcleos resbaladizos que se escurrían de repente y se volvían a formar. No solo se eliminaron las simas del paisaje, sino que se revirtieron en cimas.

«No hay nada confuso», pensó, «las ranas no son confusas, mi reflejo en la botella no es confuso, el *delirium tremens* no es confuso».

Los proyectiles verdes atravesaron techos y la situación se mantuvo con ese nivel de viscosidad, solo faltaba que un gran sapo viniera a presentarse ante él. El borracho se dijo que no debía asustarse si algo así sucedía, aunque de todas formas era difícil que no sucediera. Hubo un instante en que comenzaron todos los anfibios a croar y lo dejaron sordo. Los aleros del bar desaguaron batracios esféricos de ojos saltones. En varios puntos de la intemperie los que caían sanos sacaban sus lenguas para cazar moscas invisibles. Ya comenzaban a aparecer capas en la tierra cuando una rana toro de medio kilogramo se desprendió de los acúmulos y vino saltando hacia él. «Mi *nombre de guerra* es Plaga», dijo y le ofreció un miembro cuyos dedos terminaban en almohadillas adherentes.

Aleksej se desmayó.

Magnicida y Vidente

«¿Por qué me pasaste información podrida?». «No soy infalible. A veces no veo el camino con claridad o lo veo distorsionado. Eso sí, el desenlace siempre ha sido el mismo». «¿Por qué se supone que me buscase el boxeador?». «Tiene que ver conmigo. Quizás no te convenga que más gente nos vea juntos». «Si no quieres que cuide tus espaldas lo entenderé, pero antes dime cómo mejorar el cómo y dónde buscar el dónde».

Los habían regresado al nivel de los poetas y el magnicida estaba echado como hombre, con las manos en la nuca y una pierna que se movía de un lado a otro. Vidente yacía de costado, acariciaba el pecho desnudo y buscaba con sus ojos puntos en común en la perspectiva.

«No me pides cualquier cosa, amor. El destino dice que la equis de tu mapa no morirá de tales formas, sino de muerte natural». «Si le doy uno solo, será natural que muera». «¿Me pides cambiar el futuro adivinándolo?». «Lo tienes». «¿No sabes cómo se comporta aquello que debe suceder?». «Conozco a alguien que sí lo sabe». «Por ahora ese alguien está bloqueado en tal punto. Ya veremos mañana. Mientras llega el día me corresponde advertirte, amor, que el destino siempre acude por otras rutas al mismo lugar. Será inútil que trates de torcerlo mil veces...». «Si te hiciera caso me retendrías contigo para siempre». «No sería tan mala idea». «Entonces la historia no cambiaría nunca». «No lo tomes tan apecho, solo es un fenómeno insoluble». «Trataré de remediarlo con mis propias manos». «Y con mis augurios». «Pésimos hasta la fecha». «Te amo, mag...». «¡Calla! Al final, pareces un soplón». «Tampoco es mala idea». «Sería capaz de acabar contigo sin pensarlo, ¿sabes?». «Mejor me callo. Sé exactamente de lo que eres capaz».

Echaron una mirada hacia los objetos que vigilaban la conversación. Los micrófonos formaban fila en la penumbra, apenas destacados, pero suficientes para captar aquello que dijera un alma en un susurro imperceptible. Las cámaras eran más numerosas y persistieron completamente enfocadas en sus cuerpos hasta que el portón resonó con la estridencia que producen siempre los hombres de vuelta a casa. Los bardos, con las manos entumecidas, regresaban alegres con injurias jocosas. Se decían el nombre de otros poetas que gozaban de libertad y cuya obra parecía de mal agüero para los confinados. También se decían versos desastrosos, fragmentos de declaraciones y adivinanzas. Así se condujeron durante un tiempo más, entre risas, hasta que llegaron a un ángulo en que los enseres del té terminaron de dormir su sueño diurno.

Fue desde allí que divisaron a los dos de reciente ingreso. El grupo mayoritario quedó absorto en la contemplación del dúo. «Son ellos», dijo el magni. «Ya sabía», compuso Vidente. «Si no sé para qué hablo contigo». «¿Hay un paralítico allí?». «No, pero tiene las piernas hechas un desastre». «¡Eso! Vendrá con sus muletas, se acercará con otros dos y harán preguntas. Tienen muy buen hado».

Los tres, Gaspar, Baltasar y Melchor, aparecieron con la lentitud que marcaba el último en su condición de rengo. Los demás poetas dejaron de insultarse con irónicos dejes y tomaron nota para el uso de la escena con fines literarios. Lo pensaron bien: tres hombres, uno pequeño y cojo al centro, sostenido en sus titubeos por alguien de costumbres retóricas y por un gigante encorvado, se dirigían con un esfuerzo excesivo hacia la pareja tumbada que hablaba en ultrasusurros. Por encima de todos se sostenían las cámaras, en profundidad se enraizaban los micrófonos, más allá el guardián en turno estaría atento a este intercambio de culturas. Lo pensaron bien, una escena así, presintieron, no se verá todos los días.

«Que se les hagan preguntas sobre su periplo», dijo Melchor dirigiendo la frase a los de su espalda, sin darse vuelta. «¿Acaso te han interrogado?», preguntó Baltasar. «¿Qué está pasando aquí?», dijo el magni tras la pregunta. «Queremos saber dónde has estado después que saliste del nivel. ¿Por cuáles razones te han traído tan frescamente de regreso?», suavizó un poco Gaspar sin permitirse, sin embargo, las contemplaciones. «No creerán que somos carne de lengua», repuso el magni. «Que se insista en las preguntas», reiteró el poeta Melchor. «Sé que tienen razones para estar paranoicos», señaló el magni, «pero estamos lejos de ser dos cotorras de presidio». «Metáfora», sostuvo Gaspar antes de que Vidente se pusiera en pie y comenzara a discurrir en voz alta.

«Me llamo Cerebro», dijo el Vidente, «si me disculpan el *nombre de guerra*. Yo soy, para beneplácito de vuestras señorías, el único psíquico de esta prisión. Quien me tenga cerca no sufrirá los embates del enemigo. Mis poderes no llegan a ser comerciables ni irrisorios. Puedo leer todo hecho mental que se me ponga por delante, buscar recuerdos en el interior de sus cabezas y definir algunas circunstancias del futuro. ¿Necesitan una demostración?». Los poetas quedaron ofuscados en la retaguardia y tomaron también nota de ello. Los más enérgicos se miraron en busca de explicaciones. El de las muletas fue recuperando la sangre en los labios y el rostro.

«Que se le pregunte sobre un hecho de la memoria», dijo el líder sin recuperarse por completo.

«Vuestro nombre, dulce e impávido poeta, no es, por cierto, Melchor», dijo Vidente, con aplomo. «Ni usted es Gaspar. Ni su amigo, aquí presente, es Baltasar. Como el resto, ustedes también usan apelativos de guerra. Descuiden, no les voy a deshacer el enigma, como tampoco revelaré nada sobre el gato».

Melchor soltó las muletas y se dejó caer con lentitud por el muslo de Baltasar. Se acomodó de costado sobre el suelo, la única posición que le desvanecía las neuralgias, e hizo alardes de otra rápida dispensa de aliento antes de dirigirse al psíquico. «Que se le pregunte de cuál gato habla», dispuso.

«Hablo del gato que se le prendió del dedo la noche en que los tres defendían a Griétsiya, una muchacha acosada por fuerzas malignas». Vidente hizo una reverencia sin sátira y Melchor aprovechó no verle el rostro por un momento para aceptar que no había otra forma de saber sobre el felino. «Si no es un vidente, al menos está bien informado», pensó y se detuvo unos segundos antes de dar el siguiente paso. «Hace meses que no sé nada. A veces trato de convencer al guardián en turno para que me brinde información, pero a cambio me pide hacer cosas terribles. Usted podría darme noticias frescas sobre mi pequeño», suplicó Melchor, por primera vez en un tono cotidiano.

«¡¿Su pequeño?!», se asombró Vidente, «su pequeño mide un metro cincuenta centímetros de la cabeza a la cola y pronto pesará cuarenta y ocho kilos. En general, disfruta de una salud excelente. Vive alejado del hombre, pero algún día descubrirá a un tipo llamado Aleksej. De verlo así, tan borracho, vicioso y encorvado sobre sí mismo, recordará por un minuto el tamaño exacto de su dueño y no se cerrará su dentadura sobre él. Suficiente. Ahora, dígame, ¿cómo puedo ser yo un vulgar informante? ¿Acaso no me entero de todo a través de un sencillo ejercicio de concentración? Mire, no se preocupe. Voy a completar la profecía. La tertulia de esta noche será sublime, ¿me escucha? Ha valido la pena entrar en prisión para presenciarla. Declamaré un poema a mi compañero aquí presente, sacaré el texto de la cabeza de uno de ustedes y esto durará cinco minutos con treinta segundos».

«Mejor será que te cortes un poco», le dijo el magnicida desde el suelo, en voz baja.

«He tenido una iluminación», retribuyó Vidente en susurros, «una de esas predicciones sobre el futuro de tu encomienda. Veo a una muchacha interesante en el medio».

«¿Eso es posible?», desesperó el magnicida.

«Entonces», concluyó Vidente, «he visto que la muchacha se llama Griétsiya, una de las pocas personas que, en breve tiempo, estará lista para mostrarte cómo se da caza a un magnicida. Dos te perseguirán, pero debes cuidarte de ella en extremo, podría entregar tu cabeza a Faraón».

«¿Una mujer? No ha nacido la mujer que ponga las manos sobre un guerrero».

«No desprecies mi pronóstico, de todas formas».

«No será despreciado», dijo el magnicida y disimuló para los poetas con un apacible saludo.

Moiséy

Reventó la dureza y se echó a temblar. Los reflectores de Faraón lo habían acosado esta vez en la luz y en las sombras durante tres meses consecutivos, apuntándole al rostro como bárbaros mineros. Y es que demolían la noche en cualquier dirección. Y es que hacían un día espléndido en aquel otro día natural. Lo desesperaban, eran haces quita-vidas que cruzaban para finalizar en él, fuese cual fuese su posición sobre el botecillo de mimbre. Quien verdaderamente se avergonzaba era el farolito de proa, mortecino, con una luz de vieja culeca que no hacía frente a los focos de Faraón. Mejor era señalarlo con el dedo para hacerlo notar, como si no mostrara la ruta, como si no fuese símbolo de Moiséy aquella luz de farolito que lo definía y que hablaba muchas veces en su nombre.

En su gaguera no podía explicarse por qué los reflectores eran más efectivos sobre su cuerpo y sus cosas que la milicia misma. Llevaba meses con dos, a lo sumo con tres horas de sueño diario. La luz en sus párpados lo despertaba constantemente, para él el sol no se ponía, sino que en la plena noche se le dibujaba un círculo de fluorescencias donde su cabeza de largo cerviz simulaba a las mil maravillas el punto medio. Y de ese modo hasta que en la distancia, no entre las luces, venía a caer la aurora en simulación de una lenta estampida de bueyes rojos. Y de la misma manera hasta que a lo lejos, no entre reflectores, se transfiguraba el día en un crepúsculo inconcebible. Un tiempo y otro cercado por la luz, peor cerco este que el de las tinieblas. Y si Moiséy intentaba cambiar la dirección por obra de los remos, entonces los magnánimos focos se movían a su par por encima de las aguas versátiles de la bahía. Y si navegaba hasta la costa, ya la luz de los rascacielos iba a ocuparse de todos modos.

Se cumplían sus buenos tres meses. Unas ojeras largas le hacían dos vuelos púrpuras en las mejillas, lo despeinaba la intemperie, el cabello endurecido porfiaba en pararse, tieso en tales circunstancias porque no lloviznaba, veía la lluvia, pero no le caía ni gota gracias a la membrana extendida dos metros sobre su cabeza y sostenida también por los reflectores. Faraón lo había encerrado al aire libre y tal vez ahora se estaría riendo a sus anchas desde la cúpula de su rascacielos, a las cinco de la tarde, como era habitual. Presentía una reunión en las alturas, su propio rostro expandido al máximo en las pantallas de una azotea, la insoportable escolta moviéndose a espaldas del que encaraba el farolito con risotadas y toses. Seguramente aquellos a su alrededor le estarían elogiando la idea de un indestructible calabozo con reflectores y techo de lona en medio del mar. Una suerte el mar.

Ya los curiosos no se acercaban para ver si eran fidedignos los comentarios. Pocos le arrimaban galletas en aprovechamiento de la noche. Ninguno se atrevía a hender para compensarle su esfuerzo. En ese caso, valga el mar, la superficie plana que servía de piso, por lo menos era también un sustento para sobrevivir. Ahora que cada vez menos seres humanos arriesgaban la suerte de acercársele, la pesca lo mantenía con vida, los dorados especialmente mientras no se enciguatara, pero los dorados eran de fiar, no así las morenas, que ni siquiera tenían buen aspecto con sus dientes afilados y sus mandíbulas enormes. Mejor no hablar del agua potable. Moiséy reventó la dureza y se lanzó a sacudirse. ¿Cómo resistir esa luz sin pegar un grito?

El vómito le alivió un poco los dolores. La cabeza todavía le daba vueltas, como si la removieran por el pelo. Demasiados trances con dieta de agua salada cuyo sabor permanecía durante horas, cuantiosos daños en su cuerpo a pesar de los cuidados que guardaba para consigo. A cada instante florecían otras quemaduras y el piercing se le oxidaba más, más. El pelo lo abandonaba por mechones después de alejar la lisura. Iba a tener que salir nadando, acercarse a la costa, desistir. No, desistir nunca. Se puso de pie y dio un grito petitorio a pleno pulmón. La voz se perdió en el viento sin respuesta diferente a la refutación de las olas, al flujo y reflujo, a las salpicaduras del mar que sabía también echarlo a perder todo. Vigiló en su cuerpo la aparición de más vetas rojas. La tela sobre él impedía la lluvia y multiplicaba las radiaciones solares. Era necesario cambiar la indumentaria, la camisa serviría de algo finalmente, además del sombrero de paja. Se dijo que la fe que no obra es fe muerta. También se dijo: «El cuerpo que no come ni bebe estará muerto».

Si azotara una tempestad y el viento fuese tan fuerte como para empujar el agua hasta él por debajo de la lona, podría llenar los bidones otra vez. Ató el anzuelo a los cordones y al jamo y lo precipitó contra las olas. Nada más hacerlo, picó un pez plateado y diminuto que al instante coleteó sobre sus rodillas. Lo dispuso abierto sobre un tablón y poco después estuvo limpio para digerir. Antes de comerlo, sin embargo, lavó la ropa interior, todavía temblaban sus dedos, se podía ver el tembleque a propósito de un puño contra otro en un intento inútil por rescatar del amarillo lo que olvidaba el blanco. La ropa se le hizo una tira larga después de una sacudida perentoria y el calzón le quedó colgando del índice como una paloma muerta y destrozada. «Allá va eso», dijo apenas lo disparó hacia el mar y poco después, cuando las aguas dieron cobija a lo que había cubierto sus partes. Estuvo a la espera de un soplo de viento, pero al cabo se echó desnudo en la proa del bote. «Vaya espectáculo el que doy», rumió aterrorizado. El peso del salitre sobre los párpados no logró llevarlo a un sueño apacible como era su deseo.

En la tarde, lo sustrajo la sombra de una tormenta que se le venía encima. Tomó precauciones moviéndose como un lorito en la espalda de su dueño. Arrió la vela, ajustó las lianas que sostenían el refugio y puso a buen resguardo las pocas provisiones. El viento trajo gotas de agua dulce a su cara. «Lluvia con viento», comprendió. Casi de inmediato se dispuso a lavarse desnudo. Por la punta de sus pies comenzó a abandonarlo interminablemente un líquido sucio y salitroso. Cuando la lluvia y el viento cesaron contra él, se amarró al bote para evitar que las olas lo arrastraran.

La tempestad se hizo tan densa que apenas distinguió otro pedazo suyo. No es que los reflectores se apagasen, sino que la penumbra se interpuso entre ellos y el objetivo, y entonces, por primera vez en tres meses, sobrevino la noche a caballo de otras paradojas, porque era de día y habían luces potentísimas que apuntaban hacia él, y además solo la luz del farolito en la proa parecía quedar dispuesta para predominar en el grave contexto de la tempestad. Como si fuese poco lo absurdo de las circunstancias, notó que tenía sueño, pero los párpados no estuvieron listos sino unos instantes después, cuando ya el recolector del techo del refugio había completado los bidones y los desbordaba y las olas movían el bote como era de esperar, aunque no tanto, y tampoco él, Moiséy, sentía ese gran peligro, no temblaba, extrañamente temía más a Faraón que a la tormenta…

Cayó, por fin, en un sueño profundo, donde los balidos de un rebaño lo hicieron sonreír más de una vez.

Magnicida y Vidente

«¿Por qué me pasaste información podrida?».
«¿Yoooo?».
«Casi un año y aun así me pasas información podrida».
«¿Yoooo?».

«Comienzas a decepcionarme, Vidente».

«¿Yoooo?».

Otra vez la azotea con cúpula de cristal blindado y ellos sin gobierno prudente, con vasta historia de andar juntos, enjalbegados para la ocasión de irse sobre las mayorías, de volcarse a las instituciones civiles de la cárcel para ofrecerles una videncia a cambio de una lata. Plurales en ese sentido, iban sin más ni más amistados con todos, de sombrero alto el alto y ojeroso, con las ínfulas infladas que tenía de estar preparando algo grande, bah, suspicaz, con el atuendo exagerado de quien se sabe conocido y de quien ha experimentado la gloria ante personas en jaula que van y vienen a su alrededor llenas de comentarios sobre él, involucrados todos en el uso de explicaciones que señalan al que ha sido causante de tanta desdicha, por lo menos, de la muerte tantas veces.

El alto y ojeroso consigue modificar los itinerarios a su gusto, y la gente, que ya no cabe, trata de abrirles camino para permitir el paso de aquellos dos, sobre todo del que es señalado en demasía con pronombres —«ese», «eso», «aquel», «aquello»—, que viene como si nada, metido hasta los dientes en una muchedumbre enloquecida por elogiarlo, congratularlo, darle vía, hola y adiós a igual tiempo, porque ya el héroe está al cumplir su condena y casi sale, pero aún.

El otro no, el otro es simplemente una mascota que ha sido viuda de muchos gracias al talento de aquel que ahora figura como consorte. No tiene recato. Mejor visto, no tiene nada. Unos dedos lo sostienen del brazo magnicida y otros le mueven un abanico, un par de ojos se encuentran en un trivial parpadeo y una espalda se estiliza con un arco que concluye en cabeza octaédrica donde las cosas pensadas y los eventos del futuro siguen siendo predicciones de sorprendente exactitud. De chaleco sin mangas en pechos afeitados, el de maquillaje a tono con días de carnaval se revienta en movimientos de caderamen, sacando partido a la celebridad del consorte por los pasillos que la gente funda a su paso como si se tejieran alfombras a la medida de la marcha.

Fulanos ansiosos los dos, vienen aconteciendo con diálogos, saludando aquí con divergencias, allá con gestos de consideración, lo mismo a jóvenes notables que a viejos ignorados, a menganos por derecha y a zutanos por izquierda, a increíbles gamberros y a jefes de pandillas que ahora rinden culto y llegan a saludar con el servilismo de todos. Pero ellos, eso sí, con la elegancia de tradicionales cónyuges, reproducen saludos a carta cabal, como si enfrentasen por esta vez un recorrido de club, un paseo de alta distinción con las consabidas maneras de amenizar la relevancia dentro de un rascacielos penitenciario. Como en época de esclavos y señorío, van recibiendo reverencias a tono y ejercitando al mismo tiempo las conversaciones por lo bajo, siempre con una sonrisa de circunstancia paralela, desde luego, para no desentonar ni motivar un pie forzado en las habladurías.

«¿Por qué me pasaste información podrida?».

«No sé, nene. Saluda, no es bueno que acontezca un despropósito ante quien provee de finísimos tabacos».

«Me revienta tu desatino».

«Ya se nos acerca quien te debe la vida».

«Más te vale no traicionarme nunca».

«Saluda, querido, favorécenos y pasa fresca salutación. Ya viene quien nos lava a diario las ropas».

La quinta vuelta en redondo había terminado. Los hechos y las críticas habían obstruido con tantas preocupaciones a Vidente, que ahora el maquillaje del rostro estaba descorrido y su similitud con una máscara se acentuaba. Algunas palabras en su mente preveían sangre, ¿cómo saber si la suya o la de otros? Igual se fue desvaneciendo en lipotimias bochornosas sobre el magnicida hasta aquel punto de la azotea donde se hizo necesario un respiro, se acercaron toallas al efecto y los magnánimos culos de la pareja en trajines se vinieron a depositar de buenos modos ante la admiración de los circundantes, disminuidos en ese momento a la única condición de cotilleros.

«Me quiero tatuar tu estampa», dijo Vidente, entre mareos.

«No me jodas», masticó el magni, «bien sabes lo que estoy preparando».

«Seamos justos, pues».

«Siempre lo he sido».

«¿Me crees material de la desdicha?».

«Mejor será que comprendas», sostuvo el magni y lo tomó por las sienes, «para ti, al menos, mejor será».

Las lágrimas acabaron por desconchar a modo de caminos dos trayectos en la cara de Vidente. Un vahído mayor que los anteriores sobrevino y la caída de espaldas no dio tiempo a evitar con toallas un golpe en el occipucio.

«Debemos separar nuestras suertes», susurró el magni al oído del indispuesto, «sabes que debo hacer cualquier cosa para lograr el fin».

«Lo sé», contestó con desgana el cariacontecido, «pero ni siquiera yo pude imaginar que fueses a irte».

«¿Cuándo ha de ser, si mañana cumplo?».

«Ya ves cómo me afecta», susurró Vidente y se fue de nuevo en desmayos contra la rejilla del piso.

Llevaba dos semanas con la condición, como si hubiera caído en estado de preñez, aunque el grácil detalle de su pene, traído a menos por un escándalo de hormonas, contradecía cualquier presencia enquistada en su vientre, al menos un bicho de progenitores machos que fuera a nacer en cautiverio.

«Van a creer que estoy preñado», volvió en sí.

«Cambia esa cara. Vamos a recibir a los merchantes. Necesitaré un poco de dinero afuera».

«Afuera no hay nada, ¿para qué ibas a necesitarlo?».

«Todo cuanto hago es para lo que sabes».

«Sí, esa pesadilla».

«Calla, ya llegan los artículos».

El trapicheo se produjo en cuestión de nada y el magni permaneció sentado con los alrededores llenos para un nuevo nivel de canjes. Sin contradecirlo, pero abriéndose paso hasta él, se le fue encima Vidente en similitud dramática con aquella ocasión en que se vieran por primera vez bajo una lluvia de granizos.

«Tengo muy malos presentimientos», se aclaró la voz para decirlo con menos solemnidad.

«Una nube negra me pasa por los ojos», insistió.

«A callar», dijo el magni, «se aproxima otro merchante. Mejor será que te ofusques».

Y volvieron a las mismas negociaciones con regateos perenes. Los diálogos remedaban antiguos contubernios narrados en susurro, y las circunstancias, en fin, torcían al ejercicio de la fuerza por parte del alto y ojeroso, con las mismas intenciones de salir ganando por medio de la coerción, ya que no por la oratoria. Dos cajas de cigarros pasaron velozmente por el territorio de la zona franca. Cortaúñas para acá, camafeo para allá, hilo de tejer, puñal envuelto en un trozo de alfombra, ciertas raíces para el mal de estómago, escapularios, alambres, cinturones y sortijas. El merchante se extrajo de la ampolla rectal unos billetes envueltos en nylon, mientras el magni, haciéndose el lento para no echar a perder los caprichos de la oferta y la demanda, conjugando bien en todo caso verbos distinguidos, yendo de un significado a otro como si diera también bandazos en la conversación, aunque definiendo siempre con tajante pedantería, mandó a consultar sus arcas y a Vidente no le quedó otro remedio que virarse al revés y sacarse de atrás un fajo enorme.

Las tensiones se disiparon para dar paso de nuevo al tira y afloja de las partes, hasta que una buena suma fue a dormir en la apestosa bóveda del adivino y el último merchante lamentó para sus adentros haber hecho negocios con bestia similar. «Así han de ser las cosas en tanto esté aquí y te mande a llamar», respondió el alto y ojeroso como si adivinase las meditaciones, tras lo cual sugirió con dos dedos que el merchante podía irse y su ordenanza podía venir para dar cuenta de otro asunto, tal vez el último en su condición cautiva.

«¿No has de pegar ojo?», se acercó Vidente, más desgreñado todavía.

«Dormiré abajo y afuera», respondió el magnicida antes de que la figura sutil del ordenanza se hiciera lugar a su izquierda en óptima posición para los bisbiseos.

«Bis…, bis…, bis…», bisbiseó con apuro ante la mirada atenta de Vidente y hubo un rápido trueque de roles.

El de chaleco sin mangas, el de pecho afeitado, leyó lo que estaba latiendo dentro de la mente de quien se inclinaba al oído del magni, luego pegó un grito como si quisiera arrepentirse a deshora, dijo una frase, un «era eso» que recordaba a todos su condición de percibir las cosas de antemano, de pedir prestado en los pensamientos, y enseguida se hizo a una fuga llena de traspiés en el metal de la rejilla. Tenía todas las intenciones de perderse lo antes posible en lo profundo del entarimado para llamar la atención del guardián en turno, pero lo que consiguió realmente fue un puñal al centro justo de su espalda.

«Con que ya me traicionas», le dijo el hombre por detrás, tirando también de sus cabellos.

«Todavía, querido, solo me han mandado a citar», respondió Vidente desde el pálido perfil.

«Dicen que eres un viejo soplón», arguyó el alto y ojeroso.

«Dicen mal, cariño, suelta, retira, aleja, saca el cuchillo».

«Yo haría lo que fuera por cumplir con mi encargo».

«Pero no mates a la única criatura que te adora».

«Tú no llegas a mañana, perro».

El de atrás soltó las hebras por las que sujetaba al asustado y este mismo dispuso un par de meneos en el aire hacia las cámaras. Quizás el guardián en turno pudiera, con suerte, reparar en él. Una segunda cuchillada le vino a encontrar los tarsos, y los tendones de Aquiles, enrojecidos, se retiraron casi al instante hacia arriba, por la gruta hecha a buen pulso durante la sajadura. Las cámaras sí, enfocaron, pero no pudieron ver a nadie en el piso, y menos a alguien por detrás, agazapado con un pérfido cortante de estreno.

«Te toca volver a los buenos propósitos. Sálvate, dime cómo puedo mejorar el lugar y la hora de matar al sujeto. Habla, ¿cómo podría corregir el cómo y cuánto enriquecer el dónde?», le dijo el magnicida y lo realzó por las greñas hasta que quedaron ojo con ojo.

«Ese no está para morir por tu mano», esputó Vidente con graves pérdidas.

«¿Y si lo están escondiendo de tus visiones como yo escondí esta reparación?».

«El día que intentes matarlo serás hecho prisionero por una mujer dúctil».

«¿Juegas conmigo?», rio el magnicida. «Ninguna hembra puede poner sus manos sobre alguien de mi estirpe».

«Ella está tocada por el destino, bruto».

«¡El destino es cosa de tu madre!», concluyó el alto y ojeroso e hizo una ranura honda en uno de los costados.

La punta del puñal arrancó chispas en su roce con la plataforma, y, como Vidente aún intentara arrastrarse, pronto el otro costado eyaculó vísceras y se hizo sangre en dos pérdidas.

«Pero si yo te amaba», dijo aquel cuyo cuerpo hundían.

«Eres falso, eres mierda de vidente», dijo el alto y ojeroso encogido tras la pieza de carnicero. «Pregunto, ¿desde cuándo te mandan a seguirme?».

«Te amaba».

«¿Por qué no has podido presentir tu muerte?».

«Te amaba».

«Vas a tener que esperar al objetivo en el infierno», susurró el magni mientras le escindía las manos de un corte.

«Te amaba», insistió inútilmente el caído, pero el belicoso, al verlo boquear, lo clavó de lado a lado.

Camorristas de todos los confines quisieron mantenerlo así, recorrieron los alrededores por racimos, apretados en la aventura de esconder un cadáver. Catervas, caravanas, pandillas y acumulaciones usaban el tiempo para simularlo todo en conjunto, para lograr el ansiado bien de las malas prácticas, con cada jefe de clan dispuesto a lo que fuera necesario si de alguna manera podían introducirse en el asunto con una solución definitiva, siempre que el asunto implicara a una terrible bestia y a su vidente, el segundo de ellos un despojo; siempre que el culpable fuera a quedar en libertad de una buena vez, lejos, muy lejos, para bien de todos los presidiarios y de cualquier multitud.

Las hordas y los líderes se mantuvieron en movimiento hasta el fin, mientras el ordenanza esperaba que la reparación concluyera para acercarse entre bisbiseos.

«¿Bis…, bis…, bis…?», bisbiseó contra el magni.

«No, la mejor forma de desaparecer es repartir», dijo el alto y ojeroso, con los ojos llenos de un crepúsculo encendido y un par de manos sangrantes que echó bajo las ropas del bedel.

«Ve, límpiate, endílgaselo a otro», decretó también mientras se subía las mangas.

Así, hasta que todos los cabeza de pandilla recogieron en persona la carne que les correspondió, cortada diestramente por el viudo, carnicero sin manchas ante quien nadie hizo ademanes de protestación, sino que cada uno convino en asegurar la carga bajo las ropas y portarla hasta que vieran partir para siempre al bárbaro. Desfile de riñones, tibias, pellejos colgantes a la desbandada, vueltas y vueltas de hígado carmesí, el cuadrado de los lomos hecho músculo de bolsillo, las rótulas como castañuelas, las nalgas como alfileteros... Así, hasta que el mondongo fue evacuado, otra gran riña se suscitó adrede y la lluvia artificial que tuvo por respuesta fregó toda la sangre bajo las desmedidas cúpulas del último piso del rascacielos penitenciario, bah.

El muro y la casa del funcionario

Griétsiya e Iósif

Unidos en medio de la flora y la fauna citadinas, se tomaron las manos por compasión del instante. El sol se encogía lo mismo que un niño cansado y bajo su somnolencia esperaban tiernamente por una víctima para compartir los secretos de la caza. Se observaron más detenidos que una postal de enamorados, resistiendo las hojas que les hacían cosquillas en las orejas durante cada uno de los vientos esparcidos por la ciudad –vientos cuyos nombres habían escapado ya de la memoria en los meses del calor estático. Estaban allí, en fin, pero no estaban. Compartían por igual la brisa, en fin, pero no solo. Dosificaban la percepción de las ramas más debiluchas y todo el ambiente de paredes rajadas, de raíces terrosas a semejanza de elefantes echados por tierra o de algún monumento que hubo de recorrer una gran distancia desde las colinas residenciales, solo para estar allí, posado en las inmediaciones. Ambos tenían, por esta primera vez, sus sentidos puestos en el horizonte que les era imposible aceptar y que necesitaban atender si realmente se requería una liebre, un buen botín que diera trabajo y enseñara el oficio a la novicia.

Asimismo se dividieron en dos porciones durante mucho, con plena concentración de cada cual en el rostro contrario y así también concentrados en la distancia, tan duales en ese ejercicio que más llegaron a parecer espectros que personas. Sin decir, concordaron en un punto dos cuadras al oeste, hacia los barrios menos derruidos. Griétsiya lo vio en los ojos de Iósif, vio a un hombrecillo que era torpe por las aceras levantadas y se dijo «lo tengo» un par de veces. El cazador vio que ella lo había visto, pensó «lo disfrutaré» y también puso este pensamiento en sus ojos, de forma que Griétsiya pudiera advertirlo libremente. Consiguieron afincarse un poco más al paraje para extraer lo mejor y más juicioso de la embestida, y cuando subieron al árbol de frondosidad sorprendente quedaron atónitos con el espectáculo nocturno. Estaban cerca, muy cerca del muro de la costa. Por allí, en el mar de aquellos tiempos, se divisaba el bote con un farolito en la proa visto como una estrellita opaca y palpitante. Lo demás no cesaba de oscurecerse, las copas de los cedros se presentían cercanas, un poco rígidas para la época del año, pero a tono con algún edificio que sin caer todavía se manifestaba oscuro.

Decidieron asustar a la presa para divertirse más, aunque esta decisión se apoyó demasiado en una de las ubres de la muchacha, que se le comenzó a salir levemente para mostrarle al cazador la pucha de carne de los cuadrantes superiores. El pequeño pene de Iósif se hizo un tubito duro en el instante en que brotó la masa, tras lo cual no hubo momento de tranquilidad hasta no verle la otra, la ubre siniestra. «¿Qué haces?», preguntó la joven aferrada un poco más abajo a uno de los principales troncos. «Me manoseas por gusto, ¿no ves que me enseñas a cazar? ¿No tienes ética en esas manos?». «Yo nunca he manoseado una ubre cuando enseño», respondió el hombre y bajó para estar a la altura de la muchacha, quien, despertándose a sí misma para el asunto, alegrándose por partes con el recuerdo de las escenas a solas, se acomodó como fue posible en la horqueta más dura y se abrió olímpicamente para saciar de jugos la voracidad del cazador, de su maestro, en las alturas del árbol de frondosidad sorprendente.

Cuando los pies estuvieron ubicados para la máxima rajadura posible, sin querer apenas y a causa de una sencilla e instintiva demostración de profesionalismo, sintieron los trastazos que se daba el paseante en la lejanía, tal vez perdido, completamente indefenso y útil para una clase demostrativa frente a la joven. Pero ella estaba allí, sostenida por los tentáculos vivos del árbol que la hacían quedar justa para brotar hacia abajo, en tanto él la acariciaba, le besaba los pechos fulminantemente, los enrojecía con mordiscos y soñaba con el pubis camino a los labios.

ALEKSEJ

Los músculos se encogían avergonzados, movidos por el rumor de articulaciones en desmonte, unas veces colgantes, otras a la usanza de los despojos gentiles, con languidez precisa y con ese pedir permiso para levantarse, desandar y volver. Los huesos también poseían el ritmo de la reverencia etílica y aceptaban el movimiento zigzagueante para incurrir de cuando en cuando en posiciones budistas, bélicas, urológicas. La cabeza avergonzaba al punto de no elevar la frente. El conjunto antes espléndido no poseía más cubierta ahora que el pellejo colgante, traje de bruja de los antiguos modelos con pústula en el vértice de la nariz, pómulos parcheados por las manchas secas del cáncer y lengua a metro y medio para proclamar pavorosas maldiciones.

«Muere», ya había dicho frente al vidrio de su botella, pero después de las palabras el mismo rostro subsistía. Su conciencia era un prostíbulo de imágenes personales y las más ilustres lo atormentaban llamándolo «calavera». En tantas partes cargaba los golpes, que más parecía un paisaje con colinas que una envoltura de gente. De todas formas aún hablaba, oscilaba, temblaba a ratos y era capaz de decidir sobre la hora en que se libraría de sus desechos, las inmundicias para fuera y los rencores mejorando, mejorando…, mejorando la asfixia que produce hacerlo a las doce del día y en la terraza de un edificio vacío.

Por encima de la opinión que suscitaba su propio aspecto, aparecía la certeza de estar muy grave, irremediablemente. No podía definir si la humanidad se había ido o si, por el contrario, estaba a la vuelta de la esquina con un litro de combustible en alto. Recordaba los lugares, la gente, el tiempo; los muros ya no se parecían a los de antes, más bien se acercaban a otro derrumbe y a la invitación de coronarlos e irse a la mierda en el abismo con un paso al frente. Las tendederas, las miles de tendederas al borde, culebreaban una tras otra después de quebrantarse en el viento a razón de tanto óxido amoratado, de tantas tempestades que se habían añadido a las azoteas con el pasar de las épocas fatídicas, una tras otra. Así, en el momento en que hubo depositado un molde podrido sobre los techos y entre las antenas de televisión a media asta, estrujó tres frases del periódico nacional y arrasó los restos con la mano izquierda, temblorosa cuando más falta hacía que no lo fuese.

Preparó la terraza, uno de los tantos escondrijos suyos donde las necesidades también eran suplidas al minuto con aquella corta distribución de escusado, recibidor, cuarto, balcón y laboratorio. Hizo la cama con cartones casi nuevos y puso periódicos para el frío. Su imagen en la botella perseveró, sentía la maldita sed de no tener nada adentro mientras unas nubes diluviales se acercaban en firme procesión y simulaban gatitos de conducta agresiva o se deshacían en el aire con su vómito pluvial. Llovía dos kilómetros al sur, por encima de los árboles. Las azoteas vecinas, desde el ángulo en que lo trataba de definir todo, habían desaparecido por interposición de un bosque. «La lluvia», dijo su reflejo en la botella, «volverás a sufrir ese suplicio». Y él, por única posibilidad, mudó los cartones a mejor destino en la habitación, temiendo mojarse de repente.

Cuando el líquido descendió por el cuello del alambique fue como si lo hiciera por su garganta. Sintió lo mismo, el torrente, la fricción, el incendio y el alivio final que supuso abrir piernas y caer de nalgas en el piso frío. Pensó en seres humanos, en otros. Venían llegando rodillas, cabezas y espaldas a sus recuerdos –el trago favorecía–, en tanto su vergüenza se mezclaba con impulsos tenues surgidos de su vida anterior, del mismo ser ya idílico y expedito que obtuvo con su nombre grandes deferencias de Faraón hasta el estallido de un escándalo invalidante –su escándalo. Recordaba hombres hostiles poco después de su destitución del rascacielos azul oscuro. No tenía ganas de acercarse a los antiguos compañeros de trabajo en una nueva intentona de reconciliación. Siempre que esto sucedía, le era imposible comprender la razón de tantas bocas tapadas, narices ocluidas con el índice y el pulgar, reproches, asco, negaciones. Sus amigotes decían *«a un lado, roñoso»* con repeticiones más escandalosas. El tiempo, finalmente, siguió su curso entre una borrachera y otra y solo el alambique goteaba ya para medirlo.

Abrió los ojos. Su propio estiércol lo observaba. No llovía aún y él se dirigía al balconcillo. «Aleksej, Aleksej», dijo la botella bajo el brazo. Prestó más atención al hombre que caminaba por el sitio donde había estado la avenida. Iba de traje, con una diplomática oscura y un par de zapatos de un negro muy bien charolado. Aleksej escondió con prontitud la pústula de su nariz tras la barandilla, no sin recordar que había visto esa cara en el periódico. El hombre seguía allí después de un relámpago –el alambique goteaba lentamente–, pero ahora estaba atento, poseído por tal mesura que no demoró en olfatear y recibir una parte del mensaje posible. Saltaron cortos, inconclusos pensamientos a la cabeza pelona de Aleksej, cuestiones relativas a la condición del enigmático, a la seriedad de su ritmo, a las razones por las que miraba hacia atrás constantemente. Iba y venía de una idea a otra cuando el hombre desde el matorral lo atisbó y el encuentro, o el desencuentro, fue parecido a otros contactos con la humanidad. «Allí estás, vagabundo de mierda. ¡Qué asco! ¡Qué peste!», escuchó. Las contemplaciones tampoco fueron dignas; tan vertiginoso como se había mostrado, el transeúnte, Iósif, abandonó los matojos que secuestraban a una estatua ecuestre y se hizo a la marcha campante, no sin buena cantidad de miraditas de soslayo.

No iba siquiera por la ceiba donde había estado la esquina, cuando en el sitio que él había ocupado apareció entonces ella. Contuvo sus sensaciones del mismo modo en que la veía hacerlo, sudó como la veía sudar y de esta forma solo el corazón le daba latidos originalmente. «Griétsiya», dijo Aleksej viviendo unos instantes de transitoria exactitud. «Griétsiya», repitió. «Griétsiya», sostuvo como si le gustara conservar para sí el nombre, el país, la civilización. Iba a gritarlo también, pero el trote de la muchacha lo hizo paralizarse hasta verla desaparecer con zigzagueos y brincos, a cierta distancia del hombre.

«¿Qué sobreviene?», hizo una mueca después de empinar el codo con brutalidad. «¿Serán reales?», dudó enfocando el sitio donde había puesto la botella. «¿Escapan de la lluvia? ¿Se buscan? ¿Se persiguen?». No acababa de decidirlo cuando ya asomaban por detrás de la estatua ecuestre las greñas de una hembra adulta de apetitosa apariencia. La rubia se desprendió de los matorrales en tanto lo enfocaba para hacerle ver que lo veía, que estaba segura de tener ese espectador tan peculiar en lo alto. Aleksej se estrujó los ojos. La curda se le deshizo con esa mirada y sobrevino una palidez atroz. El alambique terminó de colar su brebaje, pero no le dio importancia por esta vez. «La del cine», escuchó decir a su botella. «Sí, es la misma del cine», tuvo a bien responder en sintonía con el cuerpo de la rubia y con su pene, a través del cual intentó cobrarle las magulladuras que le produjera hace algún tiempo. Una sonada bastaría para limpiar su honor, así que cerró los ojos para detallarla después de haberse ido. En memoria de sus caderas hizo un alarde de temblores, solo un par de veces recordó las nalgas y ya le sobrevenían uno tras otro los escupitajos del semen, como un jodido adolescente. «Te lo cobro todo», argumentó para explicar, cogida la espada de carne por la empuñadura, la cabeza mal sostenida en medio de la masturbación ciclónica. Ahora la suerte había llegado, una erección era toda la buena fortuna hecha con un duro tronco de venas tortuosas que terminaba entontecido en el ojo de las arcadas. Otra vez le pasó el trasero de la rubia por la mente y ya no duró más que un estremecimiento contra los límites de la azotea.

La tarde parecía repetir sus actos. El cielo se descompuso en un rumor de lluvia en descenso que no acababa de caer, como si se hubiera aguantado ya desprendida. Se veían levitar gotas sucias en la intemperie, a medio camino entre su cabeza y el cielo. Repentinamente, las gotas tomaron la iniciativa de acelerarse con un murmullo de rápida transformación. Ante los ojos de Aleksej, las gotas se hicieron enjambres que amenazaban con atacar. «¿Viste eso?», dijo el borracho a su botella. «Date un trago y todo se va a podrir», respondió el vidrio, pero, al volver la vista después de un largo buche, los insectos se mantenían en guardia. Experiencia fugaz, porque cuando por fin cayeron sobre Aleksej, los mosquitos se manifestaron atroces y poblaron los contornos en enjambres de a millón. Una infinidad de ellos lo persiguió por toda la azotea, enraizando sus trompetines en la piel del odre hasta que este mismo, rascándose con las dos manos, creyéndose con ronchas en fila como si escapara cargado de perlas, se lanzó al vacío goteando agua, atormentado por un enjambre de tal magnitud que menos parecían insectos dañinos que una insufrible plaga.

Gracias a los árboles salió vivo del salto, pero su suerte anduvo por caminos igual de terribles. Los golpes se pudrieron en su piel y le salieron úlceras a tan terrible ritmo que ni el alcohol por dentro quitaba los ardores por fuera. Aseguraba a su reflejo que no se presentaría jamás ante los ojos de hombre alguno. Y su reflejo aceptaba gustoso. La excoriación de los tejidos se fue haciendo exhaustiva en tanto continuaba durmiendo al descuido en los portales o en el corredor de las mansiones con patio interior, donde las hojas fermentadas sirvieron de colchón de hongos y la lluvia hizo saltar el barro infecto. Las fiebres dieron una vuelta por la tarde e hicieron la visita oficial en la noche, encontraron en él un cuerpo escarbado bajo los periódicos con una comprensible vacilación para ponerse en pie. Ya no desanduvo más recogiendo números en una lista ni se pegó por las noches a la antigua radio para escuchar los resultados de la lotería de otros países. Fijó residencia de clausura en un barrio de cierta colina. Los aires golpeaban a merced de un clima menos caluroso y de un mar próximo calle abajo. Las casas de por allí protegerían más cuando quisiera lamer sus heridas, como un perro. Encontró sobre todo en la segunda planta algunos colchones indemnes, pero los abandonó con una mueca. La costumbre lo hizo volver siempre a los pisos duros de frialdad plantada.

A pesar de los emplastos puestos al azar sobre sus úlceras, éstas seguían moldeándose asquerosamente sobre su piel, continuaban presumiendo con sus faldones de carne hipertrofiada y sus bocas abiertas en letra O hasta la profundidad de una garganta obscena, sucia, maleada. Lo peor era que el dolor hacía rodeos por allí, se encajaba de mala manera en los huesos recientemente fracturados, atravesaba la piel para salir por diferentes puntos con una gran preponderancia sobre otras sensaciones. Lo mejor era el prurito de las márgenes rosadas que no lo dejaba destilar apenas, repartido como era menester por todas las aristas, en cualquier sitio donde las úlceras hubieran colonizado su cuerpo de la noche a la mañana. Y era imprescindible que destilara porque allí, en el alambique casero que iba con él a todas partes, se manejaban los zumos de su anestesia, la bien sabida necesidad de una ingestión gloriosa para irse de bruces, tambalearse de vez en cuando, cantar, silbar, bromear, llegar al éxtasis que lo hacía mantener las formas etílicas y no las maneras del enfermo solitario en su maldita y solitaria muerte. Trocando sus ideas, adulteraba los líquidos por cuestiones de salud, narcotizado hasta lo último, como solía decirse una vez borracho, y echaba más agua en el brebaje para no cocer su hígado tan pronto.

Despersonalizado la mayor parte del día, consiguió analizar su vida en un segundo y dijo «¡basura!» a las antiguas maneras de decirlo, atónito, con el mismo calor desconsolante, como si también el gato acabado de ver fuera inmenso y posible. «Seguramente mi vida es una basura porque veo animales que hace rato no existen y porque antes he visto una milicia de ranas, una turba de mosquitos y a menudo sostengo conversaciones con mi reflejo», dijo contra el vidrio de la botella que siempre lo asistía, en tanto su halitosis dibujaba un círculo pálido. «Me tapas con tu peste a boca», replicó el alma de la botella. «¡Qué más da!», lamentó cuando el gigantesco felino hizo mutis por un hueco de la cerca de enfrente. «Solo te falta, Aleksej, terminar en las fauces de esa bestia».

Arrastrando las sandalias, se fue acercando a un hueco en una pared del segundo piso, en dirección a las escaleras. Si hubiera estado en sus cabales, el musgo con olor y aspecto a vómito azucarado lo hubiese devuelto a las arcadas, pero llevaba flojos los pespuntes de la cordura, igualada la sinrazón al desafuero, indiferente la sobriedad, tan despatarrado el apetito, que vio peldaños sucesivos allí donde era necesario ver pares sí, nones no, y se vino abajo por las escaleras cuando ideaba cazar un bicho de tales proporciones, atigrado por demás. Uno de los rebotes lo fue a dar contra la puerta de la mansión en ruinas, el marco cedió al instante y un nuevo impulso por la pendiente del antiguo jardín lo devolvió al sitio a través del cual había ganado acceso. En su recorrido, con la madera cayendo y el portal en irremediable derrumbe, hecho una pelota ebria de un brazo de diámetro, con las úlceras desnaturalizadas en la superficie de pus y lodo, alcanzó a chocar, vivo otra vez, contra las raíces de un árbol. Casi inmediatamente, hizo cuerpo con matorrales que se pegaron a él gracias a los fluidos emanados y lo acercaron aún más, con naturales maneras, a un enorme ovillo de bazofia que discurre, y discurre. Y discurre.

Griétsiya e Iósif

Aún la maleza no la irritaba, las espinas respondían a las súplicas de su pie y los goterones iban cayendo de acuerdo con los pronósticos en tanto circulaba por un sector amañado en respuesta a sus inquietudes. Al modo de los hombres más diestros, Griétsiya penetraba a músculo, usaba antes el oído y después el olfato, se introducía finalmente como una especie de sílfide que se conecta a las zapatillas para prorrumpir en lo alto de las ramas –en lo alto de la persecución– con un silencio de público.

Ella, por esas cosas propias del país, sin escapar de sí misma aunque quizás transfigurándose, lo perseguía ahora con cierto sarcasmo indestructible que bien podía virarse a ella y destruirla. Y él, más fuerte y de aliento más apacible cuando los gajos de cualquier cosa le recordaban poseer un rostro, un costillar, una diplomática, iba por delante a la distancia que media entre un mosquito y su roncha, en esta ocasión sin el ánimo de ser aquello otro que era, lo más oscuro, un cazador.

Y el paisaje, sosteniéndose para ellos sin esfuerzo, naturalmente, se renovaba a sí mismo para seguir siendo escenografía de las persecuciones aun cuando los personajes cambiasen. Al parecer, el paisaje se prestaba con voluntad propia para el acecho sin fin, como si una hoja, una rama, un recodo y una roca estuviesen allí con el propósito de ocultar a Griétsiya, mujer dúctil, o a cualquier otro personaje relativo al acoso. Llovía. Cada vez era un ciclo más sórdido. Los vientos soplaban empecinadamente. La sed afectaba, una lluvia de sal como aquella no podía corresponderse con otra penuria que con un bendito norte. «No beber», pensó, «sino danzar». Y si danzaba en el aire es porque la caza la enternecía y la ternura, según buscaba en su corazón, era el milagro favorito de la presa. Así que, enraizada en las paradojas, vuelta a una condición fortuita donde se habían trastocado una y otra vez todas las condiciones, seguía el olor de su propio esposo, alguien que la había violado para vengarse primero y para atraerla al núcleo del proceso después.

El centro de gravedad se había movido y ella admiraba dentro de sí, en nombre de una criatura que la cuestionaba en su interior, ese desplazamiento iniciado por la embestida y seguido por el amor. Al principio, fue pesimista, pero nada más creerse que el otro no sospechaba, se dispuso a saltar obstáculos mohosos y chorreantes. Bajo el esqueleto marmóreo de un hotel en ruinas, no concentrada del todo ni endurecida al máximo, notó que el musgo de las lajas iba variando en la medida en que los insectos lo hacían. La hierba decoraba habitaciones en la semioscuridad de techos incompletos. Creía sentir el respiro oxidado de lampadarios en derrota. Desde el frontis hasta la parte posterior, el mundo reinante era una mezcla apiñada de naturaleza nueva y sociedad podrida: frontones, lampadarios, belvederes, cristalerías, rocallas, persianas, balcones, batientes, arcadas, rejas, cimborrios, girándulas, cornisas, veletas, mamperlanes, alfarjes, barrotes, celosías y columnas en pedazos dispersos entre los hierbazales y entre las cortezas, los tocones, las turberas y los arroyos de poca profundidad que habían desviado su curso a causa de los derrumbes sucesivos y se habían instalado allí con otros zigzagueos.

Ya en la parte trasera, recordó que el propósito de toda persecución es alzarse con la piel del otro. Para entonces comparó aquellas ruinas con lo que ella misma había sido antes de conocer al cazador y se vio otra vez poseída por esperanzas inútiles, nostalgias, bajas pasiones, chismes, erizamientos repentinos, desapegos, esquiveces, aversiones, malquerencias, inquinas, rabias, ojerizas y tirrias en pedazos dispersos entre la mala hierba de su propia vida. Recordó que era imprescindible meterse en el cerebro de la presa para inducir un giro en la conformidad y una nueva codificación de los temores. Esta codificación era variable, pero misteriosa –lo debía a Iósif–, tanto así que la imagen de una esquizofrénica en actividad lo explicaba solo parcialmente.

Ella, mujer dúctil, lo seguía a través de la urbe de los bichos y pensaba en el pánico, en los prodigios y en los sucesos peliagudos de esas datas, en respuesta inconsciente a un suceso visceral –el amor– que la reconstruía por dentro como nada, como a nadie; un suceso orgánico que la poseía rabiosamente y la divinizaba casi todo el tiempo, excepto cuando tocaba hacer la digestión.

El conjunto era vertiginoso, o su marcha lo era, o su pie se movía y se movía sin desear la incuria, o el terreno entrañaba un obstáculo conquistable, o verdaderamente su tránsito era veloz y el plan no cesaba de concluir. Por el contrario, todo lo que veía pasar bajo su vestido eran hojas aguzadas con intenciones de combarse en la brisa de sus saltos, no una sola vez, sino muchas.

Los plantones a cada minuto festejaban la velocidad o aparentaban un camino aunque el cuerpo, de piedra en piedra, dejase también una sombra con senos a su paso, sin importancia. Quería ver el sitio donde Iósif iba a aplicarse el jabón, para eso debía seguirlo con el debido respeto y la justa ceremonia. Su uniforme quería saltar cuando viera la casa y su cuerpo quería poseerlo en ese esplendor de las costumbres domésticas, donde el hombre debía ser siempre otro. El olor, lo más interesante, iba siendo también lo más atrayente, se auxiliaba de una pieza íntima sustraída, la colocaba en la nariz como si quisiera someterse interminablemente a los fluidos intestinales sin dejarse confundir con los arbustos mojados por la orina del esposo que, al parecer, vaciaba la vejiga a menudo a través de una próstata fluctuante y de una uretra calibre doce.

Pensar en ello, interrumpirse en la carrera, oler la urea procesada en los túbulos del bien amado con tan comprensible porcentaje de ácido úrico, era forzoso para romper los secretos del hombre más excitante del mundo –pensaba–, quien se resistía a cumplir con la vida conyugal a las antiguas maneras alegando falta de futuro en la comunicación y el argumento. Dormían a veces en casa de Griétsiya, contenidos por rincones apuntalados y tras la protección de una puerta familiar, pero luego él se iba por un tiempo y regresaba siempre quejoso, adormilado, a recibir masajes. Hablaban, eso sí, desnudos ambos y penetrada ella, de los temas ideológicos que podrían dar fundamento a las cacerías. Él no dejaba de prepararla en los puntos del acoso, corregía lo que se esperaba del proceso de aprendizaje y armaba soliloquios excesivos donde siempre era capturada la presa con un mínimo sentimiento de culpa.

«La ideología sirve para ese tipo de cosas», decía Iósif. «Si alguna vez te dan un nombre y una dirección para reducir a un hombre o a una mujer que diside, debes actuar sin el debido respeto, olvidar tu propia existencia para impeler a la víctima a un terreno favorable. Basta de contar teorías con los dedos, es preciso un impacto en la conciencia de los marginales para incorporarlos de la sed a la saciedad. El país debe repoblarse de gente con los temas apropiados en la cabeza. Lo debes entender como un servicio digno o una prevaricación inexcusable –le sorprendía una vez más su hondura filosófica–; piensa, los dominios del individuo se prolongan lentamente, nadie ha renunciado al resurgir del hombre nuevo. ¿Alguien lo ha hecho? Nosotros no, que se sepa». La feliz estancia, por entonces, era una choza donde las lenguas compartían una mitad para las palabras y una mitad para los besos. «No debes temer», decía Iósif, y la besaba. «No debes perderlo», decía, y la besaba. «No debes enamorarte de tu presa», llegados a ese punto se hacían un guiño y otra vez se besaban, «lo más difícil es destruir su sistema nervioso, que no sepa dónde esconderse. A última hora debe sentirse al borde del colapso. Tendrá la compulsión de buscar los rascacielos y allí le encargarán tareas, lo comprometerán, lo harán asimilable. Todo el proceso se llama *reha-*

bilitación. ¿Quién lo duda? Hemos obtenido un nuevo hombre para la causa, lo dice tu instructor».

Volvía a encontrar las hojas mojadas y a pensar en la orina del esposo y también volvía a ver algo semejante a lo lejos, en el resplandor del fuego fatuo, mientras llevaba a la nariz la pieza interior manchada por el flujo intestinal del individuo, no tan hábil para limpiarse las deyecciones sin dejar mancha como para borrar las huellas sin dejar rastro. Lo veía saltar por el remate de la avenida llena de fruta bombas silvestres, superando las raíces con una areola gris de grueso tejido, tirando más en sus movimientos hacia el frontón de un cine cuyo nombre era modificado por el musgo, que hacia la colina del puesto médico ocioso. Ahora él formaba cuerpo con el sector, era un asunto de camuflaje inherente, se agitaba en un prolongado arrebato que producía un silbido vital, un movimiento de las hojas por delante en respuesta a su sacudida, una distención después, para encender, con tan viril jadeo, los instintos de una hembra.

Vio que sufría contorsiones, pero no fue suficiente verlo, en la distancia las siluetas adquirían a ratos formas espectrales, la luz se metía de mala gana entre los intersticios de la fronda, el humus alzaba una fina película por delante como si fragmentara el territorio y diera aspecto de decoración de acuario, así que pasó a cuestionar la escena aun cuando estuviese ubicada en el ángulo menos favorecido del conjunto.

El conjunto era una región de discretas marismas en anuncio de un litoral podrido donde el asfalto desemparejaba como un rostro de adolescente. Grotescas coníferas bloqueaban las altas temperaturas y las hojas aciculares se precipitaban en una lluvia de dardos contra colchones de materia orgánica. Por el contrario, los cotos del tránsito, rústicos y corroídos, en combinación con las rarezas del medio, predominaban con su silenciosa tenacidad y descomponían la luz en cilindros rutilantes que no aportaban nada, sino intermitencia, a la persecución. Sobrevenía el espacio vacío entonces, una esperanza de metro y medio a la redonda para ver el lomo de su esposo enardecido sobre algo, contoneándose como si meara, erizándose sobre el hedor de los contornos en comarca tan confusa del sur de la ciudad. El lomo era grueso y de un solo color desde el cocote pelado hasta las áreas posteriores —allí, Griétsiya lo sabía, comenzaba un pelo admirable. En las patas el temblor sacudía las pezuñas más grotescas y las orejas se movían en busca de sonido mientras la boca devoraba, ya era visible, un trozo de bicho.

Griétsiya regresó al desconcierto.

El desconcierto eran sus ojos perspicaces que sentían una pulsación por detrás, los hombros cayendo para que la espalda diera un chasquido y la rectitud se perdiera en el cuerpo trigueño de mujer enamorada, burlada. Se sostuvo con la mano derecha de un tocón frente a una antigua garita del tránsito. «Shhh», dijo una voz a sus espaldas. Se sobresaltó. Fue un tenue susurro para no enterar a nadie. Iósif puso un dedo en sus labios. «Mujer», el susurro se prolongó, «me has confundido con un gato salvaje. ¿Qué hice yo para merecer algo así?».

Había visto al animal parado en dos patas, apoyado en el pedrusco filoso de la esquina con los cuartos traseros temblorosos, cuartos de quien pugna por reparar algo con los dientes, por desgarrar o tragar con urgencia un bien ilimitado. No había perseguido a ese hombre, había visto a una criatura similar y sobrevenían ahora las respuestas a detalles irresolutos que surgieron con el rastreo: bestia es bestia y solo la febril etapa de su persecución de aficionados la había descubierto.

Tuvo la sensación de gotear un líquido por los codos mientras el gato escapaba con su rata en la boca, uy, ¡qué rubor!, y a su lado quedaba un hombre de palabra dócil para atizar los conflictos matrimoniales, un empresario ahora, sin dudas, que regresaba a su casa por un camino insospechado y no pretendía tornar a otra condición más miserable.

Griétsiya e Iósif se besaron. «¿Cómo puedes hacerme esto?», preguntó el esposo, el empresario, con la diplomática a cuestas. Ella fue incapaz de sufrir una explicación rutinaria, tenía retenida la lengua con un par de incisivos que antes trabaron muchas cosas, incluyendo el pene mínimamente torneado de su cazador. «¿Cómo puedes?». El paisaje no era el mismo, más astringente y claustrofóbico ahora. «¿Por qué me persigues? ¿No confías en mí? ¿Quién te enseñó esos modales? No te hago cazadora para que me des caza». Griétsiya estaba muda, recibiendo las caricias. «No estoy involucrado en otros trajines. Soy parte de una importante empresa destinada a salvarnos. Tengo más trabajo que Faraón. He sido liberado de lo otro. No te lo he dicho porque carezco de tiempo para ir por tu casa. Alguien me persigue. Me tienen vigilado. ¡Tan grande es mi responsabilidad y no puedes dejar de hacer chiquilladas! ¿Acaso no sientes a alguien detrás de ti?». Griétsiya metió la cabeza entre los hombros. «Vamos, vete. Debo hacer un informe. Las reuniones me abruman. Quieren reconstruir la ciudad, alzar puentes en otras comarcas del país, extender las carreteras más allá de los barrios que hemos perdido. Hablan de nuevas emulaciones y de nuevos hombres y mujeres. Necesitan, dicen, rescatar a los vecinos, ahuyentar a las fieras, ¿no comprendes? Dirigir es una tarea difícil». «¿Me llevarás a tu casa por fin?», preguntó la muchacha. «Era eso. Estoy ocupado», dijo él y la besó.

«Creí que orinabas los arbustos para marcar tu territorio», dijo. «No sé cómo te pude confundir con una bestia».

«Calma», invitó Iósif, «quiero que veas algo».

Tan fuerte era lo que venía detrás, que se agazaparon en las cabinas hexagonales y comenzaron a intentar los diálogos con alguna parte del cuerpo.

Ella hizo un ademán, pero el hombre le dijo «quieta» con solo poner un dedo en su boca. Después Iósif, para sermonearle sin usar palabra, únicamente con la frialdad del aliento que le salía por boca y nariz, le sopló un pronóstico. «Lo que sigue es sorprendente, es lo peor de todo en este trabajo».

«Pero», Griétsiya hablaba también con un gesto para no hacer ruido, «¿te refieres a una criatura humana?».

Las manos de Iósif hicieron un telescopio para decirle otra vez «quieta» o mejor «mira», en tanto sus hombros, llevados atrás para que el cuello sobresaliera de un modo exagerado, se bastaron para presumir «tonta, verlo será demasiado».

Así que mantuvo su tino y miró como era menester por la oquedad de la cabina, tenía en ese momento el pelo recogido para que no molestara, una peineta en las proximidades del occipucio, unos flecos tristes e iguales en la frente, flecos que por debilidad iba organizando cuando notó que sus dedos podían decirle a Iósif: «el hueco es pequeño y mi ojo no logra penetrarlo del todo».

Él parecía mover el índice para indicar una negación, pero de inmediato dio un giro contradictorio para redondear el orificio y advertir con tan discreto lenguaje que «no basta con mirar, también hay que ver». La nariz de Iósif se arrugó como si no pudiera concebir desgracia semejante, sus ojos resplandecieron inquietos sin abandonar las zonas de la calma. «Si me persiguen», dijo su ojo cerrado en un guiño, «es porque soy capaz de atravesar los ambientes y llegar al otro lado». Había una alegría extraña en su consideración, una ceja festejaba por sí sola en el rostro, con tan excelentes dotes para comunicar que parecía decir otra vez «mira a la cazadora que me han echado», mientras se desplegaba en perfecta diagonal sobre la frente, siendo interrumpida solo su cadena de pelos negros por un callo de pelos blancos que lo distinguía y le brindaba más claridad a sus facciones.

Las cejas de Griétsiya, atónitas ante los sucesos, no decían siquiera «esta boca es mía», no había heredado la capacidad de elevarlas con un hilo invisible, así que debió padecer el mismo retorcimiento de la cucaracha que ha caído sobre el lomo para decir lo suyo finalmente con todo el cuerpo, algo parecido a «no, no lo miraré, es imposible que alguien persiga a una criatura tan bien dotada».

Sin embargo, la lengua, una excentricidad, en el caso del hombre un adminículo —era precisamente él quien más la utilizaba para compensar los defectos de su pene—, salió con la intención de dar un pequeño recorrido por los labios y de proyectarse con un ensanchamiento estimable hacia el dedo de una Griétsiya no muy orgullosa. «Veamos», dijo el cazador en el gesto de ponerse la mano en la barbilla.

«Sí, veamos», dijo ella sin decir, con tan solo apretarse las sienes.

Y finalmente vieron pasar a quien perseguía el rastro de Iósif. Era rubia, esbelta, increíble. Iba también tras una pista falsa. Pisaba tan suavemente el terreno que no podía ser otra. El hueco era estrecho, pero se definía. Sin dudas. Sin vacilaciones. Sin titubeos. Sin palabras. Sin gestos.

Yelena.

Magnicida

«Deberá entrar por la derecha», pensó el magnicida, «deberá seguir el camino de sus pensamientos como siempre. Con unos papeles bajo el brazo de advertir, deberá comparecer el último a la tribuna para pasar revista a las tropas que le quedan, al pueblo que acuda, al recelo que se le presente de pie en la plaza, donde estará un servidor preparado para todo con dos paquetes de planes por mano, quizás con la cabeza de flecha en el aire, buscando el entrecejo que lo haga desaparecer, bah, pobre vidente, tan engañoso».

La mayor parte de la casa estaba construida bajo tierra en la dirección que le habían indicado antes de entrar en chirona, pero la ciudad no era la misma, en los primeros minutos de liberación parecía difícil descubrir el sitio exacto a través de la maleza. Las calles habían perdido la rectitud de su tránsito, demasiado escombro borraba los contenes, los árboles salían con gajos llenos de gorriones del interior de los edificios, el asfalto se acercaba al parche y las zonas más bajas se iban convirtiendo en pantanos indóciles que hacían peligroso el recorrido de rutina de los ¿transeúntes?

«Deberá estar condenado ese día, cuando redunde y redunde estúpidamente, cuando se carcajee y señale, con aquel arrogante índice de uña larguísima, el lugar de la plaza donde reposan sus invitados de cien países, bah, deberá estar condenado para entonces».

La casa apareció a la vuelta de unos pinos, cubierta de hierbazales copiosos, enredada en la lluvia puntual y con dos ojeras a medio hacer gracias a un par de gajos horizontales que empobrecían la visión de las ventanas del frente. Una marca de pintura bajo los escalones le hizo alcanzar primero la certidumbre de que fuese casa, y después, de que fuese la suya. Tétrica como un cementerio, las losas del piso se habían levantado a modo de lápidas en la pieza rectangular. Detrás de cada una descubrió raíces malignas y retorcidas que daban la impresión de un muerto en fuga. Por los laterales, el chillido de las ratas decía mucho sobre una carrera súbita o un salto peor por las repisas inter-mitentes. Plantas trepadoras caían del techo. Allá, por el fondo, una mampara de bejucos. Filtraciones: el techo tenía la doble función de cáscara y coladera.

«El objetivo llevará el discurso en papel, se lamerá los dedos en público al hojear y se apartará cada tanto para meterse en otras cuestio-nes. Querrá, como siempre, mostrar su carisma al punto de rectificarse a sí mismo mientras habla. Le facilitarán un vaso, unas píldoras, una explicación, pormenores, gestos, guiños. El lapicero irá a su izquierda, en el segundo traje, algunos apuntes también, algún itinerario escrito, cosas de viejo, bah. Lo más importante es su posición en la tribuna: si sospecha, se inclinará hacia adelante para buscar refugio en el mate-rial blindado; si no sospecha, se inclinará diferente sobre sus zancas, envuelto en aquellas divinas contemplaciones de los hombres que lo custodian. Siete veces lo mataría si no estuviera al menos uno de su escolta, un capitán pendenciero que está de pie y a la expectativa. ¡Mala suerte! Quisiera gritar».

Las puertas se mantenían erguidas tras una cortina de hiedras venenosas; puertas a cualquier parte, a los cuartos, la biblioteca, la cocina, en su mayoría condenadas por esa misma decadencia que tejía ante sus ojos un cuadro armónico de oscuridad, peste y musgo. En el interior, los elementos se vinculaban a una situación de desastre sin que las paredes decidieran comenzar el derrumbe. Si la mampostería era sólida y el maderamen estaba podrido, este mal ambiente no deparaba otro asunto que una invitación a los vientos y las alimañas. ¿Entraría él en la lista? Sí, obviamente. Rio a discreción. Se consideraba a sí mismo un viento huracanado y un saltamontes.

«No tendrá escapatoria. No le servirá una sola puerta de escape. Será hundido, pisoteado, humillado. Le pondré los pelos de punta. Se va a cagar en los pantalones. Su piel será de gallina. El rabo se le esconderá entre las patas. Se quedará patitieso cuando vea la punta de bronce por los aires, en busca de su frente».

En absoluto silencio, palpó la textura de los muros e hizo con la uña del dedo índice una cruz en el sitio exacto. Una banda de pájaros se alborotó sin siquiera trastornar su juicio, más bien la baraúnda lo hizo aplicarse con mayores ansias a otras algarabías de la tarde para definir momentos de peligro en la intemperie. Salvo el retorno de los pájaros a sus nidos, nada se produjo en un par de minutos de estática auscultación, luego sí, el crujir de unas bisagras, la pared que cedía, el magnicida haciendo mutis a través de los muros gracias a mecanismos furtivos de entra y sale.

«Lo dejaré hablar, tendrá que irse en confianzas por esa bocona suya, morirse en pestes metido en un gran saco de palabras. Será exquisito, un lujo que me daré cuando lo tenga en la diana cagando verbos por la trompa».

La escalera tras la pared conducía a un descanso de mala muerte con mojones de escombros sentados sobre un tresillo y una hornacina sin muelas y bostezando. Tuvo que meter los dedos en otras ranuras para que la continuidad de los peldaños se abriera bajo sus pies, hacia lo profundo, quizás hasta el centro de la tierra. Así pensó más abajo, cuando el tanteo lo hizo bajar a otra escalera que descendía. Sus pasos eran firmes, pero iba a ciegas, sin asidero, con una pisada que no veía y unos miembros que lo trasladaban a qué lugar. Después de varios rellanos estrechos y vacíos, palpó las paredes ante la sospecha del fin y encontró una ventana por la que cabría a duras penas su cuerpo. El mecanismo en la pared consistía en dos orificios para meter los dedos y un par de botones estrellados. La ventana se abrió con un chasquido, vio luces que se encendían automáticamente, un sótano amplio, tan iluminado como un laboratorio, varios bultos de herramientas y de libros, frascos con rótulo de ponzoña, equipos con bridas y engranajes suficientes para sacarle músculo a un pellejo.

«Como aclara la psicología de un magnicida, lo dejaré entonarse con cálculos muy precisos del tiempo exacto, con afinaciones y amenazas dispersas por ahí, en ese cerebro próspero y ensartado. Deberé darle alas, irle dando cordel hasta que se pueda o hasta que no se pueda, pero deberé esperar mientras no se presente el momento justo. Un plan es un plan, ¿cómo voy a desconocerlo?».

Tapizadas con cobertura metálica, las paredes a prueba de detectores refulgieron tras otra formidable línea de lámparas encendidas por su mano. El contraste con los pisos de arriba se completó tan repentinamente que sus consideraciones se fueron a la mierda por unos segundos. Las superficies pulidas de las mesas centrales le sugirieron apoyar los codos en busca del pensamiento total; a tres kilómetros cabeza adentro, seguramente encontraría un parque, después un sendero único y al final un atrio donde miles de rostros le miraban. Allí daría un toque de quietud a su crimen.

«Bah, el proyecto es cambiar el rol de la materia gris, que pase de sublime enlace de ideas a decorado. Si Guardia Personal a sus espaldas cabecea repentinamente he de adelantar el momento, para eso no tengo que pensar. Seré acción. Pensar, qué tremendo imprevisto».

No buscó sillas. La sala no estaba hecha para arrellanarse en busca de los cabos sueltos, allí había que llegar con los asuntos en regla. Se acodó al metal minutos antes del ejercicio.

«Lo que más me preocupa es tener aún variantes sin definir. A estas alturas, después de mi año en chirona, ya debería haber pensado en todo. Algo me entorpece. ¿Por qué tengo campos mentales a oscuras?».

Abrió un armario de metal y encontró ropa deportiva de su talla. Se las arregló para vestirse rumbo a los aparatos de gimnasia mientras también pensaba en Vidente, recordaba su cabeza metida en las vestiduras de los presos. Un mareo repentino lo sacudió en el instante de su contacto con las superficies y la voz de quien recordaba le dijo al oído que no podría. «No podrás», le dijo. Se viró dejando caer las pesas. Estaba a solas.

«He de estar muy viejo», se explicó a sí mismo, «ya me empiezan a buscar los fantasmas».

Era difícil igualar esas torceduras y acoplarse sin respiración directamente al otro. Si no llegaban hasta el final ahora, era poco creíble que volvieran a tener esa facilidad para combarse. Por tercera vez en una tarde de domingo, después de saberse heridos por algo, por la distancia, por ejemplo, por la suerte de encontrarse gracias a un día de asueto en el calendario del hombre, resultaron gente de tesón, de babas y de ubérrimos manantiales.

«Magnífico», soltaron ante el follaje de pelos y continuaron en lo suyo de muy buen ánimo. Indagaban en salientes y entrantes según diera lugar: él se imponía como si esgrimiera una pieza de avancarga y Griétsiya aceptaba para sí, tácitamente, el corto carácter, a sabiendas de que una lengua que no termina puede resolver los apuros de una rareza por defecto. La joven, en opinión de las patas de la cama, del ser mutuo que formaron al unirse para darse alimento, era quien hacía ese gesto desestabilizador y quien, armada de una columna pigmea, se saciaba plácidamente.

El punto de vista resultaba el de un herrero: las herraduras se definen a golpe de mazo y al calor del hornillo, no se pronuncian más de tres palabras y todo es alegoría; sí, el punto de vista tácito seguía siendo el del herrero, dominador de larguezas y cortedades hasta el nivel de la excitación. Se ve correr lo más valioso, y, acto seguido, se funden las piezas para dejarlas pegadas al calor. «Es posible morir sin sangre», comprendieron. Los hijos de la cintura se relajaron y se derrumbaron rígidos —por primera vez— sobre los muelles, sin ánimo de escapar a las escenas anteriores, que comenzaron a revivir solo mirando el techo.

«Fue así», dijo Griétsiya, aún asombrada. «Ni siquiera he dormido, estuve todo el tiempo en actividad, tú cerraste los ojos, dijiste que una nueva auditoría se complotaba contra la empresa, pero yo seguí trabajando por aquí y por allá hasta tenerlo todo listo y tenso. Tu cuerpo parecía un barco en cuya proa hay libertad, en cuya popa hay libertad, todas las direcciones parecían tener por resultado la libertad. Yo solo debía tensar las cuerdas. Y zarpar. Abriste los ojos y creo que no reconociste la pelota de carne que pasaba sobre ti como un rodillo. Me diste unas nalgadas para entrar en calor, eso creo, y yo grité para que entrases mucho más rápido en calor, para que tu valiente personalidad hiciera lo suyo en esas profundidades de tu cabeza a las que no tengo acceso. Así fue».

No tuvieron un día similar hasta algunos domingos más tarde.

«¿El calendario? ¿Cuál calendario?». Iósif preguntó insistentemente por un calendario, solo que Griétsiya no supo a qué se refería porque estaban sorbiendo un caldo urdido con las mejores intenciones del mundo y el esposo no convencional comenzó a quejarse y a requerir un calendario. «¿Para qué quieres eso?», dijo Griétsiya acostada, con medio metro de tela sobre el cuerpo, lo cual cubría parcialmente los muslos, en parte el envés y solo por gentileza las nalgas. «Los días se me han hecho inútiles», respondió el hombre, «necesito verlos todos juntos para saber si es posible seguir adelante», su piel se veía más blanca que nunca. «¿Juntos? ¿Todos los días juntos?», se asustó Griétsiya. «No, no creo que funcione». «Sin embargo», Iósif tenía una insistencia en los ojos, «tráeme algo que se le acerque».

La joven hizo lo que debía, buscó un espejo, lo puso ante sus ojos a pesar de que el azogue formaba capullos grises en rosetas espeluznantes y le hizo abrir los ojos cansados, detenerse en sí mismo como había pedido, reservar varios sollozos cada vez que contenía la mirada en lugar de seguir quejándose a la carrera. «Eso que padeces», dijo la joven, «se llama fase lunar».

Sin importar la explicación, los ojos se mantuvieron fijos en el espejo. La buena esposa esperaba que sucediera algo diferente, pero las pupilas del hombre repasaban las nuevas arrugas que unían lo anterior a lo actual para establecer un estado de ánimo maligno.

«Voy hacia abajo», murmuró Iósif, en referencia a su edad. «Yo, al menos», esquivó Griétsiya, «me siento muy a gusto en mi nueva, doble vida».

Por alguna razón, la buena esposa se llevó las manos a los labios como si quisiera encontrar su lengua y atarla tras lo dicho. Las pupilas seguían en su ágil reconocimiento. Todo incrementaba la miserable idea de ver la abundancia de los días a vuelo de pájaro, transcritos a una superficie de patas de gallina, pómulos hundidos y bolsas en los párpados que formaban, en gran medida, un resumen de sus años.

Miraba también las pupilas en el azogue degenerado, ya no era más que un rostro de otro rostro el que se veía a sí mismo en el reflejo irreverente, porque ahora vislumbraba que la irreverencia es más vieja de lo que se supone.

Concebía al inspector en jefe en una nueva revisión de la empresa. «Ahora será difícil escapar», había dicho el mal esposo y ella le había contestado «¿y cuándo ha sido fácil?», así que las pupilas fallaban nuevamente, se concentraban, se dilataban y en el sitio del reflejo manejaban cruelmente las preocupaciones.

Imaginaba al joven Lev, a quien había halado a su empresa por una deuda de algún género contraída en el rascacielos azul oscuro, y quien, a decir de Iósif, le preparaba una engañifa para sustituirlo. «Conozco a su mujer», se ofreció Griétsiya por si hacía falta, pero no, ni siquiera sus palabras lo sacaban de aquel ciclo frente al espejo en que se había metido por sí solo.

Calculaba el enredo económico que deterioraba cada vez más su imagen, y eso que había dejado atrás lo que más placer le proporcionaba, y eso que se había casado de la manera más placentera, y eso que había simplificado su existencia a solo dos o tres vidas a un tiempo, sin embargo, se había vuelto a complicar con las finanzas al punto de sufrir crisis de ausencia dos o tres veces a la semana.

«El hombre es complicado», pensó la buena esposa, decidida a sacarlo de semejante embeleco. Siendo lo más metódica posible, hizo que la tela se le deslizara por el vientre hasta quedar desnuda. «Para que me comprenda», se dijo y se metió bajo la mesa y lamió uno por uno los dedos de los pies del mal esposo. Fue volviéndose pródiga en torsiones o flexible como un instrumento de flagelación para entregar la desnudez de la finura, la desnudez del arrojo y la desnudez del animal inteligente que se encuentra entre el esclavo y la bestia. Ya no se trataba de verse en cueros y conceder. Malgastó sus minutos en el trabajo de la boca. El pequeño pene parecía florecer aunque ella no pensaba en florecimiento alguno.

Se fue haciendo de noche, por la rendija de la puerta se podía manosear el tiempo en caso de estar consciente para alguna circunstancia, pero solo supo que el tiempo había pasado cuando el golpe con el canto de la mesa le produjo en la razón el mismo efecto de un disparo a quemarropa. Se le escapó el encanto y ya nunca más obtuvo igual placer como en aquel momento. Todo su ritual se hizo meditabundo. Al ir y venir por el cuerpo del esposo se notaba vestida así permaneciera sin ropas, y también sobrevenían, cosa absurda, los cálculos. «Ya perdí ese estado en el cual podría irme, llegar, romper, armar, lo que fuera, sin el maldito hábito de estar presente». Lo quiso decir a Iósif a la salida de la mesa, metiéndose con los labios todavía circulares entre el tablero de la mesa y el hombre, pero no fue posible, se sorprendió lo suficiente al verlo en el mismo punto en que lo había dejado, sin gozar nada, las pupilas aún se le movían por la pantalla del espejo en el interior del ciclo de preocupaciones técnicas.

«Lunático», dijo y lo golpeó. El mal esposo pareció reaccionar, se deshizo del espejo y las pupilas abandonaron el punto de la profundidad en que habían desarrollado planes. Sin embargo, no dijo nada. «Injerto», volvió a ofender Griétsiya, «casi llego al clímax y tú…, y tú…».

La próxima ocasión sobrevino un mes más tarde, un sábado.

Los presurosos eran ellos, la lluvia no tenía ningún apuro, caía y caía por dondequiera que anduviesen. Los corredores podían haberlos protegido, pero ya que salían a estirar los pies y se mantenían juntos, cogidos por las nalgas para caminar despacio, frenándose cada cual con un pellizco en la carne de las almohadillas, hicieron lo suyo para escapar lo más secos posible mientras la lluvia se encargaba de entorpecerlos y el granizo desgajaba plátano silvestre y rompía cristales de las tumbas.

Desapareció el aroma a resina de los pinos o se detuvo a una distancia inútil. Del mismo modo en que ellos buscaron cobija, se les pudrió el ambiente como si solo hubiera bastado chasquear los dedos. El agua se empozó con rapidez. Comenzaron a decir «¡qué vida maravillosa!» por una calle árida y cuando terminaron ya el agua hacía cosquillas en los tobillos. De no haber degenerado a una arquitectura de criptas, el paseo se les hubiera ensopado totalmente. Ninguno de ellos comprendía por qué estaban allí cuando comenzó a llover. Los ángeles de la cripta parecían haber desplegado las alas y los monolitos se alzaron luctuosos nada más prender el cigarrillo que habían llevado para hablar bajo el humo, íntimamente. Griétsiya lo explicó gracias a la continuidad de su patio con la tapia del cementerio e Iósif creyó posible que la ciudad se hubiera vuelto loca. Entre todas las situaciones, ellos cambiaron el paso para ampararse bajo una fronda un poco menos penetrada cuando apareció aquello, las criptas.

«Suficiente», dijo Iósif al cerrar la puerta del sepulcro tras de sí, «ya me comenzaba a deprimir el paseo por un sitio abismal. ¿Quién no se cansa de ver lápidas hundidas y cuerpos desenterrados por los depredadores? No te rías. Yo no me canso, me deprimo. Creo que saltamos un cerco antes, en los diez minutos previos a la lluvia. Después fue como si los angelitos sin cabeza hubieran desplegado las alas y los monolitos se alzaran luctuosos, ¿lo sentiste? Sin tu voz en mi oído me hubiera concentrado perfectamente, pero eres desquiciante como una sirena, me murmuras, me murmuras, me murmuras con una infinidad de sentidos, no dejas pensar. No te rías. Aquí no hay menos olor a muerto, sino más piedra. Aquí viene la gente en estas cajitas, todos se hacen polvo y entran en esa condición. Nada me asusta, bailo muy bien. ¿Ves cómo doy vueltas y no me detengo y ni siquiera rozo las cajitas de la gente? No digas que estoy feliz, algo torcido debo tener para disfrutar de un sitio como este. Recuérdame con este baile, Griétsiya. Vuelve, vuelve tus ojos si es preciso, solo en un lugar así puedo divertirme sin renunciar a nada. Por más que te enseñe el oficio hay algo que no acabas de entender. No porque seas hembra, sino por otra cosa que no acabo de entender, un impedimento, una púa. Yo nunca fui como tú, no puedo comprenderte, tienes esa púa maligna que todo lo hiere. Antes de nacer, mi familia se instaló en la ciudad y sufrió para adaptarse. Mi padre quiso hacer de mí una persona nada heroica y acabó provocando justamente el efecto inverso. Mi madre me enseñó a hacer un plato de hierbas, me decía "tráeme esto de alguna parte" y yo se lo traía, se lo traía de donde estuviera, de más allá de los barrios del horizonte o de cualquier recoveco. He sido feliz, ¿por qué no puedo bailar en la cripta? Si encendemos muchos cirios aparecerá el cofre de Fiódor, un compañero de trabajo. Murió hace poco, de muerte natural, en lo más alto del rascacielos azul oscuro. Si no tuvieras la púa en el corazón, sabrías valorar este hecho. No te rías. Soy cazador, la suerte debe acompañarme, y aunque no esté involucrado en el desempeño de mis funciones, aseguro una cosa: no tengo culpa de haber nacido así. Yo iba a buscar los ingredientes del plato vegetariano de mamá, y papá quería hacerme panadero. Crecí pensando que era subnormal. Mi liberación consistió en darme cuenta (contaba con dieciséis años) de que todos los demás no eran como yo. No te rías».

Griétsiya fue a ver la lluvia desde la puerta. «Seré una gran cazadora», dijo. «Me da lástima el ataque de ternura que estás teniendo en este momento. A tu manera, claro», añadió Griétsiya y cerró de golpe.

«La empresa sigue a la deriva», explicó Iósif.

«¡Cuán difícilmente te comprendo, amor»!, Griétsiya quiso cerrar la puerta.

«Creo que han descubierto un error en mis cálculos».

«¡Cuán enrevesado piensas, amor! Traes mi corazón de un lado a otro. Comienzas a manifestarte con una elipsis muy amplia».

«Un error que podría significar millones para el país».

«¿Por qué te abres cerrándote?».

«Un error que disminuye mi cuello al diámetro de un hilo».

La puerta dio por sí sola contra el batiente; en ese instante, se dibujó un relámpago y las voces esperaron el trueno para arrancar.

«Considero oportuno decir que mi familia, en la distancia, coincide con mis pensamientos sobre la inmadurez», dijo Iósif.

«Por favor, no comiences a dirigirte a mí con la jerga que usan en cualquier rascacielos de Faraón», propuso Griétsiya.

«La familia, señora, en la distancia», Iósif tomó asiento, «se movía de un lugar a otro, se detenía en el malecón (no existía el muro del puerto por entonces) a ver el panorama sin querer decidirse. Me permito incluir este recuerdo en el asunto para una vívida retórica acorde a las calamidades. Quisiera saber cómo todo lo anterior influye en lo actual, porque lo anterior es de otros, mas lo actual es mío».

«Pobre, tienes un ataque de pánico».

«No te acerques, nunca serás cazadora».

«Pobrecito, ven a mis brazos, anda».

«Me pinchas, me pinchas el corazón con tu púa».

«Así, nunca. Así nunca. Ven, yo te consuelo, pobrecito, eres un desdichado».

Iósif se puso de pie y fue en persona hasta la puerta, la valoró antes de abrirla, afuera escampaba y ya podían continuar el paseo. Antes, dijo: «Necesito que le digas a quien te contrató para seguirme, que la empresa está bien, que no estoy preocupado. ¿Puedes hacerlo?».

Griétsiya vio la secuencia del hombre afligido, sus movimientos fueron encajando en lo que vendría después porque no solo abrió la puerta y miró la intemperie mojada, sino que silbó brevemente antes de hacer la pregunta.

«Nadie lo ha visto tan triste», se dijo Griétsiya.

«Te diré mi verdadero nombre si me ayudas», volvió a silbar el buen esposo.

«No te vigilo», gritó ella y no supo si sonaba convincente.

Iósif la hizo salir fuera y siguieron el paseo como si no hubiera llovido en toda la tarde, pero lo dicho, dicho estaba.

GRIÉTSIYA E IÓSIF

Ante los dos, el muro interrumpía la perspectiva azul de crestas y de espumas que se asomaban a través del borde en días tormentosos, cuando las olas insistían en entrar y algunos habitantes, consternados, las veían, las veían. Se estrujó los ojos con fuerza.

El muro, con el rostro de Faraón dibujado, mantenía una vertical casi infinita y hasta el momento lapidaria. No era completamente púrpura, iba cambiando de color cuando se buscaban los ángulos más valiosos del soslayo, del irreverente sesgo que enfocaría a medias la línea ondulante del rostro faraónico tal y como lo pudiera haber visto hace cincuenta años en los carteles de otro lugar: la piel tersa se deslizaba sobre las mejillas hasta detenerse en los ojos y luego cubría más aceitosa los frontales, se redondeaba hacia la raíz del cabello en dos cúpulas esbeltas y se quebraba finalmente en un sitio cercano al puente nasal, donde cualquier preocupación hizo en todo tiempo, antes del muro y después de este, dos fisuras sutiles.

El color rojo se descubría desde la derecha, vacilando siempre rumbo a un antiguo indicador de la avenida o sentado en él y dispuesto a contemplar los contrastes de ese rostro, demasiado blanco, que en la perspectiva contraria cobraba un tono azul enraizado en la tradición celeste. Iósif escuchó a Griétsiya decirle «orate» y esperó sin propósito consciente la pregunta «¿qué persigues yendo de derecha a izquierda como un desquiciado?» para volverse a estrujar los ojos con fuerza.

El muro, de colores infieles, interrumpía la lluvia —no ahora, no llovía—, opacaba el sol —sí, sí—, detenía la brisa, obturaba el introito a la ciudad, al fin y al cabo figuraba como un obstáculo del horizonte si es que acaso el ladrillo sobre el ladrillo y el rostro en el muro, repetido por millas a lo largo de la costa hasta salir de la urbe y concluir en algún sitio, no era interpretado por todo el paisaje posible. Los artistas habían trazado líneas en profundidad para ganancia de un efecto sorprendente, daba la impresión de un tejido vivo por el que se podía caminar hacia dentro sin rajar membranas, como si contuviera en sí una idea novedosa del infinito: no debía olvidarse la mímica embutida, los pómulos que se prolongaban hacia el interior, que ganaban al mismo tiempo profundidad y distancia.

Se estrujó los ojos, tuvo conciencia por un segundo de las palabras de Griétsiya y sacó de su bolsillo el regalo, lo hizo instintivamente, tomó el objeto y lo puso en el puño de la joven a fuerza de hacerle estirar los dedos con sacudidas.

El muro, si lo pensaba bien, el rostro en el muro, tenía delineado un optimismo intrínseco. Los artistas habían profundizado esa inclinación gracias a un gran dominio de la técnica multidimensional. El rostro sonreía, se maravillaba, sus hendeduras en la frente se prolongaban de un lado a otro y la sonrisa descubría un escuadrón de dientes pulcros de exquisito esmalte.

«Oh, Iósif», ella miraba ahora el obsequio, al parecer, no comprendía su nuevo método de escape ante las preocupaciones de la empresa, prácticamente perdida ya, o ante las sanciones que flagelarían su lomo.

El muro dejaba para último plano unas líneas verticales que terminaban por ser rascacielos, de cuyo realismo no tenía ninguna duda, no veía la mínima intención del viejo *sfumato*, nada vaporoso armonizaba en los detalles a derecha e izquierda, los edificios no eran vagos ni se desvanecían en lo oscuro, sino que cobraban fuerza y solidez y sus paredes eran como músculos tensos.

Él escuchó desde el indicador de la avenida la frase de gratitud de Griétsiya y casi terminó una oración que lo intentaba explicar todo brevemente, algo así como «soy bebido por la existencia, y, como si no me importara, te regalo esto para comunicarnos día a día», lo cual no era un «te quiero» con la exactitud augurada, pero iba prolongando su matrimonio, lo iba haciendo, con toda seguridad, útil.

Pasó una hora.

«Detente», dijo Griétsiya, «estás tensísimo». Lo tomó de la mano mientras él se proponía desatender el muro y prestarle más atención a ella. Iósif se dejó conducir.

La vio extraer un ladrillo de uno de los rostros dibujados y proponerle con cierta autoridad una ojeada a través del espacio vacío. Ella tenía los párpados envueltos en el maquillaje que las manos de Iósif, lerdas para polvos azules, habían dejado con un sentido turbulento; pero todo esto y más le resultaba distante. Su rostro de hembra, su semblante clandestino, la pedantería de sus manos explicaban por qué debía percibir a través del hueco. La observó de arriba abajo como si fuera una documentación inexacta –obvio, la empresa extendía motivos laborales a sus días libres–, como si la mirara entrar desnuda a un sitio público, no que la viera caminar solamente, sino verla adentrarse como una muñeca desnuda, hermosa, enrarecida por el uso y los coloretes.

La vio también –con idéntica lejanía– alzarse y encogerse, llegar a una posición en cuclillas desde donde esperó unos segundos para volverlo a percibir, y cuando finalmente lo hizo, entonces dio la impresión de ser un paquete. Ella, con una sonrisa, ubicaba una y otra vez su índice en el ladrillo retirado, lo cual correspondía a retirar un diente en el dibujo de Faraón.

«No podemos hacerlo», dijo él y pensó que la negativa era un buen argumento para defenderse si acaso alguien la había enviado a perseguirlo. Griétsiya dejó de insistir, solo quiso ser «una muchacha eficaz», «agradable», por unos minutos «segura», según dijo con circunspección, pero él quiso pensar que no lo era, que aquella propuesta sería finalmente un ardid para tomarle una foto mientras miraba a través del muro. Con una prueba como esa cualquiera, no digamos un inspector, un practicante podía hacerle un daño excesivo por todo el tiempo posible.

«Hagamos alguna otra barbaridad», propuso, «nos divertiremos de otra forma».

«Podrías mirar a través de la sonrisa, por ejemplo», Griétsiya insistió a ultranza, «nadie nos sigue, ya la rubia, o cualquier otro que hayas traído detrás, te ha perdido el rastro. Escucha, huele y comprende: estamos solos en la avenida. No hay más que mirar a través del muro para ver el farolito. Mira con atención al hombre en la cubierta. Dime si te parece extraordinario. Confía, ¿crees que puedas escuchar lo que él reclama? Le dicen Moiséy».

Iósif se llevó las manos a la boca para que el gesto fuera bien visto por sus perseguidores, si es que alguno de ellos lo estaba observando en ese instante. No iba a cometer un delito así, a la luz pública –¿pública?–; no se veía a nadie más, pero los matorrales que afloraban parcamente al otro lado de la avenida podían esconder una mano, una cámara, o quizás la misma Griétsiya tomase nota del suceso para delatarlo. ¿Habría un micrófono en alguna parte? La había registrado sutilmente antes de salir, como era habitual. Quizás estaba siendo extremista, pero un hombre con su puesto y con sus líos no debía caer en un error político.

«Mira, amor», dijo no solo para escabullirse, «siento un latido en el ojo derecho, alguien por ahí nos está mirando».

«Amor», sostuvo ella y se aplicó al muro, «¿crees por ti mismo que puedan haber otros locos como ese?».

Ni idea. Debía resistirse a mirar por la dentadura rota. ¿Serviría de algo concentrarse en los gritos? ¿Valdría un céntimo este famoso Moiséy? Iba a notificar en breve el vil ofrecimiento o corría el riesgo de que ella se adelantara para completar la engañifa. Si él no era, ella tampoco, pero quizás él fuera y ella también, o, por el contrario, él fuera y ella no, aunque si uno de ellos era y el otro todavía, algunas cosas tendrían sentido, y si los dos eran algunas cosas alcanzarían quizás un nuevo margen y otras cosas no alcanzarían ninguno. Podía pasar, todo podía pasar. Sin embargo, estaba seguro de que él era. ¿No podía inquietarse o sí? Entonces, ¿y ella?

Sus oídos volvieron a la realidad y registraron un crujido veinte metros en el interior de las sombras. Ellos, contra el muro, acuclillados; la avenida inurbana, con su asfalto dormido; una línea de arbustos secos; la maleza; uno… cinco… diez… quince, veinte metros y un par de zapatos de mujer.

«Me vigilan», dijo. «Vuelven a seguirme. Está claro, necesitan un chivo expiatorio».

«Algo de todo esto escapó a mis oídos», Griétsiya se llevó los dedos a las sienes para contener cierta cefalea pulsátil, «¿o escapó a qué parte de mi cuerpo?».

Se precipitaron a una esgrima en su mayor parte inútil.

«Te lo preguntaré una vez más, ¿alguien te contrató para estar al tanto?».

«Te lo responderé una vez más: ¡Nadie!».

«Te aseguro que no estoy molesto».

«Sonríe».

«Hay una mujer muy peligrosa en la maleza. A este tipo de gente solo la manda uno desde lo más alto y siempre acude para conseguir lo peor. *Los de arriba*, ya sabes, necesitan destituirme».

«Si has cometido un error con las cuentas, o si has metido las manos, o si, por el contrario…».

«Al principio me hicieron creer eso, alteraron los dígitos para convencerme de que soy un inútil. Me defendí. Calculé de nuevo, busqué información. Miré a través de una ventana las curvas tiesas de los adoquines que se perdían a lo lejos formando, al final, una plataforma para los discursos. Fue inútil. Todo fue inútil, la empresa no puede respirar. Nadie quiere enfocarlo así y buscan a un culpable lo suficientemente ilustre como para recuperar la confianza del pueblo. La esperanza debe sobrevivir a toda costa. Los humildes no deben verse alicaídos. ¿Qué significo yo, tan egregio, frente a la esperanza?».

«Ahora sí, escuché el crujido que unos zapatos de mujer practicaron a la sombra de unos guisasos».

«Llegas a un momento de tu vida en que debes demostrar compasión. Dime que no cumples la orden de reunir pruebas en mi contra».

«Te digo que no cumplo órdenes, soy tu esposa amantísima».

«Pero yo creo… ¡Falsaria!».

«¿Cómo puedes torcerte tanto para pensar? Dices cosas que me atolondran. Por eso quería que la visión del hombre en el botecillo te aclarara el cuento».

«¡Vamos! ¡Vomita!».

«No tengo nada que vomitar. No me he tragado nada».

«Muy bien, muy bien».

«Te propongo algo: ¡la seguiré para ti! Descubriré sus razones, la convenceré de tu inocencia, defenderé un nuevo sentido para tu vida».

«Es arriesgado. No entenderá ni una palabra. No sé si exista un único sentido, aunque fuese precisamente otro».

«Ya casi soy una cazadora».

«Ella te supera. Te vence. Te aventaja en todo».

«Sonríe».

«Sonreiré mañana».

«Me voy», dijo Griétsiya. «Te mantendré informado con mensajes a tu teléfono. Dame un abrazo de primate».

Iósif la abrazó, recogió el ladrillo y volvió a completar con él la sonrisa faraónica. La avenida que se extendía a sus espaldas lo hacía en virtud del paisaje de los rascacielos, cuyas cúpulas estrictas se dejaban ver mucho peores de lo que en realidad eran y parecían amontonarse por fin en la distancia como un haz de varillas en recordación del poder.

No había en ese momento ninguna nube, nada ensombrecía el horizonte por detrás, solo se precipitaba el sol a plomo y eso mismo era un tapiz de duendecillos saltones sobre el asfalto y por la acera sinuosa que el muro restringía. Luego, en otro sentido, todo cuanto se vislumbraba de ahí en adelante, con un dedo metido en la nariz y parpadeando del calor, era cruento y confuso. Las vías claramente se atropellaban e iban empinándose y girando hasta que a veces los parques, con sus bancos partidos al medio, o las viejas rotondas que perdían circularidad gracias a la tierra desbordada de los contenes, las interrumpían o las obligaban a converger. Algunos postes se habían fracturado el cuello y descansaban sobre las vías aun cuando estas, en su lentitud para remontar, se cubrieran a más no poder con el mantón rutilante del día soleado. La brisa entraba de todas maneras, pero escasamente por la hora y por el muro, y caía sobre los árboles en todo el recorrido a lo largo de más de tres kilómetros; la brisa se bastaba para despeinar la fronda y para componer pequeños remolinos salitrosos donde comenzaba la maleza.

En alguna intersección famosa los héroes seguían encaramados en sus potros metálicos, pero el material entonces, parcheado de verde, parecía incluir verrugas y tumores nuevos en los sitios donde nunca hubo nada similar, de manera que el jinete, lejos de empinarse, se desplomaba, y el caballo de belfos conspicuos y de cuartos poderosos, lejos de impresionar, deprimía. En lo sucesivo variaba la sensación de asfixia al aire libre, la maleza tomaba mayor distancia del muro, una palmera había nacido en un diminuto cuadrado de tierra y el túnel se metía en el agua para llegar a la otra orilla. Puesto que el muro continuaba bordeando la costa, la boca del túnel obligaba a mirar fijamente hacia adentro.

«Obvio», se dijo, «debo encender un puro».

Así lo hizo y enseguida vibraron sus ropas. Era Griétsiya, por primera vez. El mensaje en el teléfono decía: «presto atención… sigo adelante… he caminado mucho… comienzo a sentir peste bajo los brazos».

El otro lado sería más sencillo, la arquitectura y la floresta se acercarían al muro con cierta complicidad, se adivinarían los zigzagueos de una calle que ascendería de inmediato para torcerse en busca de una planicie enorme, con árboles, por supuesto, con maleza incluida, con una casa camuflada en lo oscuro, en el interior de un perímetro cerrado y después de una valla cuyo mensaje, sin lector, sin recordación alguna, persistiría en el viento. Suficiente.

Todo lo demás formó una imagen y se mantuvo en su cabeza en memoria de la comarca agreste, como una postal embrionaria, si era posible, en tanto la luz también era inicial y lo deslumbraba al final del túnel. Suficiente.

¿Cuánto tiempo tardaría? Las pupilas dilatadas demoraron más que nunca y los fogonazos que llegaban a su cabeza le hacían recordar lo mismo un kilómetro de bosque que un kilómetro de ruinas hasta la fortaleza abandonada, único sitio soñado. ¿Por qué el deslumbramiento le hacía prever paisajes así, entre un destello y otro? ¿Porque había atravesado el túnel con demasiada angustia? ¿Porque no dejaba de considerar medidas de rescate para su empresa? ¿Porque había encendido un puro? Ya distaba poco, sus pies trazarían eses para llegar, sus manos abrirían la costura de las cercas metálicas para adentrarse en su propiedad de forma subrepticia, como lo hacía siempre, privado de ruidos; sus hombros seguirían cargando la correa de la diplomática habitual que resultaba tan terca en cada salto; su abdomen aguantaría la respiración durante todo el ascenso hasta el núcleo de las ruinas donde se encontraba su residencia, rodeada aún de un vallado difícil de escalar, con portezuela de hierro y alambradas capitales que aleteaban con la brisa, si acaso la brisa era posible. Suficiente.

¿Cuánto tiempo? ¡¿Cuánto?! Sería provechoso que sus pupilas se acomodaran de una vez para seguir, pero eran verdes, sus ojos eran verdes, y su casa, al otro lado, de seguro permanecía bajo la mansedumbre de su insignia. Tenía un mensaje en el bolsillo, el teléfono vibraba con nuevos comentarios de su esposa, pero aún no se producía la contracción de la pupila, un horror. Se mantenía deslumbrado por completo.

Cuando fue posible notó la presencia de tres hombres frente al muro, de espaldas a él. Las figuras no hacían más que contradecir el equilibrio estatuario con gráciles movimientos del hombro derecho. Después advirtió los pinceles, que no escatimaban trazos azules y se movían sin ningún pudor, más bien destinados a la línea ondulante, no solo inverosímil. Los trazos iban adornando la vertical sobre el rostro que los artistas de Faraón habían dibujado para Faraón.

Aún casas y establecimientos no rendían patios y traspatios a la zarza, ni siquiera aparecían las diagonales de hierba más escrupulosa que recordaban su paso apresurado, inequívoco, hacia las cercas. Aún no acababa de salir por completo de la boca del túnel y su teléfono sonaba otra vez con un mensaje que decía: «frente a ella hablo de la virtud… y es difícil hilvanar…». Otro mensaje de la joven esposa con un palabreo furtivo, mientras un mar artificioso era dibujado en el muro por aquellas tres criaturas singulares que no le prestaron, contrario a la lógica, ninguna atención.

Estaba convencido de que cualquier humano le daría al menos una mínima muestra de su asombro, su figura era obvia, el sonido del teléfono lo hacía notar, la desfachatez del delito que se cometía también, más desfachatado que el resto de los delitos, ciertamente. Había que estar muy loco para no volver la vista cada cinco segundos mientras se profanaba así. En cambio, los tres tipos seguían haciendo lo suyo, cada cual pintaba un trozo de mar que después unía a otros fragmentos como si se hubieran preparado en muchísimas sesiones. Se turnaban para acercarse o alejarse a fin de conseguir los ángulos deseados en tanto el azul se prolongaba, corría a la derecha y experimentaba surgencias en sus más esplendentes formas.

Iósif no contaba con registros del asunto y simuló –simulación solamente– no haber notado al hombre inmenso que dibujaba la espuma vítrea por encima de los demás con una delicadeza exagerada hasta el esfuerzo, ni haber visto siquiera al flaco demasiado antiguo –lo recordaba perfectamente–, quien se detenía con circunspección tras el pintorreo de peces que manaban del fluido central sin devorarse. El tercero era diminuto y dibujaba el fondo en lugar de un retoque a la sonrisa faraónica, suplantada, por cierto, a esas alturas.

Aunque Iósif pudo apreciar los detalles, no era fácil hacerlo, tenía que ejercitarse otra vez en el soslayo, en el rubor quizás, y seguir detenido a poca distancia de la terna como un hombre invisible o por lo menos ignorado, mientras ellos parecían devolver el mar al sitio donde siempre estuvo sin derribar un solo ladrillo.

«Asombroso», soltó cuando se hizo una idea total de la ilusión, a solo metros de distancia. Se veía cómo la profundidad variaba a instancias de líneas con giros azules donde peces diminutos y enormes se inclinaban hacia adentro o hacia él, en una perspectiva compleja. Era evidente que los pintores contraponían una doctrina a otra, suplantaban el color cambiante y efectista por un solo color, el azul, en sus matices más increíbles.

«Esto sugiere», se dijo Iósif con cuidado de no herir inmediatamente su propio criterio, «que la monocromía matizada es superior a la policromía falsa». De cualquier modo la profundidad estaba resuelta, las figuras borraban para la eternidad el rostro faraónico de cuyas narices ya solo iban quedando los orificios. También la ilusión fijaba una muda, como quiera que no era periódica sino que discurría flagrantemente sin repetirse, establecía una continuidad cambiante, un tiempo corriente, nunca oficialista.

Iósif, sin alejarse mucho, escribió a la rubia: «Manda por tres poetas que pintan el muro al otro lado del túnel». El teléfono envió el mensaje y recibió uno de su esposa: «Primera vergüenza, no logro convencerla del indulto. Planteo reemplazar al chivo expiatorio y no resulta. Para colmo, acaba de recibir un mensaje que la pone al borde del colapso. Hace llamadas, menciona a tres forajidos, da órdenes a través del auricular y yo escribo el presente con el corazón oscuro».

Su bolsillo volvió a tragarse el teléfono, las líneas se profundizaron. Había figuras y fondo, pero el movimiento se expresaba al unísono, las proporciones formaban la naturaleza mínima tan soberbiamente como el entorno titánico. Iósif había escrito en el mensaje «poetas», lo había hecho inconsciente y ahora no le prestaba atención al calificativo ni a sus repercusiones, se decía que los facinerosos no estaban lejos de pintar un bote de mimbre con farol en la proa. La fuerza de las diagonales no hacía más que empujar la mirada hacia adentro y clavarle los ojos en el fondo, donde el diminuto pintor de piernas curvas, en una extraña posición para encontrarle un fin a su arte, distinguía sobre los otros con una repentina inteligencia de texturas globulosas, pero veloces, de realidades totalmente incompatibles, en confluencia o divergencia, como un erial florido.

Todavía dibujaban cuando quedaron atrás, lo mismo fueran empequeñeciéndose que desapareciendo. Sintió sus propios pasos mientras daba la espalda en dirección al sitio de los contenes truncos, donde se apropiaría de interminables rectas con un sudoroso fastidio. Por fin, el terreno dio lugar a una curva —en su memoria aún surgían peces en el muro— y comenzó a ascender hacia el montón de construcciones de la cúspide discreta. Hizo cuanto debía para llegar por los mismos atajos. Él también usaba medidas de seguridad para impedir que un ladrón lo notara, solo que en cada rebote o cuando pasaba a través de los tabiques, tenía que llevarse la mano al bolsillo para atender los mensajes de su esposa, lo cual era injusto, pensaba, no se había recuperado aún del mar de los poetas ni podía diferir en modo alguno su propio avance.

La narración de los hechos podía llegarle a parecer maligna. Vista como cadencia al menos y por culpa de su ritmo entrecortado, quizás lo indujera a una nueva crisis de paranoia. No era lógico perseguir otro mecanismo de escape sin preguntar hasta qué punto eran ciertos los incidentes relatados por Griétsiya en sus envíos. Entre remilgos ágiles, emergió menos feliz para conducirse al otro extremo de las cosas: porterías atascadas, mármol ahuecado, almonedas sin billete. El resto de las acciones por las que podría sentirse orgulloso fueron convirtiéndose en rutina a juzgar por la destreza con que los brazos se movieron, acariciaron los barrotes antes de transponer los locales y arreciaron casi a punto del colapso. La pantalla de su teléfono no dejaba de recibir letras, una tras otra:

«¿Lo logro? No, se ve que resulta difícil para un ser así concebir una afirmación responsable. Le encajo un reproche más y creo que me propina una bofetada».

Antes de llegar a su casa, decidió releerlos todos para hacerse una idea mejor de la rubia y de Griétsiya en sus trajines:

«Me enseña la espalda. Podría intentar algo, sería inútil. Es mejor seguirla»... «Apestamos»... «Perseguir a una tipa, querer bañarse constantemente, redondear el silencio al máximo»... «Debo tener peste en mi propio Nilo»... «Por lo pronto estoy en este mundo, y continúo»... «No sé, no creo, no debiera ser la peste la única constancia»... «Es divertido enviar mensajes»... «Hay una círculo de troncos de sumidad imposible»... «Con la mano en visera no distingo sus copas»... «Si no fuera por mis palabras no estarías asistiendo a algo así, date cuenta, tengo a la rubia a unos metros, no importa cuántos, igual no sabría decirte, se hace a un lado para confundir, da vueltas, mira a alguien, tampoco sabría decirte a quién, un momento, el viento calla»... «Tengo pavor»... «Me descubre, me increpa»... «Dice que no te amo»... «Que en el fondo soy una lástima»... «No me pongo a pensar en ello, Iósif, puedes revisar alguno de mis mensajes, tal vez tenga razón en el mensaje de la una y diez, también en el de la una y cinco, no así en el resto»... «Estoy segura, te amo, soy una lástima»... «Comienzo a gestionar una solución»... «Se mueve para aquí, se mueve para allá»... «Me reduzco para poder firmar un pacto»... «La encuentro esquiva»... «Se pierde en disquisiciones»... «Me habla del mecánico, de Faraón, de una festividad cercana y de un discurso televisado»... «No entiendo»... «No sé si tiene algo que ver»... «Me pongo a pensar y cuando despierto ya se ha ido, algo así sucede»...

«Todos estos mensajes y todavía no he recibido nada tuyo, ni una letra»… «El teléfono que me regalaste me divierte en un sentido, pero sería bueno mover un poco más las cosas»… «Cerciórate, por favor»…

Aleksej

Había abandonado la altura de las mansiones estériles por una buena choza contra el granito de un rascacielos. Nadie lo había visto entrar a campo traviesa, no por la avenida principal, sino por la retaguardia de los edificios. Iba con el pelo orlado en telarañas y tan llamativo como un bufón con el saco lleno de planchas de cinc y tablas viejas. También era de noche y eso pudo favorecer. El bosque había llegado a las proximidades, los guardianes del perímetro se ausentaban, las luces se dibujaban sutiles como si estuvieran de descanso y las telarañas pudieron resultar finalmente un buen camuflaje. ¿Qué habría pasado en su ciudad para tanta flojura?

Ningún contacto aclaratorio le era propicio, al menos eso se mantenía inalterable, si estaba allí era acaso para buscar protección de los bichos enormes que desandaban ahora las principales rutas. Su botella se había quebrado, de manera que estaba completamente solo en el mundo, sin reflejo para conversar. Otro Aleksej solo. Asociaba su soledad también con las plagas de bichos, porque la botella había opinado que con el próximo sorbo dejaría de verlos y dejaría de sentirse así. Tuvo razón al principio, pero más tarde la visión de las bestias deambulando por la ciudad se hizo fija hasta no poder definir su incontrastable existencia. Por si acaso, trataba de mantenerse seguro a la sombra de los rascacielos, aunque la flojura por aquellos parajes, otrora tan custodiados, viniera a pronosticar una tragedia. Aleksej no sabía que se preparaba un acto público de suma importancia.

La choza estuvo lista dos horas después. Metido en un cuadrado de madera con piso de cartón y techo de cinc, un espacio de dos por dos cuando menos, se tendió bocabajo tras destilar el líquido que cubriría las necesidades de una larga noche. A un lado descansaba la puerta sin bisagras que trancaría el hueco definitivo. Detrás, el alambique. Por delante, las estrellas, en la inmensidad del escaso cielo que podía verse. Escuchó el estrépito hostil de las bestias más allá de la zona del pasto que enmarcaba el límite de los edificios. Vio sobresalir de la espesura el resplandor de un caballo y no se sorprendió, en los últimos meses era capaz de ver cualquier cosa.

El primer granizo taladró el techo con una abertura como el de una pelota de béisbol e hizo al instante un cráter en tierra. «Hielo real», dijo. De inmediato lo fraccionó y lo esparció en el interior de un vaso plástico medio de aguardiente. Sostuvo la puerta con una viga apoyada en la pared del rascacielos, finalidad de ejercer su derecho a aislarse de cualquier cosa. Por último, se acostó bocarriba, el trago seguía en una mano, la mueca irónica y la frase «¡sencillamente delicioso!» se le escaparon casi al mismo tiempo, en tanto la granizada comenzaba a batir en todas direcciones sin desflorar nuevamente la techumbre.

La lluvia continuaba tirando cosas en derredor cuando Aleksej ya había logrado un sueño placentero. Todavía al despertar se escuchaba afuera el estallido de cristales. Los gajos aún describían una órbita confusa y afilada. «Probablemente el rascacielos detenga los granizos. Debiera dar gracias por la hora en que se me ocurrió cubrirme con las faldas de esta mole. Debiera darlas, pero a quién», pensó. El vaso plástico se le había perdido. A tientas, estiró la mano hasta el saco y extrajo una botella.

«Me llaman Aleksej», dijo y quedó a la espera de una contestación. «¡Qué tonto! Tú eres un frasco asqueroso que no tiene alma», remató y la hizo a un lado.

Se detuvo a la expectativa de los acontecimientos de la intemperie. Durante dos horas el viento pareció amainar, hasta que por fin se extinguieron las detonaciones y la lluvia. Mejor aún, la luna se plantó en lo alto. Un rayo de luz se filtró por el agujero del techo. Aleksej alzó la botella y consiguió arrancar un reflejo suyo en el vidrio azul.

«Hola», dijo el reflejo, «ya estoy de vuelta».

«Lo imaginé», repuso el hombre completamente borracho, «¿cómo no vas a tener alma?».

«No te pongas romántico, jefe. Bien sabes que no voy a abandonarte nunca. Vamos, celebra».

El hombre obedeció al instante y continuó empinando el codo hasta distinguir el amanecer a través de la tronera del tejado. Sacó la cara del refugio y miró aquí y allá. Un granizo enorme se encajó en la hierba rozando un flanco del rascacielos y aun otro repitió unos pasos al norte. Comenzaron a caer como balas de cañón por todas partes. El techo fue bombardeado de nuevo y se sintió en la necesidad de una carrera en fuga hasta los árboles más próximos, donde también saltaban gajos floridos como picados por un invisible cortante venido de arriba.

Estaba casi seguro de que todo era real.

Yelena e Iósif

La sábana regresó a su mejor oficio, sostuvo su género a cierta altura antes de caer tan cuadrada como en el origen –no había perdido de momento ninguna cualidad, más bien comenzaba a disponer de ellas–, no sin antes verse del rojo de un fuego obtenido en las cavernas más oxigenadas.

La sábana, en el instante de interrumpir su ascenso y resistirse a bajar, creó formas sorprendentes en su envés donde se distinguieron casi a la perfección fortuitos paisajes, un valle rodeado de ejércitos, la matriz de un vientre inflado o el seno pitio de un río escandaloso que tuerce hasta el final. Ya casi en el descenso se consagró a describir peldaños, lo hizo naturalmente, sin intenciones de reducir el tiempo fresco otra vez. Enseguida sus bordes remataron el filo de la cama y cubrieron los ángulos casi al unísono aunque las cabezas y los pies sobresalieran aún de modo trascendente. ¿Llegaría a encajarlos por completo en su cuadratura?

El material cubierto cobró vida, hizo algo por sí mismo y se puso a saltar sin fallarle al metrónomo que miraba desde los anaqueles. Surgieron figuras versátiles en relieve que se dedicaron a describir secuencias y a perder la vida en temblores para dar paso a otros relieves tan alegóricos como un león que se lanza al cuello del antílope, un árbol que se inclina entre dos riberas o una pirámide trunca que estalla. La sábana roja ofrecía un millón de posibilidades en su momento de máximo esplendor. La palabra sosiego, repetida, solo retornaba el vacío. La tela se modelaba desde abajo como si los escultores, por norma, hubieran sido atrapados en el material hasta la culminación del período.

Después, cuando se hizo el orden, cuando lo que imaginó sobre el encuentro se había agotado, la sábana roja comenzó a enrollarse hasta tomar la forma de un planeta, lo cual trajo a la mente la teoría del derramamiento, de la mancha lechosa en su superficie. Él tuvo dudas de aquella impureza roja, pero solo en una ocasión. La tela cayó en su cara y de pronto rompió la actitud redonda, volvió a ser cuadrada y lisa, volvió a cubrir algo quieto, si se quiere, la mitad de todo lo anterior. La otra mitad había quedado afuera y abrazaba con un muslo por encima hasta alcanzar el número más elevado de abrazos posibles para un ser bípedo.

«Dime», preguntó el hombre, «¿mi pene es corto y grueso como un dedo pulgar? ¿O es capaz y escandaloso como un río?». La rubia lo desoyó con gracia, seguía propinando abrazos, arriba y abajo era lo mismo, apretaba igual, tenía la misma fuerza en todos sus miembros, era tan uniforme como si solo fuera el organismo largo y constrictor de una boa. «Me acaba de atacar un movimiento telúrico. No dices la verdad, probablemente tengas que decir siempre lo contrario por decreto», aseguró él al oído. «Tienes un pene lleno de piedras, duro y firme como un rascacielos, solo que en su versión cilíndrica, ¿comprendes?». Yelena dijo ciertas frases en su nuca y de inmediato quiso tirar de la sábana con la que él se había cubierto desde que comenzaron a hablar del pene o a incluir al pene subliminalmente en el debate. «¿Ves? No sientes el menor respeto por la verdad». Tuvo la sensación de haber hablado, no creía que le hubiera hecho una pregunta sobre su pene a ella, alguien tan dispuesto a la paradoja, así que se aferró a la sábana para no creer y esconderse, todo al unísono.

Pasado el tiempo, él sintió que la rubia no quiso seguir halando, al hacerlo los senos le chocaban entre sí y el semen y la sangre —menstruaba, siempre menstruaba— le salían a chorros por el hueco sin llegar a descubrir un solo centímetro suyo. También la sintió enfurecerse y oyó una larga lista de maldiciones, tal y como ella solía comportarse en la intimidad. «Necio, lo digo por tu propio bienestar. En el resumen de estos diez años habría que añadir, no debe faltar nunca una oración que diga… En fin, tu pene, es hora de irse. Devuélveme la sábana, es roja porque menstrúo, y es mía, imbécil».

Se percató del silencio adjunto, de la inmovilidad, hasta del bodoque del colchón. Se podía percatar de tantas cosas cuando ella se percataba de poco, que por un instante creyó ser más joven, más dado a los instintos. Iósif quería referirse a la sábana: «No la vuelvas a traer». Y la puso a negar sucesivamente: «No», dijo ella, «no, no y no». Por fin el asunto sería festivo si dejaba de ser trágico: «No, no, no la traeré jamás». Hubo una pausa para ambos hasta que fue luego y fue lo mismo. «Ya no vendré a este lugar, ahora comprometes mi vida». «Soy el chivo expiatorio, es cierto. ¡Te has acostado con el chivo expiatorio!». «Maldito imbécil, estúpido, un tipo como tú casándose por la iglesia. ¡Ridículo!».

La rubia se levantó y comenzó a recoger la sábana roja que traía a sus encuentros en la habitación de dimensiones palaciegas, cuyos anaqueles estaban ocupados por el metrónomo y extensas colecciones de bailarinas dextrógiras y levógiras humilladas por los movimientos sigilosos que en realidad medían las horas. «Hace mucho que nos encontramos para cumplir un ritual, soso, tu potencia ha caído a la tercera parte y ya no soy tu aberrada niñita de la alfombra». «Sí», aceptó él, «hemos envejecido milagrosamente».

Su boca dejó escapar saliva en memoria de antiguos placeres alcanzados, a pesar de la desconfianza que siempre albergó esa cita en cualquier época. Recordaba a la mujer sin esfuerzo, la veía aproximarse tan grácil como un junco, miembro ya de las fuerzas de Faraón la tarde en que aceptó conversar por primera vez en el polígono de entrenamiento. Iósif se incorporó. «¿Para cuándo tienen preparada mi purga?», dijo. «No es una purga. Necesitamos limpiar la imagen con un cepillo. A ti…» —las palabras venían de los pies de la mujer mientras ella se ajustaba los tacones, desde allí cruzaron el vacío muchas veces, soportadas en lo adelante por su conciencia— «…te vamos a reciclar, es justo lo que necesitas, un tiempo fuera, un tiempo dentro, volveremos a llamarte en breve». «No soy útil». «Quizás fui un poco vulgar contigo, pero lo merecías, ¿por qué me enviaste a esa estúpida detrás?». «No te revuelvas. Te conozco. Quieres que crea algo de toda esa basura deprimente, lo cierto es que me necesitan en algún lugar, de pie o sentado, de día o de noche. ¡Ya sé! Me necesitan entre la gente que escuchará el próximo discurso de Faraón. Han vuelto a temer por su vida, ¿cierto?» «No solo a ti. Necesitamos a todo el que pueda estar». «Me necesitan con el mejor estado de ánimo posible». «¡Marica!», la rubia se enderezó sobre los tacones y entonces Iósif tuvo ganas de volverla a poseer, apuntó a sus muslos y fue subiendo la mirada sin saltarse pedazos hasta la boca. «No me piensan reciclar, quieren esconderme de los otros. No seré un buen ejemplo para nadie. ¡Al anonimato! ¡Directamente al anonimato! Es duro si no consideran mi extensa hoja de servicio. ¿Por qué no vas a acostarte con tu jefe y le pides que me deje en paz?». «¡Cállate!». «¿Crees que no te he perseguido hasta el refugio del capitán de la guardia de Faraón? ¿Cómo la tiene él? Recuerda la mía y dime cómo demonios la tiene él. ¿Como los pulgares? ¿Como los meñiques? ¿Como los índices?». «Tus dos manos juntas no tienen carne suficiente para proporcionarte una idea». Los tacones de aguja se inclinaron con dignidad para que los brazos pudieran obtener la sábana roja. «No significa que no nos veamos, deseo volverte a ver, pero estaré ocupada. Lo mantendremos en secreto, como siempre. Recuerda, tienes a la *basurita* para la diversión. Haz lo que tengas que hacer con ella y no vayas a tomar esta crisis como la tomaría un niño. No hay retroceso, no vuelvas a caer en estado de inmadurez civil. Todos traicionan, es habitual, pero, vamos, levántate de esa cama, ¿dónde está tu orgullo?».

Descubrió en las frases y en algunas de otras ocasiones, en reminiscencias de un encuentro fortuito meses atrás donde tuvieron que hacerlo en tres minutos y ambos llegaron al orgasmo en dos, que ya ella comenzaba su metamorfosis, el puente del entrecejo se le derrumbaba, la nueva expresión detenía por un instante la velocidad de su pensamiento, se hacía menos dura en lo relativo al mentón, en tanto la boca, sin imprecaciones ya, buscaba decirle solo lo necesario.

«Nadie duda que haya expresado ciertos criterios sin evidencia alguna», se arrepintió la mujer, de repente. «¿Sirve aún disculparse en un sentido u otro y ofrecer algunos detalles por aquí y por allá? Me he propasado también en emociones, he mostrado celos con apellido de imbécil. Ya le digo. No se irrite. Mejor así. Comencemos de nuevo, amigo».

Iósif notó que la rubia engrasaba las frases antes de volver a sus obligaciones diarias, tuvo una aproximación nostálgica hacia la teoría de la relatividad e inmediatamente lo golpeó la idea de que habían puesto un micrófono en su casa. ¿Alguien habría escuchado lo que acababan de hacer?

«Cumplía órdenes en una misión de rutina», dijo la rubia cordialmente. «Mis superiores estaban convencidos de que ustedes dos llegarían al muro en un rapto de embeleco sin límites, me aseguraron que cada uno, acogido por entonces a la contemplación prolija, escogería un camino diferente hacia el corazón de la cebolla una vez eliminadas todas las capas a la fuerza. Prueba de ello es que reaccionaron de distinto modo al llegar. La muchacha extrajo un ladrillo de la sonrisa de Faraón, hecho monstruoso, por cierto. La imagen del héroe siquiera le mereció un indicio de simpatía mientras usted rechazaba los términos de su propuesta y simulaba concentrarse metódicamente en un análisis técnico de la pintura mural. Lo hacía, recuerde, caminando por la acera de un lado a otro o sentado en los viejos indicadores de la avenida. Así pasó una hora».

La rubia casi no se movía, sus tacones de aguja encajaban a la perfección en una sola loseta de extraño ambiente con losange incrustado, de esas que soportaban los pasos en el pasillo. Pero, ¿cuándo llegó allí? Al parecer, se había trasladado imperceptiblemente. Iósif calculó el tiempo que pudo llevarle la práctica de semejante maniobra encubierta. Desde los pies de la cama hasta el corredor había seis metros, lo cual suponían unos quince minutos aun cuando hubiera tenido que abrir la puerta en puntillas y formado obligatoriamente una sombra larga y exquisita o producido un eco de pasos en la galería tenaz. De algún modo, ahora hablaba desde el pasillo y había practicado en su contra una técnica de academia. Primero lo embelesó con un relato intenso y después obtuvo la distancia deseada, una engañifa que lo traía de nuevo a la idea de su propia vejez. Más tarde, obvio, quizás lograra deslizarse hasta la puerta del jardín y con seguridad su narración se haría más enérgica para atraparlo mejor, volverlo un idiota y luego ¡pum!, propinarle un portazo.

«Tal y como suena el nombre suenan los apellidos», dijo la rubia, con los pies todavía muy juntos sobre el losange dibujado en la loseta. Era una profesional en activo, a Iósif no se le escapaba ese dato. La veía combinar de un modo aterrador todas las tácticas aprendidas. No solo se retiraba imperceptiblemente de su presencia, sino que también comenzaba a alterar el orden de los acontecimientos. Había una manipulación en el relato de su visita al muro. Él admiró la imagen faraónica por espacio de una hora y solo después su cónyuge lo atrajo para retirar el ladrillo. La rubia hacía la historia al revés, cambiaba la cronología de los hechos para despertarle las dudas.

«Entonces», añadió, «produje pasos de una intensidad adecuada para que pudiera sentirlo el más experto de ustedes. Esperé contemplarles la expresión con el mismo agrado con que podía adelantar terreno y dejarme perseguir. Después pensé que estaría bien abandonarlos. Deseaba brindar un informe con algunos matices novedosos y concluir esa misión de rutina…». «No, lo cuentas todo al revés, a conveniencia», impugnó Iósif, pero la rubia fue categórica de nuevo. «Pensé que me seguiría usted, no ella. De algún modo, tuvo que enviarla alguien, no coincido con la idea de que me ha perseguido espontáneamente. Si tuve que dedicarme por algún tiempo a sentirla detrás de mí, sin terminar de llegarme a los talones nunca, es porque estoy convencida de que un acto como ese es necesario para una mejor comprensión de los términos de nuestro esfuerzo. ¿Acaso no somos del mismo modo lo mismo? ¿Acaso no amamos por igual a Faraón, la Estrella de la Mañana y la Noche?».

Iósif se cubrió más fuerte el pene con las almohadas y tuvo el propósito de levantarse. Sin embargo, un hormigueo en las piernas le impidió una maniobra tan atrevida, solo quería decirle a la rubia que deseaba salvarse aún, que había una posibilidad en alguna parte, en algo que él dijera o hiciera. No deseaba que la ira de Faraón o de los sucedáneos de Faraón cayese sobre él.

«Griétsiya fue quien extrajo el ladrillo», aclaró en tono irascible, «ella es la culpable de la mitad de las locuras que me pasan». Su voz se partió contra el espejo del techo. Se detuvo en sí mismo por un rato. Debía continuar aquella explicación. Por lo menos, añadir algunas verdades. «Griétsiya quiso seguirte por amor a mí, yo no la mandé, está bien escrito en el informe sobre la mesa. Llévalo contigo, propongo archivarlo tras su análisis. Quiero que quede constancia histórica de mi transparencia», dijo y escuchó el portazo. Sin vergüenza ya a causa de su pene ni a causa de su vejez ni a causa de su crisis como director de una magna empresa en picada, bajó los escalones de ascenso al lecho y se incorporó desnudo en dirección a los metrónomos y a las bailarinas dextrógiras y levógiras de los anaqueles. La casa ahora se hallaba casi en penumbras y totalmente en silencio.

Magnicida

El complicado mecanismo se desmontó ante su asombro. Había visto correr la cabeza de Vidente por encima de la litera y en medio de la penumbra.

«Me estoy jodiendo», pensó, «y todavía hay campos oscuros en mis planes. No es más que una cabeza, una bola de pelos que pasa rodando por los lugares a donde miro. Sucede después de cierto tiempo en la profesión. Estoy totalmente avisado. Las partes de la persona decapitada sufren un proceso de retención en el subconsciente. Que dure un mes o dos, me tiene realmente sin cuidado.

Yo soy quien soy y estoy aquí para hacer lo que me toca el día que corresponde».

Volvieron los mecanismos a funcionar de un tirón. Las ruedas se elevaron sobre el piso de metal iluminado, dieron giros y volvieron a caer con su peso sordo. Los pectorales eran ya dos bloques de granito que buscaban reventar la piel por unos pezones planos. Le caían gotas de sudor casi impulsadas por la tensión de las carnes, en pleno uso de la musculatura atribuida a los hierros. Un mes más y estaría a punto. A punto los cuadrados, los deltoides y los gemelos para entrelazar carreras, soportar todo bajo la arcilla del país, trepar árboles, flotar. Su meta era el cuerpo blindado. Y estaba a punto.

«¿Y si no entrase por donde debe? ¿Si no tomase lo que espero ni leyera lo mismo ni saludara a quienes acostumbra? Su risa me la sé de memoria. He estudiado a dimensión de elefante cada cuadrícula de su cara por donde cabría una aguja. La distancia entre sus ojos siempre ha sido para mí el círculo más pequeño de la diana. No lleva chaleco, pero cuanto lo rodea es un escudo, tenga movimiento o no. Habrá un francotirador en cada edificio, las ventanas estarán tomadas por fuerzas infernales de su escolta. Las azoteas, los aleros, las ranuras. Puede que sea imposible hacerlo, finalmente. Todos esperan que el traspaso de poderes sea muy pronto, pero para ello debo encestar la bola, empacarle los calcetines y despedirlo. Fuera, viejo sucio. Mejor pienso que entrará por donde debe, tomará lo que espero, leerá lo mismo y saludará a quien acostumbra. Bah, con que estire la pata por un rato este servidor se conforma».

La velocidad de pensamiento marcaba los ritmos de la gimnasia, un estirón se iba y otro se acercaba. Las piernas movían pesados cilindros y el cuerpo se partía en dos mitades. Por las noches, cuando las luces eran apagadas y volvía a la vela, sus músculos trotaban siguiendo aún la cadencia de los calambres. Se empezaba a quedar sin oxígeno desde abajo, con pelotas en la pantorrilla. Su dolor en la línea alba era como una mordida de perro. Peligroso quedarse sin oxígeno tan próximo a su cita con el magnánimo, pero era preferible antes que ver nuevamente la cabeza de Vidente con su guiño desde la oscuridad, siempre desde la oscuridad, como un remordimiento.

«Ya la fecha está fijada y comienza la cuenta regresiva. Deberé visitar la plaza donde ha de hacer su discurso. Continuaré las prácticas de tiro con la ballesta. Tengo tiempo. Las cosas saldrán como deben, a pesar de que algunos sectores dentro de mí permanecen a oscuras. Habrá que improvisar, correr cualquier riesgo y cuando sea posible sacar al pletórico con los pies por delante».

Tenía un horario de vitaminas, uno de tiro, otro de jugos, de vacunas, de anabólicos. Hacía sangre suficiente. Cinco litros no bastaban, los planes de entrenamiento lo decían. Necesitaba más glóbulos por si la persecución posterior le impedía comer. Su corazón alcanzaba las sístoles de un superpesado. Resistía la sed, la lluvia penetrante, los golpes, la luz y las tinieblas. Para matar a una criatura tan encumbrada había que estar bien seguro de todo, prenderse al arma y no dejarla hasta el último aliento. Se veía a sí mismo como un dinosaurio de dos metros. Su delgadez se consideraba parte del pasado inclemente y sabía fingir con una marcha de partidario hacia la tribuna. Solo restaban las maniobras en la caseta que creaba artificialmente las condiciones de frío o calor extremos. Niebla. Nubosidad. Ventisca. Sudores. Pestes. Encerrona.

«Hora de entrar al simulador», se dijo y creyó ver la cabeza de Vidente pasar entre sus piernas en dirección a la cabina.

Griétsiya e Iósif

Se habituaron a visitar el muro y Griétsiya se habituó a seguirlo después con cautela.

Uno de esos días, en casa de Iósif, sitio al que nunca había sido invitada, Griétsiya leyó el informe A redactado por su esposo. La situación era difícil de entender, en cuclillas, como si hubiera entrado a saquear, repasaba los papeles que habían caído de la mesa gracias a un roce de sus muslos con la esquina de un cartapacio, penúltimo error de su vida en el plano físico de cazadora:

«Esta tarde, ante la visión del muro, nuestra candidata ha sabido valorar la obra de arte con espíritu faraónico. No ha tenido simplemente un muro ante los ojos, sino que se ha movido frente a él y apreciado en él la belleza de acuerdo con los estimados previstos en ejercicios anteriores. No se han comprobado bajos perfiles, las expectativas han sido superadas, sus visiones parecen igualarse a las de la media (como es sabido, no todos ven lo que deben)».

Justo aquí, el informe desorientaba con varias líneas de puntos sin significado posible. Luego volvía la letra de Iósif, parsimoniosa al principio, más tarde ágil, para extender las descripciones o perderse a sí mismo en estructuras burocráticas que sufrían a la perfección una retórica de escuela:

«Segundo, no se apreciaron reacciones contradictorias (hablo del rostro) ante el descubrimiento de la escena, querida hermana. Usted seguía sobre el bote en cumplimiento de su misión (léase, diálogo con el susodicho Moiséy), mientras ella los veía hablar envueltos en un sofístico ambiente a cierta distancia de la costa. Las respuestas de la candidata tras la digestión de tales asuntos fueron congruentes, firmes y seguras, lo cual habla de un alto grado de madurez política y cero por ciento de moral de ocasión. Cito de inmediato sus palabras..., sus palabras fueron..., aprecie por sí misma..., estime..., querida...».

El informe citaba sus frases ante la aspillera que el ladrillo había dejado en el muro. La imagen de las dos figuras antagónicas sobre el bote la hizo enrojecer por un instante y volvió a recordar los asuntos de apenas seis horas atrás, cuando miraba para discernir o para pillar alguna noción en el ambiente obstinado del mediodía. Traída y llevada por una memoria de notable lucidez, recordó desde la casa ya casi en penumbras, donde faltaba por analizar solo una maqueta y por descubrir solo un secreto.

No tenía claro cuál fue el propósito del paseo, pero todo se puso en marcha por culpa de la gran boca de Iósif, que de tarde en tarde le sugería la manera de ir juntos al muro, con qué debido calzado y con qué debida indumentaria encontrarían allí los conceptos y los ejemplos de una argumentación pesarosa en otras condiciones. Lo tomarían, había dicho, como la conferencia de un cazador experimentado a una cazadora en ascenso, siempre y cuando las circunstancias de tentativa se dieran hartamente: la presencia del mar volvía más encantadora la enseñanza, le hubiese gustado que el muro fuera solo un pretil, seguramente el ladrillo suelto seguiría siendo imperceptible y aún no conocía en verdad los motivos de la insistencia.

Ella, por más que miraba y miraba, solo veía un muro con el dibujo de los belfos reales repetido a diestra y siniestra como cuando estiraba un muñeco recortado. No sabía si eran esas las condiciones a las que se refería Iósif. De serlo, estaría radiante, bailaría de un lado a otro en busca del antiguo indicador de la avenida –«trata de percibir la obra totalmente», insistió el esposo– o volvería a mirar sin comprender.

El muro era el muro. Iósif hizo muecas para mantenerla sobre el indicador hasta que algo funcionase en la mente femenina, pero ella no soportaba demasiado la intensidad de tanta contemplación, solo se sentía lista para defender por unas horas, en tan concéntrica obediencia, la suerte de estar juntos. No importaba escuchar sus definiciones intelectuales o más bien sus sentencias de gran agudeza política. No importaba que le gritase «fíjate en las líneas», «los colores cambian con un propósito», «las tres dimensiones se dan en profundidad», «la profundidad es buena para la ideología», «la ideología es buena para el muro», «el muro es bueno para la doctrina», «¿cuándo comenzarás a relacionarlo todo?».

Sentada en el indicador, después de moverse a diestra y siniestra, el muro seguía siendo aquello que existe entre los hombres y el mar. Del otro lado estallaba el conjunto no siempre azul de peces, espuma y marea, rugía acaso para que no se cansara de simplificar el muro a la condición de muro ni de imaginar lo demás con irrefutable metafísica. No quiere decir que no sintiera al esposo proponer innominadamente aproximarse, distanciarse. ¡No! Ella, por concepto, era parca, atroz y demente. Si acaso acentuaba lo inevitable de su fantasía era solo para fijarse por un tiempo en las líneas más allá del tabique insulso –no lo llamaría penetración del tabique insulso, sino transfiguración. Sus ojos transfiguraban para ver las crestas en pugna caótica con la superficie azul, el pez plateado, el alga flotante.

Volvió a caer en ideas confusas, en tanto él nublaba sus sentidos con nuevas advertencias –«los colores cambian con un propósito», dijo, «fíjate, anda»–, hasta que estuvo cierto tiempo dedicada al análisis de la textura, en verdad, pero enseguida recordó el arcoíris y ya en el momento de bajar la cabeza al muro todo cuanto vio fue el azul más suave del mar que se emparentaba con azules más intensos y verdosos, era fascinante aquello que había escuchado sobre las olas; cada color vuelve, con la ola, al sitio de donde parte. Se nombró a sí misma sobreviviente, sus recuerdos apuntaron al mar, lo había esperado en su memoria para estar ahora allí, ampliada a su imaginación, con el devenir constante de «las tres dimensiones» que se seguían, por cierto, dando profundamente.

«Muy bien», dijo el hombre, «si no puedes valorar el muro y solo después de dos instantes en su contemplación tu cerebro imagina inevitablemente el mar, te puedes ir acercando, quitaré el ladrillo».

Por supuesto que en realidad era el muro, su escapismo –voluntario o involuntario– condicionaba las mismas visiones desde que tenía por escasez al muro, así que de verlo aproximarse al incisivo de Faraón y extraer de allí el ladrillo que ella en persona había ido separando imperceptiblemente del resto, parecía descifrar imágenes que cambiarían su vida hacia la conformidad o la inconformidad, pero siempre hacia un extremo, por muy lastimada que estuviera o por muy cazadora que se hiciese.

Iósif le puso la mano en la nuca y la acercó despacio a la aspillera apaisada, la mantuvo allí cuanto quiso, sin asomo de venganza, al menos sintió una información similar en recorrido por el espinazo, él la mantenía sujeta como si intentara ahogarla en una fuente que no veía por ninguna parte. A pesar de sus represiones o en realidad de su asombro, lo visto ampliaba claramente el sentido de la lucha, se mezclaba con el sentido de la peripecia a pesar de sus pataleos de falsa ahogada o en realidad, la cargante realidad, a pesar de las dos criaturas que se movían sobre el bote de mimbre a media milla, con un mar picado por causas atmosféricas más distantes, mientras se hacía obvio que su cabeza, siendo como era objeto de empuñadura por el mango cervical, se metía hasta las narices por el agujero –un poco de barro minúsculo le caía en los párpados– como si el cuerpo todo fuese a disparar por su boca contra el desorden, no por haberlo deseado Iósif, quien lo llamaba orden en términos de «gran fin», de «bien colectivo», sino para que aquella rubia no corrompiera los aires de Moiséy en su diálogo sobre Faraón, para que no prorrumpiese ni arremetiese contra el pobre desgarbado en nombre de los rascacielos.

«Es bueno que Griétsiya se insulte», pensó Griétsiya al instante, insultada. Después la mano de su esposo se retiró de la nuca por el camino vertebral para caer por su propio peso entre las nalgas. Sintió que latía a solas y en el vacío. Sin aquella opresión espinal se confiaba mucho más al suceso, como si debiera decidirse –¿debiera?– por uno de los bandos, el de la mayoría o el de los pocos seguidores, el de Iósif o el de ella, el de Faraón o el de Moiséy.

La sorpresa se achicó y la perturbación se hizo grande, debía sacar sus ojos del rectángulo para devolver el ladrillo al muro, pero olvidaba cómo darse la vuelta o qué encontraría en el rostro de Iósif sobre las soluciones al problema de Moiséy.

«Ahora está en nuestras manos», dijo el esposo para ayudarla a discernir, aunque la comprensión, si era absoluta, era también demasiado insondable, llevaba implícito demasiado tejido visceral como para resolverse con un simple movimiento afirmativo o negativo de la cabeza. Era preferible simular, solo deseaba mantenerse junto a él por unas horas y no podía encararse al muro sin percibir el mar que lo golpeaba. Si lo pensaba mejor, a Moiséy había dedicado tácitamente su existencia, del mismo modo en que se puede prestar crédito al agitador mientras se sigue, por cuestión de disimulo, el ritmo faraónico.

Para ella, Moiséy siempre había flotado en el viento, o más grande aún, ni siquiera el tema se extinguía, marcaba su gimnasia patriótica como una especie de reverso de la moneda: se preguntaba «¿de qué forma la imagen de un héroe puede ser única, sin contraparte, en el centavo?». Debían valorar los colores. Si para algo Moiséy estaba en la bahía era para el polícromo, eso se enlazaba con ella recordando los favores atribuidos a Faraón –casa, comida, escuela, oficio–, pero también con ella mirando por el ojal del muro. Siempre había ido allí para purgar sus conflictos, como si en esa circunstancia a ladrillo quitado el tal Moiséy fuera a tenerla presente y a corregir su infortunio. Antes era su soledad, incontestable, y ahora era su desconcierto: la vida, como si fuese posible, se recomponía, como si su propia luz blanca restituyera el curso y atravesara las gotas. Nuevamente caía en la imagen poética del arcoíris.

Dijo a su esposo en referencia a la rubia: «Puede estar allí, si significase ella misma nuestro bien, puede estarlo». «Comprendo», respondió Iósif como si hubiesen concluido las clases, al parecer, el último recurso daba el tono necesario. Griétsiya no se ablandó, ya había abierto una brecha, así que en la próxima imagen fue más fuerte: «Si Faraón lo estima, Moiséy debiera retirarse de las aguas, ¿cómo pueden consentir las ovejas que un lobo las espíe?». Mentía. Ella no pensaba así, era una concesión para estar en paz con él, con ellos. ¿Por qué más? Sintió que la mano en la nuca volvía a empuñarla, a dirigirla con buen pulso a otro sitio mientras la mano contraria ocluía la abertura. La última lección tenía que ver con algo que se le escapaba pero que, por suerte, había atrapado en sustancia antes de proferir la sentencia final.

«Ya puedes decirte cazadora», dijo el esposo.

Después no; después cualquier rayo de sol se les pudo meter por los ojos para hacerlos parpadear a intervalos encantadores, mientras no decidieran un gesto hacia atrás o hacia delante con ánimo de irse a discurrir, cada uno por su lado, en respuesta a los sucesos. Los círculos de cualquiera de los dos se llamaron círculos gracias a los tropezones que sufrieron, y eso que ambos mantenían la destreza como un requisito profesional.

Ella pensó: «Él debe irse a casa», pero no quiso agitarse en la reiteración de tales especulaciones, deseaba definir un sentido para el movimiento en el instante en que, como a todo recién graduado, le sobrevino una apoteosis de autosuficiencia. «Mi maestro nunca me valoró en abundancia», se dijo, «tengo la pisada más leve, la mirada más penetrante, los oídos más agudos, la imaginación más genuina: he sido pobremente estimada desde el principio». Admitió otras banalidades y se detuvo a pensar en su aspecto. Iban amarrados por la cintura como siameses, la imitación era tan perfecta que al andar sincronizaban también las inclinaciones, los giros y retrocesos.

Las manos de Griétsiya aparecieron del otro lado, sus dedos estaban entretejidos en un agarre irrompible; caminaba girando siempre a la izquierda, con ello describían raros círculos que se volvían perfectos al tropezar. Él vivía un gozo improductivo, ella lo sabía y solo lo escuchaba resolver por sí mismo los conflictos del mundo, de manera que olvidaba poco a poco su propio cumpleaños, tantas veces concebido días atrás.

Era intrascendente que escupiera, hablara, prorrumpiera o acudiera al muro para ver a través del ladrillo suelto sin el interés de hacer conjeturas o de trazar estrategias para el siguiente paso. Una vez más, se separaron en armonía. Ella sacó un pequeño espejo rómbico para pintarse y observó su punto en el ángulo superior hasta que fue bebido por oscuros matojos, hasta que no brotó más con pasos serpentinos propios de un hombre que ha de desconfiar toda la vida o se resiste a envejecer.

«Se ha completado mi aprendizaje», escapó de Griétsiya y en la práctica de sus emociones rondó todo el tiempo la sensación de haber engañado con cierta astucia a Iósif, de haberlo disuadido con su falso punto de vista respecto a Moiséy. Había sido convincente a sus ojos, había llegado a un peldaño superior de la preparación mental, a la *simulación*. Ahora restaba conocer dónde vivía el esposo y maestro, estaba deseando un análisis en profundidad. ¿Sería suficiente entrar a hurtadillas en su casa? Necesitaba definir si él la amaba en círculo o en línea de puntos. Si ella pudiera ser un planeta para él, sentiría el efecto de su gravedad y la influencia de la atracción en sus propias mareas y cosechas. Le preguntaría, dado el caso: «¿Me amas en círculo o en línea de puntos?». ¿Acaso acontecían sobre ellos los mismos problemas de cualquier matrimonio? La casa del hombre sería el mejor reducto para desentrañar todo enigma. Él no se había referido a su propio cumpleaños, obvio, algo en el secreto daría siempre una respuesta.

Griétsiya pasó trabajo al principio, sus pies casi silabeaban la persecución: pinos quebrados, interior de un bosque que atraviesa oficinas, que cubre un cerro, que recuerda un territorio de suelo humífero, puesto que iba pegándose a él y sintiendo su fertilidad en la cara, y que domina el valle cóncavo de clima atroz, para luego caer en un depósito desmantelado de puertas batientes, de mucho hierro para ocultarse, hierro que cruje, hierro que se acorta por los extremos y pierde consistencia en lo sucesivo, en lo sucesivo, techo que se deprime hasta enumerar vigas con la punta de la nariz, una viga, dos vigas, vajilla rota, puertas dolientes, tres vigas, mejor no equivocarse al saltar por los tejados donde el polvo..., el viento..., la tos...

Lo seguía en términos precisos, huella sobre huella, pero a partir de cierto periodo ya no silabeaba la persecución, por el contrario, comenzó a fluir por las trastiendas que cada día se despersonalizaban con un ritmo más acelerado, lo cual era contradictorio pues ella se volvía cada vez más personal por inversión del tema, como si la carrera en pos del esposo la hiciese una criatura concentrada en sí misma a un ritmo más acelerado, con talento autorreferencial para adentrarse en su propia entraña. Fluía, se había oxigenado lo suficiente, ahora era honorable en regiones y parques de interés, entre saltos, paradas y arranques de espeluzno. No había cicatrizado la mordida en la pantorrilla o estaba allí para recordarle la importancia de una carrera por la ciudad de esa nación, su ciudad y su nación, una carrera de notables maniobras en pos del hombre-esposo-maestro que la había tocado con un pequeño pene y la había desposado con los máximos honores posibles de la época.

Seis horas después, sin embargo, se apostaba en cuclillas en el interior de la casa. No lo pasaba fenomenal, su situación era difícil de entender. Había leído todo cuanto un sujeto puede decir sobre su esposa en un informe –¿o no?–, pero le faltaba la gran maqueta de la sala, debía apresurarse no fuera a ser que entrara el inquilino o cayera la noche.

Musitó, incluso, «debo apresurarme», «caerá la noche», «vendrá», mientras sus manos caminaban instintivamente en remedo de una araña por el filo de un cartapacio y otras hojas recién manuscritas iban surgiendo a continuación de las anteriores. Identificada su presa, la araña que era su mano se acercó tácitamente, contrajo la panza y se lanzó hacia delante para envolver el ángulo del informe B, que delataba algo totalmente distinto: «Esta tarde, ante la visión del muro, nuestra candidata ha dudado con los dos lóbulos temporales primero y con los dos frontales después, lo cual debe entenderse por no haber decodificado con certeza, no preparar las respuestas posibles y no poderlas emitir a tiempo. Ella misma era en sí otro muro, con perdón de la frase en lo tocante al muro. En ella solo se produjeron figuraciones del mar que no veía. A través de su boca abierta comenzó a soplar frialdad contra mi cara (como supondrá, estábamos muy próximos) y las luces de una venerable angustia imaginativa empezaron a encenderse, lo noté, esa mujer es eso, angustia... Correspondiente al entusiasmo patriótico, podría llamarse ausente. Correspondiente a la solidez de los principios, podría decirse que se encontraba fuera de registro. Se aconseja mantenerla bajo supervisión (estricta) apenas termine de leerse este informe».

Justo aquí, el documento volvía a desorientar con varias líneas de puntos por espacio de media página. Finalmente el papel dejaba de hundirse y aparecía la letra de Iósif, de aspecto antiguo, inclinada con exceso como la letra del hombre cansado, ilegible en lo adelante y también perdida: «Segundo, la contemplación de la escena protagonizada por usted en el bote, querida hermana, no la animó en lo absoluto (hablo de su rostro, de mohines posibles y comentarios probables), por el contrario, su ferocidad se mantuvo en ciernes, hubo cierto apego a una tranquilidad sórdida o se exigió a sí misma hasta parecer razonable. Tuve intenciones de creerle, pero, en el fondo, sabiéndome engañado por una simulación perfecta, no pude menos que simular más aún para mantener el actual estado de cosas. Cito de inmediato sus palabras..., aprecie por sí misma..., estime usted de acuerdo con las siguientes...».

Antes de languidecer, el informe continuaba con un par de frases de probada banalidad que eran, sin dudas, el tipo de frases esperadas en aquellos documentos. Griétsiya se preguntó cuál de las dos interpretaciones sobre el paseo vespertino entregaría su esposo, el informe A o el informe B, y se acodó en una repisa antes de proseguir.

Tenía entendido que el comedor quedaba casi al fondo y siempre a la izquierda. Debía seguir la línea de lámparas colgantes para no confundirse en lo sucesivo. Sus instintos la apoyaban, no iba a desmerecerlos, ante cualquier circunstancia era preferible continuar hasta el fondo y dejar atrás el actual sitio de mesas con sillones que daba la impresión de un preámbulo faunesco.

Con tanto material verde afuera –abandonó la repisa, comenzó a deslizarse–, el interior se disponía con una sobrecarga de objetos cenicientos que hubieran podido extinguirse en el exterior: altorrelieves mediocres, servilleteros, pupitres, periódicos, ánforas de barro, cirios estrenados, vestiduras y plomería en cúmulo a lo largo de dos habitaciones. El propietario no olvidó apilar muebles de comedor de varias épocas, ni retratos de políticos que habían perdido la cola de las cejas como si padecieran un mal de tiroides, ni fotos de antiguas razas de caballos. Las girándulas eran una broma tal vez, tiradas sobre lo otro a ambos lados del pasillo hasta la habitación siguiente, donde se repetían las intenciones y se amontonaba un desbarajuste de pasamanos broncíneos, enseres de cocina y espejos de marco dorado para que Iósif pudiera dar testimonio al detalle de las épocas faraónicas, al menos contener lo suyo y lo de otros en un museo doméstico de la miseria.

Así pensó hasta encontrar una repisa y acodarse de nuevo, la cadena de revelaciones debía digerirse con sigilo. No habría de olvidar aquellos objetos, pero ciertos asuntos seguían cayéndole en las manos a medida que pastaba por cada pieza como una vaca que come papel. No olvidó lo demás, pero ya solo tuvo ojos para los documentos escritos en las dos direcciones posibles, precisamente como el informe A y el informe B sugerían, y gracias a tal cosa estuvo rumiando en la alacena, bajo un damero y entre los cortinales apilados, aunque solo encontrase un cabello rubio adherido al material.

No completó las revelaciones con la inspección de la dichosa maqueta en la sala oeste —una maqueta de la ciudad reconstruida, limpia y descomunal en sus mínimos contenes, con banderitas rojas de señalización que hacían centrar su interés en nombres y direcciones de gente perseguida—, solo obtendría victorias parciales si no llegaba a la esencia del esposo, a su bunker, el sitio de su última protección o de custodia de su más vivo secreto.

Media hora después de orientarse por los pasillos que no esperaban un lento avance, ni un triste avance, ni siquiera cualquier avance ajeno a su propietario, tuvo la certeza de estar adecuadamente encaminada hacia su propósito e hizo un aparte sin detenerse para pensar en lo que seguía. Era racional, a la vez alucinante, la luz venía de frente, estaba incrustada por encima de su cabeza a escasa altura, había quedado encendida y ahora cualquier gesto que hiciera se proyectaba por detrás en una sombra de piernas largas, a su parecer, impetuosa. Con doblar podía perderla después de curvarla, pero no era menos enloquecedor el trayecto con tan escuálidas sombras por detrás y en la casa de los largos pasillos, sobre todo a la entrada de una caja de aire donde una luz roja y otra azul la encontraron para proyectar sobre las losetas otras sombras, de colores, que solo al interceptarse volvían a ser grises.

Le pareció que era más importante ella como sombra.

Su persona perdía trascendencia a medida que se aproximaba a la médula íntima donde se ocultaban las soluciones. La casa era pródiga en ese tipo de mensajes, la depresión del alcance humano estuvo atormentándola todavía, aunque ya no fue tan intensa como al llegar a los pasillos que se dividían en ángulo agudo, donde la única luz, dispuesta a considerable altura, bifurcaba su proyección en dos figuraciones rasgadas.

Se detuvo en losetas azules —con seguridad una habitación muy especial se anunciaba—, a punto de caer con el pie derecho en las cercanas losetas con losange cuando la detuvo una idea, la situación no hacía más que volver sobre sí misma, no acababa de aprender que la historia de Iósif era interminable y ya volvían a ella más datos al respecto.

En ese lapso, no hizo otra cosa que filosofar sobre cada partidario de Faraón. La regla número uno era la del río cerrado: el barquero vuelve a golpe de remo al mismo punto, la primera vez con arrojo y fortaleza, en lo sucesivo menos arrojado y fuerte hasta abandonarse a la deriva ante el desgaste de su propio cuerpo, tantos años dedicado a la misma misión.

La regla número dos era la del ambiente cambiante: el barquero gozaría su propio embullo en cada vuelta del río. La vegetación, siempre monótona, lo entretendría a pesar de todo en las márgenes, y no porque se modificase, sino porque prometía cambiar su lógica en el curso de décadas, o en efecto, cambiaba, pero el cambio solo incluía un arbusto apartado cuyas ramas nunca tocan la corriente.

Regla número tres o regla del recorrido histórico: el barquero tenía entendido que su labor agradaba al mundo, lo transformaba, lo hacía un mejor lugar gracias a su originalísima función heroica, cada vez más heroica en la cúspide de su personal leyenda, solo de ese modo su conducta sería imitada por millones de personas que no conocería, pero que estarían dispuestas a dar remo interminablemente en recordación suya.

Regla número cuatro: el barquero era responsable de todo, estaba intrínsecamente unido a los fenómenos que se daban y también debía una explicación cuando el río amenazaba con desbordar su tranquilo cauce.

Regla número cinco: pasadas algunas generaciones de barqueros, el mecanismo engendraba otros mecanismos que repetirían automáticamente el original, esto es, los barqueros tratarían de defender su río, su barca, a un precio nunca antes pagado; con el tiempo las nuevas generaciones seguirían haciendo lo mismo, aunque sin la motivación de los primeros. En fin, ¿a razón de qué tanta filosofía?

Las puertas de un nuevo pasillo estaban abiertas de par en par, una tenue luz lo confirmaba. Dentro, cuestión de quedarse tranquila o de un minuto con un ataque de sentido común, no se movía alma alguna, sin embargo, presentía secuencias de diminutas extensiones que se desarrollaban hacia un lado y hacia otro para contaminar la situación con inquietud, apremio, locura, retorno, fijeza. Se preguntó cuál sería entonces el próximo hallazgo. ¿Una foto de familia?

No, errada.

Apareció ante sus ojos un lecho cuadrangular a cuyo colchón se accedía mediante una escalera de diez peldaños y una repisa donde se abarrotaba la más heterogénea exposición de objetos de bolsillo. Se preguntó cuál había sido la causa precisa del movimiento. ¿Una corriente de aire? ¿Una cucaracha al paso?

No, errada.

Bailarinas dextrógiras y levógiras se distinguieron para explicarlo todo con lujo de detalles. Aquello parecía la suite faraónica, cuando menos un trasunto. Obvio, el dueño había sido funcionario durante toda su vida. Y no es que las bailarinas hicieran relieve. El relieve, bien entendido, lo hacía un metrónomo de formidable aspecto. La singularidad parecía referirse a que atrapaban la atención gracias a la forma de moverse y de medir el tiempo a derecha o a izquierda, según tocase, algo que cuando menos sería un temblor solidario, como el temblor de ella misma a lo largo de su mismo círculo de acciones, a saber, el temblor podría ser para ella o ella podría ser para el temblor de las bailarinas dextrógiras y levógiras en cuanto se acercaba o en cuanto sentía por entero una adhesión de aquellas a su causa. Su… causa. ¿Cuál… causa? ¿Causa? ¿El proceso de divorciar el pensamiento de la acción?

Ahora podía discurrir interminable, a veces incomprensiblemente sobre sí misma y sobre su relación con la estructura. La última habitación de la casa y todo el recorrido parecían los detonantes. No tenía una forma exacta de padecer. ¿A razón de qué tanta filosofía? «¡Ah, sí, el más profundo misterio!», recordó. Se estaba volviendo profunda.

Detrás quedaron montones de objetos. La nueva habitación tenía un gusto exótico, no solo por ese colchón casi en las nubes, separado del suelo por pilares de roca que estremecían al contacto. El amor en esas alturas debía sucumbir al doble riesgo del insomnio y el vértigo, sin mencionar las maneras de moverse próximas al precipicio, que eran las mismas maneras de moverse en el amor, tan dado siempre al empeño de la caída libre, según entendía, o creía entender.

«¡Basta!», retomó el temple de los cazadores y volvió a conducirse según los preceptos aprendidos. A no dudar, la repisa estaba llena de trofeos, de ella misma había una cenefa anudada, de algún otro una billetera, un reloj, un cortaúñas, unos naipes. Recuperó la cenefa y casi por instinto comprendió la situación a cabalidad. La recámara mantenía bajo custodia lo más preciado, el más profundo misterio. De no ser así, ¿a razón de qué tantas distracciones?

Pasó a revisar el interior de las paredes con el único hallazgo de una catana a cinco centímetros de la superficie, que se manifestó por la empuñadura mediante un truco de pared hueca y simulación. Lo siguiente fue para nunca acabar. En plegaria buscó cavidades bajo las losetas, tocaba con los nudillos tan finamente como podía para no despertar los ecos por toda la casa, pero no se saltaba un solo espacio mientras las rodillas se le movieran por turno, a fin de cuentas, desde hace unos meses era una mujer sutil, ¿o no? Deseaba sacar un sonido sordo que indicase falta de relleno en la construcción del escondrijo.

Griétsiya, empujada por sus manos como por un par de remos, daba vueltas circulares por la habitación, sin respeto de los bajos fondos de la cama ni de los rodapiés que no dieron nunca el tono deseado. La boca hizo una mueca y las manos revisaron los espejos incluyendo el envés, el cuadro que se inspiraba en cierto bodrio de caballería y el retrato de una joven anterior al tiempo de ellos. La certeza, fuera de amainar, fue todavía superior, en su olfato de cazadora se detuvo el soplo de una cantidad encubierta, algo sin precedentes en sus sensaciones. Puso las manos en jarra.

Así como antes había sentido la proximidad de la habitación mayor, ahora estaba segura de un caudal bajo tierra, solo restaba deshacer sus pasos y detenerse otra vez en el pasillo, buscar la diferencia mínima, delatora, disponer todas sus aspiraciones en la contemplación que tan pronto se extendería a lo lejos como se iría acercando a las losetas con losange, en quienes, ¡oh!, no había pensado.

Volvió a caer en plegaria, esta vez en el umbral, y extendió sus brazos para incluir las tres losetas que lo componían. Fue repasando, como si practicara un contrapelo espinado, todas las superficies hasta la cuadratura señalada, donde el más profundo misterio se le dio con tan solo hacer un puño y golpear para que algo allí, tum tum, profundamente, respondiera. Seco, armónico, el golpe y su contestación se produjeron casi al mismo nivel de dureza.

(En un aparte, su finísimo oído escuchó las intenciones de los llavines que crujieron a lo largo de los pasillos y pasillos y galerías de la casa por culpa de un hombre —la pisada era viril— que se le antojaba habilidoso, aunque, finalmente, ella siguiera siendo más una consorte curiosa que una pobre mujer dispuesta a esconderse.)

Poco se había demorado en el umbral y todo cuanto surgía en sentido subterráneo era un hueco con boca bajo las losetas con losange. Mano y antebrazo se hicieron un garfio para introducirse a la profundidad necesaria, hasta que en definitiva el cuerpo hubo de pegarse al suelo en busca de lo máximo alcanzable. Esperó la mordida de una serpiente al fondo, estuvo pensando su defensa en caso de que un gigantesco sapo habitante de la cavidad saliese a la desbandada. Y su cerebro le repitió el tema todas las veces que quiso.

(En un aparte, los pasos se habían detenido. Era un hombre, y no dudaba, sino que se volvía cada vez más penoso.)

La mano, poco que pudiera, tocaba ahora un bulto fofo al final del escondrijo: su contacto detuvo el avance hasta verse acostumbrada a la temperatura que trasmitía. Trató de sacarlo con prudencia, en la intentona su mente perdió asidero y derivó hacia otros empeños.

Moiséy, en tembloroso estado, permanecería por siglos sobre el bote, su ánimo se deterioraría y lo consumirían el sol y las tormentas. No tenía sentido volverse a él con desinterés. El barquero de quinta generación se ha obstinado de indecible manera en lograr la forma adecuada de esconder. No es igual el barquero del río cerrado que el de mar abierto. Todo hombre merece vivir el interior de su engaño, merece estar cómodo en él, en un sillón.

El nuevo asunto la devolvió de sus obstinaciones. Había retirado su mano del hueco hondísimo y tenía en ella dos libras de polvo en un nylon transparente, lo cual le daba el aspecto de una mujer que juega con la almohada de un enano. Metió la uña del meñique a profundidad y al extraerla la acercó a su nariz inocentemente.

De tan largas, sus piernas comenzaron a estirarse como si la ele que para la inhalación había formado su cuerpo en el piso, contra una de las jambas de la puerta, tuviera la capacidad de dibujarse a sí misma sin término y recorrer todos los pasillos y pasillos y galerías de la casa en busca de una salida memorable a ese nuevo temblor, del cual había escuchado, ciertamente, pero del que nunca había sentido ni siquiera el escalofrío inicial. No se sabía virgen aunque lo fuera ni había tiempo suficiente para clasificaciones ni respiraba a pesar de seguir con vida. No tenía conciencia de casi nada y aun así le llegaban frases cortas a la cabeza, frases como «mira por el ladrillo», «cae de bruces contra eso y pierde el corazón» o «dulce cara silenciosa: contempla la estrella fugaz», que no poseían apenas fuerza y menos entusiasmo o asidero en ningún sitio, a no ser en su memoria.

«¡Conque un bolso de nieve!», se dijo sustituida por otra, una especie de Griétsiya B de reciente aparición, en tanto sopesaba aún la cantidad que parecía a cada instante mayor sobre la palma de la mano de la otra. La nueva boca sonreía con una felicidad suya, lo mismo si se fuera por el pasillo al paso de una rima infantil –¿ella? ¿la nueva? ¿eran distintas? ¿estaban separadas? ¿la Griétsiya A y la Griétsiya B serían como el informe A y el informe B?–, casi abierta a la satisfacción, detonada por sonrisas de dos seres parecidos que convenían en ser, sin embargo, el original y su contraparte.

Casi enseguida, surgió la Griétsiya B vestida con harapos sobre el bote de Moiséy, y no estuvo feliz al observarla y al observarse. Las comisuras cayeron a la par, la sonrisa de cualquiera de ellas dejó de serlo por aproximación a la mueca, el bote desapareció. El rostro de la otra se mantuvo pálido y en el silencio, y después, al concluir el escalofrío, en el próximo instante de un nuevo síntoma, se puso más exangüe y lacónico, como si sufriera. Creía firmemente en el riesgo policromo de la estancia y de todo más allá de la estancia, con la fuerte llovizna que acontecía sobre la cabeza de la otra en el lapso en que se vio inflada por detrás con una manguera de Faraón. Los mecanismos eran desconocidos, pero en cierto momento de las inclemencias, la Griétsiya B echó a remar y se detuvo a lo lejos, desde allí cobró ánimos para una regata en pos de la Griétsiya A. La sintió sobrevenir y chocar contra ella. Quizás fuera posible la fusión. Quizás A + B obtendrían algún resultado, sería otra vez una mujer única en la mansión desconocida de su esposo, una mujer al final de la tarde en la casa inaudita de su esposo.

«Una metamorfosis a la mitad», dijo. «Una virgen que se refocila viviendo siempre lo mismo», dijo. «No, no, una virgen ya no», dijo, «una mujer de dos caras».

«Polvo, ¿qué haces aquí?», gritó Iósif, agachado sobre el nylon. «¿Tendrás fuerza para devolverte a tu agujero?», dudó también. «¡Ah!, mujer, ¿estabas detrás? ¿Qué te ha hecho mi polvo? Respira profundamente y no preguntes nada. Es un producto para sentirse bien y separarse».

Ella lo vio hacerse un lío y lo apartó para valorar si en definitiva la otra se le había metido de nuevo en su pecho o se había dado a la fuga. Incógnita. Lo tomó de la solapa y lo instó a perseguirla.

«¡A ella!», dijo. «¡A nuestra Griétsiya B! ¡Todos a ella! ¡A mí!», añadió.

«¿A Griétsiya?», sostuvo él. «Comprende, estúpida, estás borracha».

Las sensaciones fueron en caída, entre sus piernas ya no había un bolso de nieve ni un hueco destapado, volvía a presentir el losange bajo sus rodillas estiradas y unas cuantas frases en su lengua la empujaron a defender remotos desvaríos: «Moiséy, sobre el bote, come las galletas que llevó la rubia esta tarde, lo vi aceptar un paquete de manos de la bandida, pero tú…, tú. Todo barquero tiene el misterio bajo las losetas. Me muero por amarte en el lecho de pilares rocosos. No me lo vas a creer, pero en tu casa he sido araña y vaca; araña que busca informes contrapuestos y vaca que come papel en las habitaciones».

Le miraba los ojos, había mucha incertidumbre, pero tan bien disimulada que parecían gajes del oficio.

«Dime, Griétsiya, corazón, ¿qué bicho eres ahora?».

«Cualquier bicho, pero mareado».

«¿Cómo entraste?».

«El método bumping».

«Mejor llevarte a casa».

«Esta debiera ser mi casa».

«Ven, te sostengo».

«No, lo decidí, ¡llévame a la maqueta!».

«Se ve que la ciudad es sucia; aunque ya era de este modo cuando faltaban diez años para que se inventase la mugre».

«Dime lo que desees, allá sentiré caer sobre la ciudad».

«Mira, no es difícil ser cazador, lo difícil es insistir en el tema».

«Lo que desees, insisto en acostarme sobre la maqueta».

«No sé, estás drogada».

De regreso por las habitaciones de los cachivaches arrumbados, Griétsiya volvió a sentirse doble. Él la llevaba a upa aunque se detuviera de trecho en trecho para esperar ruidos que nunca se producían o para leer una noticia ya pasada de moda. Ella confirmaba con la cabeza al revés. La noticia podía decir, por ejemplo: «Liberado de sus funciones por meritorio trabajo, se desata una ola de elogios y condecoraciones. El conjunto de sus méritos recae en otra tarea donde los bienes materiales de nuestro inmenso pueblo reciben una ubérrima utilización, en desmedro de los enemigos que quisieran confundir el proceso con un río cerrado, un túnel sin fondo, un abismo incambiable, etc. Reservamos para nuestro bien la capacidad de respuesta a los errores internos y a los falsos directivos que incumplen con sus responsabilidades, no siendo el caso, por supuesto, aunque, en fin, quede como quede, hasta muy pronto, liberado de sus funciones gracias a su meritorio trabajo».

Allí mismo el artículo se volvía flecos de celulosa, Iósif lo sostenía entre los dientes, lo masticaba por un instante y lanzaba el producto contra la pantalla de un espejo. Había golpe y aplastamiento. El artículo sudaba gotas de espumarajo y permanecía adherido en forma de estrella letrada.

«Quieto», decía ella con la cabeza al revés, pero Iósif no la escuchaba, a grandes brincos se movía por las habitaciones de cachivaches arrumbados en dirección a la estancia de la maqueta, donde ya la Griétsiya B aguardaba por ellos, según veía la Griétsiya A.

«¿Sabes?», dijo finalmente Iósif, «hace tiempo te escribí un poema en el cual me imagino a solas en tu casa. Lo puedo decir de memoria. Ya lo declamo. Mira. Cierto que no puedo con este dolor de cabeza, aunque», se vio imposibilitado de proseguir, las rodillas se ablandaron y cayó sobre ellas por primera vez. No es que la soltase para buscar equilibrio, es que no la estimó siquiera. «No sé si te dije el poema (creo no haber dicho nada), era más o menos así: Tengo necesidad de tu cuerpo, no estás, solo tu vestido se mueve en una percha, el viento lo mece por las rendijas, es como si movieses la cintura, te acecho, lanzo la prenda sobre la cama, lo beso todo y no surjo escupiendo pelos, sino hilos, te sostengo por los hombros y ensarto lo que hay para ensartar, particularmente, la boca afeitada que sonríe sin solicitarlo, y es blanda, y es honda, y es jugosa. Cuando me toca el cabeceo contra uno de los postes del apuntalamiento, nada, es horrible, abuso de la emoción, de un cabezazo el sostén se ladea y todo se cae en menos de un segundo, quedo pataleando entre los escombros, con mi deseo sujeto por el mango pues ya has muerto, no respiras, una viga te comprime el tórax y rasga tu tela».

Iósif tragó en seco. El poema había culminado y esperaba reacciones espectaculares, pero solo obtuvo una risita tonta. «Vaya, quizás se pueda hacer el amor sobre esta avenida en miniatura», dijo él, en alusión a la maqueta. La Griétsiya B se movió a sus espaldas y ella la vio empujarlo hacia sí, aunque el esposo no hizo movimiento alguno. Esperaron. Al cabo de un tiempo, él fue por agua y unas galletas. Lo tenía todo al moverse, la Griétsiya B quedó contemplándolo mientras se alejaba y un poco menos atentamente mientras regresaba. La Griétsiya A yacía sobre la maqueta, abandonada hasta que dijo no poder con el alimento, en realidad no pasaba una sola galleta por su garganta con motivo del actual estado de éxtasis, según explicase. El agua sí, por supuesto, el agua fue a su estómago enseguida y le permitió decir unas palabras y luego filosofar a su antojo.

El barquero no emprende el regreso así se sienta enfermo de muerte. En todos los casos, regla siete o tal vez regla ocho, se encuentra poseído por la extraña determinación de dividirse, no multiplicarse, que es algo completamente diferente a lo que ella experimentaba bajo los efectos del polvo. Ser barquero parece ser la condición moral desde la que se llega a un tipo de éxtasis a secas. Las condiciones de desdoblamiento se aproximan hasta confundirse. Moiséy había aceptado la ración de galletas sin haber probado ninguna hasta donde le dieron los ojos. Sospechaba su aliento en la distancia, tal vez era impresión suya, pero lo veía respirar ampliamente como embestido por un miedo serval, o peor, por una furia terrible. Quizás por eso y sin querer, la miró. En la distancia el tipo puso sus ojos en ella, en ella en particular, en su iris, su pupila, su córnea contra el muro que no podía por ningún concepto representar tanto como era posible. La nueva situación había infundido, a no dudar, esperanzas en Moiséy, que no apartaba su vista de ella, como determinado a perdonarla o recibirla. Fue entonces que decidió emitir el criterio, cualquier criterio, siempre y cuando no fuera el suyo. Iósif la presionaba y su amor sufría suspensión de tres puntos como una reticencia. Ciertamente, no tuvo dudas en decir lo más aconsejable, lo más adecuado a las circunstancias, lo más propicio para dividirse en dos y seguir raspando al lado de su cazador-esposo la altura de las oportunidades. En ese momento, sin embargo, no había requerido polvo. El barquero del río cerrado –¿pertenecía esta conclusión a la misma regla de antes?– podía ser una entidad completa, pero elegiría poseer menos entidad y estaba obligado a ello, se iba despersonalizando a cada instante.

«¡Basta de filosofías!», acuñó para sí.

Él tenía su rostro en las proximidades y fue como soltárselo en el oído, como si él la escuchara y asintiera. Tanto se habían moderado sus sensaciones con el sorbo de agua que la otra Griétsiya no estaba incluida ya, se había metido en ella misma otra vez. No estaba allí, sobre la maqueta, ni tenía el blúmer abajo y el vestido arriba, y tampoco él se le movía enfrente como a ella. «Cariacontecido con la felicidad», pensó en un rapto de sensatez. Cierto que él se encontraba con el pantalón por las rodillas y le decía solo a ella algo parecido a un chiste sobre Faraón.

«¿Me amas en círculo o en línea de puntos?», preguntó la única mujer en la estancia. «¿Quieres que me convierta en un bicho para ti?», añadió luego, todavía envuelta en una bruma gloriosa que se iba aclarando. Por último, y sin recibir ninguna contestación, optó por enroscarlo como una serpiente hasta inyectarle un veneno con su lengua extendida, un veneno que se introducía por abajo y hacía convulsionar sin morir.

Yelena y Moiséy

«Es una visita lo menos oficial posible», dijo la rubia.

Moiséy miraba la ciudad, si es que acaso lo era. Moiséy miraba el cielo, si es que acaso lo era. Moiséy miraba el bote que se acercaba ladeando, si es que acaso se acercaba. Sus caminos eran insignificantes en el reducido espacio, así que decía lo suyo de pie, sin movimiento, sin una hora precisa. Emitía la petitoria siempre asustado de su propia voz, a cada instante diferente, mientras la frase dicha con aires de barítono resonaba a lo lejos, repicaba y estallaba por todo el litoral en tanto el muro se extendiera y se extendiera. Y luego estaba él allí, ¡solo!, en superación del letargo, con su tartamudez distraída temporalmente por aquel mensaje que no ofrecía posibilidad alguna de estropear aún más su condición. Por las mangas de una vieja indumentaria le salía olor a molusco, desde la entrepierna molestaba el pescado podrido que echaba hedores y todo lo demás era la imagen de unos andamios carcomidos por el salitre, lampiños, pero enhiestos, que se alzaban desde la cubierta con una interrupción para la rodilla y un decorado de várices angulosas como deltas azules, deltas de los pies a la cintura.

Como su olor era a podrido desde hace meses, desde la muerte del hermano que venía con él, armonizando su aparición con el instante de echar el cadáver al agua o justo cuando le tributaba el silencio establecido, Moiséy debía haberse acostumbrado en la medida del tiempo, solo que su tiempo era inmedible, según creía, pues era un resumen apresurado del sol de levante, del sol de poniente y de la noche, ajustados todos a su cabeza y a su cuerpo por áridas que fuesen sus partes, por sobresalientes que fueran los pómulos y quebrada la nariz.

El reflejo de su rostro en el agua, a pesar de la lividez, del tufo, poseía máculas de cáncer color café con leche que llegaban a reunirse en algunos oasis. El conjunto sostenido por la musculatura del cuello como por cuerdas de esclavo, tiraba con la intención de mantener firme una cabeza ovoide y giraba lentamente en cualquier sentido, desde la proa hasta la popa, desde el farol hasta la caseta.

Con el pecho hundido por la inconformidad de su labor y por el hambre de idéntico origen, más que un río de larga extensión, remedaba un cauce pocas veces desbordado, casi seco, con limo verdoso adherido de alguna forma a sus orillas para volverlas más fértiles —las algas enfriaban su lumbago si se aplicaban como una cataplasma—, felicidad de un hombre que aun detenido y en pie consigue sobrevivir la época con la misma exactitud de un mapa.

Ciertamente, creía que su cuerpo volvía a reproducir un paisaje destinado a sobrevivirlo. Contaba con cerros y desiertos y canciones de marino y rocas y esquinas olvidadas de una ciudadela y dunas y lagos. Cada cicatriz podía romper a hablar por sí misma. El churre lo agobiaba, festejarlo no tenía sentido, le producía un peso en la nuca que le hacía a veces bajar la cabeza, pero un baño de agua de mar no era si no cristalizarse. Debía persistir hasta la lluvia para obtener una limpieza definitiva con los materiales adecuados. Solo entonces los tufos se distanciarían, llegarían acaso las fiebres y sus olores estarían menos destinados a espantar. Tanto así de remediable era su corrupción que no creaba costumbre como cualquier pestilencia, por agria que fuese. El pene y las nalgas, ambos escondidos bajo una película cetrina, se habían sentado todo lo posible y casi se unían en el periné como si fueran lápida y tumba. Si en verdad el mapa se diera, ¿cuál país recordaría su cuerpo?

«Quiero entenderme con usted. Vayamos por parte. No hay reglas, siéntase en libertad de ser franco con nosotros», dijo la rubia, ya instalada en el bote con farolito.

Para someter a las ovejas hay que actuar sobre el perro con la vara, hacerlo que se distancie y calle, o que se acerque y escandalice. En la liturgia del pastor puede verse implicado más de un benevolente. Lo difícil es recuperar a la oveja descarriada. El redil dimensiona los poderes de la reproducción, encaja perfectamente en la idea de corderos y madres a buen recaudo, dispone una distancia reducida para dar la señal en medio de la noche y comenzar el movimiento hacia fértiles parajes. Al evaluar salidas a un aprisco, lo más importante sigue siendo mantener las cabezas en grupo, allí donde su fuerza es la majada. Deberán esquilarse los cuartos posteriores y sistemáticamente las cercanías del ano, los excrementos no se dejarán colgar de tales sitios si se quieren eludir las enfermedades más terribles. Durante la estación del parto es posible la juntura de las madres para poder trabajar con ellas en una, dos, a lo sumo, tres ocasiones. Desde la perspectiva del cordero, el amamantamiento es una etapa que tarde o temprano lo enfrentará a la independencia. Las enfermedades comienzan apenas se cumple el destete, el pastor no llega a dormir, tiene una época para cada cosa y ahora un largo insomnio contra el gusano que hincha las crías. Por si fuera poco, los depredadores se las arreglan para llevarse media docena y otra buena parte se pierde en ladrones y malos negocios. El número es difícil de incrementar, por eso se presta tanta atención a la oveja descarriada. Todo pastor sabe cómo debe comportarse ante un episodio de tal naturaleza. Si se toma por patrón una bola de pelos que se desvía entre las rocas y alcanza los caminos de un paraje distante, donde una zarza, por ejemplo, florece y florece hasta resplandecer; si la bola de pelos se descarría a la corta o a la larga de un modo totalmente anárquico, el pastor deberá seguirla incansablemente… Moiséy pestañeó. Veía ovejas en las nubes y eso lo hacían cavilar sin descanso.

«Un obsequio», dijo la rubia. «Una ración de galletas cocidas personalmente por alguien muy estimado y de grandes pensamientos. Deberá agradecer. Coma. Lo espero. No se demore mucho. Está lívido, ojeroso, el mar no va con usted. Tengo la posibilidad de traerlo conmigo. Seguramente un hombre así, como tantos otros, adora a las mujeres. Es su turno. Hable».

Las nubes se largaron con el primer norte que pasó. Sus cavilaciones marcharon velozmente como una hilera de ovejas que se largan a pacer. El bote se entretuvo con libertad tirando de la vela rotosa como un tozudo. Boyas, redes y reflectores habían sido retirados en días previos junto a toda la demás parafernalia con la que Faraón, siendo época de lluvias, le había suspendido el agua dulce. El país seguía a lo lejos, enraizado tras el muro que por fuera parecía una barrera de corales con picos enfilados hacia la bahía, hacia lo que pudiera estar allí para enemistarse o trastocar el orden establecido. La ciudad, en su alargada disposición sobre la costa, persistía con rascacielos en el horizonte, parte de un conjunto estático que aceptaba un hecho más: el viento se volvía contra el parapeto urbano. Presto, encontró un trozo de papel amarillo entre sus cosas y lo convirtió en un avión de punta acicular. Puso muchas atenciones en la formación de sus alas, requería un perfil aerodinámico capaz de sostener el vuelo por varios minutos. La figura se empinó rápidamente en provecho de las rachas, su construcción había sido perfecta, resistía la tozudez de las primeras mangas de viento y lo demás, las espirales casi huracanadas que se formaron a una altura superior, cuando precisamente parecía irse a la porra el fuselaje. Pero el remolino cedió a otras corrientes más bondadosas que hicieron al monoplano descender un poco para estabilizar su vuelo. Las alas no se combaron, el chasis resistió, se le veía discurrir por el tejido invisible de la trayectoria con un mínimo de acrobacia hasta que, en honor a su menudo peso, se sometió a la ráfaga que tiraba hacia una cima indistinguible para después, hundiendo en la ciudad su aguzado pico, sobrepasar triunfalmente el muro. Moiséy se sintió feliz, estos juegos de formato sagaz le servían de distracción por muy esporádicos que fuesen, le exigían sentido del humor, dominio de las circunstancias, optimismo y cálculo. El viento se volvió sobre él, por lo visto tenía intenciones, como un perro ovejero, de traer un rebaño de nubes a carear nuevamente sobre el bote, aunque no solo. Tuvo que reír, fue quizás la primera carcajada de pie ante los acontecimientos en pleno desarrollo, una carcajada de loco a causa de la respuesta faraónica. Alimentado en el despegue por un brazo potentísimo, el de Faraón o el de alguien de su escolta, superaba el muro pero en sentido contrario, superaba también el desmedro y las corrientes volubles, un pequeño avión de papel blanco que cursaba todo el trayecto de vuelta.

«Traigo en mi lengua cosas de la ciudad. Puedo contarle cómo es la vida allí. Nuestro pueblo se alimenta, se multiplica, supera cada día las posibilidades previas, sin que nadie se deje influenciar por usted o le preste atención alguna. Claro, no sería igual que mi lengua contara a que sus ojos vieran. Debería aprovechar mi visita y variar sus asuntos. Nadie le dice que vaya en contra de su salud. Necesitamos gente empeñada en criar ovejas. Necesitamos un nuevo ministro de ganadería y agricultura que conserve su perseverancia, no importa si grita o no la misma frase durante un millón de años. Reconozca que nadie lo persigue. Míreme a los ojos, deje de mirar fijamente el muro que en respuesta a su constante queja ha debido erigirse. ¿¡Qué ve en él!? No me dirá que un par de ojos, ¿cierto? Sería demasiado. Créame, vengo en nombre del pueblo, y soy del sentir más estricto. Soy genuina».

Las ovejas deberán avistarse todo el tiempo, un error podría dar al traste con el esfuerzo aglutinante, el esfuerzo de años, años en que el ganado aumenta, años en que pasta, en que pare por lo menos dos veces, en que se deben proteger las nalgas de la embestida de un morueco. Para someter a las ovejas hay que actuar, además, sobre la pelambre, con la mano baja, acariciar a contrapelo el tiempo necesario o hablarles en la cabeza pacientemente desde el nacer hasta el morir. Ellas, que son rebaño desde el principio, podrían convertirse en una mano, un pie, la prolongación de los cabellos. Ellas, que siendo ajenas desde el primer día, volverán al camino aun después de haberse descarriado. Nada tiene sentido sin las ovejas. Solo, el pastor pierde cada pelo de su definición. ¿Cómo serlo en medio de la nada? ¿Cómo prosperar entonces en la aridez, en la amarilla roca desnuda? Pongamos por ejemplo contrario a los pastores que, ocultos tras una piedra, aprovechan el bestialismo para soñar a una mujer de largos y rubios cabellos. La majada debe regresar intacta, regresar sin profanación a la tierra de la cual partió para beber sus mejores aguas y comer sus mejores pastos. Un grupo en la pradera distante, por fértil, por pródiga que esta sea, andará esclavizado fuera de su sitio. Las ovejas, más que marchar a la tierra de la mejor cimiente, volverá directamente a casa desde los ubérrimos forrajes, los brillantes rincones y los caminos espléndidos. Las nubes de vuelta podrían seguir pasando, y regresando también, aunque... Las nubes volvían impulsadas por un viento contrario. Moiséy las observaba y veía en ellas a un rebaño y a un perro ovejero y cavilaba incesantemente.

«Y como ser genuino debo emitir el dato puntual», dijo la rubia. «Esa petición, ese constante deletreo de un absurdo, que si esto, que si esto y que si esto nuevamente, no convence en lo más mínimo, es inane. El pueblo de allá le dice Moiséy, El Derrelicto. Se burlan del loco, lo llaman infeliz, murciélago, pulga de la bahía, especie, mosca, hormiga, vermes, misántropo y otras flores. Vea, si da un paso para acá, nos largaremos ahora. Me ha enviado la sociedad civil. De hecho puedo ayudarlo en este momento, después sería solo incertidumbre, ¿qué demoramos?... Creo estar en su cabeza, de seguro piensa que esas nubes son un rebaño y se atormenta con extraviar un elemento, o con no conducir a nadie, ir por delante de la nada, con el vacío, con la impiedad a sus pies, etcétera. Déjese de estupideces y reaccione. Allá le espera la ciudad donde no está obligado a pensar interminablemente en nada parecido. Un segundo, creo que los argumentos se juntan, vayamos por parte. Primero, la petitoria es tonta, y su reiteración, abusiva. El estribillo es molesto porque no es rítmico y en el arrastre de las palabras se llega a conseguir un efecto de locomotora de vapor, indistinguible del oleaje. Si desea pedir algo, como seguramente tiene ganas, no debe repetirlo hasta abrumar, debe concentrarse, lanzar su petición y esperar una respuesta. En caso de no recibirla, deberá, amablemente y a su debido tiempo, pensar en la posibilidad de una reiteración. Ese ritmo es imprescindible para hacerse entender. Segundo, el pueblo no lo ama, no siente que la demanda sea viable. En ese proceso le aplica los más originales apodos, en cuya confección participan individuos inteligentes, humoristas, escritores, obreros, albañiles. Este suceso viene a ser un concurso. Los calificativos circulan de boca en boca y cada día se renuevan. En la actualidad, se analizan más de diez tendencias diferentes en la producción de apodos hacia su persona, cada una de ellas alimenta el gracejo de las comunidades, y, ¿puede creerlo?, lejos de desunirnos, nos une. Tercero, existen intenciones de ayuda, tome esta primera ración de galletas y cómalas en mi presencia, hemos dicho que cualquier gesto de auxilio a su persona es insuficiente. Sus cabellos escasean. Sus aretes parecen poseer cada día más peso. Su fuente de agua potable no está disponible cuando más lo apremia. De esta forma será imperioso que afloje en breve, si es que acaso no debiera el próximo mes abandonar sus labores debido a su depauperado estado de salud. La sociedad se inclina por ofrecerle ayuda, para eso deberá ir a tierra sin resistirse. Nadie lo tocará. No crea que verá la cárcel. Eso sí, debe abandonar su insistente reclamo. Cuarto, no piense en las nubes, pensar en ello es, simplemente, poético. Progrese, es necesario una reestructuración de sus sueños, que todas sus necesidades se encaminen a buen refugio y encuentren respuesta. Le proponemos marchar libremente a la ciudad, allí podría tener un nivel de vida impensado. Recuerde nuestro adelanto tecnológico, y, sobre todo, recuerde la belleza citadina».

La había visto desde su partida de la costa. Cierto que zigzagueaba a pesar de poseer un pequeño bote con un gran motor. Su cabeza se movía demasiado y sus manos no hacían lo suyo para avanzar con los remos, aunque quizás fuese una estrategia para influir en él desde el principio, en su lástima, no en su temor, como veía que estaba por ocurrir. Él no servía para este trabajo. Mientras ella se acercaba, Moiséy se convencía a sí mismo, temblaba, se daba consejos sobre la crianza de cabras y derivaba finalmente a un estado de excepción mental –la mujer saltó a su bote, amarró la mismísima proa del farolito a su gran motor, comenzó a hablar y a enumerar constantemente en un tropel básico–, tal y como ella, quizás, había deseado. No pudo hacer otra cosa que agarrar la ración de galletas. No quiso mirarla, pero su olor produjo mareos. Sintió al tacto la calidad de los ingredientes. Al apretar la ración contra sí –la mujer hablaba usando términos sencillos–, hizo que algunas ruedas se quebraran como el sonido de cinco dedos que chasquean por turno. La ración ascendió con sutileza desde el bajo vientre hasta el epigastrio, y una vez allí, Moiséy sintió la dura proximidad de su estómago –la cavidad rugía, se precipitaba, daba saltos con un estrépito que afectaba todo lo demás, las vísceras sólidas, el sistema de arterias abdominales, los diámetros y latidos de todo agujero o tripa–, apenas una bolsa de nylon y una barriga sin músculo cayeron en la adyacencia, tan cerca la comida a la saciedad que casi se producía una relación amatoria entre las partes, con una especie de sexo y un posible orgasmo interior. Durante la primera hora –ella palmoteaba y discurría, él repetía el crujido de las ruedas cremosas–, quiso girar la cabeza para controlar su hambre y advirtió un cambio en la tonalidad habitual del muro. Y el cambio se hizo movimiento. Algo se espantaba allá. Algo parecía, por último, corresponder a un par de ojos que pestañean asombrados. ¿Alguien había hecho un resquicio para discernir? Moiséy no podía apartar su cabeza, el estómago hizo silencio y la ración quedó colgada pendularmente. Eran los ojos de un hombre, o quizás los de una mujer, pero lo más importante era que debían ser los ojos de alguien. En la vasta ciudad tras el muro, otro ciudadano por fin delinquía para observarlo.

«Lo podemos llevar por la fuerza, aunque nunca será preferible», dijo la rubia. «No queremos que sea carne de prisión o punta de lanza del enemigo». Yelena se apoyaba en esa clase de ademanes inútiles que no prometían la más mínima claridad, y más lejanamente, en el movimiento que imprimían sus pies al bote, el perfume de sus manos y el crujido de su lengua contra el paladar. «Si no es posible traerlo conmigo esta tarde», añadió, «me pueden despedir con los máximos horrores o pueden aproximarse otros no tan reflexivos…».

«Dígame algo», interrumpió Moiséy, «ya que no me consideran de este país, ¿adónde enviarán mi cadáver en caso de muerte?». Las nubes seguían pasando como ovejas al redil. «Pero no», rectificó al instante con un tono espontáneo, inspirado por una nueva revelación, «quizás no debiera morir ahora y quizás tampoco debiera morir todavía».

El rascacielos 0

Yelena y Capitán

«Entonces el tipo me dice "¿adónde enviarán mi cadáver en caso de muerte?", increíble, una mascarada, casi suelto la risa, casi me doblo del gusto, casi se me entumece la vulva, casi me divido, casi estallo, para qué decirte cuántas veces casi reviento».

La mujer desenfundó su figura de pronto y se detuvo toda manchada al borde del colchón, una nalga afuera para hacer equilibrio, un pegote de semen cuajado en muchas partes como condecorada al azar por medallas lustrosas. Se movió un poco más con ardores y espasmos porque sus manos desistieron de alcanzar la almohadilla sanitaria en el vacío. Contra su parecer y obstaculizado levemente por una resistencia discretísima desde que ella dejara de buscar en el aire y se enfocara en la taquilla junto a la litera, Capitán de la Guardia Personal de Faraón —también era todo eso en su día libre—, la introdujo de nuevo bajo la sábana roja que la mujer misma había traído para festejar.

«Mis hombres revierten las expectativas, aunque jóvenes, comienzan a sentirse el rigor del combate, no inmejorablemente, cierto, pero comienzan a sentirlo», dijo aplicando en ella una rotación de la cintura de tal modo que menstruación y pene fueron vecinos y conversaron lo suyo a través de una pared blanda, absorbente.

«Mis nuevos trabajos redundan más bien, tienen efectos antihigiénicos en mí, consiguen adiestrar mis técnicas, sacuden la concepción vital y escapan muchas veces a lo posible», dijo ella con cara de haberse cansado después de sucesivas cópulas en las que la púa hiriera las esquinas del fondo de su ampolla rectal.

«Uno de ellos sufre lumbalgias frecuentes», apuntó él, «se desespera a menudo. ¿Debiera sustituirlo o darle más tiempo libre? No sé. ¿Corregir sus posturas o afilar sus opiniones? ¿Mandarlo a enfermería o rociarle cubitos de hielo? Me refiero al que apenas llamamos Junio, especialmente maravilloso y tenaz cuando detiene la altura de su bota a un metro cincuenta centímetros del piso y tercia un fusil al pecho. He hablado antes del pelotón, los soldados bajo mis órdenes. Debo removerlos después del próximo acto público y no sé por dónde empezar», su mano sacó a la superficie la almohadilla manchada de sangre y de semen para abandonarla de inmediato en la taquilla contigua.

La litera crujió de nuevo a ritmo galopante porque el pene precisamente, duro y marcial como un rascacielos, según dijese el hombre alguna vez, reinició lo suyo para adentro y para afuera.

«En mi caso, acabo de verlo en persona», dijo ella entre un encaje y el siguiente, «su parecido con Faraón es asombroso. Por unos segundos estuve decidida a nada, el paquete de galletas me colgaba de los muslos y hube de zigzaguear en el bote para mal llegar cuando menos. Después ya me entretuve, como no decía palabra fui tranquilizándome con mis propios argumentos, eché garra a todo e hice pausas estratégicas. Por momentos supuse que meditaba un armisticio o aceptaría cualquier otra variante, pero lo cierto es que casi a las dos horas de estar allí, cuando mi lengua estaba al rojo vivo, el tipo me pregunta "¿adónde enviarán mi cadáver en caso de muerte?" sin apartar todavía la vista del muro. Era para desternillarse de la risa. Alguien tiene que haberlo notado en la grabación de origen. No sé si puede advertirse cuando una persona aguanta la risa».

Estaba acalambrada en la superficie del clítoris de forma muy pasajera y antigua, casi por gusto, como si le hubiera propinado el mismo golpe en el mismo lugar durante un siglo.

«Quizás deba tener presente el tiempo que le falta al llamado Febrero para licenciarse», dijo Capitán sin abandonar la fuerza de su empuje, «pues la presencia de Moiséy tensa su espíritu fanático y esto mismo puede abrir los resquicios que quiera en su corazón, resquicios que caerían muy mal en el grupo por lo bien entrenados que están todos, por lo difícil que sería concebir un año sin Febrero. Dichos resquicios, a lo sumo de tres o cuatro metros de profundidad en el corazón, podrían interesar tanto al líder como al resto de la manada, tendría que extenderme en explicaciones entonces, tendría que caer en lo grotesco para aclararlo, tal vez, ¡horror!, en lo absurdo», su mirada estaba fija en el contrachapado de arriba, donde alguien había repetido un rombo y escrito la palabra FARAÓN en una caligrafía diagonal, como si un alfil la hubiera cagado por todas partes.

«Basura», dijo ella a causa de chocar contra el somier superior, «deben haberlo escuchado una y otra vez, alguien que yo conozco debe haberlos obligado a oír la grabación hasta desgarrarse el tímpano. Ahora todos saben que puedo ejercer una marcada influencia en cualquier ser humano, menos en este. Podría acomodarme el pelo a la izquierda, fingir voces, maullar, mojarme los labios. Mi trabajo es serio y lo sustentan principios básicos, pero en él, un viejo incontinente, todo chorreado, tartamudo, casi sordo, varias veces giboso, con aretes que son una lástima, en su mayoría oxidados por el mar; en él, repito, a sus ochenta años, ni siquiera pude atraer una mirada de soslayo».

Su voz se atascó en tanto los brazos, finamente erectos contra los pechos del hombre, empujaron con docilidad y resistencia para salirse del encuadre: una intentona como debía ser, demasiado perspicaz, casi candorosa, semejante a un movimiento imprevisto para que acabara de correrse en su interior.

«O quizás pueda comenzar por Mayo», expuso Capitán indiferente, «quien es a su manera superior a mí, aunque no encaje casi nunca en la unanimidad de los otros por creerse destinado a los rápidos ascensos, a los puestos de ministro, asistente, fiscal o ejecutivo. Imagina prepararse para exigencias a gran escala, siendo como es producto de las capas más humildes del pueblo. Come y bebe desde pequeño de las mismísimas manos de Faraón. No sé, quizás debo esperar otro candidato, este podría tenderme una trampa y escalar a costa mía las alturas de mi propio puesto. No debiera decirlo, pero me satisface prever estas cosas».

Se agarraba con las manos a los tubos que unían el piso inferior al superior, todo lo cual formaba parte de una técnica para establecer mayor dominio de ella al empujarla hacia arriba a través de la chorreante y ardorosa vulva, valorada en toda su belleza como una rosa abierta es valorada contra el pináculo de un rascacielos.

«Por esa misma dificultad hablé en directo, dije que por mi parte aprobaba el traslado de la figura cuan alta fuese, hora de traerla con nosotros y de restarle protagonismo, hora de tenerla a la sombra por culpa de su gran energía. El micrófono solapado en la solapa me dio el chance de descargar, yo sabía que mis frases volaban hacia Faraón, lo tenía claro, ¿puedes describirme su rostro al oír mis palabras?», preguntó la mujer en tanto disentía de ser punzada tan fenomenalmente, de ser paralizada casi por completo, al punto de quererse escapar, vomitar, orinar, peer: el ardor siguió ardiendo, el líquido de la vagina no detuvo su fluido y un gas se le escapó sin llamar la atención de nadie.

«Soy militar», dijo el hombre enseguida, «solo cada mucho me suceden cosas tiernas. Todo es esquemático, no me quejo, pero todo es tan mecánico que asusta su ejercicio constante. La rutina me ha hecho bajar la cerviz. Apenas cierro un ojo ya tengo que agrupar a mis hombres con el fin de ajustarlos. Les aprieto los bíceps para comprobar que siguen tiesos, les palmeo la espalda como si probara el ajuste maquinal de un sistema de tornillos, les aplico pruebas sicológicas. Trato de que se sientan lo mejor posible. En buena medida, son mis hijos, frutos de un matrimonio con el deber. No me quejo. Estos efectos dipsómanos de cualquier perversión conviven y son la escolta. ¿Comprende? No es fácil cambiarlos de buenas a primeras... ¡Peligro!», se puso en guardia, «debo recordar que las paredes pueden delatarme».

La mujer aprovechó el momento para una salida impensable ante la distracción que había oído en boca del hombre. Sus muslos se deslizaron y el pene escapó del hueco como una manguera que se agita libremente. La mujer incluso fue capaz de llegar hasta los angulares que sostenían la pieza de arriba, su cabeza los tocó antes de poner un pie descalzo en el piso del cuartel, pero los brazos del hombre reaccionaron y fue como si ella no hubiese querido nada, como si ella lo hubiese planificado todo para mayor satisfacción del caballero, pues sus nalgas quedaron de frente ahora y la manguera se ahogó enseguida en su interior ciego, dilatado de antemano por muchas alabardas, casi sin pliegues ni esfínter, para de todas maneras causar cierta presión, cierta satisfacción y ciertos gemidos.

«Fue necesario, lo juro», indicó la mujer al borde del orgasmo anal. «Cuando até su bote a mi popa, noté alguna tensión necesaria en la cuerda, recordé la manera de halar de la cabra ensogada que no desea subir el cerro y aun así puse en marcha el motor para arrastrarlo por la bahía. Él no miró ni una sola vez mi cara, sino que, con el paquete de galletas en la mano, escrutó el muro todo el tiempo. La travesía fue de media hora hasta el embarcadero, donde ustedes lo esperaban para conducirlo por tierra oculto entre todos, si es que alguna vez pudieron ocultarlo. Vi cómo metieron su cabeza en el auto y cómo se ponían en marcha rumbo a Faraón, aunque esto no quiere decir nada en lo absoluto. La caravana se perdió, pieza tras pieza, ay, por la avenida de los árboles frondosos».

Sentía una lejana aguja que bordeaba siempre el mismo punto, pero que, repitiéndose en un puntaje cíclico durante un cuarto de hora, llegó a provocar la estimulación suficiente y desató la piel de gallina. Sus manos volvieron a los angulares, sintió al hombre por detrás que se incorporaba sin sacarla y se descomponía en su dorso como una bestia que descuartiza. Así que abandonó sus intenciones otra vez.

«Los primeros en irse podrían ser Marzo y Abril», continuó pensando el hombre, «tantas veces castigados por imprudencias fenomenales. Buscaré información que argumente, estaré preparado en unos días tan solo, deberán existir grabaciones que los impliquen en delitos mayores. Vaya brusquedad. Vaya, brusquedad. Ellos, que una vez fueron nada, no se recuperan del pasado. Dijeron que debía haber dos pieles negras en la escolta y allí están, yo mismo los busqué. ¿Por qué comenzar los cambios por ellos? ¿Faraón lo observaría con buenos ojos? Nunca se sabe si me descartarán o no por expulsar primero a los de piel más oscura».

Sostenía desde atrás un brazo y el pelo, dando siempre tremendos tirones para encajarse más en el interior de la yegua, tan bien montada que podía girar a un lado y otro cada vez que al de encima se le antojaba esta dirección o aquella.

«No tenían por qué exagerar», dijo la mujer casi inerte bajo las piernas del hombre. «Lo vi adentrarse en ustedes y pensé que se lo iban a comer, pero todo era cuestión de perspectiva. El forajido llegó ileso a la escolta y la escolta lo condujo ileso al interior del auto. Pudiera añadirse que me encontraba muy abajo, en el mar. Me doraba, me indefinía, me jugaba el pellejo, me castigaban las olas, me hacía la tonta para mirar de soslayo todos los detalles. Fue un buen asunto. Él pasó por ósmosis hacia ustedes, podría decirse que en un segundo ya alcanzaba el interior del auto y se perdía entre los árboles, pero para mí, que usaba la inclinación continuamente, los hechos sucedían en cámara lenta. El forajido levantaba un pie, sucedían mil cosas, y luego completaba el paso. La secuencia se me quedó grabada punto por punto, recuérdese que trabajo una hora en cierto cine. Esto podría influir».

La posición ahora le permitía por único movimiento un giro de cabeza para mirar su revés. Solo entonces era capaz de abrir la boca simulando morder la cara del jinete, sin que esto jamás fuera posible. La tentativa, sin embargo, quedaba suscrita como una maniobra de plena inconsciencia erótica y hacía estallar las ínfulas del caballero en conatos sucesivos, incontables, de demolición.

«Lo que en realidad convendría no puedo siquiera practicarlo», se atormentó el hombre. «El magnífico Julio, tan pertinente en la escolta, no puede ser removido tampoco sin un sonado pretexto. No basta recordar cómo imagina mis partes en los espejos, lo veo descomponerme en pedazos contra su voluntad. Estoy seguro que Faraón lo ha visto así también. Él, cuya agudeza es mayor que la mía, debe haber notado las nefastas influencias del forajido sobre nuestro Julio, pero aun así debo exponer las destituciones con buenos argumentos, so pena de verme reducido al descrédito o a la ignominia de una supuesta concesión».

La hizo moverse para comenzar el pespunte automático sobre ella, una operación que buscaba acercar los huecos de la mujer en tanto los dilataba por turno y los hacía mezclar las aguas hasta conseguir una droga difícil de beber en los intervalos, droga esta de un fuerte sabor a sangre (por lo herrumbrosa), a excremento (por lo bacteriana), a semen (por lo dulce) y a sudores vaginales (por lo ácido); intervalos estos tan regulares como si empleara una máquina de zurcido sobre la piel, a tan violenta velocidad el pespunte y el medio pespunte, que era sorprendente el contrate de los huecos entre una perforación y otra.

«Repito», dijo la mujer en tanto un escozor le recomía ambos huecos, la puya los hincara o la boca los sorbiera. «Por última vez repito», parecía de todas formas amarrada por las manos del hombre y aplastada por su cuerpo como una hoja de papel bajo la piedra. «No quiero ser insistente al decir que», estaba aún en la litera, a unos centímetros del piso y a la derecha de la almohadilla que guardaba un mapa de su sangramiento. «Acaso sea útil repetir que», no había posibilidad de escapar aunque sus uñas se encajaran en el colchón para deslizarse en el colmo de las succiones sin ser adivinada y aunque tratara de acercarse a la taquilla para extraer algo. «Por última vez trataré de decirte que», los crujidos del mueble mantuvieron su ritmo mientras en ella brotaban las últimas impresiones de una cadena apagada de orgasmos vecinos y maquinales. «Repito», dijo también ya casi en el tormento, con un vocablo en la punta de la lengua que resumía su parecer al borde del colchón, con la mano estirada para agarrar algo brillante cuando era precisamente arrastrada al centro como una versión Sísifa. «Por última vez repito, el forajido no hizo esfuerzo alguno por mirarme, me brindó el caso de una mosca, no mencionó sus intenciones, sentía temor, pero, repito, no se detenía, no se lanzó al piso para pedir clemencia, todo eso era impresionante, y para colmo su paso lento, remontar los escalones del muelle y no dilatarse, meterse entre los hombres de la escolta y no prorrumpir en súplicas groseras, repito, su cabeza baja, su bastón, sus aretes en ruina, una última mirada al botecito de mimbre y a la débil luz del farol de proa, la paz de su entrada en la boca de la escolta, en la garganta del auto cada vez más profundo, si fuera posible, la silueta gibosa de las ratas, indistintas en la maleza, que escapaban a su paso, pero, sobre todo, repito, su manera de subir los escalones como si pisara pan mojado».

«Por primera vez», el hombre se aclaró la voz y el dorso de la mano derecha limpió la comisura de sus labios, «no sé cuál decisión mía sea más útil a Faraón. Es todo. No temo, solo busco en mí una respuesta inteligente. Debo hacer una purga, ¿quién se irá primero?».

«Te digo que las ratas se escabullían», la mujer no dejaba de estirar su brazo hacia el objeto brillante de la taquilla, «que él subía los escalones, que la escolta estaba allí, que fue impresionante verlo desde abajo, desde mi embarcación».

«Busco y busco dentro de mí y no encuentro un subterfugio siquiera, por más que piense en voz alta».

«Repito», la mujer se estiró largamente, «algo trascendía, no debiera haber nada impresionante en el enemigo, cierto, pero lo había, algo era trascendente, el esperpento remontaba los escalones, las ratas escapaban a su paso».

«Acaso habré perdido la memoria, ¿por qué vine aquí? ¿Por qué busqué estar a solas para pensar detenidamente?», el hombre había dejado sus ropas en el interior de la taquilla desde el principio.

«Repito», la mujer por fin alcanzó el objeto y lo blandió con firmeza.

«¿Por qué?», el hombre hablaba consigo mismo y usaba cierto énfasis demoledor.

«¿No se comprende? Repito, la manera de abandonar el bote de mimbre, luego, la manera de subir los escalones, luego, la manera de entrar al meollo de la escolta, luego, la manera de meterse en el auto oscuro», la mujer elevó sin ser vista el cabo de una pistola plateada y descargó su brazo sobre Capitán.

«¿Por qué?», dijo el hombre, atontado.

«Repito», sostuvo la mujer sin repetir el golpe, sino la frase, «la manera de entrar al meollo de la escolta, luego, la manera de meterse en el auto oscuro, antes, la manera de abandonar el bote de mimbre, después, la manera de subir los escalones, antes, la manera de llevar el paquete de galletas».

«¿Por qué no llego a una decisión urgente?», se preguntó todavía Capitán previo a caer desplomado.

«Disculpe», dijo ella casi al unísono, bocarriba, ya en paz, con las piernas abiertas pero en paz, «lo siento, no sabía cómo enfocar este asunto, piense por usted y por el prisionero, hay personas que no se detienen de otra manera».

El Capitán de la Guardia Personal de Faraón, sin embargo, no parecía comprender cuando cayó desmayado.

Moiséy, Faraón, Yelena (Lunes o Capitana) e Iósif

Iban por el pasillo a la custodia de Moiséy, cada uno había tomado para sí sus propias medidas y no volteaban, no dejaban caer las botas sin la fuerza suficiente, no eran menos marciales que en otras ocasiones. Parecían más hombres a causa de la presencia entre ellos del forajido y de una elemental demostración de disciplina, rigor, capacidad, etcétera, en el resguardo de la extravagante figura.

Enero, su capitán, luciendo por extraños motivos un pómulo amoratado, les había dejado caer minutos antes un mensaje íntimo que al oído sonaba escandaloso, pero que era casi un secreto muy bien llevado de labios a orejas para evitar las grabaciones inconvenientes y la baja moral entre ellos, mensaje este que los hiciera regresar a la cordura por un tiempo, por el tiempo que fuera posible. A Febrero lo había exhortado a comportarse con la fuerza de un escolta y le había dicho que posara singularmente sus ojos en el bienaventurado Faraón, no en el facineroso, tan diferentes ambos por mucho que se parecieran.

Así volvían a cubrir el pasillo del observatorio. Esta vez Moiséy iba delante para que ellos, por detrás, pudieran reaccionar en conjunto al menor movimiento de la alimaña. Iba como podía, todo giboso y casi indefinido, sin molestarse en apreciar las fotos de los héroes que se insinuaban casi hasta el final, ni siquiera su propia imagen en los espejos, por cierto descostrada, retorcida, reumática, con aquellos pendientes que extendían hasta la desproporción el par de orejas de ochenta años.

Ellos habían sido encargados de higienizar al bandido, por eso olía a bebé. Se había indicado desde arriba la loción exacta, a fin de mofarse todo el tiempo a través de minucias categóricas. Le habían enviado pantalones de lana, pantuflas con pompones, una camisa con paisajes de costas encendidas en medio de un rabioso amanecer rojo donde no faltaban cocoteros inclinados y gaviotas —varias uves invertidas, discretísimas— en la lejanía.

Moiséy no se había resistido a nada, lo sabían dos de ellos, tanto el capitán Enero, quien marchaba por detrás del custodiado pero pendiente al gobierno de la escolta, como el teniente Febrero, cuya conducta no solo se limitaba a la prudencia estupendamente implícita en un cuerpo apolíneo de gran mesura y templanza, sino también al desafuero e ignición con que sus ojos seguían al vagabundo.

No era la primera vez que los ojos de Febrero se divorciaban de la actitud de su cuerpo, podía decirse que era evidente el brillo de su mirada cuando se sentía cerca de Moiséy, poco importaba si a este lo hubiesen vestido de payaso por orden de los de arriba, igual si olía a bebito o a pescador, ¿cuál era la diferencia? No se había resistido, ellos dos lo sabían, lo habían conversado antes, cuando se preparaban para la encomienda de trasladarlo desde su sitio de aislamiento hasta el elevador, y desde el elevador hasta el observatorio, pero de todas formas, ante las drásticas órdenes transmitidas directamente por Faraón, ellos dos, el Capitán Enero —primero al mando— y Febrero —segundo—, habían dicho lo que traían preparado para decir aunque fuera innecesario hacerlo. Está bien que un cuerpo se cubriera con esos atavíos si le habían indicado cubrirse, se debía agradecer la deferencia de las ropas nuevas y el perfume derrumbante —así dijeron, con esas palabras recién trasmitidas mediante un edicto oficial, Capitán soltó una risita al pronunciarlas, y Febrero, por el contrario, apretó la boca–, cualquier intento de resistencia sería comunicado enseguida pero no se aseguraba un mejor perfume debido a la crisis económica y al asedio de los enemigos externos, ¿cómo saber si el sujeto comprendía?

Otras advertencias se prolongaron más, Capitán acabó por leer todas las notificaciones directamente del papel hasta que hubo terminado y abandonó la celda. Febrero, vertical y dinámico, se había quedado detrás adrede, había dado la espalda a Moiséy para que una de sus manos se moviera a traición y encontrara antes de salir la cabeza del sujeto, donde aplicó una caricia gradual en un arrebato sombrío, y donde arrancó enseguida, no sin disculparse muy quedamente, un mechón de pelos. Desde el pasillo del observatorio, Febrero recordaba la escena con exactitud, no podía repetir la caricia delante de los que seguían marcando el paso a sus espaldas y a su lado, pero sus ojos se creían libres y no le apartaban un instante de atenciones al gandul, lo mimaban desde lejos, lo compadecían, lo veneraban como líder de una comunidad desconocida, nebulosa, quizás espléndida, ¿cómo saber todos sus postulados?

Del susodicho solo había oído frases cortas, pero de aquel Febrero que lo insultaba a este que lo veneraba había una diferencia abismal. Con pantuflas lo veía mucho mejor plantado; haber admitido el pantalón de lana y la camisa del paisaje escandaloso desde el primer momento, antes que ellos dos abrieran sus bocas para decirlo, lo hacía superior. Y es así que lo veía circular sin ninguna vergüenza por la garganta del recinto. Vislumbraba un anciano mucho más seguro con la aplicada loción para bebés. La fragancia le permitía además orientarse en la ubicación concreta del sujeto como si tuviera a mano un sistema de alarmas odoríferas, algo totalmente relajante: el aroma extendía una cadena invisible entre ambos a través de la cual él lo mantenía cerca, esto es, enfrente.

Febrero tenía pocas posibilidades de protegerlo. Estaba dispuesto a dar la vida por el infeliz, comprendía que Faraón había cortado sin metáfora su cordón umbilical y le había ofrecido agua para beber cuando niño, le había instilado leche de cabra y estado al tanto de su vida hasta ahora, pero la proximidad de Moiséy lo hacía experimentar una sed saciada antes de su aparición. No entendía. De alguna forma una luz casi en el umbral del observatorio había proyectado la sombra de Moiséy y esta llegaba a rebasar la suya. De esa manera espectral y ambigua se organizaban las cosas en su cabeza y en el plano físico. La proximidad era nefasta, desde el primer momento lo había sido; las sombras, por ejemplo, perdían el control. La sombra no, quizás, la luz, porque la oscuridad no existe. El conflicto en su interior se prolongaba y se prolongaba. El teniente Febrero no descomponía el ritmo, Capitán mantenía una mirada oblicua sobre él y esto lo enlazaba invisiblemente al superior, de lo contrario hubiera saboteado el desplazamiento a su gusto. Sintió cómo la sombra de Moiséy detuvo su crecimiento. La luz de enfrente se había apagado. De seguro Faraón jugaba con ellos, con sus sombras, con sus vidas y con la luz desde el observatorio. Seguro los esperaba ansioso, lúdico. Paf, el choque.

> *Moiséy*
> *Enero (Capitán) – Febrero (Teniente)*
> *Marzo – Abril*
> *Mayo – Junio*
> *Julio – Agosto (Asistente)*

Los antepenúltimos, sin embargo, de pieles negras y miradas claras, vieron la sombra y después creyeron, por derecha, que el teniente Febrero se había detenido a instancias de Capitán por culpa de la luz de enfrente, y por izquierda, que la orden de Faraón había sido interrumpir la marcha apagando la luz de enfrente, así que incurrieron por opiniones distintas en el mismo dislate. Soltaron una pregunta pecaminosa que si bien iba acompañada de la seguridad de estar ofreciendo demasiado poco por la causa, también se extendió más allá de los oídos de la escolta.

El máximo líder oyó la frase «¿qué pasa?» con la misma entonación estúpida del momento y de seguro presintió el choque de los penúltimos y de los últimos contra los antepenúltimos, todo lo cual puso un precio al embrollo de extremidades y cabezas durante el encontronazo. Al menos por lo bajo, habían conseguido otra penalidad, su detención en medio de la marcha había desorganizado el servicio, había provocado golpes en el tabique nasal y en el mentón de aquellos que les sucedían con ímpetu en el tránsito y había dejado constancia sonora con un grito de dos palabras, «¿qué pasa?», justo para esperar *castigos ejemplares*.

Si no incurrieron en una excusa fue porque también ellos estaban fuera de sí, habían perdido el dominio de la situación gracias a la sombra proyectada por el furibundo y este mismo podría encontrarse ahora a la deriva. Capitán los miró largamente con el prisionero sostenido por una manga de la camisa de cocoteros inclinados, pero ya no se hizo si no mandar a una nueva formación que reorganizase las fuerzas de la escolta real.

Los antepenúltimos, Marzo y Abril, de pieles ahora más negras y miradas ahora menos claras, estaban convencidos de no poder ofrecerle jamás a Faraón todo lo que el máximo líder deseaba de ellos, así que se disponían de inmediato, como en otras ocasiones desde la aparición del bicho en la bahía, a rectificar con celeridad el ritmo torcido por las circunstancias. Antes de salir, Capitán había hablado al oído de cada uno con frases lapidarias que produjeron a la larga el efecto contrario: era hora de demostrar la *capacidad de reacción* y la *preparación combativa* durante la custodia de Moiséy desde el sitio de su aislamiento hasta el elevador, y desde el elevador hasta el observatorio. Ellos, desde entonces, habían comenzado a pensar que no hacían suficiente esfuerzo en el servicio sin límites a Faraón, que no se entregaban todo lo abiertamente que debían, pero de alguna manera ya no existía posibilidad de ofrecer otro tanto, por un resquicio se les anunció el riesgo de una empresa que requería algo más que sus propios cuerpos y sus propias mentes. Luego, apareció la sombra de la nada. La sorpresa los detuvo, prorrumpieron en un grito vulgar, «¿qué pasa?», y detuvieron a los restantes con un choque estrepitoso.

Los penúltimos de la escolta, Mayo por un lado y Junio por el otro, fueron diferentes antes y después. Antes de la colisión se habían entregado a los mismos pensamientos, aunque profundizando su rareza. Mayo se decía que ponderar siempre es para arriba y menoscabar siempre es para abajo, que la estimación del líder con respecto a la escolta había sido aclarada en los recientes y categóricos sucesos. Desde la captura del ejemplar hasta la mismísima conducción al sitio de su repliegue, obvio, las circunstancias solo hacían crecer en la mente de Faraón sus extraordinarias figuras de jóvenes escoltas. Ya estaban a punto de sucederlo en el cargo. A su muerte (¿qué es todo esto?, ¿acaso pensaba en su muerte?), algún testamento les dejaría el poder absoluto. La confirmación vino de boca de Capitán al decir, justo antes de comenzar a manejar al sujeto hasta el elevador, y desde el elevador hasta el observatorio, que debían afianzarse más en la estima faraónica sin llegar nunca a extralimitarse. Ante este consejo lo demás se infería, en primer lugar, el sublime aprecio que se les profesaba, con sobrado crédito, prestigio, ponderaciones, nunca menoscabo, y algunas otras formas de hacer apología…

Por otra parte, Junio consideraba, antes de chocar con los antepenúltimos, que el dolor iba a seguir hasta destruirlo bajo su cápsula de piel. El dolor, muchas veces en forma de puñalada, nacía en las alturas lumbares, aunque en no pocas ocasiones conseguía un origen más caudal para extenderse como una descarga eléctrica. Él, por lo menos, apenas sostenido de algo o de alguien, se retraía. Apenas era una criatura ordinaria o quizás una especie de majestad inconclusa, porque ese dolor era de gente de abajo, de hombres que trabajan de sol a sol sin ninguna tregua y de mujeres que cargan en su joroba haces de leña verde. Si por lo menos la cercanía de la figura en custodia aliviara los males. ¿Estar en duda sobre algo así tendría una connotación traidora? Se veía padecer como un caballo azotado y al mismo tiempo se veía sonreír por compromiso, o se veía quedar en silencio, sin que un solo músculo desbaratara su prudencia. Los ojos no se ariscaban, la voz no prorrumpía en un acto natural de maldiciones, sino que, empujado por su oficio, se resistía antes de darse a conocer en el dolor. Estaba advertido. Se lo había insinuado Capitán en la reunión previa, antes de que todos empujaran la pesada carga del prisionero como una enorme roca que parecía volver siempre al declive. Justo cuando ya se disponían a hacerlo, Capitán le dijo, teniendo en cuenta que sacarían al prisionero desde la celda al elevador, y de allí directamente al observatorio, que tuviera cuidado con manifestar su pena. Eso dijo. Pero él, en cambio, pensó por segunda vez: «Si por lo menos la cercanía de la figura en custodia aliviara mis males». ¿Esperaba un milagro? Lo pensó por tercera vez, con menos interrogación y más afirmación ahora... Y no fue suficiente. Era comprensible que todo eso los conmoviera antes de chocar, aunque después ya no. Después se produjo un altibajo en todos y llegaron mucho más rápido de lo esperado a la conclusión: la sala redonda. Después de colisionar pensaron abruptamente y con mayor irreverencia, aunque no siempre lo sintieran de este modo. Mayo pensó que el testamento del poder muy bien podía adelantarse con una muerte provocada, en tanto Junio sufrió con todo el rostro y delató su dolor en silencio.

Julio, en contraste, iba junto a Asistente, así que sus miradas de soslayo casi nunca se dirigían a la derecha, siempre miraba su parte preferida de Capitán en los espejos y siempre lo veía decapitado. Cierto que se llenaba de arrojo y se infundía ánimo mientras iban de operaciones, pero de todas formas imaginaba sin cesar cómo acertaría a dividir el cuerpo en pedacitos. Cuando pasaba por los espejos era diferente, era como si sus ideas cobraran nueva vida, no le costaba verlo sin cabeza en el reflejo (quizás por la enorme estatura de Capitán o quizás por otra cosa), y en caso de que le costase, inclinaba casi imperceptiblemente la suya para verlo mutilado por una de sus orejas, alicaído, vencido, con un tajo frondoso entre las escápulas, por ejemplo. Si bien el nuevo prisionero le había infundido un poco de esperanza, rogaba por la salud de Capitán para que todo lo ficticio no fuera a convertirse en real ni fuera a dolerle la conciencia toda la vida. Esto mismo lo delataba muchas veces. Cuando estaban en el almuerzo, a Julio se le movía la mano con un trozo de carne como regalo para el superior. Semejante ofrecimiento despertaba una ola de murmullos en la escolta, se creía masivamente que Julio era un vil lacayo, pero a él poco le importaba: no se le ocurría otra cosa mejor que dar de comer a su conciencia. Luego abandonaba el salón, se mantenía en guardia y terminaba frente a los espejos, camino al observatorio, como ahora. En aquel lugar nunca dejaba su cabeza tranquila y en la sala redonda tampoco. Por lo común, se sentía azorado en todas partes, nada lo detenía, ni siquiera la presencia tronante de Faraón. Quizás fuese porque no podía contener las ilusiones de un capitán hecho picadillo o que se imaginaba los cuartos del hombre en un gancho de carnicero. Esto ya era el colmo y en la última semana había empeorado. Por si fuera poco un choque con los que iban por delante venía a confundirlo más, un choque contundente de Mayo y Junio contra Marzo y Abril y de él mismo y Asistente, a su derecha, contra aquellos dos. En un instante vio a Capitán al sesgo, lo imaginó tronchado a la altura de los ojos mientras el superior tomaba al prisionero por la manga de la camisa y lo aprisionaba con una garra inquebrantable, como si fuera menester hacer lo bueno personalmente y juzgar desde una posición distante el ridículo de una escolta cuya ideología había sido dinamitada. Bien lo dijo Capitán en su oído cuando se preparaban para escoltar al prisionero desde la celda hasta el elevador, y desde el elevador hasta el observatorio, que le gustaría verlo protagonizar una batalla consigo mismo donde no moviera la cabeza en dirección a los espejos. Pero esto era imposible, su pequeño problema no hacía más que profundizarse. Algo en el ambiente lo incitaba al desacato.

Asistente, siempre junto a Julio, a quien rara vez se tornaba a mirar, caminaba muy metido en sus propios problemas y profundamente emocionado con sus pensamientos, con el pelo en desorden y tan obligado por las circunstancias a inclinarse para una anotación u otra, que en el momento del choque le fue imposible contener la avalancha de papeles que se desparramaron. Su rostro se precipitó contra el trasero de Junio en forma dramática y casi pierde el sentido. Las nalgas de la mole que tenía delante estaban hechas, al parecer, de piedras de río, eso o aceptar que había chocado contra una montaña rocosa; el mentón se elevó en el rebote, los ojos vieron astros luminosos y la nariz goteó sangre durante tres pasos en falso. La estupidez del golpe le duró algunos segundos y luego duró más la estupidez obligatoria de recoger como un cuadrúpedo los papeles dispersos, así que los otros tuvieron tiempo suficiente para echar una ojeada en sus cosas a pesar de la confusión, bien podía sufrir ahora una doble, una triple vergüenza, bien pudieran los demás haber visto todos sus papeles en blanco y haberse preguntado el porqué de tanta simulación. Si había estado escribiendo desde el elevador hasta el momento del choque, ¿dónde estaban sus palabras? ¿Por qué usar ese ardid? ¿Estaba tratando de ganar tiempo o no quería levantar sospechas de su trabajo? ¿Acaso estaba pensando algo terrible mientras fingía escribir? ¿Pensaba en Moiséy? ¿Pensaba en el mensaje de Moiséy? ¿Este mensaje le afectaba los segundos o terceros planos de su propia línea de defensa? Por unos instantes había sido un gato montaraz en la posición de cuatro patas, había recogido los papeles incluso con la boca (para apresurar la cosecha) al modo de una criatura de la más vil condición, lo cual le garantizaba mantenerse externamente confiable en esta especie de jauría. ¿Por qué había cambiado tanto en los últimos meses? Le parecía que solo en él se producían cambios irreversibles que daban otro rostro a sus sueños. Se levantó urgentemente porque supuso que lo esperaban para recomenzar la marcha. Así fue, cuando los demás dejaron de mirarle, volvió a padecer el ritmo de las pisadas de los otros. Sus piernas más cortas que las demás debieron apresurarse y su mano tuvo que escribir sin palabras para quedar otra vez oculto, a salvo, en sus pensamientos. «Pienso en el mar», pensó, «pienso en un desliz de cualquier tipo, hoy o mañana. Debo entonces agradecer la ocasión, deslizarme a un bote, abordarlo y picar las olas a la desbandada». En ese momento estaban muy cerca del observatorio donde se definía una figura estoica con un cetro tricolor bajo un foco de luz tenue. «Tal vez haya ido demasiado lejos», masticó camino a la poltrona.

«Acabarán de llegar algún día», dijo Faraón sin mirar el papel que Asistente había puesto en sus piernas antes de seguir al otro lado. El papel informaba "CHOCARON" con una inclinación tendenciosa de las letras que daba una idea casi exacta del suceso. Lástima que Faraón olvidase papel, forajido y asistente y se deshiciera del cetro para restarle importancia a la jornada, no debía hacer demasiado oficial la llegada de su escolta con un bandolero *sui generis* a la cabeza. «Empecemos de una vez, Capitán», dijo. «Le di una orden». El aludido hizo el gesto que se espera para el inicio de un diálogo difícil, pero Faraón lo interrumpió con violentas palmadas. «Ooops», soltó Capitán por sorpresa. Se hizo silencio. Los demás estaban ubicados en su sitio y pudieron escuchar cómo Asistente roncaba al otro lado. Era un ronquido tan suave que no podía ser oído por Faraón, así que la escena, con Capitán en ascuas, se presentaba increíblemente risible. Si todos hubieran hablado del asunto, hubieran acordado entre sí un mote para el maldito estúpido con cara de rata que se creía asistente aún, a pesar de todos sus errores y de su impertinencia. Ese ataque de sueño venía a confirmar otro desliz sobre una montaña de libros y lo acercaba al «trombón tenor» en la medida en que su garganta sonaba al otro lado con la corredera abierta. Faraón miraba acá y allá y el «trombón tenor» emitía un sinnúmero de notas, cada una de ellas alejada del pentagrama y tan despiadadas como una lluvia de tomates podridos.

Capitán, sin embargo, adquiría el color anémico de la nube estival. «Disculpe, Faraón, pero no resisto», dijo, refiriéndose a los ronquidos de Asistente. «Muy bien», respondió Faraón, sin comprenderlo del todo, «¡le di una orden!». Capitán se apresuró a decir algo esta vez, pero de nuevo Faraón fue más rápido y lo detuvo con otras palmadas al aire. El viejo tenía la barba alisada con gran dulzura. Sus movimientos eran más rítmicos y enérgicos. El paso era más amplio sobre cada fragmento de alfombra, pues ciertamente efectuaba un recorrido vital y esparcía en la operación un perfume maravilloso. Su voz buscaba entonarse y encontraba las notas rarísimas del «trombón tenor» que persistía y persistía en lo suyo. El dúo se enlazó con elegancia, cada uno a su manera y sin escucharse mutuamente. La palabra de Faraón, sin embargo, fue haciendo sus estragos de argumento en argumento hasta que completó algunos temas y otros quedaron inmóviles, pero enseguida volvieron a mencionarse las necesidades y las posibilidades y cada uno de ellos se dio cuenta que ningún tema podía quedar inmóvil en un discurso de cinco horas pasadas. La voz hacía alarde de capacidad mental, recurría a imágenes espeluznantes con un sinnúmero de ucronías gloriosas, varios oxímoros agudos y ácidos pleonasmos que prolongaron un poco más la situación, mientras el público (la escolta, Moiséy y Asistente dormido) seguía de pie. Los temas, en las dos horas finales, se sucedieron naturalmente, no pareció inmiscuirse nada por medio del esfuerzo, sino que fueron cayendo las variantes y enlazándose política y economía, capital y entorno, contaminación y rentabilidad. Devino en una lluvia de ideas organizadas que no terminaron de prolongarse en la mente del público, sino que ganaron resonancia usando el efecto acumulativo y la oposición de significados, hasta que solo al final se vislumbró el truco.

Las palabras habían construido una parábola gigantesca que caería sobre ellos en pocos segundos.

Podían haberlo previsto en las metáforas incómodas o en el mejor tropo de la perorata, que irradiaron con exactitud el sentido de una época y del país entero, con sus ciudades y provincias. Pero no avistaron ni esto ni ningún otro giro, finalmente Faraón se alzó en su poltrona con gratitud para con todos, pues, explicó, se hallaba inmerso en el más estricto retiro vocal, necesitaba enriquecer el discurso del próximo acto. Las siete horas no habían sido más que un ejercicio práctico para la ocasión señalada. La escolta ardió al escuchar este anuncio. Y entonces Faraón propició más aún el descrédito al añadir «yo siempre los he amado».

La escolta, en sus puestos, buscó la mirada, la complicidad funesta de ojo en ojo y rompió a tramar de una vez el magnicidio. Al principio, ni siquiera lo sabían, se olvidaron del vagabundo y eso mismo fue lo incipiente. Después se desdeñaron las responsabilidades y las botas cayeron casi al unísono en una burla masiva de la orden de «firmmm-es», trocada de pronto en un irreverente «en su lugarrr, descannn-sen» que fue de lo peor que viera Capitán ante su tropa. Faraón no se impacientó, detuvo casi el epílogo de su discurso sinfín y lo hizo con el pulso de un héroe de la retórica, dijo algo sobre las posibilidades de lluvia y el valor energético de las confituras producidas por una supernovedosa empresa que sacaría al país adelante. Luego se limpió las comisuras y repitió el sentimiento que pudo costarle la vida: «Recuerden: yo siempre los he amado». Si no saltaron sobre él (unos con motivos por exceso; otros, por defecto) fue porque en ese preciso instante se acercó cumpliendo oscilaciones una mujer rubia («de la peor especie», pensaron los más rabiosos) que dijo llamarse Lunes y encontrarse a las órdenes de Faraón.

Febrero había decidido dar la vida por Moiséy en ese instante, aunque costara la de Faraón, no tenía importancia. Las palabras que acababa de oír eran una especie de despedida para ellos. ¿Qué sucedería con Moiséy en ausencia suya? Ahora que veía en los ojos de los otros, había olvidado para siempre las recomendaciones de Capitán antes de salir. El mensaje de sus compañeros estaba actualizado en rencor, y esto, por primera vez, sirvió de consuelo.

Los antepenúltimos habían comprendido que no existía una sola posibilidad de ofrecer varias vidas a la causa oficial; aunque continuaran pensando en el servicio sin límites, comprendieron que debían insubordinarse de la peor manera para conseguir la libertad para sí mismos.

Los penúltimos habían tramado, por parte de Mayo, acelerar el procedimiento de sucesión política para el cual los habían dispuesto; y por parte de Junio, congelar el dolor por medio de un descanso a todo trance.

Julio no solo se desprendió de los espejos para imaginar a Capitán hecho pedacitos, sino que se figuró una carnicería e incluyó en ella al líder.

Asistente despertó, el trombón de su garganta se detuvo y entonces, entre el estupor y el ensueño, sintió que debía pasar por encima de alguien que se encontraba muy arriba para cumplir todas sus fantasías con el mar y el bote. En este preciso momento la rubia se volvió a presentar a sí misma: «Llámenme Lunes».

Los de la escolta no bajaron la cabeza, pero apagaron la mirada. ¿Qué sucedía? Faraón carraspeó y dijo a Capitán: «Escúchame, los muchachos se dejan influenciar sin resistencia». «Cierto», pensó Capitán, pero no dijo nada. Era evidente. Allí estaba Moiséy. Su figura tenía un aspecto extravagante y vaporoso, lejano ya al movimiento de las mareas. Faraón dejó caer una frase en la cara del susodicho (casi tenían la misma estatura; uno, el vagabundo, estaba más encorvado que el otro) y lo miró por primera vez desde su aparición en la sala. El soberano parecía más duro, con los aires de antaño, terriblemente fuerte y ofensivo. «¿Qué quieren hacerme?», preguntó con un grito. «Soy la Estrella de la Mañana y la Noche. Por mis manos corre el río de la vida. No necesito que nadie venga a sacarlos de aquí, puedo hacerlo solo, tengo todo el poder». La escolta trató de moverse, pero la voz de Faraón los metió incluso en la posición de firmes que habían abandonado. «¿Acaso no los vi nacer uno a uno?», preguntó, «¿estas manos no les han dado agua y leche? ¿No partí pan y se los puse en la boca? ¿No estuve en sus hipertermias infantiles y en sus años de escuela? ¿Cómo una criatura infeliz, que escoge el mar como refugio y la lengua como instrumento, puede alterar tanto sus cabezas?». La rubia, llamada Lunes, o Yelena, o solo el cuerpo grácil y espigado que usaba cualquier otro mote, se adelantó hasta el centro de la sala circular, tras la poltrona. «¿Cómo, pues, podrían engañarme?», dijo Faraón, a voz en cuello.

Capitana Lunes comprendió la rigidez técnica de la circunstancia (una situación de manual, parecía un ejercicio de sus años de escuela) e hizo su llamado en el momento preciso, sin necesidad de que alguien le ordenara que lo hiciese. «Entren de una vez», susurró. Y entraron a la sala seis morenos en cuyas camisas tropicales no cabían los dorsos. Sobrepasaban en altura a los de la estirpe previa, eran mucho más jóvenes y venían mejor dispuestos. «¿Qué es?», preguntó Capitán, desorientado. «¡Cállate!», respondió Lunes, «todo resulta espinoso». Aún se mantenía la voz de «firmmm-es» en los talones cuando ellos, los de la vieja escolta, Febrero y los demás, pensaban en posibilidades vagas, el cambio de perspectiva los había manejado con demasiada rapidez y no estaban listos para algo así, no les habían enseñado qué hacer en la derrota, ni siquiera Capitán se veía prudente, justo él que había hecho un último intento de salvación hace unas horas con su sistema de consejitos al oído. Habría sido imposible una respuesta.

Febrero y los demás pensaron y por última vez tuvieron una idea unánime, la idea básica: debían acatar.

Lunes le sonrió a Febrero (no a Capitán) y sin moverse fue presentando a los recién llegados. «Los llamo Martes, Miércoles, Jueves, Viernes, Sábado y Domingo», sostuvo, «y es preciso entender la nueva situación. Ustedes, los preliminares, Febrero y los demás, pueden ocupar un puesto de dirección en alguna empresa, allí podrían ascender todo cuanto sea posible, no me corresponde ni me compete decir eso. No me concierne hacer planes. Me inclino más por las órdenes, esto es, les ordeno abandonar la posición de "firmmm-es" y hacer buen espacio en el recinto. La nueva escolta está presente y tiene que asumir su puesto ahora. A los soldados les diré: la patria los reconoce, etcétera, abran paso». «Esperen», saltó Capitán. «Nadie espere», rectificó Lunes, «todos van a cumplir mis órdenes sin tardanza. Usted también, Capitán, debe abandonar su cargo. Yo lo sustituiré con gusto y humildad. No nos conocemos, por lo que debo informarle que yo, en su lugar, aceptaría la medalla que le otorgarán en el próximo acto público y también me tomaría unas vacaciones de diez días antes de dirigir cualquier empresa de nuevo tipo». «Pero, yo, ¿una medalla?», tembló Capitán, «no mienta, nosotros nos conocemos desde». «Se equivoca», volvió a rectificar Lunes, «nunca hemos sostenido una conversación razonable. No haga más difícil este asunto. La orden ha sido dada. Comiencen a salir en orden». «Pero, Yelena…», dudó Capitán. «¡Capitana Lunes!», detuvo la mujer de tan agradable aspecto. «Mantengamos, de una vez, la distancia», añadió irascible, moviendo el moño como una escolar.

Su imagen era tan fuerte detenida en oposición a ellos, que de inmediato Febrero practicó la última media vuelta y se dirigió al pasillo de las preferidas poltronas. Era suficiente. Desde cualquier lugar ubicaría a Moiséy y lo defendería con orgullo. Los antepenúltimos creyeron, camino al elevador, que la dirección estatal era una forma no explorada, no pensada, de ofrecerse más y más a las razones faraónicas. Los penúltimos otra vez pensaban desigual. Por derecha, Mayo creía que para eso los habían preparado a todos; por izquierda,

Junio supuso el fin de sus dolores con el reposo que ofrece un puesto público. Julio dejó de pensar en un Capitán hecho pedacitos, pues el hombre iba entre ellos, con la cabeza baja, y ya no sentía la tentación. Ahora eran iguales, todos habían perdido la marcialidad o no les hacía falta camino a la acera. La puerta del elevador se cerró y el rectángulo de metal se fue abajo con todos ellos en su vientre. Capitán les dijo, casi en el sótano: «Qué absurdo, algo me impulsaba a detenerme, algo enlentecía mis acciones y me anulaba el cerebro». Febrero pensó que en realidad la escena había sido increíble, pero no había más nada que hacer. «¿Han visto algún rastrojo humano?», preguntó en un susurro, con la cabeza baja. «No», le respondieron, «al asistente no hubo que sacarlo. Se hizo muy, muy escurridizo, y se largó como el primero».

En la sala redonda permanecieron los otros.

«Como se entiende», dijo Lunes en cuanto los preliminares desaparecieron, «necesitamos a un gran hombre. Usted mismo firmó su ficha cuando hacíamos los preparativos para esta jornada. No habrá decepción. Tiene una impresionante hoja de servicios. Podría funcionar como ordenanza y miembro de la escolta al mismo tiempo. No voy a dilatar más este asunto. Como se ha convenido, Excelencia, le presento a nuestro hombre…».

Faraón tornó a mirarlo, pues la figura se escurría por el interior del recinto, a cuya sombra había esperado pacientemente. No manejaba muy fácil las cortinas: en realidad, tuvo pequeñas dificultades en las primeras horas tras la tela. Cualquier rimbombancia con tal de no desobedecer a Yelena, o a Lunes, o a quién fuese realmente esa mujer que había planificado su espera para producir el asombro preciso en el monarca.

Faraón vio cómo Iósif tuvo a bien acercarse sin sonrisa en el momento justo y quedó satisfecho de nuevo. «Comience ahora mismo», dijo. Iósif lo miró a los ojos y se probó: «Excelencia, es hora de atender al vagabundo». La nueva escolta acercó un vaso con agua a las manos de Faraón. «Muy bien», dijo este, «estoy de acuerdo. Es hora de atender al vagabundo».

«¿De dónde saliste, bicho?», preguntó el gran líder al sujeto.

«¿Es esto en realidad importante?», contestó Moiséy.

«Pensemos que tenías intención de destruir».

«Se equivoca».

«Pensemos que estás loco».

«Faraón, por favor…».

«¿Queda algo por pensar?».

«Sí, traigo una petitoria».

«Inadmisible, bicho».

«Soy un caso único. Míreme, Faraón, tengo ochenta años. He pasado meses en el mar antes de que destruyera el botecito. ¿Qué no pasaré en tierra?».

«Aprecia con quién estás hablando».

«Con Faraón, La Estrella de la Mañana y la Noche. No digo nada para contradecirlo».

«Quiero que bailes para mí».

«Puedo hacerlo, pero recuerde que esto no calmará lo que va a suceder».

«Esas cosas tremebundas, ¿no?».

Moiséy hizo silencio, seguía metido en su estrafalario atavío sin quejarse. De todas formas estaba de pie, como hace cinco horas. Se mantenía encorvado con su giba sobresaliente y a su alrededor se respiraba el aroma dulzón de las lociones baratas. Si la luz era tenue al principio, ahora lo intentaba deshonrar con una intensísima candidez que excedía las aristas de las cosas en todo el espacio. Bajo su influencia se veía un doble contorno en los objetos, algo irreal, pero efectivo, en tanto Faraón se mantenía con gafas de sol, los de la escolta también, Lunes e Iósif por el estilo, y solo Moiséy, en la quietud de la misma losa desde el momento inicial, no podía prácticamente abrir sus hermosos ojos jóvenes para apoyar con ellos sus palabras o por lo menos sus ideas. Recordaba una luz similar en la bahía, cuando era propietario del botecito de mimbre y del farol de proa, en las horas en que Faraón trataba de interrumpir su encomienda con artificios insólitos. ¿Cómo sería abrir los ojos ahora? Un puñal se clavaría en sus pupilas y comenzaría a erosionar hasta herir para siempre. ¿O acaso era una de las bromas de mal gusto, ya tradicionales en el monarca? No lo sabía, solo trataba de quedarse quieto, como siempre. No sentía casi los pies. Le llegaba la voz de uno, a veces de otros. Se declaraba satisfecho con poder oírlos. Su cayado y él seguían siendo inseparables, aunque hubieran atado dos cascabeles en un nudo de la madera. Pensó que había una dignidad insuperable en ir de un lado a otro haciendo el ridículo. Y temió, como siempre. El tartamudeo no se interrumpía, la respuesta le salía por los labios en un tono monolítico, pero por dentro se encontraba apenas sostenido. Debía seguir siendo así, exteriormente equilibrado, mucho que costara mantener al personaje heroico y no dejar salir a su timorato interior.

«¿De dónde saliste, bicho?», preguntó Faraón.

«No es preciso comprender», respondió Moiséy. «¿Nunca le deja un espacio a lo otro?».

«¿Lo otro?».

«Sentir».

«Algunas veces. Pero, tú, insecto, ¿de dónde saliste?».

«Suponga que nací en el mar. ¿Qué lograremos con todo esto?».

«Lograremos que yo entienda».

«Yo… Yo… Yo… Dele descanso al yo por un segundo».

«Tiene que ver con la identidad».

«Lo que usted diga, pero».

«Podríamos intercambiar por un segundo. Podrías ser yo y yo podría ser tú. Probemos».

«No tengo ganas, Faraón. Disculpe. Permita que me retire».

«¿No sabes que soy yo el que dice esto o aquello? ¿Sabes qué haremos con él, Capitana? Haremos esto: PRÓXIMO ACTO PÚBLICO. ¿Acaso nota el parecido? ¿Me comprende?».

«Comprendo», dijo Lunes. «Es un plan ingenioso».

«Es profundo», dijo Iósif, «podríamos hablar más sobre el tema».

Faraón hizo una señal a Lunes, y esta, acometiendo como era menester, condujo impecablemente la escolta hasta el elevador con la finalidad de alcanzar sin contratiempos el sitio donde habían recluido a Moiséy, el gago. Por ahora el pasillo se llenaba de algunos hombres y una mujer que dejaban a Faraón por detrás y llevaban por delante al vagabundo como un mecánico ejercicio de engranaje irreprensible. No salieron las preferidas poltronas y no se imaginó un solo rostro decapitado en los espejos. Iósif Iosifivich iba de último con Domingo y pudo certificar la histórica maniobra, cuidándose bien de anotar lo posible y lo palpable, así como de despreciar, al mismo tiempo, lo no posible y lo no palpable, todo lo cual redundó en dos verdades, una versión oficial para la red de historiadores y agentes, y una versión para sí mismo, con las impresiones mezquinas que no podía soportar el papel.

Ciertamente, el perfil de los que custodiaban parecía endurecerse. No conocían al hombre bajo custodia, ni siquiera habían oído hablar de él, pero podían dar testimonio del deterioro mental en que encontraron a «los preliminares» sustituidos. Debían evitar la idea de escuadra dividida que dieron aquellos. Estaban demasiado cerca de Faraón y cada nuevo incidente de sus vidas tendría que ver directamente con la historia. Había que mirar al futuro, como les enseñaba el líder. Había que seguir las órdenes de Lunes con humillación y espíritu patrio. Lo demás, según creía ver en los hombres alternos (Martes, Jueves y Sábado), podría irse manifestando en la medida del desarrollo, no siendo posible algo menos sensato que la subordinación. También otros (Miércoles, Viernes y Domingo) parecían creer que la continuidad del proceso dependía de ellos en gran medida, de su forma de respuesta a las incorrecciones y de su modo de obrar dado el caso. Iósif, al documentar la salida, anotó algo de acuerdo con la mirada de cada uno y se dio cuenta de que la descripción tenía muchos puntos coincidentes. Los perfiles tenían en común la adustez, se les veía inclinados más por el heroísmo, escogidos con rigor en un pueblo lejano donde las mujeres se levantan apaciblemente antes de que salga el sol. Todos parecían tener el recuerdo de una infancia tranquila en un paraje donde se aposenta el ganado. Iósif pensó, aunque no lo declarase en sus anotaciones, que todos eran de origen campesino, que todos eran risiblemente parcos y que todos eran, al menos en el principio, fieles.

Moiséy
Lunes (Capitana) – Martes (Teniente)
Miércoles – Jueves
Viernes – Sábado
Domingo – Iósif (Asistente)

Para colmo, les llegó la voz tronante de Faraón desde la sala redonda del observatorio, pero no se hicieron anotaciones al respecto. «Son jóvenes, se enamoran de cualquier cosa…», gritó la voz retumbante y masiva. «Un momento, Capitana, usted no, a usted la necesito», añadió el líder que tenía poder para ir más allá en la mente y los deseos.

La puerta de metal se cerró con todos los hombres comprimidos dentro del elevador. El tal Moiséy, forajido y gago, iba envuelto por murallones de músculo como un niño entre osos. Descendía al igual que los demás hacia la primera planta, al sitio destinado a él, con todas las cámaras de seguridad y todos los micrófonos pendientes de su respiración y todas las prohibiciones posibles para que nadie se acercara ni un solo instante a su figura, como si padeciera una enfermedad altamente contagiosa. «Son jóvenes, se enamoran de cualquier cosa…», el líder les hacía ver el peligro de una idea distinta. Todo cuanto se podía decir es que «les hizo», según pensaba, entre tanto, la escolta. Les hizo tomar leche de pequeños. Les hizo beber agua. Les hizo ir a la escuela. Les hizo crecer. Les hizo venerar. Y, finalmente, les hizo incorporarse al servicio con la máxima discreción y apego.

Moiséy bajaba y capitana Lunes y asistente Iósif se reunían con Faraón, quien se veía con rostro ecuánime, difícil de repetir fuera de aquel momento. Aún estaba metido en poltrona y su actitud seguía siendo marcial. La espalda se alzaba erguida y la cabeza ligeramente inclinada hacia delante, con cejas impávidas, boca cerrada, nariz severa y mirada de astrónomo. En caso de dirigirse a él, los habría mandado a detenerse. En caso de quedarse por mucho tiempo detenidos, los acusaría de pereza. Debían buscar en los próximos instantes una solución a este enigma que ambos, Lunes e Iósif, se planteaban por caminos diferentes.

Se animaron poco, a la verdad. Esperaron un segundo, dos, tres, y de inmediato hubo un salto eterno hacia los cinco minutos sin que dijesen o hiciesen nada en absoluto. Las piruetas imaginativas los abarcaron y se creyeron en el lecho de Iósif, teniendo sexo en una extraña posición de letra griega, algo parecido a lambda minúscula o a omega mayúscula. «¡Ah, claro!», se dijeron al unísono, pero independientes, «Faraón se encuentra pensando, es mejor no interrumpirlo». ¿Y qué, entonces? Seguían inmóviles en cualquier plano, esto es, seguían inmóviles en medio del río, sin definir entre volver a la orilla o cruzar por el firme. No tuvieron otro placer que pensar en ellos, en el lecho de Iósif donde tantas veces se habían encontrado burlando la seguridad de este mismo faraón para con sus oficiales. Ahora subían con curiosidad, como la primera vez, por aquel lecho de patas de piedra con escala lateral. Los amantes esmerados se querían besar en esas alturas, se preparaban cada cual a su modo. ¿No era esto una flaqueza? ¿Comenzaban a ser un Febrero, un Marzo, un Julio, un chico de esos que perdió la lucha? ¿Estaban recibiendo la influencia de Moiséy? Se arrepintieron del desliz por la misma vía y se concentraron de nuevo en el rostro que los miraba fijamente para tratar de abrirse paso en el interior de cada uno.

«¿Qué piensan?», dijo la voz, pero ellos sacaron el gran ánimo que traían en sus huesos desde hace mucho y se defendieron con la experiencia que les había manchado las manos tantas veces en una acumulación de tardes. No había más que responder rápidamente. Cada uno sabía que una respuesta de este tipo costaba el puesto.

«¿En qué pensamos?», dijo Lunes y se apoyó en su más serena sonrisa. «Próximo acto público», dijo Iósif con voz segura. «No veo a nadie preocupado, todo se encuentra bajo control. Para eso nos llamó, ¿cierto?».

Faraón les puso los ojos encima, los hizo un guiñapo y luego les pateó los sesos contra la pared: esto sentían mientras el hombre en la poltrona, sin girar la cabeza, los desnudaba con sus ojos verdes e infinitos de tantísimos años. En un lapso de breve transcendencia psicológica, se mantuvieron otra vez a la espera, en cualquier momento entrarían los soldados y los reemplazarían a ellos también, solo debía aguardar a que Faraón gritase. Pero esto no ocurrió. El líder dijo: «Están haciéndome fuerte». Y se echó a reír. Ellos rieron también, por supuesto, y pasaron a explicarlo todo. Al gran líder le gustó su manera de hacer las cosas. Debían colocar a Moiséy en lugar suyo, el parecido físico los ayudaría. Debían conseguir que el hombre se acercara al micrófono y leyera el discurso previamente confeccionado, mientras Faraón, para mayor seguridad, lo estaría observando desde el edificio de enfrente. Era una parte esencial. A Faraón le gustó, tenía cierto cinismo, se mantenía la protección y el pueblo no se angustiaba. «Muy bien», dio su consentimiento. Había algo en aquellos dos que le atraía. De inmediato, mandó a buscar a Moiséy, deseaba tener una larga conversación con el vagabundo, no acababa de entenderlo, y puesto que le quedaba tan poco, debían apresurarse. «No me importa», dijo, «háganlo regresar».

En efecto, había algo en ellos, en Capitana y Asistente, que los hacía funcionar a la perfección. «Enseguida», respondieron al unísono.

Moiséy, Faraón, Capitana e Iósif

«Esta será la oportunidad de tu vida, veremos, tienes que ser yo», dijo Faraón desde su poltrona. Proponía un reajuste temporal de las personalidades o algo por el estilo. No estaba seguro, pero debía figurar seguro. Eso sí, lo obligaba, le había mandado a poner un traje de circunstancia justo a la medida, quería verlo con un poco más de paciencia y quería la cooperación para las ideas sobre el otro y sobre él mismo que irían surgiendo en la medida de la plática.

«Soy Moiséy», rectificó el otro, recién llevado y recién traído, ahora vistiendo el nuevo traje en el que se sentía exactamente como en el anterior: un payaso. No había pegado ojo, su mirada encontraba el obstáculo del sueño y sus párpados se mantenían izados a media asta. El tremendo cansancio comenzaba a vencer todas las debilidades que eran legendarias en su historia personal. Estaba, por lo común, más asustado que cansado y más adolorido que cansado, pero ahora las proporciones se habían invertido al cabo de tanta horas sin dormir. Lo habían ubicado detrás de la poltrona, no se movía, se había quedado tieso dentro del ceñido traje y a espaldas de Faraón. La mano de la mujer rubia, precisa hasta el delirio, lo había dejado en ese lugar y de allí prometió llevárselo unas cuantas horas más tarde.

«Claro, pastor de ovejas y todo eso, Moiséy, el tonto y el gago, no voy a contradecirte. Pero imagina por un instante que eres Faraón, doy mi permiso (¡Yo, Faraón!). Ahora tienes las blancas plumas por almohada, el sol late a tu costado, la buena leche espumea ante tus ojos. ¡Boom!, te has convertido en magno, y eres, pues, la Estrella de la Mañana y la Noche».

«¿Es posible?», dijo Moiséy con insatisfacción. «No, no lo es».

«Te obligaré a que lo sea. Si debo obligarte, lo haré. No dudo. Te obligo».

«Únicamente usted es Faraón», dijo Moiséy para evadirse.

«Te gusta el poder, ¿verdad?».

«No lo creo. Debe haber cierta metamorfosis feroz para que esto suceda. Por otra parte, no existe ni siquiera la remota posibilidad de que usted sea Moiséy».

«Es un intercambio sin complicaciones. Hagamos la prueba».

«¡Estúpido!».

«¿Qué sucede?», gruñó Faraón. «¿Cómo osas ofenderme?».

«Disculpe, ya soy Faraón», hizo comprender el más encorvado. «¿No lo entiende? ¿No lo soporta? Seguro lo entiende, pero no lo soporta. Bueno, igual, usted quiso, Faraón».

«No, recuerda quién eres. Faraón eres tú», dijo Faraón en tono sencillo.

«No, usted», respondió el otro.

«No, recuerda, eres tú».

«Disculpe, pero Faraón eres tú».

«Muy bien, yo soy la realidad, pero surge un juego, un par de reglas. Y es en esa circunstancia donde tú eres Faraón, ¿comprendes?».

«No sé si sería útil este juego. Estoy en una edad no lúdica».

«Por supuesto, será útil. ¿Te he llamado estúpido alguna vez?».

«Si usted es Moiséy no puede hacerme esa pregunta».

«Cierto», dijo Faraón. «Como Moiséy hablaré. He venido de un lugar aborrecible, soy de abajo, se me nota, tuve una piedra por almohada, maté los gusanos del rebaño, no soporto a las ovejas descarriadas, me llamo Moiséy, es sumamente posible, soy un oscuro montaraz».

«No, esto último es mentira», se defendió Moiséy.

«Siendo Moiséy como soy, sí, es posible. Yo soy Moiséy, mi estimado Faraón».

«No busque poner en mi boca algo así. Hay una trampa en todo esto, Moiséy», dijo Moiséy.

«Obedeceré, Faraón, estaba confundido, pero ahora arreglemos el asunto. Iremos a donde quiera», dijo Faraón metido por completo en su papel.

«He dado la vida por mi pueblo», comenzó a decir el verdadero Moiséy como si fuera, al fin, su opuesto. «Me he entregado totalmente. Mi familia son estos soldados. Mis botas son parte de mis pies. Leo siempre, de día y de noche, para responder al enemigo con palabras penetrantes. Y justo ahora se aparece ese gusano en la bahía, en un botecito de mimbre que puedo hundir cuando quiera y con un farolito en la proa que puedo apagar cuando estime conveniente».

«Es raro», el falso Moiséy se empeñó en ubicarse. «Soy una criatura paradójica, capaz de esfuerzos enormes por la causa de mis ideales, no estoy loco o lo estoy y no lo sé, lo cual es estar loco en serio. Tengo tan pocos amigos, tan pocos adeptos. A mi edad era para tener quince o veinte discípulos. ¿Por qué he abandonado todo? ¿Por qué razones vengo a esta tierra?».

«Debiera tentarlo. Debiera perseverar en su reconocimiento y debiera encontrar entre mis amigos a gente como él, mi enemigo. Esperen, ¿debiera considerarlo mi enemigo? Si apenas es un hombre con una voz gangosa sin repercusión en nadie. Es preferible renunciar a él que conocerlo a profundidad. En el fondo del mar, ¿no estaría todo lo profundo que puede?».

«Espero que Faraón no sea tan obstinado y escuche mi mensaje. Es posible pararse en la proa y vomitar las palabras, en serio, podría aguantar muchos meses más, un promedio de cinco o seis, no sé decir, tengo las piernas flojas, las rodillas siempre fueron débiles, a la verdad no sé por cuántas razones estoy aquí, en la intemperie bárbara, donde cabe esperarse cualquier cosa, toda vez que Faraón es un hombre destinado a vivir largamente con una intachable presencia. Pronto me dispondré a dejar mi misión, temo por mi salud y por la salud de los que me escuchan. Faraón les cobra severas condenas en caso de ser atrapados in fraganti en el muro. Ellos sabrán. Un día tendré que dar opiniones al respecto. Me arrepiento, ¿será posible?».

«Debo idear un programa de acción. No puedo darle demasiada importancia. Loco es loco. Debo mantener el centro. Limitar sus quejidos. Explorar la idea de su origen, sus benefactores, su ideología. Podría influenciar a mucha gente. Debo proceder como se acostumbra, sobre la base de los principios y la ética. O abandonarlo todo, ¿es eso posible?».

«¿A razón de qué tanto sol y mar y tanta lluvia de tormenta? He de abandonarlo todo, hasta lo más mínimo, por ahora encuentro feliz un acercamiento a tierra y la ubicación en un perímetro seguro. Debo entrar en razones, por lo menos escuchar a la parte contraria».

«Dejaré que se exprese libremente, incluso, lo traeré a tierra para que aquí sea posible el diálogo desenfadado. Demostraré que puedo ser superior a su propuesta, que todo eso queda atrás y abajo cuando lo escucho y lo comprendo y lo acepto entre nosotros».

«Así será, pediré excusas por mi mal comportamiento, habitaré entre ellos y trataré de funcionar lo mejor posible. Debe haber algo que se pueda fundar o enmendar con el consenso de ellos. Me entregaré a ese proyecto como sea ideado o como lo hayan soñado. A fin de cuentas soy uno de sus iguales. Es imprescindible mi inclusión en esta sociedad, soy parte de ella y no es posible que una parte de ella le haga el juego al enemigo».

«Tengo el poder, pero lo escucho. De esta manera tengo más poder por más tiempo, si escucho a los que se me oponen y si nos sentamos a la mesa. El poder no solo se encuentra depositado en un servidor, sino también en la mayoría. Promoveré, antes que Moiséy, un cambio de mentalidad, esto debe atribuirse a hombres como yo: un cambio de inteligencia. Quizás él tenga razón. Quizás lleguemos a un acuerdo oportuno. Podría responder mis preguntas y yo podría responder las suyas. Es algo que se me ocurre ejercitar».

«El que me manda deberá entender que las cosas se ubican lentamente, no puedo llegar a ningún lado con mi discurso retrógrado, sobre todo, no puedo dinamitar el equilibrio de esta sociedad en aras del beneficio que terceros puedan extraer de mí y de la nación. No puedo responder al dinero, de esta manera me convierto en un comerciante o en un mercenario. ¿Por qué suscitar el desacato en un país tan próspero, tan ideológicamente sostenido, tan puro y futurista? ¿Para qué la gente me manda?».

«Las consignas del pasado pierden el sentido, debo resolver el mundo hacia adelante. Tomar una decisión respecto a su petitoria no será tarea fácil, pero miren este país, desolado, arruinado, lleno de falsos optimismos, de absurdos incontables, comenzando por quien les habla…».

«¡Basta!», gritó Faraón, el verdadero, sofocado. Al darse cuenta de su grito, se echó hacia atrás en la poltrona para tomarse unos segundos en contemplación de la nada, La Nada sobre su cabeza, La Nada ante sus ojos. Se le veía jadear. Le sudaba el cuello divinamente. Iósif le acercó un paño para que hiciera higiene. Se habían convertido en uno y otro como si fueran niños (¿cuál de ellos peor?), deseando sacar cosas a la luz. Luego, Faraón fue más rápido para manejar la situación, se rascó las orejas y los mandó a salir, excepto a Iósif y a Capitana:

«Ahora seremos solo yo», dijo a Moiséy. «Yo seré un Faraón y tú serás el otro Faraón, ¿encuentras problema en ello?».

«Si me excusa, debo abandonar estos esparcimientos».

«¿Por qué?».

«Soy Moiséy, nada más. Hace poco pastaba algunas ovejas».

«Eso te hace más valioso. Harás lo que te digo. Comienza».

«No puedo ser el eslabón débil… ¿Así?», preguntó el verdadero Moiséy.

«Más o menos. Vuelve a meterte en mi personaje».

«Se necesita algo más para poder acallar al vagabundo», dijo Moiséy, haciéndose pasar por otro Faraón.

«Debo poner mano dura», dijo el verdadero Faraón.

«En especial con las flores».

«¿Cómo?».

«En especial con los nenúfares».

«¿No me comprendo a mí mismo?».

«Sí, ya lo verá, claro que se comprende».

«No», dijo Faraón, «esto tampoco sirve».

Faraón tenía la frente perlada de sudor, sufría, al parecer, un capricho no saciado. Los pies de Iósif en su ir y venir decían esto y mucho más. Los requerimientos eran casi inextinguibles, Faraón debía prepararse para dar cualquier respuesta a Moiséy. Deseó, de pronto, que debía hablar con un sentido profundo o usar frases que hubiera dicho y que poseyesen una trascendencia previa. Iósif le acercaba todos los materiales posibles, de un lugar a otro, desde los documentos lejanos hasta los próximos, este discurso y aquel, cualquier cosa que le recordase a Faraón una respuesta genial, aunque, finalmente, se le cansaran los brazos y se desanimara y cayera hacia atrás en su poltrona para convertirse a los monosílabos. «Sí, claro», dijo. «Eso tampoco resuelve».

El otro, el más encorvado, mantenía los párpados a media asta, pero comenzaba a bostezar imperceptiblemente. Su aliento se transmitía y lo delataba como una bola de sebo que golpease a los otros.

«Para finalizar por hoy», dijo Faraón, «seamos los dos como tú, quizás eso me estimule».

«¿Cuándo?».

«Ahora».

«¿Comienzo?».

«Comienza».

Moiséy se echó a reír.

«Soy Moiséy. No tengo que comenzar por esta vez», dijo el más encorvado.

«¿Qué me importa? Comienza lo mismo».

«Vengo buscando lo que ya sabe».

«Soy Moiséy, soy oscuro».

«He cambiado la manera de ver las cosas».

«No tengo cuidado con el pudor, vengo a destruir».

«Nadie se me acerca, pero todos me conocen, soy la esperanza».

«Desestabilizo implacablemente, soy un mercenario al servicio del enemigo».

«He pasado momentos duros, pero ya Faraón está a punto de entender».

«Mejor me iré y no volveré jamás a molestar a Faraón».

«Solo me iré con el objetivo alcanzado».

«Soy un tonto».

«Soy un grano de mostaza».

«No comprendo».

«Por eso estoy aquí».

«¡Ah!», dijo el Faraón verdadero y alzó su mano. No había querido seguir, hastiado de la banalidad del procedimiento o sin haber sacado nada del interior del otro, al menos sin haber extraído del pozo aquello desconocido cuya importancia también desconocía y que no paraba de sonar en su cabeza en busca de explicaciones. «¡Bueno!», repitió alicaído, para dar por terminado el asunto.

Los soldados se acercaron a la escena y condujeron a Moiséy, sin más ceremonia, hasta el elevador, y desde el elevador hasta el sitio donde guardaría feliz reposo. Capitana Lunes les iba aconsejando que cada uno de ellos debía conocer su lugar, que el sujeto era un gran tramposo (el sujeto la escuchaba camino a su sitio y no abría la boca para responderle), que al mirarle el rostro y otras partes del cuerpo las similitudes con Faraón no debían equivocar los juicios, pues esto mismo era un trampa excelentemente urdida por el enemigo. Capitana decía «tengo todo bajo control» para que los nervios no restallaran bajo la piel del séquito, o mejor aún, de la escolta, para que no se sintiera el poder psicológico en la carne y en los huesos de jóvenes de tan morena estirpe… Capitana los provocaba y ellos se estiraban incansablemente por encima de su cabeza para transportar en apretadas filas al sujeto casi innominado. Capitana, de tan grandes pretensiones y tan colmados conocimientos sobre la personalidad del pueblo, los apretaba con su palabra persistente que para el caso era lo mismo que espolear a una bestia o aguijonear a unos bueyes a cada instante, lo cual, en primer término, evitaría que ellos pensaran demasiado, y, en segundo, impediría que ella tampoco.

«¡Bueno!», dijo Faraón nada más perder las ganas de seguir y ellos se abalanzaron en su ayuda. Eso había sido una gran demostración de unidad y oficio, a pesar de la edad de la escolta. Capitana, ciertamente, no podía reprocharles mucho, solo los azuzaba para no encontrarlos un día como sus camaradas anteriores, en el basurero de la historia, provistos de poco o de nada, convertidos en directivos de empresas sin virtud que simulaban empresas de cierta virtud en el interior del país, alejados del puesto faraónico.

«¡Bueno!», dijo el líder por tercera vez, pero añadió, «no hay forma de sacarle algo en claro al sujeto, ni haciéndolo pasar por Faraón o por él mismo, ni cuando yo era él y él era yo, ni cuando ambos éramos yo y mucho menos cuando ambos éramos él. Todo se ha vuelto un juego de locos…». Por detrás, Iósif tenía algo en los bolsillos que vibraba cada vez que Faraón necesitaba su pastilla. El nuevo hombre en el puesto de Asistente se deshacía en atenciones y movimientos para asegurar la salud de la primerísima figura. «Un juego de locos», prosiguió Faraón, «veremos cómo se comporta en el próximo acto público, no quiero perder ningún detalle, aunque…». El dedo índice de la mano derecha quedó en alto mientras el líder pensaba lo suyo y no fue bajando hasta no concluir de pensar lo suyo, tras lo cual llamó al Asistente, este se acercó con un vaso y nuevas píldoras y recibió la orden, que no le cogió por sorpresa, claro. Faraón debía ultimar con Moiséy algunos detalles y divertirse con las imposiciones que podía manejar frente al sujeto. Sería risible verlo llegar cabizbajo, con los bostezos y el aliento ácido a fruta en descomposición, en medio de la escolta que lo traería sin problemas. Los hombres eliminarían del camino y de algún modo los vestigios de cansancio que latieran en todos, en especial en el sujeto vagabundo, insolente, bandolero, traído y llevado por delante para dondequiera que fuesen en tales días.

«Volveré a darte una oportunidad», dijo Faraón una vez que lo tuvo a tres pasos de distancia y bajo circunstancias parecidas.

El otro cabeceó, ya no soportaba más, el movimiento fue tan violento que lo despertó por un segundo.

«¿Qué es eso tan importante?», dijo Moiséy.

«Jajajá», rio Faraón estruendosamente, dándose a la verdad más profunda. «No ves que puedo torturarte sin que lo descubras. Dime, ¿qué no haré cuando quiera ser directo?».

MOISÉY, FARAÓN, CAPITANA E IÓSIF

Era importante mantenerlo en atención, hacer como si una gota de agua golpease su cabeza en un espacio reducido. La intención era mostrarle las uñas. Después del paseo por el rascacielos penitenciario, donde el sujeto pudo ver a qué cosas se atenía en caso de persistir, la cara del vagabundo insufrible seguía siendo la misma. Ahora le había pedido explicaciones más allá de las explicaciones razonables, pero antes le había pedido explicaciones más acá de las explicaciones provechosas.

«Imagine un vaso», respondió Moiséy, vistiendo un overol al que le faltaba un tirante. La pechera caía doblada en diagonal y máculas de pintura azul decoraban su género a la altura de los muslos.

«Tengo derecho a imaginar lo que sea», dijo Faraón, «al fin y al cabo, ¿quién soy?».

Las luces estaban apagadas. Al centro, en lo que era el núcleo de actividad, el tenue reflejo de unas velas adhería al cristal de los vasos, a las hojas de los libros de anotación, al suelo rojizo, la sombra de las figuras que se mantenían en poltrona y de pie, tan respectivamente como antes, como en todas las conversaciones, en todas las variantes y subvariantes, en todos los intentos de comprensión que habían protagonizado en el observatorio las dos criaturas opuestas.

En tránsito desde la umbra hasta la luz de los cirios, en el territorio de la penumbra que habían formado las ideas de Asistente con aquella disposición de los cuerpos y las luces en aparente emulación con un sistema de astros que se encuentran para el eclipse, se hallaba la nariz fenomenal de los hombres de la escolta, aquellos hombres nombrados desde Martes a Domingo para que se tuviera una idea de la unidad y de la sucesión de la tropa que dirigía la mujer Lunes, capitana en muy buena lid gracias a su gran oficio y a sus grandes mañas. El sistema, en tanto, se mantenía en las proximidades del centro de actividad y entraba en un reposo relativo, exonerándose de los programas de entrenamiento por unas horas y dispuestos a emprenderla en defensa del octogenario de la poltrona que se encontraba en el núcleo del fenómeno.

Faraón dejó de verse como lo verían otros. Después de este vistazo, volvió a incurrir en el silencio, no siendo posible una actitud más violenta que ese silencio.

«Será mejor que prosigas», dijo pasado un cuarto de hora.

«Imagine, pues, un vaso sin agua».

«Es justo lo que hago, no sé si tendrás una idea o un presentimiento, pero ya casi veo las paredes y el contenido del recipiente».

«No, por favor, el vaso debe estar vacío».

«Muy bien, paso a evaporar el líquido».

«Yo lo llenaré».

«Eso espero».

«Tiene el vaso en la mano, ¿verdad?».

«Tengo un vaso en mi mente, estoy parado allí, según imagino. Tengo una mano y en ella un vaso sin nada».

«Usted tiene mucha sed, ¿verdad?».

«Eso espero».

«Paso a llenar el recipiente. Espere que eche noventa y nueve por ciento de agua pura y un uno por ciento de agua podrida».

«¿Cómo? Ah, sí, claro, estamos en medio de una hipótesis».

«Estoy desarrollando mi explicación. Este asunto se produce a nivel mental, ¿ve algo ofensivo en ello?».

«No, pero…».

«Al día siguiente, amparado por la misma penosa sequía, le distribuyo noventa por ciento de agua pura y diez por ciento de agua podrida».

«No voy a tomarla».

«Morirá de sed. Además, esto no excluye a la gente que lo rodea. Puede que usted no la tome y decida morir, pero los demás preferirán tomar cualquier cosa. Su muerte sería inútil».

«Supongo que el porcentaje de agua infecta seguirá aumentando cada día».

«Mi propósito es ofrecerle en algún momento cien por ciento de aguas podridas».

«Si no me das una escapatoria tendré que luchar por el agua pura».

«Usted luchará y también otros, pero la mayor parte no».

«¿Qué pasará con la mayor parte?».

«La mayor parte fingirá estar adaptada al agua podrida. Pasaré mis horas explicándoles la necesidad de tomar agua podrida y ellos moverán la cabeza para calmarme y actuarán para calmarme, pero pensarán de otra manera».

«¿Y, entonces? ¿El agua de los ríos, la lluvia, los arroyos…?».

«Todas las fuentes de agua potable están prohibidas».

«Nadie puede prohibir el agua que ofrece libremente la naturaleza».

«A este punto quería llegar, estimado Faraón».

«No entiendo».

«Mi idea se explica por sí sola».

«No obstante, sigo sin entender».

«Para mayor claridad, usted debe sustituir el agua por los sueños».

«¿Sueños…?».

«Sí, sueños. Por si fuera poco, finalmente, imagínese con sed».

Asistente levantó su mano, Capitana levantó su mano, los de la escolta se acercaron al vagabundo incivil y le pusieron sus manos encima declarando que se había portado mal o algo muy próximo a eso. El sistema luminoso se deshizo, los cirios se apagaron apremiados por la succión que trajo el movimiento de los hombres. El Asistente Iósif Iosifivich hizo descender su mano y las luces del techo y de las paredes se encendieron. Capitana hizo descender su mano y la escolta tiró del overol y sacó al indócil puertas afueras. Hubo un retorno a la iluminación y al pensamiento inicial. «Es tan difícil reducirlo a la misma ideología», pensó Faraón. «Ya estarán en el pasillo», pensó Capitana. «Ya está, el juego», pensó Iósif.

«Muy bien», Faraón se empinó en su poltrona y gritó para que lo escucharan los de la escolta, casi a la puerta del elevador. «Pueden traer al sujeto». Los de la escolta dieron media vuelta, el ruido de los talones los anunció de regreso, hasta ahora se habían mantenido incólumes en el acarreo del ganado de un lugar a otro de las cercas de Faraón, del observatorio al pasillo, del pasillo al observatorio, de allí al sitio de aislamiento, de allá al observatorio nuevamente, etcétera. Tenían ya cierta experiencia en esos trances, los tobillos que llegaron a la sala redonda iban para dos semanas en esos trances cuando se ubicaron en los mismos puestos archiconocidos, sobre los mismos puntos de las mismas alfombras, donde otros, y también ellos, habían dejado una huella de desgaste increíblemente honda. Faraón paseó ante todos, dijo algo a cada uno, tocó el hombro de Asistente, besó las mejillas de Capitana y se dirigió con buen paso al encuentro del prisionero. «Irás en mi lugar al acto público, Moiséy», dijo, «harás lo mejor que puedas en la plaza y regresarás sobre tus pasos. Te agradeceré que me hagas ese favor, ¿comprendes?».

Faraón levantó por primera vez su mano y la comitiva se agitó fuera.

La plaza

FARAÓN

Por un instante, Faraón creyó que los rascacielos continuarían perdidos en medio del otoño y de un miércoles a pleno crepúsculo en las avenidas del puerto, pero de inmediato regresó a su consabida forma marcial, hizo estragos con su lengua en apoyo de otros pensamientos, se relamió lo que pudo el bigote y la barba e intentó tocarse la nariz sin resultado mientras los instintos le obligaban a volver, a no dar pie a las murmuraciones —no había nadie a su lado por el momento, aunque después llegaría Iósif—, al buen uso de los prismáticos que colgaban del cuello antes de que comenzara el acto público y la plaza, metida en un cabo del litoral, con un fondo de rascacielos a lo lejos, viera acontecer el incidente que se definiría por la dicha o la desdicha o por cualquier cosa que tuviera a Faraón al frente, victorioso.

Fue entonces que optó, en un suspiro, la lengua adentro, por la posición marcial de sus ceremonias memorables. Los prismáticos acudieron, se entiesaron los ojos y el nervio condujo imágenes de un sitio con un único lampadario donde el metal se expresaba brillantemente —el sol salía, era temprano— hasta derivar, cuestión esta de varios centímetros por encima de cualquier estatura, en tres brazos con esferas encendidas de caprichosa luz opaca. No era un derroche en sí. Era la opacidad del montaje. El muro lo sabía. Lo sabían todos. Repitió, engañándose: «Rascacielos ganados en medio del otoño y de un miércoles a pleno crepúsculo en las avenidas del puerto: mitad sombra y luz, todo el día naciendo ahora a través de una parábola celeste sobre los frontispicios del norte de la ciudad cuando octubre…».

Tocaron a la puerta. El nuevo asistente, el promisorio Iósif, se acodó en el pretil donde era invisible para el pueblo. No miraba, sin embargo, al pueblo, miraba al muro sin prismáticos y esto mismo, creía Faraón, era ambiguo. ¿Por qué su asistente personal miraba el muro? «¡Ah, sí!», se dijo en lo que parecía un regreso a las circunstancias. Capitana entró y se dieron las indicaciones finales para la ubicación de las postas en el interior de la muchedumbre. Capitana salió. Una mujer –alta, delgada, trigueña, apetecible, según los prismáticos–, desprendió su mano del muro y se introdujo en la multitud. Su nombre era Griétsiya, en los altos mandos se le conocía bien. Ya se veía al antiguo capitán, preparado para recibir una medalla por esto o por aquello, no era significativo. Un monigote hablaría para todos, no tardaría en salir a través de la puerta posterior de una tribuna vinculada a los hechos, diseñada exclusivamente para que este monigote saliera y para que Faraón lo divisara desde el segundo piso del raro, oscuro bloque de oficinas ubicado en el extremo opuesto. Hubo aplausos por primera vez. Se ralentizaron los ademanes. No salía, aún no salía.

«¡Ah, sí!», se dijo Faraón y dio la orden. La orden cayó en el foso acústico de Asistente y salió de allí usando el canal de su boca, también ralentizada. La lengua deletreó perfectamente, había recibido con el pabellón auricular el nombre y lo había emitido con todo el cuello, un intento sin duda profundo de mejorar las cosas con la gentileza posible, empecinados en que no se notara el rejuego de imágenes contradictorias que se venía produciendo entre la arquitectura sellada de los edificios laterales y el muro, entre este mismo bloque de oficinas, ahora expectantes, y el podio recién construido, centro de las nuevas atenciones.

Faraón había insistido, hace un año o menos, en las condiciones que necesitaba para enfocar cada uno de los movimientos tácticos. Había dudado del número de atacantes que acontecerían, pero ya no. Cuando por fin los soldados encajaron en el plan, la circularidad de las posiciones se hizo visible: la escolta del primer anillo no dialogaba con nadie, se hacía lentamente al trabajo mientras los demás se hacían rápidamente y también comenzaban a repetir entre todos los mismos gestos que tranquilizan a un mulo cuando el dueño acomoda su pesada carga. La escolta del segundo anillo se movía entre la gente con los hábitos de cualquiera, aunque mucho más joviales: a lo sumo ciento veinte personas, de las doscientas ocho reunidas, los ignoraban y desdeñaban el sentido de sus aplausos. La escolta del tercer anillo, firme en torno al fantoche, lucía la cara larga y desconocía la identidad de aquel que iba a suplantar, por decisión magnánima, a Faraón. Él mismo, Faraón, desde la ventana, con los prismáticos al uso, no hacía más que reiterarse el plan incansablemente. Un nuevo detalle amenazaba con romper su propio ciclo: los veía, sí, los veía a todos, pero algo se escapaba de una forma imperdonable y él regresaba a la inquietud con la misma tribulación del acto, de los años, de Moiséy.

Lo que dijo el asistente Iósif fue eso, «Moi-séy». Faraón recordó que él mismo lo había dicho unos minutos antes. Entonces el fantoche salió a escena con el discurso en las manos y dispuesto como en el bote. Era cómico verlo y más cómico todavía entenderlo. ¿Qué hacía allí, preparado para la diana, sin resistencia? Faraón hizo traquear las vértebras del cuello con un movimiento lento y lateral de la cabeza hacia un lado, pausa, hacia el otro. Entre una inclinación y la siguiente, ocurrieron cosas abajo.

Magnicida

Para que saliera por la puerta de su hueco debían largarse del mundo las negligencias. Lo recibió la imagen del buen augurio y lo hizo sentir mejor que nadie. Al tope estaban la respiración, las pulsaciones, la tensión arterial y los instrumentos que usaría −manos y pies− para conseguir lo suyo en el menor tiempo posible. El caballero iba vestido con piel de oveja en las apariencias, pero de camisa y pantalones ordinarios en la realidad; se sentía inmenso aunque fuera a matar −o por esto mismo−, en algún instante esa ropa saltaría de sus hombros y entonces el arma haría lo suyo según estaba planeado para sus dos niveles de aplicación de la violencia: uno, disparar; dos, defenderse.

No sentía culpa, resolvería el asunto por el que tantos habían venido para nada, para rajarse finalmente o para aflojar al punto de dejarse prender como cerdos. Había comenzado a pensar en tristezas y furias y sintió que sería mejor volverse para intentar otra salida, completamente concentrado ya. Así lo hizo, hasta el momento el vaho del alba no se había disipado en torno y seguía siendo normal una tranquilidad extrema. Dentro, las raíces proliferaban, las losas del hueco se mantenían alzadas como lápidas y la impresión de necrópolis no había variado ni siquiera al soñar con un campo florido.

Al poner un pie afuera por segunda vez en la mañana, notó, sin embargo, que el bosque se había metido en las fauces de las casas. La calle no se veía, era ya inexistente, las ramas sacaban al exterior el moblaje más ligero en lo que antes fuera el vecindario. Un completo desastre, sería otra vez difícil reconocer el sitio y orientar la marcha de los que vinieran después a la guarida. Un momento, ¿por qué vendrían otros? ¿Porque su misión fallaría? ¿Porque Faraón tendría un segundo hombre oculto para sucederlo en el poder? Hizo alarde hacia el exterior, pero volvió a regresar a sus misteriosas ruinas en busca de mejores intuiciones. Era la segunda vez que regresaba, no podía seguir en este trance, o podía seguir porque no tenía el inconveniente de que fuera el pánico, sino la concentración, aquello que lo hacía entrar y salir de seguido. Salió en definitiva sin que le abandonaran algunas ideas manejables en torno a la realidad y a la ficción y en torno al vidente y a este acto público en que haría sonar la cabeza del máximo líder para beneplácito de los espectadores. Poco importaban ahora los vaticinios de aquel, la ballesta esperaba por su hombre astuto metida, fragmento a fragmento, entre las letras y los márgenes de una tarja florida.

Y Magnicida irrumpió finalmente como solía irrumpir, envuelto en su nube personal de talento negro. Era un día apacible y había salido, como recomendaban los mártires precedentes, con el pie derecho. Una parte del espanto inicial resurgió en algún recodo indiscutible de los vericuetos hasta la plaza, cuando Vidente volvió a su cabeza con todas aquellas caricias que se dieron ambos donde fue lugar, pero no era un elemento predominante, de algún modo se había preparado como debía y lejos de volcarse hacia el derrumbe se mantuvo en el equilibrio. Nada iba a fallar.

Después de la prisión y de tantas muertes por el motivo de la muerte suprema, «el bien mayor» llegaría empujado por los buenos gestos. No podía deberse a esto o a lo otro, se debería en todo caso a sus músculos, a sus maravillosas intenciones y a la forma de tomar el arma y de blandirla para bien de la propia escolta, de la multitud misma que en tan singular espacio se había ido a reunir convocada como siempre. Esto pensaba hasta el punto en que le fue dado hacerlo. A dos cuadras del sitio escondió voluntariamente la luz clara de su rostro en lo profundo de las pupilas y puso manos a la reconstrucción del personaje de los últimos momentos. Tan alto y ojeroso antes, ahora el glamour se había escondido por una cuestión inherente al actor, la modesta camisa se opacó por sí misma y una joroba informe amenazó con romper la tela, de tan mala factura. Los brazos cayeron profundamente desde hombros interiores para que las manos se movieran a la altura de las rodillas. En pocos segundos ya no tuvo la aureola que solía figurarse, aunque tampoco pudo recurrir a un periodo de transformaciones en paz, sino que, de acuerdo con lo planeado, la metamorfosis se daría en movimiento, y fue, un chiste o algo así, como si el esquema donde se simboliza la evolución estuviera atravesando una crisis en tan solo un tramo reconocido de calle: el hombre se convertía en mono.

De tan erguido antes y ahora también robusto, se fue encorvando hacia un nicho del tiempo donde casi abandonaba la bipedestación, el cráneo parecía pesarle y de hecho cabeceaba, aunque sin llamar poderosamente el interés. Dejó de aprovechar la brisa a propósito de la fingida curvatura de su raquis, el cuerpo tuvo mayor superficie expuesta al sol y padeció de plano más sed; la marcha se hizo más lenta con un gran objetivo y no pudo otear fácilmente los hedores que volaban desde la tribuna y la plaza cercanas. De tantos matices en sus interpretaciones, se apareció por fin con figura de campesino y cierta aproximación simia que hubiera hecho las delicias de Vidente, en caso de sobrevivir. Se fue transformando y llegó otro, no el magnicida original, sino el granjero de nuevo tipo que sería capaz de sacar adelante al país y a su Faraón, en lugar de encajarle una puya entre ceja y ceja a la excelsa figura. ¿Quién podría sospechar?

Los soldados del primer círculo no tuvieron dudas, más bien esbozaron una sonrisa al verlo y lo dejaron pasar. «Mira este espectáculo», se decían con los ojos, «un campesino del más remoto paraje que viene a la gran ciudad atraído por el encanto de Faraón». Entonces, el nuevo hombre, atraído mucho más por la tranquilidad aparente, se acercó un par de metros en la dirección adecuada, tantos como la multitud le permitió. Sobrevino una llovizna suave, quizás un viento que venía del mar y arrastraba agua salada en sus torsiones y devaneos. Luego se apacentó el sol, tan insoportable contra ellos como sería durante el resto de la jornada: ya había avanzado dos pasos sin que lo notasen.

Los soldados que suponía mezclados con el pueblo se movieron por sus costados como potros ávidos de alforja, y no era que se manifestaran por error en sus profesiones, pero escupían tensión y tenían la mirada perenne. Los enlaces llevaban una camisa de hilo blanco con un sombrero de ala corta de fabricación nacional que ni siquiera era removido por el viento. Los vio casi sin levantar la mirada, los identificó enseguida entre los puntos que ya había nombrado tiempo atrás en una noche orgiástica de la prisión: había avanzado dos pasos otra vez.

¿Qué sucedía? Los enlaces se mostraban laboriosos entre el anillo externo de vigilancia, que por mesura llamaba «exoesqueleto», y el siguiente anillo, «constrictor». Descubrió que alguien lo miraba fijamente. Pensó, por esta vez, que todo se había ido a la basura. ¿En qué dirección se salvaría? Lo normal iba a ser que el enlace arrancara en pos suyo y que le cayera encima toda la escolta. Debía mirar de nuevo para estar seguro, y así lo hizo. El enlace seguía con los ojos clavados en él. «Es todo», pensó el magnicida. «No he movido un dedo», no le temblaba nada en el rostro. «Faltan segundos para que me prendan», ni siquiera cerró los ojos. «No me entregaré sin combatir», decidió.

Era una situación en la que los planos se cruzaban, lo percibía con todo el cuerpo, como siempre. Se veía a sí mismo, veía al enlace, veía la tribuna y daba uno, dos pasos en dirección a la tarja de los floridos versos en busca del arma rústica allí incrustada pieza a pieza. Veía, además, las manos que se alzaban, los aplausos que estremecían la plaza; sentía los pies que pateaban el piso. Esto significaba que cuando él había dicho «es todo», Faraón, un poco más encorvado que de costumbre, por cierto, abandonaba oblicuamente las bambalinas. Y que cuando, por una sobrevaloración, había dicho «no he movido un dedo», la multitud toda comenzaba a dar vítores nada más ver la figura real que se movía tímidamente, cosa rara, entre los primeros puestos de los invitados internacionales. Y que cuando por culpa de un pesimismo intempestivo había pronunciado la frase «faltan segundos para que me prendan», ocurrió que una persona vino hacia Faraón y le dijo una frase que al parecer empujaba al líder contra los micrófonos y lo ponía a punto de romper el proscenio. Y que cuando había dicho «no me entregaré sin combatir» en un intento por rescatar el pudor ante la mirada de ojos firmes del enlace, se admiraba a su vez del hecho de que el hombre nuevamente se acercara a Faraón para instarlo a pronunciar palabra.

Cuando había dado dos nuevos pasos en dirección a la tarja y sumaban seis desde el inicio, recordó que detrás había personas, que enfrente y por sus lados había personas, imposible que el grado de concentración en la idea de acertar no le hubiera permitido recordarlo. Miró de nuevo al enlace, sus ojos seguían allí, recios, pero en realidad no lo miraban a él, miraban más allá afortunadamente, por encima de su cabeza, a la inmensidad de todos ellos o a un gran cuadro que portaba un grupo de entusiastas a su espalda, donde Faraón era una marca de agua y el agua era la cara de Faraón. «Interesante, ¿verdad?», se dijo, ganando dos pasos entre una pareja de viejos tan gibosos como él, a lo sumo de ochenta años cada cual.

El viejo que le quedó a la izquierda le dijo: «Interesante, maravilloso, culto y natural». Una octogenaria, que quedó a su derecha y un poco atrás, dijo enseguida: «Usted no es de aquí, sino de muy lejos, eso se le nota. Preste atención, no lo critico, hizo bien en venir, hace mucho tiempo que mi esposo y yo venimos a cada discurso y no dejamos de aprender algo nuevo. ¿Quiere usted dignidad? Esto lo demuestra, está aquí entre los más viejos y escucha atentamente el mensaje en boca del más grande pensador vivo, incluso, del más grande líder de los tiempos modernos. A propósito, hay una gran fuerza esperanzadora al mando de nuevas empresas. ¿Leyó usted el periódico? Siete jóvenes de increíble inteligencia, con doctorado en Economía, en Política Exterior y en Defensa Nacional, se han ofrecido voluntariamente para conducir empresas de nuevo tipo (una categoría estimulante) en busca del perfeccionamiento de la gran obra de Faraón. Ellos (por si no lo ha leído aún, aunque es evidente, no lo ha leído), han salido de las filas de la escolta personal para enaltecer al país, han tenido sus entrevistas y otras formalidades para aclarar su adhesión a las ideas faraónicas y a todas las decisiones que pueda tomar el líder. Podría decirse que antes de haberlo hecho, incluso, ya se verá. Ellos opinan que hacían falta estos cambios y que ya se inaugura una nueva era en la actualización…».

Magnicida se adelantó. Se encontraba entre gente un poco más discreta en el hablar y el vocear, como convenía. Sus oídos descansaban relativamente, pero no pocos enlaces le rozaron al pasar por su lado a contracorriente y a la carrera, en busca de alguna falsa alarma que les habría sonado de pronto en el tímpano. Puesto que se encontraba muy cerca de la tarja, se dijo que debería detenerse con más frialdad antes de dar el paso definitivo. De todas maneras tenía tiempo. El discurso seguía el patrón común de varias horas consagradas a los mismos temas.

«Si tuviera la certeza de que está enfermo de muerte», se dijo, «no tendría que disparar, sino esperar, un trabajo mucho más fácil, obviamente». Vio a un enlace entre los anillos y muy cerca de este a otro, a cualquiera de los hombres que había nombrado como Y y Z y que efectuaba la supervisión de la guardia. Cacheaban bastante como si caminaran al descuido, pero en realidad Y y Z cacheaban con astucia a todo el mundo a su alrededor. El magnicida esperó a que estuvieran cerca y los provocó con una interpretación excelente, sumamente convencido de su personaje. Uno de ellos, sostuvo: «Este hombre está muy viejo y cansado. A Faraón le encantará la idea de tenerlo más cerca, ¿verdad, amigo?». «Usted sabrá», respondió el magni, un poco inquieto. «Pues, ¿qué espera?», le dijeron. «Puede adelantarse un poco. Quédese junto al agua potable y a la sombra, para que no flaquee. Está muy débil. Busque al menos la tarja, ¡vamos!». «Sí, eso mismo», estuvo de acuerdo el magnicida y sintió casi simultáneamente que tal coyuntura no era la ejecución de lo esperado, pero ya casi.

Y saltó a la próxima etapa con un gesto de manos, tal vez, con un apretón en las letras y las aristas de la tarja para que saltasen las porciones ocultas, camufladas en los cantos y en los giros de las grafías. En un instante, estuvo el arma bajo sus ropas, dividida en dos porciones. Solo bastaba engarzar esto con aquello para que lo de más allá, en un ademán de espléndido ejercicio y fino engarzamiento, produjera un cambio decisivo de la vida a la muerte. La caza bien podría parecer un jabalí, puesto que había árboles, tropel, ballesta, motivos y dientes. Pensó: «Solo falta unir la pieza que contiene el mango de madera y el gatillo de oro a la pieza del arco, cuya potentísima fibra sintética habrá de tensarse al máximo para reducir el efecto antidiana del viento fogoso, ahora más sonado de este a oeste». Sacó la lengua y comprobó la mitad que se secaba más rápido. «Sí», pensó, «sopla de este a oeste, la flecha de cuatro aristas deberá describir una…, veamos, he estudiado profusamente las parábolas, para que esta figura sea efectiva y se trace con finura debo tener en cuenta el punto que pudiese funcionar como un tranquilo *foco*. Sobre este punto he de abrir mis intenciones y transformar, ¿acaso sueño?, mi operación metafísica en una increíble operación física. Sí, la flecha de cuatro aristas deberá describir una gran… parábola».

Se sentía caer en los últimos pasos, de hecho, se encontraba cumpliendo, según lo convenido, el paso de los detalles técnicos antes de encarar psicológicamente la providencia y la ejecución. Pensó: «La punta de carbono de la flecha de cuatro aristas, con algo que ver con los diamantes, correrá feliz por el carril acanalado, alzará su vuelo parabólico debido a la distancia de origen y de destino y se encajará en la frente para deshacer las ideas que acumula el personaje en el lóbulo frontal. De una sola encajadura dejará de funcionar, el razonamiento sucumbirá para siempre, se le pueden, incluso, torcer las oraciones, porque las emociones no, las emociones ya estaban torcidas de antes. Esto, en el mejor de los casos. En el aire no serviría la línea recta, el dardo no se llegará a ver hasta que no esté encajado entre los ojos, cuando todo el mundo se halle corriendo a disgusto de aquí para allá. No van a saber de dónde salió. El campesino simiesco tendrá todas las oportunidades de salir sonando la dentadura. Con razón me he trazado este personaje curvo, para esconder con fidelidad las partes de mi ensamblaje brutal. Ahora la pieza Uno y la pieza Dos de mi querida ballesta ocupan cualquier espacio desde el oculto apéndice xifoideo hasta las protuberantes rótulas. Jajajá, entretienen las palabras».

Esperaba, cierto. Esperaba la oportunidad fija en la que, sin vacilación, reventaría los tímpanos y bloquearía las miradas de la multitud. «Vamos a ver», imaginaba. «La gente gritará. No sabrán en qué dirección mover las manos para ponérselas en la cabeza. Hay asombros que son de esta forma. Estarán escuchando la retórica contundente y de pronto aquello atravesado entre ceja y ceja, aquello que no cae, pero que tampoco está de pie, que pudiera ser Faraón o un objeto informe, un pavo al momento de abandonar el horno, un maniquí enucleado en caída libre. ¡La gente!, esto que llamo multitud acalambrada bajo el efecto del láudano mental».

«La estrategia será…», leyó el falso Faraón desde la tribuna, un poco tembloroso y con cierto tartamudeo. Magnicida pudo escucharlo justo en el instante en que la tormenta se transformaría en huracán. Prestó atención. «La estrategia para nosotros será seguir siendo hombres libres».

El aplauso creció de inmediato. Un ruido ensordecedor llenó durante varios segundos toda la plaza hasta el rincón más tardío. El momento debía estar muy cerca. Lo olía.

Magnicida, tan buen tipo como siempre, abandonó su curvatura espinal y se desencadenó cuán alto era, su cabeza en un segundo superó a las otras ampliamente y la imagen de Faraón quedó sostenida para él en un triste encanto de polvo luminiscente donde se adivinaban círculos concéntricos de cierto valor, como en una diana. Con afán de ir siempre más lejos y más rápido, los que estaban cerca del maldito ni siquiera tuvieron el tiempo suficiente para verlo actuar, no más se desperezó del personaje simiesco y pueblerino, se metió de lleno en una figura más real y espigada, ojeroso otra vez, con menos pelos en el rostro, que desenvolvió aceitunas, como le gustaba pensar, y unió en el aire un par de cosas que traía en las manos. Se sintió claramente un trac, tric, trac, y las circunstancias, lejos de clarificarse, se ensombrecieron.

De pronto el maldito ya no estaba cerca, volvía un ser simiesco y agreste a enredarse en los pies de la multitud para tratar de salir con el apuro necesario, ni más ni menos, solo el forzoso apuro que lo hacía llevar también un pretexto a voz en cuello: algo trágico había sucedido en la tribuna. La multitud a su alrededor escuchó cada una de las palabras y miró adelante, a lo alto, donde la hueste de la escolta real no se movía en lo absoluto. Nadie se preguntó cómo aquel almacén de huesos, cuyas gibas lo reducían a cierto espacio y altura, había visto tan alto hacia el horizonte. Transcurrieron cuatro minutos de beneficiosa parálisis, el magnicida debía aprovecharlo todo en el sentido corporal, porque el sentido glorioso, esperaba, ya lo tendría garantizado para siempre. La gente se agitó entonces, le puso un freno superior para que no alcanzara a traspasar, otra vez en su ropaje campesino, el anillo de seguridad que llamaba «exoesqueleto». Oyó una voz estratégica, encolerizada, que ordenaba prender al infelicísimo. Increíble, una voz así recordaba lo ficticio, hacía pensar en Faraón, pero Faraón... Se mezclaron muchos más soldados hijos de su madre entre la multitud y esto coincidió con una leve confusión en sus ideas, aun cuando estaba preparado para enfrentarlo todo, como cualquier gran magnicida.

Recordó las predicciones de Vidente: «Ese no está para morir por tu mano». Poco a poco cayó en la cuenta de lo que había ocurrido. «Oh», dispuso, «es un monstruo». Y giró su cabeza hacia un edificio de oficinas. Medio cuerpo fuera de la vertical, el objetivo emergía de la nada dando gritos con las venas del cuello a punto de estallar. Por un instante, sus ojos se encontraron con los ojos de la figura faraónica que intentaba sacar a su pueblo y a sus tropas del letargo. «¿Quién de los dos es el asesino?», se dijo con tristeza.

Pensó un poco más, se metió profundamente en su personaje y se dispuso, en fin, a escapar resignado.

Aleksej y su reflejo

Se miraban a los ojos con cara de estarse pidiendo mutuamente un trago. Pensaron que entrar para adentro era tan importante como salir para afuera y aunque no supiesen el nombre exacto de esta construcción retórica, sí se mostraron uno a otro el apéndice bucal, el Aleksej de verdad y su reflejo, para que se viera hacia acá y hacia allá las comunes intenciones, plenamente poseídos por todas las formas de la estupidez alcohólica, que no resultaba estupidez, por cierto, ni en un sentido ni en el otro, ni siquiera a esas alturas de la tarde, donde lejos, lejísimo del acto público, se manifestaban ambos, Aleksej y su reflejo.

Estarse enseñando la lengua a una milla de la plaza para ellos dos, que debían cabecear y trastabillar incesantemente en caso de sumarse a la multitud, era en realidad estar demasiado lejos del mundo, un esfuerzo insalvable y una distancia suprema, o viceversa, un esfuerzo supremo y una distancia insalvable. No era posible ponerse de acuerdo entre ellos del mismo modo en que era posible compartir entre ambos el único apéndice bucal. Y no se pondrían, evidentemente, puesto que uno era original, pensó Aleksej, mientras que el otro era solo un reflejo.

Mientras uno podía caer de bruces en la hierba, el otro no, porque se lo impedía su situación embotellada. Mientras uno no quería bañarse nunca y escapaba de los aguaceros con violencia y susto, el otro era frotado con la manga de un abrigo zurcido para darle luz perennemente en caso de mucha necesidad de ron o mucha querencia de otro brebaje. Mientras uno era tridimensional y babeaba, el otro también babeaba pero con un semblante plano. Mientras uno veía a una rubia a sus espaldas, el otro no la veía, precisamente por eso mismo, porque estaba a sus espaldas. «Las paradojas que se dan cuando Aleksej», pensó Aleksej, «y su reflejo», se dio un trago para aguantar el resto de la idea, no demasiado inconclusa, «se miran mutuamente».

«Un segundo», dijo a su reflejo y se dio vuelta sobre los cartones que tenía por colchón.

«No tengo tiempo», dijo la rubia que había salido de la nada. «¿Has visto a un hombre alto y ojeroso?».

«Sí», mintió de pronto Aleksej, «se fue por allá».

«¿Vestido de campesino?», preguntó la rubia, con arrogancia.

«Por allá», ratificó Aleksej. «¡Por allá!».

La rubia exploró los gajos partidos por donde entrara el borracho al claro del bosque y los confundió, en la urgencia, con indicios de la precipitación del hombre alto y ojeroso, así que se tragó el embuste y se perdió, sin otros miramientos, en la espesura. Aleksej se dijo en un rapto de sobriedad que cada cual cobra venganza a su modo y la cantidad de veces que quiera.

Él y su reflejo tornaron a mirarse cada uno con la misma estupidez, la misma constancia y la misma clase, aun cuando habitaran recipientes distintos. El Aleksej de la botella estaba metido en el envase obvio. El otro, el original, estaba metido en el bosque de una ciudad, o, acaso, en la ciudad de un bosque. Como representante popular de los caminos y las ruinas, no se dedicaba a pensar en ello. Su recipiente, en cambio, según veía cuando su imagen viajaba al vidrio y regresaba, se hallaba en un país soterrado y en una ciudad capsular que progresaba hacia el origen sin una sola voz en contra, a no ser la palabra de aquel hombre, el maleante de la bahía.

Empinó el codo y el temblor desapareció por unos instantes. Dolían la espalda, el hígado y los testículos, no obstante, el trago era fuerte y calmaba rápidamente todas las circunstancias adversas, hacía desaparecer casi por completo los límites de todas las cápsulas de su encierro. «Cada hombre es un tonto», se dijo Aleksej. «Cuando muere un hombre hay un tonto menos. Cuando nace un hombre hay un tonto más. Cuando se reúnen diez hombres se ha fundado un país. Cuando se reúnen veinte, se habla de imperio. El que más alto salta es el primer tonto en llegar a la luna. El hombre que más corre es el tonto más rápido. El hombre más inteligente es el tonto más feliz».

El reflejo aplaudió sus palabras y cerró los ojos después de tanta filosofía. El Aleksej de origen, sin embargo, se maravilló tras este hecho, se había producido una situación extraordinaria de descuartizamiento de su personalidad, mostrándose un desapego total del segundo a partir del primero. El reflejo no respondía al original y el original no podía hacer nada para reducir a la obediencia a tamaño indócil. No se recordaba cerrando los ojos. En el momento en que su reflejo había comenzado a dormirse, él estaba totalmente despierto, lo podía asegurar. No recordaba, siquiera, haber contenido un saltamontes en el hombro derecho. La atmósfera comenzaba a enrarecerse. ¿Sucedía lo de antes? ¿Qué era lo de antes? Ah, sí, lo de hace unas semanas. Pero, ¿sucedía? Oh, sí, sucedía… y otra vez ante sus ojos.

El primer saltamontes masticó con hambruna las hojas verdes que habían caído en los andrajos de Aleksej, quien a su vez tuvo la sensación de ser masticado violentamente aunque no respondiera al hecho con una reacción enérgica, todo lo contrario. Sonrió ante la nueva sensación de empecinamiento ortóptero. Si acaso lo masticaban de pies a cabeza, mejor. Debía, incluso, fingirse un vegetal para concluir con su vida, pensó, de esa única manera ganaría la guerra al alcohol o llegaría primero que su propio alambique a otro lugar.

El segundo saltamontes, sin embargo, no cayó sobre sus hombros, sino a espaldas suyas, en el claro. El cuarto vino acompañado de trúhanes parecidos que cayeron sucesivamente como atletas del mismo equipo. Luego llegó la mayoría grotesca, despampanante, que lo inclinó a creer por primera vez en las alucinaciones. La plaga se adecuó en un minuto a las normas internacionales, destrozaron la vegetación limítrofe en un abrir y cerrar de ojos del Aleksej de la botella, del adormilado. Ahora parecía un sonido entendible el de las mandíbulas en su imperioso, constante crujir. En los lomos relucían las alas de la migración y seguramente se olían a varios kilómetros las feromonas de la propaganda nómada. Otro manchón amarillo se recortó rápido en el cielo casi nocturno sin traicionar su apariencia de lluvia meteórica.

¿Cuántas plagas enfrentaría? ¿Dónde estaba Faraón ahora? ¿Por qué no tomaba alguna medida drástica? ¿En verdad serían plagas? ¿El alcohol podía hacerle eso a alguien? Sacó un viejo libro encontrado en algún contén y leyó un capítulo a la luz del crepúsculo. ¿Cómo habían llegado los saltamontes del desierto a una nación tan alejada? ¿Tendrían relación con las peticiones del loco de la bahía? Quedó callado, pero se cubrió con el libro y la botella. Cerró, abrió los ojos. Los saltamontes no desaparecían. Oscureció por completo y los seguía escuchando. Se puso de pie y los seguía pisando. ¿Acaso solo él sentía ese terror? Observó el comportamiento del Aleksej de la botella. Otra vez era interesante, el reflejo no se adecuaba a la situación de origen o la había superado. El reflejo le enseñó la espalda, peor, se acercó un poco al vidrio verdoso y descubrió que el reflejo corría hacia el interior de su segundo plano. «¿Qué haces, estúpido?», le preguntó. «Nada», contestó enseguida su reflejo, «hago lo mismo que tú harás en breve». Aleksej meditó con severidad la respuesta de su otro. «Sí, tienes razón», sostuvo. Y echó a correr alocadamente, como había predicho, con un millón de saltamontes a su espalda.

MAGNICIDA

Si hace apenas cincuenta minutos vio en los techos una sombra de sospechosa evolución, desde que redobló el paso y perdió las azoteas continuas se sintió más seguro, casi inmune. ¿Quién podría darle alcance? Muy pocos. En realidad, ninguno. Era un superhombre sin problemas y solo otro superhombre sin problemas podría darle caza. Sus manos terminaban en diez cosas para matar, conocía el recorrido del nervio óptico y lo había desprendido de la cabeza en una ocasión. Era temible, estaba dispuesto a todo, cualquier batalla en esas condiciones de persecución y huida tendría que ser a primera sangre. Cualquier objeto a su alrededor podría responder a la punta y al cabo, o a la maza de Goedendag y a la trituración ósea y al Lucero del alba, instrumentos que estarían de continuo en sus manos o en sus pies gracias a una agilísima construcción rústica si fuera necesario, de modo que el vil trampero que quisiera echársele encima debía amarrarse fuerte el pantalón antes de saltar.

Tenía por certeza que todos sus perseguidores abandonarían la comisión bajo cualquier pretexto, solo para no sufrir la alternativa de encontrárselo casualmente. Ya todos los reunidos sabrían su nombre, sus señas más importantes, su poder sobrehumano. Todos los noticieros estarían dando la noticia. Todos se estarían riendo del resultado y estarían amenazando a los enemigos internos (casi ninguno) y a los externos. Los de mayor rango, a todas luces, habían estado en posición UNO, a la espera del ataque. Funcionaban, los mecanismos de defensa de Faraón estaban por todas partes y evidentemente funcionaban. ¿Cuál era la evidencia? Aquello. ¿Cuál era la mayor sensación? Él. ¿Qué era lo peor? El acto público.

De repente se encontró en un sitio que desconocía a fuerza de tanto adentrarse, no tanto en la fuga como en sí mismo. La aventura era continua. La luz lunar magnificaba al delirio todos los significados que atribuía a la noche, la persecución, las pestes de su cuerpo, las sombras que en alguna esquina se hicieron evidentes y preocuparon por primera o por segunda o por tercera vez. Lo extraño era verse compelido a una nueva porción de ciudad que desconocía. Las próximas pisadas fueron más sutiles. En la oscuridad precisó con mayores detenimientos, sin ir en contra de la velocidad, los ingentes obstáculos que la naturaleza había sembrado en su camino.

Aún sus músculos se sentían frescos, esto hablaba mucho de su increíble preparación nerviosa para matar al cabecilla. Si la maleza desaparecía por un rato y daba mejor impresión la ciudad ahora, no era porque estuviera habitada en algún que otro sector, sino porque los edificios se hacían más resistentes al porvenir de hierbazales y a las enredaderas deformes que no habían invadido el plano frontal de su carrera. Derivando en una similitud con el velocirráptor, el magnicida entraba en la nueva barriada impelido por la necesidad de hallarse técnicamente en fuga, sin prestar importancia a la esfera que gira bajo sus pies y que traerá el día tarde o temprano. Ser magnicida, por esencia, era eso, pensar siempre en el momento actual, ideología de una belleza práctica, y, por ahora, amena.

La idea de un dinosaurio le hizo saltar las lágrimas en un giro de la calle, cuando el empedrado emergió para sustentar su enorme pie y una pisada a lo lejos le hizo mover las orejas. En verdad, sus partes de abajo lo hacían simular un animal de poco peso con una velocidad sorprendente. Su fósil lo dejaría claro en el lenguaje del futuro, no había más que mirarle la zancada que utilizaba para escapar y para hendir. Tiró, para probárselo, una dentellada al aire y agarró pellejo, inescrupuloso y vil pellejo. Y siguió en lo suyo, no había porqué meterse en el problema de otro. Siguió imitando físicamente al velocirráptor en trozos de ciudad bien nutridos en sombras, bah, la situación tensaba la cuerda y solo metía exceso en su saco de tolerancia, de manera que, mejor visto, la lucha cuerpo a cuerpo se había convertido con la carrera y el acecho en una forma instintiva de supervivencia, en precisa asociación carnal con el velocirráptor.

Apreció de soslayo la silueta que era a su vez la ironía sugerida por Vidente en la cárcel, remontó una cuesta de casas de medio balcón indemne, se detuvo, aceleró como un loco a esas alturas de la persecución para provocar que la presa, o la caza, se encontrara en su camino de una vez. Y la encontró. No era una ironía lo que Vidente denunciara en su videncia. Era, más bien, un hombre. Cualquiera de las garras curvas de sus manos produjo un surco en el cuello antagónico y esto mismo le sacó al magni un ruido espantoso, entre el bramido y el trueno. Luego tuvo que dar un giro sobre sí mismo, los pies pisaban el empedrado primero, pero su cuerpo comenzó a girar en contra de las manecillas del reloj y los pies sintieron el apoyo de la pared del este, el techo elevado, un trozo de cielo, y, por último, la pared del oeste. Fue un giro total, extremadamente pasmoso para ese viejo perseguidor que trataba de apoderarse de él con gran vitalidad. Sintió, aunque fuera imposible, cómo las plumas se le endurecían. Se vio de pronto en la cúspide de un muro con pata de gran pesuña en forma de hoz. No supuso que podía volar, sabía que sí, que un velocirráptor en estado de crispación podía tensar sus plumas y extenderse en el aire sobre cualquier porción de terreno. Y se lanzó. El planeo se detuvo no muy pronto en la maraña de unos árboles de mediana estatura y de porte piramidal que pusieron freno a su caída. En el fondo, seguía siendo la ciudad, seguía siendo una calle por la que habían pasado transeúntes en un pretérito perfecto; aunque bajara del árbol con un salto, seguía siendo el tronco que había ensanchado un orificio de cinco metros en el alquitrán. Había un gran levantamiento del terreno para alzarse mejor que un laurel sobre las casas de la planicie, en franca victoria sobre el horizonte. En su tronco, lleno de sorpresas como tantos, encontró al mismo empecinado hombre que ya iba otra vez en contra del velocirráptor a pesar de sus heridas. Se puso en un pie, sus músculos pateadores lo ayudaron con un poder indefinido de fibrillas valientes. Esto lo llevó a levantar la garra de su segundo dígito, a equilibrar la operación con las manos y apoyarse en la pierna de pivote para encestar otra rajadura en el hombre casi indefenso, con más valor que posibilidad, el hombre que ni siquiera le había visto los ojos inyectados por el rencor y por aquella transformación tan natural y antigua donde el gesto automático de la bestia tomaba por asalto a la experiencia humana.

A escena seguida, un trozo de edificio desierto, casi metido en sí mismo en una conducta autodestructiva de arquitectura sin amor propio. Una escena de derrumbe segmentario con toda la fachada perdurable y habitaciones interiores en estado de sitio, sin haberlo, bloques desnudos, piedras de Capellanías, ¿qué podía suceder?, una cúpula hundida en la amplitud del humedal, aves acuáticas que despegaban al paso por sus nidos, una calle en conservación casi perfecta y después, casi en las proximidades de un segundo de reposo, el bosque que parecía un óleo con marco dorado al mercurio. Inconcebible. Un mundo inconcebible. ¿En qué lodazal se había convertido el país? Se tomó el único segundo de su reposo para pensar en todos los procesos mentales de los momentos en que se sintió interminable y duramente un velocirráptor.

¿Para qué pensarlo de nuevo? Debía echar mano al segundo plan. Se puso de pie y comenzó a correr en dirección a la plaza.

Iósif

Dejó la escena en un segundo, intuía que el responsable escapaba gracias a un extravagante y talentoso modo de escabullirse. Así que esperó alejado, con el compromiso de manifestarse una vez que el hombre consumara su fuga. Los anillos de vigilancia, en rotación interna desde el preciso instante en que comenzaron las palabras del falso Faraón, se articularon sin que lo sintiesen. La Capitana no había fallado, como suponían los enlaces ocultos en la madeja, como llegó a sus oídos por boca de un recluta. La Capitana había hecho con Guardia Personal lo que era menester en un embrollo parecido. Casi de inmediato (restándole solo cinco minutos al problema) y a una voz suya, el grueso de los agentes de la reserva se introdujo en el interior de la muchedumbre trenzando cordones uniformes y poco ralentizados de cabezas mudas. El abanico de opciones se abrió múltiplemente hacia el corazón de la plaza. Todos los nudos de la defensa apretaron sin sigilo. Capitana los hincó contra el sospechoso evaporado, ¿siendo útil? A pesar de las horas invertidas en la planificación del suceso, cuando el atacante por fin desató la tempestad ninguno de los protectores presentes pudo definir nada más práctico que no fuera mover los ojos en busca de un enorme cuerpo impensable. Estuvieron pasando por paranoides al punto de sospechar de sí mismos, de temer a los ancianos, de buscar a alguien bajo los relojes o en el interior de los tímpanos, alguien hecho materia en los detalles de la plaza. Ninguno, en fin, pudo sacarle todo el provecho necesario al conocimiento previo (buscaban a un hombre por encima de los dos metros, con ciertas señas que no se desplegaron), por muy poco que supieran debía contar para algo estar advertidos hace varios días. Todos ellos sufrieron prácticas, comidas energéticas, valoraciones psicológicas, doble trabajo para los que dirigían las oficinas de seguridad y las oficinas de refutación de la seguridad. Para entrar, disparar y salir, un hombre debía poseer poderes fuera del orden del mundo, la Capitana dirigía personalmente las operaciones de control, ningún sujeto sospechoso fue visualizado, debió suceder algo con los nervios del pueblo, primero ecuánime ante la inercia de decenas de años, luego histérico al punto de clamar y de correr dentro del perímetro que pronto fue inexpugnable, al cabo, por lo menos, de cinco minutos. ¿O sería, acaso, la influencia del hombre de la bahía sobre pueblo-protectores-agresor? Si algo pudo escapar fue en ese momento, cinco minutos de inexplicable incredulidad masiva, después ya se hizo imposible alejarse del núcleo sin que se registrara algún altercado. A ver, nada. Las manos vacías. Escapó.

Iósif se fue de la escena en un instante, pero una voz se sobrepuso a su ensimismamiento cuando estaba en la punta, encabezando la batida. El vocablo de Faraón, propagado en decenas de kilómetros a la redonda gracias a la amplificación local, definía su vigoroso estado a la vez que instigaba al pueblo a la lucha armada, a encontrar en colectividad un fragmento del criminal imperdonable contra el que todo era posible, menos la indiferencia. No más dejaba de escuchar una idea por el altavoz a sus espaldas, comenzaba a escuchar la siguiente por el altavoz sucesivo. Podía completar de memoria los espacios en blanco del mensaje cuando sufría las abstracciones propias de cualquier persecutor. Había preparado el texto junto al máximo líder por si fuera necesario leer algo así frente a los micrófonos nacionales. Habían puesto palabra sobre palabra como si fuera piedra sobre piedra, ambos deseaban asegurar de antemano que el pueblo, enardecido por la frase ardiente, se lanzaría a la caza de la bestia con infladas inspiraciones. En realidad, no les había costado tanto escribir algo excesivo y contundente que no dejara de recordarse camino al acto público, o, en especial, cuando se diera por sí sola la clarinada, en aquellos cinco minutos en que todos se irían a quedar parados y a la expectativa, como también habían previsto.

En tanto su carrera aceleraba, descubrió algunas frases añadidas a la arenga mientras se producía su lectura, reconoció que resultaban mucho más orgánicas que todo lo que se había dicho y en ello no hacía más que percibir el caudal oratorio y las brillantes apostillas de que el líder era capaz. Se colaron de fondo, para mayor desgarradura, los gritos de respaldo del pueblo delirante. Siempre la voz profunda buscaba en todos, también en él, el efecto patrio, que era como una espada empujando por los riñones. Y daba resultado. Todo el pueblo venía detrás suyo, como en un maratón. Al parecer, aquellas espadas punzantes (las palabras del altavoz) los venían espoleando.

En una vuelta de la más emblemática avenida (recién liberada del bosque a propósito del acto público), una ojeada por encima del hombro le mostró los estratos de la cacería. A la cabeza él, con sus propios giros y años, persiguiendo a dos bestias feroces comprometidas de igual modo con la imposibilidad, al canalla que había disparado en el acto público y al joven Iósif que en su tiempo, hace mucho, mucho tiempo, habría agarrado a la bestia cortando camino por los tejados. Luego veía claramente a Capitana Lunes, cuan alta era, no tan joven tampoco, pero con capacidad suficiente para el ardid, la orientación y el respingo. Una masa grisácea de agentes y soldados de civil le seguían los pasos sin llegarla a alcanzar, solo dibujando para ella, para él, para Faraón, un caudal meduseo que no exageraba giros, cabriolas o arrastres ante los obstáculos que había olvidado el desfile militar en la avenida. Pensó que sería una lástima que solo algunos, quizás nadie, llegara; mas siguió, como quiera le quedaban muchos kilómetros antes de verle un asomo de espalda al perverso.

Su plan era fácil. Iba cortando las calles hacia el norte, cerrando la perspectiva en una escalera cartográfica que lo desgastaba sobremanera sin otra posibilidad. No sabía con exactitud a dónde dirigirse, ¿funcionaría el instinto? No sabía qué clase de disfraz perseguir, ¿acaso se estaba poniendo viejo? No tenía idea exacta del tiempo actual ni del tiempo en pos de ese algo que quizás era mejor no encontrarse. Los altavoces seguían retumbando en un número apreciable, preparados para un pueblo excesivo, para dos o tres millones de personas, como si los organizadores ignoraran los resultados del censo más reciente. Faraón seguía persistiendo a grito pelado con apostillas sublimes que en gran medida le llamaban la atención y casi le impresionaban, excepción hecha con una frase demasiado irreflexiva, según creyó, que ponía muchos temas en riesgo evidente. «Vayannnnnn todos», decía Faraón, «sin fallar», las palabras eran intuitivas, «no se preocupen por mí», reconocía su importancia y la despreciaba, «yo no tengo la más mínima importancia», ahora estaba claro, «lo que importa es la bestia», mencionaba el objetivo jerarquizado y promovía la fidelidad de su gente, «que me lo traiga el pueblo», ordenaba. «Cuidado», se dijo Iósif, asistente y soldado, «el boomerang, si es de buen material, acostumbra a volver». Acto seguido, el texto de la arenga citaba una vieja frase sobre el arte de la caza y ahondaba en la necesidad de la muerte como principio de la cinegética. «Las bestias no deben sobrevivir», decía por las claras (la frase era suya, cuando la pronunció durante el trabajo de mesa, Faraón, parado frente al espejo del pasillo donde había ido a parar en sus reflexiones, hizo un gesto que sentenciaba una afirmación de rara beldad, y la hizo incluir de inmediato en el manuscrito). «Matar a una bestia es caza mayor», apostillaban los últimos altavoces, como para asegurarse la perspicacia.

La persecución se inflaba, ¿cómo dudarlo? La telaraña de voces que se tejía entre un megáfono y el siguiente, donde muchos habían quedado atrapados gracias a una torpe carrera y a una predisposición enfermiza por los discursos del líder, se perdió por el momento bajo un tono de cielo rojizo, trastornado, quejoso. La ampliación de la carrera de Iósif se derrochó en el eco de sus pasos, un ruido alternante y profundo que emergía de las fachadas de ladrillo en aparente estado de conservación. Ahora estaba solo a la vanguardia, aunque a veces le parecía que cuando la situación se invirtiese, si esto fuera posible, iba a quedar en la retaguardia por una cuestión similar al reloj de arena. «Ser controvertido no importa», pensó, al sondeo, «lo que importa es manifestarse». El sudor le corría por la frente, dejaba, quizás, un rastro de calor en los ángulos de cemento que alternaban intactos con raíces encajonadas, como si la naturaleza alzase en su contra un estadio legítimo para la carrera con vayas.

Para dejar más huellas solo había que abandonar la camisa en la próxima esquina y saltar al siguiente bloque de edificios de dos plantas, y, por si fuera poco, desmarcarse en la acrobacia con el pantalón colgado por una trabilla de su dedo índice. Donde puso el bóxer slip había un hueco en la pared por el que se veía la sombra de una escalera hacia los planos superiores. Tomó el pasaje todavía con zapatos, lo que hizo contranatural su figura y ligeramente cómica, pues sus calcetines se mantenían arriba, ajustados casi hasta la media pierna. Al subir, el horizonte era suprimido, una por el sudor que nublaba su vista, otra por la temperatura soporosa, la copa de los árboles, la noche en caída libre sobre los acontecimientos del mundo, de la nación, de aquel edificio y de su propia vida. Pensó, completamente en cueros, que sería un lugar especial para pronunciar un discurso sobre la humanidad. De estar en su sitio, Faraón revelaría allí la verdadera historia del género humano, lo diría casi todo, lo explicaría todo, cada fenómeno desde la ebullición del agua hasta la fragmentación de los núcleos en la fisión nuclear.

Después de un minuto de sortilegio, sobrevinieron dudas sobre sus condiciones máximas de cazador y mínimas de esposo, creyó verse compensado de una alegre manera en las cercanías de Faraón, como asistente preciso… Desnudo, se bamboleó por los tejados, pero el discurso siempre, esa matraca. No dejaba de pensar en el discurso posible en tanto se mantenía en óptimas condiciones para asechar, se transformaba a sí mismo para poner en práctica todo lo que había aprendido en la vida y dejaba atrás toda la cadena de pensamientos efímeros y profundos que se tejían como un puente entre la realidad, el paisaje, el nuevo asunto y la nación. Vio una sombra en un tejado y no la atribuyó al magnicida, por considerarla dúctil en extremo.

«Es viejo ya», pensó Griétsiya mientras iba, sin ser vista, al paso de Iósif, el esposo de tan elevadas responsabilidades a quien debía espiar de cerca, según le instruyera últimamente, todos los días, la rubia capitana. «Es tan viejo para el oficio que se cree en la punta, ni siquiera puede verme», se dijo bien dispuesta a mantenerse en las sombras, no ya por la avenida como hacían estúpidamente todos, si no en estado de cautela veloz.

La otra también había dicho algo de mantenerse así. Las cosas, aunque fueran muy mal, estaban, por cierto, previstas. Ahora que conseguía ver hacia delante, atrás y los flancos sin siquiera mover la cabeza de su posición forzosa, alimentaba de su mano el arte de la caza y se burlaba, tácitamente, de su maestro. Las huestes posteriores, en miríada, no habían hecho más que interpretar un pésimo papel. Era preferible, si se iban a esforzar en el asunto, que alguien con más cabeza les diera la orden de peinar la zona para contener el regreso del agresor a los predios de la agresión, siendo, como era, perfectamente posible. Pero no estaba, de antemano, concebido que así fuese. El destacamento posterior (burócratas, obreros, comerciantes) tenía un objetivo político, no había nada en ellos que brindara posibilidades para la cacería, era tan solo un discurrir de la materia que servía de alimento a las cámaras de televisión para crear el efecto del pueblo valiente, del valor colectivo, la defensa espontánea o la masa en pie de lucha. Ninguno de ellos, retratados en los encuadres de rigor y bien vistos por el resto del país, respetaría huella alguna o silencio, ni siquiera enmendarían su paso si alguien entrenado, por delante y por encima, no se lo recomendaba. Acaso silbarían, destrozarían las escasas oportunidades, harían bromas en susurro, reirían de ellos mismos o de otros como ellos, casi conscientes, en profundidad, de que nunca convergerían con la bestia o de que solo servían para formar la figura que alguien, muy arriba en el rango, había concebido.

En posición intermedia, si atendía y entendía el gran conjunto de signos en el éter, si aguzaba bien el oído y lo mantenía atento a las pisadas en medio del fogaje indiscutible de los hombres a trescientos metros de distancia, se escuchaba un grupo de mayor rigor que iba compuesto a lo sumo por veinte o treinta cabezas de movimiento vivo, constituyendo, como debía, la escuela de inspectores y otros entronizados, los más corrientes en medio de lo mejor. Allí comenzaba a tener sentido la cacería, por lo menos, tenían pies menudos y manos dispuestas a no estropear demasiado las condiciones de sigilo que caracterizan a todo cazador experto. Puede que hayan pasado por gente poco perspicaz en algunos recodos, dado que desviaban el rumbo hacia aquí y hacia allá en lo que se concentraban por fin. Griétsiya los había visto de soslayo al pasarle tardíamente al grupo por los alrededores sin despertar en ellos siquiera la duda. Iba camino a interponerse entre la bestia y su amado esposo cuando los escuchó pisar en el vacío, caer ocasionalmente, volver sobre el rastro para no perderlo por un tiempo prudente. Estaban siendo, lo sabía, lo más estrictos posible. En cualquier momento (Griétsiya imaginaba incesantemente) destrozarían la disciplina y comenzarían a tomar nota de los errores de unos y otros, pues ellos, como los demás, formaban parte de la gente que actúa en los instantes sublimes con demasiado apego a la vida cotidiana, sin desprendimientos. «En el fondo, no son más que inspectores», pensó mientras los dejaba lo más atrás que podía.

Por último y por delante, venían los de vanguardia, más escalonados y complejos que los demás. Eslabonaban una cadena de movimientos personales indescriptibles en cercanía a una danza maléfica, donde los ejecutantes, en el desarrollo, hacían cuerpo con su arte y ya no se desprendían de él en lo sucesivo. Iósif, el magnicida y ella, sin conciencia de las posiciones precisas en ningún caso, se mantenían coqueteando entre sí, abriendo y cerrando el ángulo con intuitiva voluntad profesional, aunque también con cierta ignorancia, como desordenando la acción de un compás sobre el mapa. Su esposo, provisto en el pasado de extraordinarias condiciones para enfrentar cualquier destino, solo bienintencionado y brioso en estos momentos, se debía ver en apuros si tropezaba con el magnicida, a juzgar por la mentalidad de semejante bestia y a partir de los comentarios que había oído al respecto. Se le achacaba un nervio óptico extraído por la órbita de un cuerpo humano tibio, la repartición de la anatomía de un agente encubierto en la populosa unidad penitenciaria, al amparo de las sombras y las multitudes, incluso, la rutina profesional de los punzones artesanales. En respuesta, Griétsiya, mucho más rápida que los mejores, se mantenía a la distancia que le interesaba en un circuito inhóspito, pero conocido, donde era preferible (lo pensaba para sí misma sin darlo a entender por ninguna razón) no encontrarse con nada ni con nadie, tan solo salir ilesos en conjunto, su esposo amado y ella y toda la sociedad y los muchos soldados y los jóvenes de la escolta, etcétera. El doble propósito de cuidar a Iósif en la distancia, dada su edad para proseguir en el oficio, y, al mismo tiempo, ejercer vigilancia sobre todos sus movimientos, resultaba finalmente la peor situación. «El clima me ayudará», se dijo para darse un poco de ánimo.

Entonces la sombra se movió con la agilidad de una bestia. La vio por primera vez a cincuenta metros de distancia, en aquello que podía ser un trepidar entre los árboles, justo en el momento en que emergía el hocico o se hundía en algún espacio excluyente. La visión fue demasiado rápida, sin quitar que sintiera el fundamento de una atención recíproca, sin quitar las marcas que había dejado en la vegetación (las garras), el suelo (las huellas), el aire (la peste), con una preponderancia sobre el resto de los elementos móviles que se debían considerar parte de la caza, incluso, por encima de los elementos inmóviles a través de los cuáles se movían todos en un sentido de progreso hasta alcanzar, tarde, temprano, a la bestia informe que ella acababa de ¿ver?, ¿descubrir?, en una especie de rencor inconveniente, al punto de achacarle varias impresiones perniciosas, en especial, la impresión de un dinosaurio agresivo, sí, eso, un dinosaurio violento que se envalentonaba en el espacio erróneo.

A la izquierda, el esposo amado se mantenía derivando por la avenida, en sus avatares por las azoteas que eran enlazadas entre sí por brazos de vegetación. A la derecha, con fría terquedad, el malevolente alucinaba hacia delante a razón de diez metros por segundo, lo cual debía ser posible gracias a un grupo de músculos flexores y extensores que suponían un nuevo adelanto del capítulo «hombre» y se combinaban armoniosamente para escapar de los quejidos del pelotón de pueblo en la distancia. En algún momento que podría ser el actual, los árboles comenzarían a interponerse en el camino del esposo amado (a quien era imprescindible, más que nunca, espiar en dos sentidos: uno, para dar información de su conducta a la rubia; dos, para cuidarlo de un encuentro con la bestia), lo cual haría, en fin, más lento su rastreo. Si su esposo tenía cierta ventaja aún, se debía al hecho de haber salido antes, por precaución o por instinto, y a toda velocidad, a la espera del tiempo en que se produjese el potencial ataque. Pocos como él, que veían el obstáculo de inmiscuirse en la plaza a causa del posible revuelo, se habían mantenido en guardia en las afueras, muy en las afueras, para encausarse pronto hacia una caza con ventaja en millas y en ardides. Era de esperar, sin embargo, que si su maestro, amante, violador, asistente y esposo descubría la ubicación de aquella pieza de caza que avanzaba a la derecha de ambos, se moviera incesantemente, sabiéndose en cierta edad para prolongar los trajines, y se aproximase a la consabida bestia antes de perder la ventaja.

La distancia entre el magnicida e Iósif se volvería, por necesidad, menor. Sin olvidar los riesgos, Griétsiya, mujer dúctil en abundancia, sin considerarse por siempre en un plano oblicuo con respecto a los dos hombres de la vanguardia, pidió que sus rodillas soportasen, intactas, el tiempo necesario para mantenerla en una posición central en sus giros sobre horcones diagonales y en su subir y caer sobre caballetes en ruinas. Las pequeñas hojas cortantes que abofeteaban su rostro dejaban marcas de diminuto rímel en las mejillas. Estaba convencida de que Iósif no la tendría en cuenta y que la bestia tampoco, solo ella, que tenía sensibilidad para la lluvia desde el principio, sentiría caer del cielo una totalidad tenue, como un velo de eyaculación, en lugar de las nubes de mosquitos que debía atravesar continuamente. Ahora el de su izquierda cerraba con maestría el ángulo después de haber cumplido su periplo por los techos y el de la derecha se mantenía ecuánime, por eso mismo, brutal, en la única variante posible. ¿Qué hacer, puesto que se encontrarían en un punto... y se destrozarían?

La velocidad del esposo amado comenzó a incrementarse como si pisara su acelerador mental. Era consciente de que un abismo debía de ser salvado y para ello solo contaba con su propio cuerpo. Por otra parte, había comenzado su éxtasis de cazador y ninguna cosa que ella hiciese o dijese lo iba a sacar de semejante estado. No obstante, lo intentó. El ángulo siguió cerrándose, ya no era noticia que ella estaba allí, así que apretó el paso para detenerlo de algún modo cuando se acercara al perseguido. Quería decirle «para», insistir en la necesidad de no confrontación contra el sobrehumano que veía en el máximo esplendor de la barbarie, pero no dijo nada. El esposo, en un acto de responsabilidad marital, pasó frente a ella a la velocidad de un proyectil y la golpeó para tumbarla. Era un golpe protector, estaba claro, no la quería cerca, la enviaba a casa, gracias que ella tenía bien desarrollados sus propios mecanismos de bloqueo y sus reflejos conseguían mantenerla en el asunto. Solo perdió el ritmo, se atrasó un poco y el esposo se fue por delante, a tres o cuatro metros de distancia, en dirección al punto donde uniría ejes con el magnicida.

La lluvia se empecinó a través de la fronda, era evidente que solo ella estaba al tanto de esto, solo ella tenía receptores que enviaban al cerebro la información húmeda sobre las condiciones climáticas de la carrera. A los otros no les importaba, seguían estando muy concentrados, todo receptor cutáneo estaba relegado a un plano tan posterior, que dejaba de ser tenido en cuenta. Los árboles se hicieron menudos y en la lluvia nada los respetó, pero estaba convencida de que se acercaban a un claro, un círculo natural en el que la luna alumbraría para ella.

El esposo entró al ruedo, como había previsto, y entonces, por primera vez, Griétsiya vio al bárbaro sin ninguna restricción. Era alto y flaco, ojeroso, con una exagerada mandíbula que lo acercaba a los equinos o a sus antecesores. Para colmo, sonreía.

El encuentro se produjo a máxima potencia. Predominó el talento maligno del magnicida, pues el flaco y ojeroso disminuyó su rapidez para que Iósif se fuera en blanco por delante y con solo mover la cabeza le cambió la ruta y lo hizo colisionar contra los arbustos del otro lado. La bestia se perdió nuevamente en la oscuridad con un ritmo creciente de pisadas, y cuando ella fue, tardía, a asistir a su esposo, le notó el resultado en la piel, un mordisco en el territorio yugular que le había desviado la vida por lo menos en treinta grados.

IÓSIF

La apartó tan pronto como pudo. ¿Qué era aquello que brotaba? ¿La bestia lo había herido como si fuera tomar agua? ¿Quién osaba herir a un Asistente?

«Ese es el magnicida», dijo Griétsiya apoyada en el tronco de un árbol. «Vamos, suspende tu labor, es lógico que no lo puedas pellizcar, no tiene nada de extraño en condiciones tan adversas. Responderé contigo ante los otros. No puedes tocarlo. Ya lo tocará la meningitis. O morirá de cualquier extraña imprudencia, aunque lo dudo. Olvida las órdenes que traes en tu cerebro. Tienes cara de compromiso. Lo has visto antes, ¿o qué?».

«Calla», ordenó Iósif, «hay una diferencia abismal entre este de ahora y el otro de antes. Su cuerpo se ha modificado. Lleva media tonelada de roca en los pechos. Se inclina, se convierte. Se ha vuelto una bestia. Dientes le sobran».

«¿Ves?, ya lo decía, desiste».

«Pronto», Iósif trató de incorporarse, «se escapa».

«Eres viejo para perseguir algo increíble. Se trata de ser viejo. Pues sí, lo eres, ¡eres viejo!».

«Fui un gran cazador», estalló en lágrimas.

«No más», Griétsiya comprimía la mordida con su propio cinturón y la hacía contenerse.

«Si queda libre», supuso Iósif, «volverá a intentarlo. Faraón no admitirá que nadie vuelva con las manos vacías, sería como perecer lentamente. Por otra parte, no me fastidies, ¿olvidas quién te descubrió y quién te hizo parte del sistema?».

La sangre dejó de correr. Seguía en el suelo desde su rebote. La espalda se la había tratado de apoyar ella contra un árbol rarísimo, un árbol que se torcía y se torcía y nunca lo dejaba acomodarse completamente.

«Tú, por supuesto», dijo la mujer y entonces él barrió sus pies aprovechando que ella, confiada, estaba en cuclillas.

Era como si se le hubiera cerrado un ojo. Iba con las posibilidades reducidas, a media máquina, con un mareo tras otro, hacia adelante o hacia una porción de todo lo que antes había constituido un conjunto. Se acostumbró, en un paso o en el siguiente, a la nueva dimensión de la medianía. Cruzó a medias por donde no quiso y se acercó al rastro con las posibilidades partidas en dos. Estaba desnudo con un cinturón atado al cuello como único contén de la hemorragia. Estaría ofreciendo una imagen estrambótica, así, ceñido tan alto, pegajoso de ambos sudores, el de la bestia y el suyo, con cierto reflejo de vejez en el rostro que lo hacía más añoso por dentro. No bastaba sobrepasar las partes más al oeste con la sutileza acostumbrada, debía llegar hasta el perseguido, tomarlo por las orejas (si las encontraba) y derribarlo a los pies de Faraón. La debilidad se le fue endureciendo en un portal lleno de escombros donde acampaban vástagos de pino en formas jorobadas a imitación (él lo veía) del enrevesado curso de sus pensamientos. Mientras se mantenía la visión opaca, llena de sudores y sangre, las casas se hicieron cada vez más distantes hasta extinguirse y ya solo quedó por allí el nuevo y contundente bosque, una expiación natural más allá de lo imaginado por él o tenido en cuenta por otro. Fue tanteando como pudo, su mano derecha se mantenía débil, en lo bajo, mientras la izquierda tocaba lo que podía para orientarse, igual una roca que una planta eruptiva. La derecha (el viento ahora era más fresco y secaba su rostro y aclaraba, lentamente, su mirada) se sentía cada vez menos bruta, iba ascendiendo, primero hasta los arbustos, luego hasta sus hombros y por último casi a la altura de su mentón, donde unas hojas se habían vuelto ungüento verde. La circunstancia comenzaba a llenarlo de orgullo, por lo menos la mano izquierda seguía realizando exactamente lo mismo desde el principio de la recuperación y la mano derecha comenzaba a recobrar la fuerza para asir y la rapidez para coger; desde que se le había estabilizado en lo alto podía agitar incluso los dedos y apoyarse con total facilidad. A ese ritmo, bastaría un cuarto de hora para su recuperación. El cuerpo, un poco a las maneras de su juventud, respondía según lo previsto para una ocasión así, no se fijaba más que en la mano derecha, que se había despertado lo suficiente para activar la circulación por periodos. Después de la alegría de comprenderlo fue posible algo más. El sentido de las palabras «matrimonio» y «Griétsiya» había tomado un matiz distinto cuando atravesaba un área musgosa. Bajo su mano derecha estaba la cabeza de aquella persistente mujer. ¿Le servía de bastón? ¿Cómo saber? ¿Desde cuándo? «¿Qué haces ahí?», dijo. La mujer pudo responderle enseguida, pero el suelo cambió y ambos experimentaron la sensación de volverse a encontrar en una de las mejores partes de la ciudad. Después de una desagradable fusión de los ambientes durante casi dos kilómetros, la tierra pasó a ser asfalto, los árboles casi se extinguieron, los portales se elevaron, los frontispicios se rehicieron verticales y casi indemnes y las pupilas midriáticas los localizaron con entusiasmo por mucho que dieran un comprensible traspié y se acercaran de bruces a su propia huella.

«Muy bien», Iósif se incorporó contra la placa conmemorativa de algún acontecimiento dormido, «¿qué haces bajo mi brazo?».

«¿Conoces esta parte de la ciudad?», respondió Griétsiya viéndole mejor semblante gracias a sus atenciones (anónimas la mayor parte del tiempo) y a sus macerados verdes en la cara.

«Te hice una pregunta», soltó Iósif sin abandonar ni por un instante el cinturón al cuello. La sangre ya no manaba, la voz se le volvía otra vez profunda, hasta él mismo se dio cuenta de que revertía la condición anterior a partir de los cuidados de la esposa. «Te hice una pre...», repitió, avizorando un hueco en la realidad, algo así como un apeadero.

El problema se fijó en lo siguiente, fueron unos segundos o quizás más tiempo: quedaron atrapados en un instante de tanteo mutuo, como si vacilaran en saber quién era quién o no supieran por qué estaban allí, en aquel lugar donde ellos contrastaban tan poderosamente con la misión que se lo cuestionaba todo, vértebra por vértebra, acto por acto. Iósif dijo «parece mentira» para referirse a los dos en ese momento de interrogantes (insalubridad) que habían tenido y de acercamiento mutuo a la cosa no absurda.

«Pero, ¿qué es todo esto?», recalcó Griétsiya. «Vamos a casa, prepararé algo para comer y nos acostaremos sin más…», dijo en tono de añadir una minuciosidad.

El hombre esperó otras palabras merodeando con un paso ya certero por los alrededores de ella.

«Este es el fenómeno que se nos da», sonrió, por fin, la esposa, «el fenómeno del *hasta aquí*».

Pero él no estaba de acuerdo en lo absoluto. ¿Qué tenía dentro por respuesta ejemplarizante, o por simple respuesta, o por otra inquietud? La sorprendió. Era todo lo que podía hacer para responderle, en vista de que con palabras no se entenderían, como en el pasado. Tuvo la lucidez de no tumbarla ni de gastarle una de las suyas, aun sabiendo que ella iría detrás. Iósif se desprendió a correr recuperado casi por completo, no pensando tan solo en alcanzar de alguna manera al malnacido, sino también en dejarla muy lejos a sus espaldas, tan atrás como fuera posible para evitarle un encuentro de muerte con la maquinaria atroz.

Pronto sintió los pasos de la bestia. Fue en un recodo y quizás en un lapso de celeridad máxima, porque después dejó de sentirlo a pesar de endurecerse con cautela según lo tenía bien mecanizado en años de persecuciones. Se mantenía haciendo lo suyo, eso lo animaba, se mantenía en su ruta, en su deber y en su trabajo. Siendo así, todos los asuntos debían resolverse a menos que se presentase la condición X mediante la cual una inesperada variable se pronunciaba en el destino de su última cacería…, su última, a no dudarlo. De inmediato circuló por un sitio de arquitectura uniforme, por una calle conservada y con muy pocos indicios de derrumbe. Notó que de algún modo eran significativos los cauces de asfalto que escapaban a la vía principal. Recordó el nombre del barrio, lo visualizó en un segundo en la posición del mapa que tenía metido en su cabeza. En verdad habían llegado demasiado lejos, ¿dónde habían quedado los otros?, ¿en qué sitio de ese mapa? Decidió tomar a modo de atajo una cuesta protegida por casas de frontón alto primero y por casas de dos plantas con balcones casi perfectos después. Debía borrar la ventaja de la bestia o sería imposible alcanzarla. Los olores le decían que estaba próximo, pero el viento, en un segundo, cambió, y enseguida sobrevino un tiempo, con este cambio, más difícil. La bestia debió cazarlo a él, y no a la inversa. Debió sentirlo antes, luego, durante. Debió acelerar para encontrarlo por uno de sus flancos y derribarlo por sorpresa, en total sintonía con la ley del silencio y del momento preciso y con la ley de acercarse en contra del viento. Debió presentir algo como esto, pero no le fue posible o no tuvo suficiente inspiración, ahora no. Era inútil maniobrar más, la callejuela en la que había sido atacado era demasiado angosta para evadir una pelea encendida y desproporcionada. Los primeros envistes a su cuello chocaron con el cinturón que había detenido la hemorragia, aunque después, en lo sucesivo, las garras sortearon bien el obstáculo y se metieron en la piel en cuestión de varios desgarramientos. ¿Con quién combatía? La bestialidad del hombre se encontraba muy por encima de lo mitológico. Desde la última vez que lo vio, había duplicado la velocidad de sus reacciones y se había endurecido a un espacio más amplio que sus largos miembros. De algún modo la defensa se había hecho ofensiva o no separaba los elementos de la lucha, no había tensiones y todo indicaba, al recibir los embates, los arañazos secos y despiadados, aquel resuello soporífero, tan extraordinario, que era cierta su conjetura: el hombre había encontrado una manera de mutar.

Pensó más en detener la andanada de zarpazos puesto que recibía las causas (pezuñas) y botaba las consecuencias (sangre). La bestia se había colocado garfios de bronce en manos y pies y había entrenado tan fina e interminablemente con ellos que parecía haber nacido con algo así. Al encestar en el cuello y al debilitarlo con el enceste de sus armas, la bestia reproducía un ruido como de cien toros que braman al unísono, exasperados, resueltos a derribar los muros. No entender se puso de moda y lo pagaba con su carne, o quizás (no sabía nada con exactitud) lo entendía todo demasiado bien y sangraba en exceso. Se comprometía a morir en un terreno en el que su cuerpo no sería rescatado, no podría vencer a nadie ya, no podría defender a Faraón, de nada le valía el puesto, en unas horas más, si perduraba para entonces, yacería inconsciente, se desangraría sin nada que legar a nadie, incluso anónimo, precisamente él, el más grande cazador antes de Griétsiya, ah, pero Griétsiya, su dulcísima Griétsiya, con aquellos encantos sobre la cama de su recuerdo con el vestido levantado y su carrera récord de un árbol a otro. «Ah, Griétsiya», dijo, y quizás, porque lo desconocía todo con exactitud, esto mismo lo salvara. Tan solo dos cosas, una interjección sangrienta, en su caso llena de efusión, y un *nombre de guerra* tan común como cualquier otro. La bestia comenzó a descender el ritmo, se limitó a evadir los golpes débiles de su oponente apenas oír aquel nombre de mujer. «Quizás crea que una civilización le sigue los pasos», pensó Iósif, con estupidez. «Al parecer, lo he apagado, repite opciones como un autómata, se deslinda de la bestia en la que se había convertido y comienza a razonar, lo cual es un signo rebuscado de blandura».

Lo que tenía delante hizo un giro increíble para irse, apoyó sus pies en la fachada y caminó por ella hacia arriba con largos pasos que le sirvieron también para tomar impulso, luego se desprendió de la pared con una cabriola cabeza abajo, los pies tocaron la fachada contraria y recuperó la prisa por la calle, sin persecutor posible.

Griétsiya

Su tiempo había comenzado a nacer, lo sentía a cada paso, antes no era de esta forma ni de ninguna otra. Por ejemplo, los perseguidores se habían clavado en la lejanía como papeles y dardos, en cada ocasión en que se hacían audibles los identificaba más angustiados y desunidos, según era de esperar. Ella, en cambio, renovaba el aliento por las retorcidas rutas que debía fundar para sí misma a razón de servir como cuerpo medio entre Iósif y el bárbaro. El año anterior no podía darle caza a una mosca, pero ahora saltaba entre los árboles con una gracilidad de tobillos firmes, iniciaba el salto operante, el juego de las vértebras orientaba su cabeza entre la fronda, o entre las hojas de una ventana abierta, o entre la lluvia que solo ella parecía sentir, y luego, aconteciendo sobre el paisaje cuando mucho, sus brazos se ataban a una horqueta para orientarse por el olor y el viento. Su importancia en la intemperie, a juicio suyo, dependía de un propósito para seguir atravesando la noche de la bestia, donde los árboles se mecían sin caricia solo como objeción al contacto brusco y las espinas azarosas se encajaban y olvidaban con un poco de ella y un poco de ellos, ventajosamente, el provecho de la penumbra.

Unos buenos meniscos la hacían girar cuando era menester hacerlo, todo lo que debía conseguir era un soslayo para entender lo que había para entender. La bestia no la notaba y el esposo menos, el núcleo de la actual situación la volvía a tener entre los dos. Contrario a lo que pudiera imaginar cualquier criatura extraña, no lo hacía para unirlos ni para vencer a uno o al otro ni para demostrar lo más mínimo ni para defender a Faraón, le interesaba custodiar el orden sobre dos puntos indispensables: su esposo amantísimo y su trabajo de subordinación a la rubia capitana.

En los siguientes escalones de la ciudad, como una versión moderna de oasis, encontró el plan urbano extendido hasta donde era posible. Si bien la bestia se movía con algunos lances por delante, la calle se mantenía conservada para el tránsito, en caso de que lo hubiera, lo cual era, en perspectiva, muy improbable. Desde el firme inicial se desprendían ramales novelescos que se conservaban intactos, sin baches, sin plantones de hierba en la ruta, hasta la distancia de dos cuadras más o menos precisas. Las ventanas y las puertas de los pisos inferiores (las tanteó) se mantenían cerradas como si todo el barrio en quizás dos kilómetros a la redonda se hubiera puesto de acuerdo para la clausura esperanzada. Este, lo notó, no era un abandono desarraigado. Los que se fueron habían dejado demasiados signos de ilusión como para encontrarse allí las mismas ruinas de los demás barrios o el bosque en su incesante incremento. Su criterio era (ojo, porque Iósif se había metido por un atajo más arriba) que alguien se mantenía oculto para salvaguardar la identidad, de paso, la arquitectura, alguien con la misión de esperar el arribo en condiciones de pulcritud, un ser con las labores de compañía de mantenimiento o algo así. Esta labor, estaba claro al inclinarse, al moverse en un sentido y otro sin dejar de tener pendiente a la bestia que se acercaba en un rapto de ferocidad a su bien amado, era posible en aquellas dos cuadras más allá o más acá de la avenida central, cuyas luminarias, intactas, la mantuvieron boquiabierta por un buen tiempo (cuajaba un grave peligro sobre Iósif, la rapidez del ataque la hizo aproximarse hasta casi chocar con la bestia, en un intento por desviarla así de su destino). En todas las fachadas se leían placas en conmemoración de un día y en señalamiento de un propietario, lo cual vino a confirmar sus suposiciones sobre el grado de conservación del barrio y a indicarle que en aquella ciudad, al menos, no acabaría de sorprenderse nunca. No le ocupaba tiempo notarlo, había aprendido con Iósif y con Yelena que debía usar en su cabeza todos los canales de información posibles al mismo tiempo, sin que esto trajera aparejado una mengua de su actividad corporal. Buscó en prioridades y en memoria y recordó los instantes de su iniciación, hace muchos meses, cuando Iósif fue tan rudo y tan vivo que la dejó despatarrada frente a la iglesia de un barrio en ruinas. ¿Cuánto había cambiado desde aquel día? Regresó a la gaveta mental de prioridades y circunstancias y se vio altiva, diferente después de tanta situación adversa y después de un matrimonio, un adiestramiento y una consagración, en un paraje extraordinario, a la defensa de su cazador y esposo y en cacería de lo más terrible, una bestia (se aproximaba vertiginosamente, ya estaba fuera de su alcance y un grito suyo no pondría en sobre aviso a nadie).

Enfocó sus respuestas hacia el punto donde harían colisión. Era un sitio angosto, con una sola entrada y una sola salida. Las paredes se acercaban tanto que parecía a lo sumo una caja rota. Aceleró al máximo desde el medio de la barriada y llegó tras la bestia por una ruta no convencional cuando ya el choque se había producido y el cambio de velocidad había despachado los cuerpos hacia un lado y otro. Comprendió que en ambos casos la recuperación fuese urgente, debido a que las paredes no los dejaron derrumbarse más lejos. Hubo un periodo posterior en que sus instintos prevalecieron encendidos al tope de la escala. La visión, los oídos, el resto de ella se puso en función de algo asimilado profundamente, así que no tuvo registros del periodo y despertó al entendimiento humano poco después, mientras combatía a la bestia.

Veía un gancho de quince centímetros atado a cada pie y a cada mano. Veía estos ganchos incesantes en su aparición broncínea y en su desaparición opaca. Pensaba en el tenue giro que se debía imprimir para arrancar con ellos la vida, aun cuando la presa fuera enganchada tiernamente, aun cuando ellos dos, el equipo, Iósif y Griétsiya, el uno engreído y la otra dúctil, por mucho que se dispusieran a responderle los golpes con bloqueos y artimañas del oficio, escaparan, sobre todo el hombre, el amado, quien lucía desgarramientos del cuello y de los hombros. Era como combatir con un dinosaurio de ochenta kilos, mucho más pesado que el velocirráptor, mucho más letal, solitario y tres veces más alto, no ya con un pensamiento de ave, sino con la venganza estructurada en el cerebro y un sistema de brillantes neuronas que no hacían más que tener descargas orgiásticas hacia los músculos.

Bloqueó un gran golpe y detuvo el gancho de la mano derecha justo sobre la frente, en tanto Iósif había detenido un pie a unos centímetros de la boca. La cadena de golpes siguientes la espantaron un poco, pues no les veía ninguna inclinación por la coherencia, sin embargo, ninguno de los dos que conformaban el equipo pudo encontrar un punto débil para penetrar la defensa, más bien, a causa del desconcierto, fueron abofeteados al unísono. Griétsiya, sosegada, soltó un poco de sangre por las comisuras, pero Iósif no podía darse el lujo de una hemorragia más. Todo lo que veía era a un compañero teñido de rojo que la ignoraba o que, por el contrario, la desconocía allí, a su lado, recibiendo golpes por su culpa y tratando de defenderlo en sintonía con un sentimiento hacia él. ¿Qué era este asunto?

Intentó un estudio del fenómeno que se daba en su esposo. Al parecer, se había propuesto liquidar a la bestia en el sitio actual, continuar con la persecución le sería difícil, la sangre manaba otra vez del cuello y de los hombros. Para cumplir con su objetivo, Iósif necesitaba concentración. Dejaría que los instintos afloraran o se convertiría también en una bestia al límite del provecho total en su oficio. «Lo que tengo al lado», pensó la joven, «no es él, es otro animal en estado de descontrol, presumiblemente, un carnívoro». O sea, que ella estaba ahí. Si él no la veía, eso no invalidaba en modo alguno su permanencia. No debía dudar ella misma de su posición en el mundo. No era un sueño por mucho que su bien amado la desconociese. Era real, los elementos eran reales: una mujer, un esposo y una bestia. Y no parecía suficiente. El espacio real se acabaría, los personajes se acercaban a la consumación de los hechos o simplemente un espasmo muscular tras otro iría determinando quién perdía la vida.

«Ah, Griétsiya», dijo Iósif y la bestia dio una vuelta en el aire para escapar. No estaba segura si había volado o si había puesto los pies en la pared, en el aire y en la otra pared. Lo importante era el «Ah, Griétsiya» del esposo. No se lo había dicho a ella. Estaba segura de que el hombre no había acertado a ubicarla en el lugar por exceso de concentración en el oponente. Quiso inclinarse también por la teoría de que estaba pensando en ella, imaginándola lejos, cuando se le escaparon las palabras.

Mucho menos entendía la actitud de la bestia, que al oír su nombre centró una mirada por primera vez en los ojos, cayó en la cuenta de una mujer delante, cambió de color y se largó, no del todo errado, aunque brillantemente. ¿Qué sucedía en aquella noche siniestra? «Ah, Griétsiya», mantuvo.

Iósif

«¿Qué haces en este país?», preguntó al rostro que tenía cerca y que marchaba a su paso, tan fresco como si no hubiera ocurrido nada, como si no hubiera saltado y salido de entre los matojos y sobrepasado frontones o ramales o rocas con musgo mientras él acudía ya casi por puro compromiso, pues las circunstancias le iban bajando los brazos y retirando las fuerzas.

«Soy de este país», respondió el rostro.

«Pero, rostro, ¿eres Griétsiya o estoy soñando?», continuó él. «Cierto», se respondió a sí mismo, absurdamente, «es mi delirio».

Griétsiya lo acarició con prisa, el dorso de la mano izquierda se le acercó en un aleteo y escuchó una canción que salía del rostro, una canción de cuna, según creyó, una verdadera imprudencia. Inútil imaginar cómo había llegado a sostenerlo cuando recorrían, a buen ritmo, el noroeste de la ciudad con aquella canción maravillosa que le sonaba de estreno. Ahora tendría que funcionar otra vez como si pudiera coagular su sangre. El cuerpo se le había teñido de rojo casi por completo, exhibía grumos malolientes más parecidos a escamas, pero seguía manando y debilitándose por algunos rincones. Sostenido, lánguido, daba pasos y alcanzaba una escasa velocidad. El hombro de ella, su apoyo como tercer pie sobre el suelo, lo hacía redimensionar las expectativas. Pensaba en lo que pisaba y por momentos pensó mucho en ella porque la pisó muchas veces sin recibir un solo reproche.

«Pues bien», se dijo, «no solo he de matar a la bestia, sino que deberé apartarla a ella de su curso».

Estaban atravesando un bosquecillo en cuyo interior se mantenía el alumbrado (¿público?) en un juego de combinaciones risibles. Los árboles predominaban sobre los arbustos, se elevaban a un lado y a otro y competían en verticalidad con postes de farolas múltiples, con ruinas atacadas por el follaje, las raíces, los hongos. Detrás, a un kilómetro, había quedado el barrio-oasis en su exquisito estado de conservación, como un reloj antiguo o la obsesión de un anticuario, y por lo pronto, él, agitado, apoyado en el hombro femenino, trataba de sortear el conjunto formado por liquen más cornisa. Un poco después del complejo salamandra-mármol, pues se unía lo citadino a lo boscoso incesantemente, se halló aún asediado por la mujer en su condición de muleta. Hicieron un pacto al borde del semáforo-nido, él se trataría de portar bien y no escapar, ella trataría de ayudarlo en caso de un resbalón o una caída, solo eso. Quedaban, pues, a mano.

Pasó la contrapuerta-telaraña y también las alturas de la veleta-serpiente antes de decidirse a hablar, y cuando lo hizo trató de volverse categórico. «Lo has escuchado, es tan rotundo como un oso herido», sostuvo, «no puedes ignorar este rastro de pisadas. Sabes que voy a seguir tras la bestia hasta el mar, si fuera preciso. No me interrumpas, no tienes autoridad… Él acaba de tomar un camino demasiado largo, que termina en un despeñadero. Es el primer error que comete en seis kilómetros de dura carrera. Tendrá que volver o lanzarse y de cualquier manera llegará al mismo sitio. Debo aprovechar eso. Tú y yo estamos convencidos de que un giro hacia la derecha nos llevará a unos árboles. Recuerda bien el día que cazamos a un hombre alto, atlético, de treinta y seis. Este es el lugar y probablemente sea también el momento. Nos hemos alejado lo suficiente, ya no tendré fuerzas para regresar a Faraón. Déjame ir. Es mi último turno».

«No», respondió ella sin pestañear, ni siquiera lo pensó medio minuto. Iósif se quedó a la espera de cualquier cosa, pero sin más, reaccionó. La encrucijada parecía decirle «hazme esto» por el claro de la izquierda, y, sin embargo, por la derecha, estaba consciente de ello, la encrucijada decía «es… por… aquí…».

Luego, en el instante en que todo se decide, se esforzó por dejar varada a Griétsiya como último recurso. Descendió por un plano inclinado sin hallar oposición alguna, nadie lo sostuvo por la muñeca, fue solo una conducta ágil en lo que duró la pendiente y ya después, a la altura de la otra explanada de robles, cuando todavía distaban cien metros de la siguiente inclinación, sintió toda la calma de un cazador en un rastreo rutinario sin nadie detrás. La mujer había desaparecido, cierto que no volvió la mirada por sobre el hombro para comprobarlo, pero el silencio era de gama profunda y había echado raíces por todas partes, incluso más allá, entre el brocal a medio caer de un pozo y el cadáver de un almácigo que había caído en puente sobre un par de bancos de granito. Y aún más allá, entre los helechos, donde comenzaba un pequeño brazo pantanoso, no muy grande ni muy ancho, más parecido a un brazo de niño que a un brazo de hombre.

Poco después, en total silencio, tan oscuro y tan visible para él a pesar de la debilidad y la sangre, tanteó el árbol que decía ser el sitio de la espera, el que ahorraba un tan largo recorrido que era mejor entusiasmarse en su tronco mientras llegaba la bestia y recuperarse allí durante quince minutos eternos. Tanteó con las dos manos y aun con una tercera, delgada, más oscura, que le salía de la espalda. Pronto apareció una cuarta mano que brotaba del hombro. No lo sorprendió el descubrimiento, algo así esperaba a pesar de aquel silencio profundo, inexplicable. Los dos brazos de Griétsiya se retiraron antes de seguir con el tanteo.

«Si quieres esperar, muy bien», dijo ella, «esperaré contigo».

La noche se puso impenitente, comenzó a bajar una niebla sólida que legitimaba la una, las dos, las primeras horas del nuevo día. La piel se hizo una cubierta gélida y por fin se selló el sangramiento en los arañazos de Iósif. Poco después, un ruido, un ave en picada o acaso un bicho de mayores proporciones lo sacó de su renovación. Algo desde allá arriba daba en las hojas y en las ramas, golpeando seco, con un poco de inclinación hacia adelante y un rebote de ángulo abierto. Se tuvo que mover con la velocidad que ya no tenía en sus meniscos para acudir al punto donde caería la bestia. En el accionar, Griétsiya debía ser burlada mientras él se movía como un hombre en busca de la pelota que se lleva el viento, aunque muy pronto, tratando de prepararse para la pelea, se alarmó de haber ido de un lugar a otro bajo la fronda.

La bestia, finalmente, saltó a tierra. Uno de sus pies se movió en el aire, de alguna forma se balanceó sobre él y también de alguna forma insospechada lo derribó de un gran zarpazo en el pecho. El ambiente regresó al tinte rojo. Luego sintió que Griétsiya le había propinado un golpe al bandido, un golpe con el pie o con la mano, sin otra repercusión. Sintió que la bestia se escabullía como siempre, como si opusiera un plan mayor, nunca deleznable, a cualquier encuentro o intercambio. Se creyó tendido. Sí, estaba tirado a la larga. La mujer se acercó a sus heridas, las lamió cuanto pudo y metió un brazo por debajo de su cuello. Se mostraba tranquila.

Entonces comprendió, en un rapto de furor, que sería ella.

Griétsiya

«Sigue su rumbo», dijo Iósif en tanto Griétsiya buscaba detener el sangramiento con apósitos de trapo sucio y largas cortinas de follaje. «Serás tú», especificó, pero la mujer no le hizo ningún caso, ¿cómo abandonarlo en esas condiciones, tan pálido, sudoroso y frío?

Aún no llegaba a la esencia de sus palabras, así que continuó desgarrando su propia ropa para hacerle torniquetes o para meter el género en los surcos de la carne. Se privaba de una cubierta que funcionaría cabalmente sobre su cuerpo en caso de presentarse ante alguien o ante algo para arreglar esto o aquello. Las heridas eran profundas, no dejaban de manar y eyaculaban un despilfarro de pétalos que se coagulaban en rosas rojas sobre la piel unos segundos más tarde. Esto la impulsaba a llorar, aunque no encontraba las lágrimas exactas, no se trataba de excluir gotas saladas de los ojos, se trataba de dar a entender una condición actual para ella y ceder pasión al hombre postrado en referencia a un tercero: el magnicida. Una vez que hubiese llorado, daría a entender su dolor, la posibilidad de morir, la conquista de ningún objetivo, la fuga del criminal.

No debía mantenerse en esa tesitura, así que tocó música de otro tipo, se puso de pie, le dio la espalda, la niebla se había endurecido en los alrededores del laurel, esto era completamente visible e inútil de señalar, por lo que se mantuvo allí, absorta, con un gran dolor que no podía expresarle a él, precisamente a esa criatura que había amado en las circunstancias escogidas, en las más difíciles condiciones de pareja, ciudad y país. Debía reconocerlo como hombre y amante, cerciorarse de que entendiera que no se lo reconocía, sino que lo apuntaba subliminalmente en el primer renglón de esa noche con gran respeto y dignidad, ¡eso!, dignidad. Había en todos ellos, pensó de cara a la niebla y de espaldas al shock hipovolémico, bajo el laurel frondoso por el que había descendido la criatura inhumana, una suerte de dignidad interior surgida del absurdo exterior que ponía los pelos de punta. Ella misma, con las manos detrás como un valeroso compañero, se disponía a darse vuelta y a decir ciertas frases difíciles que dieran a entender su posición ante el destino del hombre, aun cuando el hombre fuese absurdo, ambiguo, amado. No debía hablarle tan solo a este de aquí, buscaría un tono superior, buscaría fuerzas en un diálogo con la humanidad.

Rotó sobre los talones, los harapos de su ropa se elevaron un poco en la confusión y volvieron a caer. «¿Qué quieres de mí?», dijo. Iósif la escuchó, por supuesto, su boca hubiera respondido la pregunta de inmediato, pero tuvo que tomarse un tiempo para respirar. «Serás tú», dijo en cuanto pudo. «Ahora que lo pienso», Iósif jadeó un poco más para seguir, «ahora que lo pienso, siempre has sido tú, no yo, el hombre nuevo. ¡Anda!». «Quiero que sepas que volveré», dijo ella de todas formas. «Lo sé. Volverás. Yo no, yo no volvería, pero tú sí». «Sabes por qué lo digo, ¿cierto?» «Lo sé», afirmó, «anda, pasada una hora podrías perder el rumbo». Griétsiya dio la espalda, era lo mínimo que podía hacer y lo había hecho, a su juicio, perfectamente. Las huellas la entretuvieron un poco mientras se impedía pensar. Ser cazador era eso, justificar un acto.

Fue a llorar lejos. Lloró al otro lado de un edificio sin ventanas, donde no se veía ni ella misma, sintiéndose indefinible en un suelo frío de aceras truncas. Pasaron cinco, diez minutos, ¿cómo saber? La lluvia que solo ella sentía, o solo a ella Iósif le hacía sentir que la sentía, cesó con una marcada tendencia a desaparecer de la faz de su entendimiento. Indefinidas las verticales en medio de las tinieblas, Griétsiya superó la situación inicial con dos manotazos en la cara y se dominó con el primer paso hacia el futuro. El futuro era un edificio lúgubre, en ruinas. Desde la primera planta se veían las estrellas. El espectáculo era desgarrador y debía oponerse. Quiso sonreír en el futuro y casi lo logra. El intento, de todos modos, fue exquisito. El edificio, de todos modos, estaba muerto. Si ella hubiera estado o se hubiera sentido detrás, en el pasado, habría visto en el derrumbe la naturaleza exacta de su corazón actual. Solo la fachada, por ejemplo, mantenía la rigidez mística. Por dentro las habitaciones, los salones, los rellanos y el hueco del elevador se habían hecho polvo y bloque para sembrarse en una montaña de escombros que obstruía su camino. Las ventanas abiertas la invitaron a usar los alféizares para proyectar un pie u otro a la razón de una buena causa. Comenzó a sonreír con los labios despegados y la luna la ayudó a manifestarse a través de la puerta de servicio hacia el humedal próximo, donde, en franco decrescendo de su carrera, descubrió una cúpula arruinada. La bestia había pasado por allí, lo tenía bien reconocido por la fetidez. Había esparcido un efluvio horrible durante las últimas escaramuzas y estaba siguiendo ese mismo efluvio por todas partes. Llegó al lugar donde se detuviera a descansar por primera vez, tal y como imaginó que hiciese un animal de su categoría. Notó enseguida la posibilidad de que regresara por otro camino en busca de Faraón. Se agachó y lo palpó todo, olió en detalle. En verdad la bestia había vuelto y era el triple de peligrosa que antes, por algún extraño modo había entendido que su misión se hallaba incompleta y esto lo había impulsado a un enfoque diferente sobre el modo de continuar con su propósito. Al parecer, no se iría del país sin ajustar las cuentas, todos esos kilómetros tuvieron la finalidad de arrastrar gente detrás de él para luego regresar sin obstáculos. Para convertir en hecho lo imposible.

«Apúrate, Griétsiya», se dijo, como una idea de venganza, «Guardia Personal será insuficiente».

Yelena

Capitana Lunes, Capitanísima en tiempos difíciles, sobreviviente entre muchos que no llegó siquiera a conocer y entre muchos que conoció solo superficialmente, pero que sirvieron de peldaño en su subida hasta el sitio donde, desde hace poco, había visto la cúspide, marcó pasos brumosos en la noche de entuerto. Los tensos muchachos de la nueva Guardia Personal, organizada para la guerra constante de esperar lo peor, estaban en el sitio justo en torno al edificio que guardaba la inquietud magnánima de Faraón, bien dispuestos y bien desarmados, en esos trajines de llamarlos por los días de la semana desde Martes a Domingo, como era menester para no forzar en el país el uso de las verdaderas identidades. No debía ser de otro modo. La situación había alcanzado un punto que nunca antes se habían forzado a presenciar, y las órdenes, tan claras como espeluznantes, eran lo mismo exageradas que temerarias: no se podía disparar un solo proyectil para prender al magnicida. Los de lejos y los de cerca, aquel que estaba en la habitación del edificio con el gran líder y otros como la Capitana Lunes, que se hallaba más a la expectativa de un futuro promisorio, se detenían de trecho en trecho para mirar incesantemente las calles por las que podrían aparecer, con buena suerte, Iósif y los inspectores y los demás del pueblo con la criatura dañina viva o muerta, o quizás, cualquier otra circunstancia más o menos pesarosa. Ella, en fin, recibía las órdenes directamente y repartía las decisiones entre los soldados bajo su mando con la finalidad de asegurar el teatro de operaciones militares. Había recibido, por ejemplo, la orden de permanecer en el lugar después de unos kilómetros de persecución tras el facineroso, obligando a los suyos a realizar el atrincheramiento in situ, que era mejor visto en términos de definiciones que la instalación de una cabeza de playa en el lugar, por lo dañino de la terminología castrense en un asunto de tanto alboroto. Faraón quería evitar el uso de cuestiones que implicaran a las fuerzas profesionales, diezmadas por los años. A fin de cuentas, ¿cómo iban a declararse en guerra contra un solo insurrecto?

Capitana Lunes iba y venía de un lado a otro, tratando de mantener bajo su mirada todas las posiciones y tratando de concentrarse en algunas ideas que consiguieran filtrar lo ocurrido por su tamiz de normalidades. Pensó, al aproximarse en la decimoquinta ronda al edificio donde se encontraba el magnánimo, quien no había querido moverse del lugar por inseguridad de la ruta de evacuación, en el volumen de material que estaría manejando el líder desde su puesto del segundo piso. Lo imaginó pegado al teléfono y mirando las noticias universales sobre la nueva coyuntura, la tergiversación de las ideas que encontraría en las explicaciones extranjeras al asunto. Lo imaginó como si hiciera una radiografía al edificio, estuviera de pie o acostado, ansioso, esperando en las maneras de ver y entender la noche un desenlace que no llegaba a producirse. Abajo no se sentía, sin embargo, en sentido general, el soplo de alivio masivo. Algunos aún, ella especialmente, se mantenían con la vejiga apretada a la espera de algo que no acababa de caer del cielo. Los soldados de Guardia Personal custodiaban avinagrados, como si les hubiese tocado el momento cumbre de su carrera precisamente al comienzo. En realidad no temían, ella misma los había traído de las regiones más fieles y apartadas del país, pero no sabían a lo que estaban expuestos y en el poco tiempo desde el atentado hasta la noche, el mito del hombre-bestia había crecido en sus ojos. Máxime que el mejor de los cazadores, Iósif, aún no había vuelto. ¿Cómo reaccionarían los soldados anteriores de la escolta? ¿Cómo reaccionaría en su lugar Enero, el gran Capitán precedente? Las cuestiones que quedaron en el aire seguían en el aire. Recibió por interno una orden de Faraón y se detuvo en las cercanías de una pared. Se había asegurado la ruta hacia un punto más seguro en el seno de los rascacielos. En la mañana partirían todos. «Oh», pensó ella, «hay soldados por todas partes menos aquí». La idea la encaminó con agilidad al anillo periférico que había trazado con Martes y Miércoles a cincuenta metros de distancia del punto cero. «Es muy poco», cayó en la cuenta y en la angustia. Unos soldados custodiaban la ruta de evacuación, otros perseguían al magnicida, solo unos pocos custodiaban al gran líder. Se detuvo un instante. El anillo periférico seguía incólume. Pensó en decenas de posibilidades que no llegaba nunca a perfeccionar y siguió para el segundo anillo, a las puertas del inmueble, formado por dos hombres de formidable talante tan humildemente llamados Jueves y Viernes. Todavía quedaba Sábado, en la escalera, y Domingo, en la habitación del máximo líder, en sustitución del magnífico asistente Iósif que había aprovechado su experiencia para darle caza al bandolero.

Se volvía ya a las primeras instancias de su ronda repetitiva, con las tremendas ganas de evacuar la zona de una vez, cuando una piedra rebotó contra la fachada del edificio con un golpe seco y contundente. En la habitación faraónica debieron escucharla, porque la luz se había apagado en el acto. Era el momento de una orden severa, supuso, pero también debía convencerse de la proximidad cierta de alguien, así que se limitó a decir por interno «¡alcen la guardia!» con una frialdad que heló los huesos tanto como el sonido de la piedra contra la mampostería. Notó que el responsable del lanzamiento no había tenido intenciones de dar en el blanco. Las posiciones de la defensa eran fijas y las hubieran podido herir con semejante golpe. La piedra, de tamaño moderado, era, en fin, una advertencia. ¿Por qué? ¿Quién deseaba avisar? ¿Quién podría hacerlo?

La teoría del aviso iba ganando fuerzas en la mente de Capitana Lunes, cuyo cabello estaba recogido a la espalda, tan rubio como en el principio y como siempre, en una cola de caballo que le permitiría esgrimir sus manos a la manera de sables y levantar sus pies al modo de las hachas más osadas sin necesidad de verse en el triste accidente del despeinado. La teoría del aviso, con el moño entre las manos, pensando en esto y tratando de abarcar el mayor número de detalles posibles, como si la cola de caballo ayudara en tales menesteres, iba ganando fuerzas en su mente. Ahora lo comprendía todo bien. En los segundos restantes no se produjo ningún ataque, así que, bien visto con la experiencia de todos sus días hasta el presente, la piedra era el resultado del aviso sobre un peligro auténtico. ¿Cuál?

Debía pensar, dada su responsabilidad y debía admitir, por eso mismo, la peor de todas las desgracias: el magnicida estaba cerca. Se erizó inmediatamente. Sin embargo, puso voz de enamorada por el micrófono que tenía escondido en su cola de caballo. «Nos replegamos al punto cero», ordenó, «prepárense para un empeoramiento individual», lo cual era, a su modo de ver las cosas, decirles y no decirles. Faraón tenía un canal abierto para ella, había escuchado tanto como los otros, así que su escolta tomaría el mando de la habitación monárquica, apagarían la radio, el teléfono, cualquier equipo posible, y esquinarían a la gran figura tras una barrera humana. Aguzó el oído. Por el ángulo menos esperado de la plaza, en oposición directa a la habitación que se había apagado recientemente, se comenzaron a sentir pasos amortiguados de dos personas. Sin dudas, ambas se aproximaban en condiciones de perseguido y perseguidora, aunque no lo fueran del todo en ninguno de los casos, solo en apariencias. De momento, sus oídos podían haber perdido la nitidez de años antes, pero creía ser capaz de identificar a una mujer en la retaguardia. «Muy bien», dijo por interno, «la bestia delante y Griétsiya detrás». Y ya no hubo respuestas, sabía que todos ellos iban a desconectarse para estar lo más tranquilos posible, las órdenes comenzaban a escasear, a lo sumo quedarían un par de disposiciones, nimiedades o pormenores, pero ahora estarían todos lo suficientemente cerca como para comunicarse a viva voz. Eran tan pocos que se reunirían junto al cuerpo de Faraón, los días de la semana y ella, Lunes, en primera fila, algo tremendamente simbólico y necio. Así era el país, pensó, qué le iba a hacer, debían defenderlo como fuera, por muy absurdo y muy lamentable que pareciese. «Entremos todos», dijo inútilmente con la boca contra la cola de caballo. Los vio aproximarse por el lateral derecho y soltó el pelo para meterse a la carrera dentro del edificio. La puerta de hierro se le cerró detrás, los barrotes cayeron en su sitio para ofrecer testimonio, el ruido de los seguros se extendió de abajo hacia arriba a la velocidad de una mala noticia. Al dar la vuelta, encontró todos sus días, de Martes a Sábado, cubriendo varios niveles de la escalera hasta el segundo piso. Los observó detenidos, los rostros pálidos, la boca sin sonrisa. «Gallinas», rugió Capitana Lunes, antes solo Yelena, una mujer, precisamente una mujer con cola de caballo. Y la reacción fue unánime. Todos movieron los pies, los meniscos volvieron a chasquear y corrieron a agruparse en círculos en torno a la figura sobre la cual vendría la bestia.

(…)

Capitana Lunes, Capitanísima en tiempos difíciles, sobreviviente a ultranza debido a un par de favores por aquí y por allá y a un par de traiciones (ella no las llamaría así), que se acumularon en su expediente, salió del círculo de calor que rodeaba a la figura más importante del país para asomarse, ella sola, cuando los dos cuerpos aún atravesaban a gran velocidad la plaza donde el magnicida, horas antes, había demostrado sus intenciones. «Pésimos días de entuerto», pensó Capitana en medio de la habitación, en realidad muy próxima a la bola de gente que custodiaba a la gran figura de ochenta años. Ella esperaba, hasta un segundo antes de que el magnicida saltase, que de producirse una irrupción sería por la puerta, pese a la seguridad, o por la azotea, pero nunca que tendría esta genial iniciativa avistada en los ojos de la bestia cuando aún restaban cinco segundos para su ejecución. El instinto la llevó a prorrumpir en una frase que fue exactamente como una tos, salió de su boca a trescientos cuarenta metros por segundo: «Atrás, contra la puerta». «Pero, ¿cómo?», desacertaron al unísono antes de ejecutar de algún modo la orden. Sin haber cometido un solo error todavía, más bien cometiendo aciertos constantemente, Guardia Personal no dio crédito a sus ojos. Tampoco Capitana. En realidad, la bestia era la que estaba realizando una gran cadena de perfecciones en su trabajo. Capitana se movió contra el grupo y el salto de la bestia contra el cristal oscuro del segundo piso no les dio tiempo a levantar los cerrojos que ya habían pasado a la puerta. Los fragmentos de cristal se dispersaron contra ellos y la bestia se mostró cuan alta era apoyando los pies en el piso de la habitación.

ALEKSEJ

Se detuvo con el corazón atravesado en la garganta. La carrera había sido feroz a su forma, como si la tortuga se agitase un poco para cruzar la calle. Estaba deshecho y la botella le exigía un descanso en busca de que empinase otra vez el codo. Una vez tumbado en el sitio en que nadie se tumbaría, tragó hasta saciarse y escuchó lo que la imagen tenía que decir, algo extraño al principio, con mucho babeo y un par de sílabas de menos, para después encaminarse en un farfullo que contaba, con algún refinamiento, el chiste de moda sobre Faraón.

Hay tres hombres recostados en la balaustrada, cada uno de ellos tiene un sombrerote, un caballote y un bigotote. El niño Faraón, orgulloso de su linaje, trata de explicarle a su amigo quién de los tres hombres es su padre. «Mira», dice, «aquel del sombrerote es mi padre», a lo que el amigo responde, «¿cuál de ellos? Los tres tienen sombrerote». El niño Faraón se muestra ligeramente airado, pero retoma con cierta tolerancia su tarea. «Mira», vuelve a señalar, «aquel del caballote es mi padre». «No entiendo qué te pasa», responde el amigo, «los tres tienen un caballote». El niño Faraón, como de seis o siete años, casi estalla en cólera. ¿Cómo alguien osa desconocer a su padre? ¿Por qué alguien en el mundo no lo entiende? De todas formas, se arma de paciencia y apunta por tercera vez. «Mira», dice, «aquel del bigotote es mi padre». «Me resulta difícil comprenderte», replica el otro, «los tres tienen bigotote». El niño Faraón descompone el rostro, pequeño como es, saca un revólver y hace fuego. «Mira», reitera feliz, probablemente emocionado, «aquel que se acostó es mi padre».

Aleksej rio moderadamente. Ya conocía el chiste, no sentía motivos para caer de espaldas o para sufrir un ataque de apoplejía. Lo único que le sorprendió fueron los modos de conducir a los personajes hasta el fin. Su reflejo era tan listo como él. Debía ripostar. Pensó un segundo, había escuchado en su juventud uno pequeñito que pondría, a su manera, la competencia al nivel de un empate técnico. «¿Cuántos faraones hacen falta para cambiar un bombillo?», preguntó Aleksej. El reflejo dudó. Ante la duda, el borracho de carne y hueso dijo: «Ninguno, un Faraón nunca cambia el bombillo». El reflejo, sin embargo, se mantuvo impasible. Aleksej hizo un gesto para alegar que no había terminado, necesitaba otra oportunidad. «¿Qué hace falta para que Faraón cambie un bombillo?», preguntó. «Una escalera», se apuró a conjeturar su reflejo. «Equivocado», atacó victoriosamente Aleksej, «a un Faraón le bastaría escalar su propio ego». Tampoco esta vez el reflejo sonrió, por el contrario, hizo una mueca de fastidio y se puso de espaldas a su original. El borracho comprendió y sostuvo una última y desesperada variante. «¿Cuánto tiempo tomaría a Faraón cambiar un bombillo?», preguntó y dijo enseguida «cinco años», sin esperar respuestas, «lo necesario para estudiar el caso, redactar un discurso sobre la necesidad del bombillo con motivo de una campaña nacional para el ahorro, construir la escalera ideal que lo eleve sobre la perspectiva y seleccionar el aniversario redondo en busca de componer un homenaje soberano. Al término, por supuesto, el bombillo habrá dejado de funcionar hace mucho, por lo que el pueblo, agobiado por las tinieblas, suplicará ciegamente el cambio, agradecerá eternamente a Faraón por haberlo realizado en persona y elevará su figura como ejemplo para las próximas generaciones».

Pese a todos los esfuerzos de Aleksej, el reflejo en el vidrio de la botella no soltó carcajada alguna, peor aún, seguía empecinado en darle la espalda, en ocasiones mostraba su rostro por encima del hombro en señal de desaprobación categórica, pero, en sentido general, le seguía dando la espalda. Sucedía en un instante en que Aleksej necesitaba un amigo más que nunca. No había hecho hasta la fecha otra cosa que ver plagas por todas partes y empinar el codo. Estaba urgido de una buena compañía y dispuesto a esforzarse en renovar la amistad con su propio reflejo, no debía ser demasiado difícil. Pensó en una fórmula para darse a sí mismo, botella de por medio, el chance del desagravio. «Bien», dijo a su reflejo, «es tu turno». El reflejo lo escuchó con cierta dignidad y poco a poco se fue dando vuelta. No hubo desconcierto, no ocurrió nada diferente a lo anterior. Al escuchar el nuevo chiste Aleksej se fue hartando antes de lo previsto.

Faraón y toda su Guardia Personal saludan al pueblo y se mezclan entre los grupos de admiradores que pululan, excepción hecha con un provocador a quien las fuerzas protectoras localizan y neutralizan de inmediato. Faraón, en un acto de misericordia interminable, decide acercarse al individuo para demostrar su poder de respuesta ante los desafíos internos. La aproximación le indica que todo cuanto hacía el individuo era cantar una tonada en compañía de su guitarra. «Quiero oír esa canción», ordena el líder. Se le dan los permisos necesarios al oponente, le devuelven la guitarra y el hombre entona por lo bajo:

«¡qué hambre estamos pasando!
¡qué hambre estamos pasando!»

Aunque ha escuchado los acordes, Faraón se queda inmutable. Su rostro, aunque adusto, traduce serenidad. Guardia Personal se arremolina a su alrededor para destruir el instrumento del individuo antes de que pueda seguir con su canturreo perezoso, pero Faraón los detiene. Él mismo retira la guitarra de las manos del otro y canta con un rasgueo similar:

«¡y la que vas a pasar!
¡y la que vas a pasar!»

Aleksej, sin otra opción, sonrió por compromiso. La nueva pedantería de su reflejo no le motivaba una contrarréplica. Comenzaba a aburrirlo este tipo de contradanza sin sentido, esta forma de controversia en desuso. Además, en su hombro derecho vio aterrizar un insecto como otro cualquiera, lo vio porque tanteaba la expresión de su reflejo cuando el cuerpo negro y amarillo de una abeja melífera se le posó en el hombro. Supuso, por asociación con otros eventos, que comenzarían a llover otros insectos parecidos, a pulular por doquier y a extenderse a la manera de plagas. Cierto que le costó levantarse del suelo, sin embargo, una vez comenzada la carrera le costó más tiempo detenerse. Finalmente, llegó hasta el muro y se dejó caer, sofocado por tantas carreras con el libro y la botella en la mano, con un saco de cartones a la espalda, atado por una sinalefa de cuero que acercaba el bulto a la guitarra de un loco. Cansado de la botella y de los chistes que gritaba la botella en su oído, elevó el brazo en lo que podría ser una espléndida situación, pero que en realidad era tan solo el estrellamiento de una botella contra el muro. La botella dio una vez sin romperse y en el lugar del golpe uno de los ladrillos del tabique se deslizó hacia el otro lado para descubrir una oquedad de cierta distinción. Aunque a Aleksej no le faltaban botellas más amables que la susodicha, fue consciente de que la extrañaría, con ella a cuestas habían transcurrido los mejores momentos de los últimos meses. Estrellarla sería una tarea muy dura, pero impostergable. Solo debía compensar la tristeza con un trago y una ojeada por el agujero del muro. En lo que este pensamiento comenzaba a hacer efecto en él se dedicó a silbar una alegre tonada extranjera.

Pronto, se asomó por la abertura que había abierto y quedó entontecido. Era algo sorprendente, lo podría jurar, algo que dejaba pequeño a las plagas ya vistas. El mar se deshacía en dos mitades hasta el cielo y enormes peces con detalles insólitos se marcaban con fidelidad en las cortinas de agua. Allá a lo lejos, esforzándose mucho, se veían las cabezas. La gente entraba bordeando los arrecifes a tiro de mula, a pie, gritando o escabulléndose como una tribu dispersa a lo lejos, donde era un hálito aún o una exigencia cumplida o un temblor unánime. Conocía a todos y cada uno de los hombres que regresaban. No había razones para desconfiar de la visión por esta vez, aunque nadie más que él podía tampoco asegurarlo.

San Germán,
diciembre 2007 a noviembre 2013

www.ingramcontent.com/pod-product-compliance
Lightning Source LLC
Chambersburg PA
CBHW020415030726
47495CB00006B/1516